叢書・ウニベルシタス　801

セルバンテスの思想

アメリコ・カストロ
本田誠二 訳

法政大学出版局

本書の出版にあたって，スペイン教育文化スポーツ省の「グラシアン基金」より2003年度の助成を受けた．

La publicatión de este libro ha sido realizada gracias a la subvención del Programa “Baltasar Gracián” del Ministerio de Educación, Cultura y Deporte de España en 2003.

総目次

凡　例

一、原文中の［　　］（著者の追記）は、訳文では外してある。
一、原文中の［［　　―*J.R.-P.*］］（注釈者の追記）は、訳文では【　　】に変えてある。
一、訳文中の（　　）は、原則として原文通りであり、〔　　〕内は訳者の補足である。

著者によるこの新版についての注記

この著作は一九二〇年ごろに構想されたものだが、当時、私自身をふくめて十六世紀のスペインにルネサンス思想といったものが存在したか、またその影響があったものか疑問に思っている学者は少なくなかった。こうした点とセルバンテスが決して無知で無意識的な作家などではなかったという点とあわせて、私の関心は、セルバンテス的小説技法の独創的な素晴らしさを説き明かすことよりも、むしろ抽象的テーマの方により大きな重要性を感じていた。セルバンテスの作品については多くのことが論じられてはきたが、スペインのすべてが異教徒との戦いに勝利を収めたり、異端者を焚殺したりすることではなかった点を、彼の作品を通して明らかにしたいと思った次第である。

この本を別の題名にして書き改めようと思いつつそれができなかったのは、いろいろな雑用、とりわけスペイン人のアイデンティティに関して今なお流布している神話に止めを刺すという仕事に関わっていたからである。そこで私はセルバンテスに関する私の最初の著作をその時点で一旦傍らに置き、『ドン・キホーテ』に関する方法や根拠についての考察といった別の方向に関心を向けようと思った。とはいえ本書に対する要求が日増しに増大しているのを見ると、それも叶わぬこととなった。ラテンアメリカのどこかでは大胆にも著者に無断で、不正な海賊版を出版する者たちも現われた。またロンドン大学図書館からは本書の複写許可を要請する依頼が舞い込んだ。おそらくこうしたことは他の場所でも起きたものと思われる。こうしたことがあったとはいえ、避けがたい雑用の数々、自分に残されたわずかな時間からして、もしフリオ・ロドリーゲス・プエルトラス氏の寛大にして有効な協力が得られなかったら、とうてい本書は再版されることはなかったであろう。本書は氏によって集められた参考文献と、私自身も含めた他の研究者たちの文献を参照することで、新たな版として日の目を見ることができた。何はともあれ、本書においては、時代の試練にさらされ、約五〇カ国語にも翻訳されている『ドン・キホーテ』とその作者セルバンテスに関して、なんらかのことが語られていることはたしかである。これほどまでに際立った長寿を全うしてきた理由としては、分別ある読者であろうとなかろうと、すべからく、最初の小説ともいうべきあの作品において、登場人物の中に互いにはっきりした境界のない和合と不和の人間模様を見いだし続けたからである。セルバンテスは彼を取り巻くもののどれとも調子を合わすことをせず、ほほ笑みと希望のきらめきの中で道理が不合理と言葉を交わす、一種の超現実を創造したのである。そこではすべてが、たとえ度を越し、方向を失ったものですら、居留まる場所において生命の空間を見いだすのである。しかし私はここで『ドン・キホーテ』の文学的構造を扱おうとするのではない。もし私の時間が許すなら、それは別の機会に譲りたい。ここで提示するものは今の私に可能なものであって、高望みをしようとは思わない。

マドリード、一九七〇年一月

注釈者による注意書き

この新版『セルバンテスの思想』（初版、一九二五年）における私の仕事は異なる二つの側面をもっている。第一は、アメリコ・カストロ氏がほぼ四五年間にわたって収集した注釈を一九二五年の初版に組み込むことである。注釈は短く簡潔なものもあれば、長く複雑なものもある。しかしどれもみな重要なものばかりで、著者がこれほど昔の、しかも基本的とも言うべき著書に対して、永年の変遷を通して抱いてきた関心を示して余すところがない。そうした注釈は単純カギカッコ（「」）で示されている。第二の仕事は、『セルバンテスの思想』の若干の部分を現代化すること、とりわけ参考文献の部分や、カストロ氏がはるか一九二五年の昔から書き記してきた事柄と初版との関連性についての部分である。この第二の注釈は二重のカギカッコ（『』）で示されていて、末尾に私のイニシャルをつけてある。〔本訳書においては単純カギカッコを取り外し、イニシャル付きの二重カギカッコを隅付きカギカッコ【】だけに変えてある。〕

関心ある読者のためには、アメリコ・カストロ氏が『セルバンテスの思想』以降に著したセルバンテス関連の著作を列挙しておくのが都合よいと思われるので、ここに挙げておくことにする。

「セルバンテスと異端審問」“Cervantes y la Inquisición” *Modern Philology* 第二七号、一九三〇、四二七―四三三頁。

「セルバンテスの時代におけるエラスムス」“Erasmo en tiempo de Cervantes” *Revista de Filología Española* 第一八号、一九三一、三二九—三八九頁。

『セルバンテス』*Cervantès* パリ、一九三一。

「『ドン・キホーテ』への序文」“Los prólogos al *Quijote*”, *Revista de Filología Hispánica* 第三号、一九四一、三二三—三三八頁。

「セルバンテスの『嫉妬深いエストレマドゥーラ男』」“*El celoso extremeño* de Cervantes”, *Sur*（ブエノス・アイレス）、第一六号、一九四七年一二月、四五—七五頁。

「記された言葉と『ドン・キホーテ』」“La palabra escrita y *el Quijote*”, *Asomante*（プエリト・リコ）、第三号、一九四七（七月—九月）、七—三一頁および *Insula* のセルバンテス特集号（一九四七）。

「『ドン・キホーテ』の構造」“La estructura del *Quijote*”, *Realidad*（ブエノス・アイレス）、第二号、一九四七、一四五—一七〇頁。

「『ドン・キホーテ』の具体化」“Incarnation in *Don Quijote*”『時代を通して見たセルバンテス』*Cervantes across the Centuries*, Dryden Press（ニューヨーク）、一九四七、一三六—一七八頁。

「セルバンテスの小説の模範性」“La ejemplaridad de las novelas cervantinas”, *Nueva Revista de Filología Hispánica* 第二号、一九四八、三一九—三三二頁。

『セルバンテスへ向けて』*Hacia Cervantes* マドリード、一九五七、第二版（一九六〇）第三版（一九六七）。ここには前記の論文の多くと下記に挙げる論文のいくつかが、少なくとも部分的な形で転載されている。

「『ドン・キホーテ』のスペイン性とヨーロッパ化」“Españolidad y europeización del *Quijote*”『ド

ン・キホーテ』版への序文Prólogo al *Quijote*　メキシコ、一九六〇。

「シーデ・ハメーテ・ベネンヘリの由来と根拠」"El cómo y el porqué de Cide Hamete Benengeli", *Mundo Nuevo*　第二巻、第八号、一九六七、五—九頁。

「実在性の仕事場——『ドン・キホーテ』」"*El Quijote*, taller de existencialidad", *Revista de Occidente*　第五号、一九六七、一—三二頁。

『ドン・キホーテ』新版への序文　Prólogo al *Quijote*, Editorial Porrúa（メキシコ）、一九六二。

『セルバンテスとスペイン生粋主義』*Cervantes y los casticismos españoles*　マドリード、一九六七。

「セルバンテスは『嫉妬深いエストレマドゥーラ男』の中ですり抜ける」"Cervantes se nos desliza en *El celoso extremeño*", *Papeles de Son Armadans*　第一三号、一九六八、二〇五—二二二頁。

「今日見る『ドン・キホーテ』」"*El Quijote* como hoy lo veo", *Magisterio Español*（マドリード）、一九七一。


セルバンテスだけに限ったこのリストに加えるべきアメリコ・カストロの他の著作としては、とりわけセルバンテスへの言及が多くなされた『葛藤の時代について』*De la edad conflictiva*（マドリード、一九六一。第二版、一九六三）がある。

フリオ・ロドリーゲス・プエルトラス
カリフォルニア大学ロサンゼルス校
一九六九年一二月

ラモン・メネンデス・ピダルに捧ぐ
大学教師二五周年を迎えて

序　文

セルバンテスに関してはすべてのことが、または少なくとも、ほとんどすべてのことがすでに語られてしまったという通説のせいで、汗牛充棟ともいうべきセルバンテス研究書に新たな一書を加えようとする者はいささか二の足を踏まざるをえない。とはいえ注意深く観察してみれば、われらの作家に捧げられた近代の研究の多くが、深く熟考されたものというよりむしろ、セルバンテスが熱心な読者のあいだで絶えず呼び起こしている熱意のほどを物語っていると考えれば、さきほどのためらいも薄らぐというものである。実際、セルバンテスについて言えば、質量ともにダンテやシェイクスピアの〈人と作品〉研究に比較できるようなまとまった研究はなされていないのが現実である。スペインではそうした現象は文学史に対する興味のうすさに起因するものとして説明されるかもしれない。しかしおそらくスペインおよび諸外国における現在のセルバンテス研究の性格を説明しうるような、別種の状況が指摘しうるかもしれない。(1)

評論家や歴史家の平均的見解はつぎのように要約されると思われる。つまりセルバンテス作品の芸術的価値、また一般的に言うと、その内なる偉大さというものは何世代にもわたる研究者たちのたゆまぬ努力のおかげで、もはや知り尽くされているのであり、唯一なしうるものがあるとすれば、それはいまだよく説き明かされていない若干の具体的問題点、とりわけ言語と文体に関するそれを解明することである。そして『ドン・キホーテ』に関してはすべて本質的なことは語り尽くされているので、彼のマイナーな作品についてもっと多くを知ることが重要だということだろう。

興味深いことに、こういった事情のせいで、スペインではセルバンテスに関する包括的な本が他に出なかった。[2] 実はその種の本は存在していたが、外国のものであった。フランス語によるエミール・シャスルの貴重な本（一八六六）の他にも、近代ではサヴィ・ロペス（一九一四）とシュヴィル（一九一九）の基本的で明解な二つの著作がある。ナバレーテの記したセルバンテスの生涯（一八一九）もまた基本的に言っていまだ乗り越えられてはいない。一方、卓越したフィッツモーリス・ケリーの伝記もまた読者の好奇心を満足させるものである。あるいはミゲル・デ・ロス・サントス・オリベールの『セルバンテスの生涯と素顔』（一九一六）も同様である。

いつも驚かされることだが、メネンデス・ペラーヨがセルバンテスを扱った部分はわずかである。つまり三百周年を記念してアカデミー会員を前にして行なったアベリャネーダの『ドン・キホーテ』をテーマとした講演（『スペイン美学思想史』所収）と、『小説の起源』に含まれるわずかな箇所だけである。その他にはない。彼の評価の多くは十九世紀を通じて現われた内外の批評からの影響をうけていて、その見方はリウスの『参考文献』第三巻[3]に要領よくまとめられている。わずかな仕事とはいえ、適確にして美的な考察が見られることは否定しがたい。

こうしたメネンデス・ペラーヨの著作の他にも、ここ三〇年間に限ってみても、文学技法の視点から、『ドン・キホーテ』の捉え方に影響を与えたとされるべきものがいくつかある。思い出すままに列挙すると、モーレル・ファティオの『ドン・キホーテのスペイン』[4]（一八九五）や、ホセ・オルテガ・イ・ガセーの『《ドン・キホーテ》に関する省察』（一九一四）、トッファニンの『人文主義の終焉』（一九二〇）の一章、それにメネンデス・ピダルの『《ドン・キホーテ》の構想に関する一考察』（一九二〇、増補版は一九二四）などである。テクストの最良の読みという点からすると、F・ロドリーゲス・マリンの注釈[5]（一九一六）は、クレメンシンの素晴らしい注釈を念頭におくことを一時も忘れることはなかったといえ、きわめて貴重なものと言える。セルバンテスをめぐる真の省察的仕事の欠如の原因は、逆説的とはいえ、セルバンテスのまわりに形成されてきた呪物的な環境によるところが大きい。また同時に秘教的な罪に陥ることを恐れる気持ちにも起因している。つまり許容された批評的規範を踏みこえてしまえば、秘教的とのレッテルを貼られてしまうがゆえに、誰もあえてそうしなくなるような厳重な監視があったのである。こうした〈異を唱えず（ne varietur）〉というのは、こうした問題に関わる者たちのなかでもっとも支配的な原則となっている。

十九世紀の初頭、『ドン・キホーテ』という作品はクレメンシンの注釈に見て取れるように、新古典派的規範にしたがって解釈されてきた。つまり模倣や寓話とその規範、それに真実味といった要素である。こうした視点は外国におけるロマン主義的批判に対しては不十分と思われた。彼らはかの偉大な小説のうちに深い人間的価値や深遠な意味をかいまみたが、そうした要素はさまざまな時代と人間的差異にとって必然的なものであった。そこでスペインにおいても、ニコラス・ディアス・デ・ベンフメーアの労作[6]や、才においてはそれに劣るとはいえ、『ドン・キホーテ』のうちにあらゆる種類の鍵や魔術を見いだそうとした者たちの作品が出現している。我々の文芸批評の方向がまともなものであったとしたら、実際にはセルバンテスがスペイン史のなかでしか、完全に説明も理解もしえない、文学的で人文主義的な重要問題を提起しているということを知った時点で、そういったものはすべて雲散霧消していたはずである。一時そうした合理的要求が指摘されたこともある。

「セルバンテスのうちに整合的で体系的な探求としての哲学が見いだされなかったとしても、その作品のなかには、彼の時代の哲学的意味を知るうえで、拾い上げねばならない特徴が燦然と輝いている」(7)。

そうした研究を成すために必要だったのは、十六世紀のスペイン人作家たちを思想的な視点や、外国人作家たちとの関連性の視点からみてみることだっただろう。つまるところ、あらゆるところでゲーテやシェイクスピアなどに対してなされてきたような仕事の足跡をたどることである。そうした側面の研究はなされることがなかった。批評が滋養分を得ていたのは、閑暇の産物として生まれた発想とか、さもなくば(ハイネやツルゲーネフなど)天才的人物が、かの大いなる小説から得た美的喜びから書き記した言葉などからにすぎない(8)。今日(歪んだ捉え方をされた)ロマン主義的批評の残滓を見いだそうとすれば、それはドン・キホーテの中に反教権的で福音主義的あるいはアナグラム(語順入れ替え)的な人物像を、得々として提示しようとする者たちのなかに見いだせる。まちがいなくこうした熱意あふれるセルバンテス学者たちといえども、もし体系だった作品が存在し、かつそのひとつでも読んでいたらそうした無邪気な説を唱えはしなかったであろう。というのも彼らの説はいわば師なき生徒のお遊びにすぎず、真の学者の注意を引くに値するものではなかったからである。

真に重要なことは幼児性の抜け切らないそうした秘教的批評が、その反動としてセルバンテスに関する評価のうえに影響を及ぼしたということである。つまりセルバンテスの宗教的意味を当時のヨーロッパの他の宗教的意味との関連で考えるといった、厳に客観的な分析をするのではなく、セルバンテス的な〈現状〉を維持し、あらゆる神秘のベールを拭いさり、思いもよらぬ深遠さから彼を遠ざけることを目的とするような、真に防御的な枠組みの成り立ちを究明しようとしたのである。実際、批評の方向はセルバンテスにおける問題を探求することを止めてしまった。彼らのスローガンは「ここでは何も変わったことはない」といっているように見える。たしかにその動機はわからぬでもない。しかしその反動はきわめて大きく、秘教主義者たちの夢想をうち砕いただけでなく、畑に出ても収穫はないと幾度となく聞かされなければ、落穂拾いにでかけてしまったであろう謙虚な者たちの気力すら殺いでしまったのである。

一八五四年にM・ミラ・イ・フォンタナルスはセルバンテスに関してこう書いている。

「彼はかなり高度な文学的な配慮をしていたにちがいない。（……）一言で言えばそうした批評というのはあらゆる作家に必要なものである。（……）彼には豊富な読書によって培われた本能に欠けることはなかったし、独創的な作家であれば構想を練る段階で察知し、解読していくような技法も十分にそなえていた。（……）彼が自らに課した規律というのはひとつだけだったと思われる。それは平たくいえば、その場にふさわしく、穏健にして意味ある言葉を用いて、響きのよい楽しい文章や言葉遣いを生み出すということである。（……）彼はこの軽妙な道具ときらめく才知をもってして、神に身をまかせ、そして幸運に身を委ねたにちがいない」（『全集』第四巻、三〇三頁）。

フィッツモーリス・ケリーに言わせるとこうである。

「我々はセルバンテスをあるがままに受け取るべきである。つまり彼は理論よりも実践においてより勝った芸術家であり、後天的な才よりも生得的な才において偉大であった。（……）しばしば自然のもつ美しい素朴さや瑞々しさをそなえていた。自然性、それこそが彼の性格であり……そこから彼の作品の普遍的で人間的な性格が出てくるのである」[9]。

ロドリーゲス・マリンは皮肉を込めて次のような者たちのことをほのめかしている。

「彼らは上等な哲学的蒸留器で『ドン・キホーテ』の意味の本質、つまりアリストテレスも思い浮かばねば、聖バシリウスもなんら言及しなかったような、そしてキケロも考え及ばなかった本質、つまりセルバンテス自身が述べているような騎士道小説に対する非難としての本質を浸出させようとやっきになっているのである(10)」。

これをみても『ドン・キホーテ』に関しては、いかなる種類のものであれ、それに肉薄するような研究がいかに困難であったかが知れようというものである。かの賢き注釈者——賢いことは間違いないが——にとって、『ドン・キホーテ』は本質的に憂鬱症に対する解毒剤なのである（第一巻、二七頁）。

そうした態度の先例を身近に探せば、前述したミラ・イ・フォンタナルスの文章やメネンデス・ペラーヨの中にそれを見いだせる。後者はこう述べている。

「『ドン・キホーテ』を人間的才知の生み出した(11)驚くべき小説だとみなさず、福音書のたぐいだと頑固に言い張る者たちがいることを考えてみれば……その罪の大方はロペ・デ・ベーガとのいさかいにあるとするのが適切である」。

「かかる目新しさをでっちあげようとする者たちに向かっては、セルバンテスの学問的思想がもしそうした名に値すればの話だが、良識の領域を越えることはほとんどなく、十六世紀のスペイン文化（たしかにきわめて高かったが）の水準を少しも凌駕するものでなかったと、説いて回っても詮ないことであろう。ちなみにセルバンテスの同時代やそれ以前に出た数多くの書物の中には、同じことを言うのでも、もっと体系的で学問的裏付けがあり、もっと本源的に掘り下げたかたちで述べられていることが証明されうるのである(12)」。

もしメネンデス・ペラーヨ自身が仲立ちの労をとってくれたとすれば、自らのそうした考えを変えたかもしれない。また芸術的背景に先立つとはいえ実体のよくつかめない《学問的思想》に思い煩うかわりに、セルバンテスが己れの芸術と人生をいかに表現しようとしたかという、もっと一般的な問題の考察をしたにちがいない。とはいえそのためには、セルバンテスが市井の人間で、知的なことはどうでもよく卑俗なことを感じるしか能がないという、嘆かわしい偏見をまずもって捨て去ることが必要であろう。ともあれその言葉に耳を傾けてみよう。

「セルバンテスは詩人であったし、また詩人にすぎなかった。そして当時言われていたような《無学な才人》であった。彼の学問的知識は彼の生きていた社会の知識そのものであった。その中でもとりわけ風変わりで少数派の知識というのではなく、多数派の、しかも《公式的見解》とでも呼ぶようなものであった。というのも彼にはそれ以外の思想を身につける趣味もなければ時間もなかったからである(13)」。

「セルバンテスは偉大な詩人と言っても同じだが、偉大な小説家であったがゆえに偉大である。つまり想像力のたまものを作り上げる偉大な創造者であって、世界を栄光で満たすのにはそれしか必要なかった……芸術家がそなえている直観というのは科学的真実に対するそれではなく、諸形式、つまり彼の生きている知的世界にたいする直観である(14)」。

モーレル・ファティオもまた一八九五年に似たようなことを述べている。

『ドン・キホーテ』を繙いてみれば、そこには舞い上がった著者があえて哲学者やモラリストの姿勢をとってストーリーを中断させ、論理の薄弱さや稚拙な表現で混乱した思想をさらけだしているのが分かろうというものである。作者自身、それが間違ったこととは思ってもみないばかりか、自らの才能のユニークさの定義すらしている。彼が何のてらいもなく、明らかに他に秀でた唯一の才能とみなすのはその創造力、つまり創作の才である。《我は創意という点で誰にもひけをとらぬ者》(『パルナソ山への旅』第四章)と述べているとおりである。なれば我々はセルバンテスを世界的天才とか、人間ばなれした例外的存在などとみなすのはやめることにしよう……彼のことを歪曲するのではなく理解するようにしよう、ありのままに愛することにしよう、つまり巧緻にたけた小説家として、また誠実な人間として[15]」。

十九世紀の実証主義はセルバンテスを攻撃目標にした。人々は教養作品に物理的な明晰さを与えようとするあまり、そうしたものを実体を失った能天気な現実に変えてしまったのである。

メネンデス・ペラーヨはファン・バレーラの楽しくも性急な議論を前にしても泰然としていた。彼はこう述べている。

「ファン・バレーラ氏は私の判断では『ドン・キホーテ』についてもっとも評価したスペイン人であり、その指摘はわずかな頁数にもかかわらず、私の考えている批評上の理想により近づくものといえよう[16]」(リウス、第三巻、一〇〇―一〇二頁参照[17])。

しかしルイス・ヴィダールは一八七八年にいみじくも次のように述べていた。

「バレーラ氏は『ドン・キホーテ』の作者の政治、道徳、詩などについての箴言が正鵠を射たものとはいえ、決して俗知を越えるものではなかったと述べたが、それは自説を主張するあまりの誇張と思われる」(リウス、第三巻、三九八頁)。

またここでアンヘル・ガニベー(一八六五―九八)の意見も見ておこう。彼はこう述べている。

「スペイン芸術のうちで『ドン・キホーテ』を凌ぐものはない……セルバンテスがその作品を構想し始めたとき、自分の中に力強いデーモンを有しているが、彼の外には、神の直観のように動いている人物しかない。それから彼はそれらの人物を把え、いわば、驢馬追いが、公平に適切に杖でなぐりながら、しまらない猫撫声で励ましながら、ロバ公を追い立てるように、前方へそれらの人物を追い立てる。『ドン・キホーテ』の中にこれ以上の技巧を求めてはならない。それは散文で書かれていて、しかもあの神秘文学者の類まれな詩、各詩句がプラトンのイデアのように純粋でとらわれない感覚である(18)」。

以上の引用文や、簡潔を旨として他の引用は控えるが、その他の箇所からも、バレーラやメネンデス・ペラーヨをはじめとする者たちにおいてはっきり窺えるのは、セルバンテスの博識に与するような秘教主義者たちの恣意的な解釈に対する反感と、彼は世界でもっとも気取らない偉大な小説家であり、その意味を探ろうとしてむやみに頭を熱くしてはいけないとするような肯定的見方とがないまぜになっているということである。彼らの見方によればセルバンテスはあの時代に生きた一スペイン人、つまり最も教養ある人間のひとりというのではなく、むしろ最もありふれた人間のひとりにすぎなかったのである。というのもあまり教養を身につける時間的余裕がなかったからである。とはいえ彼は偉大な詩人のもつ天才を後ろ盾に奇跡的にも素晴らしい空想的作品、つまりそれを構想するのに空想力しか必要としない、そうした作品を生み出したということになる。ここからセルバンテスの無意識のテーマに到るのには、ほんの一跳びしか要しない。

しかし十九世紀に生まれた理論が今日まで及ぼした広がりを見てみるべく、近代の批評家たちの意見をいま少し挙げてみることにしよう。サヴィ・ロペスはこう述べている。

「彼（セルバンテス）の内にはいかなる高度な世界解釈もなければ、確固たる宗教的・倫理的思想もない。ただ年長者たちの信念に従い、既成の秩序や既知の真実を尊重したというだけである。つまり王位と祭壇に敬意を払ったのである」[19]。

またシュヴィルに言わせると「彼の精神は思念的ではなく、また時代の政治的・宗教的ドグマに対する彼の姿勢は一般のだれともかかわらぬほど無批判的なものだった」[20]。セルバンテスについて哲学的方向で研究を行なってきた者ですら、漫然かつあいまいにこう言うのは釈然としない。

「彼は〈したたかな精神〉とも、また革命家や予言者とも程遠く、思想家としては時代を越えることはなく、時代を養分として生き、時代を写しだすことだけで終わった」[21]。

ラミロ・デ・マエストゥによると「我々は言外ではなく言説そのものを読むことにしよう。芸術作品というものは玄人だけが理解しうる秘儀ではない。むしろ逆で、ありきたりでありふれた感情表現なのである。したがって実際の自分よりももっと幼い自分に還るよう努力せねばならない」[22]。

こうした見解から次第に分かれてくるのは、『ドン・キホーテ』をまえにしたセルバンテスは例外中の例外だとする見方である。読者はこの大作を前にすると無邪気な感覚と想像を覚えることくらいしかできない。というのも知的なレベルでは、他の手段がなければとうてい理解できるようなものではないと、あらかじめ吹き込まれているからである。ウナムーノは完全にこうした結論に陥っている。

「他の作品では才知のひらめきの弱かったセルバンテスをして、自らの生涯の物語を書かしめたことを、我々はドン・キホーテの大いなる奇跡とみなすべきではなかろうか」[23]。

またロドリーゲス・マリンもその轍を踏んでこう述べるのである。

「『ドン・キホーテ』の中に今見ているような高邁さを発見できないとするならば、彼は当時生きた多くの人間のひとりということになってしまう。この点でセルバンテスはコロンブスと似ている。

双方とも自らの発見したものの真価を、はっきりと十分に認識することなく亡くなったからである。『ドン・キホーテ』を生んだことはかくも深い意義があるのであり、実父すら心底それを見抜いてはいなかったほどである」[24]。

翻ってみるとこのテーマは昔からあった。すでにハイネは一八三七年に出たドイツ語訳の序文でこう述べていた。

「天才の筆はつねに天才自身よりも偉大である……セルバンテスはそのことをはっきり認識することなく、人間的熱狂に対する最大の風刺を書き上げた」(リウス、第三巻、二六四頁)。

またメネンデス・ペラーヨは「まさしく『ドン・キホーテ』が天才的作品であり、あらゆる天才的作品が明示的に表現していること以上を暗示しているがゆえに、そうした解釈が可能となる……」[25]とコメントしている。

最近ではわれらの著名な批評家は、セルバンテスをある種の大きな子供というか、天才の特徴をそなえつつ賑々しく成長を遂げていく天才少年、といった人物として表象することを楽しんでいる。

「セルバンテスは真に成長した人間がそなえた無垢で善良な魂をもって、凡俗な読者であれば退屈で投げ出してしまいそうなばかげた読み物に、幼児的楽しみともいうべき喜びを感じていたことが知られている」[26]。

私たちは知的あるいは教養の面では凡庸ではあるが、無意識のレベルでは天才的なものをもったセルバンテス像を思い描いている[27]。『ドン・キホーテ』をセルバンテスの他の作品群から際立たせる、こうした先入観でものを見ていると、歴史的にそれほど際立ってはいない人物においてすらよくあるように、著者もまた実際なにかしら生に関する独特な見方をもっていたのかどうかといった問題にまでなかなか思い至らない[28]。今や偏見にとらわれぬ、きわめて限定された目的をもったセルバンテス作品に対する、バランスのとれた研究が求められていると言っていいだろう。本書にはまだ多くの不足があることを知らないわけではない。しかしあらゆる不都合に立ち向かうことが必要だったのである。セルバンテスの知的源泉について徹底的な研究をしようと思えば、私の仕事は〈際限なく〉続いたかもしれない。読者諸氏には将来、訂正すべき不備や間違いについてご指摘いただければありがたい。今はただ試論をあえて提示したまでである[29]。

(1) 十九世紀にセルバンテスについてなされた最も本格的な研究のほとんどは、文学者や哲学者の手になるものであった。ドイツ・ロマン派の仕事は素晴らしいもので、『ドン・キホーテ』に対して提起された視点の多くは、傑出したドイツ人たちの思いがけぬ熱意あふれた努力のたまものである。卓越したJ・J・A・ベルトランの『セルバンテスとドイツ・ロマン主義』(J. J. A. Bertrand, *Cervantès et le romantisme allemand* パリ、一九一四)を参照。これは頻繁に引用する予定。【スペイン語訳された新装改訂版を参照。『ファウストの国におけるセルバンテス』(*Cervantes en el país de Fausto* マドリード、一九五〇)。】翻って今日、前に述べたようにセルバンテスを明確な知的意識をもった人物と規定する試みに対しては、何であれ風当たりがつよい。私は英米やイスパノアメリカの大学でセルバンテスについて講演してきたが、そうした場合には資料不足や論点の狭さというものがでてくる。するとフィラデルフィアで私の話を聴いたあるスペイン人批評家がいとも迅速に、なんとセルバンテス思想の近代性についての拙論に反駁する本を書いたのである。その著者によると『ドン・キホーテ』には「生のさもしさに優る……理想に対する信念」という哲学しかないという。私が言及したのはダビー・ルビオの『《ドン・キホーテ》に哲学はあるか』(David Rubio, *¿Hay una filosofía en el Quijote?* ニューヨーク、一九二四)である。

(2) マイネスの『セルバンテスとその時代』(Maínes, *Cervantes y su tiempo* 一九〇一)は愛好者の作品で、実際にはセルバンテスについても、その時代についても語ってはいない。【一九二五年以降に出版されたセルバンテス研究は膨大な量にのぼる。すべてとは言わないがそのほとんどは、その考え方を否定するにしろ、利用するにしろ、または発展させるにしろ『セルバンテスの思想』から出発している。基本的な労作としてはR・L・グリスマーの『セルバンテス――参考文献――セルバンテスの人生・作品・模倣者に関する単行本、エッセイ、論文、および関連研究』(R. L. Grismer, *Cervantes. A Bibliography: Books, Essays, Articles and Other Studies on the Life of Cervantes, His Works and His Imitator* ニューヨーク、一九四六―一九六三、二巻)や、ダナ・B・ドレークの『セルバンテス――批評的参考文献』(Dana B. Drake, *Cervantes: A Critical Bibliography* これは出版途中で、現在までに出ているのは次の一巻のみである。『模範小説集』ヴァージニア・ポリテクニック・インスティトゥート、ブラックスバーグ、一九六八)。】

(3) ベルトランの著作によって、今日、ドイツに関する部分は権威を失っている。【同じベルトランの「ドイツロマン派のセルバンテス学の再生」“Renacimiento del Cervantismo romántico alemán” AC、第九巻、一九六一―六二、一九六五年出版、一四三―一五七頁を参照。】

(4) E・フリア(E. Juliá)の西訳が *Semana Cervantina*(カステリョン、一九二〇)に掲載されている。

(5) 私の文献上の選択が恣意的なものでない証拠には、ロドリーゲス・マリンが一九一六年の版(第六巻、四四八頁)で『ドン・キホーテ』に関する基礎研究を引用しようとしたとき、彼の手元にはメネンデス・ペラーヨの講演と、あらゆる点でモーレル・ファティオに劣るA・サルセード・ルイスの論文『《ドン・キホーテ》にみる社会的身分』(A. Salcedo Ruiz, *Estado social que refleja el Quijote*)しかなかったことからもわかる。

(6) リウスの第三巻、六六頁以下参照。

(7) F・デ・ラ・パウラ・カナレハス『スペイン哲学史研究』(F. de la Paula Canalejas, *Estudio de la historia de la filosofía española* 一八六九、リウス、第三巻、一〇三頁)。

(8) 実際、ティーク(Tieck)や他のロマン主義者たちのセルバンテス批評はスペインではたいした影響を与えなかった。それは彼らのドイツ語の原文がフランス語やスペイン語に翻訳されなかったからである。原文はベルトランのきわめて重宝な本に収録されている。かつて不完全ながらもリウスの第三巻(一九〇四)にも収められていた。
(9)『スペイン文学史』一九二一、二一一頁。
(10)彼の『ドン・キホーテ』の版、一九一六、第一巻、二六頁。
(11)『美学思想史』第二巻、一八八四、四二四頁。
(12)『美学思想史』第三巻、一八九六、三八九頁。
(13)同上、三九一頁、同じことが『セルバンテスの文学的教養』(一九〇五、三一頁)でも再度論じられている。
(14)同上、八九—九〇頁。
(15)モーレル・ファティオ『スペイン研究』(*Études sur l'Espagne*)一八九五、第一巻。西訳はE・フリアのもので*Semana Cervantina*(前掲書)、一一七頁以降。
(16)『文学批評』(*Crítica literaria*)、第四シリーズ、一二六頁。
(17)対照せよ。
「哲学的注釈などという別のジャンルの注釈は、もしそれが子供でも理解しうる、難しさなど何もない単純明快な本に、秘教的な教義が秘められているなどと主張するものだとしたら、とうてい是認できるものではない……。セルバンテスはいかなる真理を発見したわけでもない。セルバンテスは詩人であり、美を創造したのである……。政治や道徳、詩などに関する箴言は……正しいものとはいえ、決して俗知を越えるものではない、云々」(J・バレーラ『スペイン・アカデミー報告書』J. Valera, en *Memorias Academia Española* 第五巻、一五五頁)。
(18)『スペインの理念』一八九七、七一頁〔橋本一郎、西澤龍生訳〕。
(19)『セルバンテス』西訳、マドリード、一九一七、三八頁。
(20)『セルバンテス』一六八頁。一方で彼は十分に思想を発展させぬまま次のように付言している。
「セルバンテスは態度、人生観、人間的言動の解釈において、その時代の知的方向からはっきり距離をおいていた」。
(21)T・カレーラス・アルタウ『《ドン・キホーテ》における法哲学』T. Carreras Artau, *La Filosofía del derecho en el*

Quijote　一九〇五、三七九頁。
(22)　イカサ『《ドン・キホーテ》の三世紀』Icaza, *El Quijote durante tres siglos*　一九一八、一二一頁。
(23)　『ドン・キホーテとサンチョの生涯』*Vida de Don Quijote y Sancho*　一九〇五、四一八頁。類をみないほど美しく示唆にとんだ本書は、悪意があるわけではないが、かなり無思慮な見方をしている点で大きな意義を失ってはいない。ウナムーノはここで『ドン・キホーテ』が全体のなかでもつ意味付けや価値を問題にせず、自らの心のなかに占める場所のみを問題にしている。
(24)　一九一六年の版、第四巻、三〇三頁。
(25)　『文学批評』(*Crítica literaria*)、第五シリーズ、二〇九頁。マヌエル・デ・ラ・レビーリャ (Manuel de la Revilla) は一八七五年にこう述べている。
「『ドン・キホーテ』はセルバンテスが予感して書いたり、考えぬいて書いたのではなく〈無意識的に〉書いたものである。永遠の『ドン・キホーテ』は、きわめて高く、しかも深い概念なのである」(リウス、第三巻、一二三頁)。
(26)　『小説の起源』第一巻、四九五頁。これはセルバンテスが称賛したアントニオ・デ・ロフラソ (Antonio de Lofraso) の『愛の運命』(*La fortuna de amor*) に関連した部分である。メネンデス・ペラーヨの判断は性急である。それよりずっとばかげていたのは、二流、三流の騎士道物語であり、にもかかわらず大衆の一般読者のみならず小説家たちの心をも引き付けたことである。彼らはそうしたものを読んでも退屈になるどころか、ますます楽しんだのである。
(27)　こういった決まり文句は一九二四年に出たC・デ・ロリス (C. De Lollis) の近著『反動的なセルバンテス』(*Cervantes reazionario*) を参照する前に書かれたものだが、この本もそれを裏書きしている。その中で次のように述べられている。
「『テアゲネスとカリクレア』は本来の古典ではなかったが、セルバンテスの目にそう見えたのは彼の知識不足からだった」(一四〇頁)。(デ・ロリスのこの非難に対する私の答えは後の方 (本書九三頁、註68) で見てもらいたい。)

「彼は体系的に理論化することがきわめて不得手であった」(一四四頁)。

「私が嬉しく思うのは、シュヴィルもまたセルバンテスがラテン語に自信がなく、総じて書物ではなく世の中の方に通じていたという点を嬉々として指摘している点である」(一八四頁)。

「偉大さという点でまさにダンテと並び称されるセルバンテスは、〈どうしてそうなるのか分からぬまま〉傑作をものしたことを誇りとしていい」(二三三頁。二三一頁も対照。随所に)。

(28) セルバンテスの知性や省察に対する軽視は、ことば上の解釈の細部にまで及んでいる。クレメンシンは『ドン・キホーテ』前篇、八章の終わりを解釈して次のように述べているが、それをロドリーゲス・マリンも是認している。
「しかしセルバンテスはあまりにも後先考えずに書いたので、次の章において、当然のことのように唯一の作者をシーデ・ハメーテ・ベネンヘリとしたのである……」。

ところでルフォ・メンディサーバル(Rufo Mendizábal)はRFE(一九二五、一八一頁)において、セルバンテスが「本書の第二の作者」と言うときそれは自分自身を指していたのは明らかだと述べている。

(29) カール・フォスラーは『スペイン黄金世紀文学におけるリアリズム』(Karl Vossler, *Realismus in der Spanischen Dichtung der Blütezeit* ミュンヘン、一九二六、一八頁)において、セルバンテスが無意識的な作家ではなかったという見方を受け入れている。
「近代読者にとって、世界理解と天衣無縫な空想、批判的散文と楽しい伝説的な詩とのこうした素晴らしい結びつきを理解するのは、独特の困難をともなう。彼にしてみるとセルバンテスのような独創性をもった詩人が、同時に明晰にして批判的教育を受けた思想家であったなどとは信じられないのである。アメリコ・カストロ氏の卓越した作品『セルバンテスの思想』は、セルバンテスを教育のない、無思慮にして無意識的な、生まれつきの天才とする広い偏見を打ち破るものである」。

第一章　文学的指針

セルバンテスの教養が問題にされるときは、以下に挙げる目的のどれかに合致して行なわれてきた。

a　作品の内容を分析し、創作に影響を与えた要素を見極めること。この場合、作者の外に文芸作品が可能なかぎり多くあることが求められる。つまり作者はその場合、受容器となる。学者たちはデータの出所をつきとめることに情熱を傾ける。たしかにそうした手続きを踏むことで貴重な結果を得ることができるが、「『ドン・キホーテ』の生きたモデル」を見いだそうというのは大げさである（イカサ、ロドリーゲス・マリン[1]）。

b　作品から同時代の生活に関する情報を引き出すこと。そこでは『ドン・キホーテ』は社会派小説そのものとなる。「まさに彼が生きた時代の一国民の文明のありさまを描いている」（モーレル・ファティオ、前掲書、一二五頁）。

c　セルバンテスにおける言語学的表現の意味を説き明かすこと。かかる研究は注釈者や言語学者によってなされる。

しかしセルバンテスは単なる受容器でもなければ、またスペインの過去と現在が注ぎ込まれるような源泉の排水溝でもない。したがって最大の研究の力点をそうした点においてはならない。我々はスペイン演劇のおかげで、社会的視点に基づく最良の資料を手に入れている。我々の場合、真に重要なことは作者の生の視角であり、作者が自らのために選び取った視点である。それによってものごとは独自な存在を獲得し、またセルバンテス的世界と呼ばれうる驚異の現実に変容するのである。したがって内から外に向かうべきであって、その逆ではない。セルバンテスの教養は彼の作品の内部でこそ機能する構成要素である。凡庸で俗っぽい人間と貶され、周囲の者たちと変わらぬ性質の人間だときめつけられたこの人物に関して、どんな場面でも細部でも、本質的に考察されることはなかった。とはいうものの選択と選り好みの労はあらゆる点に見て取れる。さきほど触れたイタリア人批評家の言葉をもってすれば「どうしてそうなるのか分からぬまま」天才的に言いあてたと述べることは、あたかも花弁の中にいる蜜蜂からは何が出てきてもおかしくなかったが、その偶然のたまものが蜂蜜だというのと一緒である。

B・クローチェ（B. Croce）が文学研究の方法として、作者が自らの周囲に見たり読んだり感じたりする可能性のあるすべてのものを、あたかもそうしたものが文学の素材であるかのように、事細かに追い求める方法を退けているのはきわめて順当である。というのも真の文学的素材というべきは「ものごとではなく、作者の感情であり、感情こそがものごとを決定づけ、説明するからである。言い換えると、作者が正しくある事柄に、また特にある事柄に心を向けているのはなぜで、どうしてなのかということである」（『アリオスト、シェイクスピアおよびコルネイユ』*Ariosto, Shakespeare e Corneille* 一九二〇、二二三頁）。作者の選り好みについて、理由を細かく説明することはできないが、だからといってその中で生きている生活と文化に関してもっている作者の立場と切り離すこともできない。文学的創作の外的形式に対応するのはつねに内的形式である。何はさておき議論など無用であろう。なぜならばセルバンテスの理想るからである。

的型たるものが、『ドン・キホーテ』や『ペルシーレス』のような作品のうちにしっかりと示されている。

『ドン・キホーテ』に関しては素晴らしい書物が多く書かれてはいるが、作者についてはそうとも言えない。外国でスペイン文化の細部について知ることはむずかしく、また我々にしても自分たちの（ときに過大評価したり否定したりして）知の歴史に関心を寄せないできたことを思うと、セルバンテスに関してそうした性質の問題にかたよってきたのも致し方あるまい。作品はじっくりと考察するよりも、むしろ楽しみ味わうべき対象であった。おそらく静かに熟考するよりも感じとることの方に力が注がれてきたのであろう。一方、セルバンテスに関する思想を形づくることに尽力してきた、多くの場合、純粋な外国人文学者たちに対して、セルバンテスがわがスペイン史のなかで表象する視点をとらえるよう求めるのは酷というものである。スペイン人自身、十六世紀という時代に近代の文化思想に対応するものの実体について、いまだにきちんと分析していないのであればなおさらであろう。したがってその結果、セルバンテスの知的源泉に関する書物はいまだに生まれていないのである。メネンデス・ペラーヨのエッセーは当時のレベルでは貴重で輝かしいものではあったかもしれないが、モンテーニュ、ラブレー、シェイクスピアなどに関してなされた努力（ヴィレー、プラッタール等）と比べてみれば、同等の権利を要求しうるものとはとうてい言いがたい[2]。

『ドン・キホーテ』を書いたセルバンテスは、『模範小説集』や演劇や『ペルシーレス』を書いたセルバンテスと別人ではない。今の段階では、いったんそうした作品の類なき芸術的価値のことは忘れて、セルバンテスの理想とする視点や、自らをとりまく現実を前にしてとった態度、また自らの空想から生まれた人物たちに投影される倫理的意味についてすこし考察してみたい。セルバンテスがガリレオのような賢人でも、またデカルトのような哲学者でもないにせよ、こうした問題は正面きって提起されてしかるべきである。ラブレーやシェイクスピア、モリエールもまたそうした存在ではなかったが、熱心な人々は彼らの思想やモラルについての研究に携わってきたわけだし、そうした研究がなければ彼らの作品のみならずセルバンテスの作品もまた、今ある姿ではありえなかったであろう。

調和と不調和

周知のごとく『パルナソ山への旅』は一六一三年に脱稿し、翌年の一四年に印刷にふされた。[3] 出版者や歴史家たちは、とりわけこの詩人列伝の教養的側面に注目し、「列伝作家の稚拙な手法」や「構想上のまとまりのなさ」といった点を指摘した。[4] しかしこの詩作品には、セルバンテスが今にも消え去ろうとする自らの文学人生をふりかえって、自らの芸術的・知的信念を披瀝している重要な部分がある。

ありえざるべき事柄に
つねにそっぽを向いてきたわが筆なれば。
　穏やかなわが拙文を知らしめる
ものは確かでありうべき、柔らかにして
心地よき雰囲気もったことなりき。
　非才なれどもわが筆が不協和音に
道開くことはありえぬ。和合こそ

我が行くべき大道をつねに開けり。
　ユーモアで行く道示すこともなく
隠れた意図をもたずしてなされし馬鹿な
振る舞いで人が楽しむわけはなし。
　嘘、でたらめで喜ばすためには常に
真実がなくてはならず、愚者・賢者
ともに喜ぶおかしさに欠けてはならぬ。(5)

同様の考えは『情婦』というコメディアの中にも窺える。

賢人は技の巧みを
作り出す和合をもとめ
馬鹿者は折り合いつかぬ
結末を作り出すなり。(6)

我々はいま理性と論理のプログラムを前にしている。かの作者はそれをどのように果たそうとするのであろうか。この質問に答える前に、より直接的なかたちでセルバンテスに影響を与えた文学的問題が、どのように提起されてきたのか見ておくべきだろう。前もってこの点に関するセルバンテスの態度について、どのような意見があったかを述べておこう。メネンデス・ペラーヨはセルバンテスをもっともらしい言い方で「文学理論の師父」と称している。[7] とはいえこう付言する。

「はっきりしているのは、このように立派なものが非理性的な思いつきの産物ではありえないということである……しかし美的なひらめきはあまりに突然におそってくるので、作家のほとんどは自らがたどってきた道をどうして選んだのか説明できないだろう。すべてはいまだ人間の目が見破ることのない反応として、心という高貴な実験室のなかで起きることである」。（同上）

管見によれば、ここには異なった問題が一緒くたにされている。それはセルバンテス作品の美的価値とその知的構造のことである。この二つは独立して考察されねばならない。つまりセルバンテスが築きあげたものの建築的配置に、いかなる要素がはっきり作用したのかを見極めるべく、彼の文学的規範を全体として検証する必要があったはずである。にもかかわらずメネンデス・ペラーヨは、セルバンテスにおける詩の概念を分析しつづけた。われらの批評家の言に従えば、セルバンテスは詩に対して、サンティリャーナ侯爵や他の十五世紀の詩人の過ちをひきずりつつ、文化的・学問的な価値を付与しているのである。その過ちは「〔セルバンテスが〕硬直した規範や規定に従わせようとした、演劇や小説などのジャンルに関する考え方に」反映している。[8]

騎士道物語を散文叙事詩とみなす考えは「わが国の十六世紀の文芸理論家たちにはきわめてありふれた」もので、彼らはヘリオドーロスや『アマディス』の作者を叙事詩人とみなしてきたのである。セルバンテスがロペの演劇と自らの作品に関して行なった批判には矛盾がある。そのために作者は『幸せならず者』の中で、自問自答する第二幕のはじめで、〈前言取り消し〉を行なったのであろう。メネンデス・ペラーヨはそうした矛盾（つまりセルバンテスが伝統を尊重し、自らが属していたクエバやビルエース一派を守る立場にありながら、演劇上の行きすぎた無秩序や道徳的意図への懸念に対して抗議している）を説明しようとして、シャック（Schack）の言葉を受け入れつつ引用している。メネンデス・ペラーヨが結論づけているのは、セルバンテス自身や彼のいろいろな指摘を、十六世紀スペインの美学的知の尺度とみなしてはならないということである。そうみなすべきはレオン・エブレオやピンシアーノ、カスカーレスなどであって、彼のそうした示唆はセルバンテスを学問の源泉とみなしてきた者たちへの反論となっている。(9) メネンデス・ペラーヨが『スペイン美学思想史』（*Historia de las ideas estéticas*）において述べたことは、全体としてみると、あまりに基本的なことであり、しかも不十分である。

アドルフォ・ボニーリャがまずもって研究しようとしたのは「セルバンテスの作品そのものを忍耐強く比較しながら読むことによって、芸術を表現し理解せんとするセルバンテス独自の方法であり、これはセルバンテスにおいていまだになされてこなかったがゆえに、なすべき価値があるだろう」(10)。ところがこの博学な批評家は「文芸研究の副次的方法に関することを棚上げし、セルバンテスの文芸理論」にのみ関心をよせてきた。ボニーリャはメネンデス・ペラーヨが行なったことをさらに推し進め、ピンシアーノの『古代詩哲学』（*Filosofía antigua poética*）やレオン・エブレオに関する新たな知識を付け加えた。要約すると、彼はセルバンテスの文芸理論はオリジナルなものではないが、いくつかの点を力説しているところが独創的だとしている。それはつまり〈自然〉の模倣や真実らしさ、あらゆる学問の要諦としての詩といった概念である。

我々としては少し異なった視点から問題を考察してみたい。セルバンテスは彼の時代の文学書や詩学に関する専門書、またおそらく哲学思想に関する書物を読んでいる。のちに見るように彼の文学に対する考えは、空想や感受性のはたらきに作用する外来の要素などではなく、むしろ逆に、独自の道を拓かせ選択させるような、方向づけそのものとなっていたのである。ここでは理論と実践は分かちがたく結びついている。ところがロペ・デ・ベーガの場合だと、中心を占める独自なロペ的世界から、しばしば博識な文飾的要素を区別することができる。

詩的普遍性と歴史的特殊性

セルバンテスは時代の構造につよく影響する文学的問題の核心に位置している。ルネサンスは中世以降に際立ってきた二つの傾向に、特徴的なかたちを刻み込んだ。それはつまり理想主義的文学（英雄的・悲劇的な作品群）と物質主義的文学（喜劇的・ピカレスク的で精確さに違いはあれ写実主義と呼ばれたり、ときには単に自然主義とも呼ばれる文学）である。[11] ルネサンスがいまだかつてないほど強烈に、一方で理性と理想の力を、また他方でより直接的で地上的な価値観を強調するとき、双方の傾向は十五、十六世紀に出現した新しい文学ジャンルのうちに新たな強烈な生命を獲得することになる。セルバンテスが『ラ・セレスティーナ』を神聖にして人間的な書と呼ぶとき、いみじくも我々が今考えていることを言い表わしている。[12]（騎士道的あるいは理想化された愛をテーマとした）英雄主義的文学は、ピカレスク的なものや笑話的なものなどと対置される。それはまさにカリストの世界観と、センプローニオの世界観の違いでもある。[13]

レオン・エブレオは我々の霊魂には二つの顔があると述べている。

「第一の顔は知性を見るもので知的理性であり、それを通して普遍的・霊的知識でもって論議し、個別的・感覚的物質から知的形相と本質を抽出し、常に物質界を知的にするものです。第二の顔は物質に向かうところの感覚であり、物質の個別的知識と言うべきもので……そしてこうした二種類の物質的美の知識との関連で、霊魂にはそうしたものに対する愛が生まれます。つまり感覚的知識によって感覚的愛が生まれ、理性的知識によって霊的愛が生まれるのです[14]」。

十五世紀のイタリアにはその二つの芸術形式が、きわめて際立ったかたちで存在していた。つまりフィチーノのプラトン主義から派生した作品（たとえばサンナザーロの『ラ・アルカディア』）とプルチの『モルガンテ』に代表される作品である。その二つの世界観は互いに接触をもつこととなった。したがって人生に対する即物的で批判的な視点は、その牙を魔術的で超越的な視点に対して向けたのである。理想は喜劇的な側面に落ち込み、そうした傾向を如実に映しだすものが、『ラサリーリョ』をはじめとし、オロスコの作品やその類書を含むピカレスク小説である。エラスムスもまたそうした姿勢をとった人物である。彼は『痴愚神礼賛』のなかで刺のある笑いをもってこう述べている。

「頭をちょっと動かすだけでオリュンポス山をことごとく震撼せしめる、神々の父祖であり人類の主君である大神にしても、なんどもなんどもやられたことですが、《子どもを作ろう》と思われるたびごとに、その三叉の雷火も……お預けにして、喜劇役者のような情けない仮面をおかぶりにならねばならなくなるのですからね。（中略）人類を殖やしてゆくのは、笑わずにはその名も言えないような、じつに気違いめいた、じつに滑稽な別の器官なのですよ。あらゆる存在が生命を汲み出すのは、ピュタゴラスの例の四元数などはそこのけで、今申した神聖な泉からなのです[15]」。

我々はひっくり返ったオリュンポス山を目前にした作者の、ピカレスク風の高笑いを聞く思いがする。我々はみな同じような存在である。こうしたエラスムス主義の側面がピカレスク小説の誕生には関わっている。私はこのことの方が、『ラサリーリョ』のなかのいくつかの挿話に及ぼしたエラスムスの反教権的批判の影響よりも重要と考えている。

エラスムスはルキアノスを大いに愛好していたが、優れた人物たちの足元をすくうこうした手法は彼から学んだのであろう。〈小ザル〉が〈雄鶏〉に向かって言う。

「トロイアの攻略で起きたことは、本当にホメロスが書いたとおりなのか教えてもらいたいね。〈雄鶏〉――あの時代にはこれといって優れて際立ったことなどなかったのさ。アエネーアスもそれほど偉大ではなかったし、ヘレンもみなが考えるほどの絶世の美女というわけでもなかったし」[16]。

アリオストの官能的で天衣無縫の性格も、同じ精神のたまものであろう。つぎの詩句を思い出してみるがいい。

名声ほどにはアエネーアス、誠実ではなく、
またアキレウスは強くなく、ヘクトルは猛くはなかった
アウグスト、ウェルギリウスの喇叭[17]が奏でるほどには
尊くも、慈悲に満ちてもいなかった（脇　功訳）

しかし別の重大な脅威が理想主義的文学を脅かしていた。十六世紀に文芸が発展をとげたことで、もはや純粋に地上的かつ人間的な刺激に対してしか精神が働かなくなるような、ある種の解放地帯が作られたのである。文学は真の意味で宗教との競合をなし、文学のまとう形式が、古代人の手腕の後ろ盾や、同時代の最も偉大な作家たちの天賦によって聖別されればされるほど、危険を増すこととなった。文学は彼岸の熱望にはっきり背を向けて、現世に歩を向けて歩み始めていた。ルネサンスの意味する生命の凱歌[18]を前にした当初の陶酔が冷めて後、一五五〇年になろうとするころ、紛れもない反動が現われたの

もそうしたことが原因である。それはカトリック教会がいくつかの修道会において行なおうとする全体的な後退と符合するものであった。トリエント公会議が精力的に文学を監視することとなる。つまり〈専ら淫欲的かつ猥褻なことがらを扱い、語り、説くような書物〉[19]に対してである。もちろん当時の神父やモラリストにとっての淫欲的なるものの概念は、今日我々が考えるものよりはかなり広かったこともあって、純朴な牧人小説に対する論駁などは理解を越えるものがある。この種の小説のなかに聴罪司祭たちは、乙女の貞操を脅かす危険を感知していたのである。彼らが切望していたのは、純然たる世俗的感性や空想を切り拓くのを妨げることであった。《対抗宗教改革》期に伸張をとげた騎士道物語発禁のもつ意味もそこにある。[20]当時、異教的な世俗作品が宗教的内容に翻案されることが流行ったが、それは騎士道物語にとどまらず、ボスカンやガルシラーソなどのきわめて崇高な理想性をそなえた作家たちにも及んだ。[21]

対抗宗教改革は第七章でさらに詳しく考察するが、文学作品の技法そのものに影響を与えることとなる。その意味で今の段階で、十六世紀におけるその影響を明らかにしておくことが望ましい。専門家たちは世俗的作品における空想や感性のはたらきを、論敵の批判から守る目的で、道徳的に定義し正当化しようと努めた。

G・トッファニンが『人文主義の目的』(G. Toffanin, *La fine del Umanesimo* 一九二〇)において指し示した具体的側面は、まさに文学のこうした一般的方向のうちに見いだされる。彼はとりわけセルバンテスに注意をはらい、彼がまさにイタリアの地に滞在していた時代に、当地の詩学研究者たちの行なった議論と、彼の主著を関連付けたのである。この点に関して疑問の余地はあるまい。とはいえセルバンテスの大いなる独創性、つまり彼の最高の作品を生み出した鍵となるものは、二重真理の体系とともに、理想が喜劇的なるものの斜面を転がり落ちようとする点にある。それは当然、研究者たちの度胆を抜いたにちがいない。ものごとというのは、それを自らの生の課題とする者たちの働きとして存在する。そうした精神的傾向の淵源は、前に指摘したような源泉、とりわけいかなる源にも帰することのできない、特殊なセルバンテス的性向に由来している。しかしこのような文学素材に対するユニークな見方が、生み出される元ともいうべき理論的側面を考察するのもおもしろい。トッファニンは次のように述べている。

「セルバンテスの理論的源泉はタッソを悩ませたものと同一である。つまりともに同じ書物を手にして、同じことがらが語られるのを耳にしたのである。そしておそらく双方とも同じ人物のもとに足しげく通ったと思われる。セルバンテスがイタリアに滞在した期間は一五六九年から七五年で、カステルヴェトロやピッコロミーニの詩学書が出版されたころと重なる。我々の指摘した、歴史と詩の大問題が提起されたのもその頃が中心であった」（二一三頁）。

「タッソが考察するも不毛に終わった歴史と詩の関連性についての問題等は、セルバンテスの崇高なる霊感を大いに刺激することとなった」（一七二頁）。

トッファニンをまって初めてセルバンテスにおけるイタリアの影響が本格的に論じられた。しかしこのことを理解するために、前もって若干の補足をしておこう。周知のとおり（十五世紀末から十六世紀前半にかけての）いわゆるルネサンスにおいて、ヴァッラやパッツィのラテン語訳を通して、稚拙な理解しかされていなかったアリストテレスの『詩学』は、隅に追いやられていた。詩は人生から切り離されるかたちで発展し、誰ひとり生活習慣を改善するために文学の道を切り拓こうとする者はなかった。文学は独自の道をたどり、不道徳のそしりを受ければ、マルティアーリスを援用して、「わが言葉は放漫なれど、わが生活は正し」[22]と答えることができた。こうした文学規範の状況は二重真理の教説とも比較しうるかもしれない。つまり理性にもとづく真理と信念にもとづく真理の二重性のことで、それは(ポンポナッツィの)信仰と異なる理性と同様、ルネサンスの特徴的な二元性につながっている。

しかし前にもみたとおり、一五五〇年頃ものごとは急激に変化していった。反プラトン的反動が目に見えて強まった。アリストテレスはほとんど教会博士に返り咲いたし、文学もまた対抗宗教改革の精神が浸透し、倫理的・理性的目的とうまく折り合わねばならなかった。一五四八年、ロボルテッリ(Robortelli)によるアリストテレスの『詩学』の校訂版が世に出た。それとともにトリエント公会議と関連した現象として、新古典主義的な規範が現われてきた。それは人生、つまり道徳と芸術との結びつきを通じて中世的統合を再構築しようとするものであった。そうした変革の推進力となったのは、ルネサンス期に自らの想像力にはけ口を与えたいと思ってきた者たちの抱いていた欲求不満であった。十六世紀末はある種のメランコリーの色調を帯びることになるが、そのかたちはタッソやマテオ・アレマン、セルバンテスにおいて各々異なっている。

歴史と詩の関係についての問題はルネサンス前期には関心を呼ばなかったが、十六世紀後半になってイタリア人著作家たちの間で生き生きとした興味を呼び覚ました[23]。モラリストたちは自由芸術ともいうべき、純然たる空想文学を非難していた。当時、必要とされたのはアリストテレスが『詩学』のなかで確固たる基礎を提供したような、真実にして模範的な文学であった。アリストテレスによれば「歴史家と詩人とが異なるのは、韻文を語るか、散文を語るかという点にあるのではない(なぜならヘロドトスの歴史を韻文にすることもできるであろうし、また、散文であろうと、韻文であろうと、同時にひとつの歴史であろうからである)。その相違は、むしろ、つぎの点にある。すなわち、前者は生起したことどもを語り、後者は生起しうるであろうようなことどもを語る点にあるのである。こういうわけで、詩作は、歴史よりもはるかに哲学的でもあり、はるかに価値の高いものなのである。なぜなら、詩作は、よりいっそう普遍的なものを語るが、歴史は個々のものを語るからである」(25)(傍点筆者、以下同様)(村治能就訳)。

そうした本当らしさやありうべき真実といった世界は、かくあらねばならぬ、といった道徳的規範のそれに容易に転化しうる。マッジ(『詩学』の版、一五五〇)やヴァルキ(『詩学概説』、一五五三)、スカリジェロ(『詩学』、一五六一)などは、詩的空想のもつ避けがたい虚偽性を〈真実〉と調和させるべく、芸術の目的をスコラ的な方向に合わせ、絶対善という抽象観念に添うように強いて、芸術の地位向上につとめた。それは歴史や現実の壁をものともせず、詩的な空想的人物をして有徳者の模範とすることであった。ところがピッコロミーニ(26)は、自著の序文のなかで、詩の目的はたしかに真実なるものであるが、詩人が詩人の目でもって見るべきは「そうした真実をしかるべき、本当らしきものでもって転化することと」と述べている。このアリストテレス注釈者によると、(27)詩的真実味というものは真実そのものよりも大きな価値をもっている。なぜならば(今風の言い方をすれば)現象的はかなさの中でとらえると本当らしさに欠ける、つまり反詩的となってしまうものを、永遠の相の中でとらえることだからである。

トッファニンに言わせると「詩人は歴史家よりもずっと見通しがきく。それはものごとを不易の相のなかに見るからである。つまり後者によってとらえられた真実は小文字で書かれた真実であるのに対して、前者によってとらえられた真実は大文字で書かれた真実であり、〈真実味〉と呼ばれている。つまりその上に義なる神の光が差し込んでいる〈本当らしさ〉であって、まさしく〈しかるべき〉ものと呼ばれうる」。

セルバンテスは自らの価値を十分に認識しつつ、こうした問題に直面していた。彼は自らの知識が、『詩学』をテーマとするイタリア人著作家たち、あるいはピンシアーノのそれに由来するかどうかには無関心であった。とはいえ、彼らの見方に着実に従っていたのである。[28] 管見によれば、セルバンテスはその双方から知識を得ていたと思われる。

『ドン・キホーテ』後篇、三章で、郷士と彼の従士、得業士の三者が『ドン・キホーテ』前篇について、また主要人物がどのように想定されているかといったテーマで会話を交わしている。セルバンテスの天才的な点は、主要人物の生活のきわめて親密な部分に、学者たちを悩ませてきた理論的問題を持ち込んだことである。作者はドン・キホーテを詩的次元に据え、一方のサンチョを歴史的次元においた。しかし各々の立場を守ろうとするのは、作者ではなく、彼ら自身なのである。書物の中での不毛な議論は、可能性にとんだ近代的な生の対立に置き換わっている。[29] ドン・キホーテは普遍的で本当らしくみえる真実の名のもとで語り、一方、サンチョは感覚的・個別的な真実の側に立って戦う。そうした自然でセルバンテス的な対立は解決をみることはなく、あからさまな問題として開かれたままである。セルバンテスの無思慮やその知識の凡庸さをあげつらってきた者たちには、それがすばらしい反証となろう。

ドン・キホーテはこう語っている。

「徳高くすぐれた人物に、何にもまして喜びを与えるに相違ないもろもろのことがらの中のひとつは、まだ存命中に、印刷され出版されて、世間の人々の口の端に美名をたたえられる身になるということじゃ。わしが《美名をたたえられる》と申したのは、もしもそれとうらはらだったとしたら、それこそいかな非業の死をとげるほうがましなくらいだからですわい[30]」。

すると得業士が騎士の不安をふり払うかのようにこう述べる。

「高い誉れ、美名ということでは、あなたさまは、ありとあらゆる遍歴の騎士の名誉をひとり占めになさっておいでですな。それと申すのも、あなたさまの凛凛しさ、危険に立ち向かうときの大胆不敵、逆境にあっての忍耐心……、わが姫ドニャ・ドゥルシネーア・デル・トボーソとの間のあのプラトニックな恋愛の清らかさと不変さなどを、モーロの賢者とキリスト教徒の作者がそれぞれの言葉で、ありありと眼に見えるように、描いてくれているからです」。

得業士はドン・キホーテのような、英雄詩的人物の必要条件といったものを知悉しているので、己れの情熱をこの目標に向けていく。つまりそれは理想化された、模範的で完璧な人間像である。たとえば例としてジョバンニ・ピエトロ・カプリアーノの『真の詩学について』(Giovanni Pietro Capriano, *Della vera Poetica* 一五五八)を見てみよう。

「詩人は詩に変化をもたせつつ、行動と習慣についての普遍的な考え方に則って、起こるべくして起きたというふうに人間の行動を描き(これこそ歴史家と詩人の間の主立った違いのひとつである)、真実の善と聖なる生活を通してわれらの魂と生活を教え導くのである……」。

しかし理論家たちが夢見るような《あらゆる面で完璧な》人物を獲得しようとすれば、〈高潔にして、また極めて高潔なる行ない〉を描くことで、とほうもない勇士たちを切り捨て、叙事的なるものに即かねばならない。アリストテレスが叙事詩はつねに悲劇より好ましい、ということを悟った理由がまさにそれである。というのも舞台裏ではつねに不公正がまかり通るものだからである。(31)

ドン・キホーテは自らを〈有徳にして卓越した〉(高潔にして、また極めて高潔な)人物とみなしている。そこで得業士が彼に道理を説くのは容易である。しかしそこには炯眼で鋭い爪をもったサンチョがいて、魅力的にしてアリストテレス的な推測を跳び越えようとかまえている。サンチョはこうのたまう。

「わしゃ、これまでついぞわしのドゥルシネーアさまをドニャをつけて呼ぶのを聞いたことがねえ。ただドゥルシネーア・デル・トボーソ姫と呼ぶだけよ。だから、ここでもはや物語は間違ってまさ」。

歴史や個別的なもの、感覚的な真実というものは、かの英雄の純粋で普遍的な概念とは相容れない。サンソン・カラスコは〈ドニャ〉をつけるかどうかは「大して重要な異論じゃない」と言う。しかしそれでは「あちこちの合戦のなかでドン・キホーテ殿が受けられた、数限りない棍棒の打撃」はどうなのであろうか。どこに痛みに耐えている名立たる勇士がいよう。われらの郷士はすぐにも詩学の手引きを取り出し、最後の苦肉の防戦に努める。

「公正を期すというところから、そういうことは黙殺してもよかろうて。と申すのも、べつに物語の真実を変えもしないけれど改めもしないような事件を、しかもそれが物語の主人公の名誉をきずつけることになる場合に、それをわざわざ書く必要はいささかもないからですわい。アエネーアスはウェルギリウスが描いているごとく情けぶかい男ではなかったし、オデュッセイもホメロスが書いているほど智者でなかったことは確かなことじゃ」。

ロボルテッリは一五四八年に、そうした台詞と符合することを述べていた。

「詩人がひとりの人物について述べるときには普遍的なことを述べていることになる。慎重なオデュッセイを描いても、それがなにか一般的なこと共通のことに目を向けることに他ならない。そのひと自身の人格が云々されるべきではなく、情況を切り捨て（relicta circunstantia、この場合だと〈棍棒〉に当たる）彼がどれだけあらゆる面で完璧な自由人として、慎重かつ賢明であったかという、普遍的なものに問題を移し替えるべきである。プラトンが『プロタゴラス』（ソフィストたち）のなかで言うには、画家たちはいつも理念（イデア）に目を向けて、あらゆるものを美しく描かねばならないと。ポルピュリオスはプラトンの言ったことに触れてこう述べている。分割しえない個体や最後の種のものに至ったら留まるべきである。なぜならそれは無限だからであり、これら無限を対象とする認識はありえないであろうから」(32)〔『イサゴーゲー』、水地宗明訳〕。すると得業士は文字どおりアリストテレス的な説明(本書、三一―三二頁参照)をして郷士の疑問を解こうとする。

「それはそうです。だが、詩人として筆をとるのと、史家として記述するのとは、おのずから別なんですよ。詩人なら、事実をありのままではなく、こうもあったろうというふうに、述べたりうたったりしてもかまわないんです。ところが歴史家なると、こうもあったろうじゃなくって、こうだったと、真実に何ひとつ加えたり省いたりしないで書かなくっちゃいけないわけです」(33)。

しかしドン・キホーテは個別的・歴史的解釈から身を守らねばならない。彼はいわゆる〈情況を切り捨て〉(34)生きねばならない。そしてセルバンテスは彼の脇に、サンチョの途方もない〈情況〉を対置させたのである。サンチョは自らが真実だと思い込んでいることを貪欲に追い求めるが、その真実自体にポエジーはとうてい求むべくもない(35)。ドン・キホーテは後篇第二章で、サンチョの陰口を封じ、痛くつらい災難の最大の報いは自分にあると主張して、彼の歴史的介入を無効にしようとしてこう言う。

「おぬしが毛布あげ〔毛布に載せて胴上げをすること〕にあっているさいに、なんらわしが苦しまなかったと言いたいのじゃな? もしそう言うのなら、言わぬがいい、心で思うこともならぬ」。

何はともあれ黙っていること、英雄叙事詩を卑近な歴史でこんがらがせないことである。ドン・キホーテは『フェルナン・ゴンサーレスの歌』を知っていたとするなら、つぎの詩句を思い浮かべたかもしれない。

ひとアレクサンダーの日常をさておき
立派な手柄と騎士道のみを語るなり。(36)

哀れドン・キホーテは神話的存在を追い求めるが、サンチョは彼の足をひっぱり、自らの現実にむりやり引き戻す。その現実のおかげで新しい小説ジャンルが生まれる。これは周知のことであった。(37)しかしここではそうしたセルバンテスの心の過程を、さらに深く踏み込んだかたちで辿って見てみなければならない。われらの作家は対抗宗教改革の理論家たちが提起する厳格な問題を、天才的なやりかたでマスターしてしまった。それはアリストテレス的規範を到達目標ではなく手段とみなし、(38)さらに高い次元に身を置くことによってである。

タッソはといえば、容易に詩的なわなに陥り、かの十字軍の英雄たちを前にして失望と悲しみを味わった。それは彼ら英雄たちを、詩学の要請する完璧の〈頂点〉に引き上げることができなかったためである。

「もし歴史家たちの言うことを信ずるとするならば、君主たちの多くは淫乱に陥っただけでなく、
悪らつ非道な人間でもあったとしなければならぬ(39)」。

以上述べたことから作者が『ドン・キホーテ』の序詩において、『セレスティーナ』について触れたことの意味がより明確となるだろう(「浮世の色気を小出しにしたらば／これは思うに見事な本の／セレスティーナが気づいたとおりに」)。批評家としてのセルバンテスは理論的な不安にひきずられるようなかたちで行動した。『セレスティーナ』には〈高潔にして、また極めて高潔な〉人物に生命を吹き込む要素があった。しかし〈個別的な〉要素(細かな情況や生まの事実)は、対抗宗教改革の要請する道徳的・模範

的な色調をあらゆる部分から拭い去ってしまうのである。つまりピンシアーノの言う「良き詩人はその作品において、道徳哲学または自然哲学に触れねばならぬ(40)」し、その先でも言うように「心の情念を払拭することが詩の普遍的目的なのである(41)」。

本当らしさ

セルバンテスは個別的かつ自然派的芸術に対して、普遍的かつ理想主義的芸術の分野を、規範にしたがってはっきり定義付けすることを学んだ。範囲を限定してしまった彼は、喜んでそこを掘り進んでいき、もはや限界をもうけようとしても、それが不可能であることを好んで示そうとした。そうした二つの世界の鬩《せめ》ぎ合いをいちばん明確に再現したのが、『ドン・キホーテ』である。たしかにそれに関する安直な考察はかなり昔からなされてきた。しかし見落とされていたのは、『ドン・キホーテ』以外にも同じような技法の例が、彼のなかに同様にあるということである。たしかに芸術的にみてみれば、試みは失敗だったかもしれない。しかし彼の大作においてのみ完全に開花しえた、一種の芸術的対比を示す人生を、作者の精神のうちで明らかにしうるものとしては、大きな意義をもっている。

メネンデス・ペラーヨともあろう者が、一方のドン・キホーテ―サンチョ的対立と、他方の『ガラテア』に見られる対立や、セルバンテス的自己批判との間には、完璧な調和があった点に気付かなかったとは意外である。彼に言わせるとこうである。

「モンテマヨール(42)に始まり自らの作品に終わるものとはいえ、牧人小説もまたセルバンテスを満足させることはなかった。もし彼がヒル・ポーロやガルベス・デ・モンタルボを救いだそうとするなら、それは詩としての価値（？）からである。これらの牧歌のもつ根源的悪について、セルバンテス以上に怜悧な批判を展開したものはいなかったであろう……私はベルガンサの口をかりてセルバンテスが行なった、かの偽りの詩的理想に対する、さらに手厳しく情け容赦のない批判のことも省くわけにはいかない」。

たしかに『犬の対話』のなかにはこういったくだりがある。

「あれこれといろいろ考えたなかで、わがはいの思ったことはだね、かつて牧人どもの生活についてわがはいが聞いた話は、あれはどうしても本当じゃないということだ。つまり風笛、牧人笛、胡弓、葦笛などを鳴らしたり、歌ったりして一生を送るとかいう話は」。

ベルガンサの知っている牧人というのは「歌を歌うとして見たまえ、けっして調子の合った、上品につくった歌じゃないんだ、そいつは、〈狼の来るとき待ち伏せろ、やい、ファニーカ〉というのや、だいたいこれに似寄ったものだ……一日の大部分は蚤をとるか草鞋をつくろって過ごすんだ。あいつらのあいだにはアマリリスだの、フィリダだの、ガラテアだの、ディアナだのと呼ぶ女もいなければ……そこで、誰もおそらく本当だと信じているとわがはいは思うんだが、おかげでそいつがどうやらわかってきたんだ。つまりだね。ああいう書物はみんなそらごとなんだ、閑人連のひまつぶしに上手に書いたものなんで（つまり普遍的・理想主義的芸術ということ）、したがっていささかも（歴史的・個別的にみて）本当じゃないのさ」[43]。

何はともあれセルバンテスが自らの書いた『ガラテア』が気に入らなかった、などということは正しくない。それに以前書いたものが、「かの偽りの詩的理想に対する、手厳しく情け容赦のない批判」であったなどと言うことも。もしそうであれば、セルバンテスという人物を頭の弱い、混乱した人間とみなさざるをえなくなろう。なぜならばその人生のなかで幾度となく、『ガラテア』とその続篇のことを、真剣にそして熱意をこめて語っているからである。(44) しかし「情け容赦のない」批判のよってきたるところは何であろうか？　それは単に汚らしく見える現実の牧人たちは、ふだん草鞋などを繕っているということで、つまり本の中のような牧人ではないということにすぎない。メネンデス・ペラーヨによれば、ベルガンサは「現実と虚構のへだたりの大きさに気付いた」ということになる。私たちに言わせれば、現実にそうしたことが起こらないとすれば〈芸術〉は増長してしまうであろう。『ガラテア』の版を世に出したシュヴィルとボニーリャの両氏は、いみじくも「セルバンテスは不朽の作品を書き上げたというつよい確信をもっていた」と述べている。しかしセルバンテスが牧人小説に関して述べたことを解釈して「セルバンテスはそうした牧歌的生活の詩的表現が真実とほど遠いことを指摘することで、その種のジャンルの欠点を誰にもまして適確に表現した」(一四頁)と述べるとき、メネンデス・ペラーヨの二の轍を踏んでいる。今一度、我々もこのことの意味を問い直してみよう。つまり『ペルシーレス』は〈真実〉ではないし、『パルナソ山への旅』もまたそうではない。またコメディアも異なる。ならばセルバンテスは、実はあれは嘘でしたと舌を出してからかうべく、〈嘘っぱち〉を書くことを楽しんでいたのであろうか。管見によれば、そうした道を辿ってもいかなる場所にも行き着かない。

セルバンテスはこの場合、ドン・キホーテとサンチョの対話(後篇、三章)と同様、普遍的真実と個別的真実、言い換えると〈情況を切り捨てて〉生きる牧人と、実際の草鞋に当たる牧人の両者を対置させている。彼は天才的にも、充ちあふれた愛と抗いがたい魅力をもって、知的な真実の世界をつくりだしたのである。そこからして『ガラテア』やドン・キホーテ(作者はその口を通して幾度となく語っている)、『ペルシーレス』等々への愛情が生まれたのであろう。しかし彼の天才は複眼的である。彼はそうした知的真実を感知しうる真実へと転換させる。葦笛の牧人なのか、はたまた草鞋の牧人なのか、兜なのか、はたまた床屋の金盥なのか。牧人的なものの場合、唯一本質的な違いは、二つの真実の間の対立は『ドン・キホーテ』の場合のように、素晴らしい調和のうちに解決をみることはない。しかし『ガラテア』を構想する際に、セルバンテスの意識のなかで芸術的問題のはしばしが去来したことはたしかである。

作者が思想を本格的に組織化したとすれば、自らの技法と切り離せない、文学的手法そのものの在り方をとりあげることが可能となろう。『嫉妬の館』(シュビルとボニーリャによる『全集』第一巻、二〇七頁)のなかでレイナルドスは牧人コリントにアンヘリカのことを尋ねる。

二つの星と紛うべき
かの麗しき目を見たか?

するとコリントはこう答える。

あの怪物にゃ、へそすらも
ないとしたならどうします?

そうした理想的な人物に対する皮相的な見方は、また別な様相を呈している。(45) そうした機能を果たすのは、『嫉妬の館』の中の(第一巻、一九五頁)〈悪い噂〉という抽象的人物である。

悪い噂は我のこと、優れし者の
愚かさに責を負うなり……

ここに偉大なヘラクレスあり。されどレルナの
大蛇らの頭を切って落とすでなく
ただ妻デイアニラの足元で、女々しい服着て
優しげに糸を紡いでいるばかり。

こうした態度には懐疑的アイロニーといったものが窺える。つまり公爵夫人がもっているとされた脚の排膿孔のことや、公爵の悪ふざけ（後篇、第四八章）のことを思い出してみればよい。しかし実際はここで公爵夫妻の歪んだ姿を提供してくれるのはドニャ・ロドリーゲスその人である。(46)

牧人的なものに関してセルバンテス自身が気にかけていたのは、いわゆる二重真理の問題である。つまり「森や野原にもきわめて声の美しい牧夫がいるといわれているが、それは真実というよりも詩人たちの誇張だからである(47)」。

『ティランテ・エル・ブランコ』に対する称賛の根拠は、そこでは「騎士連中が食べたり、眠ったり、寝床の中で死んだり、死ぬ前に遺言状を作ったり……」（前篇、第六章）するからである。

ある時には、言わば、自らの足を引っ張る人間は、セルバンテス的な英雄自身ということになる。そのときセルバンテスはトリックを明かす手品師としてふるまっている。ドン・キホーテはドゥルシネーアに関するサンチョの見解に対してこう答える。

「わしは空想の中で、美しさでも気高さでも、わしの思いどおりの姿に、あの方を描くのだが、エレーナもおよばぬし、ルクレティアも追いつけぬし……」[48]。かの偉大な郷士は牧人小説に対する未来の批評家に対してこう述べる。「おぬしはアマリリスだ、フィーリスだ、シルビアだ、ディアナだ、ガラテアだ、フィリダだとか……肉と骨をそなえた本当の女だなどと思っているのかな」[49]。

ドン・キホーテは純粋な普遍的人物の支配権を手に入れるべく、英雄的〈歴史上の人物〉に負けず劣らず、〈高潔にして、また極めて高潔なる〉こうしたヒロインたちを囲い込むのである。ドン・キホーテの〈真実〉とはたしかに固有のかたちで組み立てられてはいるが、ガラテアのそれ、ペルシーレスのそれと固く結びついている。

今一度、我々の出発点に立ち戻ろう。セルバンテスは自らの才知が常に調和や和合の方向を指向していて、決して不和や対立の方には向いていないと述べた（本書、二二―二三頁）。この和合というのは現実の中で客観的にもたらされるのであり、作者が美として理解するものの基盤となっている。よく知られているように彼はレオン・エブレオ（León Hebreo）のネオプラトン主義の教えに従っているのである。『ガラテア』の中ではこう述べられている。

「男や女の生きた身体には物体的美の一部が示されています。この美は身体の各部がそれ自体善きものであるがゆえに、すべてが一体となることで生まれる全体の完璧さと、皮膚に見られる色合の妙や四肢の均斉によって成り立っています」[50]。

実際、そうした思想は『愛の対話』の読者の間では、ごくありふれた話題であった。しかしセルバンテスが調和と不和のテーマをとりあげ、それを客観世界ではなく主体と客体の関係にもちだしたことは、決してありふれてはいなかった。イタリアにおいて詩学の著作家たちが、さまざまな真実の間の区別をしたことは見てきたとおりだが、それがセルバンテスにおいては心理的要素と結合した。真実といったものは結局、それをとらえる人の視点、つまり文学的な生活体験（第二章参照）と和合しているということになる。[51] したがってセルバンテスが真実と虚偽として理解しているものを解釈するときは、十分注意する必要がある。騎士道物語に関して述べた重要な部分を想起せられたい。

「わたしのこの議論に対して、ああいう本をつくる連中は、架空のこととして書くんだ、したがって細かな点や真実に心を労するには及ばないんだという人があったら、わしは、嘘も本当と見えれば見えるほどいいのだし、まことしやかでありそうな点が多ければ多いほど、楽しませるもんだと答えてやるつもりですよ。架空の物語も、それを読む人々の理解にぴったり結びつかなくてはいけないはずです、つまり、できそうもないことを、できるようにし……感嘆と喜悦がいっしょに歩調を合わせるといった具合に書くんですよ。ところで、こういうことはすべて、真実らしさや写実をさける作者では、しょせんなしうるところじゃありませんな。作品の完璧もこの点にかかっているわけですが[52]」。

この部分に関しては従来、セルバンテスの言葉の歴史的意味を考慮に入れない、あまりに文字どおりの説明がなされてきた。たとえばボニーリャ[53]はこう述べている。「セルバンテスが言う、物語は本当らしく見えるべしという意味は、真実でなくとも《できうるかぎり真に迫るように書く》ということである」。また〈写実〉という点でも、セルバンテスの手引きであったピンシアーノの言う《自然の模倣》と同じである。

また問題の箇所について、メネンデス・ペラーヨ[54]が述べていることも精確さに欠ける。

「彼はよくその点を非難されたが、（小説の原理ともいうべき）狭い写実的な枠の中に小説を閉じ込めるよりも、むしろ人生と精神のあらゆる分野にわたって幅広く展開しようとしたのである」[55]。

とはいえ先の『パルナソ山への旅』の引用箇所（本書、二二頁）を思い出してみよう。

ありえざるべき事柄に
つねにそっぽを向いてきたわが筆なれば。
　穏やかなわが拙文を知らしめる
ものは確かでありうべき、柔らかにして
心地よき雰囲気もったことなりき。

さらにそれに加えて、『ペルシーレス』の中で述べられた別の重要箇所[56]も参照せねばなるまい。

「歴史にはもともと真実という味がそなわっているから、そこで書かれることはなんでもその味に染まっていくとも言え、それが歴史のよさであって、作り話にはないものである。作り話の場合、筋ごしらえは狂いなく味付けは念入り、そこへまことしやかさをあしらうのがミソで、そうすれば悟性とは息の合わない嘘というネタを丸めているにもかかわらず真の調和ができあがる」。

つまり歴史の真実というのは、いかなる場合でも、事実の客観的現実によって裏書きされている。しかし創作されたものの理念的真実は、主観的な一貫性と調和を必要としている。

われらの作家にとって可能なものと不可能なもの、本当らしく見えるものとそうでないものというのは、単なる客観的な何ものかではなく[57]、客体と主体、つまり理念的・主観的要素との関係に依拠している。それは「架空の物語も、それを読む人々の理解にぴったり結びつかなくてはいけない」（『ドン・キホーテ』）し、また「嘘は悟性とは息が合わない」（『ペルシーレス』）と言われるとおりである。

これとの関連で、セルバンテスが常に作品の中で〈和合〉を求め〈対立〉を退けたと述べた『パルナソ山への旅』の引用箇所も、ルネサンス的理想主義に基づく芸術を念頭においた考えと解釈する必要がある。調和や一致はただ単に客観的資質であるというだけではなく、[58] 美醜がどういった役割を果たしているか、またドン・キホーテや、モニポーディオであれ誰にしろ（実はその〈誰〉の中にこそ、作者セルバンテスが含まれているが）美醜に対してどう振る舞っているかを知るための、積極的なプロセスである。[59]

このようにして、我々はこの論点におけるセルバンテスの思想を、より明確につかんでいくだろう。[60] シュヴィルとボニーリャの両氏は『ペルシーレス』の版の博識な序文（一七頁）の中で、同じ問題に言及してこう述べている。

「こうしたことすべてを理解するなら、申し分ないものとなろう。しかし残念ながら我々にはセルバンテスが〈本当らしさ〉というもの、〈真実味がそなわっている〉といって意味することを、彼と同じようには理解していないのである」。

こうした（叙事的・詩的真実と歴史的真実という）二重真理[61]の理論的源泉は、見てきたとおりレオン・エブレオやイタリア人教説家たちの中にある。世間一般で理解されてきたようなセルバンテスの天衣無縫な単純さとか、自然の模倣といった面を議論することは不正確きわまりない。作り話がなぞろうとしているのは、我々を取り巻く、蓋然性と必然性という客観的法則の支配する自然ではなく、その中に入れば（背理 paralogismo のおかげで）現実支配法則に似通った法則といえども有効とみなされるような、そうした理念的現実である。[62] 詩人ジロラモ・ムツィオ（Girolamo Muzio）は一五五一年に『雑詠集』の中で、そのことをきわめて明確に述べている。

自然は己れの粗野をもって作品となし、両手の中で
作品に華と洗練を加える芸術のうちに委ねる、
自然は真実を物語に委ね、そなたの詩句の中で
個人の名前のもとで、世に広く
何をなし、何をなさざるべきかを知らしめる。(63)

こうした思想はすでにピンシアーノによってはっきり示されていた。彼はこう述べている。「アリストテレスの理論によると、詩人は信じがたい可能なことよりも、もっともらしい不可能なことを選ぶべきである」(二〇六頁)。「詩人が真実にこだわらねばならないとしたら、それがもっともらしく見えるという点だけで十分である」(二二一頁)。

セルバンテスが『ドン・キホーテ』を構想する際、演劇的対立のうちにそうした真理の二重性を提示するという天才的思いつきを得た、ということだけは言える。それはロボルテッリやピンシアーノも驚愕させるものだったにちがいない。彼は『ペルシーレス』の中で幾度となく、自らの〈もっともらしい〉物語に、純然たる詩的真実としての性格を与えようとした旨を力説している。そしてそれにヘリオドーロスの『エチオピア物語』にならい、皮肉をこめて『北方物語』と命名したのである。(64)『ドン・キホーテ』前篇、四七章に描かれた小説の素描のうちに、後に『ペルシーレス』に結実する

ことになる腹案を見て取っても間違いではない。[65]作者自身が『八編のコメディアと八編の幕間劇』の序文で述べているとおり、「あえてヘリオドーロスの向こうを張って」書いたものだからである。[66]この場合、セルバンテスがもっとも厳格な詩的規範に準拠した作品を作ることを切望していたことに疑いの余地はない。彼はその作品において「名ある男子の面目を完成せしめることのできるすべての行動[67]」を称揚しようとしたのである。すでに我々はこの〈名ある男子〉の意味を、イタリアの詩学を通して理解している。それは洗練された正しい習慣をもち、完璧に近い人格をそなえた人間である。セルバンテスは『ペルシーレス』を書く際、自らの精神を同時に培うべき、さまざまな要請に応えようとした。第一に、空想を自由にはばたかせることを喜びとすることで、それは彼にとって文学上この上ない喜びであった（「おそらく、お望みとあらば、彼が交霊術師の姿に身をやつして現われる日もあろうというものである」）。それに加えて、セルバンテスにとって、冒険的雰囲気に酔い痴れるのと同じくらい重要なことは、規定化への理性的要請であった。それはつまりアリストテレスとその注釈者たちの文学規範の規定化であった。我々の生きている時代は、もはや本能がすべてを支配する時代ではない。ピンシアーノが『ペルシーレス』のモデルとなったヘリオドーロスの『エチオピア物語』に対して与えた重要性[68]が、すべての面で十分留意されているかは定かではない。「ヘリオドーロスはきわめて賢明であった。というのも人物たちを通して話の信憑性を詮索されることがないよう、未知の国の王たちを描いたからである[69]」。『ペルシーレス』で描かれた架空の土地にひどく腹を立てる批評家たちは、このことをしっかり頭に入れておくべきだろう。結局、この小説は道徳訓やら純然たる荒唐無稽で充ち満ちているが、セルバンテスの全体を知れば、同時にフェリペ三世の時代のスペインの文学的頂点の一角を占めようとする意図にも満ちていることが分かろう。

議論の的となった論点に、セルバンテスが抱いていた詩に対する概念がある。彼によると「詩学はあたかもいたいけな、年端もいかぬ、しかもきわめて美しい娘のごときもので、その他のすべての学問という娘たちは、この詩学と申す娘を豊かにし、磨きをかけ、飾ってやるのがつとめ(70)」である。このことは、似たようななかたちで『ジプシー娘』や『パルナソ山への旅』でも触れられている。そこから言えるのは、彼が詩の〈学問的〉卓越性をつよく信じていたということである。メネンデス・ペラーヨはここに、サンティリャーナに連なる誤り（本書二四頁参照）を見いだしている。一方、ボニーリャはこの問題をいみじくも「当時の教説家たちの間では支配的思想」であったとみなし、さらにピンシアーノを引き合いに出し、彼にとって詩とは「模倣の概念に含まれうるすべての事柄、したがって思惟的学問のすべてを扱い、包摂する」と述べている(71)。

　しかしここでこの点をさらに深く掘り下げる必要があろう。こうしたセルバンテスの考え方を、機械的なやりかたで彼のもとに入ってきた、博識の添え物などと考えてはなるまい。というのもそれは彼の人文主義的教養の一部を構成するものだからである。たしかに教養そのものはセルバンテス独自のものではないが、かといってピンシアーノが生み出したものでもない。確かなのはそうした教養が、彼の教養と彼の目的を明らかにするということである。詩というものを、現実の理想化された〈普遍的な〉相を指し示すべき学問とみなすことは、芸術のための芸術を標榜するルネサンス詩に対する反動の必然的結果であった。「詩人たちの役割はあくまでも驚きを呼び覚ますこと(72)」だからである。知識全体としての詩というものは、一方で、天才と博識を切り離そうとしないルネサンス思想にもかなっていたが、他方では、スペイン的生をセルバンテスの周りで、また彼を越えて支配してきた者たちの、教訓的・道徳的目的にもかなっていたのである。

文学上の規定化と理性主義

われらの作家の文学思想に関してここまで述べてきたことで、最大の関心のひとつが規定化であったであろうことが推測できる。それ以上ないほどの錯綜した空想ですら、我々の目の前には、それを限定・制御するべき分別の線引きがなされて示される。セルバンテスは法則や規範のように、外から内へ向かって人間の生を支配する法規を、あるいは生の衝動のように内から外に向かう法規を懸命に見つけだそうとする。その作品の本質は我々に、調和を讃える詩か、さもなくば行き違いのドラマを提示することにある。つまり規範に従うこと、適合すること、そして他者を支配する生の衝動を理解することは、調和の範疇で生じることである。規範から逸れること、行動や思想の面で誤ることは、無理解の結果か、現実の存在をしっかり自分の目で受け止める姿勢を欠くことによって起きる。セルバンテスは深いところで、理にかなったものに対する愛にあふれている。

彼はガリレオやデカルトのように新たな学問を作り上げたわけではない。なぜなら彼の天才は別の種類のものだからである。しかし彼は当時の文化の根本的な仮説を創造的要素として、意識的に自らの作品に持ち込んだのである。(73)

そうした理性的な規定化に対する熱意から、彼の演劇上の理論が生まれたとも言える。つまり自らのコメディア作品とは相容れぬ、しかし単なるセルバンテスとロペ・デ・ベーガとの対抗意識の反映としてでは説明できぬ、どうしても容認しえないあらゆる事柄を論じたのである。流行のコメディアへの攻撃を、明敏ともいえるやり方で変調させたのは、まさしく彼のそうした気概だったことは大いにありうる。とはいえ理論自体は一〇〇パーセント、セルバンテスのものである。それは我々がこれから確定しようとしている演劇とも、ロペ・デ・ベーガともまったく無縁な、別の領域との符合を見ればわかる。セルバンテスにおいては、文学活動もその一端を形づくっている人間的活動のさまざまな形態を、規範や規則にはめこもうとする試みがしばしば見られる。彼は騎士道物語を規定してこう述べている。

「(住職は言う) 今わしがそうしてもかまわないが……こういう騎士道物語というものが、立派なものになるためには、いったい何が必要かということについていささかお話したいと思うが、それはおそらく有益でもあるし、さらにある方々には面白いかもしれん(74)」。

前に分析したとおり、詩に対する概念は規定化しようという意図の一部分である。たとえば「詩をおのれのものにしようという者は、それを正当な範囲内にしっかり保持して、ぶざまな風刺や、良心のないソネートへ走らせないことじゃ(75)」などもその例である。詩人たる者は、明らかに根本的な詩的霊感をたよりにすべきだというのは「職人にも詩人はいる。詩は手先ではなく心にある……詩は生得の別才だ(76)」という文に見られる。しかしこの基本的な資質はまちがいなく希なもので(77)、省察、経験、技巧と結びつかねばならない。『びいどろ学士(78)』において、作者は「この種のかけだしの詩人」のことをからかっている。また『パルナソ山への旅(79)』でも、「詩人とはとうてい言えぬ二万もの／青二才たる詩人等が世俗の軍の隊を組み／こちらにやってくる前に」と述べている。

優れた詩人たちへの好みというのは風刺的批判と結びついている。この点でセルバンテスは『赤毛詩人の語用論』(*Premáticas de los poetas güeros* BAE、第二三巻、四三七—四三八頁)のケベードと軌を一にしている。ケベードはこう述べている。

「この国には、盲人、道化役者、香部屋係など、そうした詩人を持たずには生きられない三種類の人間がいることを、慈悲の目をもって注目してみれば……この種の技芸をなりわいとする者がいてもよかろう……」。

『幸せならず者』の中に、あるしまりのないロマンセを歌う場面がある。

ルーゴ　これがお前さんの言ってたあの粋なロマンセなのかい？

ラガルティハ　分かりやすくて巧い言い回しは称賛ものよ。もっとよいのはすぐに終わりになるように短くまとめたところさ。

ルーゴ　誰の作だい？

ラガルティハ　トリスタンよ。サン・ロマン教会の香部屋とりしきる例の男よ。だけど詩にかけてはガルシラーソやボスカンにも劣らぬ腕前。[80]

規定化の精神は、演劇に関するセルバンテスの思想[81]において特に際立っている。その思想は作者の理論と実践の間に見られる安易な対比ゆえに、大いに普及をみた。[82]私は以前（二五頁）、メネンデス・ペラーヨが再録したシャックの見解を引き合いに出したことがある。またカノバス・デル・カスティーリョ（Cánovas del Castillo）によると、セルバンテスが演劇を非難するのは、騎士道物語に対して行なった攻撃と似た理由からであった[83]。彼によると「セルバンテスの深い現実感覚と新演劇における名誉と愛の理想主義的決義論の間には、『ドン・キホーテ』と騎士道物語の間にある溝に、勝るとも劣らぬ深い溝がある」。

もし彼が芝居（コメディア）を書くとしたら、それは「金を稼ぐことで、俗衆の流れに身をゆだねて貧しさから逃れる」ためである。クライン（Klein）は彼の演劇理論におけるこうした諦念は、『ペルシーレス』が『ドン・キホーテ』に対して示した諦念と類似したものだと考えている[84]。たしかに矛盾ははっきりしている。そして当然のことながら、その矛盾は双方の態度を結びつける手法を示すことでしか、説明することはできない。

セルバンテスは低俗な芸術に対して反対の立場をとっている。彼のコメディア批判[85]の前には次の言葉が置かれている。

「もちろんたくさんの愚かな連中の物笑いになるよりも、少数の聡明な人たちの称賛を博したほうがいいにきまっていますがね、しかしそういう書物を読むことになる、思い上がった大部分の俗衆のいい加減な批判に身をさらすのがいやになったからなんです」（続く頁も参照）。

セルバンテスであればフアン・ルイス・デ・アラルコン（Juan Ruiz de Alarcón）がそのコメディアの序文で述べた突飛な表現を、きちんと理解していたかもしれない。それは「獰猛な獣よ、お前に話しているのだ」というものである。

ところで、少なくともロペ・デ・ベーガの芝居がお目見得した社会では[86]、演劇というものは俗衆や彼らの人生観を頼りにして作られたが、セルバンテスは自分のことを、芝居をかたちづくる理想を英雄的に歌いあげることに無邪気に颯爽と飛び込んでいくことにも、また激しく直接的なかたちで恋の口舌を物語るのにも向いていないことを、しっかり弁えていた。アバーテ・マルチェーナ（Abate Marchena）はすでにこう述べていた。

「愛の激しさや狂気を書かせて『ドン・キホーテ』の不滅の作者以上にふさわしくない作家も、あまりないと言わねばならぬ……彼は明らかに恋人たちの狂熱を狂気ととらえていたし、いつもそこに見られる愚かしさだけが彼の心を捉えていたからである」（『道徳哲学の学び』一八二〇、第一章、三五頁）。

彼はその中にあまりにも多くの社会的・文学的問題を見ていたので、（皮肉や風刺、比較対照法などの）批判的態度によるか、または（『ガラテア』や『ペルシーレス』に見られるような非現実にまで感情を昇華させる物語形式の）逃避的技法によるかして、問題から身を遠ざけてきた。[87] 我々にはとうていロペ風に愛の対話劇を書いているセルバンテス像を想い描くことはできない。

——いかがしておられます？
——生きた心地もせぬわ。まさに生きんがために
そなたに逢いに来たのよ。[88]

こうしたロペ風のコメディアの技法とは基本的に相容れなかったセルバンテスは、演劇について合理的視点からなされていた批判に与した。ロペ自身が演劇に関して、教説理論の不履行や大衆的感性への

過度の迎合などを規定していたからである。彼の反ロペ的批判が胚胎するのはまさにそこからである。しかしセルバンテスは名声と栄光を熱望していたし、さらにコメディアには騎士道物語と同様に、彼を魅了する多くの可能性があった。彼はあたかも『ペルシーレス』の『アマディス』ものに対するごとく、ロペの芝居に対抗するものを生み出そうと夢見ていたのである。それが風刺を込めたものになるかどうかは誰にも予測しえなかった。(89)

しかし彼はそれを達成しえなかった。前の注釈の中で分析したコメディアはセルバンテスがありきたりな型から一歩足を踏み出そうと格闘し、それに失敗したありさまを如実に示している。セルバンテスの芝居は、幕間劇を別とすると、例外的に楽しい部分はあるものの、あまり読んで楽しいものではない。セルバンテスは己れの劇作が劣ったものであること、それに自ら適用したいとつよく願っていた理性的規範の無力を感じとっていた。一六一五年の劇作集の序文で、かつて書いた作品が彼を満足させるものではなかったことを明かしている。この序文の中の哀れな言葉と、『ドン・キホーテ』において敵対者たちの非難を前にしてとった毅然とした態度や、皮肉の交じりの断固とした反駁とを比べられたい。

「もし名高い作家から、あなたの散文には大いに期待すべきものがあるが、韻文には何もないと言われなかったなら……」

「自分の作品が世界で最高のもの、せめて理にかなったものとなることを願うばかりです。読者の方々もいずれお分かりになるでしょう」。

そして最後の言葉から、彼の思いはとうてい遂げられなかったことが推察される。

「すべてこうしたことを覆す意味で、今書いている『見かけ倒し』というコメディアを提供するつもりです。もし見かけ倒しでなければ、きっとご満足いただけるでしょう」。

セルバンテスは規則を破っても守っても、当時の人々の嗜好に合った芝居、内なる要求に見合った芝居を書くには至らなかったのである。『幸せなならず者』の第二幕で、〈好奇心〉と〈コメディア〉が対話する場面で、後者が次のように語る。

ものを変えるは時間なり。
技芸はものを仕上げたり。
生まれたものに足すことは
さほど困難ならぬもの
かつての我は良かりけり。
今とてしかと見てみれば
悪くはあらぬ。しかれども
テレンティウスにかのセネカ、
プラウトゥスらが作品で
教えを垂れし意義深き
かの教説と添わぬなり。

これは〈前言取り消し〉なのだろうか。否、むしろ失意の譲歩と言ったほうがいい。セルバンテスの批判的精神は、美的次元から離れるとき教育学的手腕に転化する。

「……いろいろな不都合なことも、もののわかった、思慮の深い一人の方が都にいて、上演される前にすべての脚本を検閲したら、あとを断つでしょう。それも、ただ都で上演される脚本だけではなくて、スペイン全土の上演したいという脚本は全部なんです。その人の許可と印章と署名がなければ、どこの役所もその土地で脚本の上演は許さないんですな(90)」。

セルバンテスはこうした警察的からくりを駆使することよりも、その目的が何よりも大衆を喜ばせるべき作品に対して、課すべき芸術的規範を見つけるほうが難しいと考えていたにちがいない。彼がかの〈自然の怪物〉と張り合うことができないと感じたのは、何も想像力の欠如のせいではなく、自らの抒情性の不足や、風刺的・批判的精神の過剰のせいであり、また支配的血統の感情を代弁するような、ロペ風の芝居の基本原則と歩調を合わせられなかったためである(91)。そのとき、かのしなやかな精神は巧みに名誉の撤退をしたのである。彼は自らの劇作集（一六一五）の序文で、ロペのことを称賛している。また『忠実なる見張り番』（一六一一）の中で、自らロペ愛好者のグループの仲間入りをしている。

「その歌は手前には、さっぱりわけがわかりませんがね、それでも聞いてりゃいい気持ちだね、だからロペの作だと思えるくらいでさあね、なんせ立派なものや立派そうなものは、どれもこれもあの人の作ですからね(92)」。

『幸せならず者』（一六〇九以降）でも、〈新コメディア〉を高らかに謳いあげている。だからといって『ペドロ・デ・ウルデマーラス』（一六一〇―一一）の最後の部分で、当世流のコメディアについて、次のように言うことを手控えたりはしない。

この場で女が子を産めば
次の場でその子に髭がはえ

勇猛果敢、人を傷つけ殺めたり。

『ドン・キホーテ』の後篇[93]でも再び執拗に次のように述べている。

「そこいらじゃ、ほとんどあたりまえのように、不都合だらけ、でたらめだらけの何千というコメディアが上演されて……小僧、さきをつづけろ。何とでも言わしておけよ、おいらの財布がいっぱいにさえなりゃ、太陽の黒点よりももっと不似合いだらけの芝居だって上演してみせらあ」。

狙った矢の先はあきらかにロペ・デ・ベーガである。

『ペルシーレス』[94]において、ある詩人がペリアンドロの冒険を題材にした芝居を書こうとしていた。

「しかし、その狂言を喜劇とよぶか、悲劇それとも悲喜劇とよぶかは決めかねていた。筋の初めの部分は仕上がっているとしても、中ごろや結末の見当がつかないからだ。それもそのはず、ペリアンドロとアウリステラの人生はまだ進行中である。……別に、最大の難題があった。海とかあれほど多くの島、猛火、大雪原などといった場面のいったいどこに、従者、知恵袋、道化などの出る幕をつくればいいのか。これが問題だ。しかしながら、詩人はその芝居を作ることを断念しなかった。たとえ詩の法則をやぶり、作劇法をまげることになっても従者の役割は割り込ませる」。

詩人は結局のところ、その企てを断念する。彼は「自分の足元の蒙昧に気付いたため、そのたくらみの虚栄と狂愚の羽根の輪をたたんだ」のである。

セルバンテスは『幸せならず者』の軌道修正にもかかわらず、実際には、以前のままのセルバンテスであった[95]。反大衆的な規定化への熱意は、彼の思想のごく深い所に根を下ろしていた。我々が見たような、自らの見解についての揺れは、己れのコメディアを正当化せねばならなかった必要性から説明できる。それらは、たとえ大衆の人気を博さなかったとしても、流れに従うこと、そしてまた従わないことを願っていた。つまり自分の心の構造自体のせいで、セルバンテスの演劇はかかる凡庸な水準を突破できなかったのである(96)。

今、分析したばかりの文学的規定化の試みは、すべてのセルバンテス作品で感じとることのできる、常に用心を怠らぬ、内省的態度のひとつの側面に他ならない(97)。いかなる振る舞いをすべきかという懸念は、彼のうちで強迫観念となっていた。もし彼から創意的・創造的才能を引き去れば、ルネサンスのモラリストのひとりとなったであろう。異なる作品の格言・金言をすべて集めてみれば、立派な道徳律の手引きができあがるからである。

ここにはそうした教訓的な懸念の例がいくつかある。たとえば以下のような表現である。

「世間の人々も、あなたは情欲より理性にすぐれた方だと申しますわ(98)」。

「それを求めるときに競り合いはありませんでした。ああいう競争は冷静な判断に基づかず怨恨や妄想がからんでいるものです(99)」。

「そこには非理非道や怨憎や憤怒などというものの焔がまじわるところにかならず現出する、死の百態があった(100)」。

熟慮や中庸といった徳は、著者の嗜好とよく合致し、古いアリストテレス的形式にそった形で表現された。たとえば

「つねに厳格にもあらず、つねに寛大にもあらず。この両者の間の中道を選ぶようになさるべく候(101)」。

「と申すのも、勇気と申すものは、臆病、無謀というごとき二つの悪癖の両端の中間にある美徳であるということをよく心得ているからでござる(102)」。

「たまたまサンチョを案内してゆく責任を負わされたのは、公爵の執事の一人で、思慮も深ければ、頓智にも恵まれた人物であったが、もっとも思慮のないところに、頓智があるはずもないけれど……[103]」

「人を蔑ろにするような冗談は冗談とはいえない[104]」。

「そりゃなるほど大勢の者を笑わせるかもしれない、そうかといって誰かを殺すようなことなら、悪口はけっしていいことじゃないよ[105]」。

などが好例である。

作者は計算や熟慮の結果、つねに最も役柄にふさわしい人物を要求することになる。[106]『ペルシーレス』の中で、思いがけない形で登場し、旅人たちに次のような謎めいた質問を投げ掛けた娘のことを思い出されたい。

「《焼いたほうがいいかしら、焼かせたほうがいいかしら》これに対してペリアンドロがこたえた。《美しい娘さん、焼餅なら焼きも焼かせもしないほうがいい。焼けばあなたの値打ちが落ちる。焼かせれば信用を失う。あなたを愛しているという男性が目のある人で、あなたの良さが分かるなら、あなたをほうってはおかないし、もちろん首っ丈さ。目のない男なら、そんなやつから愛されたってしようがないじゃないか[107]》」。

「死の間際に」公爵と結婚した若きコンスタンサは、こう述べている。

「《私は誓って……》と言ったが、それが終わらないうちにアウリステラがさえぎった。《何をお誓いになるのです、奥方》《尼になることを》伯爵夫人がこたえた。《それもよろしいでしょう。しかし、いま誓うのはおよしなさい》アウリステラが言った。《神におつかえする仕事はせっかちに決めてはなりません。成り行きに振り回されるようでもいけません[108]》」。

「《ねえ、もし旦那さま》と、サンチョが答えた。《退くことは逃げることじゃございませんぞ。望みより危なっ気のほうが多いときに、待っているなんてけっして上分別じゃありませんや。それに明日を思って今日は控え目にする、一日で何もかもやってしまわないということが知恵者のやり方でがすよ[109]》」。

『ペドロ・デ・ウルデマーラス』(第三巻、一二〇頁)ではこう述べられている。

どんな女の心でも
捉えてしまうそのわけは
愛するゆえにあらずして
富を手にするためならば
それもむべなるかな。

また作者が自らの作品の文体に対して、注意を払っていることを窺わす箇所がしばしば出てくる。たとえば

「ペリアンドロ君はもっと要領よく手短に話せるものをとわしは思うね……話にエピソードの飾りものをはさみこむのは結構だが、そいつが話の本体を食うほど長くては腰折れだ[110]」。

というのがその例である。

こうした人間行動に対する、絶えざる批判や評価の結果として生まれたのが、各々の職業や活動に応

じて従わねばならぬ規則や法則についての熟慮である。

「画家が己が技術で名をあげたいとおもうときには、自分のよく知っているすぐれた大家の原画を真似ようとつとめるものだ。これと同じ法則が、国家の飾りともなるべき、もっとも重要な、ありとあらゆる仕事にも職務にも行なわれるのだから……」(三)

以下の部分はコメディアの俳優がどのように作られるかを示している。

さては周知のことながら
俳優たらん仕事とは
ひとえに人を楽しませ
教え導くことなれば
かかる仕事の求めるは
いとも巧みな器用さと
地道な努力、好奇心
金の出し入れ、使いかた。
教え諭して楽します
かかる仕事に必要な
かかる才覚もたぬなら
俳優業に向きはせぬ。
まずは始めに試験をし

一座の手本見せるべし
愚かな者に空想で
書かせることはせぬがよし。(112)

試験に対する関心は他の作品にも現われている。

(アルガローバ)
床屋でも、蹄鉄工でも仕立屋でも
試験を受けるんだし外科医だのその他の
いろんなものもやっぱり試験を受けるんだから
村長になるにもやっぱり試験を受けてしかるべしだ、
それで職務に適当した有能の士だとわかった男には
免状を授与するんだね。(113)

各々が聖職者や郷士の身分など顧慮せず、自らの場所を占めているといった、文化的に階層化された社会へのセルバンテスの関心は、おそらく師たるエラスムス主義者ファン・ロペス・デ・オーヨス(Juan López de Hoyos)との、親しい交わりから得た影響と思われる。オーヨスは〈秘蔵の愛弟子〉セルバンテスの最初の詩作が世に出るきっかけとなった書のなかで、「エラスムスは『反蛮族論』(*Antibarbarorum*)において、国家の為政者に対する非難をしている」と述べている。それは彼らが「悪い教師たち」をのさばらせているからである。

「というのもこの連中は弟子たちの美風や柔軟な心を破壊し、堕落させるからである……粗野な百姓はラバや馬車の管理を誰かに委ねようとするとき、賢明で注意深く、誠実で勤勉な、その仕事に熟達した人物を熱心に探すものだ……ところが君主にご用係を調達したり、騎士を養育したり、教師になる、いいかえれば、国家のあらゆる面をやりくりする父になるためには、どんな人物がなってもいいのである」。

ロペス・デ・オーヨスはエラスムスが述べた内容を、無害なことのように装って見せている。若きセルバンテスはそのことを知らなかったのだろうか。エラスムスは若者の教育に携わる者の選択のまずさの責任を、〈国家〉のお偉方に負わせているのである。

「どんな人間がなってもいい」というオーヨスの引用文の裏には、まさしく

「踊りのことをラクダに、あるいは歌のことをロバに相談しますか？　それと同じことです、あたかも神託を聞くかのように、フランシスコ会士やドミニコ会士、カルメル会士に相談するということは」。

といったエラスムスの言葉が隠れている（この問題に関しては『セルバンテスへ向けて』一九六七、二二五―三〇頁でも扱っている）。

エラスムスは十五世紀のオランダのことに言及しているが、オーヨスはテクストを隠蔽する方法や、それを引用しようとして巧みに扱う仕方などを、一五六八年の時点でマドリードにおいて踏襲したと言える。師と弟子が内々で話し合ったことが何だったのかは知る由もないが[114]。

セルバンテスにとって、無能な人間が権威ある地位に就くなどということは見当ちがいと思われた。

サンチョの統治はこの点で二つのテーマが交錯するがゆえに、複雑さを多く秘めた批判となっている。つまり良識をもって職の行使を規制する必要性についてのテーマと、後で分析するつもりだが、自然な美徳としての理想的正義のテーマである。原則として統治者に教育があることは必要である。

「太守になるには、大した才能も、学問も必要といたさんことは、あまたの経験によってわれわれ、すでに存じておるところで、その証拠には、ほとんど眼に一丁字もなくて、隼のごとく敏捷に統治している太守が、そこいらにいくらでもありますでな(115)」。

そしてサンチョも次のように言明するに至る。

「わしゃ太守になるために生まれた男じゃねえでがす(116)」。

これほどの苦い告白は『愛の迷宮』(第二巻、二六五頁)の次の言葉と結びつけねばなるまい。

いとも汚れた所から
数多の国や王国を
統治しようとするほどに
いとも間抜けな者たちが
施策を練ってとめどなく
共和国だの州だのと
作りはすれど、わが家では
家僕二人にすべもなし(117)。

セルバンテスはサンチョを統治者に据える前に、彼に道徳的な教説を与えている。

「おぬしは、思いつきの法律に従ってはならん、こういう法律は、えてして頭が鋭いつもりでいる無知なやつらに、大いに利用されるからじゃ[118]」。

読者はそれ以外にもこのような教説を思い出されるであろう。他の作品にも似たような教説は散見されるが、あまり知られてはいない。

罪を犯してわしの前に連れてこられた
気の毒な男を頭ごなしに辱めるなんてことは、
金輪際したくねえもんだ。うかつな裁判官の
ひどい侮辱の一言てやつは、よしんば情け容赦もない
処罰を申し渡したにしても、裁判官の判決文よりも
お話にならねえくらい相手を傷つけるものと
相場がきまっているのだからね[119]。

セルバンテスの心理には、かなり異質な分野にも同じような反応が見られる。それは剣術に関する言及で、かなり頻繁に出てくる[120]。『ドン・キホーテ』の中で作者は、カランサやその取り巻きたちが教えたような、理詰めの剣術に与していることが窺える。

「《何を言うんだ》、得業士」と、学士が答えた。《きみは剣術について、それを無用なものだと信じている、この世でもおよそ誤った意見に与しているんだな[121]》」。

コルチュエロは自分の「初心者らしいごく自然な技法」を行使するが、数学的言い回しをする剣の達人に情けない仕方で打ち負かされる。そこから人ははっきりと「力が技にかなわないことを、何の掛値もない真実として知る」ことになったのである。

そうした教義は一五〇〇年代のイタリアの特徴であり、それをルネサンス的テーマの総覧ともいうべきバルダッサーレ・カスティリオーネ伯（conde Baltasar Castiglione）の『宮廷人』（*Cortesano*）の中に見いだすことができる。セルバンテスにそうしたテーマが影響したということは大いにありうる。

「伯爵は言った[122]《それらの武器に通じておけば、きわめて安全だというわけです。いざというときには、決闘の理論などは忘れてしまうという人々には同調しかねます。なぜならいざというときに理論をほんとうに失念する人は、そのまえに気が転倒し、恐怖が起こってくるのがありありとわかるからです》」〔清水、岩倉、天野訳〕。

ところでセルバンテスは当時の諸々のテーマを抱えていただけではない。たとえそれがどれほど彼の思想に特徴的に見えようとも、時代が提供するものの見方を批判的に捉え直すことこそ、彼にとっては何よりも本質的であったのである。規範的過剰に対する反動として生命的・自然的な要素が出てくるのは、ある意味で、想像力の次元において個別的なものが普遍的なものに対置されたのと符合する。理詰めの剣術はそれはそれで結構であろう。しかし、狂人たるガラスの学士は妄想に囚われたまま、剣客にふれてこう述べている。

「あの先生たちはとにかく、ひとつの学問、いや、ひとつの技術の師匠である、そのくせいざという肝腎な場合には一向それが役に立たない、それにあの先生方が、相手方の動作といらだった心理を、杓子定規な数学の方式にあてはめようなどと思うところは、いささか僭越の誹りを免れないであろうと(123)」。

論理的思考と情念の間の違いについて、これ以上うまく言い表わすことはできないであろう。セルバンテスは論理的に組み立てることの限界を、われらに指し示す理性主義者なのである。

「相方とも修業した技を生かすゆとりなどなく、型も流れも、歩みも送りも知ったものかはただ猛然と火花を散らせて渡り合ったが、やがて一方が心臓のあたりを刺しつらぬかれ、他方は脳天を割られて相討ちとなった(124)」。

こうした〈予測しうる〉ことと〈起こっている〉ことの間の揺れのせいで、時として対立的になるセルバンテス的様式の、そうした態度が生まれるのである。この彼の方法を個々のケースで確認しようとするとき、個別的説明を探し求めてはなるまい。たとえば演劇に関する矛盾した教説を提示することを目的になされた説明は、もっと幅広い体系の中に入れねばならないだろう。実際に別の例も挙げてみよう。

「俗人はこれをよく前兆と呼んでいるが、これはなんら自然の道理の上にもとづいたものではなくて、思慮の深い人によって幸先のよい出来事だと思われもし、判断もされるものなのじゃ。こういう迷信家の一人が朝起きたとする、そして家を出て、ありがたいサンフランシスコ派の托鉢僧に出くわすと、あたかも半鷲半獅子の怪獣にでも出くわしたように、たちまち踵を返してわが家へ引き返すというわけなのじゃ……いってみれば、自然というものが、いま申したようなごく取るに足らぬ出来事によって、未来の不仕合わせの前兆を示さなければならないというようなものじゃ。しかし分別のあるキリスト教徒は、天が行なおうとするこういう些細なことを、けっして気にするものではない(125)」。

これはこれで良しとしよう。未来のことを予知しようとする必要はない。とりわけ瑣末なことについては。なぜならばそれは〈自然理性〉に基づいていないからである。しかしそれでは占星術の魅力は？それが学問となる可能性があったとしたら？　この問題に関してはもっと先で（一四二頁）で検討することにしよう。とはいえ、今の段階では、このことを作者の心理における特徴的対立のひとつとみなすことはできる。

規範主義への押さえがたい欲求は、ごく細部に至るまで徹底している。王はいかなる結婚をすべきか。その解答は次のようになる。

「理性に照らしてお考えあそばされるなら、おんみずからの立場にお気付きでございましょう……王侯君主の結婚相手というのは器量ではなくて家柄……」[126]

また人が生命財産を危険にさらしてまでも抜剣するべき時は？　それは五つの場合に限るという。

「その第一は、カトリックの信仰を守るため、第二は、おのれの生命を守るため……第三は、おのれの名誉……を守るため、第四は……おのが国王に仕える場合。もしこれに第五をつけ加えるとすれば、おのが祖国を守る場合じゃ」。

ドン・キホーテはさらにその他の理由もあると述べているが、これではまるで法規集を解説しているように見える[127]。また我々はどんな場合に泣くことが許されるか？

「思慮のある成人男子が泣くのは、次の場合にかぎってうなずける。罪を犯したとき。赦しを得たとき。嫉妬に悩んでいるとき。これ以外の涙は、ひきしまった男の顔には釣り合わない[128]」。

身分の高い女性はいかにあるべきか？

「身分のある女性には威厳があって、控えめで隙のないことが要求されるが、だからといって尊大で冷やかな、気のつかない女であってはならない[129]」。

それでは忠告者は？

「人を諫めようとする者にはそもそも次の三つの条件が必要なのだ。一に威厳、二に慎重、三にお呼びがかかること[130]」。

等々。

このテーマを離れることなく、もっと広い視点に立って見てみよう。セルバンテスにとって人生とはゆっくり動く機械のように進んでいくもので、そのリズムに乱れがあってはならない。一連の因果関係の連なりを損なう奇跡などはあってはならない。ドン・キホーテがローケ・ギナールに提起する済度の道は、行動プロセスと向き合う際のそうした理性的方法を浮き彫りにしている。

「まず健康の初まりと申すものは、おのれの病気を知り、ついで医者が処方してくれる薬を患者が飲もうと思うところにあるわけですが、そこもとは病んでおられるが、ご自分の病いをよくご存じじゃ。さて天は、いやもっと適切に申せば神は、われらの医者でござるで、おそらくそこもとにも病いを治す薬を与え給うにちがいない。そういう薬はふつう徐々に効くもので、けっして急激に効いたり、奇跡によってなおしたりするものではない。かてて加えて、思慮の深い罪人と申すものは、愚かな罪人より正しい道に立ち返るのが早いものでござる[131]」。

人は美徳をめざしていく。それはわれらの行動に作用するもろもろの力を認識し[132]、自然なかたちで振る舞うことを通してである。天または神の存在はゆっくりとした生の流れの中で現われてくるのであり、作者は〈急激に効いたり、奇跡によって〉改心するような唐突な変化に対して反対している。そうしたものは『ペルシーレス』の中の言葉を借りると[133]

「自然の秩序を越えたところで起こります。驚異は奇跡のようではあるが奇跡ではなく、まれにしか起きない事柄をさします」。

セルバンテスはゆっくりと、そこに留まることなく、奇跡に関する当時の最新の教義を弁えていることを明かしてゆく。それによると奇跡というものは、自然原因が不明である途方もない出来事にすぎない。そうした考えはルネサンス期に、とりわけポンポナッツィ（Pomponazzi）の『魔術について』（*De incantationibus* 一五五六）によって広められたもので、元はといえばキケロの『予言について』（*De divinatione*）から発している。ポンポナッツィによると「ごく希にしか起きない出来事が起きて、その原因がわからないときに驚きが生まれる。しかし見慣れた出来事に対しては、原因がわからなくても驚きを感ずることはない(134)」。

たしかにセルバンテスは「奇跡は自然の秩序を越えたところに起きる」ことを認めてはいる。しかし彼は奇跡といっても、本当はポンポナッツィの言う「ごく希にしか起きない」「めったに見ることのない出来事」にすぎないような、奇跡のように見える神秘というカテゴリーを持ち込んだのである。もしセルバンテスの見解を受け入れるとすれば、真の奇跡と見かけ上の奇跡とを分ける線引きを、一六〇〇年当時のスペインにおいて、いったいどこにしたらよいのであろうか(135)。双方とも、すでに知られた自然の法則から外れた、希な出来事という点では一致するのではないか。セルバンテスにとっての解答は、モンテーニュや他の多くの同時代人と同様、議論の余地のない定義を与える教会の規範に判断を委ねることであった。信仰の真実と理性の真実という二重真理がこのようにして浮かび上がってくる（本書、四一四―四一五頁参照）。

奇跡に関する理論のスペイン的先例の多くを引用することは困難である。ポンポナッツィ以前であれば、明らかにエラスムス主義や十五世紀のイタリア人の影響である、きわめて近代的と思われる見解がある。ただしイタリア人のスペイン人に対する知的影響については、ほとんど知られていないが。たとえばマルティン・デ・カスタニェーガ師（Fr. Martín de Castañega）の『迷信と妖術に関する精緻にして信ずべき書』（*Tratado muy sotil y bien fundado de las supersticiones y hechicerías*）[136]がそれである。

「自然力は現に生きる我々の人間の知力には測りがたく、多くの場合、驚異の経験や業を見聞きしてもその理由を述べることはできない。ただ言えるのは、自然物の属性がかようなものであって、われらの目に及ばないのは、磁石の素性と力が捉えがたいのと同じである」。

また摩擦熱によって軽量物質を引き寄せる物体のことを挙げて、こう続けている。

「別の面では、われらはそうした業をたえず奇跡のせいにせねばならなかった。しかしそれはわれらカトリック学者の意向に背くものであった。というのも自然の力（われらには不可知であろうとも）で生起しうるものを、奇跡と称することは決して許されないことだからである。なぜならば奇跡とは自然力をもってしてもなしえない業のことであり、自然の力と能力を欠くことで、やむなくそう強いられる場合を除いては、それを認めてはならないからである」[137]。

たとえば祈禱師は得体のしれない動作をすることで、なんら超自然的な力をそなえていなくとも、治癒行為をなすことができる。[138]フアン・ウアルテ・デ・サン・フアン博士（Dr. Juan Huarte de San Juan）は一五七五年に出版された著作『才知の検討』（*Examen de ingenios* BAE、六五巻、四一九頁）の中で奇跡について触れ、次のように述べている。

「一般大衆は、超自然の驚異的出来事というのは、神が無知な者に対して自らの万能性と教えの正しさを、それらを通して立証せんとしてなすものだ、ということが分からない。神はこうした必然性がなければ、決して奇跡など起こしはしない。そうでなければ神は新約・旧約聖書の中のあのような不思議な出来事を起こしもしないし、それだからこそ、人間が無知を誇りとすることのないように……それにふさわしいあらゆる努力を自らすすんでなされたということを顧みれば、おのずと納得がゆくというものである。《神は一つの方法によって語られ、また二つの方法によって語られるのだが、人はそれを悟らないのだ》(ヨブ記、三三章一四節)」。

もしそういうことなら、新約聖書で語られた奇跡の後に、奇跡として認定されたあらゆる出来事は価値を失うかもしれない。ウアルテ博士の、教会的・民衆的なものを隅において、聖書を重視するキリスト教への関心は、彼の新キリスト教徒としての立場をはっきり示唆している。ウアルテは〈ヘブライ民族の末裔たち〉の〈才知のひらめきと才能〉の在り処を生物・自然学的根拠に求めている(『スペインの歴史的現実』、一九五四、四四九頁参照)。この他にも、ユダヤ人の在り方において、社会的圧迫と迫害が与えた影響についての言及も意義深い。

「とはいえ二一〇年におよぶエジプト生活は、ヘブライ民族にその資質を付与するのに十分な期間であった」。それは〈想像力〉の特別なかたちであり、「物事の本質を見抜き、その必要に応じた方策を見いだし……生きぬく手段を与えるような……数学、占星術、算術、遠近法、法学などの想像力に関わるあらゆる学問がエジプトで生み出された」。

さらにイスラエルの民がエジプトの地を離れていた時代も「才知という面においては決して失われた時ではなかった。なぜならば、虐げられ、悲しみの中で、余所者の土地に暮らさざるをえない人間たちは、話す自由を得られず、こうむった損害に報復することもできなかったため、その怒りを内に燃えたぎらせたからである。こうした気質は炙られ焼かれて、狡知と才覚、悪意の手段となったのである」

(BAE、六五巻、四六九頁、四六八頁)と述べている。

ウアルテはユダヤ人についてさらに多くを語っているが、彼やセルバンテスが生きていた、〈葛藤の〉異端審問的スペインの中にウアルテを位置づけるにはとりあえず前に述べたことだけで足りるだろう。ウアルテの作品は異端審問所に告発された(M・デ・イリアルテの『ウアルテ・デ・サン・フアン博士と《才知の検討》』M. de Iriarte, *El doctor Huarte de San Juan y su Examen de Ingenios* マドリード、一九四八、八七頁以下参照)。しかしそのことに関する資料はごくわずかしか残っていない。もちろんウアルテが宗教裁判所のことを、つねに念頭においていたことははっきりしている。

「現実的な神学者は、もし異端審問所で目覚めたくなければ、スコラ学者に相談するべきだろう」。「知力に欠けていても記憶力と想像力を豊かに合わせもった説教者なら……すべての聴衆をかっさらってしまう……しかし不注意なままでいると、異端審問所で夜を明かすことになる」(BAE、六五巻、四五三頁、四六〇頁)。

ウアルテ博士の家系については何も確かなことは知られていない。ただ唯一、サン・フアン・デ・ピエ・デ・プエルト出身のナバーラ人ということだけである。バエーサで医業に就いたとはいえ、そこで家族の血筋をたどることは容易ではない。ウアルテという名前もそれだけでは何も語ってくれない。というのもコンベルソ(ユダヤ人改宗者)は自分の名前を変えるのが常だからである。おそらく彼の家族は追放令の後、ナバーラを出ることができなかったユダヤ人たちの中に含まれていたのだろう。ヨセフ・ハ・コーエン(Yosef Ha-Kohen)は次のように記している。

「王は一四九八年にユダヤ人を追放したが、彼らは道を塞がれたためそこを出ることができなかった。そこでイスラエルの神であるヤハウェを捨て去ったのである」(『涙の谷』*El Valle del llanto* ピラール・レオン・テーリョ Pilar León Tello 訳、一七九頁、四一八頁)[139]。

前に引用したテクストと、作品の一般的な調子（これについてはもっと後で語るつもりである）から判断すると、セルバンテスは奇跡に関して、肯定的というより批判的な立場をとっているように見える。人間的現象を前にして彼に関心があったのは、驚きを表現するか、あるいは皮相的な反応を示すことであった。たとえば「人それぞれの性癖には、ただ結果だけが見えて、その根本の原因は不明なものがある。ナイフで衣を裂くのを見て歯が浮いたり痺れたりする人がいるし……」（『ペルシーレス』五九五頁b）といった表現がある。この場合には、性癖一般について論ずるよりもむしろ、すでにルイス・ビーベス（Luis Vives）が扱ったテーマである、予測不可能で説明しがたい人間生活の〈性質〉について語る方がよかろう。『ペルシーレス』の引用箇所はさらに続いてこう述べる。

「ネズミを見て縮みあがる大の男もいるだろう。わたしはカブラを切るのを目にして震えが止まらない男とか、食卓にオリーブを出されて飛びすさる賓客を見たことがあるが……」

ビーベスは『霊魂論』（*De anima*）の中で、快と不快の相対性について触れている。

「人は金銀や美しい見事な絵画を何度となく眺めていると……もはや見るだけで苛立ちを覚えるほど、飽き飽きしてくるものである。ところが牧場や山々、果樹園、平原、天国、川、大空、海といったものを眺めても、滅多に見飽きるということはない。それは各々のもの――ビーベスであれば各々の〈存在〉とみなすだろう――が、それにふさわしく適合するものを見て喜びを覚えるからである。われらも自然の存在であるがゆえに、人間の手から生まれたものよりも、自然の業の方により興味を覚えるのである」（L・リーベル L. Riber による翻訳、第二巻、一二七九頁）。

「人が感じる不快の種類をあげつらうと際限がなくなるだろう……歩き方、座り方、手の動かし方、話し方といったある種の素振りが気に入らないといった者たちがいる。他人の服にできたしわひとつに腹を立てる者すらいる」。

ビーベスにとって人間とは〈気難しい動物〉である。多くの者にとって人間を非難し尽くし、そうすることで〈機転のきく人という評判〉を得るのは心地よいことである、なぜならば「才能ある賢明な人間にこそふさわしい、善いことと悪いことの区別をはっきりつける」（同上、一二八四頁）ためには、より大きな努力が求められるからである。

私はセルバンテスがビーベスを読んでいた、と言っているわけではない。しかし双方とも、人間生活のありさまを眺め、それに深い分析を加え、さらに人間の〈外面〉を〈内面〉に関連付けることに、高い価値を与えたことでは一致している。そのことによって、ある種の考え方に応えると同時に、個人性の意識をもった文学上の人物を創造することが可能となった。それは単なる抽象的人物の類型化に留まることはない。コンベルソのフェルナンド・デ・ローハスは、同じコンベルソのルイス・ビーベスに先立つかたちで、すでに次のように述べていた。人間ほどに「見きわめることの難しい品物も動物もない」と。その言葉は単にある種の思想を言い表わしたものではない。なぜならばそれが個人として生きる人物の感じた印象の一環として、文学的に出てきたものだからである。(140) つまりセンプローニオは少し前にセレスティーナに対してこう答えていた。

「食うことの他にも必要なものはあるんだよ」（『ラ・セレスティーナ』第五幕）。〔杉浦勉訳〕

文学上の人物は自らの必要性や目的についての意識を表現するときに、その横顔を浮き彫りにするのである。

結論として言えるのは、セルバンテスは人間的活動を厳格な規範に合わせようとしたということで、それは彼にとって、かくあらねばならぬと見なしていたことから必然的に引き出されたものである。今後は彼が演劇に関する理論を展開したわけを、ロペ・デ・ベーガに対してしばしば抱いていた対抗意識に帰すことはできないだろう。といってもこうした情況のおかげで、セルバンテスの規範的精神が活性化されたことを否定するものではない。そうした演劇理論もまた大きな全体の一部である。また前の頁では、図式的な理性を見据えるかたちで、生命の自発的要素がいかに力強く立ち上がってくるかを見てきた。それは現実的なるもの（個別的なるもの）が、理想的なるもの（普遍的なるもの）に対立していたことと符合する。こうした複雑な二元性がセルバンテスの芸術を新たな、尋常ならざる道へと導いていった。その出発点というべきものを、十六世紀文化のよく知られた分野のうちに探っていくことにしよう。

読者諸氏は『ドン・キホーテ』前篇序文に述べられた、からかい気味な次の言葉を、もはや真にうけて聞くことはないだろう。

「なぜならこの本は始めから終わりまで騎士道の書物に対する攻撃だからね。それにそんな本のことはアリストテレスが夢想だにしなかったことだし、聖バシリウスも何ひとつ言っていないし、キケロだって知らなかったんだ」。

（1）　左の文と比較せよ。

「セルバンテスは『リンコネーテ』で新しいものを造り出したのか、あるいは写し出したのか、その点を丹念に検証し……写し出したという場合には、絵画と原物との類似の程度を尺度として芸術家の長所を評価すること」（ロドリーゲス・マリン Rodríguez Marín による『リンコネーテとコルタディーリョ』の版、一九二〇、一八六頁）。

私はこの問題について RFE（一九一七、第四号、三九九頁）の中で扱っている。

（2） この点について言えば、F・カストロ・ギサソーラ（F. Castro Guisasola）の『《ラ・セレスティーナ》の出所』（*Las fuentes de la Celestina*）のような、広汎にして明快、かつ本格的な書をもっていることはありがたいことだろう。

（3） シュヴィルとボニーリャによる版（マドリード、一九二二）参照。

（4） 同上、一〇頁。

（5） 同上、八四―八五頁。ロドリーゲス・マリンは『ドン・キホーテ』の版（一九一六、第三巻、三八三頁）において、このテクストを『ドン・キホーテ』の中の〈本当らしさ〉に関する論述を示す目的で引用した。サヴィ・ロペス（Savj-López）もまた『セルバンテス』（三五頁）において、本テクストを文学的手法で「芸術を現実の模倣として理解したもの」と解釈している。今日であれば「故意に作り出された……ばかげたもの」も、『ティランテ・エル・ブランコ』の作者にふれて述べたこと（「故意にこういう馬鹿げたことを作ったのであってみれば、生涯徒刑船に送られても致し方あるまいて」『ドン・キホーテ』前篇、六章）と、意味の上では符合していると言うかもしれない。現代の語法に従ってこの意味を解釈すれば、ものごと、事実、出来事といったものは、それ自体には文学的広がりなどはない、ということである。それを得るためには作者のもくろみと、作り出された人物の生の構造とが組み合わされねばならない。『ドン・キホーテ』前篇、二一章の冒頭は、雨が降りだす場面だが、実はそれは床屋が頭に金だらいを被るための伏線である。ここで言う〈不協和音〉とか不一致というのは、文学的にみた具体的な構造のことであって、抽象的にみた論理的な、あるいは、ましてや道徳的な秩序などを指しているわけではない。拙著『文学論争としての《ラ・セレスティーナ》』（マドリード、一九六五、一六五頁）を参照。

（6） シュヴィルとボニーリャによる版、第三巻、二七頁。セルバンテスの劇作はいつもこの版から引用するつもりである。漢数字は『喜劇と幕間劇』の対応巻数を表わす。

（7） 『美学思想史』第二巻、一八八四、四〇五頁。

（8） 同上、四〇九頁。

(9) 同上、四一二頁。

(10) 『セルバンテスとその作品』(*Cervantes y su obra*)、一九一六、八六―八七頁。

(11) トーレス・ナアロの中では〈見聞に基づいた〉演劇と、〈空想に基づいた〉演劇としていることを想起せよ。

(12) この際はっきり言っておきたいが、ある歴史・文化的命題のテーマを決めるとき、ルネサンスや中世、バロックなどという抽象的言葉を使うのは、私には不正確だと思われる。ルネサンスは実体ある命題にとっては、主語や述語であれ、何にでもなりうるだろう。しかしいまだかつて、特定の活動を言い表わす主体として存在したことなどない。今日、かつて私が犯したような間違いに陥るケースがしばしばある。我々は、半世紀前には歴史の主体とは現に何であり、また何でありえたかといった問題、あるいは歴史的広がりをもった現象の問題などを提起したことはなかった。【本書のテーマはセルバンテスをヨーロッパ的、ルネサンス的人間として定位させることであった。しかし今や、アメリコ・カストロ氏はかなり異なった方法で考えている。かつては「(一九二五年の時点で)私はセルバンテスを、対抗宗教改革の暗雲のせいで憂鬱症となったルネサンス的、人文主義的人物として捉えた。私たちは四〇年前の時点では、十六世紀のスペイン文学が血統の文学であって、禁欲主義もエラスムス主義も目的に合致したものであり、空想世界に作者を定位させるための抽象的・理念的方法ではなかったことなど、思いもよらなかった」(『セルバンテスとスペイン生粋主義』、マドリード、一九六六、一四三頁)と述べていたからである。あるのはルネサンスでもバロックでもなく、とりわけスペインの血統と生粋主義の存在によって生み出された〈葛藤の時代〉だけである。今後もこうした注釈を通して、この問題に関して述べていくつもりである。】

(13) その書において、二つの視点がいかに錯綜しているかという点に関しては、前述の拙書『文学論争としての《ラ・セレスティーナ》』(一九六五)を参照のこと。

(14) 『愛の対話』(メネンデス・ペラーヨ『小説の起源』、第四巻、四三〇頁)〔拙訳、以下も同様〕。

(15) B・クローチェによるイタリア語版、一九一四、一六頁。〔渡辺一夫・二宮敬訳〕

(16) 『対話集』、リヨン、一五五〇、八八折裏頁。

(17) 『狂えるオルランド』第三五歌、二五―二六行。クレメンシンはこの詩句を別の目的で引用しているが〔第四巻、一八三五、五五頁）、誤植により『オルランド』の第三歌を引いている。

（18） これはとりわけ、すでに十三世紀の時点ではっきり表現されたイタリア人の現世的嗜好のこと。高貴な宗教的・英雄的感情を表わす文学に対する無関心でもある（ボッカッチョ、アンドレア・ダ・バルベリーノ（Andrea da Barberino 一三七〇頃—一四三一頃）の『フランス国王夫妻』*Reali di Francia* など参照）。

（19） デ・ロリスの『反動的なセルバンテス』、一八七頁を参照せよ。【公会議の第二五回会議の勧告によると、この条文は文学のみならず芸術一般に対しても適用された。またE・マールの『トリエント公会議以後の宗教芸術』（E. Mâle, *L'Art religieux après le Concile de Trent* パリ、一九三二、諸所に）を参照。必要とあらば、デ・オルネードの『トリエント公会議期の芸術』（De Hornedo, *Arte tridentino* 『美学思想』R de IE 第三巻、一二号、一九四五、四四三—四七二頁）、E・オロスコ・ディーアスの『バロックの主題』（E. Orozco Díaz, *Temas del Barroco* グラナダ、一九四七、一四—三六頁）、『スペイン・バロックの恒常的課題』（*Lección permanente del Barroco español* マドリード、一九五六、第二版、四〇頁を参照）。】

（20） 騎士道物語に対する批判は、すでに十六世紀の三〇年前後にいくつか例があるが、とくに中期に増加をみた。メネンデス・ペラーヨ（Menéndez Pelayo）は『小説の起源』（*Orígenes de la novela* マドリード、一九四三、四四〇—四六六頁）の中で多くの証拠を挙げている。

ここでいくつか追加したものを時代順に挙げてみる。

ビーベス『キリスト教徒女性の教育』『腐敗芸術の原因』（Vives, *Institución de la mujer cristiana y De causis corruptarum artium*）（一五二四）

バルデス『言語についての対話』（Valdés, *Diálogo de la lengua*）（一五三三）

ゲバラ『寵臣の忠告』（Guevara, *Aviso de privados*）（一五三九）

セルバンテス・デ・サラサール（Cervantes de Salazar ビーベス『叡知への誘い』*Introducción a la sabiduría* の付記）（一五四四）

ペロ・メシーア『帝国史』（P. Mexía, *Historia imperial*）（一五四五）

ベネーガス（Venegas, ルイス・メシーア Luis Mexía『余暇のための寓話』*Apólogo de la ociosidad* の序文）（一

五四六）

アロンソ・デ・フエンテス『自然哲学』（Alonso de Fuentes, *Filosofía natural*）（一五四七）

ディエゴ・グラシアン（Diego Gracián　プルタルコス『道徳論』*Morales* の序文）（一五四八）

フェルナンデス・デ・オビエード『宮廷論』（Fernández de Oviedo, *Libro de la cámara*）（一五四九頃）

『バリャドリード宮廷』（*Cortes de Valladolid*）（一五五五）

メルチョール・カーノ『神学的問題について』（Merchor Cano, *De locis theologicis*）（一五六三）

アリアス・モンターノ『修辞学』（Arias Montano, *Retórica*）（一五六九）

L・デ・グラナダ『使徒信経』（Luis de Granada, *Símbolo de la fe*）（一五八二）

マロン・デ・チャイデ『マグダレーナの回心』（Malón de Chaide, *La Magdalena*）（一五八八）

ヘリオドーロスの『テアゲネスとカリクレア』（Heliodoro, *Teágenes y Caricleа*　一五五四）の無名訳者は序文の中で騎士道物語を批判している。サラマンカ版（一五八一）A四表折を参照。学士フランシスコ・デ・バリェス『道徳に関する親書』（Lic. Francisco de Vallés, *Cartas familiares de moralidad*　マドリード、一六〇三）の中ではこう述べられている。

「残念なことは興味深く、内容豊富で真実を語っている歴史書や神学書がたくさんあるというのに、それに飽き足らず、架空の絵空事にすぎない騎士道物語などを読む者が数多くいるということである。こうした愛好者のほとんどは女性であり、彼女たちは身体と同じように知性にも装いを施すことを楽しむのである」（ペレス・パストールの『マドリード文献』Pérez Pastor, *Bibliografía madrileña*　第二巻、四六頁、所収）。

またホセ・デ・シグエンサ師の『聖ヘロニモ会史』（P. José de Sigüenza, *Historia de la orden de San Jerónimo*　一六〇五）では「騎士道物語……これらはすべて出来の悪い下手な嘘や、でたらめで満ちみちている」（NBAE版、第八巻、三九三頁）と述べている。【マルセル・バタイヨンは『エラスムスとスペイン』（Marcel Bataillon, *Erasmo y España*　メキシコ、一九六六、第二版、六二三頁註）の中で、さらにこの一覧に補足を加えている。】

このリストはたしかに不備が多い。しかしトリエント公会議（一五四五―一五六三）の時代における批判の多さを示すには役立っている。こうした批判の多くは騎士道物語の不道徳性よりも真実味の欠如を強調している。

オビエドは君主の寝室にあるべきものは「『アマディス』のような根拠のない作り事ではなく、真実の歴史たる」書物だと述べている。

ディエゴ・グラシアンは「騎士道物語とかよばれる嘘とでたらめの書物……いかなる者も虚偽なるものを真似してはならぬ。プラトンが言うように、真実を知り、真実を語る以上に善き理性にとって望ましいことはない」と語っている。

対抗宗教改革という言葉が不正確に使用されるとき、往々にしてスペインが新・旧のキリスト教徒から成り立っていた事実が忘れ去られていた。新キリスト教徒にとって空想に対する真実というのは、非キリスト教的な神話の排除に加え、理性によって実証しうるものへの関心、エラスムスが迷信とみなしたもの（眉唾の奇跡譚、架空の聖人譚、秘教的儀式、不品行等）との隔絶などを意味していた。典型的な例としては、ルイス・ビーベスが非宗教的・世俗的視点からもの乞いの問題に焦点をあてたことである。のらくら歩き回って〈慈悲〉を乞うことは、遍歴の騎士が弱者や被迫害者に手を差し伸べるのと同じくらい、見せかけの決まりごとであった。多くの新キリスト教徒は常識的で単純なキリスト教をより好んだ。ところが別の者たちはまったく逆の方向に向かい、すべてを誇張して極端なカトリック教徒として振る舞った。十七世紀スペインのカトリック教は、フランスやイタリアのそれとは異なった。瑣末な例としては、聖母マリアへの過剰な呼び名について、非スペイン人カトリック教徒たちが感じた驚きといったものがある。つまりカミーノ（道）、ピラール（柱）、ペリグロス（危険）、メルセデス（慈悲）以外にも、さまざまな名詞をともなった女性名が使用されている。この註によって過剰な単純化に対する注意を喚起したい。

(21) セバスティアン・デ・コルドバ『宗教的・キリスト教的素材に翻案されたボスカンとガルシラーソの作品集』(Sebastián de Córdoba, *Las obras de Boscán y Garcilaso trasladadas en materias christianas y religiosas*) グラナダ、一五七五。

(22) このことに対してマル・ラーラはこう反論している。「もしマルティアーリスやアウソニウスが主張するように、言葉の上でふしだらなことを平気で書くように人物でも、心の方は清廉で人生は言葉とは違うなどということがあれば、もし彼らが口にしうることを飽きるほど口走っているときに、何げなく発するひとつの言葉でもって、彼らが清廉な心の持ち主かどうかが分かるだろう」（『世俗哲学』一五六八、序文）。

マル・ラーラがここで示そうとしているのは、カスティーリャ的な完成人間のモデル、ドン・ファン・マヌエルのいわゆる《それ自体としての人間》（『セルバンテスへ向けて』、マドリード、一九六七、第三版、七五―七六頁）、あるいはフェルナンド・デル・プルガールが『著名人列伝』（Fernando del Pulgar, *Claros Varones* カスタリア古典叢書、四九巻、一九二三、三六頁）の中でドン・ペロ・フェナンデス・デ・ベラスコを例に引いた、いわゆる《本質的人間》、つまり常に真実を語る《真実の人間》たる《本質的人間》といったものである。スペインの〈葛藤の時代〉にあっては、人間（あるいは文学上の人物）の内と外の密接な関連性が維持されているのは、人生をセルバンテス的に見ている人物たちの中ではなく、ロペ・デ・ベーガが作り上げた演劇の民衆的な人物たち（ペリバーニェス、ペドロ・クレスポ）の中である。セルバンテスの芸術は、スペイン社会を引き裂き、また傷ついた心と批判精神をもつかなりの数のスペイン人たち（ルイス・デ・レオン、マテオ・アレマン、セルバンテス、その他多く）を引き裂く、広く深い裂目と切り離すことはできない。その深淵はある者たちにとっては苦悩と絶望の裂目であったが、セルバンテス的アイロニーのおかげで救われたのである。そこから能天気なままであってはならない必然性（セルバンテスにとって『ティランテ・エル・ブランコ』の作者がそうであったように）が生まれる。またある〈意図〉や〈巧みさ〉、つまり本書の他の箇所の言い方に従えば、視点の多様性として維持され芸術的に統合された両義性を通して、想像され表現されるべきものを順序だてる必然性が生ずるのである。内と外の確固たる道徳的統合は、セルバンテスにおいては芸術的統合となり、その内部において、対立する現象と価値が、新しい装いの文学的弁証法にしたがって、自らの言い分を主張するのである。

(23) トッファニンの前掲書、第一三章を参照せよ。
(24) 註20の騎士道物語への批判を想起せよ。
(25) D・アロンソ・オルドーニェスの翻訳（マドリード、一六二六、二三折）から。
(26) 『アリストテレスの詩学書に関する注釈』*Annotationi nel libro della Poetica d'Aristotele* ヴェネチア、一五七五。
(27) トッファニンの前掲書、一八九―一九一頁。
(28) 文学に関する独自の重要な見解は、たとえば、ビーベスの中にも見いだせる。しかし十六世紀末から十七世紀初頭にかけての、本来の意味でのアリストテレス的詩学は単なるイタリア詩学の引き写しにすぎない。スピンガーンの『ルネサンス期の文学批評』(Spingarn, *La critica letteraria nel Rinascimento*)、一三九頁参照。ジャン・フランソワ・カナヴァジオの「アロンソ・ロペス・ピンシアーノと《ドン・キホーテ》におけるセルバンテスの文学批評」(Jean-François Canavaggio, "Alonso López Pinciano y la estética literaria de Cervantes en *el Quijote*" AC、八号、一九五八、一三—一〇七頁)を参照。【同様に以下のものも参照せよ。ウィリアム・C・アトキンソン「セルバンテス、ピンシアーノ、そして《模範小説集》」(William C. Atkinson, "Cervantes, el Pinciano, and the *Novelas Ejemplares*"), HR、一六号、一九四八、一八九—二〇八頁。E・C・ライリー『セルバンテスの小説理論』(E. C. Riley, *Cervantes's Theory of the Novel*)、オックスフォード、一九六二(スペイン語訳、マドリード、一九六六)。ピンシアーノの美学思想の影響についてはR・J・クレメンツ「ロペス・ピンシアーノの《古代詩哲学》とルネサンス文学理論におけるスペイン的影響」(R. J. Clements, "López Pinciano's *Philosophia Antigua Poetica* and the Spanish Contribution to Renaissance Literary Theory")、書評論文、HR、二三号、一九五五、四八—五五頁。】

(29) 本書、二六—二七頁におけるレオン・エブレオの引用を想起せよ。

(30) 詩学が説いたことは別にして、一六〇〇年の時点で〈悪い評判〉から死を連想するということは、とりもなおさず異端者の烙印を押されることを意味していた。人文主義者ファン・デ・マル・ラーラが異端審問所から無事に生還したとき、次のように口走ったと言われる。

「その日、私は人が考え得るこの世の最大の危機から逃れて、この世の最高の名誉を得た」(拙著『葛藤の時代について』マドリード、一九六三、一〇六頁参照)。

(31) トッファニンの前掲書、五五—五六頁。

(32) フランチェスコ・ロボルテッリ『アリストテレス《詩学》の注釈書について』(Francesco Robortelli, *In librum Aristotelis de Arte Poetica explicationes*)、バーゼル、(息子)ジョバンニ・エルヴァジオ版 Ioannem Hervagium Iuniorem 一五五五、七九頁(マドリード国立図書館、三—二一六五)。セルバンテスのテクストには二八頁に引用したアリオストよりも、ロボルテッリの方が大きい影を落としている。セルバンテスに直接的影響を与えたのがロボルテッリだったのか、あるいは彼の詩学をなんらかの形で通俗的に改作したものであったのかは、マドリードにいるかぎり十分なイタリア語本が手に入らないため、如何とも決しがたい。

(33) 当時、韻律形式は詩にとって本質的とはみなされていなかった（前の三一―三二頁を参照）。そうした理由からドン・キホーテは自らの冒険物語に対して英雄詩の条件を求めることとなる。ピンシアーノ（一五九六）は同じことを繰り返してこう述べている。

「散文と韻律が歴史と詩学を分かつのではない。そうではなく詩学は模倣し、歴史は模倣しないという点だけが異なる」（『古代詩哲学』、一八九四年版、一一六頁）。

その第一部四七章の最後にこうある。

「叙事詩は韻文と同様、散文でも書くことができる」。

(34) この〈情況を切り捨てて〉(relicta circunstantia) と〈詩的普遍性〉(universal poético) という概念なくしては、次のような文を理解することはできない。

「ここで、作者はドン・ディエゴの家のありさまを、細大もらさず (todas las circunstancias) 描き、農業を営む豊かな郷士の家にあるあらゆるものを、その中で描写しているのであるが、この物語〔歴史〕の訳者にはそういうあれこれとこまやかなことは、むしろ黙殺したほうがよいと思われた。それというのも、物語の主要な目的に合致しえないからで、物語は面白くもない余談などよりも、真実に力をそそぐべきものである」（後篇、一八章）。

ここで言う物語〔歴史〕(historia) という言葉に謎めいた意味は何もないことははっきりしている。ピンシアーノが一七六頁で述べていることと比較してみるといい。

「ある作者がスペインを舞台にした出来事を頭で捏ねあげて本を書くとする。また同じく彼がペルシアやインドで実際に起きたこととして真しやかに書くとする……そのときスペインのものを書いた作者は詩人とされ、一方インドなどで起きたとするものを書いた作者は歴史家とされるであろう」。

ところで『ドン・キホーテ』という虚構はスペインで実際に起き、それを記したものであるからには、〈歴史〉として通用するはずである。

(35) ピンシアーノがこうしたイタリア・アリストテレス的な教説を、どれだけスペインで反映させたかを見てみるのも無駄ではない。

「《そなたが言う、詩人が普遍的なものに、また歴史家が個別的なものに才覚をふるうというのは、どういう意味ですか》——《矢のめざす標的がきわめて小さいのが後者で、標的以外の余地がきわめて大きいのが前者です。つまり真実というのはある一点にしかなく、虚偽はその真実の一点を除くすべてなんです。歴史家は唯一の真実に縛られているのに対して、詩人は前に述べられたように、もし本当らしさも厭わず、広く受け入れられた神話も厭うことがなければ、あちらこちら、どこにでも、自由にはばたくことができます……私には本当らしさこそ、模倣の最も本質的な部分だと思われます。アリストテレスはこの問題に解答をだしてはいませんが、本当らしさが最も重要だと考えていたに違いありません……でも考えてもみてください、かの哲学者が広く受け入れられた神話は変質させてはならないと言っているとすると、それは本当らしさが守られるという目的のためです。したがって神話の装いの下には、本当らしさが含まれているのです》」（前掲版、一五三—一五四頁）。

(36) マーデン（Marden）版、三五一頁。

(37) J・オルテガ・イ・ガセー『《ドン・キホーテ》に関する省察』（J. Ortega y Gasset, *Meditaciones del Quijote*）、一九一四、一五八—一五九頁。またその前に、二九頁を参照。

(38) デ・ロリス（前掲書、七九—八〇頁）はドン・キホーテと得業士とサンチョの会話（後篇、三章）を解釈するに際して、ある意味でトッファニンに追随している。しかし彼曰く、セルバンテスは英雄詩へのああした風刺のおかげで、自然のもっている無秩序と奥深さを開拓しえただけでなく、「共通のスペイン的源泉の懐においてロペ・デ・ベーガに近づく」ことができたと言っているのは、私には何とも理解しようがない。セルバンテスはロペとはまったく対極的な世界観をもっていたからである。セルバンテスにとって、このような当時の文学理論との符合は、そのすべてがものごとの在り方に関する議論の基礎として役立った。ところがロペに関しては、性格として、少なくとも真面目にその種の問題を提起することはなかった。詩学は、セルバンテスが仕事場で利用した騎士道物語や他の文学作品と同様、単なるルネサンスやバロックなどの文化的主題としてのみならず、文学的人物によって再生され、また再生しうる素材としても作用したのである。もちろん厳密にいえば無理があるかもしれないが。

それにつけても思い出すのはマルセル・プルーストの芸術である。〈語り手〉の人物、生の開かれた空間、名前も肉体性もなく漂う意識、穏やかにしてまた激しく荒れる大波のごとく。情緒や幻覚、思索といったものが、プルースト的記憶の奥底に貯えられた広大な経験世界のあらゆる場所から、そうした人間という大洋の上になげかけられる。

〈語り手〉は（ラ・ベルマと呼ばれる）サラ・ベルナールがいかにラシーヌの『フェードル』を演じるものか見にゆく。心から聴きたいと熱望していた女優が朗唱し始めるやいなや、〈語り手〉には「そしてこのときから、場内も観客も俳優も脚本もそれに私自身の肉体までも、その声の抑揚が完全につたえきれる範囲までしか関心のない、単に一つの音響伝導体」としてしか思われなくなる。しかし彼女が朗唱した『フェードル』はすぐに学校で読んだそれ、あるいは伝説的なフェードルその人の言った言葉を聞き流しているように感じる。『フェードル』は音の連なりに変わってしまい、その言葉もあまりに速かったもので、しかるべく楽しむ余裕もなかった。さらに悪いことに拍手喝采の最中に〈かなり品のない〉女が「ふんだんにあんなことをやってさ、気分がわるくなるほどからだをたたいたり、かけまわったり、まったくあれが芸だわね」と評を加えたりする（『失われた時を求めて』「花咲く乙女たちのかげに」第一部、一九四六、二八―三二頁）〔井上究一郎訳〕。

ところでセルバンテスは、知的・感覚的な経験の蓄積が、予見できぬ反応に生命的に変容した最初の作家である。【ここや前の頁（三三五―三三六頁）で触れられた文学と人生という重要なテーマに関しては、アメリコ・カストロ『セルバンテスへ向けて』（*Hacia Cervantes*）、マドリード、一九六七、第三版、および同『セルバンテスとスペイン生粋主義』の諸所方々を参照。他の批評家の重要な研究もまた、この問題に関するA・カストロの考え方を広く受け入れている。たとえばM・I・ゲルハルト『ドン・キホーテ――人生と書』（M. I. Gerhardt, *Don Quichotte: la vie et les livres*）、アムステルダム、一九五五、およびR・L・プレドモア『《ドン・キホーテ》の世界』（R. L. Predmore, *El mundo del Quijote*）、マドリード、一九五八。その第一章はまさしく「文学と人生」と題されている。またE・C・ライリー『セルバンテスの小説理論』（E. C. Riley, *Cervantes's Theory of the Novel*）三三五―四八頁は「ドン・キホーテの文学と生活」という副題がついている。】

(39) 『書簡集』(*Lettere*) 第二巻、四〇三頁 (トッファニンの二〇三頁を参照)。
(40) 前掲書、一二三頁。
(41) 同上、三一八頁。注意したいのは、悲劇のもつカタルシス機能はこうした理論家たちによって叙事詩的なものにまで広げられたことである。その中にはヘリオドーロスの『エチオピア物語』(*Historia etiópica*) のような物語も入ってくる (ピンシアーノの一一七頁、三一八頁を参照)。
(42) 後ほどセルバンテスが『ラ・ディアナ』に関して行なった細かい批判の意味を説明するつもりであるが、それは彼がじっくり読み込み、模倣したこの小説に対して抱いた賞賛の気持ちを打ち消すものではない。
(43) 『小説の起源』(第一巻、五一六―五一八頁) による。
(44) 「我とては才知をもってあの服の／裁断をして着せたればかの麗しき／『ガラテア』は永遠に世に出て不滅なり」(『パルナソ山への旅』、BAE、第一巻、六八七頁)。
セルバンテスは『ガラテア』の最後でその続篇を約束している (「後篇はあえて早い時期に人々の目に触れ、その判断を仰ぐべく日の目を見ることになろう」)。

また『ドン・キホーテ』では「いずれ発表すると約束している続篇を待たなければなるまい」と述べているし、自らの戯曲集の献辞でも「そのうち『ガラテア』の続篇が出ることとなろう」と述べている。

『ドン・キホーテ』後篇の序文では「あなたに申し上げるのを忘れていたが、『ペルシーレス』はもう書き終えようとしているので、ご期待ください、それに『ガラテア』の後篇も」と述べ、そして『ペルシーレス』の献辞でも「万にひとつ、奇跡的にも延命がかないますならば、かならずやこの二作を書き上げてお目にかけ……『ガラテア』も完成させる所存でございます」としている。
(45) 【アイロニーを通して、文学を始めとする伝統的価値観を体系的に破壊しようとした作品の先例として『ラ・セレスティーナ』を挙げることができる。周知のごとく、セルバンテスはこの作品に多大な称賛を与えた。アメリコ・カストロ『文学論争としての《ラ・セレスティーナ》』(*La Celestina como contienda literaria*)、マドリード、一九六五、および近々出る拙論「『ラ・セレスティーナ』への新たな接近」(“Nueva aproximación a *La Celestina*” AEM、も参照のこと。】

(46) ドン・キホーテの死に対する悲嘆の場面と比較せよ。
「しかしそれでも姪はよくものを食べ、家政婦はぶどう酒をきこしめし、サンチョは何となく嬉しそうだった。なぜなら、いくらかでも遺産を譲られると、死者が当然残してゆく悲しみの思い出を、遺産を受けた人々の心の中でいくらか消し去ったり、もしくはやわらげるものだからである」(後篇、七四章)。

(47) 前篇、二七章。

(48) 前篇、二五章。

(49) 前篇、二五章。ルイス・ガルベス・デ・モンタルボが『フィリダの牧人』(*El Pastor de Filida* 一五八二)において、その小説には純然たる詩的真実の性格があると述べていることは、注目に値する。「こうした愛憎劇をよそに……いったい羊たちはどこで草を食んでいるのだろうか。乳絞りをする時間はあるのだろうか」(メネンデス・ペラーヨ『小説の起源』第三巻、四六四頁a)。ガルベス・デ・モンタルボは、このようにして前にふれた異議を見事にかわしたのである。

(50) すでに『美学思想史』第二巻、一八八四、一〇八頁で指摘ずみ。『ラ・ガラテア』に関してはF・ロペス・エストラーダ『《ラ・ガラテア》の批判的研究』(F. López Estrada, *Estudio crítico de La Galatea* ラ・ラグーナ・デ・テネリーフェ、一九四八)や、J・B・アバリェ・アルセによる『ラ・ガラテア』の版、序文、注釈(カスティーリャ古典叢書、一五四—一五五号、マドリード、一九六一)がある。

(51) 「セルバンテスは遠近法的手法の角度から言語をとらえているように見える。もしそうだとするなら(A・カストロがはっきり認めたように)遠近法的手法こそ彼の小説全体の構造を形づくったと見ることも難しくはなかろう」(レオ・シュピッツァー「《ドン・キホーテ》における言語学的遠近法的手法」(Leo Spitzer, "Perspectivismo lingüístico en el *Quijote*")、『言語学と文学史』(*Lingüística e historia literaria*) マドリード、グレドス、一九五五、一六二頁)。

(52) 前篇、四七章。【セルバンテスにおける本当らしさの問題についてはE・C・ライリーの前掲書、とくに一七九—一九九頁を参照せよ。ライリーはアメリコ・カストロがここで表明した考え方に基づいている。】

(53) 『セルバンテスとその作品』、一九一六、一〇七頁。

(54)『美学思想史』第二巻、一八八四、四一〇頁。

(55) メネンデス・ペラーヨがセルバンテスがこの点について述べたことに、大した重要性を認めていないというのは確かである。

「セルバンテスがまき散らした指摘に最高の輝きや永遠の生命があるとしたら、それはまさしく不朽の名作の中にあったからである」（同、四一二頁）。

(56) 三巻一〇章の出だし部分。

(57) この点に関してはC・ゲリエリ・クロチェッティ『G・B・ジラルドと十六世紀の批判思想』（C. Guerrieri-Crocetti, *G. B. Giraldo ed il pensiero critico del secolo XVI*）、一九三二、四四八頁を参照せよ。彼はこう述べている。

「まさにこの考え方はイタリア人著作家やピンシアーノの教説の中にあったものである」。

しかし我々が今問題にしているのは、アリストテレス派の著作家たちの思想がスペイン以外の国の文学には影響を与えなかったがゆえに、セルバンテスの小説と比較できるものが何も出現しなかったということである。この場合の思想というのは、もはや観念的ではなくなった文学的生の過程の中では、それ自体（思想）の実体化とは無縁の何ものかである。セルバンテスの中で〈本当らしさ〉の概念は、当然、考えることもその中に含みうる〈生きる〉という生活体験の表現に転位されねばならない。その問題は文学的構造において新たな広がりをもっている。セルバンテスが作品を通して新しく生み出した独創的なものとは、まさにそのことであって、彼のネオプラトン主義やアリストテレス主義などではない。それらはたしかに構成要素ではあるが、それ自体としては創造的な力をもってはいない。

(58)「それにああいう書物の主な目標がたとえ人を楽しませることだとしても、あんなとんでもないでたらめばかりだったら、どうやって目標に達することができるのか、見当がつきませんな。人の心の中に生まれる楽しさというものは、視覚や空想がとりあげる事物の中に見る、あるいは感得する美と調和からこなければならないもので、己のうちに、醜さと不調和をもっているようなものはすべて、わたしたちに満足を覚えさせることはできるものですか。（中略）そういう本なり作り話に、いったいどんな美がありうるというんです？　全体に対する部分の、部分に対する全体のどういう調和がありますかね？」（『ドン・キホーテ』前篇、

四七章）

(59) 「物語では現実にありそうだとか真実めいているからといってかたっぱしに語ればよいというわけではない。なぜならまずそれらが信用されなければ語る意味がないからだ」（『ペルシーレス』、BAE、第一巻、六五六頁a）。

(60) ものごとがはっきりしていなかったというのは、次のような言葉からも明らかである。「セルバンテス自身が、考えうる最も眉唾的な作品のひとつとも言うべき『ペルシーレス』の中で、本当らしさに関してああした長い陳述をすることを何と評したらよいか」（ボニーリャ『セルバンテスとその作品』Bonilla, *Cervantes y su obra*　一九一六、一〇五頁）。

(61) 理論上、セルバンテスは絶対的真実の可能性を認めてはいる。「信じてくださらないとしても気にはいたしません。どう扱われようと真実は真実、真実にはどこへ行っても席が用意してあるもので、自分の上にだって座りますよ」（『ペルシーレス』、BAE、第一巻、六三四頁b）。「でも真実は、たとえ病にはかかっても、死ぬものではありません」（同、六四八頁a）。しかし生命的に相対化されていない、〈それ自体〉としての真実はセルバンテスの作品においてごくわずかな役割しか果たしていない。

(62) 「詩人は二重の意味で人を偽る。ひとつはものの本性に従って、もうひとつはものの本性に逆らって。後者の場合は、それも二重の意味で偽ることとなる。ひとつはすでに大衆の意見として受け入れられているものにおいて、またもうひとつは他の人からいまだかつて聞いたり語られたりしたことのないものにおいて。ものの本性に従ってなされる場合は、これは書き記すすべての人の意志や自由裁量次第である。もし本性に逆らうならば、これはその人のもつ力によるのではない。人はまさに背理（paralogismo）によってしか、多くの形像（**figmenta**）を引き出すことはできない。さらに言えば、真理の代わりに虚偽が主張されるときはいつでも、形像は背理から引き出されるのが普通である。そのことを我々は以下で十分に明らかにするつもりである」（ロボルテッリ『詩学』、前掲版、七頁）。

(63) スピンガーン『ルネサンス期の文学批評』、三二一—四六頁。

(64) ピンシアーノは次のように述べている。「『エチオピアの歴史（エチオピア物語）』もまた歴史とは言いがたい。著者というのは自分の著作を権威づけるために思いついた名前をつけるものである」（一二二頁）。

(65) シュヴィルとボニーリャによる『ペルシーレス』の版、七頁。

(66) デ・ロリスの『反動的なセルバンテス』の中の『ペルシーレス』研究（一一四—一三六頁）は興味深い。しかし評者は皮相的で不機嫌な姿勢をとっていて、それが客観的見方を欠く原因となっている。我々はあの重要な作品について、より適切な光を当てて見ようとはしないのである。【『ペルシーレス』に関しては、カルロス・ロメーロの『《ペルシーレス》の手引き』(Carlos Romero, *Introduzione al Persiles*)、ヴェネチア、一九六八、およびJ・カサルドゥエロ『《ペルシーレスとシヒスムンダの苦難》の意味と形式』(J. Casalduero, *Sentido y forma de los Trabajos de Persiles y Sigismunda*)、ブエノス・アイレス、一九四七を参照せよ。】

(67) 前篇、四七章。セルバンテスにとって〈名ある男子〉のテーマや博識ある典拠を用いることは、自らの文学的行為の要請のみならず、反俗的な教養人として傑出しようという意志にも応えるものであった。文盲を弁護する者に対する皮肉な攻撃（後で引用する幕間劇『ダガンソの村長選挙』を参照）、通りで見つけた破れた紙きれすら拾って読んだというほどの読書欲の強調、（大衆受けすることに関心を向けた）ロペ・デ・ベーガの演劇に対する攻撃、名誉を自分自身の合理的な判断ではなく、〈世論〉の上に据える一般通念の拒絶、こうしたすべてが、十七世紀初頭のスペイン社会において、〈名ある〉存在にならんとする周縁的人間のすがたを浮き彫りにしている。今こうした光に照らして見ると、セルバンテスが自らの芸術をどうしても理論化したかったのだということを、はっきりと見てとることができる。この問題については別のところで分析するつもりである。

【セルバンテスにおける周縁性に関しては、以下に挙げるアメリコ・カストロの最近の研究のいくつかを参照せよ。『スペイン人――彼らはいかにスペイン人となったか』(*Los españoles: cómo llegaron a serlo*) マドリード、一九六五、三六頁および『セルバンテスへ向けて』、前掲書、三三五頁、三三七頁および『文学論争としての《ラ・セレスティーナ》』二五頁、『セルバンテスとスペイン生粋主義』二四—二七頁、七七—七八頁、八一、九五、一六三頁、『実在性の仕事場――《ドン・キホーテ》』(*El Quijote taller de existencialidad*)、『西洋評論』R de O

一九六七、四頁。この重要な問題に関しては、私も最近タウルス社から出版されたドン・アメリコ記念論集に寄せた拙論「アメリコ・カストロとセルバンテス」"Américo Castro y Cervantes"（マドリード、一九七一）において扱っている。】

(68)「私は『エチオピア物語』は散文で書かれてはいるが、称賛すべき詩であるということに気づいた」（一〇七頁）。

「素材に関していうと、英雄的・叙事詩的なもの（叙述）は、それが何の真実にも基づかない叙述よりも、歴史に基づいているためより完成されたものである……しかし真実の基礎を欠いた叙述といえども、作品を大いに楽しい、完成度の高いものにはなしうる。またそれらには真実に基づくものよりも、むしろ多くの点で優るものがある。少なくとも私について言えば、なるとしたらルカーヌスの『ファルサリア』の作者よりは、ヘリオドーロスの『エチオピア物語』の作者の方であったろう」（四四四頁）。

また『オデュッセイア』、『アエネーイス』および『エチオピア物語』は一緒に引用されている（四六五頁では二回にわたって）。デ・ロリスはなんとセルバンテスが『テアゲネスとカリクレア』を古典とみなすのは、無知からきているとしている（一四〇頁）（本書一七頁、註27参照）。セルバンテスとピンシアーノの間の類似は他にもある。たとえばそれは、有名な本の詮索の箇所を注記するに際して、注釈者たちが注目しなかった『アマディス』の弁護である。

「ただ私は『アマディス・デ・ガウラ』や『アマディス・デ・グレシア』や他のわずかな作品のことを言っているわけではない。それらは良い部分をたくさんもっている。そうではなくて本当らしさも教義もなく、荘重な文体もないような他の作品のことを言っている。したがって私の友人は（そうした作品の）人物のことを〈肉体のない精神〉と呼んでいる」（ピンシアーノ、四五一頁）。

ある男は「アルケラウスがもたらしたアマディスの死の知らせ」の件を読んでいて気を失った（同、九五頁）。「どんな比較も厭わしい」（同、九〇頁）〔「なにごとにせよ他と比較されるというのは厭なものである」『ペルシーレス』、第四巻、三章〕。

(69) 同上、四五九頁。

(70) 後篇、一六章。

(71) 『セルバンテスとその作品』、九一頁。

(72) スピンガーン、前掲書、四六頁およびトッファニン、前掲書、二三頁参照。

(73) G・ランソン(G. Lanson)が『ドン・キホーテ』に関して、折にふれ記していたものとはいえ、私の見方と完全に一致する以下の文章を書いていたのを見つけたときは、嬉しい気持ちになった。

「私はいまだかつて『ドン・キホーテ』に関して、厳密な意味での象徴主義的〈研究〉を行なったことはない。また他の人がかつてもっと優れたかたちで理解したことがあったかもしれないし、それを決して認めないわけでもないが、私はわたしなりに自分の知的滋養のために、時の方針に照らして、あちこちで自分の用途に合致したものをそこに見いだしたことに満足している。なんら目新しいことではないが、そこで面白いと思うのは、現実を知りもしないのに知ったかぶりをしている理想主義者に対して、厳しい現実を対峙させる教訓のことである。私はそこに哲学者の言葉のように響く、詩人の声を聞く思いがする。《同時に自然を解釈する主体たる人間にとって、知るということは力を得るということであり、そのことによって自然を人間に従わせるのである》。北においてはベーコンが、科学の支配領域において人間活動を有効なものにする態度を、こうした抽象的定式の中に定義づけた。一方、南の方では同時期に、セルバンテスが象徴的な狂気を通して、人間の条件そのものが、道徳的かつ実践的秩序の中における人間的努力に帰せられることを、しかと見せつけたのである」(V・ガルシア・カルデロン『パリにおける《ドン・キホーテ》——一文学的考察』(V. García Calderón, *Don Quichotte a Paris. Une enquete littéraire*)一九一六、五三頁)。

(74) 前篇、三二章。

(75) 後篇、一六章。

(76) 『ペルシーレス』、BAE、第一巻、五八三頁b。

(77) 「これまで出た数限りないあまたの詩人の中で、立派な詩人といわれる者はじつに寥々たるもので」(『びいどろ学士』、シュヴィルとボニーリャによる版、九二頁)。

(78) 同上、九三頁。

(79) 同上、二〇頁。

(80) 同上、一四頁。

(81) 【場合によってはカストロと対立する見方を含んではいるが、セルバンテスの演劇に関しては次のものがある。R・マラスト『劇作家セルバンテス』(R. Marrast, *Miguel de Cervantes, dramaturge*)、パリ、一九五七、J・カサルドゥエロ『セルバンテス演劇の意味と形式』(*Sentido y forma del teatro de Cervantes*)、マドリード、一九六六、第二版、およびアメリア・アゴスティーニ・デ・デル・リーオ『セルバンテスの喜劇作品』(Amelia Agostini de del Río, *El teatro cómico de Cervantes*)、BRAE、四五巻、一九六五、六四―一一六頁。】

(82) 「演劇の女神は彼の才知とあまり折り合いがよくなかった。そのために《世界で最良の、さもなくばせめて最も理にかなった》芝居を作ろうという高邁な理想を描くだけで終わった。近代読者がそうした言葉を読み、そう言っているのがまさにセルバンテスその人であったことを知れば、微笑を禁じえないであろう。彼が〈理にかなった〉と言うとき、それが何を意味していたか説明するのは容易ではない。なぜならば一六一五年の巻には、そのことがほとんど出てこないからである」(『喜劇と幕間劇』〔序文〕シュヴィルとボニーリャによる版、第六巻、六七頁)。

(83) リウス、第三巻、一六五頁参照。

(84) 『スペイン演劇史』(*Geschichte des Spanischen Dramas*)、リウス、第三巻、三二六頁。

(85) 後編、四八章。

(86) 【当然こうしたことすべてが起こる背景には、ロペと彼の〈新喜劇〉が大衆の好みに迎合した事実がある。カストロ自身の『葛藤の時代について』、マドリード、一九六三、第三版、およびA・B・ヴァン・バイステルベルト『スペイン〈新喜劇〉における、名誉観に与えた血の純潔の影響』(A. B. Van Beysterveldt, *Repercussion du souci de la pureté de sang sur la conception de l'honneur dans la «Comedia Nueva» espagnol*)、ライデン、一九六六、および拙論「ロハス・ソリーリャにおける疎外と現実」("Alienación y realidad en Rojas Zorilla")、BH、第六九号、一九六七、三二五―三四六頁を参照せよ。】

(87) 『幸せならず者』(第二巻、五二頁)でセルバンテスはやむをえずロペの演劇と妥協して〈コメディア〉にこう言わせている。

我は幾多のことがらを
かつてのような語りではなく
事実に基づいて演じている。
ゆえに場面替えをせざるをえない。

本書五六頁を参照。

(88) 『オルメドの騎士』(*Caballero de Olmedo*)、BAE、第三四巻、三八一頁a。セルバンテスはコメディア『情婦』(第三巻、七三頁)の中で感傷的な態度を皮肉っている。

柔な恋人どもはみんな
悪魔に攫われちまうがいい。
髭を貯えて剣をぶらさげ
十一アローバの鰯のとろ箱を
軽々持ち挙げられる
大の男が綺麗どころに
すげなくされただけで
カプチーノ僧も顔負け
いとも穏やか、しおらしく
嗚咽し泣くのだから。

(89) 不安を催すような霧のかかったコメディア『情婦』は、パロディーの失敗作と考えねばならない。かつてそう指摘したのはクライン（Klein）であった（リウス、第三巻、三三八頁）。「セルバンテス演劇のパロディー的意図に関して途方もないことをさんざん言い募ったナザール（Nasarre）にも、一抹の真実はあったということであろう」。作品の最後の場面でマルセーラは次のように述べるのだが、それに注意が払われることはなかった。

私にできるのは不可能を望まず
ただ自分たちの本性と
折り合いのつくものだけを求め
己れの貞節を全うすることだけよ。

ここには前（五〇頁）に指摘したような、調和と合意のテーマがある。しかしマルセーラはどういう点で本性にもとることがありえたであろうか。答えは簡単ではない。セルバンテスが案を練っても発展させなかったテーマについては知るよしもない。ここに短いながら作品の中心的問題がある。つまりドン・アントニオは舞台には登場しない束の間の女性、マルセーラ・デ・オソリオに恋心を抱く。父親は彼女を修道院に幽閉したままである。一方、ドン・アントニオの妹マルセーラ・デ・アルメンダーレスはもうひとりのマルセーラと名前が同じというだけでなく、不思議なくらい似ているため、ドン・アントニオは妹に対して近親相姦的愛と隣り合わせのきわどい態度をとる。そのことを妹は不安と同時に、病的な喜びを感じつつ眺めている。

マルセーラ　兄さんのその女性が何という方か
　　　　　　教えてもくださらないの？
D・アントニオ　お前と同じ名前だよ。
マルセーラ　私と同じ名前ですって？
D・アントニオ　それだけではないんだ。
　　　　　　お前によく似ているし。

マルセーラ　（独白）まあ何てことでしょう。これはどういうこと？
これって近親相姦じゃない？
疑惑がむらむら湧いてきたわ。――
美しい方なの？

D・アントニオ　お前と同じくらいにね。
評判も相当なもんだよ。

マルセーラ　（独白）兄はそうとう頭が
いかれているんだわ。どうか神様お救いあれ。

妹のマルセーラは病的な好奇心を抱いて兄のことを観察するが、兄の愛する人が実は別の女性だということを知って、いくぶんがっかりする。

ドロテーア　単純な私は兄がいう
美しいマルセーラは
自分のことだと思っていました。
そこで彼の一挙手一投足
目や口の動きを
意地悪く用心深く観察しました。
また言葉のはしばしや動作
行動の一部始終を
抜かりなく見据えていました。
気違いじみた馬鹿な好奇心よ。
彼に許しを乞うのね。

マルセーラ　それはいやよ。
だってまだ完全に疑いが晴れた
わけではないんですもの。（七一頁）

尋常でないのはマルセーラがこのことを婚約者のカルデニオに語ることである。彼女の中で近親相姦的な思いがよぎりはしても、根を張ることはなかった。この第二幕の少し前で、マルセーラは（みなが帰りを待っている新大陸帰りの従兄を装って、彼女と結婚したがっている）カルデニオのことを話してこう言う。

この従兄は気が進まないの、
優しいお友達のドロテーア。

さらにその先（一一二頁）で、本当の従兄（ドン・シルベストレ）が現われ、教皇からの姻戚特免が得られず婚礼が不履行となっても、マルセーラはこう語るだけである。

姻戚結婚なんて
不都合ばかり

そして彼女は独身のままとなる。唯一この軽薄で不気味な女性を動揺させたと思われるのは、兄に対して抱いたきわどい怪しげな感情である。次の詩句はこのことを暗示すると見なければ説明がつかない。

私にできるのは不可能を望まず
ただ自分たちの本性と
折り合いのつくものだけを求め

そして最後の科白がやってくる。

これにて芝居『情婦』は
結婚を見ることなく終わる。

これが当世流のコメディアに対する批判であることははっきりしている。このコメディアに関する別の視点はフランシスコ・インドゥライン（Francisco Ynduráin）、BAE、一五六巻、四一―四四頁を参照。

（90）前篇、四八章。
（91）【カストロの『葛藤の時代について』、前掲版、二六七頁を参照せよ。「しかしセルバンテスにとってロペは単に自らの栄光に立ちはだかる、幸運に恵まれたライバルであっただけでなく、ロペの芸術が伝統や（世論と化した名誉のような）大衆的価値観と強烈に合体するものであるかぎり、退けるべきモデルでもあった」。】
（92）前掲版、第四巻、六九頁。H・ルネールとアメリコ・カストロ『ロペ・デ・ベーガの生涯』（Rennert y Castro, *Vida de Lope de Vega*）、三八〇頁と対照せよ。【フェルナンド・ラサロ・カレテール（Fernando Lázaro Carreter）監修のこの本の新版（マドリード―ニューヨーク、一九六八、三四六―三四七頁）も参照。】
（93）二六章、R・マリン版、第五巻、六三頁。
（94）BAE、第一巻、六二六頁。
（95）『犬の対話』（カスティーリャ古典叢書、三二一頁、三二六頁）には愚かな詩人が出てくる。
「この喜劇たるやだ、いくらわがはいがその道に暗い驢馬に等しいとは言い条、魔王みずからつくったとしかわがはいには思えない代物だった」。
また『不思議な見世物』でも奇妙奇天烈なゴメシーリョス学士（モラティンの『新喜劇』に出てくるドン・エレウテリオを見事に予告する人物）が登場してこう言う。
「実はわがはいいささか詩人のきざしをもっていて、旅廻りの一座だの仮装だのがちょっとばかりお得意でね。現在わがはいは、すべて新作の、しかもおたがいに関連をもった二二篇の喜劇を持っているが、いずれは都に出て、こいつで六人に及ぶ作者（座元連）たちに一儲けさせようと、機会の来るのを待っているわけなんだ」（前掲版、第四巻、一一一頁）。

（96）メネンデス・ペラーヨの次の考えは間違いだと思う。「演劇作品を除いて、彼ほど即興性に欠ける者もない」（『セルバンテスの文学的教養』、二九頁）。というのもこの点で、彼の小説ほど即興的なものはないからである。

（97）セルバンテスとスペイン人の通常のものの考え方の違いは、かなり前に指摘されたことである。たとえば「セルバンテスは真のスペイン人であった。しかし彼の内に感じとられる批判精神や、精神を活性化させる改革者的な天才は、祖国スペインとは相容れないものである。この点で彼は独特な存在であるが、まさしくそこにこそ彼の哲学の普遍性や、彼の判断力の合理主義的自由、彼の詩の人間性といったものの基盤があるのである」（K・ローゼンクランツ『詩とその歴史』（K. Rosencranz, *Die Poesie und ihre Geschichte*）、一九五五、リウス、第三巻、二八七頁）。

（98）『ドン・キホーテ』前篇、三六章。

（99）『ペルシーレス』BAE、第一巻、六七一頁a。

（100）同上、五七〇頁b。

（101）後篇、五一章。

（102）後篇、一七章。以下と比較せよ。「それはあらゆることで中庸が称えられ、極端が非難されるからです。徳もまた過剰に実践すると、賢人といえども気違いと呼ばれますし、正しい人でも邪な者とされます」（『ガラテア』、第二巻、六六頁）。

（103）後篇、四四章。

（104）『贋もののビスカヤ人』、第四巻、八一頁。

（105）『犬の対話』、カスティーリャ古典叢書版、二二四頁。

（106）「分別があるなら理性で欲望を制すべきでしょう。けっして溺れてはなりません」（『ペルシーレス』、BAE、第一巻、五九三頁a）。

(107) 同上、六四六頁b。

(108) 同上、六四一頁a。エラスムスもまた成り行きで神に誓願することをかつて非難していた。ある死にかけた男の妻が「激しく泣き始め、二度と後添いをもらったり、別の男と関係をもったりなどいたしませんと、ありったけの信仰と真実を込めて誓った」。すると男が妻を宥めて「誓いの言葉で自分を縛り付けるのはよした方がいい。神様と息子たちのためにも自由の身でいろよ……」と言う(『対話集』、一五三二、メネンデス・ペラーヨの版による。NBAE、第二一巻、一九一五、二四五頁)。

病を患っているときには誓願するべきでない、

「というのは正気でないときなされた誓願は神にとって好ましくないし、そうした誓願は迷妄と恐怖でもってなされたとされるからである」(『よく死ぬための心の準備』*Preparación y aparejo para bien morir* アントワープ、一五五五、三二折)。

(109) 前篇、二三章。

(110) 『ペルシーレス』、六一一頁b。セルバンテスが自分の『ペルシーレス』をどういうかたちで語っていくべきかという点に関する気遣いは、強迫観念的というくらい強かった。以下に例を挙げていく。

「へたの長談義にならないうちに、かいつまんでお話ししましょう」(五七二頁a)。

「作者先生自らも……どう決着をつけたものか困ったと見えて、第二章の書き出しが四、五とおりも残っている」(五九一頁c)。

セルバンテスはいつも抜かりなく、用心を怠らず、読者の反応を自らの文体に組み込んでいる。マウリシオとラディスラオにはペリアンドロの話は「あまりにも回りくどい、余計なことをしゃべりすぎる」(六〇七頁a)と思えた。

「まいりました。ペリアンドロ君、きみはちっとも疲れを見せないが、聞くほうはもうくたくただ、こうまで難儀が続いてはね」(六〇九頁b)。

(話というものは)「いかに楽しくても、長すぎると興味がうすれ、いらいらさせることさえある」(六一四頁a)。

「手短に済ますべきところで回り道をするという失敗をおかしてしまいました。どんな話でも脱線がすぎるとまずいにきまっておりますのに」（六一四頁b）。

「その詳細はくどくど語るには及ぶまい。ただそこで起きたことだけを言っておこう」（六一八頁b）。

「何人かはペリアンドロの話のすんだことを喜んでほっとした。いかに重大な話であっても、長すぎるとたいていの場合が退屈だ」（六二二頁c）。

同様のことが『ドン・キホーテ』についても言える。たとえば「とかくくどくなっては退屈のもとでございますので、ここでは歌の文句は申し上げないことにいたします」（後篇、二六章）。

(111) 前篇、二五章。

(112) 『ペドロ・デ・ウルデマーラス』、第三巻、二二五頁。

(113) 『ダガンソの村長選挙』、第四巻、四六頁。

(114) 【ロペス・デ・オーヨスのエラスムス主義およびセルバンテスに対する思想的影響に関しては、カストロの「セルバンテスの時代におけるエラスムス」『セルバンテスへ向けて』（前掲版、二二六―二六一頁）所収、および不可欠のマルセル・バタイヨン『エラスムスとスペイン』（メキシコ、一九六六、第二版）七七七―七七八頁を見よ。】

(115) 後篇、三二章。

(116) 後篇、五二章。

(117) ドン・キホーテの僧侶への返事と対照せよ。

「ただ無性に他人の邸へはいりこんで、そこの主人たちを支配する以外にほかにやるべきことはござらんのか？　しかも、どこかの学生寮の中に育って……」（後篇、三二章）。

こうした人文主義的教義の面において、セルバンテスはペドロ・シモン・アブリル（Pedro Simón Abril）のような卓越した代表的人物と意見をともにしている。彼はこう述べている。

「まず第一に哲学のこの分野をいかに立派に学んだかを、いろいろな形や行動で表現しないうちは、学生たちにどんな学位といえども授けてはならないだろう。これは単に大学や公共の学校だけでなく、主立った他の町々においてもなされねばならない。しかもそこで政治家たちを多く育てるためにも、外国語ではなく自国語でしなければならない……というのも政治の面で国王陛下に仕えようとする者たちが、立派に治めるとはどういうことかを理解するようになるのも、まさにこれがきっかけになるからである。そうすれば彼らは今のように理論を身に付けないまま、これほど重要な事柄に、おいそれと立ち向かおうとはしなくなるだろう」（『理論改革についての覚え書き』*Apuntamiento de cómo se deben reformar las doctrinas* BAE、第六五巻、二九六頁b）。

(118) 後篇、四二章。

(119) 『ダガンソの村長選挙』、第四巻、五〇頁。

(120) 『ペルシーレス』における剣術トーナメントは五八九頁aを見よ。また『幸せならざる者』（第二巻、九三頁）では剣術のフェイントのやり方を教えている。

(121) 後篇、一九章。

(122) 古典叢書版（*Libros de antaño*）、六四頁。

(123) カスティーリャ古典叢書版、六六頁。ジョセフ・G・フシーリャ「《ドン・キホーテ》後篇における《宮廷人》の役割について」Joseph G. Fucilla, "The Role of the *Cortegiano* in the Second Part of *Don Quijote*" *Hispania* 一九五〇、三三巻、二九一―二九六頁を参照せよ。

(124) 『ペルシーレス』、五八六頁b。【『セルバンテスの思想』で大きな論議を巻き起こしたテーマのひとつが、このセルバンテス的理性主義であった。アメリコ・カストロはかかる理性主義の特質を誇張しすぎたとして、あまりにも気楽に、また場合によっては狭い十九世紀的基準に照らして非難された。しかし同じように激しい論争を巻き起こした他の部分と同様に、ここでもテクストそれ自体がよく物語っている。

つまり「セルバンテスは論理的に組み立てうることの限界を、われらに指し示してくれる理性主義者なのである」。

ドン・アメリコはさらにその後でこう記している。「また前の頁では、図式的な理性を見据えるかたちで、生命の自発的要素がいかに力強く立ち上がってくるかを見てきた」（五八頁、また第七章のさまざまな場所も参照せよ)。

M・バタイヨンはある種の留保と変更を条件としつつも、セルバンテス的理性主義を受け入れている(『エラスムスとスペイン』、七七七—八〇一頁)。実はカストロ自身、そうした理性主義を限定的に考えているということを強調しておくべきだろう。A・ゴンサーレス・アメスーアは『スペイン短篇小説の生みの親セルバンテス』(A. González Amezúa, *Cervantes, creador de la novela corta española* マドリード、一九五六—一九五八、二巻本、諸処方々に)によって、反理性主義者セルバンテスの急先鋒とみなされるかもしれない。ここで扱ったテーマに関する最近のカストロの見方は『セルバンテスへ向けて』(三八四頁)と『セルバンテスとスペイン生粋主義』(一一〇—一一一頁)を参照せよ。】

(125) 後篇、五八章。
(126) 『ペルシーレス』、五九五頁 a。
(127) 後篇、二七章。
(128) 『ペルシーレス』、五九六頁 a。
(129) 同上、五九九頁 a。
(130) 同上、五九五頁 a。
(131) 後篇、六〇章。
(132) この考えは必ずしもエラスムスのものではなく、前述の人文主義者〔シモン・アブリル〕の発想と符合している。

「ああいったソクラテスの言葉はアリストテレスから非難されはしたが、大筋から外れるものではない。ソクラテスによると、徳とはものごとの真の知識や学問に他ならない」(『エンキリディオン』、一五五五、一〇九折)。

(133) BAE、五九一頁 b。
(134) 第二巻、二二頁。

「人は目新しいものが、どうしてそうなるのか分からないとき驚きを感ずる。ところがそれが普通のありふれたものの場合は、分からなくても驚くことはない」。

またポンポナッツィはかつてこう述べていた。

「ラバの出産が君の手でなされたとする。あたりまえのことだから、ことさらそれで驚きを呼び起こすこともない。しかしもし出産がうまくいかなかったとしたら、それは驚きを呼び覚ますだろう。かつてなされえなかったことは、起こりえないわけだから、このことはあらゆる驚異に対して価値をもつはずである」。

そしてポンポナッツィはさらに先でこう言っている。

「全体的に自然に反する奇蹟など存在しないし、天体の秩序に反するものも存在しない。奇蹟が奇蹟と言われるのは、それが異常で稀なできごとで、ありふれた自然の流れに従っていないからにすぎない」（『魔術について』*De incantationibus* 第一二巻、二九三頁）。

また以下を参照せよ。ブソン『理性主義の起源と展開』（Busson, *Les sources et le développement du rationalisme* 一九二二、四四頁）。またアントニオ・デ・トルケマーダは『百花の園』（Antonio de Torquemada, *Jardín de flores curiosas* 一五七〇、六折）の中で、あることが超自然的で奇跡的と言えるのは、それ自体が「前代未聞にして困難であり、その偉大さゆえに奇跡と呼びうるものだからである……というのも自然あるいは神自身と言った方がふさわしいが、頻繁に引き起こすことのないことだからである」と述べている。

(135) この問題はセルバンテスにとって気がかりなことであった。サンチョが島の統治に当たって制定した法令のひとつは「いかなる盲人もそれが真実であるという根拠のある証拠を持ち出さないかぎり、小唄の中で奇跡をうたうべからず」（後篇、五一章）というものであった。『幸せならず者』の中のト書きは驚くほど執拗に、そこに出てくる奇跡の歴史的信憑性を強調している。
「これはすべて物語の真実である……こうした光景や見せ掛けは聖人伝が伝えるとおりすべて真実であった……これはすべてありのままであり、いい加減で嘘っぱちの空想的場面ではない……この場面はその話で語られているとおり真実であった……すべてかくのごとし」（第四巻、六六頁、七〇頁、八九頁、九四頁）。

これが皮肉表現であることは明白である。こうした執拗なト書きなどティルソやカルデロンで考えられたであろうか。

(136) ログローニョ、一五二九。

(137) 一〇三折および一〇四折。

(138) 古代教義(例えばプリニウス)では、自然には人間の測りしれない力が秘められている。アルベルトゥス・マグヌス(Alberto Magno)は十五世紀末に出版された『鉱物論 第五巻』(*Mineralium libri V*)で、その教義を展開している。マルシリオ・フィチーノ(Marsilio Ficino)も同様に『プラトン神学』(*Theologia platonica*)第四書、第三章でこの問題を扱っている。このルネサンス的方向に属する優れたスペイン人学者としてカスタニェーガ(Castañega)がいる。加えてブソンの前掲書、四六頁も参照のこと。

(139) 【これだけがウアルテ・デ・サン・フアン博士とセルバンテスとの関係というわけではない。というのもラファエル・サリーリャスは『セルバンテスに霊感を与えた偉大な人物――フアン・ウアルテ博士と《才知の検討》』(Rafael Salillas, *Un gran inspirador de Cervantes: el Doctor Juan Huarte y su Examen de ingenios* マドリード、一九〇五)の中で、びいどろ学士やドン・キホーテの狂気のいくつかの側面が、『才知の検討』に基づいていると確言している。

またM・デ・イリアルテ(M. de Iriarte)もその後、そうした考えを「〈才知あふれる郷士〉と《才知の検討》――セルバンテスはウアルテ・デ・サン・フアン博士に何を負うか」("El ingenioso hidalgo y el Examen de ingenios. ¿Qué debe Cervantes al doctor Huarte de San Juan?"『国際バスク研究』*Revista Internacional de Estudios Vascos* 二四号、一九三三、四九九―五二四頁)において強調している。また彼の最近のものとしては、カストロが少し前に引用した著書〔本書、七四頁参照〕がさらに幅広いかたちで問題を扱っている。

またオティス・H・グリーンの「〈才知あふれる郷士〉」(Otis H.Green, "El Ingenioso Hidalgo")HR、二五巻、一七五―一九三頁、および「『びいどろ学士』――その『パルナソ山への旅』とウアルテ『才知の検討』との関係」("El licenciado Vidriera, Its Relation to the *Viaje del Parnaso* and the *Examen de Ingenios* de Huarte")、『ヘルムート・A・ハツフェルト記念言語文学論集』*Linguistic and Literary Studies in Honor of Helmut A. Hatzfeld* ワシントン、カトリック大学出版、一九六四、二一三―二二〇頁も参照せよ。】

(140) 【十四世紀にカリオン・デ・ロス・コンデスのラビ、セム・トブ(Sem Tob)によって述べられた言葉を想起されたし。

「人間ほどに世に／危険なものなし／かくも有害にして／呪われしものなし」（『道徳箴言集』*Proberbios morales* I・ゴンサーレス・ジュベラ編、ケンブリッジ、一九四七、六七二連）。

またアメリコ・カストロ『スペインの歴史的現実』（*La realidad histórica de España* メキシコ、一九五四、五二一—五三四頁）を参照のこと。】

第二章　表現された現実に対する批判と表現者

我々はここまでセルバンテスの一般的な方向性や、人間的な現象と直面するときの彼なりの方法や、その文学理論について語ってきた。ここからはより具体的な側面、とりわけ著者と文学上の人物の置かれた立場について考察せねばなるまい。

登場人物の視点

「おぬし自身をよくよく知ろうとつとめて、おぬしがいかなる人間かということに眼をそそがねばならん。しかしこれは、およそ人の考え及ぶなかでも、もっとも得がたい認識であるがの。おぬしの身の程を知るということから、牡牛と同じ大きさになろうという望みをおこした蛙のように、からだをふくらまそうという野望は、生まれてこないだろうからな(1)」。

正邪の判断の基準というのは、(認識の対象としての)我々についてのみならず、他のいかなる現象についても、我々自身のうちにある。セルバンテスが自らのペンから生み出す者たちの意識の底には、セルバンテス自身がいる。というのも彼らのうちにこそ、彼らの現実を生み出す仕事場や監視所があるからである。(2) 処女作の序文の出だし部分には、すでに他者の視点に身を置こうとする作者の姿勢が窺われる。

「並べて詩というものがかくも隅に追いやられている時代にあって、牧歌を書くなどというのは、生まれながらに身につけた好みに従って、それと異なるものはすべて厄介な暇つぶしだと思うような連中を、ことさら喜ばそうとしなければならないほど、さほど称賛されるべき仕事ではないのかもしれない(3)」。

もちろんドン・キホーテやセルバンテスが生み出した他の人物たちの心理学的深みについては、多くのことが語られてきた(4)。しかしここではセルバンテス的心理学の深みについて評価を下すつもりはない。そうではなく人物の意識における現実がどのように反映し、屈折するかを示すことである。

「二人の兄弟の抱いていた考えも、またレオカディアをどのように異なる思いで見ていたかも、うまく語ることはできないだろう。テオドシアは彼女の死を願い、ドン・ラファエルは生を願っていたからである(5)」。

「レカレードは……いそいで旗艦に移ったが、そこで目にしたのは亡き提督を悲しむ者たちと、無事の彼の姿をみて喜ぶ者たちであった(6)」。

ある種の認識を不可能にしてしまう精神状態というものが存在する。たとえば(以下の表現にあるような状態である」、

「満足の極みにある者に向かって、惨めな者が不幸な話をすることほど無駄なこと、血迷ったことはないからね(7)」。

「お眠りなのですね。お眠りになるのも悪くはありませんわ。だって不幸話を不幸と無縁な人に話したとしても、同情を買うより眠気を買ってしまうのが落ちですもの」(8)。

しかし悲しむ者は自分自身の中に孤立化してしまう。

「悲嘆に暮れる者たちというのは、頭を空想でいっぱいにして、まともな分別や理性とは縁のないことを言ったりやったりするのが常である」(9)。

人物の各々の視点というものは、ものの見方とそのさまざまな側面(10)を表現していく。この点はセルバンテス的特質といっていいだろう。というのもわが国の古典作家たちのうち誰一人として、そういうかたちで人物の生の表現を組み立てた者はいなかったからである。ある人物は他の人物にとっての問題として現われる。

「こう話し続けるアウリステラをペリアンドロはまたたきも忘れて見つめた。この調子で何を言おうとしているのか。その真意をつかもうと素早く考えをめぐらせていた」(11)。

すでに指摘したとおり、文学上の人物はしばしば自らの精神状態にしたがってそうした側面を感じとる。たとえば

「シンフォロサが純粋の好意を寄せていたのに対し、アウリステラは嫉妬の眼を向けていたのである」(12)。

「ドン・キホーテの気性を知っている連中にとっては、これはまったく大笑いの種だったが、それを知らぬ人たちには、世にも馬鹿げた話であった」(13)。

時として我々は人物の精神状態の原因を知ることとなる。たとえば

「筆者が思うに、王子とポリカルポ王にはそば近くアウリステラを見つめる喜びがあったし、シン

フォロサ姫にはペリアンドロの息のかかるところにいられる嬉しさがあったからその長話をなんとか聞いていられたが、かりにそれがなかったとしたらとても耐えられなかったにちがいない(14)」。「法官にしても、ドン・ルイスのことで考え込んでいなかったら、このいたずらに、やはり加わったことであろう(15)」。

人物の行動は、当初のある態度の結果として示される。つまり道筋は心によって描かれていく。たとえば

「一方で友情のしがらみと、他方でクピドの侵しがたい掟との板挟みとなるとき、どんな思いに駆られるかは皆さんのご想像にお任せします(16)」。

これから引用するのは『ペルシーレス』の一場面(17)である。美しいラファラはモリスコたちによる掠奪行為ののち、取り乱して教会に入ってくる。

「彼女はご聖像に祈りを捧げ、まず司祭の手に接吻してから叔父と抱き合った。公証人は祈りもしなければ、誰の手に接吻もしなかった。財産を奪われた口惜しさで胸がいっぱいで、ほかに気が回らなかったのである」。

〈各々が自己のものにつく〉というのがセルバンテスのモットーである。

「《ご主人さま》と、サンチョが答えた。《人間だれしも、どこにいようと、言いてえことを言わなきゃ、いけねえだ(18)》」。

私たちは旅人宿でつぎつぎと語られるさまざまな物語に熱中していくうちに、ものごとがわれらの好奇心を満足させてくれるように運んでいってほしいという期待をもつ。ところが新たな活力に引っ張られて別の方向に運ばれてしまうのである。二人の客が、宿の騒々しい雰囲気にみなが気をとられている

のをいいことに、宿賃を払わずに出ていこうとしたところ
「亭主は、他人のことよりは自分の商売にいっそう熱心だったから、彼らが入り口を抜け出そうとするところをひっとらえて、支払いを請求した(19)」。

とある。

またドン・キホーテと〈緑色外套の騎士〉の間で交わされる会話はとても面白いので、われわれは途中で横槍がはいらないように期待する。

「ところがサンチョは、この主人の話の途中で、聞いてもそう面白くもなかったので、その近くで羊の乳をしぼっていた何人かの羊飼いから乳を少しもらおうと、道から少し離れたほうへ出かけていた(20)」。

宿の亭主にしてみると、ドン・キホーテの面白さなど忌まわしいだけである。

「ほんとに、いまいましい刻限に、うちへこの遍歴の騎士がやってきたもんだよ！　騎士なんぞ、見ないほうがよっぽどいい。とんでもないことになったもんさね(21)」。

また『奥方コルネリア』には女主人とコルネリアが恐怖で震える場面がある。そして
「ドン・アントニオとドン・フアンだけは正気であった。そしてこれからどうすべきかをしっかり考えていた(22)」。

シピオンとベルガンサの中にも、詰まるところ人が何者かであることと、何をするかということの間に当然あってしかるべき対応をしっかり人に確認させるような、つよい調子の警告が行なわれる。つまり
「どうやらわがはいの見るところでは、この寓話にはある人々の愛嬌や嬌態も、別種の連中には全

然不似合いだということを教えているようだな。道化師なら駄洒落も言えさ、大道芸人なら手品もつかえ宙返りもしろさ、やくざ者なら驢馬みたいにいななくもよしさ……しかしだね、れっきとした殿方ならそんなことはなさりもしまい[23]」。

云々である。

このようにセルバンテスが教条的なほどに自らの考えをわれらに披瀝し、それがあらゆる点で人物たちの生きる過程と一致していることを見逃してはなるまい。セルバンテスが芸術的に実践していることは、片時も彼の意識から離れることはないのである。

『ペルシーレス』におけるロサムンダの場合は、内なる存在とその外面化の間に調和のある代表例である。

「わたしはものごころがついて以来、理の道を踏みはずした女です。若い盛りをひとも羨む美貌にめぐまれ、それをさいわいにしたい三昧をつくし、欲しいものは何でも手に入れてきましたが、そこを邪淫の性につけこまれてしまいました。そして、取り憑かれたまま切れない仲になり……魂は年波の害をうけません。そこに根を下ろした邪淫の性も安泰で、わたしもそれと手を切るどころか……[24]」

これを道徳性の現われとして捉えるとしたら、そうしたものは他の場所でも容易にみつけられるだろう。しかしセルバンテス的と言えるのは、このように精緻に分析されたロサムンダの精神状態と、完璧に彼女自身の視点からなされた首尾一貫した言葉との間のむすびつきである。彼女は娘たちは結婚に至るまえに性体験を積んでおくべきだという考えの持ち主である。

「技術向きのことでは経験がものを言うってこと。亭主のことにしても、おぼこは見掛けだおし。

知っておくほうがうまくいくものよ[25]」。

彼女の連れの男がロサムンダをロサ・インムンダ〔汚らわしいバラ〕と呼ぶのは、彼が世間一般の道徳の次元に身をおいているからである。しかしロサムンダは彼女自身の運命が導いていく目標に向かっていくだけである。彼女の行為に対する道徳的評価は外部からくだされるが、その評価は人物の前もって決定づけられた道筋に、なんら影響を与えることのない外部的要素としての価値しかないだろう。

セルバンテス的技法のこうした本質的側面をはっきり感じとるのに、これ以上の例は不要である。文学的な生き方というのは生の外見よりも生の深層を表現することにある。そういうわけで、最もよく知られた最大の人物ドン・キホーテは、当初多くの他の人物と同様に、彼自身の生を自らのものとしていった存在として構築される。つまり

「ろくに眠りもせず、無性に読みふけったばかりに、頭脳がすっかりひからびてしまい、はては正気を失うようなことになった、云々」

と言われるとおりである。われらが英雄の生活空間の起源は、〔『無分別な物好き』〕のアンセルモなどと同じくはっきりしている。彼らの存在が決定的となる瞬間に、不意打ちを食らわせるのも一興であろう[26]。これらの人物の言動を内部であやつっている糸の存在は明白である。そこには恣意的なものなどない。かつて筆者が明らかにしたように、相対的意味において理解されたリアリズムや本当らしさは、まさにそうした関連性に依拠しているのである。さらに心理的動機づけとしての内的意味は、同一事実のさまざまな次元での展開のごときものとなろう。イギリス女王が、彼女に高価な香辛料の船荷をもってきたリカルドに対して腰掛けるように言うと、ある者にとっては次のように見える。

「リカルドが今日、腰掛けんとするのは彼に差し出された椅子ではなく、まさに彼が携えてきた胡

椒の上である」(『イギリス系スペイン女』)。

批判的意味

こうしたさまざまな人物たちの集合は、こうして自らの内なる存在を明らかにしていくが、世界を前にしてじっと瞑想しているわけではない。セルバンテスは抒情詩人でもなければ、神秘家でもない。そうした人物は一人ひとりが生き生きとした目的をもって舞台に出てくる。そしてすぐさま人間や出来事をその中に結びつけながら、自らの軌道の叙事詩的曲線をたどり始めるのである。彼らはいったいどういう出来事に遭遇するのであろうか。もし我々は前に、彼らの行為や素振りといったものが内なる基層と結びついて出てきたことを理解したとするなら、今度は、現実との接触を生み出すような条件がどういったものなのかを考えてみよう。

> そなたは途方もないことを信じて
> 学がないなどと思われるな。
> 生者に関わることなど死者には
> どうでもいいことだ。(27)

これは『ヌマンシア』の中の一人物が、ある驚異的な現象を前にして述べた言葉である。こうした批判的姿勢は直接的にしろ皮相的にしろ、セルバンテスにおいては頻繁にでてくる。デ・ロリスは他の批評家と同様、セルバンテスの天才は偶然のたまもので、イエズス会士や異端審問官たちに屈した腑甲斐ない人物だとしている。彼によると

「セルバンテスはメネンデス・ペラーヨがもちあげるような、ああした人文主義的特徴を体現した人物ではなかった。どうみても、これはと思う人文主義的特徴を完全に（in tutto e per tutto）欠いていた。つまり批判の欠如である」（一八四頁）(28)。

デ・ロリスによるとセルバンテスは自らが叙述する尋常ならざる世界の作り事を信じこみ、まさしく信じているがゆえにそれを自らの作品の舞台に選んだのである。後になればはっきりするが、『ペルシーレス』や『犬の対話』の中で占星術や妖術が関わってくるとき、それをどう解釈すべきかという問題がある。しかし批判という言葉が、人間のもつ判断力による分析や評価を意味するとするならば、セルバンテス芸術に批判が欠けているという説は今後はっきりと退けねばならない。そして批判の対象としての主題と批判的姿勢とを混同しないようにしたい。すでに述べたことながら、われらの作家は哲学者でもなければ学者でもなかった。しかしきわめて限定的かつ意識的に彼を取り巻く人生に直面していたことは否定しようがない。

しかし今の我々に関心あることはまさしく批判的視点であって、それは文化の広がりとは別物であるだけでなく、芸術的遊戯を目的として空想にふける能力とも異質である。こうした側面が明確になっていたとしたら、セルバンテスを貶めるかくも不公正なことなど書かれはしなかったであろう。彼に空想にふける能力があるということは疑いの余地はない。

間抜けな俺だって

王や皇帝、君主や
教皇になる夢を見るさ。
空想をたくましくすれば
世界だって自分のものさ。

ああ、想像力よ、そなたはどんな
不可能でも手に入れてしまう。[29]

セルバンテスは彼にとって手の届く文学的形式や主題とは、空想にとっては素晴らしい反響壁であったことを弁えていたし、東洋起源のそうした遊びに時として興じてもいる。[30] しかし彼にとっても我々にとっても幸せなことは、空想や想像力といったものが、生のプロセスの流れに組み込まれ、その中で生が《出来事》を引き付け、同時に生が出来事によって引き寄せられ、その結果として本当らしさが生まれたことである。デ・ロリスは『ドン・キホーテ』は「どういう訳で、このような形になったか分からぬままに」書かれた、と考えている（二三三頁）。しかし私に言わせれば、批判的結論を空想的能力に適用して書かれたものである。[31] それは『ドン・キホーテ』や他の小説（とりわけ『犬の対話』『嫉妬深いエストレマドゥーラ男』『びいどろ学士』また部分的には『ペルシーレス』や戯曲作品など）にも見て取ることができる。とりわけ皮相的な批判というのはセルバンテスにとって生来のものであり、ドン・キホーテ的なものから外れた多くの章句から滲みでてくる。こうした章句を読めば、かの傑作が無意識的な天才によって生み出されたものでないことははっきりする。[32]

セルバンテスが騎士道物語の幻想を、批判にとって最も鋭い形式である皮肉（アイロニー）という武器をもって転落せしめ、『ドン・キホーテ』を生み出し、それとともに近代小説が生まれた、と言ったとしてもなんら新しいことを発見したわけではない。すでにそういった形でドイツ・ロマン主義者たちは理解していた。ヘルダー（Herder）は『ドン・キホーテ』を「滑稽な叙事詩」（ベルトラン、三四九頁）と呼んでいたし、またノヴァーリス（Novalis）も小説（つまり『ドン・キホーテ』）のテーマは、現実と夢の間の対立を解決することとしていた（同上、二〇九頁）。もっと正確には、ボウテルウェック（Bouterwek）が『ドン・キホーテ』を不自然（Unnatur）と不合理（Unvernunft）に対する、自然と理性の対立として表象することとなる。

「したがってそれは近代小説の最初の古典的モデルとなった。セルバンテスのおかげで、悪趣味と才知の産物のいかがわしき紛いもの、騎士道物語は近代人にとって真の小説となった」（同上、三六九頁）。

メネンデス・ペラーヨも同じような考え方を示している。彼によると騎士道物語は「壮麗で理想的な見方として構想されたが、もはやそれ自体では死に絶えている。しかし『ドン・キホーテ』によって変容し、高められることによって生き永らえた[33]」。

このように振る舞った人物が、無意識で批判的精神を欠いた作家だなどということはありえない。もし一度でもそういう印象を与えるとするなら、それは単純で無邪気だとすぐにでも感じとれるような理由によるものではないだろう。

ここでは批判的機能が実践されている実例をいくつか示すが、わざわざドン・キホーテとサンチョの有名な対立を引いてくるまでもあるまい。

アルガローバ　天帝は思いどおりのことをなさることができる。しかもとくに雨の降るときなど何人もこれに変革を加えることができないということも知っているんだ。
パンドゥーロ　雲からだぜ、アルガローバ、雨の落ちるのは。天からじゃないんだよ。(34)

また当て擦りや含みのつまった別の台詞を見てみよう。

学士　お前、読むことはできるかね。ウミーリョス？
ウミーリョス　いんにゃ、とんでもねえ、それどころか、おらの血筋にそんなものを読むなんちゅう、馬鹿げたことを習おうなんて、そんな脳味噌の足らねえ奴はいるきざしもねえはずだ、あんなものはとどのつまりが、男なら地獄へ、女っ子なら地獄宿へ連れて行くぐれえがおちだなあ。(35)

つまり、読むことができただけで男たちは異端審問の火刑台に、また女たちは売春宿に連れていかれたのである。これはとてつもない皮肉である。というのもセルバンテスは他の場所でもこう述べているからである。

「多くの書を読み、広く旅をいたす者は、いろいろのことを見もし知りもいたすものじゃの[36]」。

「ひろい見聞と読書は人間の才知を肥やすと申しますもの[37]」。

セルバンテスは自らの〈文学的生〉の内なる気質にしたがって、自らが創作する人物たちの中に、博識を誇る人間と同様に、文盲たることを望む人間をも組み入れたのである。各々が時代の状況や個人的目的によって描かれた道を辿っていく。文学的にしろ非文学的にしろ、セルバンテスが近づきうる教養は、各々が自らの人生の熱望を肯定したり、それについて議論を巻き起こしたりするような、自由な空間と化している。それこそがセルバンテスの教養的発明というべきものであった。つまりそれは読者セルバンテスの個人的思索と読書によって集積した知を、手段と機能の両面から活用することであった。一般的に〈ルネサンス的教養〉（ギリシア・ラテンの作家たちの援用、学問的探求、批判的・懐疑的姿勢等）と呼ばれるものは、いかなる賢人をも天才的創造者や芸術的発明者にすることはなかった。セルバンテスとシェイクスピアが、もしアルカラやオックスフォードで教鞭でもとっていたとしたら、あまりぱっとしない書き物しか残さなかったであろう。もちろん彼らの話を聞く者たちは、想像の及ばぬくらい楽しみ、驚嘆したことであろうが。いかなる者であれ、向こう見ずな小説家にとっての課題がそこにある。

見せかけの偽り

この場合、問題はすべての文学ジャンルが具体的に構成される領域にまさる、例の領域で提起される。もしセルバンテスの内にある最大の関心があるとすれば、それは空想的で尋常ならざる想像力と、ありふれた通常の経験の間の対照を文学的に表現することであっただろう。著者がきわめて明確に意図を示した序文の中のひとつである、戯曲集の序文の終尾部分にはこう記されている。

「このすべての埋め合わせとして、今書き上げているものですが、『見せかけの偽り』(*El engaño a los ojos*)という題名の芝居をひとつご提供するつもりです。もし目に狂いがなければ、必ずやお気に召すものと確信いたします[38]」。

セルバンテスは一六一五年に、伝統的な慣習を飛びこえてしまう自らの芸術の方針にそういった呼び名をつけていた。つまり

「みんな、いまさらおどろきを新たにしたが……ドン・キホーテはモンテシーノスの洞穴で彼のうえに起こったいっさいのことが、はたして真実であったか、真実でなかったか、確信を持つことができなかったからである[39]」。

とあるからである。

わしと鬩《せめ》ぎ合っている
錯乱は何ともおかしなものぞ。
目で見ているものを
信じさせてくれぬのだからな[40]。

不思議に満ちた密林よ、
わたしが見ているこれは何かしら。

出てきたこの人物たちは何者かしら。
善い人なのかしら、悪い人なのかしら？
出てきたこの幻たちを見ていると
信じていいのか悪いのか分からなくなる(41)。

ドン・キホーテは揺れる現実というテーマを提起する最大の人物である。

「わが冒険家には、厄介なことに、思うこと、見ることないしは空想することが、どれもこれもすべてかつてものの本で読んだとおりにできているし、そのとおりになるものだと思っていたのだから(42)」。

我々が見ているものの一貫性に関するそうした不確定性は、時としてドン・キホーテの中に申し分ない形で現われている。つまり同一物がさまざまな外見を呈するということである。とはいえ最も頻繁に起きることは、彼の目にはものごとがある様子に見えるとすると、我々や他の人物の目にはそれとは違ったふうに見えるということである。かの郷士は人が見たものには、現実に対する多くの見方が含まれていることを弁えている。

「われわれのあいだにいつでも大勢の魔法使いどもがつきまとっていて、わしらの周囲のあらゆる事物を……変えたり、違えたりするからなんだ。したがって、おぬしに床屋の金盥と見えるものが、わしにはマンブリーノの兜と見えるし、また他の人には別のものに見えるだろう(43)」。

この場合、魔法使いがいたり、マンブリーノの兜があると考える人がいてもいいだろう。しかし前に見たような《見せかけの偽り》の実例においては、そうしたものはどこにもなかったし、純粋に道徳的性格をもった現実にかかわる実例においても同様であった。

「いくら父上がわるいことだとおっしゃっても、わたしがよいことだと信じているこのことを、やりとげるように、たましいがわたしをせき立てたのですから」。

というふうに、ソライダは浜辺で父親を見捨て、恋人と駈け落ちしたことの弁明を父親に述べている。(44)また一方で

「思うに禍と福のあいだの隔りは極めて小さいようで、それらはあたかも共点をもつ二本の線のごとく、離れかつ異なった本源より発して一点に集まる」(45)。

とも述べられ、問題が兜であろうと、あるいは禍福の概念に関するものであろうと、我々を取り巻くこの世界のすべては、際どい崖っぷちの判断の上に成り立っているのである(46)。

現実を前にしたときのこうした判断の揺れは、時として自発的に生み出されるのではなく、誘発されて出てくることもある。かなり以前から『ドン・キホーテ』前篇では冒険は冒険それ自体として現出するのに対して、後篇は他の者たちが英雄に対してでっちあげる冒険をめぐって展開する、ということが指摘されてきた(47)。それはそれでいいとして、筆者が分析する一連の現象を通して言えるのは、現象の外面だけからすれば、ものごとは真の現実と隣り合わせの、架空の現実をも提示しているように見えることである。カマーチョの婚礼と見せかけのバシリオの死のエピソードを誰もがすぐに思いつくだろう。似たような技法はコメディア『情婦』の偽りの喧嘩の場面にも見られる(48)。またいわゆる《見せかけの偽り》たる耳目を欺くような外見が、頼りとするような真実の側面が、意図的に明らかにされるような場合も同様である。

クリスティーナ　私が先日ラストロに行ったとき、香部屋係に辱められたの。
彼女　辱められたって言うけど、いったいどこに引っ張りこまれたのよ？
クリスティーナ　ほら、あそこのトレド通りの真ん中よ、神様もおそれず衆人環視の中であいつときたら私のことをあまだ、ずべこうだと抜かすのよ。
彼女　まあ、やれやれっていうとこね！(49)

セルバンテスは我々が見ているものごとが、実はさまざまな方法で解釈できるということを、再三にわたって文学的に活用した。

「おぬしに床屋の金盥と見えるものが、わしにはマンブリーノの兜と見えるし、またほかの人には別のものに見えるだろう」（前篇、二五章）。

というわけである。われらを取り囲むこの世界は、《見せかけの偽り》なのであろうか？　われらの作家はこうした形で、ルネサンスの思想家にとって中心的問題であったことがらの実体をわれらに伝えてくれる。十六世紀は後にデカルト以来、観念論哲学と呼ばれることとなるものの胚芽を用意した時代で、それに先立つものはフィレンツェを中心として広がったルネサンス・プラトン主義思想である。とはいえ、セルバンテスは哲学者でもなく、また誤りやすい感覚に依拠する世界がどれだけ本質的現実を反映するか、といった抽象的問題に関心があったわけでもないのは明らかである。セルバンテスに興味があったテーマとは、人間・ものを含むすべての物象が数えきれないほど多くの側面をもっているという事実を、想像上の人物の生き方にどう反映させるかという一点にかかっていた。なればこそ彼は「称賛も非難もともに正確にして決定的な点」を欠いていると、『模範小説集』の序文で記したのである。今日であれば我々はそれを「価値判断の相対性」と呼んでいる。すべてのセルバンテス作品を通じて明らかとなるのは、聖俗とわず、存在するすべてのものに対する判断を下そうという熱意である。同時に、そうした判断の有効性は、自らの作品に関する評価すら必ずしも一様ではないセルバンテス自身をはじめとして、判断を下す者たちの生の進展の仕方を、どう表現するかという状況に依存している。

こういった論はすべて細心の注意を払って展開されるべきだし、そう期待するところである。とはいえ本書を読み、また再読される読者がとまどうことのないように申し上げるが、私がセルバンテスにおける《思想》について語るとき念頭にあるのは、その思想の表現価値機能であって、その論理的広がりではないということである。一六〇〇年頃のスペインは無責任な民衆の〈世論〉(OPINION)、あるいは発言力のある大衆の決定によって支配されていた。われらの作家はこの民衆に対して一度ならず攻撃を加えているが、それは彼らの決定が、人がカトリック信者か異端者か、名誉をもつかもたないか、正しく書いているか否か、などといった点に影響を及ぼしたからである。他を寄せ付けない怪物的な〈世論〉を前にして、セルバンテスは身分の高い者、低い者、分別ある者、そうでない頭の弱い者たちの〈様々な見解〉(opiniones)に基づいた、彼なりの世界観を対置した。セルバンテスは公認済みで訴えどころのない〈かくあるもの〉の代わりに、一義的な客観性にではなく〈様々な見方〉(pareceres)、生の諸状況に基づいた彼なりの世界観を組み立てようと飛び出していった。セルバンテスはロペ・デ・ベーガが演劇においてやったように、民衆の意に沿うように、人物の存在を彼らの外から動機づけたり、〈世論〉の方向に合わせて形づくるようなことをせず、人物というものを内部から作られていくものとして構想し、移り行く人生のまとまりとして練りあげていった。そのまとまりは彼らが自らの道筋を探し求めていくにつれ、描かれていくものであった。

本書を立案してほぼ半世紀後に再版するに当たり、強調しておかねばならないのは、セルバンテスの中にはいかなる抽象的な思想も、それ自体としては存在しなかったということである。存在したのはあくまでも、生命的・評価的なものと関連して、それと調和しているかそれを伴っているか、どちらかの形においてである。セルバンテスは異質な世界、つまり一般的に受け入れられた世界、日常的経験や当世風文学とは対照的な世界を作り上げた。当時はやりの文学は彼にとって〈手段〉として役立ったが、それはアリストテレス的思考法やネオプラトン的思考法や、その他の何であれ、そうしたものが手段として役立ったのと一緒である。そうした〈思考法〉はそれ自体では、文学的構造を〈事前形成する〉べき力をなんら備えてはいなかった。それは私が〈ルネサンス的〉とか〈バロック的〉と呼ぶ、非具体的で非限定的な、漠然とした資質にも何らそうした力がないのと同断である。理由は定かでないがそのことを雄弁に物語っているのは、ヨーロッパのいかなる国でも（ネオプラトン主義、建築学、修辞学の花開いた中心地、つまりイタリアをはじめとして）文学的構造に関しては、〈セルバンテス的なるもの〉の影すら見られなかったことである。かの生命主義（『芸術は生命の横溢によって語る』ex abundantia vitae loquitur ars）を刺激して推し進めたものとして考えるべきものは、おそらくセルバンテスに先立つスペイン人たちや、彼らの血統間の対立についての深い意識であろう。

愛に関するセルバンテスの見解にはレオン・エブレオ（León Hebreo）の影響があることがよく知られている。まず第一に、彼自身が『ドン・キホーテ』の序文でエブレオを引用しているし、また『ラ・ガラテア』の中でも文字どおり彼から翻訳しているからである。したがって、われわれが〔ルネサンス的〕規範で考察されることのなかったセルバンテスの思想分野にふれる際に、セルバンテスにおけるプラトン的影響について語っても、なんら驚くべきことではない。(50)

周知のごとく、ルネサンス思想の核心は、主体と客体の中世的な関係が変化したということである。中世において精神とは、現実の痕跡がその中に刻印される一種の板のごときものであった。そして現実と主体とは正確に対応し合っていたのである。スコラ的アリストテレス哲学はそうした思想をあらゆる人々の頭に刷り込もうとした。見てきた通り、そしてこれからも見ていくが、セルバンテスはそうした伝統的理論を、文学概念を構築する際に実践することはなかったとしても、十分に弁えていただけでなく承認もしていた。

「でもすべての人は知識を得られるという前提に立って《知るとはかつて知っていたことを思い出すことなり》と言った者からすれば、別に怪しむに足りませんが。しかし我々の心は元来白紙の状態でその上には何も描かれてはいないという、よりましな意見の方に従うべきだと思っていますだとすると驚かざるをえないのは……」(51)

わが魂の画板のうえに
描かれしうまし姿の
ドゥルシネーア・デル・トボーソ、
うまし姿をなどて消し得ん。(52)

しかし人文主義はかくも現実的な世界観(53)とあいまって、現実を観念的に型どりする存在としての人間に、大きな重要性を与えようとしていた。その根拠を与えていたのは我々の意識や心であった。(54)となれば、感覚の裏付けというのは偽りとなる。外見とイデアのあいだをプラトン的に区別すると、おのずと様相と理性の二元論に行き着き、その究極の形を引き出すことになるのがデカルトである。しかし前にも述べたように、のちの観念論哲学を生み出す基となる芽というのは、すでに十六世紀全般を通じて存在していた。ルイス・ビーベスは『第一哲学について』(*De prima philosophia*)においてこう述べている。

「あるものが在るとかないとか、こうであってああではないとか、こういう資質や、ああいう資質があるとか言うとき、自分たちの心の裁きにしたがって判断を下しているのであって、ものそれ自体によるのではない。なぜならば我々にとって、現実とはそれ自体のものさしによってそうあるのではなく、我々の知性によってかくあるものだからである(illae enim non sunt nobis sui mensura sed mens nostra)[55]」。

ここで哲学を分析するのは私の任ではないが、文学は哲学の領域の外において、現実が変化する姿から醸し出される不安や、自らの判断力が決定的に過つことの重要性について言及してきた。すでに一五〇五年の時点で、ピエトロ・ベンボは『アーゾロの人々』(Pietro Bembo, *Gli Asolani*)の中で、このテーマについて触れている。この作品はペトラルカ風の、とりわけネオプラトン主義的精神に満ちあふれた愛の対話で、訳者不詳ではあるが、一五五五年にスペイン語に翻訳されている。

「ものごとの真実を見いだすことがどれほど難しいことか、考えるだに驚きを新たにせざるをえません。一日中、議論したとしても結論など出ないでしょう……賛成反対どちらの立場に立つにせよ、どうみても疑問の余地がほとんどないというような真実はあまり見当たりません……おそらくそんなところから、昔の哲学教授たちは、いかなることに関しても確かなことを知ることはできないとか、いかなるものも単なる意見や憶測をこえた確実さを手に入れることはできない、などと信じるようになったのでしょう……(私の信じる範囲では)そうした意見を受け入れる人がいても驚くことはなかったものの、それでもなお無数の人々の心の中には、我々の目からものごとの核心を数多の寓話で覆い隠し、数多のうわべで包み隠している自然に対する、隠然とした不満が広くわだかまっています」。

しかしそうした不安からは、ものごとの理性的考察を通してしか脱け出ることはできない。そうした考察を実践した者たちは「他の者たちのように、ものごとの真実を我々の目にさらけ出してくれないからといって、自然に対して不平をうったえることなどしなくなりました。それは自然が金や銀なども外にさらけ出しはしなかったのと同じことです(56)」。

現実的なものへの批判的態度、主観主義のきざし、聖なるもの・俗なるものに対する理性の自発的行使、つまりルネサンス期に孵化し、十六世紀全般を通じて見られたこうした思想は、われらの文化に影響を及ぼしたが、その頂点を印すのがセルバンテスである。すべてこうしたことは極めて基本的であり、もしセルバンテスに関する多くの書物の中で間違った判断が横行していなかったとしたら、まさに言わずもがなのことである。間違いというのは、人文主義を単にギリシア・ラテンの著作家たち、つまり《古代の精神》の研究の意味だと考えているからである(57)。ところが実際には人文主義とは人間的なるもの、人間やその理性、およびそれに従うすべてのもの、《調和》のみならず《良きたしなみ》等々の再評価と称揚を意味するのである。

現実と外見との対照は、エラスムスの関心をも占めていた。その特徴をよく示しているのは『アルキビアデスのシレノスの箱』(*Sileni Alcibiadis*)と題された格言集である(58)。

「彼らはかつて、シレノスとは、何かできてからも切ったり伸ばしたりできる粘土の小像であると言っている。しかし実際できあがって見てみると、おかしな怪物のような笛吹き人のような姿であった」。

ベルナルド・ペレス師（maestro Bernardo Pérez）はその翻訳の序において、次のように題名の意味を説明している。「『アルキビアデスのシレノスの箱』と呼ばれるが、その訳は作品自体がおのずと語ってくれるだろう。今言えるのはそれだけである。一方だけ重視して他方を無視したり、錯覚の生み出す間違った判断にしたがって、外面だけを見てものごとを判断することが、どれほど危険なことかを見てもらうためにも、ぜひ本書を一読されたい。また今後どのようなものに対しても、それと無関係なものを取り去り、それ本来のものを取り戻し、それなりの価値を与えることを学ぶ必要がある」[59]。

エラスムスは外見を超越するこうした方法を、宗教的なものに対して適用した[60]。もし一般的に宗教的なものと言えば、彼の念頭にはつねに信仰の問題があった。たとえば『いわゆる聖職者たちの対話』（*Coloquio llamado de relogiosos*）には、こういった件がある。

ティモテウス　この柱はひょっとして大理石ですかな？

エウセビウス　通りの敷石（それはモルタルだった）と同じで、大理石そのものという感じでしょう。

ティモテウス　まったくもって美しい模造ですな。本当に大理石でできていると誓ってもいいくらいです。

エウセビウス　こういうこともあるから、人はだれでも見たものを、はっきり確認するまでは軽々しく信じたり、誓ったりしないよう、抜かりなく用心しておくことですな。なぜって、我々は常日頃、外見だけですぐにだまされてしまうんですからね[61]。

『痴愚神礼賛』の中でも再び同じ問題が取り上げられている。

「あらゆる人間の事物は、《アルキビアデスのシレノスの箱》のように、きわめて違った二つの面を持っているということは、揺るがせないことですね。表面には、死と出ていても、なかを見てごらんなさいな、生がはいっていますし……」

「じつを言うと、この世のあらゆる場合が、要するに仮装だけなのでして、この人生という長く大きなお芝居も、これと違った演じられかたはいたしませんよ」。

「ものごとの現実は……ひとえに人の意見に左右されてしまいます。人生のあらゆるものは曖昧にしてさまざま、相反するものですから、これこそ真実といえるものなど何もないのです」[62]〔渡辺一夫・二宮敬訳〕。

もうひとりのルネサンスの代表的著作家であるバルタサール・カスティリオーネもまた同様に、偽りの現実という問題に触れている。

「あらゆるものにおいて、真の完成を知ることは極めてむずかしい。ほとんど不可能といっていい。それは価値判断の多様性によるものである……とはいうものの、どんなものでもそれ自体の完成というものがあることは確かなことで、そのことを弁えている者であれば、合理的議論をとおしてその完成について知ることができよう」。

そしてその後に重要な件がくる。

「もし私の意見が正しいと思われるなら、あなたもそれに従ったらいいでしょう。もしそうでなく、正しくないと思われるなら、ご自分の意見に従うがよろしい。そうした場合でも、自分の考えを言い張ろうとは思いません。なぜならあなたの考えが私と異なることはありうるだけでなく、私自身同じ問題について、異なる時期に異なる判断をするかもしれないわけですから」[63]〔清水純一他訳〕。V・チャン（V. Cian）はこの文章をコメントして、[64]この「価値判断の多様性」を示す文章は、テレンシウスの中に見つかる箴言的真実であると述べている。つまり「人々の数だけ、意見の数あり」（Quot hommes, tot sententias）である。そしてその後にすぐ続く文章を念頭に、それをホラティウスの『諷刺詩』第三歌と関連づけている。しかし筆者は、先例となる引用がないということから、カスティリオーネの次の文こそ決定的なものと考えている。

「なぜならあなたの考えが私と異なることはありうるだけでなく、私自身同じ問題について、異なる時期に異なる判断をするかもしれないわけですから」。

ここには出典などを特定できない、感受性や思想性にかかわる問題が横たわっている。まさしくルネサンス人文主義者たちの特徴には、こうした古典作家や大衆文学にすら含まれる古い問題に対する新しい評価というものがある。この点については新しい感覚が問題になっていることは、ビーベス、ベンボ、エラスムス、カスティリオーネなどにある同質的方向性からもはっきりしている。また同時に後の思想家たちはこうした批判的（ある場合には懐疑的）で主観的、そして後の観念論を生むような態度を基礎にして、完全なかたちで近代科学や哲学を築くこととなるが、こうした批判的態度によって提供されることとなる後の発展からも、そうしたことが言えるだろう。前に引用したセルバンテスの文章をこうした先行者と結びつけることは避けがたいと思われる。とりわけその中でも最も意味深長なのが「おぬしに床屋の金盥と見えるものが、わしにはマンブリーノの兜と見えるし、また他の人には別のものに見えるだろう」[65]である。セルバンテスは哲学者ではなかったが、大きな体系が形成される黎明期に、近代思想を揺るがせた核心的問題のひとつを、自らの作品中において、とりわけ『ドン・キホーテ』において劇化したのである。セルバンテスにおける世界は、視点や表象のみならず意志においても決定づけられる。私がこうした言葉を使用するとしても、そこに野心的にして時代錯誤的な相関関係があるなどと言うつもりはない。そうした言葉には、直接的に示される意味を認めれば十分である。

現実批判

もしセルバンテスが彼の人物たちを、そうしたどこにでもありそうな幻覚を前にしても無防備なままにしていたら、(66) 彼自身も非現実的な夢想の次元から脱することはなかっただろう。しかし普通ではない目新しさというのは、ものごとが同時に兜であり、金盥でありうること、そしてそうしたものとして生きていることである。そうした所から、冒険は迫力を増してより高く飛翔していくのだが、翼には学問的精神や批判性という重しがついている。

こうした現実の究明プロセスには、どういった要素が関わってくるのであろうか。それはとりわけ知性の天与の光である。

「馬鹿は自分の家にいようと他人の家にいようが、痴愚という土台のうえにはいかなる知恵の建物も建てられんのだから、何ひとつ知らんわい……おぬしには、生まれながらのよい資質がある、これなしでは、学問なぞ糞の役にも立たんわい(67)」。

しかし現実を把握しようとする際にセルバンテス的な人物たちの思考において際立っているのは経験知である。

「技術向きのことでは経験がものを言うってこと(68)」。

またドン・キホーテがモンテシーノスの洞穴に入りこんだときの次の言葉は何度も引用されてきた。「拙者は大きく眼をみひらき、さらに眼をこすったが、拙者は眠っているわけではない。本当に眼を覚ましておることがわかった。それでもなお、あそこにいたのが拙者自身であるか、それとも何か実体のない、ぶざまな幽霊ではないかと、自分自身に納得したいので、頭や胸をさわってみたものじゃ。しかし、手でさわったところも、気持ちも、頭の中での筋のとおった思考力も、今ここにおる拙者がまごうかたなく、あのときあそこにいたということを確かめてくれた(69)」。

この文章からセルバンテスは、デカルトの「我思うゆえに我在り」を予告しているとも言われてきた。早計な判断というべきであろう。というのも思索する人物の現実といえども、他のものと同じように究明されうるわけで、セルバンテスはそうした人物のアイデンティティを経験的に明るみに出そうとしただけだからである。実際、経験というものはセルバンテスにとって好ましい知識の手段であった。はっきりしているのは、彼がこの点において自らの知恵や熟慮の深みを彷彿とさせるような、正確な体系を何ひとつ示してはいないということである。とはいうものの、その根本的な次元において、かなり明確な態度を示してはいる。したがって我々は感覚を通した経験が、彼にとって知識の源や保証となっているということだけは、自信をもって言うことができよう。

男子たるもの示すべし、
どんな危険に遭おうとも
男たるべき勇気と気概
天体儀や地球儀、

騒々しい音をたてていたのである(77)」。

「もし本当のことを言わなきゃならねえとしたら、わしの尻っぺたに鞭を食らわすことと、魔法にかかった人間の魔法を解くことの間に関係があるなんてこたあ、わしにはなんとしても承服できねえでがす。こいつは《もしお前の頭が痛いなら、膝へ膏薬をつけろ》というようなもんでさ(78)」。

サンチョはそうした馬鹿らしさを合理的範疇に引き戻そうと努力することとなる。「わしは死なねえように、痛くねえように、からだに鞭をあてるつもりでがす。ここんとこにこのまじないの肝心要めなところがあるでがしょうからね(79)」。

コメディア『情婦』(第三巻、二一頁)に、カルデニオが成金の大陸帰りをかたろうと考えてほくそ笑む場面がある。

カルデニオ　おれの夢も上出来の船出ができるぞ。
トレンテ　馬鹿げたことと呼ぶ方がよさそうですよ、旦那。
しょせん細い木で建てられた塔か
トランプの家のごときものですよ。
いったいどこに真珠があると言うんです?
解毒石などどこにあるんです?
大インコや大鸚鵡など
いったいどこにいるんです?
海を渡り、港に入るなどした

新大陸での経験は
いったいどこにあるんです？

したがって、経験的・合理的な証明がなしえるものしか認められないのである。究明作業が中断されることもままあるが、それは合理的領域をはみ出し、神秘的領域に踏み込んだ場合とか、セルバンテスの論理的能力では問題を解決しえないという場合である。『アルジェールの牢獄』（第一巻、三二二頁）には、蜃気楼を表わした場面があり、トルコの獄吏はこう語る。

けさ太陽が昇ってきて
その光が雲の中にとんでもない
姿かたちを浮かび上がらせたんです。
嘘っぱちだったけれど、焼き付いているんです。
艦隊の一団が帆を上げ、櫂をこいで
やってくるのが見えたんです。

キリスト教徒はその光景（「見せかけの偽り」）を見て錯覚し、船上の囚人監督や漕刑囚たちまで、彼らを救いにやってきたものと思い込んだ。モーロ人たちも驚愕した。

太陽の光で雲のなかに

こうした姿形が浮かびあがり
私たちの中にも恐怖で
数多の姿が現われた。(80)

裁判官はアルジェール王にその出来事（三二八頁）を報告し、次のように説明する。

裁判官　しばしばおどろおどろしい
幻想的な姿かたちをした騎兵中隊が
虚空に浮かび上がりました……
雲からは血しぶきに鎖かたびら
新月刀や盾の破片などが降ってきたんです。
キリスト教徒どもはしばしば現われる

王　そうしたものを奇跡などと称しておる。
しかし太陽の光が雲に反射して
かくもの大艦隊を浮かび上がらせたとしても
何の不思議もないだろうし
わしはそんなものは一向に存ぜぬぞ。

ここには驚異や奇跡など議論できない経験則をこえた分野のものと、観察すれば正体が判明しうる自然現象とをきめ細かく分離しようとする姿勢が見られる。王は〈キリスト教的奇跡〉の傍らには、何の不思議でもない太陽光線の作用があることをきちんと弁えている。(81) このエピソードの一文とファン・デ・ラ・クエバ（Juan de la Cueva）の『ローマの自由』（*La libertad de Roma*）のそれとの、ある種の類似が指摘されている。

> 血潮が雲から私の頭上に降り注いだ。
> 私たちはそうした印と奇跡を目にした……

実際にクエバでは〈奇跡〉が引き合いに出されていて、セルバンテスもたしかにそれを読んだはずである。しかしセルバンテス的なるものは、その奇跡にある種の価値、つまりまったく不思議でも何でもない自然現象を傍らに据えることによって生じる別の価値を与えることにある。つまりサンチョやこの問題に連なる者たちすべてが行なっているように、現実を批判的に分析するということである。

筆者がふれた別の境界とは主観的性格のそれである。ドン・キホーテは文と武に関する演説をきっかけに社会のしくみを正そうと乗り出していく。

「三万人の兵士を賞するより、二千人の文官を賞するほうがはるかに容易だとな。（……）しかし、この賞しえないと申すことが、拙者の抱懐する理論を強めるものでござる。しかし、これはいわばなかなか出口の見つからぬ迷路だから、これはしばらくわきにおいて……」(82)

〈過ち〉について触れる際にもっと多くを語る機会があるとは思うが、道徳的側面の批判については、それ自体きわめて繊細な分析を生み出している。ここでは二つほどの例を出すにとどめる。ドロテーアは両親の身分についてこう語っている。

「わたしの不運は、どうやら両親が立派な身分に生まれなかったところから来ているんですの。そうはいうものの、自分たちの身分を恥じてもいいほど卑しいわけでもなければ、そうかといって、このわたしの不幸は両親の低い身分のせいだという考えを打ち消すほど、高い身分でもないのです[83]」。

「なぜかといえば商人連なんてものは、彼ら自身よりも彼らの影のほうが大きいんだからな」（つまり息子たちの方が、親よりも社会的地位が高いということ[84]）。

占星術と妖術

ここで少し立ち止まり、セルバンテス作品における空想的要素（占星術、魔術など）について、批判的視点から見てどんな価値があるかを見てみよう。事柄は微妙であり、文字どおりの厳密な態度が何であったかを断言することはできない。この点に関して孤立的に引き出されたテクストからは、時に相反する解釈がでてくる。メネンデス・ペラーヨは次のように考えていた。

「セルバンテスがパロディの重みの下に中世のあらゆる幻想的、超自然的、騎士道的な文学を封じ込めた実証的・実利的精神は、まさしくバルセローナにおける魔法の首の冒険の中に息づいている……とはいえ、老年になって冒険譚を書いたとき……明らかに耄碌したせいで、いささか子供じみた魔法の奇跡に手を出したことは疑いようもない。そして空想をほしいままにして描いた北方地方に、妖術師や狼狂たちを登場させたのである[85]」。

しかし驚異や幻想といったものは『犬の対話』や『ドン・キホーテ』にも出てくる。(86)興味深いのはセルバンテスがすべてこうしたものに、いかなる価値を付与したのかを考察してみることである。今日ではデ・ロリスがその問題を検討して、一方では次のような極めてまともな判断を示している（一九六一一九七頁）(87)。

「セルバンテスに対してこの点に関する体系化を求めること自体、むだなことである……彼の好奇心は芸術家としてのものであった。彼は最良のロマン主義の露払いをしたリアリスト的な天才をもってして、特徴的なるものの極端な表現を追い求め、常軌を逸したものに対して惹かれていった……狂人たちと行動を共にするのは魔女であり妖術師であった……芸術家が幻惑させる能力を駆使して現実の境界を拡大する方法を探し求めたのは、迷信の分野においてであった（バルザックの小説をいくつか想起されたし）」。

他方、こうした考えにもかかわらず、デ・ロリスはルティリオが学士トラルバよろしく、マントに乗ってシエナからノルウェーまで空中飛行をしたことを、セルバンテスが実際に信じていたなどと述べている（二〇三頁）。（魔法・妖術などは誑かしとみなされて当然だから）ルティリオは「これでも歴としたキリスト教徒ですから魔法に誑かされたわけでもありませんが」という但し書きを述べるが、(88)それもデ・ロリスにかかれば、セルバンテスが問題を引き起こさないように、異端審問的権威に対して行なった譲歩となるのである。

私としてはセルバンテスが『ペルシーレス』において、老衰などの理由で魔女信仰に迷い込んだなどとは思っていない。マントに乗って空を飛ぶことは、始めから終わりまで意識的に眉唾物たる北方物語(89)の中で起きる他のどれと比べても、それ自体とくに異常というものでもない。苛立たしいことかもしれないが、実際のことを言うと、セルバンテスは冒険自体につよい思い入れをしていたので、ビザンチン小説的テーマや〈類い稀な創作者〉たる彼が大いに好んで造り出そうとした、最も風変わりな幻想譚に足を踏み入れたのである。しかし同時に、冒険が行きすぎないように歯止めをかけるかのように、そこに批判的注釈を加えるという、止みがたい欲求を押えることはできなかった。

天才的作品たる『ドン・キホーテ』において、騎士道的冒険の凋落が実証されるのは美的統一の中においてである。そしてドン・キホーテ―サンチョ関係の転変と交わりこそ、小説的方法の芸術的精髄を形づくっている（本書一一八頁参照）。不完全な作品たる『ペルシーレス』においては、冒険は完全な生命を全うしたいと願っており、その意味付けが小さく限定されたりするとすれば、それは実際には美的な価値を超えた、知的方法によってである。作者はこれを目標に道徳的、宗教的、学問的な考察に赴くわけで、そうした考察によってめざそうとするのは、作者の思想と教養をはっきり確定することである。とはいえ、セルバンテスが、ある人物がシエナからノルウェーまでのマント飛行を行なっただの、狼狂も実際にあることだなどと、真面目に信じていたと考えるのは、まったくもっておかしい。セルバンテスはこうしたことすべてをこよなく楽しんでいただけで、それを裏付けるのは彼が読んだ膨大な騎士道物語である。もし彼がとほうもない内容の馬鹿らしさに苛立つ目的だけでそうしたと考えるのも無理があろう。もしそういう目的だけだったなら、考証のためには一、二冊読めば十分であったはずである。

そうした幻想世界は、セルバンテスにとって何がそうで、何がそうでなかったかをはっきり識別することが必要である。文学的想像の世界では、想像力に限界というものがないために（一一八頁参照）、往々にして幻想と現実の双方が入り交じって現われる。しかし我々はセルバンテスの思想の領域を、批判的反応のうちに明らかにしていくつもりである。

グリソストモは「星だの、あの空で太陽や月におこることだのの学問を知っていたということで……いつが豊年かいつがきけん（飢饉）かも言いあてたもんでさ……《そういう学問は占星術というんです》と、ドン・キホーテが教えた」（前篇、一二章）。

また『ペルシーレス』（一巻一八章）の表題〈マウリシオが占星術によって水難を予知する〉のほかにも

「マウリシオは空をにらみ、ふたたび星占いを立てた……」（BAE、第一巻、五八三頁a）。

「マウリシオには救われる自信があった。死ぬほどの目に遇うことはないが、けっして死にはしない。前述のとおり、彼の星占にはそう出ていたのである」（同、五八五頁）。

「星占いを立てたところ、恐ろしい難儀が出発の妨げになると出た」（同、六〇一頁b）。

などの例がある。

またさらに先の方に別の占星術師ソルディーノという人物が出てくるが、彼はこう言う。

「わたしは魔術師でもなければ易者でもない。星占の学をおさめた者だ。この科学は達すれば易をみることもできる」（同、六五五頁b）。

「わたしはここで数学の研究を完成させ、星の運行、太陽や月の動きも観察し、ここに居ながら喜びの種と悲しみの因を見てきました」（同、六五六頁b）。

実際、ソルディーノは後に起きる出来事を言いあてている。グラナダ、アラマ出身の妖術師セノティアは異端審問から逃げだして、今は北欧の国々に居を構えている。彼女は魔法と妖術の区別について面白いことを言っている。

「われわれが行なうのは正しくは幻術、もしくは妖術さ。魔女のやつらは人のためになることなど何ひとつしないで、たとえば齧りかけの空豆、頭のない針……などというちゃんちゃらおかしい小道具で人を誑かすだけのことさ……また、何かを企んでたまたまうまくいくことがあるとしても、それはやつらにとって事がたやすいからではなくて、神がやつらを懲らしめるために、悪魔を使ってうまくいったと思い込ませるだけなのさ。われわれ妖術師や幻術師の道具立てのほうは、もっと大がかりよ。われわれは星辰を用い、天体の運行を読み、草木、岩石、言語の効能に精通し……」[90]

このセノティアは術によってまんまと若いアントニオを死の淵に追い込む。すると彼の父が息子を元どおりにしなければ殺すと彼女を脅しつける。

「孔の潰れた針か頭の折れた待針とでもいっしょくたに包みの中に閉じ込めやがったか、それとも扉の隙間か、悪党め、さあきりきり吐きやがれ」。

そして実際、彼女は「つれない若者の命を刻々とむしばんでいる呪符を取り除いた」。そして「封じ込められていた若者の健康が広場へ飛び出た」(同、六〇七頁a)とある。そしてセルバンテスは先の方で、彼女のことを〈ぺてん師〉と呼んでいる(同、六一六頁a)。

このエピソードから推測できるのは、セルバンテスが当初、魔女の妖術的行為を、占星術師のそれに類した、何か〈高度な〉ものと考えていたということである。しかし当初の意図を忘れ去ったのか、考えを変えたのか、セノティアは扉の隙間に隠された包みを使ってやるような、小細工を弄しているように描かれる。しまいには不思議な手法で成功を収めてはいても、彼女のことを〈ぺてん師〉と呼ぶにいたる。作者にとって唯一関心があったのは、読者の想像力を刺激して驚異の印象を与えることで、読む者をはらはらさせて注意を引き付けることであった。セルバンテスがこのことを『ドン・キホーテ』(前篇、四七章)で、非常に明確にこう述べていたのを思い出してみよう。

「架空の物語もそれを読む人の理解にぴったり結びつかなくてはいけないはずです。つまりできそうもないことを、できるようにし、大げさなことをいくらかやわらげて、読者の心をそらさずに、感嘆させ、気をもませ、狂喜させ、すっかり楽しい気持ちにさせて……書くんですよ」。

ならばこうした場合にどうして、セルバンテスの老衰とか反動性とか、凡庸きわまる信じ込みやすさなどが出てくるのであろうか。『ペルシーレス』の最後で再びこうした魔法の話が登場するが、サブロンの妻たるユダヤ女の妖術によってアウリステラは重篤な病に罹る。

「しかし実際は、神がわれわれの罪を懲らしめようとしているのだ。つまりこのユダヤ女にいわゆる魔法使いの技法を使わせて他人の健康を奪うことを、いわば強制的に許可しているのである。すなわち呪咀や毒物を用いて誰の命をも意のままに、時間を切って奪うことをあきらかにお許しになっており……」(同、六七三頁b)

この魔術のテーマの純粋に文学的な性格は、セルバンテス以前に、アレティーノが《議論》の中で妖術を行なっているローマのユダヤ女性たちに触れていたし、それ以外の作品にもありえたことを考えてみれば、さらに明確になるはずである。

「もし彼女たち(ローマの高級娼婦)が恋人の貢ぎかたが緩慢になったと見るや、すぐに魔法使いのユダヤ女たちのもとに赴く……もし男性が他の女性と立ち止まって話し込んでいようものなら、彼女たちは妖術をかけ、墓地や墓場に赴く……私は妖しい月の光に照らされた、髪ふり乱し、おかしな魔女の格好と風貌をした半裸の女たちを見かけた……そこで呼び掛けていたのは魔王であった」[91]。

もし当時、妖術が多くの人々を容易に信じ込ませてしまうという理由で、異端審問の追求を呼び覚ますことがなかったとしたら、セルバンテスも魔女たちの〈ぺてん師〉的性格をあれほど強調することはなかっただろう。

占星術に関して言えば、問題はべつである。テクストや態度に矛盾する部分があると思われるときには、それらを調和させねばなるまい。もしセルバンテスが小説的なフィクションを複雑化する手法として、そうした幻想を用いるだけであったなら、この問題を大して重視することもないし、妖術の問題といっしょに扱えばすむだろう。しかし原文を見てみる必要があろう。

『ペルシーレス』において占星術師のマウリシオは予知的な夢を見てこう語る。

「わたしが翻弄された夢は、占星術でものみこめないふしぎな夢だった。恒星惑星の位置測定、吉方凶方判断、天宮図観察、そういうことは全然しないのに、この目にありありと見えたのだ……われわれは、いまと同じ顔ぶれで、巨大な木造の館にいた。そこへ雷が、雨や霰とふってきた。(……)適切な判断をくだすには落ち着きが肝要で、それが正確な占星を行なう必須条件でもあるが、なにしろこの船は木造、そのうえ天に雷、宙に雲、下を向いたら海水ときている、気が気でないのはあたりまえだ」(五八四頁b)。

「科学は嘘をつかないが、扱いを誤ると人をあざむく。占星術もその例外ではない。天体はめまぐるしい速度で位置を変える……それゆえ、正しい判断を下せるときというのは、経験に照らして最も蓋然性の高いものを抽き出したときだ。最高に暁達した占星術師は悪魔だと言えるだろう……過去の経験が豊富であるとともに現在の情報を的確につかんでいる」[92]。

『ドン・キホーテ』の別の場所にも、占星術が科学であり、何人も初心者は用いてはならないという見方があるのが分かる。「あの猿が占星術でないことも、主人も猿も星占いという、あの絵札を立てもしないし、立て方を知ってもおらんことは確かだからな。あの占いは現在スペインでは、無知な女にしろ、小姓にしろ、靴直しの爺にしろ、まるで地面におちているカルタのジャックでも拾うように、そういう占い札をたてられると自惚れるくらい流行しているので、彼らの嘘八百と無知のおかげで、学問のすばらしい真理も墜落してしまったわい[93]」。

コメディアの『情婦[94]』においても、同じ視点を新たに見いだすことができる。

ドン・アントニオ　占星術のうらないでそれが
わかるものかい？
ドン・フランシスコ　それを尋ねてみようという気はないね。
占星術などくだらないさ、
科学としてでなく
それを用いる奴は、
単純に経験も学問もなく
それにのめり込むからね。

なればドン・キホーテの言葉[95]がさまざまな場所で、異口同音の形で何度も発せられたということになれば、クレメンシンの言うように、セルバンテスは「この問題に関して、当時の人々が共有していた学問の関心とまったく無縁ではなかったし、占星術師たちの馬鹿げた言動や偽りの予言を、信奉していた学問の無意味さではなく、彼らの個人的な無知や卑しさのせいにした」と言っても的外れではあるまい。

一方、彼の魔術に対する態度はきわめて明確だと思われる。『犬の対話』の中の魔女はこう述べている。

「わたしたちがこういう宴会に出かけるってことは、ありゃ嘘だ、ただ幻の中でそう思うだけだ、後になってわたしたちが本当にこんなことがあったあんなことがあったと話をする、ああいう出来事の姿ってものは、この幻の中で悪魔がわたしたちに見せるだけなんだとこういう意見もある(96)」。

「塗り薬……こいつはもうお話にならないくらい冷たいもので、これをからだに塗ろうものなら、からだじゅうの感覚が一ぺんになくなるほどなのさ。そうやってわたしたちは床の上にすっ裸でじっと横たわっているんだが、この時だよ、そのじつわたしにとってはどうしても実際起こっているとしか思えないのに、幻の中でわたしたちが例のいろんなことを体験しているんだって、そうみんなが言うのはね(97)」。

「こんなことは、いや、これに類することはどれもすべて悪魔のいい加減なごまかしさ、でたらめさ、子供だましさね(98)」。

実際そうである。なんとなれば、魔女たちの幻視は混ぜ薬や薬物によって引き起こされたものだからである。彼女たちの幻覚は今日の阿片やコカインの効果と類似している。その説明もきわめて明確にして科学的である。こうなれば作品中で幻覚的機能をもつ魔術的な作り話と、作者の見解とをはっきり区別することができよう(99)。

同じことが狼狂についても言える。

「《北国に雌雄の別なく狼に化ける人間がいるというのは》マウリシオが受けた。《多くの人は認めているかもしれないが、まことしやかな迷信だ》……《人間が狼になるというのは医者のいう狼狂ですね。自分を狼だと思い込んで、狼のように吠える病気です》……(100)」。

「もちろんこれはみな嘘っぱちで、空想の産物にすぎませんが……妖術や幻術をつかう者は確かにいる。やつらは魔法の力で幻影を映し出して人の目を欺く。しかし、はっきり言って、本来の姿からほんとうに変身できる人間などはいない[101]」。

セルバンテスは夢に関しては自然学的説明を与えているが、占星術の場合と同様、夢にも予言科学の材料があるかどうかは、詳らかではないとしている。

「神もレビ記で、占いをするなかれ、夢を信じるなかれ、と言っている。夢判断は誰にでもできることではないからね[102]……夢というものは、神のお告げや悪魔の幻術でないかぎり、昼間の辛気が原因であったり、過食暴食による発散気が脳に昇って意識をみだすことから生じるものだ[103]」。

こうした見方は当時の見解とどういう関係にあるだろうか。セルバンテスは悪魔の存在について、あまりに時代遅れの考えをもっていたのであろうか[104]。デ・ロリスは夢に関するセルバンテスの見方をからかってこう述べている。

「消化不良と神の啓示という両極の、どちらでもお好み次第」（一九九頁）。

しかしこうした観点は反歴史的というべきである。なぜならばデカルトのような科学者も「たった一晩で三つの夢を連続して見た。それらは高いところから来たとしか思えなかった」と述べているからである。

「わたしは悪い精気から聖所まで引き上げられた（A malo spiritu ad templum propellebar）」とデカルトは述べている。そのとき彼はまっすぐ振り向き、そして祈ったが、それは神が「たとえ聖なる場所であろうと、自らが送ったものでない精気によって、引きずられてしまうことを[105]」許さなかったからである。

われらのセルバンテスに対する歴史家たちの態度には興味深いものがある。彼はなるべくしてセルバンテスになったのであり、最も無教養な迷信の犠牲者とか、哀れで無知な人間という印象を与えないためにも、ガリレオとデカルトを合わせもった存在となったのである。(106) セルバンテスが占星術の可能性を認めていたのは、当時の傑出した学者たちの多くと同様である。その学問分野は今日の天文学と気象学となるべきものが、本来の占い的な占星術と、とてつもない形で混じり合って合体している。占星術の内部において(正確な分野と空想的な分野を)分離する努力は際立っている。

ペドロ・シルエーロは『迷信排撃』(Pedro Ciruelo, *Reprobación de las supersticiones* 一五五六)において、できるかぎりその境界を限定しようと努めている。

「真実の占星術と偽りのそれは、単に名前が同じというだけでなく、いまだに到来していないことを、天体や星辰によって予知するという働きにおいても符合している。(107) 天体や星辰は土と空気の交替によって、人間や動物をも変化させる……星辰の力や資質をよく弁えている真の哲学者は、それらを通して四元、人間、鳥類、動物などに及ぼす効果を知ることができよう……これらの善き占星術師たちが必ずしも常に正しい判断を下さないとしても、それは二つの理由からして驚くには値しない。ひとつは科学それ自体の問題で、多様性が大きいために、知り尽くすことの困難な、高度なものごとを扱うことからくる。他の理由としては、占星術師の側にあることで、往々にして必要なだけの知識を十分にそなえていない、ということがある……その点は学問・技術で必ずしも正鵠を射ていない他の賢人たちと軌を一にしている。それは学問が立派でないというのではなく、素材自体の難しさや、学者の側の知識不足などによるのである(108)」。

これはすでに前(一四九頁)にセルバンテスの中で見ていたのと同様である。

占星術などくだらないさ、
科学としてでなく
それを用いる奴は、
単純に経験も学問もなく
それにのめり込むからね。

今日、こうした心的態度を無邪気と評するのはたやすい。しかし普遍的因果律の思想や、一連の論理的仮説、無視されてきた事実などを通して、必然的にそうした結論に至ったわけで、知的好奇心にみちた活動的な人々ということになれば、そうなるのはさらに容易なことであった(109)。

セルバンテスは「経験も学問もなく」占星術にくびを突っ込む者たちを非難している。実際、魔術も神秘学も中世を通じて、現象を経験主義的に観察する伝統を維持してきた(110)。そして十六世紀にこうした科学に通じた者たち(パラケルススやアグリッパ・デ・ネッテスハイムなど)は中世的スコラ学の抽象理論に対抗して、経験を重視する姿勢を打ち出した。ネッテスハイム(Nettesheim)によれば、天に起源をもつ隠れた資質が明らかにされうるとしたら、それはアリストテレスの弁証法によるのではなく、経験と推論による。この方向において、テレジオの経験的方法に対する弁論と、神秘学に見られる伝統的諸傾向との間に、顕著な一致が認められる。

神秘哲学の発展の基礎となったものには他に、テレジオ(Telesio)の汎神論もどきから出てきたいわゆる汎精神論(pampsiquismo)がある(111)。世界精神を認めた上で、それを星辰や四元にも認めるもので、それらは個別的存在に生命と霊魂を付与するとされる。カンパネッラ(Campanella)は『事物の感覚について』(*De sensu rerum*) の中で、「結果と全体の中に存在するものは、原因と部分のうちにも存在せねばならない」[112] と述べている。

カンパネッラはアグリッパ・デ・ネッテスハイムと同様、被造物の知られざる活動の主因は、対立するもの同士の反発と、似たもの同士の引き合いであると述べている。この原理は神秘術との関連で、すでに一五六〇年にナポリ人デッラ・ポルタ (Della Porta) によって定式化されていた。[113] 似たもの同士の引き合いは物質界の法則であり、当然のこととして、化学、医学、その他すべての応用科学は、その法則から一般定理と特殊定理を引き出さねばならない。したがってここに、精神的、肉体的生活は何よりも調和と和合だと考える者たちにとって、占星術的神秘学受容への新たな道が開かれることとなったのである。

ともかく我々は歴史の中に視座を定めよう。そしてセルバンテスを占星術的占いの可能性を受け入れるような、哀れな無学者だなどと決めつけないことである。彼の同時代人であったカンパネッラは、たしかに占星術への応用は今日の我々には子供じみたものに見えるにせよ、後の科学にとっては実り豊かなものとなるべき思想から出発しつつ、似たような考え方をしていたのである。カンパネッラは一六一三年に『占星術書第六巻』(*Astrologicorum libri VI*) を著し、一六二九年に刊行しているが、読者には参考までにその文章のいくつかを挙げておく。[114] 運命についての占星術的理論によると、未来に関連することがらは開闢以来、自らの原因のうちにあらかじめ形成されている。したがって、そうした原因なるものを弁えた人間には未来が予知されうるのである。その原因なるものは人間的出来事であれば常に偶発的であり、時宜に応じて発展し正されていくが、ある種の一般的素質を、個別的性格の形成時において決定づける。セルバンテスの占星術的思想には、カンパネッラに関するブランシェ (Blanchet) の、次の正鵠を射た言葉を当てはめることができよう。

「したがってカンパネッラの過ちは、占星術の基礎に据えられた論理的原則を始原とした点にあるのではない。間違いは我々の世界と星辰の世界の実際的関係を十分に認識していなかった点にある。つまり（想像力によるものなのか、伝統への執着心からか）自らが確立した規範に、いとも手軽に違反する点である。結局、それは彼のアナロジーによる論理化を特徴づける、厳格性の完全な欠如である[115]」。

フランス王の賓客であったカンパネッラは、一六三九年六月一日に予知されていた日蝕が、王に不吉な結果をもたらすと予言した。王は危険を回避すべく、（白夕ペストリーを懸けたり、彼の一人部屋に緑の植物を置くなどして）占星術のあらゆる術に訴えた。それにもかかわらず彼は一六三九年、五月二一日に亡くなった。

我々はセルバンテスがきわめて用心深い態度をとっていたこと（本書、一四八―一四九頁）、占星術的予知を信用するためには多くの経験を必要としていることを見てきた。おそらく彼は医者の場合と同様、人間が進歩しても、この科学の理論化は可能でも、実現はいまだ遠いと判断していたのだろう（十六世紀末の自然に関する知識の状況では、批判的知性といえども、医者の診断と占星術師の予知の間に大きな違いを認めてはいなかったであろう[116]）。実際問題、日蝕は予知しうるし、星辰と地上の生活（季節、気候、潮汐）の間の相関性もあるとすれば、いったい占星術と天文学の境目をどこに引いたらよいだろうか[117]。自然学や生物学がまさに秘術そのものであった時代に、星辰の観察を通して人間的出来事を予知することを否定できただろうか。ルネサンスの人間は自らの好奇心と理性的熱意によって、分別ある〈愚か者〉の内に閉じ籠もってばかりはおれなかった。セルバンテスが何はともあれ、精密な思考を自らの活動の中心としなかったことに、腹だたしい思いをする必要はなかったのである。一方で、真理は奇妙な過ちや混乱に包まれた近代という時代に、次第に開示されていった。もし十六世紀末という時代をこのように捉えなければ、我々はセルバンテスという人物に関して、歴史的意味を欠いた判断をしてしまうだろう[118]。

結論として言えるのは、セルバンテスは彼の教養の一部の内容に関するかぎり、十六世紀末や十七世紀初頭の著名な思想家たちの多くがとったのと同じ、曖昧な態度をとったということである。私は一部のことを言っているのであり、彼の道徳思想が紛うことなく近代的立場を表明していることは、じきにはっきりするだろう。基本的に強調すべきことは、彼の精神の形式的ありようである。それはどういった出典・源泉を利用したかによって説明することはできない。それは批判をたえず行なうということであり、経験と理性を信頼することである。そして物事が多面性をもち、最終的に何が真実なのかを、人々の議論にかけて検討するということである。『ペルシーレス』の中で、主人公は馬にまたがり、切り立った岩から酷寒の海に向かって驚異的な跳躍をし、人馬とも傷ひとつ負わなかったエピソードを語っている。セルバンテスはこう付言している。

「マウリシオはまさか、信じられないという顔をした。彼としては、足の三本や四本は折ったと言ってもらいたかった。そうすれば単に語り手への礼儀としてではなく、心底からいま聞いた豪胆な飛行を信じられるのに……だが一同がペリアンドロに寄せる信頼は厚く、疑心がこれ以上つのることはなかった。嘘つきのつらいところはたまにほんとうを言ってもそれを信じてもらえないことであるが、いっぽう信用の厚い者には嘘をも信じてもらえるというありがたい特典がある」[119]。

ここではまやかしの空想について、皮肉にみちた割引が見事になされている。注意深い読者であればセルバンテス的狡猾さを前に苦笑いせざるをえまい。それと同時にどこに就くべきかを心得る。ペリアンドロはわれらの共感を勝ち得ており、程度の多寡にかかわらず嘘を告白するように強いるのはかわいそうである。セルバンテスはドン・キホーテがモンテシーノスの洞穴の絵空事に対して行なったように、ペリアンドロ自身が自分の話の信憑性に疑義を呈することを望まなかったのである。その必要はなかった。作者の批判的態度は他の多くのケースと同様に、ここでもはっきりしている。(120)

練金術や練金術的熱意、円の求積〔不可能なことや不可能な企て〕、当時はやっていた献策政治、『聖杯物語』の補遺を書く詩人、(121)これらがセルバンテスの皮相的批判の新たな四つの攻撃目標となったのである。彼の思想がどういったものかは、もはや一点の疑問もないと思われる。

セルバンテス的教養の他の表現

作者の批判能力に関して前に述べたことから、彼の教養の限界のいくつかが明らかとなった。しかしこれから検討すべきは、ある種の知の形態に対して彼がとった態度についてである。とはいえ彼の知識内容の全体像を分析しようなどというつもりはない。(122)唯一、筆者に関心があるのは、好奇心に充ち満ちた人間が、当時の生活が提示したさまざまな道を前にして、方向を決定づけたような教養的側面である。

一方、セルバンテス的知の本格的な総目録を作ろうとすれば、知の源泉をあらかじめ知っておかねばなるまいが、それは部分的にしか、それも時として、不正確にしか知られていない。筆者は必要以上にこの研究を長引かせてはならないと思い、その仕事をあきらめてしまった。

シピオンによると、哲学とは

「filos と sofia という二つのギリシア語の名詞からできているんだ。filos というのは『愛する』、sofia というのは『知識』という意味だ、したがって filosofia とは『知識を愛する』、哲学者とは『知識を愛する人』の謂だね」。

「君はじつによく知っているね、シピオン。それにしても、いったいどこのどいつに教わったんだい、ギリシア語の名詞なんぞを」。

「じつにどうも、ベルガンサ、君は単純だね、そんなことに驚くなんて。だって、そんなことあ学校へ行く子供だって知っていることだぞ、それにラテン語と同じことで、じつは知らないくせにギリシア語をいかにも知っているような顔をする奴もいるんだ[123]」。

はっきりしているのは、もしわれらの作家がどうでもいいと思ったことを、作品からすべて排除しようという決意をしていなかったとするならば、聖俗あわせた知識をふんだんに貯め込むことは容易であったろう。しかし彼にとっては簡素を心がけ、芸術的分野との境目を確定することの方が、博学的あるいはえせ博学的な民衆の態度がひきおこす味気なさよりも、感情的にはつよいものがあった。そのことをいみじくも次のように述べている。

「（原作者は）しかもそういうもの（挿話）さえ、ごく制限して、それを伝えるのに足るだけの、僅かな言葉しか費やさなかった。原作者は全宇宙さえ主題にするだけの才能と能力と頭脳を持ちながらも、物語の窮屈な制限の中に、みずからを抑制し、閉じこもっているのだから、彼の労力を軽蔑してもらいたくない、そして、彼が書いたところに対してではなくて、彼が書くことを控えたところに対して、称賛を送ってもらいたいと願っているのである[124]」。

同様に、次の文章も参照してほしい。

「世間には、知ったり、調べたりした後では、知るにしても覚えるにしても、何の価値もないことを、知ろうとし調べようとして、いたずらに精根をかたむける者もずいぶんあるからな」[125]。

こうした衒学性の欠如は、若干のセルバンテス研究者たちには十分評価されてこなかった。彼らはセルバンテスが、白熱した実体だけをわれらに提供しようとするのが、彼の本質的特徴だということに気づいていない。そうすればロペ・デ・ベーガにおいて頻繁に起きたように、その基本的な出所を暴露させないですむからである。読者諸氏はおいおいセルバンテス作品が、全体として、きわめて幅広い読みを想定したものだということがお分かりになろう。また同時代の本質的問題に関してじっくり考察を加えているということも。しかしセルバンテスは書物のかたちで広く流布している概念や情報のほとんどが、「学校へ行く子供だって知っている」というふうに考えていたのである。

彼はラテン語ができたであろうか？　それはどうやら疑わしい。ラテン語の大家に言わせるとあまり得意ではなかったらしい[126]。このことはデ・ロリスには喜ばしいことであった[127]。しかし面白いことに、デ・ロリス自身、数頁先でこう言っているのである。

「ポリドーロそのものがセルバンテスの出典であった可能性が高い。それはセルバンテスも指摘したことだが、その作品の中にイギリスにおける有害動物の少なさを詳細に扱った部分があるからである」[128]。

これはスペイン語に訳されていないポリドーロ・ヴィルジリオの『英国史』(Polidoro Virgilio, *Anglicae Historiae*)のことで、そこには『ペルシーレス』にも出てくるイギリスのヘンリー二世の愛妾ロサムンダ・クルフォードのことが記載されている[129]。セルバンテスはロサムンダと汚れたバラ（ロサ・インムンダ）とかけた言葉遊びまでしている。つまりこれは彼にはラテン語が読めたというわけだが、だからといってビーベスやケベードのように堪能だったということにはならないし、実際、記憶をたよりに引用した際は間違いを犯したこともある。[130]ともあれセルバンテスという人物を、無教養で知性に関して愚かな、いわゆる《無学な才人》[131]という定式をそろそろ捨て去るべきであろう。たしかにロマン主義的に見れば、無意識の天才という曖昧模糊とした仮説は心地よいものかもしれない。しかしそれに反して我々は、たとえ散文的でわずかなものであってもはっきりしたものの方を選びたい。

誰でも覚えているはずだが、「わたしときては、よしんば道ばたに落ちた破けた紙くずでも、生来読むことが好きな性分だから」（前篇、九章）という表現は、セルバンテスが人生と向かい合ったときの限りなき好奇心をよく言い表わしている。この好奇心は友人たるドン・キホーテにも伝わっている。

「本来ドン・キホーテはいくらか好奇心の強い、絶えず何かしら新しいことを知りたいという欲望に悩まされている男だったから」[132]。

「もしも、この騎士道という思いにあらゆるわしの五感をひきずられておらなんだら、わしがやってできぬことはなかろうし、わしの手でできあがらぬような珍しい細工物も何ひとつあるまい、なかでも鳥籠と爪楊枝なんぞはな」[133]。

ここでは好奇心のテーマがコミカルな調子でいなされているが、ものごとを突き詰めていこうという熱意は本当のものであり、それが反映してドン・キホーテは癒しがたい質問好きとなっている。

「お誓いもうすが、そこもとはいかなるお方か、こういう人跡たえた山奥で骨を埋める覚悟で暮らそうと思うようになったそもそもの動機は何か、拙者にお聞かせくだされい」[134]。

サンチョはそこを突いてこう言う。

「主人が匙を突っこまねえ、遠慮して突っこむのをやめておくものなんて、何ひとつありゃしねえだ[135]」。

セルバンテスはスペインにおいて、外国旅行についての考察を早々と行なった人物でもある。つまり彼は人生の赤裸々な姿をあらゆる場所に赴いて見聞きし、観察したのである。ここに彼の精神的熱望の大きな動機のひとつがある。

「その足でひそかにリスボンへとんで、イギリス行きの出帆まぎわの船をひろいました。船にはイスパニア観光を終えたイギリス騎士の一行が乗り合わせていました。彼らは好奇心に動かされ、イスパニア国を隈なくとはいかぬまでも、名の知れた都市はたいてい見物したとかで、帰国の途についたばかりの連中です[136]」。

同じようなことをトマース・ロダーハはローマで行なっていた。

「彼はあらゆるものを目撃し、注視し、そうしてすべてを正しく理解した[137]」。

一五四七年生まれのセルバンテスの物理学や天文学の知識は、時代に即した水準のものであった。彼は《無学な才人》たちだけでなく、きわめて博学なラテン語の達者な人[138]たちにとっても時代の潮流であった、四大元素[139]や十一の天体、プトレマイオス的体系[140]といったものを認めていた。しかし前に述べたように、私はセルバンテスの知全体を網羅しようなどとは考えていない。ただ特徴的だと思われるいくつかの点だけに言及しようと思う。

たとえば医学は、セルバンテスにとってモンテーニュと同様[141]、馬鹿らしい学問ではなかった。しかし実際には有能な医者などいないと思っていたようである。

「医学は称賛しよう、でも医者は別だ、学問といえる水準に達した者など、ひとりもいないからだ[142]」

とあるし、サンチョも「学のある、控え目で、分別のあるお医者さま[143]」以外の医者は、すべて島から追放したいと思っている。さらに先の方で、サンチョは、やぶ医者どもすべてが飢え死にすればいいと言い放つ。しかし「すぐれたお医者さま方は、勝利の棕櫚の葉と月桂冠を受ける資格があるだからね[144]」とただすことも忘れない。『犬の対話』には「ちゃんと正しく処方した薬が、当然現わすはずの効力と、全然逆の結果を現わすことになったことがある」という記述があるが、その言葉の後に「医者だけがわれわれを殺せるのだ……ただ『処方』という剣を抜くだけでわれわれを殺すことができる[145]」とも述べられている。あるやぶ医者がある女を殺したが、それは「なんせその医者は、女房が妊娠しているのに下剤をかけやがった[146]」からであった。

「幸運な兵士というものがいるように、巡り合わせのよい医者というものが存在する[147]」。

こうして見てみると、医者だからといって価値があるのではなく、医者の能力のあるなしは運まかせと言ってもよかろう[148]。

他の場合と同様に、セルバンテスはここでも根っから懐疑的であるわけではない。科学や理性の有効性を信じてはいる。しかしその有効性が実際にはっきり見えてくるかどうかに疑いを持っている。医学の粋を極めることは理論的可能性としてのみ存在しえた。セルバンテスが医者の腕に対する不信と、彼らの手にかかって死ぬことの恐怖といった伝統的なテーマに与えた評価も、まさにそうした評価だったのである[149]。

（1）　後篇、四二章。

（2）　ドン・キホーテはローケ・ギナールの盗賊たちに向って長い演説をしようとするが「彼らの大部分がガスコー

ニュ人で、粗野な、身を持ちくずした連中だったから、ドン・キホーテの話など、てんで鼻にもひっかけない様子であった」（後篇、六〇章）。

（3）『ガラテア』、シュヴィルとボニーリャによる版、第一巻、四七頁（拙訳）。自らの技法において他者の視点を考慮に入れようとする姿勢は、次に引用するものと同じである。

「ここにいたっては、好もしき方よ、拙者が何者で何を天職といたす者かご承知になったのですから、この馬、この槍も、この楯も、この従士も……拙者の顔の黄色いことも、このからだの痩せ細ったことも、今後はそこもとも驚異を感じられることはござるまいて」（後篇、一六章）。

またカルデーニオは「何が原因だったかわかったら、正気の人ならその結果を別に不思議とはお思いにならないでしょうから、話を聞いてやろうというすべての人々」（前篇、二七章）に自らの不幸を語ろうとする。

（4）筆者にはチェーザレ・デ・ロリス（『反動的なセルバンテス』、一五二―一五三頁）がどうしてこのように言えるのか分からない。

「（十七世紀の）フランス英雄艶笑小説には、フランス小説の偉大さともいうべき心理的個性化の技法がくっきりと浮き彫りになっている。人物の内的・外的肖像は、深く微妙な俗世的経験で見据えられた現実から派生する明暗に富み、本来の姿に即した微妙な彩りで描かれている。それこそセルバンテスに完全に欠けているものであり、ヘリオドーロスを模倣するところからは得られなかった点である」。

この批評家は『ペルシーレス』を念頭においてこう言っているのだが、『ペルシーレス』以上に完成度の高い他の作品群を参照しようとはしていない。その代わりにラ・ファイエット夫人に目を向けるのである。しかしセルバンテスが『ドン・キホーテ』において全体としてひとつの文学ジャンルを造り上げたことにもまして、大きな心理的個性化はあるまい。デ・ロリスはラ・ファイエット夫人の『クレーヴの奥方』が、『ドン・キホーテ』や『模範小説集』にまさる心理的深みを達成していると考えているのであろうか。じつを言うと、セルバンテスは内省的自己分析をじわじわ楽しむような趣味は持ち合わせていない。とはいえ生きた人間について言えば、作品中、最高の仕上がりをみせた人物であれば誰でも、前代未聞の内的複雑さを備えているのである。フローベールは小説家としては『クレーヴの奥方』よりも、セルバンテスに負うところの方が大きい。【近代小説の基本的要素が、セルバンテスに発するということは日毎に明らかになっている。最近、指摘されたものとしては《内観的・外観的プロセス》や人物の内的複雑さ、語り手の役割と彼によって創造された人物の自律性などで、すべてこうしたものだけでなく、それよりさらに多くの事柄がセルバンテスには出てくる。とりわけ以下の著作を参照せよ。J・E・ジレット『スペイン・ヨーロッパ文学における自律的人物像』(J. E. Gillet, "The Autonomous Character in Spanish and European Literature", HR、第二四号、一九五六、一七九―一九〇頁)。A・ルボア「人物像の転換――セルバンテスとカルデロンからレイモンド・シュワブ」(A.Lebois, "La révolte des personnages: de Cervantes et Calderón a Raymond Schwab",『比較文学研究』R. de L C 第二三号、一九四九、四八二―五〇六頁)。W・カイザー「近代小説の起源と危機」(W. Kayser, "Origen y crisis de la novela moderna"『大学文化』*Cultura Universitaria* カラカス、第四七号、一九五五(一月、二月号)、五―五〇頁)。R・L・プレドモア『ドン・キホーテの世界』(既出、たとえば八三頁)。P・サリーナス『スペイン文学随想』(P. Salinas, *Ensayos de lite-ratura hispánica* マドリード、一九六一、一〇二頁)、J・ルビア・バルシア「アロンソ・キハーノとドン・キホーテ――小説における〈在る〉に関する考察」(J. Rubia Barcia, "Alonso Quijano y Don Quijote. Reflexiones sobre el 'ser' de la novela", *Cuadernos* 第四七号、一九六一、三月・四月号、二一―二二頁)。R・S・ウィリス「サンチョ・パンサ――近代小説の原型」(R. S. Willis, "Sancho Panza: Prototype for the Modern Novel", HR、第三七号、一九六九、二〇七―二二七頁)。G・ハリー「ドン・キホーテにおける語り手――ペドロ親方の人形劇」(G. Haley, "The Narrator in *Don Quijote:* Maese Pedro's Puppet Show", *Modern Language Notes* 第八〇号、一九六五、一四五―一六五頁)。拙論「アメリコ・カストロとセルバンテス」(既出)でもこの問題を扱い、カストロが一九二五年の時点ですでにセルバンテスと近代小説の関係について論じたことを指摘した。ドン・アメリコは『セルバンテスとスペイン生粋主義』の中(とりわけ一二九頁以下参照)でもその点を強調している。】

(5)『二人の乙女』、BAE、第一巻、二〇六頁a。

(6)『イギリス系スペイン女』、シュヴィルとボニーリャによる版、二一一頁。

(7)『ラ・ガラテア』、前掲版、第一巻、二一一頁。

(8)『二人の乙女』、BAE、第一巻、二〇一頁b。

(9) 『寛大な恋人』、シュヴィルとボニーリャによる版、一三四頁。
(10) もちろん『ラ・セレスティーナ』や『ラサリーリョ』や他の作品にも、前例としてこうした技法が存在している。モンテマヨールの『ラ・ディアナ』の次の文章はそうした一例である。
「もしご自分の分別と見識を働かせるように申し上げても、それが可能なほど自由な境地にはないことも存じています」(『小説の起源』、第二巻、二八八頁a)〔拙訳〕。

しかしセルバンテス以前に、こうした内観的・外観的プロセスが文学的人物の小説上の性格づけや個性化を生み出すということはなかった。
(11) 『ペルシーレス』、BAE、第一巻、五九五頁b。
(12) 『ペルシーレス』、五九二頁b。
(13) 前篇、四五章。セルバンテス以降ではビセンテ・エスピネル(Vicente Espinel)が『マルコス・デ・オブレゴン』(*Marcos de Obregón*)の中でこう述べている。
「私は自分の人生を物語っていたので、彼が私のあまりに散漫な話し方に、飽きてしまうだろうとは思いもよらなかった」(カスティーリャ古典叢書、第二巻、一五頁)。
(14) 『ペルシーレス』、BAE、第一巻、六〇六頁b。
(15) 前篇、四五章。R・マリン版、第四巻、三二三頁。
(16) 『ラ・ガラテア』、第一巻、一三六頁。
(17) BAE、第一巻、六四六頁a。
(18) 後篇、三一章。
(19) 前篇、四四章。
(20) 後篇、一六章。
(21) 前篇、三五章。
(22) BAE、第一巻、二七五頁b。
(23) カスティーリャ古典叢書版、第二巻、二三七頁。

(24) BAE、第一巻、五八七頁a。

(25) BAE、第一巻、五七九頁a。

(26) カルデーニオがドン・フェルナンドに身を任せたルシンダの行為をどう考えたかを見てみよう。

「結局わたしはこう結論したのです。愛情と分別の不足、野心の強さ、権勢に対するあこがれなどが、これまでわたしを欺き、いい加減にあしらい、わたしの変わらぬ希望と、誠実な願いをつないでいた約束を忘れさせたのだと」（前篇、二七章）。

またドン・フェルナンドに身を委ねてしまった後のドロテーアの不安や無気力の精神状態をうまく言い表わした表現として次の文章がある。

「事実、彼は行ってしまい、あとに残ったわたくしは悲しいのやら嬉しいのやらわかりませんでした。ただ言えることは、この新しい出来事で当惑して、物思いに沈んで、ほとんどわれを忘れてしまい、ドン・フェルナンドをわたしの部屋にかくまうなどという大それたことをしたのに、わたしの小間使いを叱る気力もなければ、そういう気もつかなかったということです。それというのも、わたくしに起こった出来事が良かったのやら悪かったのやらはっきり決めかねていたからでした」（前篇、二八章）。

これらを以下の文と比較対照せよ。

「こうだらだらと話が長引いては、さすがのポリカルポ王もたまらない。じりじりしてくる。もちろんペリアンドロの話に耳を傾けていたわけではないが、アウリステラをわがものにする手だてをじっくりと考える余裕もない」（『ペルシーレス』、BAE、第一巻、六一五頁b）。

以下の引用には心理的機能に関して同じようにきめ細かな観察力が窺える。カルデーニオが言うには

「ものを言う舌は黙らせることができても、手紙を書く筆まで黙らせることはできなかったからで、筆はお互いに愛し合っている者に、胸にひそんでいることを舌よりも自由につたえるものだからです。現に愛する相手のいるところでは、せっかくの決心も、大胆な舌も、とかく乱れ黙りがちになるものだからです」（前篇、二四章）。

「こんな工合に両手をしばられている男のことだ、せめて舌ぐらい大目に見てやっても仔細はあるまいから」

（前篇、二二章）。

「他人に秘密を打ち明けるのはいいが、洩れて困るなら始めから黙ってりゃいい」（『ペルシーレス』、BAE、第一巻、五九七頁a）。

【『犬の対話』の中でベルガンサが同じようなことを言っている。「よしんばわがはいに全然食うことを禁じたところで、わがはいの吠えるのまで止めさせることは、いくらなんでもできやしないさ」（カスティーリャ古典叢書版、第二巻、二五八頁）。】
(27) 『ヌマンシア』第二幕。
(28) デ・ロリスはここで同国人のサヴィ・ロペスに同調している。後者はこう述べている。「セルバンテスはラテン語があまりできなかった。彼の乏しい教養がとかくの噂になったことは周知のことで、その天才的資質がいかに人文主義とは無縁だったかもよく知られている」（『セルバンテス』、A・G・ソラリンデ訳、二三四頁）。
(29) 『ペドロ・デ・ウルデマーラス』、前掲版、一七三頁および二二六頁。
(30) 興味深いのは、セルバンテスが失われたとおぼしき自らのコメディア『当惑女』（*La Confusa*）に対して抱いていた思い入れである。これはシュヴィルとボニーリャが示唆するように（『戯曲集』、第六巻、一一六頁、一二二―一二三頁）、『愛の迷宮』そのものである可能性が大きい。
(31) 「《黄金の兜を頭にいただき、われらのほうにまいるあの騎士が、おぬしには見えんのか？》――《わしの眼にそれと見えるものは》とサンチョがひきとった。《……何やらキラキラするものを頭にのせているただの男でがすよ》」（前篇、二一章）。
(32) 以下と比較対照せよ。
（箱と緑色の布をたずさえ、これをもって何かの聖像のために施物を乞う一人の小僧登場）
小僧　お願いでございます、両眼の力の守り本尊サンタ・ルシーヤさまの油のお灯明をおめぐみ願います、お家内の方々、おめぐみくだされ？
兵卒　これこれ、サンタ・ルシーヤの兄さん！　こっちへおいで。この家に何の用があるのかい？（……）お前、貰いたいのはお灯明かい、それともお灯明の油かい？　お前のように油のお灯明のご寄進とい

うと、お灯明が油でできとるようで、お灯明の油には聞こえないじゃないか。（『忠実なる見張り番』、前掲版、六四頁）

（33）『文学批評論集』（*Estudios de crítica literaria*）所収の「セルバンテスの文学的教養」（"Cultura literaria de Cervantes"）、一〇頁。そうした視点はJ・オルテガ・イ・ガセーが『ドン・キホーテに関する省察』（一九一四）の中で、新たな形で捉えなおし、他の問題とからめて論じている。

「したがって『ドン・キホーテ』はただ騎士道物語に反対して書かれ、その結果として、作品内部にそれらを包摂したというだけでなく、〈小説〉という文学ジャンルが本質的にそうした〈重積性〉にあることも示唆している」（一七六頁）。

【今日のラテンアメリカ文学にも、明らかにまさしく昔の騎士道物語と似たところが見いだされるのはきわめて興味深い。おそらく最初にそのことを指摘したのは、アレッホ・カルペンティエール（Alejo Carpentier）で、『この世の王国』（*El reino de este mundo* 初版はメキシコ、一九四九年だが、手元にあるのはチリ・サンティアゴの新版）の序文においてであった。若干の変更を加えた形では『触感と差異』（*Tientos y diferencias* モンテビデオ、一九六七）の中の「アメリカの驚異的現実について」（"De lo real maravilloso americano"）がある（特に一一三―一一五頁）。カルペンティエールが『ドン・キホーテ』と『ペルシーレス』の作者としてのセルバンテスを引用したとしても、なんら驚くことではない。カルペンティエールによって、そしてまたオルテガやアメリコ・カストロによっても指摘されたことを、最良の形で例証するラテンアメリカ作家は、『百年の孤独』のガブリエル・ガルシア・マルケスであることだけは間違いない。M・フェルナンデス・ブラッソの『ガブリエル・ガルシア・マルケス――内なる回心』（M. Fernández-Brasso, *Gabriel García Márquez. Una conversión íntima* マドリード、一九六九、七四―七六頁、七九頁）を参照せよ。このコロンビア人作家はこう述べている。

「ドン・キホーテはあなた方（スペイン人）にとってと同様、われわれ（ラテンアメリカ人）にとっても先例であった。私自身、スペイン人小説家よりも騎士道物語の方に多くを負っているように思う。それはスペイン詩人の多くがガルシラーソよりも、ニカラグアの詩人ルベン・ダリーオに多くを負っているのと同じことである。結局、われわれは同じ言語で書いているだけでなく、同じ伝統を引きずってもいるのである」

（八三―八四頁）。

また今日のもうひとりの偉大なラテンアメリカ作家マリオ・バルガス・リョサ（Mario Valgas Llosa）が『ティラン・ロ・ブラン』（*Tirant lo Blanc* マドリード、一九六九）の最新スペイン語版の序文を書いているのもきわめて意義深い。同様に、彼の『ティラン・ロ・ブランゆえの果し状』（*Lletra de batalla per Tirant lo Blanc* バルセローナ、一九六九）もまた参照のこと。この小説に関しては、ここで私が部分的に述べたこととの関連で、ダマソ・アロンソ「《ティラン・ロ・ブラン》――近代小説」（Dámaso Alonso, "*Tirant-lo-Blanc*, novela moderna"、『ヨーロッパ文学の早盛期』*Primavera Temprana de la Literatura Europea* マドリード、一九六一、二〇三―二五三頁）を参照のこと。】

（34）『ダガンソの村長選挙』、第四巻、四二頁。これを以下と比較対照せよ。

「じつは、その年は雲が大地に雨を拒んで、あの地方一帯の村々では聖体行列、祈禱、荒行が催され、慈悲のみ手を開いて雨をお恵みくださるように神へ祈願をしていたのだが……」（前篇、五二章）。

『ダガンソの村長選挙』の中にきわめて微妙な形で忍びこんだアイロニーは、マタイによる福音書、第五章四五節の「天の父は、悪い者の上にも良い者の上にも、太陽をのぼらせ、正しい者にも正しくない者にも、雨を降らして下さるからである」に注釈を加えたルイス・デ・グラナダ師の言葉には感じられない。曰く

「上記の恩恵と効用の外に、救い主はもう二つの恵みを垂れ給うておられる。それは太陽から受けているものと、天から降る雨水からの恵みである」（『使徒信経』、BAE、第六巻、六〇九頁b）。

これはセルバンテスとは異なる見方である。ポンポナッツィは雨乞いの効用を認めるのは困難である旨を、縷々語っている。ブソン『理性主義の源流』（Busson, *Sources du rationalisme*）五一頁をみよ。

（35）前掲版、第四巻、四七頁。ヘラルド・ディエゴ（Geraldo Diego）は本書の初版をコメントする際に、ウミーリョスの言葉には何の含意もないと考え、こう述べている。

「これは四人の確固たる特徴をもった候補者たちの中に浮かび上がる、粗野で疑い深い農民がいかにも考えそうなことである。我々は三世紀のちに、それと同じ価値をもった言葉が発せられるのを聞きはしなかったろうか？」（『西洋評論』R de O 一九二六、三六八頁）

(36) 後篇、二五章。
(37) 『ペルシーレス』、BAE、第一巻、五九八頁b。【以下の引用は知られたものとはいえ、有益であることに変わりはない。つまりファン・デ・マル・ラーラ (Juan de Mal Lara) は『世俗哲学』(*Filosofía vulgar* マドリード、一五六八) の中で、セルバンテスが『ダガンソの村長選挙』で示した問題に関してこう記している。
「問題はついに、自分の名前を書けないということが、とりもなおさず高貴な身分のしるしとなるまでに至った」。

またアロンソ・デ・カブレーラ神父 (padre Alonso de Cabrera) はある説教の中で (NBAE、第三巻、三七頁)、「異端の嫌疑をうけないように、あえて馬鹿に徹して読み書きを学ぼうとしなかった」者について語っている。こうしたことはすべて葛藤の時代のスペインの誇大妄想的な反知性主義の象徴に他ならない。それは〈汚れた〉血統に属しているという嫌疑をかけるやもしれぬ世論 (opinión) に対する人々の自己防衛であった。アメリコ・カストロはこの問題について優れた論考を数多く発表しているが、たとえば『葛藤の時代について』所収の「ユダヤの亡霊とその悪魔払い」(“El espectro judaico y los conjuros para alejarlo”、一六九—一九〇頁) や『セルバンテスとスペイン生粋主義』(一一四—一二二頁には『ダガンソの村長選挙』等に関する丹念な分析がある) などである。またドン・アメリコは『セルバンテスへ向けて』(三三五頁) においてこう述べている。

「冷静な眼と開かれた心をもち、狂信的な嫌悪を抱くことなく、一六〇〇年頃のスペインの在り方をつぶさに見てみれば、自らの作品を通して浮かび上がってくるセルバンテス像は、決して支配者的・多数者的な社会階層の人間ではなかった、ということだけははっきりしている。(……) 旧キリスト教徒たる人間が『ダガンソの村長選挙』や『不思議な見世物』、『ドン・キホーテ』や他の諸々の作品を書いたというのは、現実を思いつきや情熱で判断しようとするなら別だが、とうてい考えられないことである。この見解に反対する人も多くいるかもしれない、そうした人々は、スペイン人のありのままの姿を受け入れない者に特有の事実歪曲を行なって、反対するにちがいない。ある種の人々の政治・宗教的狂信主義に対して、そうすることはふさわしくないのだが」。

こうした点のすべてを、前に挙げたゴンサーロ・アメスーアが『スペイン短篇小説の生みの親セルバンテス』

の第一巻で述べたことと比較してみると、いろいろはっきりする。ここではこの評論家が『ダガンソの村長選挙』を単に「セルバンテス的ユーモアの特色と見本」（一七二頁）に満ちた作品ととらえ、さらにセルバンテスの他作品と同様、「作品を自らの豊かな才能の持味である滑稽さの塩で味付けするのが好きな、陽気でユーモアに満ちた作家の姿しか見えない」（原文のまま、一七八頁）と述べていることを、指摘すれば十分であろう。

十五世紀の市議会議員の中にコンベルソ（ユダヤ人改宗者）が〈浸透〉していた点については、F・マルケス・ビリャヌエバが「十五世紀におけるコンベルソと市議職」（F. Márquez Villanueva, "Conversos y cargos concejiles en el siglo XV", RABM、第六三巻、一九五七、五〇三—五四〇頁）という重要な論文を書いている。またカストロの注釈によると「彼の結論は当時のみならず後の時代にも当てはまるものと思われる。（……）かくて『ダガンソの村長選挙』やキニョーネス・デ・ベネベンテの『出会った二人の村長』などが、歴史的に理解されうるのである」（『セルバンテスとスペイン生粋主義』、一二六頁註）。マルケス・ビリャヌエバの見方に付け加えるとするなら、ノエル・サロモンの『ロペ・デ・ベーガ時代の演劇の中における農民的主題の考察』（Noël Salomon, *Recherches sur le thème paysan dans la «comedia» au temps de Lope de Vega* ボルドー、一九六五、九二—一二九頁）がある。】

(38) シュヴィルとボニーリャによる『戯曲集』、第六巻、一五頁をみよ。またA・コタレーロ『セルバンテスの演劇』（A. Cotarelo, *Teatro de Cervantes* 六八四頁）を参照のこと。L・アストラーナ・マリン（L. Astrana Marín）は、一貫性よりも多弁性の方が勝った作品『セルバンテスの模範的・英雄的人生』（*Vida ejemplar y heroica de Miguel de Cervantes*）の中で、《見せかけの偽り》はいかなるコメディアの題名でもなく、劇作家フアン・デ・モラーレス・メドラーノの妻の姦通を当て擦ったものだと述べている（第七巻、一九五八、三〇二頁）。フランシスコ・インドラインは『セルバンテスの演劇作品』（Francisco Yndurain, *Obras dramáticas de Cervantes* BAE、一六六巻、一五頁）の前文解説で、賢明にもその解釈を退けている。

アストラーナ・マリン氏は、セルバンテスの作品に文学的構造がそなわっていることを見過ごした。《見せかけの偽り》という題名は、ものを見る人の《眼はだまされる》という内容が当てはまる事例と結びついている。何はとも文学的表現というものは話者がそれに吹き込む意味に影響を受けていて、新たな広がりをもっている。

あれ言葉を介した相互のコミュニケーションは、問題をはらんだものとなり、予期せぬ《欺き》や不確実性を生み出すこととなる。そうしたもののせいで新たな小説技法が可能となったのである。【セルバンテスの序文におけるそうした意図性に関しては、カストロ自身の「《ドン・キホーテ》への序文」(“Los prólogos al *Quijote*”『セルバンテスへ向けて』所収、二六二―三〇一頁)を参照せよ。】

(39) 後篇、三四章。

(40) 『気風のいいスペイン人』前掲版、第一巻、一一五頁。同上、一一二頁もみよ。

(41) 『嫉妬の館』前掲版、第一巻、二二六頁。二一二頁も比較せよ。

(42) 前篇、二章。

(43) 前篇、二五章。

(44) 前篇、四一章。

(45) 『ペルシーレス』、BAE、第一巻、六七五頁b。

(46) 現実というのは常に視点(生きるポイント)にしたがって、二重の側面の中に現われてくる。ドゥルシネーアはサンチョにとってみれば、男くさい臭いがつんとくる女性かもしれないが、主人にしてみると溶かした琥珀の香りを放っている(前篇、三一章)。またサンチョは主人が鞭打ち苦行者たちによって殺されたと思って「世にも痛ましく、またほほえましい涙をそそいだ」(前篇、五二章)とある。これはバロック主義でもマニエリスムでもなく、〈痛ましい〉が、見ている者にしてみれば〈ほほえましい〉のである。つまりサンチョにとっては〈痛ましい〉二元的広がりの中で、彼にとっては役立たずの文学モデルを凝視するという、セルバンテス的方法の表現である。

(47) たとえばシェリング(Schelling)などが挙げられる。ベルトラン、前掲書、一九四頁をみよ。

(48) 前掲版、九三頁。

(49) 『忠実なる見張り番』、前掲版、七六頁。

(50) メネンデス・ペラーヨは「スペインにおけるプラトン哲学の推移」(“Vicisitudes de la filosofía platónica en España”『哲学批評論集』*Ensayos de crítica filosófica* 所収、一八九二)の中で、セルバンテスにおけるプラトン的愛の教理について語っているだけである。

(51)『ラ・ガラテア』前掲版、第二巻、七四頁。
(52) 後篇、四六章。
(53) 思想と現実との等価性はフライ・ルイス・デ・レオンの『キリストの御名について』(Fr. Luis de León, *Nombres de Cristo*) にも見いだされる。
「あらゆるものは我々の知性の内に生き、存在を有している……そしてあらゆるものがそれ自体で存在しているがゆえに、もし我々の言葉も知性も真なるものならば、我々のうちにそれと同じ存在理由を有することになる」(オニスによる版、カスティーリャ古典叢書、第一巻、三〇頁)。
(54) フォクス・モルシーリョ (Fox Morcillo) によると、アリストテレスは感覚しうるもの (in sensum cadentibus) から出発したが、プラトンは理念的概念 (a rebus mente perceptis) から出発した。メネンデス・ペラーヨ『哲学批評論集』(一八九二、一六六頁) を見よ。
(55) 原文はメネンデス・ペラーヨ(『哲学批評論集』、二八三頁) およびボニーリャ(『ルイス・ビーベス』、二八〇頁) からの引用。
(56)『アーゾロの人々』(*Los Asolanos*)、サラマンカ、一五五五、頁なし(国立図書館、R-15, 039)。引用文は第三の書の始めにある。
(57) セルバンテスの人文主義に関するきわめて外面的な見方としては、メネンデス・ペラーヨが「セルバンテスの文学的教養」について行なった研究がある。
「古代の精神は彼の魂のもっとも深いところにまで達していた。それは古典からの引用や言及もたしかに不適切なくらい多かったが、いっそう深くつよい影響を、別な形でそこから受けていたことから明らかにされる」。

彼の人文主義的な印象としては「〔文章の〕明晰さや均斉、趣味のよさ……美的な純粋さ……心を慰める真面目で楽天的な哲学……内省的な良きユーモア……などであったろう。したがって彼はたとえギリシア・ラテンのあらゆる古典を暗唱しえたとしても、それにもまして本当の人文主義者だったのである」(一二一―一二三頁)。
(58) 筆者は次の簡約版を使用している。『エラスムスによる全格言集』(*Adagiorum omnium ...Erasmi...*)、アントワープ、一五三〇、三〇四折v。〔エラスムスによるとアルキビアデスは、ソクラテスの知恵を讃えながらも、ソクラテスがもったいぶらず愚人のように見られていることを、表面には醜怪なシレノス神を刻み、なかには高貴なものを収めた小箱、シレノス箱にたとえている。〕

(59) アントワープ、一五五五、A二折r。【こうしたことすべてを十五世紀に学士アロンソ・デ・ラ・トーレ(Alonso de la Torre) が述べたことと比較対照せよ。

「人は自分の夢ではなく、時と場合と方法にしたがって考えるべきである。というのも実際の自分の指は、鋼板鏡に写って見えるほど大きくはないからである。ゆえに一方に理性という鏡があれば、他方には現実を歪める途方もない空想のそれがある……」（『哲学と自由学芸の楽しい見方』*Visión delectable de la Filosofía y Artes Liberales* BAE、三六巻、三八八頁）。】

(60) 「ひょっとして君は司教たちに会うかもしれないが、もし彼らになされる例の恭しい奉献とか、新たな盛装とか、金や真珠のきらびやかな司教冠とか、同じくたくさんの真珠をはめこんだ例の靴とか、一言で言うなら頭の天辺から爪先まで身にまとった、例のありがたくも摩訶不思議な鎧兜を目にしたなら、言ってやるがいい、いとも優れた神々しいお姿で、とうてい人間とは思えませんとね。しかしシレーノを繙いてごらん、そこには喧嘩早い戦士の、とんでもない独裁者が隠れているのが分かるよ。ああした立派な装いもすべて、ひどい冗談のほんの前座なんだってこともね」（『アルキビアデスのシレノスの箱』、アントワープ、一五五五、八折v）。

(61) 『小説の起源』、第四巻、一八一頁a。

(62) 前述のB・クローチェのイタリア語版、四二—四三頁。この作品について語るとき出てくる疑問は、はたしてセルバンテスがそれを読んだ可能性があるかどうかである。もちろん、ラテン語版を見た可能性はあると思われるので、その内容を十分弁えていただろう。しかしスペイン語訳が存在していたことも考慮に入れねばならない。となればセルバンテスがこの作品を知っていた可能性はさらに大きくなる。メネンデス・ペラーヨはこう述べている。「禁書目録には『告解の手引き』、『祈禱法』、スペイン語版『モリア』（つまり『痴愚神礼賛』*Stultitiae Laus*）、『キリスト教徒の寡婦』が挙げられている」（『スペイン異端思想史』*Historia de los Heterodoxos Españoles*

第二巻、七二頁)。

エラスムスの翻訳を探しだそうと大いなる努力が払われたにもかかわらず、『痴愚神礼賛』のスペイン語訳は残っていない。しかしそれが何かを意味するわけではない。【アントニオ・ビラノーバの『エラスムスとセルバンテス』(Antonio Vilanova, *Erasmo y Cervantes* バルセローナ、一九四九)を参照のこと。著者はこの本の中でドン・キホーテの狂気を『痴愚神礼賛』のいくつかの側面と関連付けている。また『アメリコ・カストロ八〇歳記念論文集』(*Collected Studies in Honour of Américo Castro's Eighthieth Year* オックスフォード、一九六五)所収の同「エラスムスの『痴愚神礼賛』と『ドン・キホーテ』の序文」("*La Moria* de Erasmo y el prólogo del *Quijote*" 四二三―四三三頁)および『セルバンテスへ向けて』、三三四頁註を参照せよ。】

(63) 『宮廷人』(ボスカン訳、《古典叢書》版、五〇頁)。B・バルキもまた『エルコラーノ』(B. Varchi, *L'Ercolano* ヴェネチア、一五七〇、一七頁)で、判断の相対性について触れている。

「同じ人間でも老いてもなお若いときと同じ考えをもっていることもあるのに……同じ世代だというのに、同じことがらに対して、別の世代の者たちですらしないような異なった考えをもっている人たちがたくさんいる」。

(64) バルダサール・カスティリオーネ伯爵による『宮廷人』、ヴィットリオ・チャン(Vittorio Cian)の注釈および解説、フィレンツェ、一九一〇、三七頁。

(65) だからといってセルバンテスが懐疑主義者だというわけではない、ということは確認しておこう(九一頁の註61をみよ)。彼にとって真実とは怪物ごときものではなかった。

「真実にはどこへ行っても席が用意してあるもので、自分の上にだって座りますよ」(『ペルシーレス』、六三四頁b)。

「真実はたとえ病にはかかっても、死ぬものではありません」(同、六四八頁a)。

(66) 「わしは、わしのこの法衣にかけてこれらの手紙やこれらの贈り物について、何と言っていいか、何と考えてよいか、わかり申さん。一方では、この見事な珊瑚を眼に見、手にふれているし、片方では、公爵夫人ともあろうものが、二〇粒のはしばみを送ってくれと言ってよこしたのを読むんだから」(後篇、五〇章)。

【プレドモア（Predmore）がカストロに従って述べている通り（『《ドン・キホーテ》の世界』*El mundo del Quijote* 一〇〇頁）、あらゆる人物は「世の中と関わるさいに、彼らを方向づける標識にしたがって生きている」のである。そして「おたがいに反撥し合っておるからくりと権謀術数の」（『ドン・キホーテ』後篇、二九章）世の中を前にして、郷士のいう「身共が誰かは存じている」（前篇、五章）という〈私〉や、セルバンテス的人物たちの〈私〉がでてくる。

というのもセルバンテスの創造したものは「セルバンテス以前の文学からも神学からも遠く隔たり、人間自身が定めた使命、現世的目標に向けられた、〈解き放たれた〉自らの行動の結果を己れの身に受ける、自主的に立案していく生き方」（『セルバンテスとスペイン生粋主義』、一八三頁）だったからである。こうした〈遍在する幻影〉と向かい合うセルバンテス的人物の問題については、既述の拙論「アメリコ・カストロとセルバンテス」を参照のこと。】

（67）後篇、四三章。

（68）『ペルシーレス』、一巻一四章。

（69）後篇、二三章。A・ボニーリャ『セルバンテスとその作品』（A. Bonilla, *Cervantes y su obra* 一二頁）参照。似たような文章は他の作品にも見られる。

「ぼくはこうした言葉を聞いたとき、自分はてっきり夢を見ているのだと思い込みました。そして目の前に見ているものはなんらかの幻であり、ニシダのことを絶えず思い描いていて、彼女が心から離れないせいでそこに生きた姿が見えたのだと思いました。ぼくは彼女たちに数多くの問いかけをし、二人ともそれにすべて完璧に答えたので、ぼくはやっと納得してそれがニシダとブランカだということを知りました」（『ガラテア』第二巻、一二〇頁）。

また加えてL・ブランシェの『〈我思うゆえに我あり〉の歴史的先例』（L. Branchet, *Les antécédents historique du Je pense donc je suis* パリ、アルカン、一九二〇）も考慮にいれよ。

（70）『情婦』、第三巻、七四頁。

（71）『愛の迷宮』、第二巻、三一九頁。

(72)『情婦』、第三巻、九五頁。

(73)前篇、八章。

(74)第四巻、八八頁。

(75)『ジプシー娘』、シュヴィルとボニーリャによる版、八三頁。以下も参照せよ。「自分の経験と分別によって、今までみてきたことと逆のことが正しいのだと認めないかぎり、自分の意見こそ真実であって君こそ間違っていると思わざるをえないんだ」(『ガラテア』第一巻、七二頁)。「それは思い上がりというものさ、レニオ、それだけでも君がいかに愛の真実から逸脱しているかがわかろうというものさ。君は真理と経験という、本来君が従わねばならなかったものよりも、自分の独断と思いつきの方に頼っているんだから」(同、第二巻、四二頁)。

(76)『ペルシーレス』、BAE、第一巻、六三八頁a。

(77)前篇、二〇章。

(78)後篇、六七章。

(79)後篇、七一章。「河を渡った山羊の数をくわしく知るということがそれほどこの話の肝腎な点なのか、数を一つでも間違ったら話をさきへ進められないというほどに?」(前篇、二〇章)と比較対照せよ。ここで批判精神を発揮しているのはドン・キホーテではなく、サンチョである点に注目せよ。いくつか別の例を挙げてみる。「《そんなことはございませんよ》とサンチョが答えた。《なぜといって、もし追い剝ぎどもなら、この金をここへ残しちゃおきますまい》」(前篇、二三章)。また『アルジェール生活』(第五巻、八一頁)には、ある囚人がモーロ人の足跡を見分ける場面でこう述べている。

奴らの靴は大きめでゆったりし
我らのそれは切り込みが大きい
だから互いによく見分けがつく

ドン・キホーテはモルガンテについて「そうそう高い背丈ではなかったろうと思いますがな……しばしば彼が屋根の下で眠ったということを見つけたからです」（後篇、一章）と述べている。

(80) アリストファネスの『雲』を参照のこと。

(81) シュヴィルとボニーリャによる版、第六巻、八一頁。

(80) 前篇、三八章。

(83) 前篇、二八章。

(84) 『犬の対話』、カスティーリャ古典叢書版、第二巻、二三九頁。

(85) 『異端思想史』、一八八〇、第二巻、六七五頁。

(86) たとえばF・ロドリーゲス・マリン「『ドン・キホーテ』における迷信」（"Las supersticiones en *el Quijote*" マドリード、一九二六）を参照せよ。

(87) 『反動的なセルバンテス』、一八六頁以降。

(88) 『ペルシーレス』、BAE、第一巻、五七二頁a。空飛ぶマントの話はよく扱われるテーマである。A・デ・トルケマーダの『百花の園』（A. de Torquemada, *Jardín de flores curiosas* サラマンカ、一五七〇、一五〇折v）の中でも、次のような内容の文がある。何人かの人々が「彼のもっていた大きなマントをしわひとつ残らないように広げてそこに乗り」カスティーリャからグラナダまで旅した、云々。この出典はデ・ロリスが『反動的なセルバンテス』（一七七頁）の中ですでに指摘したもの。

(89) 「『ペルシーレス』はセルバンテスが真実らしくないことを、まさにその理由から愛好したということをわれわれに証明するものである」（J・オルテガ・イ・ガセー『ドン・キホーテに関する省察』、一四五頁）。

しかし役僧は理想的な騎士道物語とはどういったものかを述べる際に「もし作者さえその気なら、おそらく魔術を心得ていることを誇示する機会もやってこようというものだ」（『ドン・キホーテ』前篇、四七章）と言わなかっただろうか？　本書四八頁を参照せよ。

(90) 『ペルシーレス』、BAE、第一巻、六〇二頁b。

(91) 『ゾッピノの議論』(*Il ragionamento del Zoppino*)、第一巻、一五八四、三〇六頁以降。

(92) 『ペルシーレス』、BAE、第一巻、五七八頁b。これは当時、非常に流行った考え方である。A・G・デ・アメスーア(A. G. de Amezúa)は自らの版である『いつわりの結婚』(六二三頁)で、『犬の対話』の一節「あいつ(悪魔のこと)は未来のことなんて、てんで何ひとつ知りゃしない、せいぜいこうだろうぐらいが関の山だってね」に注釈を加えて、次に挙げるアントニオ・デ・トルケマーダの『百花の園』の原文をうまいぐあいに引用している。

「悪魔というものはいかなる人間よりも悪賢く洞察力があり、長い経験と推察力によって、ある種のことでは将来起きることを予知しうるのである……」。

ビーベスによると予言というのは悪魔的技術である。

「したがってそうした技術からは身を遠ざけたほうがいい。それは手相や火、水、死体、星辰などによって未来の出来事を占おうなどと請け合うもので、徳に反するものだからである。というのもそうしたものはすべてわれわれの敵なる欺瞞的な悪魔によって発見されたもので、有害なうぬぼれが隠れているからである。そうした業は神がご自分ひとりのためにとっておかれたもので、未来に起きる隠れたことがらを知っておられるのは神おひとりである」(『叡知への導き』、アントワープ、一五五一、一四折v)。

ルネサンス期の悪魔の概念は、伝説や説話などで育てられた、民衆レベルの神秘主義概念と、完全なかたちで符合しているわけではない。我々がこうしたセルバンテス的な作り話を問題にするとき、念頭にあるのは後者の概念である。(すぐに見て分かるように)ラテン語の著作とはいえ、セルバンテスが実際に援用したポリドーロ・ヴィルジリオからの引用を以下に挙げる。

「プラトンはエピノミデスにおいて、それらの本性に鑑み、このように描いた。我々は天と地の中間区域に据えられた空気的種族たる悪魔たちを尊重せねばならない。そしてこれら悪魔たちは我々の近くにいようと、決して我々の目に見えるように出現することはない。彼らは驚くべき分別を備えた者たちであり、また才知は鋭く、記憶も強靭なものをもち、我々のすべての考えや心象を見抜いてしまう。そして何を企んでいるか、将来何がどうなるかも知っている。長期にわたってではないにせよ、将来の出来事を時宜に応じてしっかり見通している」。

悪魔たちはこの予知能力をローマの掠奪のさいに行使したという（同、一一六折）。

(93) 後篇、二五章。

(94) 第三巻、一三頁。

(95) 古典叢書（*Biblioteca Clásica*）版、第四巻、一五三頁。管見によれば引用文は明々白々な内容であり、それゆえA・G・デ・アメスーアとは見解を異にする。彼は『いつわりの結婚』（一九九頁）の中で、セルバンテスは「占星術のように、広く一般化した学問に対する信頼を」打ち消した、とみなしているのだが。【ゴンサーレス・アメスーアは『スペイン短篇小説の生みの親セルバンテス』（第二巻、四八〇―四八五頁および四八八―四八九頁）の中で、セルバンテスが占星術を信じていたという点をあくまでもきっぱりと否定しつづけているが、付言すれば、まったく説得力に欠ける論議である。】

(96) カスティーリャ古典叢書、二九六頁。

(97) 同上、三〇二頁。こうした混合薬にはドクニンジン、ヒヨス、イヌホオズキ、マンドラゴラなどが入れられる（A・G・デ・アメスーアの『犬の対話』に対する注釈、六三七頁をみよ）。また魔女というのは「感覚をマヒさせる塗り薬を身体に塗ると、鳥や動物に変身したように思える」（A・デ・トルケマーダ『百花の園』、サラマンカ、一五七〇、一五四折）という文と比較対照せよ。

(98) 同上、三〇九頁（三一〇頁もみよ）。

(99) A・G・デ・アメスーアは『犬の対話』に対する注釈（一九八頁）で、セルバンテスが次のように述べているのは、彼が魔女のことをまったくの空想だとは思っていなかった証拠だとしている。つまり魔女たちが例の宴会に行くのは実際に行くのか、それとも空想上のことなのかということに関して「わたしゃこの両方の意見はどっちも本当だと思っているね」と述べているからである。しかし筆者はアメスーアの見解とは異なる。この場合、話しているのは魔女カマーチャだということを考慮に入れねばならない。彼女からすれば自らの冒険に空想が関与したことを認めてもおかしくはない。【ゴンサーレス・アメスーアはセルバンテスが魔女の存在を信じているという彼自身の以前の考えに回帰している。その考えを『スペイン短篇小説の生みの親セルバンテス』（第二巻、四五一―四七五頁）の中で広く扱い、アメリコ・カストロとも直接論争を行なっている（たとえば四七一頁参照）。この問題に関しては、アラン・スーンズの「『いつわりの結婚』と『犬の対話』の形式についての一解釈」（Alan Soons, "An Interpretation of the Form of *El casamiento engañoso y Coloquio de los perros*", AC、第九巻、一九六一―六二、二〇三―二一二頁）も参照せよ。】

（100）『ペルシーレス』、BAE、第一巻、五八三頁b（シュヴィルとボニーリャによる版、第一巻、三四〇頁をみよ）。

（101）同上、五八四頁b。デ・ロリスは『反動的なセルバンテス』（一九二一頁）においてこの文章を引用し、皮肉をこめてこのように注釈している。

「人の目を欺くとしても、変化させるわけではない。それは微妙な差である」。

セルバンテスの反動性などに凝り固まっていない者にしてみれば、それは微妙どころではなく、明々白々である。セルバンテスは幻覚の存在を否定してはいない。否定しているのは、それが現実と照応しているという点についてである。デ・ロリスの頭を混乱させるのは（一九三頁）、妖術師セノティアが若者アントニオの健康を呪いによって奪おうとする部分で、彼はセルバンテスがアントニオ・デ・トルケマーダが『百花の園』で行なったように、魔女を信じているものと考えたのである。筆者はすでに文学的主題としての魔女に関して、必要なことはすべて述べてある。この分野において反動的だったと推測しうるのは、アレティーノやシェイクスピアだが、加えて文学的創作に驚異の出来事を組み入れた作家はすべてだろう。またラシーヌも同様である。

（102）シュヴィルとボニーリャは『ペルシーレス』の版（第一巻、一二〇頁）で、『レビ記』の引用を「できることではない」という部分まで引き伸ばして、最後の言葉までセルバンテスのものではなく、聖書からの引用としているように見えるが、実際はそうではなく逆が正しい。つまり『レビ記』一九章二六節では「また占いをしてはならない、魔法を行なってはならない」とあるだけである。

（103）BAE、第一巻、五八四頁b。『パルナソ山への旅』（第六章の初め、BAE、第一巻、六九三a）の中にでてくる夢についても、似たような説明がなされている。P・シルエーロの『迷信排撃』（一五五六）も、次のような原因を挙げている。

「人体のなんらかの変化……、神の啓示、善悪どちらかの天使の啓示」（バルセローナ版、一六二八、七七―

七八頁）。

（104）前出の註92、一七九頁、をみよ。

（105）G・ミローの「デカルトにおける神秘主義的危機」（G. Milhaud, "Une crise mystique chez Descartes"『形而上学』*Revue de Metaphysique* 一九一六、六一一頁）をみよ。またJ・シュヴァリエの『デカルト』（J. Chevalier, *Descartes* 一九二一、四一頁）も比較対照せよ。

（106）サヴィ・ロペスは『セルバンテス』（二五八頁）の中で『ペルシーレス』の「私は過つことのない真理として、地球が天の中心だということをあなたに理解してほしい」という文を引用し、コメントとして「彼はガリレオ・ガリレイの弟子とはとうてい言いがたい」と付言している。この分野におけるセルバンテスの教養は、一五七五年まで滞在していたイタリア南部で身につけたものである。たとえば彼はその作品が話題を呼んでいたベルナルディーノ・テレジオ（Bernardino Telesio）のことを聞き及んでいた。この哲学者の中には、十六世紀末の他の多くの人間と同様に、古代と近代が際立ったかたちで混在していた。とはいえテレジオは近代科学を打ち建てた人間のひとりである。

『真理の探求者ベルナルディーノ・テレジオの哲学』（*La philosophia di Bernardino Telesio, ristretta in verità…* ナポリ、一五八九、一〇七頁）にはこうある。

「（アリストテレスは）大きな間違いを犯している。なぜならば、もし彼がありのままにものを見ていれば、大地がその本性（自然）からして不動のものだということを、間違いなく認識し、自らの目でもって見たはずだからである」。

ガリレオはピサ大学において教鞭をとり、そして一五九七年にケプラーに宛てて、コペルニクス的体系は誰にとってもお笑い草だったと書き送っている（シャルボネル『十六世紀のイタリア思想』Charbonnel, *La pensée italianne au XVIe siecle* 一九一九、五六七頁）。つまりセルバンテスは三、四〇年も前に貯えた知識をもとに、マドリードの片隅から、『ペルシーレス』の中で当時の科学に関する最新情報をわれわれに伝えようとした、ということになる。当時、カンパネッラは一六一三年の時点ですら、地球が自転している事実を認めようとはしなかった。それを受け入れたのは後のことである（ブランシェ『カンパネッラ』、二四一頁）。

(107) ペドロ・アントニオ・ジョフラウ (Pedro Antonio Jofrau) という人物による補記のついたバルセローナ版(一六二八)六一頁。筆者が参照している本は、とり壊されたマドリード大学図書館にあったものだが、一七八〇年にある読者が記した興味深い注記がついている。

「この書は、それが書かれ、印刷に付された時代にきわめてふさわしいものである。十八世紀後半のいまのスペインはさほど無知で、迷信深く、信じやすい国というわけではない。したがって暇つぶしとしてこういった本に目を通し、笑い飛ばすことができる。一七八〇年記」

補記を書いたジョフラウは粗野な狂信的人物のようで、序文でこう述べている。

「かの邪悪なカルヴァンですら異端者ということでミゲル・セルベットに裁きを下した……フランスの王国に目を向けてみるだけでいい……われわれの罪により異端と迷信が王国に忍びこみ、異端者や迷信家たちは、政府とこうした偽りの国家理性のおかげで、説教したり、にせ宗教を実践したりすることができたのである……。神は邪悪な君主たちを罰し、惨めな結末を与えた……」。

例の一七八〇年の読者はこの部分に至って、腹立たしげにこう注記している。

「黙れ、狂信的な迷信こそアンリ四世という最良の王を滅ぼした元凶だ」。

さらに四九頁では悪魔に関するシルエーロの無邪気さに註を加えてこう述べている。

「この本は読めば読むほど、頭の天辺から足の爪先まで、軽信と子供だましに満ち満ちているのが分かる。必要とあらば他にも言いたいことは山とある」。

ジョフラウの気違いざたを読まされ、堪忍袋の緒を切ったこの読者は九八頁で、こう記している。

「哀れな神学者どもよ、もしみんなお前さんみたいな馬鹿だとしたら!」

ここに至って彼は本を投げ出したらしいことが分かる、というのもそれ以上注記もなければ、読んだ形跡もないからである。十八世紀的明晰さを表わしたこの無名者の注記は興味深い。過去に対する非寛容さが窺えるからだが、おそらく行間を読む技術をそなえていなかったのであろう。(ジョフラウの補記抜きの)シルエーロの本は、もっと注意深く考察する価値があったからである。

(108) 六二頁。

(109) ファン・マルティ（Juan Marti）〔俗称 Mateo Luján de Sayavedra〕は自らの手になる『グスマン・デ・アルファラーチェ』の続篇（A・バルブエナ・プラットによる版、アギラール、一九四六、六六四―六六五頁）において、そのことを非常によく理解していた。

「この学問は基をただせば明晰にして確実なものではあるが、なにせ遠い世界のことであり、理解する人はごく少ない……この悪弊の根にあるのは人々を支配している、目新しいものに対してすぐ飛びつこうとする性向である」。

前に挙げたシルエーロの本の粗野な補記者はこう述べている。

「異端者や迷信家たちは自由気ままに、彼らの言葉に従うと、知性を和らげ、信仰の神秘に伴う暗愚から知性を救いだすのである」（序文）。

(110) L・ブランシェの『カンパネッラ』（L. Blanchet, *Campanella* 一九二〇、一九三頁以降）に素晴らしい解説がある。

(111) E・トロイロ『B・テレジオ』（E. Troilo, *B.Telesio*）、一九二四、六〇頁。

(112) 「いかなるものもその原因と結果のうちにある。それゆえに元素と天空は感応し合うのである」（第一巻第一章）。『事物の感覚について』（*De sensu rerum*）は一六〇四年に書かれたが、出版されたのは一六二〇年である（ブランシェの『カンパネッラ』、一九六頁をみよ）。

(113) 『自然魔術』（*Magia naturalis*）、第一巻第一四章。

「外国においては、すべての物質界の変化の原因は明らかであるからして、奇跡も占星術も、さほど名誉あるものとして尊重されることはない」（序文）。

「それゆえ私は、彼らが法への疑いを抱くことなくして、神の教会において記すことができるような、そうした物理法則に基づいて、天文学というものを判断した」（三頁）。

(114) 「たとえ神が二次的理由をもって、人間界のものをどれだけ変化させようと……またたとえそれが神による変化であろうとも、自然的理由なくしては起こりえないと考えるべきである……したがって星辰の動きなくしては我々のものは何も変化しないし、星辰が変化しなければ我々のものも変化するはずはない」（六六頁）。

星占術の詳細については同書、一一九頁（国立図書館、三—四五六〇三）をみよ。

(115) ブランシェ『カンパネッラ』、二一六頁。

(116) 実際、医学と占星術は多くの場合、歩調を合わせている。シャルボネル『イタリア思想』（Charbonnel, *La pensée italienne*）、一九九頁を参照のこと。ペトラルカはアリストテレスに代表される権威の規範を否定すると同時に、医者や占星術師たちの馬鹿さかげんを批判し、ルネサンスの理性と経験が歩むべき道を切り開く端緒を与えた（ド・ノラック『ペトラルカと人文主義』（De Nolhac, *Pétrarque et l'humanisme* 一九〇七、四頁）。しかしペトラルカやモンテーニュ、またセルバンテスも同様だが、彼らが対抗して立ち上がろうとしたおしゃべりな群衆の間にも、新しい科学の萌芽が芽生えていた。たとえば練金術の中には化学に先立つ内容が含まれていた。一六〇〇年当時の人間にとって困難な問題は、そうした靄のかかった分野の境界を確定することであった。なぜならば、もはやモンテーニュ流の優雅な慎みでは立ち行かなかったからである。彼の知的な懐疑主義は、たとえそれがどれほど実り豊かなものであったとしても、きわめて肯定的な命題を具えている必要があった。

(117) 「しばらくすると風が巻き起こって黒雲が空を覆い始め……その場にいた牧人の中には素朴な占星術に通じた者たちがいて、それを激しいにわか雨か嵐の前触れと予測していた」（『ガラテア』、第二巻、二〇五頁）。

(118) その他に参照すべきものとしては、シャルボネル、前掲書、一九二頁以降およびヴィレー『モンテーニュの《エセー》の典拠』（Villey, *Sources des Essais de Montaigne*）、第二巻、三四四頁以降がある。十六世紀の自然についてのイタリア人文主義者の思想に関する引用文献に付け加えるべきものとして、ドン・キャメロン・アレンの『際限なき疑問の海——ルネサンスにおける懐疑主義と信仰』（Don Cameron Allen, *Doubt's Boundless Sea –Skepticism and Faith in the Renaissance–* ジョン・ポプキンス出版、バルチモア、一九六四、四二頁および五〇頁）には、ピエトロ・ポンポナッツイとジロラモ・カルダーノの占星術に関する信念について述べられている。

(119) BAE、第一巻、六二一頁a。

(120) 再び異議をとなえるべくデ・ロリスの意見を引用しなければならないのは残念だが、この卓越したイスパニスタが出版した本のどこを読んでも筆者の論点に触れてはいるが、見たところそれらは我々とは相反する見解である。たとえば『ペルシーレス』に関する次のような文章は、筆者にはセルバンテスの微妙な批判的感覚をよく表わしているように思えるが、彼には愚かさや無能の証拠と見えるらしい。

「ペリアンドロは小説の主人公であり、セルバンテスは彼にあらゆる共感を与えているがゆえに、作者が彼のことをからかったり、人にからかわせたりするなどとは思えない……（ドン・キホーテについてはどうなのか？）つねに根も葉もないところに栄光を認めるのが、対抗宗教改革期の相対的道徳観である。例の哀れな意識の持ち主たちは、もはや自らを支配できなくなっているからだが、あたかも定まった方向に向かうのをあきらめているかのように見える」（『反動的なセルバンテス』、一八五頁）。

また一八六頁でもこう付言している。

「セルバンテスは誰もが知っている好人物である」。

しかしそうした文章を書く際に、まず最初にセルバンテスが言ったり考えたりしていることは何なのか、見ようとしないということがありえようか。この種の本を書かせるような、根深い偏見があるからこそ、デ・ロリスはこういった方法で自分の見解を表明しえたのであろう。

(121)『犬の対話』、カスティーリャ古典叢書版、第二巻、三三一―三三二頁。

(122)この著作の性質上、第一章にセルバンテスの文学思想を置かざるをえなかった。【時宜に応じて『セルバンテスの思想』のこの版に付けられた新たな注釈に沿って、セルバンテスの典拠の問題を扱った研究を引用するつもりである。A・コタレーロ・イ・バリェドール『読者セルバンテス』（A. Cotarelo y Valledor, *Cervantes lector* マドリード、一九四三）を参照のこと】

(123)『犬の対話』、カスティーリャ古典叢書版、第二巻、二五四頁。『ドン・キホーテ』の序文を想起せよ。

「こういうラテン語の切れっぱしやその他これに類した片言隻語のおかげで、世人は君を古典学者と思い込むに違いない」（第一巻、三五頁）。

これはエラスムスと比較されねばなるまい。

「ギリシア語の単語をちょっぴりはさみこめば、たとえそれが場違いであっても、すばらしいものになると思っているのですね」（『痴愚神礼賛』、クローチェによる版、一二頁）。

また『ガラテア』の中にもときとして神話的な博識を誇示するかのような部分がある（シュヴィルとボニーリ

ャによる版、第二巻、二八―二九頁)。しかし幸いなことに著者はこの安易な方法をとることを放棄してしまった。人によってはそうした方法の方が、多くの教養を盛ることができただろうにと考える者もあったが。

(124) 後篇、四四章。

(125)『ドン・キホーテ』後篇、二二章。

(126) シュヴィル「セルバンテス研究」(Schevill, "Studies in Cervantes")『コネチカット・アカデミー議事録』(*Transactions of the Connecticut Academy* 一三号、一九〇八、四九八頁)所収。

(127)「私はシュヴィルもまた満足気にセルバンテスがラテン語に全然自信がなかったと認めている点を嬉しく受け取っている」(上記引用文中、一八四頁)。

(128) 上記引用文中、二二八頁。

(129)『ペルシーレス』、シュヴィルとボニーリャによる版、第一巻、三三八頁。

(130) qandoque bonus dormitat Homerus(「すぐれたるホメロスも時に坐睡す」)とすべきところを aliquando bonus とした例やオウィディウスの donec eris felix(「汝が幸福なる間は」)を、大カトーのものと取り違えたりしたことを指す。しかしモンテーニュといえどもラテン語文をいつも完全に正確に引用したわけではない。たとえば『エセー』(第三巻、六章)のキケロのテクスト Si interminatum in omnes partes...(「もしもわれわれが、あらゆる方向に無限にひろがる広大な地域と……」)は重要な変更をこうむっている。イタリア人デ・ロリスとはまったく対極的な意見の持ち主はF・ナバーロ・レデスマ(F. Navarro Ledesma)である。彼は著書『機知あふれる郷士ミゲル・デ・セルバンテス』(*El ingenioso hidalgo Miguel de Cervantes* 一九〇一、二三頁)においてこう述べている。「ミゲルはラテン語がこの上なく達者で、詩をラテン語でこそ書きはしなかったが、作る力は十分にあった」。

(131) リウスは『参考文献』(第三巻、三八六頁)において、「セルバンテスを《無学な才人》ingenio lego と呼んだのはトマース・タマーヨ・デ・バルガス(Tomás Tamayo de Vargas)である」と述べたが、出所を明らかにしていない。はっきりしているのは、リウスが典拠をM・フェルナンデス・デ・ナバレーテの『セルバンテスの生涯』(M. Fernández de Navarrete, *Vida de Cervantes* 一八一九、三二頁)に求めたということである。そこにはこうある。

「おそらく苦もなく手に入れた、何とも華やかな称号を鼻にかけた彼の競争相手やライバルたちが、彼のことを無知で嫉妬深い人物とみなし、自分たちと同じ必要条件を備えていないからといって見下し、年代記作家D・トマース・タマーヨ・デ・バルガスが言うように、彼のことを《無学な才人》と呼んだとしても驚くには値しない。タマーヨ・デ・バルガスは同じようにサンティリャーナ侯爵（D・イニゴ・ロペス・デ・メンドーサ）やフェリーペ・デ・コミーネス、D・アントニオ・ウルタード・デ・メンドーサ、ロドリーゴ・メンデス・デ・シルバなど、D・アロンソ・ヌーニェス・デ・カストロがいみじくも指摘したように、わが国最高の賢人たる称賛を受けるのに、ああした称号などなんら必要としない者たちに対してすら、そうした呼び方をしたのである」。

ところで《無学な才人》というのは、大学の学士の称号を有していない者に対する呼び名である。D・トマース・タマーヨ・デ・バルガスは自著『一六二四年までにスペイン語で書かれたスペイン最大の書籍集成』(*Junta de libros, la mayor que España ha visto en su lengua, hasta el año de 1624* 国立図書館、手稿、九七五三番、第二巻)の中でその有名な言葉を使っている。

「ミゲル・デ・セルバンテス・サアベードラは無学（lego）ながら才人（ingenio）であり、スペインで最も愉快な人物である。エスキビアス出身」。

ところでメネンデス・ペラーヨやイカサなどは、《無学な才人》という概念をきちんと説明している。しかしH・ハッツフェルトは論文「セルバンテスとラブレーの芸術的接点」(H. Hatzfeld, "Künstlerische Berührungspunkte zwishen Cervantes und Rablais")、『言語学年報』(*Jahrbuch für Philologie*)、一九二五、三五五頁）においてこう述べている。

「（セルバンテスとラブレーの）双方とも祖国にイタリア・ルネサンスを導入した。しかし《無学な》兵士でカトリック教徒のセルバンテスの場合、優雅なルネサンス的形態をもたらす時期が遅かった。修道士で懐疑的な人文主義者ラブレーの場合は、早い時期に批判的精神を取り入れたのである」。

セルバンテスに関するきわめて重要な研究を発表し続けているハッツフェルトにとって、《無学な》(lego）という語はいまだに《教養に欠けた人間》を意味しているが、それは形の上でのことで、深層に至るものではない。

【ハッツフェルトはアメリコ・カストロがこう記したわずか後に、彼の基本的な著書『文学作品としてのドン・キホーテ――独自の表現方法と感覚』（*Don Quijote als Wortkunstwerk. Die einzelnen Stilmittel und ihr Sinn* ライプツィヒ、一九二七）を出版することとなるが、これは二〇年後に『言語芸術としての《ドン・キホーテ》』（*El Quijote como obra de arte del lenguaje* マドリード、一九五九、最新版は一九六六年）としてスペイン語訳されている。】

(132) 後篇、二四章。

(133) 後篇、六章。

(134) 前篇、二四章。

(135) 後篇、二二章。

(136) 『ペルシーレス』、BAE、第一巻、五六七頁b。『ペドロ・デ・ウルデマーラス』に次のような、落ち着かない人生を表わした表現がある。

結局、変化があれば
人の気持ちも動き
魂も安らぐものさ。（第三幕、二一一頁）

二一七頁の喜劇役者たちへの賛辞を参照のこと。

(137) 『びいどろ学士』、F・ロドリーゲス・マリンによる版、カスティーリャ古典叢書、第二巻、二七頁。ミラ・イ・フォンタナルス（Milá y Fontanals）はセルバンテスがこの小説においてローマに関して述べたことを分析し、次のように記している。

「旅行者的性格は少なからずセルバンテスを特徴づける性格のひとつである」（『全集』*Obras*、第四巻、三〇九頁）。

(138) 本書、一五二頁をみよ。

(139) 前篇、二七章。

(140) 「天界というのはいくつもあるんですって、少なくとも十一とか」『ペルシーレス』、BAE、第一巻、六四四頁a、五九七頁a、六一三頁a。『名高き下女』、BAE、第一巻、一九〇頁、および『ドン・キホーテ』後、四一章も参照。また筆者のロハス・ソリーリャ研究（『スペイン古典劇』所収、一九一七、第二巻、二六〇頁）も比較対照せよ。

(141) 「私が腹を立てているのは、医者たちに対してではなくて、彼らの医術に対してである」（『エセー』、第二巻、三七章）〔松浪信三郎訳〕。

(142) 『幸せならず者』、第四巻、六七頁。クレメンシンがすでに指摘したように、これはロペ・デ・ベーガの考えと同じである（第七巻、一七八頁）。

私は医学そのものではなく、
それに携わる者の無知を蔑んでいるのです。（『アンヘリカの美しさ』、第二幕）

(143) 後篇、四七章。

(144) 後篇、四九章。

(145) シュヴィルとボニーリャによる版、九八―九九頁。

(146) 後篇、四七章。

(147) 『ペルシーレス』、BAE、第一巻、六七二頁b。

(148) 『幸せならず者』において、ある医者が罪深い女ドニャ・アナの死を予見するが、実際には彼は星占いのように振る舞っている（引用版、六六頁および八四頁）。【セルバンテスにおける医学の問題に関しては、ホセ・リケルメ『セルバンテス作品に関する医学的考察』(José Riquelme, *Consideraciones médicas sobre la obra cervantina* マドリード、一九四七)、およびJ・ミゲル・レストレーポ「セルバンテス作品における医者と医学」(J. Miguel Restrepo, "Médico y medicina al través de la obra de Cervantes" アンティオキア大学紀要、コロンビア、三六巻、

一九六一、五―六月号、二五五―二七九頁）を参照せよ。】

(149) たとえばマル・ラーラの『世俗哲学』の以下の文（第二巻、六〇頁）と照合せよ。
「医者を見極めない者は、うまくいけば危地を脱するが、さもなくば医者に殺される」。

ペロ・メシーア（Pero Mexía）は薬草を使った素朴な自然療法を支持していて、こう述べている。

「（薬草は）いまどきの調合薬や毒薬と違って人を殺したり発狂させたりはしない」（『森羅渉猟』*Silva de varia lección* リヨン、一五五六、三頁）。

また山羊飼いがドン・キホーテの怪我を、噛んだロメーロの葉で自然療法的に直してやる場面（前篇、一一章）を想起されたい。またペロ・メシーアは彼の興味深い「医者との対話」（Diálogo de los médicos）の中で、「もし無分別な医者や悪い薬師がいたとしても、だからといって善良な医者をけなしてはいけない」（『博学対話』*Diálogos eruditos* セビーリャ、一五七〇、五五頁）と述べているが、これをみる限り、セルバンテスと比べて医者に対する不信感はずっと少ない。

第三章　文学的主題としての〈過ち〉と〈調和〉

〈過ち〉の理論

今までのところで見てきたのは、セルバンテスがいかに人物の行動に内なる根拠を与えることを好み、またいかにして客観的なものの内部において、空想的なものから可能なものを引き離しているか（例えば妖術に対する占星術）を明らかにすることで、主体と客体に関する見方が展開してきたということである。しかし同時に、読者は筆者が〈揺れる現実の問題〉と呼んでいることの重要性にもお気付きになったはずである。それはルネサンスの心理的不安に直線的に由来する問題である。各々の観察者が固有の視点を有し（本書、一一一頁）、その機能の中で表現と判断が変化するのである。いくつかのケースでセルバンテスの関心を呼ぶのは、そうした観念的な揺れの光景であり、そこから《見せかけの偽り》のテーマが出てくる。そのもっとも力強い巨人が、われらのドン・キホーテということになる。しかしセルバンテスは懐疑主義者ではない（《見せかけの偽り》はひとつの問題ではあってもテーゼではない）。というのは特定の精神的・物理的な現実というものが存在していて、そのことは彼にとって太陽の光と同じく明々白々だからである。そうした精神的現実の中には、その存在が教条的に確定しているような現実もある。それらはセルバンテスの中では、戦いとるべき真のテーゼとなっている。

そうしたテーゼの中で何にもまして重要なのが愛の自由である。愛は人生最大の本質である。セルバンテスにとってレオン・エブレオの『愛の対話』でやさしく説かれたネオプラトン主義的理論に、どっぷり浸るという経験は無駄にはならなかった。ルネサンス思想によれば、自然とは神とともに宇宙の統治をつかさどる神秘的力であって、それによって愛は〈それ自体で〉(per se) 調和的原理となったのである。そしてそうした途轍もない真理を無視して、調和的愛に表わされる人生の法則を破る者には禍が待っている。セルバンテスは(後で見るように)そうした場合に極めて容赦ない態度をとるが、一方、自然の流れに沿って溶け合おうとする男女に対しては、こよなく寛大である。つまりそれは不調和〈過ち〉による悲劇と、それとは対照的な、互いに達成された愛における調和一致の叙事詩的賛美となる。セルバンテス小説の多くは、結局のところ、こうした対極的な側面の中で展開していくのである(〈過ち〉を描くものとして『嫉妬深いエストレマドゥーラ男』やグリソストモなど、また調和的な愛を描くものとして〈捕虜の話〉や『ペルシーレス』などがある)。

一連の〈過ち〉例を検討してみよう。『ペルシーレス』(前掲版、六二三頁a) にこういう件がある。最善の思念はどれかというと「悟性の狂いがからんでいないかぎり」安らぎにもっとも近い思念である、と。狂いや過ちは物理的現実の間違った解釈に存する(たとえば旅人宿とお城、風車と巨人、羊の群れと軍勢、エブロ河と大洋等々)。その結果はつまるところ常に、滑稽さ(馬鹿らしさやユーモア性など)の範疇に収まることになる。同時に、過ちは精神的現実の正しくない解釈から出来する(たとえば好例は、カミーラの徳性を、あたかも火にかけて純度を確認しうる金のように信じていたアンセルモに典型的に見られる）。そうした過ちの結果は滑稽なものとならず、悲劇的となるのがふつうである。また、その種の過ちはしばしば死をもって罰せられる。

したがって作者の思想的観点からしてもっとも興味深い過ちというのは、この最後のパターンである。そうした場合において感受されるのは、二つの視点の対立と不調和である。[1]かてて加えて、物理的な外見をめぐる絶え間なき唯一の過ちから生まれるのは、はっきりいってキハーナやトマース・ロダーハやその同類者にみられるような狂人である。ところで精神的過ちというものは、賢明と思われている者たちの中に容易にすみつくことがある。それはその根が単なる感覚的な混乱よりも広く混み入っているがゆえに、見せかけの分別に包み込まれてしまうからである。『ドン・キホーテ』の人物以外でも、精神的・倫理的に過ちを犯す者たちがかなり多く登場するところからも、これを作者の一傾向とみなすことができる。『ドン・キホーテ』はそうした傾向を如実に表わしたものである。この傾向は人物構造そのものよりも、さらに幅広い性格をもっている。というのも彼らの多くが必ずしもいつも体系的なかたちで、間違ったり的外れなことをしてはいない点を見逃してはなるまい。ドン・キホーテは一度ならず、確信を胸に抱いて生きているが、サンチョの方は紛うことなき良識にもかかわらず、しばしばめちゃくちゃな言動をとっている。不調和（過ち）と和合（とりわけ愛においては生命をかけた求愛）は、セルバンテス的人物の各々のグループが辿る、また時には、同一の人物が入れ替わる形で辿る主要な道筋なのである。

こうした精神的過ちとはいったいどういうものなのだろうか。ここにファン・アルドゥードのケースがある（『ドン・キホーテ』前篇、四章）。郷士は自分が申し付けるだけで、キンタナール在住の情け知らずの百姓の振る舞いを変える力があると考えている。ドン・キホーテはアルドゥードがアンドレス少年を痛めつけていた原因を正そうとしたわけではない。そうではなくそうした原因からくる行動を、自らの槍で脅して機械的に止めさせたにすぎない。アルドゥードの精神的現実は、脅迫がなくなってしまえば、かつてあった生まれつきの情け知らずの荒くれた性格に戻ってしまうのである。

さらに後の方で(2)この少年が再度登場し、騎士の過ちを白日の下にさらしてしまう。

「お前さまがむやみと恥をかかせて、ひどい言葉を浴びせなすったもんだから、すっかり怒っちまったんでさ。といってお前さまに仕返しするわけにゃいかないもんだから、おいら二人だけになると、さっそくおいらの上にむしゃくしゃ腹をぶちまけたんでさ。（……）こんどおいらに出会って、おいらが八つ裂きにされているところを見ても、おいらを助けたり加勢したりしないで、見殺しにしておくんなさいよ」。

図式は単純である。つまり幻覚をみている傍観者が、ある精神的現実に直面している構図である。結果として、不運な少年はさんざん痛めつけられた末に、ドン・キホーテを恥じ入らせ、読者を悲しくさせて、セビーリャに立ち去ってしまう。太っ腹のドン・キホーテも今回だけは自らの過ちの結果に耐えきれなかった。犠牲者は少年である。事実は『ドン・キホーテ』において唯一のものであり、読む人の心に限りない憂愁を残すこととなる。

過ちと成功が複雑に入り組むようなケースが他にもある。たとえばガレーラ船の漕刑囚たちの話である。セルバンテスはあの連中たちが、本当はガレーラ船になど連れていかれなくてもいい者たちだということを示そうとしている。罪と罰のあいだに正当な因果関係は存在しない（「つまるところ裁判官のあやまった判断」云々）。道徳的にみて、ドン・キホーテやセルバンテスに恣意的と思われるような刑罰を、社会も司法も与えるべきではないのである。ここでまず第一の基本的な過ちが提示される。しかし警護の連中たちが職務上、漕刑囚たちを解放するわけにはいかないのはもっともなことであろう。しかしドン・キホーテは高い目論みからその規則を犯すことを自らの義務と信じ込んでいる。これは第二の過ちである。漕刑囚たちは自由の身となるや一目散で広い娑婆に散っていく。彼らの解放者は彼らが鎖を付けたまま、敬意を表わすべくドゥルシネーアのもとにまかりでるように言いつける。新たに二つの見方が食い違い、第三の過ちが生まれる。とはいえこの場合〈過ち〉という言葉を使う際に注意するべきは、明確で確固とし、たやすく感知しうる現実を想定するような、混同しえない他のケースに対して適用しうる通常概念と、それを完全には同一視することはできない、ということである。われらの作家にとって精神的現実とは、波打つような起伏があって、玉虫色に変化しうるものである。この挿話における過ちについて語る際には、ある種の留保が必要であろう。なぜならば誤謬性は問題性とごく近い関係にあるからである。司直は正しい判断に基づいて漕刑囚たちを断罪したのであろうか。警護の者はどうであろうか。また漕刑囚たちは？　あるいは鎖をつけたまま、ドゥルシネーアのもとに赴くように言いつけたドン・キホーテはどうであろうか。兜は？　金盥は？　盥兜は？　技法は常に同一である。(3)

読者の記憶にも鮮明な、ドン・キホーテの過ちの分析をこれ以上長々と続けても興味をそいでしまうだろう。それに『ドン・キホーテ』の特殊な研究を行なうことが、本書の目的でもない。かの英雄は自らを欺くことから始まり、最後まで間違い続けたが、その間に何度か素晴らしく的を射た行動もとった。その中にはサンソン・カラスコのような大胆不敵な者たちを前にして、狂人たる権利を守りとおしたことも含まれる。しかしここでは一旦、かの大主人公を傍らにおいて、美的重要性において彼に劣るマイナーな人物たちを俎上にのせてみよう。彼らはある種の形態上の特徴においてドン・キホーテと符合する部分はあるが、いかにも多様な人間類型の型となるべき共通の図式を明らかにしてくれるのである。「無分別な物好き」に目を留めてみよう。すでにセルバンテスの時代に、『ドン・キホーテ』の中にこの小説を挿入したことは非難されていた。「つまらん作品だから、筋の通らない作品だからというんじゃない、場所はずれで……」[4]。

またセルバンテスは後篇、四四章でこう弁解している。

「ただひとつの主題を書き、ごく僅かの人物たちの口から語らせることに、集中してゆくということは、はなはだ堪えがたい労力であった……。そこでこの不都合をさけようと、原作者は物語の前篇では、いくつかの小説を挿入するという技巧を用いたのである、云々」[5]。

この「無分別な物好き」の挿入がもっている意味について、多くの者が見解を述べている。すべてではないがその内のいくつかを紹介しよう。議論そのものは現在的意味を失ってしまったが。ロドリーゲス・マリンは注釈においてこの問題を扱ってはいないが、問題は重要な点を含んでいる。なぜかといえばそれが、セルバンテス的技法の概念そのものと結びついているからである[6]。

挿入に反対する意見としてはクレメンシンが挙げられる。

「セルバンテスは守り通すことができないものを、守ろうと固執することはなかった」[7]。

ここにはクレメンシンの注釈のすべてを方向づける、新古典主義的詩学の論理そのものの影響が見られる。

グリルパルツェル（Grillparzcer）は、挿入されたことよりもむしろ小説そのものを非難している。それは「無分別な物好き」や「捕虜の話」のみならず、他の物語についても言える。

「作者はこれらの中でひどくわざとらしく、気取っている」。

「〈無分別な物好き〉はきわめて軟弱な小説である。面白い部分があっても一時だけで、無関係なところが必要以上にある[8]」。

ベルトラン（Bertrand）は確定的な意見を述べているわけではないが、不信をあらわにこう問いかけている。

「〈無分別な物好き〉のどこに作者の感情や人生が現われているだろうか？[9]」

この卓越した博識家には挿入を弁護しようという気もない。

シュヴィルは「セルバンテスはもっと後に、小説に対する関心を棚上げしたうえで、その挿入の仕方が芸術性のない失敗だった点を認めた」と述べている[10]。

マイネス（Máinez）はこの場合「物語というのはその中に統一的筋があればあるほど面白く読める」と述べはするものの「セルバンテスに厳格さが欠けているという非難」は、的を射たものだと考えてはいない[11]。

ウナムーノは「〈無分別な物好き〉は小説として作品全体の流れにまったくふさわしくない」と見ている[12]。

一方、好意的な見解としてはG・デ・シュレーゲル（G. de Schlegel）のものだが、彼はこう述べている。

「我々は『オデュッセイアー』の中のマルスとウェヌスの恋愛談義を、本筋とは関係ないとか、あまりに唐突に挿入されているといった評価を下した批評家などひとりも思い当たらない。ところがそれとオデュッセウスの運命との関わりは、〈無分別な物好き〉とドン・キホーテのそれとなんら変わるものではない……真の小説のおいては、すべてが挿話となるか、さもなくば何ものも挿話とならないかのどちらかである[13]」。

ティーク（Tieck）はこう述べている。

「アンセルモは目に見えない愛を手に入れようとしている……彼は無分別な好奇心によって、自分の妻の気高さや貞淑さをそこなってしまった。理想を実現しようとする彼の努力そのものが、精神的な宝である理想そのものをそこなったとも言える……小説はドン・キホーテの主立った振る舞いと深いところで共鳴し合っている……つまりセルバンテス哲学の一般的働きを別のかたちで表現したものである[14]」。

一八二九年にゾルゲル（Solger）は次のように記した。

「(『ドン・キホーテ』の中に）挿入された小説は詩にとって本質的な重要性をもっている。そしてつねに作品全体の一般的思想と寓意的関係を保っている[15]」。

ニコラス・ディーアス・デ・ベンフメーア（Nicolás Díaz de Benjumea）は、とりとめのない解釈の末にやっと筆者にとって受け入れられる判断を示した。つまり〈無分別な物好き〉は
「とってつけた挿話ではない……アンセルモとドン・キホーテとの類似は際立っている……それは基本的思想と密接に結びついている[16]」。

おそらくベンフメーアはドイツロマン主義者たちの思想を弁えていたのであろう。

R・ルニエ（R. Renier）は「注意深く検討してみれば、これらの挿入小説と主人公の冒険の間には、現実と想像力の間の二律背反そのものが存在している[17]」と考えている。

以上見てきた見解からは、もちろんそれは網羅的である必要もないが、それらが二つのグループに分類できるのがわかる。つまり一方は、全体との調和や、文学理論、あるいは単に主人公をめぐる興味の

集中という点から、小説を小説の中に挿入することを認めない立場である（結局その源泉は新古典主義的批判にある）。他方は、文芸のロマン主義的概念に従って、異種の挿話と全体との間に内的関連性を見いだそうとする立場である。筆者としては後者の立場がより真実に近いと思われる。そして作者の思想ともうまく符合している。つまり彼はこう述べているからである。

「部分的には物語そのものに劣らず楽しい、技巧と真実に富んだ、実録（『ドン・キホーテ』）の中に現われる短篇や挿話の面白さをいまわれわれは存分に味わうことになった[18]」。

筆者の想像では、『ドン・キホーテ』における挿話と本筋との関係は、ある種の精神的・心理的概念の結果とみなしうる。つまりそうした概念は優れた人物だけに投影されるのではなく、その範囲を越えて彼をめぐる脇役たちをも活性化するのである。そうした精神的・心理的態度が懐の深いドン・キホーテという人物の中で、さまざまなテーマと結びついているという点は別の問題であり、いまの段階では二次的な問題である。筆者にとって興味深いのは、最高の小説の内部においては、主人公たちと脇役たちの心理的・生命的在り方には、似た部分があるということである。挿話と本筋たる物語との調和が生まれるのも、そこに起因している。時にはそうした挿話（グルソストモ、カルデーニオ、カマーチョなどの）にドン・キホーテ自身が介入してくるし、また別のケース（『嫉妬深いエストレマドゥーラ男』や「捕虜の話」）では、主人公は脇役の話に立ち合うだけである。『嫉妬深いエストレマドゥーラ男』が、過ちによって不幸な結末を迎えるグリソストモの話や他のケースと、同一の理念に基づいて書かれているということは、ささいな形式上の問題以上に大きな重要性がある。また「捕虜の話」が、ドン・フェルナンドとドロテーアの話や、愛がハッピーエンドの結末を促すような他の物語と平仄が合っている点についても同じことが言える。そうしたさまざまな形の上に立ちはだかり、自らの本質を定義付けるかのように、堂々たる英雄が現われるが、彼は対立する者同士を和解させるえも言われぬ調停者のようにみえる。彼は、真実と過ち、存在と非存在といったものを、相互流出と本質的不確定さの中で、精神にとって無限の問題として我々に提示するのである。

こうした考えを認めれば、いったんドン・キホーテから離れて、脇役たちの中に手際よく身近なかたちで出てくる、過ちと罪滅ぼしのテーマを研究するのも無駄ではなかろう。そうなればセルバンテスのすべての作品がその目的に資することとなる。かといって主人公以外の『ドン・キホーテ』や他の作品の脇役たちのことを扱ったからといって、（セルバンテスの思想を分析するという）私の目的を妨げることにはならない。彼らすべては自らの人格の萌芽において、いわば視点のピンぼけを提示することでは一致している。つまり他者の感性や見方を考慮に入れないのである。それは（ロサムンダの癒しがたい淫欲のような）得られる以上のものを人生から要求するといった、物事の本性についての間違った理解であり、（瑞々しい若妻の夫となった老人カリサーレスのような）人生をさもしくつまらぬ限界に押し込もうとするような振る舞いとなる。とはいえ現実の力というものは、そこに内在する法を犯す者に対して、反撃を加えてくるといった性質がある。そこで過ちの存在を知らしめる意味で、罪滅ぼしといったものが生まれてくる。これはきわめてセルバンテス的な手法である。それを見ていくことにしよう。

セルバンテスは《あれは善良な女だ、なぜなら火にくべられても焼けないから》[19]という諺の表わす世俗的見解を目前にすえて「無分別な物好き」の物語を構想した。アンセルモはこう言う。

「女ってものが貞淑だということは、ただどれだけ愛を求められるかあるいは求められないかということにかかっているにすぎない」[20]。

しかしこの物語が示しているのは、女性的美徳にとって本質的要素は、彼女をとりまく雰囲気であり、その中でも重要なもののひとつが夫の素行だということである。セルバンテスが自らの作品において扱った不倫物語の中で、責任のほとんどは夫にあった（『嫉妬深いエストレマドゥーラ男』や『ペルシーレス』の中のポーランド人など）。ペトラルカは〈理性〉の口を通してこう述べた。

「たしかに幾度となく夫は妻の不貞の導き手であり、手本であった(21)」。

マル・ラーラも同じような考えを次のように表現している。

「はっきりしているのは女の素行の悪さの原因は大方、男の愚かさと、己れの名誉に対する無関心にある(22)」。

またピンシアーノはこう述べている。

「そうした不作法の大半は夫の側の無思慮に起因する(23)」。

セルバンテスがこの事例で示している教義を支持する作家は、ここに挙げた者だけにとどまらない。とはいえその種の道徳的格言があまりにも漠然としたものであることは間違いない。そして「無分別の物好き」の物語は自堕落な行動をとる夫の悪い見本を扱ったものではなく、精神的・情緒的状況が変化したとき、妻たるカミーラの心がどのように開花するのか覗いてみたいという、むこう見ずな体験をテーマとしているのである。

アンセルモはカミーラの徳性をあたかも金属であるかのようにみなして、それを実証したいと望む。

「ちょうど火力で金の金位がわかるように、彼女の正しさをはっきり示してくれるような試験をやってみなければ……(24)」。

しかし徳性は金のように、その本質が状況に左右されることのない物体などではない。徳性は相対的、なものであって、社会的動機によって形づくられたり歪められたりする。その上、女性は〈不完全な動物〉[25]であって、間違いのもとになる原因から遠ざけておかねばならない。

「女性のたよりない思いと、うつろいやすい心を見抜いたなどと、この世の中の誰がうぬぼれることができるでしょうか？」（『ドン・キホーテ』前篇、二七章）

アンセルモの過ちは二重の過ちである。彼は妻が貞節を守りぬくことができる抽象的存在だと思っている。しかも彼女が次のような手紙を書いているにもかかわらず、彼女に言い寄る友人と生活を共にすることを許している。

「お留守番の方（ロターリオ）はあなたさまに大切なことよりも、ご自分の勝手なお気持ちを大切になさる方のようにしか思えません」。

しかしアンセルモは現実を見極めないで、希望的観測を持ち続けようとしている。彼の友情に対する見方も間違っている。ロターリオはアンセルモに強いられて若く美しい人妻を口説くように言われ、友情を守るという抽象的次元にとどまることとなる。生命的本性は自らの道をたどっていき、アンセルモは自らの心を虚空に彷徨わすこととなる。彼が正気を失っているのは確かである。

「僕が今病気だということだ。そら、ある女たちがときどき土だの、石灰だの、炭だのその他、見るだけで気味がわるいのに、まして食べるとはなにごとだというものまで食べたがるような病気なんだよ」[26]。

セルバンテスは容赦なく、人生を踏み外したことの過ちとして彼を死に至らしめている。

「おろかにも無法なる望み予が命を奪えり……」[27]。

このようにいかにも無法と思われることを行なった人物に対して、決まった形でその人生を終わらせるセルバンテス的方法については、あまり注目されることはなかったと思われる。罪滅ぼしとでも言おうか。人生に対してそれが与えられる以上のものを要求するような血迷った人間は、人生を全うできないとでも言いたいのであろうか。注釈以上に興味深いのは、このような過ちの後（post errorem）の死[28]の事実そのものである。『嫉妬深いエストレマドゥーラ男』の中の老人カリサーレスはまさにそのようにして死ぬのである（「そなたに罪はない、ああ浅はかな娘よ……、彼に恐ろしい失神が襲った……痛みに悶えながら七日目に墓場に連れ去られたのである」[29]）。

そのテーマは『ドン・キホーテ』の中の小さなエピソードにも出てくる。[30] ドニャ・ロドリーゲスの夫はドニャ・カシルダに従士として仕えている。彼は奥方を馬の尻に乗せていたが、首府の法官を見かけると礼儀から彼の御供をしようという気になる。奥方はそうした不作法を見咎めて低い声でこう言う。

「何をしているの、いやな人、わたしがここにいるってことがおわかりでないの？」

すると礼儀正しい騎士たる法官は、従士がドニャ・カシルダについていくように促す。しかし従士は愚かにも、手に帽子を持って、あくまで法官の御供をしようと意地をはる。するとドニャ・カシルダはあまりの愚行に腹を立て、太いピンを取り出して彼の背中に突き刺すのである。馬は暴れだし、奥方は馬から転がり落ち、グアダラハーラ門ではたいへんなもの笑いの種となる。不幸な奉公人はドニャ・カシルダから暇をとらされ、子供たちにもからかわれて「このことを思いわずらったのが、疑う余地もなく、夫の死の不幸を招くもとになった」のである。

ここで扱うのにふさわしい際立った事例が他にもいくつかある。（『ペルシーレス』の中の）ポルトガル人マヌエル・デ・ソサ・コウティーニョは、隣家の美しい女性に恋し、「おぼつかなくも彼女との結婚を考え始めた」。

そこで彼女自身ではなく、その両親に相談をもちかける。いろいろな経緯があった後、美しいレオナーラは修道女となってしまう。なぜならイエス・キリスト以外に、いかなる夫も娶ろうとは思わなかったからである。そこでコウティーニョはこう言う。

「気も狂わんばかりの毎日を送りました。そしていま、それがもとで命を落とすことになったのです[31]」。

この事例はグリソストモとマルセーラのそれと関係がある。あの上品な女羊飼いが行なった、愛の自由についての素晴らしい弁論を思い出してもらいたい。

「わたしは生まれだちからのびのびと育ちました。だから自由に暮らせるために野山のさびしさをえらんだのです……わたしは遠くはなれた火です、遠くに置いた刃です……よしんばグルソストモがみずからあせって、自分の向こう見ずな考えから死んだからといって、どうしてわたしの正しい行ないや慎み深さに罪をきせようというんでしょう？[32]」

セルバンテスは自由な形で結ばれた愛の教理を、一時として忘れることはない。彼は女たちに力づくで自らの意志を押しつけようとする男たちに対して、ペンの許す最も手厳しい叱責を与えて彼女たちを弁護する。しつこい男は欲望を充たすことなく破滅する。また父の威光をかさにきて、不釣り合いな結婚をするに至った者にも同じ運命が待ち構えている。たとえばカリサーレスをはじめ、常軌を逸した結婚をした、そのご同類たちである。マルセーラは驚くべき確信を込めてこう言う。

「わたしのすげなさよりも、あの人の思い切れない執拗さが殺したんだと言えると思います[33]」。

ドン・キホーテはいつものように崇高さを発揮して、次のようにのたまう。

「いかなる身分いかなる素性の者であろうと、何びとも美しいマルセーラがあとを追うことはお控えめされい。これを犯すときは拙者の烈しい怒りに触れると覚悟さっしゃい」。

セルバンテスと彼の英雄は、他の多くの場合と同様、ここでも軌を一にしている。ルネサンス的人間であればここで心から喝采を送ったかもしれない。彼らを前にしたエラスムスは、パンフィルスとマリアに語らせる。「僕は君のせいで死にそうだ。原因は君だよ、だから僕は死人で君は人殺しさ……」。するとマリアは「恋をしないのも自由なはずだから、恋愛をしているひとはみんな、自分で自分を殺しているみたいね。自分の自由を抑えつけ、しつこく女性に迫って正しく慎ましいこと以上に女性から求めようとするのよ[34]」と答える。

ポーランド人のオルテル・バネドレ（Ortel Banedre）はタラベラの宿で、ある美しい娘に出会う[35]。彼は自分の好みと思惑に引きずられ、両親に美しい娘を嫁にくれるように取り計らう。セルバンテスはバネドレを欲望そのものといった人物として提示する。

「思いの丈の脈をとってみたのですが、このまま娘と夫婦になれないようなことになれば、ほどなく、まず失意の底に沈み、ついにはかわいい娘の目の虜になっている命も運の尽き、と思うほど悶々としておりました」。

しかし色気のあふれる蓮葉の田舎娘ルイサは、アロンソという自分と身分相応の男が前から好きだった。そこでポーランド人は父を真珠と金で釣り、力づくで二人の間を裂いてしまおうとする。しかし……セルバンテスの理念的目論みを思い出してみよう。

賢明なるは和合にて……
愚かなるはいさかいなり。

オルテル・バネドレは愚かにもいさかいに首を突っ込むこととなる。セルバンテスは物語を通して彼を好んで目の敵にしている。ルイサは彼を見捨て、愛人と駈け落ちをする。ポーランド人は復讐を果たしたいが、ペリアンドロに諫められ断念する(36)。

別の機会にもタラベラ女とその夫と女の愛人が頻繁に登場する。ポーランド人は愛人に棒打ちを食らわし、ルイサは

「包丁をためらわず抜き、男に突進して下腹に突き立てました。医者を呼ぶ必要がないまでに確かな傷でした……(37)」。

「ポーランド男の死はルイサを自由にした。あの男は運命の導きで巡礼となりローマへ来たのであったが、祖国に帰り着く前にローマでばったりと出くわしたのである、イスパニアにいたころペリアンドロに諭されて探すまいと決めていた相手に。なるほど、運命というものは自分の意志で築けるものではないからこれも当然といえば当然だろうが、その流れを変えることさえできなかったのだ(38)」。

殺人者の女は結局、新しい愛人と結婚してしまう。

いま引用した話はセルバンテスが、〈過ちの後の〉死と呼ぶ思想にどれだけこだわっていたかを示すものである。彼とてポーランド人の事件をわざわざ入り組んだ冒険の迷宮の中で決着などつけずに済まそうと思えば、済ましえたかもしれない。バネドレが娘に逃げられた末にお金も失って、すでにさんざんな目にあったとすればなおのことである。しかし彼はその物語をよりいっそう非情な枠組みの中に閉じ込めようとする必要を感じたのである。同様に、蛮人アントニオへの恋に身を焦がす官能的なロサムンダもまた罪滅ぼし的な死を迎える。

「いつまでも情欲の流れに身をまかせ自堕落を続けておりました。さきほども、そちらの蛮族の青年を見ているうちにむらむらと燃え上がり、追いすがって想いを打ち明けたのです。しかし、傾けた恋の炎を青年は氷のように冷たく撥ね返しました……ところが、そんな仕打ちにますます火をかきたてられて、この胸はもう耐えきれません。ああ、死神がそこまで来て、命の裾をひいていますね……[39]」。

ロサムンダはある意味でグリソストモと同類である[40]。

『ペルシーレス』には、大体同じような動機による罪滅ぼしの例が他にも見つかる。魔女セノティアはこのようにして縛り首に処せられた[41]。クローディオは「因果応報とはこのことであろう、罪業重なる男であった[42]」がゆえにアントニオの矢に射抜かれて命を落とす。

ところでドン・キホーテの死についてはは何としたものであろう。彼がアンセルモやカリサーレスとどこか似たところがあるのは認めねばなるまい。つまりセルバンテスにとってかくも好ましい最高の罪滅ぼしに、その死がぴったり適合するからである。ただしここではテーマは昇華され、別の動機の光に照らされて虹色に輝いて見える。ドン・キホーテは自らの過ちを後悔してこう言う。

「わしは今、自由で明るい理性をとりもどしている。わしの理性の上におおいかぶさっていた無知という霧のかかったかげさえないのじゃ[43]」。

しかし、他の引用例との本質的差異は、我々はこの場合、才知あふれた郷士がこの世に別れを告げるのを見て、深い哀れみの情を催し、彼をとりまく人々とともに悲しむのである。

「この世の中で人間が人間にできるいちばんでっけい気違いってものは、誰にも殺されもしねえし、胸の憂いちゅう手のほかには、その人を絞め殺す手もねえだというのに、ただおっ死ぬということでがすよ」とサンチョは述べる。

彼が《胸の憂い》について話すとき、彼は挫折した人生のテーマに触れることになる。しかしドン・キホーテ的なるものには、通常の三次元に納まるものはひとつとしてなく、もっと複雑な空間の中に投影されるものであるため、この英雄の死をそれよりずっと劣った人物たちの死と対比すること自体、浅はかにして失礼なことであろう(44)。


しかし過ちの代償として、必ずしもいつも死がくるわけではない。最大の罪にふさわしい愛のすれ違いの場合ですら、死が伴わない場合があるからである。セルバンテス思想において重要と思われるこの点を、今ひとつじっくり考察してみる必要があろう。セルバンテスはここで他の多くの場合と同様、民間伝承においてすら俗化した伝統的テーマを取りあげ、自らの思想の配置に合うように、そのテーマに強烈な意味と重要性を与えている。彼が自らの物語を練りあげるべくそうしたテーマに踏みとどまったからといって、彼の思想が面白みを欠くとか、読書における偶然に左右されているなどといったことにはならない。この種の素材の中にこそ、探し求めているものが見つかるのである(45)。そうした調和的愛と男女の適切な取り合わせを重視する気持ちが、どこに由来するか見極めるのに、さほど昔にさかのぼる必要はあるまい。ルネサンスが理性と生命感情の両面からして、この問題の重要性を大いに強調したというだけで十分である。時代精神に影響を受けた作家であれば誰でも、そのことを特徴的に示唆している。たとえばペロ・メシーアはこう述べている。

「アリストテレスが『経済学』で述べているように、習慣と身分の違いがあると真の友情も愛も生まれない……女性の家系と財産に関していうと、昔からの格言でもあり、ギリシアの七賢人の間の際立った言葉として語られているのは、〈同じ身分の女を探すべし〉である。そう述べた人物は七人のうちのピタクスという人物らしい。エラスムスもこの格言を取り上げ、同じ年齢であることもその中に含めている[46]」。

ファン・デ・マル・ラーラはそれをうまく言いあてた格言をいくつか挙げている。たとえば「息子は同じ身分の者と結婚させよ、そうすれば悪口は言われない[47]」、「割れ蓋に閉じ蓋」、「似たもの夫婦」〈原意「あらゆる鳥は自分の同類を従えている[48]」〉、「娘と老人は不釣り合い[49]」などである。

これには反対の意味をもった、次のような格言もあることを前もってお断わりせねばならない。「若い娘が似合うのは白髭のそば[50]」。というのも作者も言うように「格言には意味が矛盾するものがいくつかある。しかしそれはさまざまな人々から生まれたものだから、当然、多様な意味があっておかしくはない」からである。

セルバンテスは個人についてある固定観念をもっていた。それは「食べるものと結婚相手は自分自身の好みに従うべきもの[51]」というものである。それこそ結婚生活をうまくやるための第一条件である。

「可愛い娘の意志にまかせて、好きなように選ばせたらいい、と思ったのです。これは子供たちの身を固めさせたいと望む両親がすべて見ならうべきことですね[52]」。

ネムル公爵は「なるほど王はどの臣下にも意のままに嫁をあてがうことはできるだろうが、授かる者に満足を与えることまではできない」という理由で、自分好みの妻を見つけようとする（『ペルシーレス』六四九頁a）。

マウリシオは自分の娘の婿を見つける際に「本人の希望を聞いたうえで納得する相手といっしょにさせてやるほうが適切だ[53]」と判断した。

また互いの好みが食い違う二つのカップルは「こんなことになったのは、縁談をまとめた両親や親類に逆らうまいとしたから(54)」であった。

村の住職であるマルセーラの叔父は「あの娘の承諾なしで嫁にやるつもりはなかったのです……こいつは村のあちこちの人々のあいだで、和尚さんをほめては噂にのぼったものでした(55)」ともある。

かてて加えて身分の平等というものも必要とされる。なぜならば「こういう身分違いの結婚生活は、始めたときの嬉しさのまま、お互いに楽しむものでも、いつまでも続くものでもない(56)」からである。そんなところから老いたポリカルポ王も、一七歳の少女を妻に迎えようとして次のような言い訳をする。

「娘よ、まだ子供のおまえには恋がどういうものか分からなくてもいいし、そう言うわしにしても、もうその掟にしばられる年ではないのだが、(とはいえ)そのことわりが通らないこともある。たとえば年端もいかぬ娘が恋に身を焼くこともあれば、老いぼれじじいが狂って胸を焦がすこともあるのだ(57)」。

これは王自身の視点からみた考えではある。しかしセルバンテスは彼自身の視点から、次のように述べている。

「とにかく手回しがよかったわけである。ところがひとつ見落としていることがあった。自分の年齢に気づかなかったのだ。七〇と一七の違いが十分にわかっていなかった。一〇歳若いとしても釣り合わない(58)」。

結局、王はしくじり(59)、セルバンテスは彼から王位を奪うことになる。もし彼が結婚することにでもなれば、自然の調和という掟を犯したことで、その仲間ともども死ぬはめになったかもしれない。

この挿話は『ペルシーレス』の中の、別の老いた王(ダネア国のレオポルディオ王)の話と重なっている。彼はやもめ暮らしに終止符を打つべく妻の腰元を娶るが、彼女は「この白髪を若い侍従燕に乗り換えても(60)」しゃあしゃあとしていた。姦通者たちは王殺害を企てるが、計画は露見して二人とも首枷をつけられてしまう。王は二人を刑に処するためにダネアに護送しようとする。しかし王の船を拿捕したペリアンドロは、ここでもポーランド王の場合のように振る舞う。つまり姦通者たちを許すことを条件に王の自由を約束するのである。レオポルディオ王はそれに応じる。これを見てもわかるように、セルバンテスは互いに愛し合う者同士の自由に対しては制約をつけないのである。そのことが際立つのは、馬鹿な老人たちへの腹立ちを前にしたときである。たとえばルティリオがクローディオに対して、後者が大胆にもアウリステラに求愛しようとしたとき彼をたしなめた次の言葉が、そうした老人たちにはふさわしい。

「おれたちはどっちも狂っている、羽根もないのに空を飛ぶ気でいるんだから。この求婚作戦には羽根蟻の羽根しかないんだ(61)」。

不釣り合いな結婚という主題の中の副題として指摘しうるのは、〈老人と若い娘〉というテーマである。それは『嫉妬深いエストレマドゥーラ男』に典型的に描かれているが、前にも見たようにそこにはいろいろなバリエーションがある。たとえば幕間劇の『嫉妬深い老人』をそこに加えてもいい。ここでは幕間劇にふさわしく、その主題がコミカルなタッチにはなっているが、同じ思想のもとで描かれている。

「一五かそこらの娘と結婚しようという七〇男は、思慮分別がないか、さもなければ、なるだけ早くあの世に行きたいと思っているかどちらかだろう(62)」。

セルバンテスはこの素敵な小品にもまして、臆面もなく皮肉たっぷりな調子で書いたことはなかった。

ドニャ・ロレンシーカは隣家の女オルティゴーサが連れてきた優男とつるんでしまい、（扉ひとつで仕切られただけの）夫に自分が経験した新鮮な印象を話していく。

「いまこそあんたのことがわかったわ、ほんとに阿呆な爺さんよ、どうしていままであんたとなんか暮らしたんだろう！[63]」

小説の〈模範性〉を真に受けて、作者にいささかも底意地の悪い偽善を臭ぎとろうとしない者たちなら、それをまともに受け取るのもよかろう。ロレンシーカは老人カニサーレスを自分の意志で夫にしなかったということで、自らの責任を回避しているのである。

「誰かが私にあの人をひっつけたのよ。私は子供だったから、いやと言えなくてすぐにいいなりになってしまったの。でもこういったことをもっと経験していたら、はいと答えるくらいなら、自分の歯で舌を噛み切るほうがましだったかもしれないわ[64]」。

セルバンテスは得々として、妻を力づくで守ろうとすることの無益さを浮き彫りにする。

「もし自分で自分を守らなければ、私をきちんと守ってくれないでしょう？[65]」

レオノーラは自分の嫉妬深い管理人に手荒なやり方で閉じ込められ、回転扉の穴からロアイサの姿を見かける。また『愛の迷宮』の中でフーリアは、厳しい父親から「ほとんど日の光も入らない場所に閉じ込められ」、たまたまマンフレードを目にしたところから（「私はついに好奇心から扉に穴を開けてしまった」）彼に心を奪われ、「どうしようもなくついに身を任せてしまった[66]」のである。

またサンチョが島の見回りをしていると父親の手で家に閉じ込められていた美しい娘に出会うが、彼女は監禁生活にいやけがさしたあげく、夜、男装をして、みせてもらえなかった世の中を見ようと家を抜け出す。

セルバンテス以前にもこうした話は文学や民話のテーマとして扱われていた。マル・ラーラは《母さんの見張りも、これじゃまるで尻ぬけよ》という諺を解釈して「娘をこっそり楽しもうとする者がいるのも、本人の娘自身がしっかり身を守ろうという気がないからである」(67)と述べている。

しかしこれよりもずっと前にセルバンテスもよく手にした、もう少し高尚な『宮廷人』の中にも、同じ思想が述べられている。

「彼女らは自ら課す轡以外の何物によっても抑制されているわけではありませんから、かえって夫や父親のあまりに厳しい監視の下に置かれ、支配されている女性の方が、適度の自由を享受している女性よりもむしろ不貞を犯しやすいのです」(68)〔清水純一他訳〕。

カスティリオーネは女の不貞をある程度許そうとするが、その理由としてこう述べる。

「人妻の中には、父親の手で無理やり吐き気を催させるような病気の老人と結婚させられ、そのおかげで絶え間のない不幸をかみしめている女性もいるのです。(……)彼女がかくも酷き笞刑を少しでも逃れんものと、夫からは軽んじられるどころか嫌われてさえいるものをほかの男に与えることを禁ずるのは、貴殿も少し酷にすぎはしませんか?」(69)〔同上〕

しかし、だとするとカトリックの道徳規範はどうなるのか? 結婚の秘蹟は? セルバンテスが身につけていたルネサンスの道徳倫理は(積み重ねられた事実からも明らかなように)時として、別の規範、別の目的を想定していたのである。

とはいえ、我々はあまり道から逸れないようにしよう。この一連の愛の過ちの主題に含めるべきものとして、金持ちカマーチョと、バシーリオへの愛に寝返った美しくも貧しいキテーリアとの挫折した結婚を挙げねばならない(70)。サンチョはそのことを知ると、周知のセルバンテス的教訓を定式化しようとす

つまり作者にとって性格面の図式的な硬直性と並んで芸術的にみて重要なのは、人生を前にしたとき二つの異なる態度が対立し、拮抗しうるような幅広い局面なのである。

男女関係における過ちの特別な形態を示しているのが、悪意を含んだ欺瞞のケースである。具体的にいうと『偽りの結婚』の場合である。そこでは欺瞞は男女双方にあり、旗手カンプサーノは自分の失敗のつけを払うが、それは自らの無思慮な計算の当然の報いだった。またこけおどしの兵士ビセンテ・デ・ラ・ローカの見せかけの羽振りのよさに目がくらんだレアンドラ〔原文のラウラは筆者の勘違い〕のケースを想起してみるがいい。彼女は自らの見識不足や錯乱の報いとして攫われ、「下着一枚にされて」捨てられてしまった。(77)

セルバンテスは性愛的な内容の過ちはことさら手厳しく追求しているが、彼の思想を探る際にそれに劣らず重要となってくる、他の種類の精神的過ちの例もいくつかある。一見どうでもよさそうに見えるエピソードとはいえ、それを分析することで『ドン・キホーテ』における思想の組織的構造が浮き彫りにされてくる。旅人宿の亭主は自らのものの見方に忠実で、客が支払いをしないで立ち去ることのないように用心を怠らない。それだけが彼の仕事であって、ドン・キホーテがマンブリーノの兜をめぐって巻き起こした激しい言い争いにはとんと関心がない。二人の客が支払いをしないで出ていこうとするが、

「亭主は他人のことよりは自分の商売にいっそう熱心だったから……相手のずるい了簡を口汚い言葉でののしったので、彼らはげんこで返事する気になってしまった(78)」。

不作法は常にドン・キホーテの（またセルバンテスの）気持ちを逆撫でするものであった。支払いの請求は頭ごなしにしなくてもできたからである。ところが亭主は見たところかなり向こう見ずな二人の

客に向かってなら、口汚い言葉を投げ掛けてもかまわないと思っていた。するとセルバンテスの精神的仕掛けが作動して、手控えのない攻撃が彼の上に降りかかるのである。この場面に宿の主人たちに対するセルバンテスの個人的感情が投影されているかどうかは詳らかではないが、ひょっとしたら思想が個人的〈パトス〉と結びついているかもしれない。ドン・キホーテは痛めつけられた亭主を助けるように求められて「ひどくゆっくりと、のろくさと」答えて、その許しをミコミコーナ王女に求めに行かねばならないと言う。しかし許しが得られたとしても、主人にとってそれは従者風情との喧嘩であって、どちらかといえばサンチョのやるべき仕事と思われた。とはいえ重要なのは作者の次のような言説である。

「しかしわれわれは亭主をしばらくこの場に残しておくことにしよう。なぜなら亭主を助けてくれる者もいないことはあるまいし、もしなければ、己の力にあまることをあえておこなった人間だ、苦しんで、黙っていればそれでいいのだから」。

我々は大きな冒険のみならず小さな出来事においても、その応用としての形を検討しているわけだが、ここにも作者の主立った思想といったものが窺える。したがって前に述べたように、球体のいかなる部分を切り取っても円形が出てくるように、『ドン・キホーテ』のどれほど小さな細部を取り出して検討しても、同じような装い、有機的構造が現われてくるのである。作者が同一の精神的・倫理的思想を、単調に堕することなく、何度となく反復しえたというのは、天才的才能の表われであり、ますます驚くべきことのように見えてくる[79]。

前にも述べたことだが、サンチョは時として賢明さから外れてあえて自分の馬鹿さかげんを暴露することがあった。それはさておき、ドン・キホーテが他者の無分別の試金石になるということもある。ドン・キホーテ自身は自らの生において、未知の必然的、自然的な原因にしたがって生きている複雑な存在である。たしかに気が狂っていると言ってもいい、なぜなら彼といっしょに体験している出来事に関して、われらが抱いている見方と彼のそれとが折り合わないからである。しかし彼は狂人であれ何であれ、自らの規範と活動範囲というものをもっている。そしてそれによって、測り知れない高尚な動機に動かされるままに歩き回るのである。彼の人生の質というものは、マルセーラが切望していた独立覇気の精神と通底していて、それに敗けず劣らず崇高なものである。ところでドン・キホーテの同郷人たる暇な人間たちの中には、彼が腕力、精力を注ぎ込み、怪我にもめげず追い求めたいと思う人生に対して、それを迷惑なことだと思う連中もいる。

「そこで物語は次のように述べている。すなわち、得業士サンソン・カラスコがドン・キホーテに、彼がやりかけのまま放置している騎士道をふたたびつづけるように忠告したときには、その前に住職や床屋と会合して、ドン・キホーテが彼のとんだ冒険探しで心をかき乱されないで、おのれの家にしずかに落ちついて暮らすようにするには、いったい、どんな方策をとったものかと相談した結果であった。この話し合いは、全員異議なしで、それにカラスコのとくに熱心な意見にもとづいて、ドン・キホーテを出発するままにしようという結論になった。それというのも、彼をひきとめることは不可能だと思われたからであるが、なおまた、サンソンが途中で遍歴の騎士に扮して現われ……ドン・キホーテを打ち負かすことになるが、これまたやさしいことだと思われた」(80)

つまりここで我々は、筆者が〈ドン・キホーテ的系列〉と呼んだものの中に、あえて飛び込んでいく人物を目の前にしているのである。それも、こともあろうにドン・キホーテに立ち向かおうというのである。結果は周知のとおりである。得業士は命を永らえることができたが、それは「得業士を得業士ではないと思い込むなどという、ドン・キホーテの異常な考え」のおかげであった。さもなかったら「この得業士さんは小鳥がいると思ったところに小鳥の巣も見つからなかったので、永遠に学士になることはできずじまいになったことだろう」。

トメ・セシアルは、自分たちのもくろみがものの見事に失敗に終わり、彼らの遍歴のみじめな成り行きを思って、得業士にこう述べた。

「まったくでさ、サンソン・カラスコさん、わしらは当然の報いを受けたんでさ。なんでもないと考えて、仕事にとりかかっても、うまく仕上げるこたむずかしいね。ドン・キホーテは気違い、こっちは正気、それでいて向こうさまはぴんぴんして笑ってござる。お前さまはさんざん叩きのめされて、しかめ面だ。そこで、いやでもおうでも気違いだってやつと、自分から好んで気違いになるやつと、どっちがよけいに気違いか、教えておくんなさいよ」。

セルバンテス研究者の中には、得業士カラスコのお節介な口出しを、本当らしさに欠けると非難する者もいる[81]。じつはこうした出来事を通して作者が言いたかったのは、本当らしさなどではなく、ドン・キホーテが自らの本性の指し示す道を辿ろうとする権利であり、またそれを邪魔立てしようとする者たちの過ちである。注意してほしいのは、ドン・キホーテが自らの精神的異常性と有機的に結びついているがゆえに、騎士道的要請を捨て去ったということである。そしてもし彼の家族や友人たちの機械的な介入が功を奏して勝利を収めた場合、それは即、物語に終止符が打たれるときに他ならない。彼の精神的正常性は彼の死と結びついている。ドン・キホーテは常に自らの〈ドン・キホーテ主義〉の内に屹立しているがゆえに、公爵家の聖職者に反発したのと同様に、カラスコをも拒絶するのである。彼はまさにその目的のために作者の全幅の支持を得ている。われらの英雄はカラスコと〈鏡の騎士〉が同一人物であることを信じようとはしない。それも当然といえば当然である。なぜなら「拙者は万が一にもあの男の敵であったと申すのか？　あの男が恨みをいだくようなことを、一度でも拙者はいたしたろうか？」と述べている通りだからである。軽薄なことばに投げつけられた気高いことばではある。セルバンテスはカラスコのような人物のことを、次のような言葉で言い表わそうとしていた。

「いいかい、ベルガンサ。別に頼まれもしないことにくちばしを突っ込んだり、全然自分にかかわりのない仕事をしたりするものじゃないんだ」(82)。

また『愛の迷宮』の中の次のせりふも、同じ内容をよく言い表わしている。

自分にはまったく関係ない、
どうでもいいことに
首を突っ込む輩など、物見高い奴
というよりはまったくの阿呆と呼ぼう(83)。

引用した箇所からも、セルバンテス作品における〈過ち〉の果たす、系統だった役割がはっきり見えてくる。『ドン・キホーテ』の内部であれ外部であれ、そうしたすべての人物のばかげた行動から忌まわしい結果が招来するが、それは己れの道を突き進んで行こうとする者たちにとって、例外なく腹立たしいものである(84)。

まさにドン・キホーテという人物は、彼の最大の横顔のうちのひとつに、セルバンテス作品すべてに共通するテーマの最高のかたちを体現している(85)。すでに指摘せざるをえないことだったが(86)、初期の不調和が次第にえもいわれぬ調和に変わっていったとしても、それが〔ドン・キホーテという〕不滅の人物像を見る、こうした見方を損なうわけではない。他の人物たちはといえば、セルバンテス的道徳律の教条的概念に、主人公以上にずっと固執している。

〈過ち〉に関する理論を全体として眺めてみると、次のような結論に達する。つまり〈過ち〉というのは自然のもつ和合的調和との断絶のことである。その思想はすでに作者が処女作をものしたときにもっていたものである。

「美しいガラテア、ぼくは君に語った言葉と君を崇める理由をしっかり弁えて、こうした申し出をしているのです。それが分かったら君の本心を明かしてくれてもいいでしょう。間違っても君の意に沿わないことはしないつもりですからね」[87]。

そうした双方の意志の一致は、宇宙の統一的リズムの一局面であって、セルバンテスが多く引用したカスティリオーネやレオン・エブレオといった作家たちから援用したネオプラトン主義的思想である[88]。つまり〈過ち〉というのは、自然的秩序の侵犯であり、セルバンテスが侵犯者に対して与える報いからは、機械的に制裁を下すのが自然そのものであって、超自然的な力ではないということが明らかになる。結局、こうしたセルバンテス的な裁きは、罪そのものの内にあり、内在的なものである。そのことは似たような理論が他の分野でも定式化された時代において、決して奇異なことではない。トンマーゾ・カンパネッラは「罪に対する罰は自然なり」というテーゼを『実践哲学』(*Philosophia realis*)の中で展開している。つまりあらゆる悪徳は自然の法則に反することに由来し、その結果において自然それ自体によって罰せられ、自然は犯されることはない、というものである[89]。セルバンテスは自らの道徳理論をカンパネッラから学んだわけではない。なぜならば彼の精神的形成期は、カンパネッラが執筆を始めた頃と重なっているからである。次のソネートは一六〇七年に書かれてはいるが、出版されたのは一六二二年である。

あらゆる罪は自分自身に対する苦しみなり。
精神と肉体と名声に苦悩をもたらせばなり。

セルバンテスはイタリアでそうした思想に触れることになるが、当時のイタリアは偉大な思想家たちの輩出する雰囲気があった。われらの作家の道徳観について語る際に、自然自体の結果としての、また内在的・人間的な原理としてのこの処罰の概念の意味を見てみることとしよう(90)。

調和と的中

とはいえ、セルバンテスの造形する人物のすべてがすべて間違いを犯すわけではない。セルバンテスは自らの不手際によって際立つ、必要枠としての不器用な射手たちの傍らに、完全な生命的調和と、偶然の一致を伴う完全な相互理解をモチーフとした話をいくつか配置している。互いにそりの合わない愛によって、不幸とばからしさが生まれるとすると、相通じ合う愛からは栄光にみちた幸せへと導かれる。若者ドン・ルイスは法官に向かってドニャ・クラーラに会ったときの印象をこう語っている。

「会った瞬間からあの方をわたしの心の主といたしたのです……あの方のために、わたしは父の家をすて、あの方のために、この衣服をまとい、あたかも矢が的を、船人が北極星をめざすように、どこまでもお跡をしたって行こうとしたのです(91)」。

美しいドニャ・クラーラは彼女なりにこう述べている。

「わたしは、まだあの方といっぺんも口をきいたことはありませんが、それでも、あの方がとても好きなので、あの方なしでは生きてゆけないくらいです(92)」。

そして法官は「もののわかった人だっただけに、娘にとってもこの縁組はけっして悪いどころの話ではないと、とっくに気付いていた」とある。

ここで隠喩は特徴的なものとなっている(93)。隠喩が暗示しているのは、あらゆる種類の障害や暗礁を取り除き、最終的運命を勝ち取るべくあらゆる手段を講ずる、抗しがたい諸力である。カマーチョの婚礼では、バシーリオはキテーリアを手に入れるため、皆の記憶にもある例のトリックを行使する。するとドン・キホーテは「恋愛のいざこざにおいて、望む目的を達成しようがために、ただ愛するものを傷つけ面目を汚さぬことであれば、いかなる奇略、いかなる欺瞞も差し支えないものと認められておりますわい(94)」と宣言する。

『ペルシーレス』においてイサベラ・カストゥルーチョは悪魔つきのふりをするという策略を使って、アンドレア・マルーロとまんまと結婚する(95)。また『寛大な恋人』では、リカルドとレオニーサはありそうもない障害を克服して、愛の勝利を手にする。彼らの傍らには、お決まりの定式通り、まずいやり方でレオニーサをわがものにしようとして失敗し、命を落とすはめになるアリーとハッサン、司法官がいる。

『ドン・キホーテ』に挿入された「捕虜の話」は、想いをひとつにする恋人たちがどのようにして、幸せな結末を迎えるかが見て取れる好例である。ソライダにおける宗教上の違いが美しい物語にドラマチックな影を添えている。彼女はキリスト教徒になりたいと願っているが、それも捕虜である騎士の愛ゆえにである。

「大勢のキリスト教徒の方たちをこの窓から見ましたが、あなたのほかには、紳士と思われる方はひとりもございません。わたしはたいへん美しく、年も若く……お考えになってください。あちらへまいって、もしもお望みでしたら、夫になっていただいてもいいのです」。

キリスト教徒の捕虜が初めてモーロ女を目にしたとき、目の前にしている女性を「天女がわたしを喜ばせ、そして助けようと、地上のわたしの目の前へ舞いおりて来たようでした」と述べている。二人が別れをつげるとき「ソライダはうしろ髪を引かれるようすで、父親につれられて行ってしまいました」(96)とある。ソライダは愛と宗教(宗教は愛の外被としてある)に動かされ、捕虜の後についていくが、そこにはセルバンテスの挿話としては類をみない暴力が伴っている。美しいアルジェールの女はそんな事件を引き起こすことなく家を出ることもできたはずである。しかしセルバンテスは父親を登場させる。彼はキリスト教徒たちが逃亡する際に拉致され、後に逃亡者たちから見捨てられてしまう。おそらく『ドン・キホーテ』の中でこれほど悲劇的な場面もないだろう。老人はひとり海岸にとり残され、哀れな姿を引きずりながらも叫び、呪い、懇請し、哀願する。

「戻ってくれ、愛する娘！　この浜へ戻ってくれ、何もかも許すよ！」(97)

しかし避けられないものに対して、もはや彼はお手上げである。彼のわびしい姿は人間的なるものの深淵、非情な運命の果てしない景色を、我々に垣間見せてくれる。セルバンテス的ペシミズムはこういった癒しようのない痛みの中に反映している。それはキンタナールの農民フアン・アルドゥードによって鞭打たれていた不幸な少年の痛みのように不吉なものである。

この物語が『ドン・キホーテ』全体と密接なつながりがあることは、指摘するまでもなかろう。もし

「無分別な物好き」の物語が運命の悲劇を扱ったものだとすると、「捕虜の話」は生命的調和のドラマということができる。両方ともセルバンテス的な世界観を構成している相対立する二つ側面を表象している。この見方に立てば、「捕虜の話」の「無分別な物好き」の物語に対する関係が、『ペルシーレス』の『ドン・キホーテ』に対するそれと重なることが分かる。『ペルシーレス』では、愛は型にはまったものとして描かれているし、人物たちも妄想的次元を徘徊するふわふわした存在にすぎない。しかし『ペルシーレス』という作品は、より体系だった構想下において、ペリアンドロの存在がアウリステラの心の中でいかにしっかり根付いているかを表現している。というのも彼にとって彼女はまさに彼の人生の目的、指針、運命であり、物語はあらかじめ規定されていた調和と和合の道筋をたどるものだったからである。われらの作家にとって、この目的のためにはビザンチン小説のもっている筋の急展開が絶好の手本を提供してくれた。それは奇想天外な騎士道文学や、単なる狂人的見せ物（狂人物語、『ロマンセの幕間劇』[98]等）などが、彼の反対の性向を満足させたのと軌を一にしている。セルバンテスは理性や良き和合などが支配することのない、そうした世界に引き付けられたのである。

セルバンテス思想のこうした側面は当時、大流行していた思想とうまく咬み合っている。一度ならずも引用され注釈を加えられてきたものとして、『ドン・キホーテ』序文にある、作者のレオン・エブレオ著『愛の対話』に対する言及がある。また『愛の対話』の原文にきわめて密着した、『ガラテア』第四の書に出てくる愛の理論もそれに該当する。しかしその関係については、単なる表面的な影響関係しか指摘されたことはなく、かかる理論といえどもセルバンテス作品に出てくるものは、他の多くの作家たちのそれと同じく、当時流行していた陳腐な決まり文句にすぎないとされてきた[99]。しかしこれは我々の見方に照らしていえば、あまりにも不正確な見解である。じつのところはセルバンテスが『愛の対話』や『宮廷人』などの類書を利用したのは、決して表面的にではなく、作品に理論的意味付けをするためであった。『ガラテア』第四の書の〈愛の理論〉がネオプラトン的であるはずだとしたら、どうして同じ視点が執拗に提示される、前に挙げたエロス的調和の事例から引き出される愛の概念もまた、そうでないなどということがありえようか。もしそうでないとしたら、『ガラテア』の原文と『愛の対話』のそれとの間の比較対照が容易になしえたこと自体、理に合わなくなってしまうし、こうした別の側面が確たる物的証拠を提供することなどもありえまい。ともあれレオン・エブレオの原文とセルバンテスの思想にはかなり明確な類似性がある。たとえばエブレオには「私には天体に見られる相互的な和合と照応が、愛の原因というよりも結果やしるしのように見えます[100]」とある。見てきたように、われらの作家の中にはその種の和合を求める押えがたい欲求があるが、それは次のような考え方からくるように見える。

「（均斉のとれた物質が美しく見えるのは）質料をよりよく形づくる形相によって、物質の各部分が互いに全体と均斉を保ち、知的に整序されて本来の働きや目的のためにうまく配置されるからです……[101]」。

「（愛の原因のひとつは）二人の人間の間の性格や気質の和合で……実際に双方の気質にはある種の類似や調和的対応があるものです[102]」。

ところでもし愛が人間と宇宙の調和の基盤だとすると、その調和を乱す者たちに最悪の災厄が降りかかるとしても致し方ない。同じ理由から好運のもとにある恋人たちに対しては、目的を達成するために最大の自由（二二四頁をみよ）を与えねばならないだろう。

「真の愛こそが理性と愛する者の両者をとてつもない猛威と信じがたい力でけしかけるのです。それは他のいかなる障害にもまして、人間の判断力とその落ち着き先である心をかき乱し……」[103]。それはまさにドン・キホーテが言っていることと同じである。

「サンチョよ、こういうことを覚えておくがよいぞ、愛と申すものは、思慮には眼もくれず、またその過程においては、理性の拘束なぞいっこうに認めないもので……」[104]。

『ドン・キホーテ』の中の、モンテマヨールの『ディアナ』に関する批判[105]は、それ以前の愛の理論に照らして解釈せねばならない。クレメンシン、メネンデス・ペラーヨ、そしてロドリーゲス・マリンはその批判はあまりにも厳しいものだと考えている。セルバンテスは「賢女フェリシアと魔法の水に関する個所全部を取り除く」ように求めている。メネンデス・ペラーヨは次のような注釈を加えている。

「賢女フェリシアの魔術と魔法の水の部分は、恋人たちを甘い眠りに誘い込んで各々の性向を変化させるもので、『ペルシーレス』の最初の章に出てくる大部分の冒険と同じ程度に、空想的で本当らしさを欠いた文学的仕掛けである……」[106]。

しかしこの見解は根拠に乏しいもので、セルバンテスを気紛な理論家とみなすがゆえに、彼の言葉を軽々しく解釈している、もうひとつの証拠である。セルバンテスは本当らしさを欠くものに抵抗を感じることはなかった（我々はすでにそれが彼にとって何を意味するかを承知している）。なぜならば、もしそうであれば『ディアナ』の全体を断罪したであろうし、『ガラテア』自体も書きはしなかったはずだからである。彼が断罪しているのは作者の軽薄さである。というのはセルバンテスにしてみれば最も威力ある生命的本質であるエロス的衝動が、モンテマヨールにとってはたった一杯の水を飲んだだけで、性格も方向も変わってしまうものとされているからである。

「〔フェリシア〕どうです？　邪なアモールがもたらす愛のくびきも、水のおかげで解かれてしまったでしょう?」。「〔フェリスメーナ〕ひとりの人間の知力でこのようなことが可能になるなんて思ってもみませんでした」[107]。

このテーマから離れる前に、セルバンテスの他のテクストとレオン・エブレオのそれを比較対照しておきたい。筆者は出典が『愛の対話』そのものだと主張するつもりはまったくない。なぜならばこの書自体が十六世紀を通じて、頻繁に模倣されたり転写されたりしたからである。しかし何はともあれ、照合それ自体が雄弁に物語っている。

『愛の対話』

「真の愛こそが……彼を楽しさや仲間づきあいから通ざけ、孤独を友とし、苦しみに取り囲まれた、陰鬱で感情走った人間に変えてしまいます。悲嘆によって苦しめられ欲望を苛まれ、絶望に刺激されつつ思いに沈み……希望に生きるようになります」(三〇七頁a)〔拙訳、以下同様〕。

セルバンテス

「数多の作家たちが多くの場所で語っているのは/理解もされず、誉められもせず/知られもしない哀れな恋人を/苛んでいる幾多の苦しみ」(『愛の迷宮』第二巻、二四四頁)。

・・・・・・・・

『愛の対話』

「私が最も驚くのは、愛する者は愛によってこれほど堪え難く、酷い状況と悲嘆の中にありながら、それから離れようとも、また離れたいとも思わないということなのです。それどころか彼に忠告したり手助けしようとする者を仇敵とさえみなすのです」(三〇七頁a)。

セルバンテス

「恋人たちが思い煩うことも勝利だと思っているときに／忠告などするのは野暮なこと(108)／それは虚しい過ちにしがみついている／異端者たちに説教するようなもの」（『愛の迷宮』二四五頁）。

・・・・・・・・

『愛の対話』

「この〈美しい〉という言葉を、人は美について有している知識に従って用いています。つまり肉体的な目や耳が捉える美以外の美を理解しえないものですから、そうした美を超えては空想的で夢の中の想像上のものを除いて、美が存在しないと思っているのです」（四二三頁a）。

セルバンテス

「しかしどうにもわしの考えつかねえことは、お前さまにあの女子が、何をいったい見たからでがしょうか、あんなにも惚れこんで、参っちまっているところをみれば。どこがぱっとしているからちって、どこがすばらしいからちって、物腰のどこがいいからちって、顔のどこが気に入ったからちって……わしは何度も何度も、お前さまの足の爪先から頭の毛の先まで、ようく眼をとめて見たが、わしにゃ惚れるっていうより、びっくりするものしきゃ見えなかっただね。それに女の子が惚れるのは、美しさってものが第一のいちばん大切な点だってことを人にきいているだが、お前さまにはどこといって美しいところはねえのに、どうしてまたあの気の毒な女の子がおっ惚れちまっただか、てんでわからねえでがす」（『ドン・キホーテ』後篇、五八章）。

・・・・・・・・・

サンチョは美についての俗説を述べ、それに対してドン・キホーテが反論する。

『愛の対話』

「しかし心眼が明晰で肉眼の及ぶ彼方のものを見る者は、肉眼が物質について知るよりずっと多くの非物質的美を知ります」（四二三頁a）。

「卓越せる美というものは肉体のより上部に位置している魂の領域にあるということです。最初は美しい幻想や思想や創意をともなった想像力の中に、次には麗しい勉学、芸術、行為、有徳なる習慣や学問をともなった物質と無縁の知力に、そして最も完成された美は至高美を真に象った最初の人間的叡知をもった抽象的知性の中に見いだせるのです」（四二二頁b）。

「物質における美は非物質的な優者の分有に由来し、分有に欠ければ欠けるほど醜悪になるということがわかるでしょう……ですからソフィア、肉眼で美しいものを見ようとしても知れているのです」（四二三頁b）。

セルバンテス
「知っておくがよいぞ、サンチョ（とドン・キホーテが答えた）。美しさと申すものには、二つの種類がある。一つは心の美しさ、もう一つは肉体的な美しさじゃ。心の美しさというものは、立ちまさっていて人の分別や慎ましさ、奥床しい態度、寛容さ、育ちのよさに示されるもので、こういう美と申すものは、顔のまずい男にも持つことができるし、また存在しうるものじゃ。この美しさに眼を注ぐときには、肉体的なそれとはちがって、はげしい、しかもはるかに立ちまさった愛情というものが生ずるのが常だ。サンチョよ、拙者はよい男でないことは百も承知いたしておる。しかしながら、ひどく不恰好でもないということも承知いたしておる。心正しい男にとっては、さっきもおぬしに申した魂の資質というものを持っている限り、女の愛をうけるためには化け物でさえなければ十分じゃ(109)」。

・・・・・・・・・

『愛の対話』

「プラトンは愛を定義して、常に善きものを所有したいとする渇望としたのです」(三七四頁b)。

セルバンテス

「愛とはそれが善いものであれば／最良を得ようと望むものです。／もし善が欠ければ愛ではなくて／歯止めなき渇欲となります」(『愛の迷宮』第二巻、二八七頁)。

・・・・・・・・・

『愛の対話』

「快楽的なものは手に入れた後では愛されはしないのです。なぜなら、私たちの肉体的感覚を楽しませるものはすべて、その性質からして、手に入れるや愛されるよりは厭われるものだからです」(二八五頁b)。

「同じように男は女を、女は男を得ようとするとき相手を愛し求めているのです。こうした快適なるものにはまた別の属性というものもあります。つまりいったん手にいれると、欲求がやむと同時にほとんどの場合に愛も消えて、不快感や嫌悪感にすら変化することがあるということなのです」(二八九頁b、三〇三頁bも対照)。

セルバンテス

「いったい若い連中の恋というものは、多くの場合が色欲でしかないのです。しかもこの色欲のめざすところはとどのつまり快楽なのですから、いよいよこの快楽を達するとおしまいになるんです。

そうしてそれまで恋と見えていたものもうしろを見せてしまうんです。なぜかといえば、色欲は自然がさだめた限界を越えることができないからですが、しかしこういう限度は本当の恋にはけっしてないものです。つまりわたしの申したいことは、ドン・フェルナンドがこの百姓娘をもてあそぶと同時に、もうこれまでの情熱はしずまるし、執心もさめてしまったということです」（『ドン・キホーテ』前篇、二四章）[110]。

・・・・・・・・・・

『愛の対話』

「単に霊的な美の影にすぎない物体的な美が、それを見る者を大いに喜ばせてうっとりと陶酔させ自由と欲求を奪ってしまうとしたなら」（四二三頁b）。

セルバンテス

「美しさにはこういった力があって、それを眼にし、体験する者の欲求を一瞬のうちに支配してしまうのです」（『二人の乙女』、BAE、第一巻、二〇五頁b）[111]。

・・・・・・・・・・

『愛の対話』

「火は元素の中で最も軽く精妙で純化されたものです。空気を除いて他のいかなるものにも愛を感じません。いつもその上にありますが、空気の側にあることを喜びます。天空を愛し、どこにあろうとその傍らに陣取るまでは落ち着かないのです」（三一三頁b）。

セルバンテス

「もし地上で燃え続けさせるべき材料を／火にくべないとすると／容易に天空に戻って行ってしま

うが／それも自然が定めたこと／はっきり愛していると言ってもらって／自分の愛に確信をもちたい恋人は／期待が意に添わぬとき／愛の痕跡すら感じない」（『愛の迷宮』、第二巻、二六四頁）。

・・・・・・・・・・

レオン・エブレオと直接的に関連をもったこうした箇所の他にも、セルバンテスの思想全体を眺めてみれば、彼の人生を構想する方法の基礎に、ネオプラトン主義があったことが分かろうというものである。それは単純にいって、十五世紀のネオプラトン主義者たちによってヨーロッパ中に広められた理論が、ルネサンスの思想的建造物の支えとなっていたからである。愛こそが本質的な絆として現われる自然的調和というテーマは、かつては聖なる現実としての自然という思想を含意していたが、それを十六世紀の思想と芸術の分野で吹き込んだのは、ロレンツォ・ヴァッラ、ニコラウス・クザーヌス、マルシリオ・フィチーノ、ピコ・デッラ・ミランドラ、そして彼らから刺激を受けたレオン・エブレオやバルダッサーレ・カスティリオーネであった。

（1）　「ご主人はあのとおりに気違いだから、大概の場合あることを別のことと思い込み……」（後篇、一〇章）

（2）　前篇、三一章。

（3）　驢馬の鳴き声の冒険（後篇、二七章）に見られる複雑さも、決して小さくはない。ドン・キホーテはひとつの村が〈驢馬鳴き〉村だの、〈石鹸づくり〉村だのと呼ばれて怒り狂うほうがばかげていると述べる。しかしそれに負けず劣らずばかげているのは、怒り狂って武器をとった村びとたちに向かって、杓子定規の決まりごとや福音書の一節を述べることである。この長広舌がくるのは、サンチョが大音声の驢馬の鳴き声をとどろかせた後である。

（4）　後篇、三章。

(5) ロドリーゲス・マリン、第五巻、三七八頁。
(6) 【ビセンテ・ガオス「『ドン・キホーテ』へのアプローチ」、『スペイン文学のテーマと問題』所収、マドリード、一九五九、九五―一一八頁をみよ。(Vicente Gaos, "El *Quijote*, aproximaciones" en *Temas y problemas de literatura española*)、またライリー、前掲書、一一六―一三一頁も参照。】
(7) 『ドン・キホーテ』、古典叢書版、第五巻、六四頁。第七巻(一〇六頁)でもそうした挿入に再度厳しい批判を加えている。
(8) 『全集』(*Samtlishe Werke*)、一八四二、第一三巻、一九四頁。ベルトラン『セルバンテスとドイツロマン主義』、五八九頁を参照のこと。
(9) 前掲書、一〇八頁。
(10) 『セルバンテス』、二四三頁。
(11) 『セルバンテスとその時代』、四三八頁。
(12) 『ドン・キホーテとサンチョの生涯』、一五六頁。
(13) リウス、第三巻、二二一頁。ベルトラン、一三五頁。
(14) 『批判論文』(*Kritische Schriften*)、一八二八、第二巻、七四頁。ベルトラン、五四八頁。ティークは当時にふさわしい強い調子で次のように付言している。
「『ドン・キホーテ』の場面展開をあえて恣意的で偶然的だと呼ぶ者は、この作品をまったく理解していないし、文芸作品の深い目論みを感じる能力にも欠けている」。
(15) 『美学講義』(*Vorlesungen über Aestheik*)、二五六頁。ベルトラン、四五四頁。
(16) 『ドン・キホーテ注釈』(*Comentario al Quijote*)、一八五九。リウス、第三巻、七四頁。
(17) 『アリオストとセルバンテス』(*Ariosto e Cervantes*)、一八七八。リウス、第三巻、三五二頁。
(18) 前篇、二八章。
(19) マル・ラーラ『世俗哲学』、一五六八、八四折、第四〈百章〉、〈諺〉三三番。
(20) 前篇、三三章。

(21)『吉凶両運の対処法』（*De los remedios contra próspera y adversa fortuna*）、セビーリャ、一五三四、九五折v。〔*De Remediis utriusque Fortunae*, 1366〕

(22) 同上、九一折v。

(23)『古代詩哲学』、六〇頁。

(24) その対比は本来、聖書にあるものだが、すでにカスティリオーネによってもなされている。「ドニャ・イサベル・デ・アラゴンは金が火の中でその価値を現わすように、自らの美徳と力を見せつけた」（『宮廷人』、三四〇頁）。

(25) ロドリーゲス・マリンは第三巻（二七頁）で「この歯に衣きせぬ評価はアンセルモのものでも、セルバンテスのものでもない」と述べている。しかしもっと先（前篇、五一章）の方で、登場人物ではなくセルバンテス自身が「一般に常軌を逸したたしなみのない、生まれながらの女性の気質」と述べている。となればロドリーゲス・マリンはいったい何を根拠にこう述べているのであろうか。このテーマはルネサンス期を通して議論されてきた問題である。カスティリオーネの『宮廷人』の対話者のうちのひとりも同じ説を主張し（「女性というのは不完全きわまる動物ですから」古典叢書版、二七三、三〇二、三〇四頁）、その後に展開される興味深い女性弁護論の露払いをしている。チャンのイタリア語版（一九一〇、三〇九頁）を参照のこと。

　セルバンテスは尊敬すべき女性像をいくつか造り上げている。それは彼の作品を繙くだけで十分である。しかし女性の性格に関してはかなり手厳しい意見を披瀝している。これもまた彼流の二重の視点（詩的で普遍的な視点と散文的で個別的な視点）に対応している。女性を批判的に分析するさい芸術的昇華の場合以外は、あまり女性を尊敬しているようには思えない。以下に例を挙げてみよう。

「生まれつき自分の好むことにはどんなことでも安易に飛び込んでいく女性のごとく」（『寛大な恋人』、シュヴィル・ボニーリャ版、一七七頁）

「悪態は控え目なほうであったが、女は節操がない、ぐらいのことは言った」（『ペルシーレス』、BAE、第一巻、六五五頁b）。

「女の話の支離滅裂さとどっこいどっこい」（『気風のいいスペイン人』、第一巻、四三頁）「女の欲望は刻一刻と変化する」（同、五一頁）。

「そうした女の欲望は行き当たりばったりで虚しい」（同、七五頁）。

「それは女どもの好みであり……才知は空っぽ」（『嫉妬の館』、第一巻、一七一頁）

「ああ、女どもよ、女どもよ、すべての女どもよ、変わりやすき者どもよ、移り気な者どもよ」（『忠実なる見張り番』、第四巻、六三頁）。

「この婦人はアルタンドロの妻になると約束しておきながら、今になって女特有の身変わりの早さで、前言を翻して……」（『ガラテア』、第二巻、一五二頁）

（以下と対比せよ。「節操よ、信念よ、そなたたちは女の心の中でめったに座を占めることはないのだ」。モンテマヨール『ディアナ』、メネンデス・ペラーヨ『小説の起源』所収、第二巻、二五七頁a）

「山羊をそれほどやっきになって群のほうへ追いかけなくともさ。なにしろ、そいつは牝だから、どんなにあんたが邪魔だてしようとしたところで、自然の本能を追おうというもんですよ」（『ドン・キホーテ』前篇、五〇章）。

「自分たちが純潔で貞節だというんで、あたかもこのことだけに最高の美点があるとでもいうように、自分たちの夫に尊敬してもらいたいと思うってことは、こいつはまったく結構な話にちがいないさ、そのくせ自分たちに欠けているほかの立派な幾千という美徳がどんどんこぼれてゆく抜け穴にはてんで気付かないのだからね……」（『離婚係の判事さん』、第四巻、一四頁）。

「女たちときたら厭うべきときに求め、留まるべきときに出ていき、期待すべきときに恐れ、恐れるべきときに期待するんだからね」（『愛の迷宮』、第二巻、二九五頁）。

「女は生まれつき執念深いんだ」（『ペルシーレス』、六〇七頁a）。

「女性は大抵が生来の欲深で、望み高く、とかく権力に目が眩みやすい」（同、五九八頁a）。

セルバンテスは女性から大きな才能を要求したりはしない。

「もし女は馬鹿や間抜けでなければ、才に勝ってずぬける必要もないし、馬鹿なら馬鹿で使いものにならなくても仕方ない」（『名高き下女』、BAE、第一巻、一七一頁a）。

彼の同時代人モンテーニュも「社会における女性の役割は男に気に入られ、愛されること」と考えていた（ヴィレー『エセーの源泉』、第二巻、四七七頁）。こうした評価に対置しうる他の肯定的評価はなかったとみえ、セルバンテスは女性に対してあまり良い見方はしていなかったと結論づけねばなるまい。彼が素敵で魅力的な女性像を造り上げるためには、それを芸術を通して練りあげ、批判の及ばないところに据えねばならなかった。そのとき女性は自らの権利を主張する熱烈な女戦士となるのである。【とりわけ以下のものを参照せよ。コンチャ・エスピーナの『《ドン・キホーテ》の女性たち』（Concha Espina, *Mujeres del Quijote* マドリード、一九三〇）およびS・エディ・トラフマン『文学的伝統をもつセルバンテスの女性たち』（S.Edith Trachman, *Cervantes' Women of Literary Tradition* ニューヨーク、一九三二）。ブランカ・ドピーコ「セルバンテスの模範的女性たち」（Blanca Dopico, "Las mujeres ejemplares de Cervantes"『ハバナ大学紀要』Universidad de La Habana、一九四一、七六―八一頁、一五五―一八六頁）。】

（26） 前篇、三三章。『ガラテア』にも似たような状況が出てくる。シレリオはニシダに友人ティンブリオが彼女を恋している旨を伝えに行った先で、逆に自分が彼女に恋してしまうが、セルバンテスはそこをこう述べている。

「一方で友情のしがらみと、他方でクピドの侵しがたい掟との板挟みとなるとき、どんな思いに駆られるかは皆さんのご想像にお任せします」（本書、一一二頁参照）。

周知のことながらこの物語は『狂えるオルランド』（四三章、一―四七六行）から採られたものである。シュヴィルは『クロタロン』（*Crotalón*）の一章句との符合を指摘した（RHi、二二号、四四七頁）が、もちろんその作品は十九世紀まで出版されなかったわけだから、出典とすることはできない。おそらく我々の知らない本の中にも、『狂えるオルランド』の話にいろいろ尾鰭がついたような、『クロタロン』のそれと似た別の話があるにちがいない。住職はこの物語について未婚の男女のあいだならば、起こりえた話だが「夫と妻のあいだではちとむりなところがある」（前篇、三五章）と述べている。これは第三者的な観察である。作者はアンセルモを狂人に仕立てあげることに腐心した。その上、当時の模倣についての概念に照らして見れば、既存の文学的逸話を模倣することは、自然そのものを模倣するのと同じ力を発揮しえたのである（本書、八五―八六頁、註35をみよ）。ところで管見によれば、この短篇小説は文学的にみて弱々しいものではないし、ギリェン・デ・カストロ

(Guillén de Castro) がこの話を自ら『無分別の物好き』という芝居に翻案して、改善を果たしたとも思えない(RFE、一九一六、第三巻、三六〇頁を参照)。

(27) 前篇、三五章。この小説に関してはゲオルク・バビンゲル『セルバンテスの小説《無分別な物好き》の遍歴と変化』(Georg Babinger, *Die Wanderungen und Wandelungen der Novelle von Cervantes El curioso impertinente*)、『ロマン研究』(*Romanische Forschungen*)、第三一巻、一九一二、四八六―五四九頁)をみよ。

(28)【カストロのいわゆる〈過ち理論〉は一九二九年以降、少なくとも大方は受け入れられてきたが、それに疑義を呈した重要な評者もあって、彼らにとって格好の議論の材料を与えた。興味深い論議が生まれるきっかけとなったのは、これをセルバンテスの嫉妬深い夫たちのテーマに当てはめた場合である。たとえばジョルジュ・シロ「セルバンテスの〈嫉妬深い夫たち〉に関する注解」(Georges Cirot, "Gloses sur les «maris jaloux» de Cervantès" BH、第三一巻、一九二九、一―七四頁)である(シロは「セルバンテスの〈嫉妬深い夫たち〉再考」"Encore les «maris jaloux» de Cervantès" 同上、三三九―三四六頁および「再びセルバンテスの〈嫉妬深い夫たち〉のいくつかの言葉について」"Quelques mots encore les «maris jaloux» de Cervantès" 同上、第四二巻、一九四〇、三〇三―三〇六頁において、典拠の問題について論じている)。

またホアキン・カサルドゥエロは『《模範小説集》の意味と形式』(Joaquín Casalduero, *Sentido y forma de las Novelas Ejemplares* ブエノス・アイレス、一九四三、最新版はマドリード、一九六二)において、「無分別の物好き」をきちんと視野に入れながら、『嫉妬深いエストレマドゥーラ男』の問題を過不足なく論じている。マルセル・バタイヨンは『エラスムスとスペイン』(七八二頁註)において、アメリコ・カストロは「〈過ちとその天罰としての死〉を語ることによって、このセルバンテス理論をあまりにも理詰めで論じた」と述べている。また同じバタイヨンの「セルバンテスと〈キリスト教的結婚〉」"Cervantes et la «mariage chretien»" BH、第四九巻、一九四七、一二九―一四四頁 および同「セルバンテス的な結婚」"Matrimonios cervantinos"、『現実』*Realidad*、第二巻、一九四七、一七一―一八二頁も参照のこと。またマルコム・D・マクリーン「セルバンテス作品における結婚の問題」Malcom D. McLean, "Marital Problems in the Works of Cervantes"、『図書新聞』*Library Chronicle*、テキサス大学、第三巻、一九四八、八一―八九頁 およびプレドモア『《ドン・キホーテ》の世界』(三五―三六頁）も参照せよ。つまるところ一九二五年に提起されたアメリコ・カストロの思想のひとつが、今日でも興味を喚起しているだけでなく、実り多い議論と新たなセルバンテス解釈を生み出しているということである。

　ガルドス（Galdós）のセルバンテス主義について語ることは、今では珍しいことではなくなったが、かといって『ミセリコルディア（慈悲）』（*Misericordia*）の作者の中に、どれだけセルバンテスが明確な影響を及ぼしたかという包括的研究はいまだ存在していない。アメリコ・カストロ自身、一度ならずもその影響関係を論じている（『セルバンテスとスペイン生粋主義』、三頁、一八〇頁、一九一頁）。しかしここで指摘すべきは、議論されているセルバンテスの〈過ち理論〉のテーマに関して言うと、ガルドスの天才的小説『フォルトゥナータとハシンタ』（*Fortunata y Jacinta*）における構造的要素のひとつは、まさしく〈過ち理論〉そのものであり、自然の決定的規範に従って行動しない人物たちは、その結果の罰を負っているように見える。かくも興味深いが複雑な問題については、それを示唆するだけに止めて、しかるべき別の機会に考察するつもりである。】

（29）　ロドリーゲス・マリンによる版、第二巻、一六七、一六八、一七〇頁。

（30）　後篇、四八章。

（31）　**BAE**、第一巻、五七五頁b。

（32）　前篇、一四章。【『セルバンテスへ向けて』、前掲書、二八八頁、三〇〇—三〇一頁をみよ。】

（33）　『ガラテア』第三の書（シュヴィルとボニーリャによる版、第一巻、二二五—二二六頁〔原文一二五—一二六頁は筆者の間違い〕）には、すでにマルセーラ的弁論が披瀝されている。

「新参の恋人が相手の女性が手のひらを返したように冷たくなった、と嘆くのはまったく理に外れたことなんだ。というのも愛は偏に強制するものではなく自発的なものであり、またそうあらねばならないとしたら、愛する相手から愛されないからといって不平を言うべきではなく……おそらく本来であったら得られるはずもないものを、しつこく言い寄ることによって手に入れようとする恋人がわんさとでてくるだろうね……もし素っ気なくされたら相手ではなく運命を恨むべきなんだ。つまり不運にも相手によく理解されなかったために、真に愛してもらえなかったことに対してね、云々」。

（34）　『結婚についての対話』（*Colloquio del matrimonio*　メネンデス・ペラーヨの『小説の起源』、第四巻、一六六頁）。

(35)『ペルシーレス』、BAE、第一巻、六三六頁。
(36)拙論（RFE、一九一六、第三巻、三五七頁）において名誉に関する研究を参照のこと。
(37)BAE、第一巻、六六六頁b。
(38)同上、六七一頁b。
(39)『ペルシーレス』、五八七頁a。
(40)これは女性の愛をはねつける男を描いた唯一のケースではない。たとえば『愛の迷宮』（第二巻、二八七頁）においてマンフレードはフーリアを却けてこう言う。
「下手な愛情にこの償いなら、もっとひどい償いを求めてくるやもしれぬ」。
(41)六一六頁b。
(42)六〇三頁a。
(43)後篇、七四章。
(44)G・シロにとって「ドン・キホーテの死は狂気の結果ではない。それはアベリャネーダ某との競争を避けるためであり、また同時に物語にうまい決着をつけるためであった」（『セルバンテスの〈嫉妬深い夫たち〉に関する注解』、BHi、三〇巻、一九二九、四九頁註）。
シロはドン・キホーテのケースをカリサーレスのそれと比較している。しかしドン・キホーテはカリサーレスのように生物学的本性と向かい合うのではなく、シロがかくあれかしと願っている、ある存在様式と対峙させられている。拙著『セルバンテス』（*Cervantès* パリ、一九三一、五—六頁）で展開した〈境界〉の概念と比較検討せよ。
(45)本書、一九—二一頁参照。
(46)『森羅渉猟』（*Silva de varia lección*）、リヨン、一五五六、二三四—二三五頁。実際エラスムスは彼の『格言集』（*Apotegmas*）の中でこう述べている。
「私は次の二つを同じものとみなす。つまり家で金持ちの女と暮らすのと、気難しく厳《いかめ》しい女と暮らすこと。我々はそれに勝ることを『千章』（Chiliades）のなかで説明した」。

つまりこれは『格言集』（*Adagia*）（ハーグ版、一六四一、五〇三頁）の中のことである。実際、エラスムスの諺に「Aequalem uxorem quaere（等しい身分の女を愛すること）」というのがある（『第一〈千章〉、第八〈百章〉、〈諺〉第一番』、Chiliada I, Centuria VIII, I)。興味深いのはH・エティエンヌ〔大アンリー二世〕によると、ギリシア語の諺「**την κατά σαυτόν έλα**」において「女」**γυναικα** を補うべきではないという。したがって意味はずいぶん異なる（『アンリー・エティエンヌに捧げられた格言集の〈千章〉』*Adagiorum... chiliades... quibus adjectae sunt Henrice Stephani* パリ、一五七九、二四二集）。しかしその言語学の問題は我々にとって関心はない。実はエラスムスは結婚における平等の必要性について力説している。他の者たちもエラスムスの考え方に追随している。彼がそれをギリシア人から採用したか、自分の頭からひねり出したかはどうでもいい。『小説の起源』（第四巻、一六八頁a、b）に含まれる『対話集』（*Coloquios*）を対照せよ。

(47)「この格言は古代のあらゆる哲学者、とりわけプルタルコス『教えられるべき子供たちについて』（*De liberis educandis*）から生まれたと思われる」（『世俗哲学』、一五六二年度版、六三折r）。

(48) 第五〈百章〉、〈諺〉第九番。

(49) 第五〈百章〉、〈諺〉第三四番。一五六八年版、一一三折。

(50) 第三〈百章〉、〈諺〉第三五番。

(51)『忠実なる見張り番』、第四巻、七七頁。『ガラテア』（シュヴィルとボニーリャによる版、第二巻、一四六頁）には「いまだ知らざる夫から／喜びの色窺えず」という件がある。〔ガラテアの不本意な結婚の経緯については〕同上、一四二―一四三頁を参照のこと。

(52) 前篇、五一章。

(53)『ペルシーレス』、五七七頁b。

(54)『ペルシーレス』、BAE、第一巻、六〇五頁b。ルシンダがフェルナンド〔原文のカルデニオは筆者の間違い〕に「はい」という承諾の言葉をもらしたのは「ただ両親のおっしゃることにそむきたくなかったからだったのです」（前篇、二八章）とあるのを想起せよ。その結果は悲惨な結末となった。つまりカルデニオが身を隠したり、云々となる。セルバンテスにとって愛する自由に触れることは、それこそ火薬庫に火を放つようなものである。

『ガラテア』（前掲版、第一巻、一八五頁）にはこうある。「もし彼女が愛していたけれど両親に従うためにそれを全うしえなかったとしたら、それは仕方あるまい」。
(55) 前篇、一二章。
(56) 前篇、二八章。
(57) 『ペルシーレス』、五九六頁a。
(58) 同上、六〇〇頁a。
(59) 同上、六一六頁b。
(60) 六一一頁。『びいどろ学士』（BAE、第一巻、一六四頁b）に、自らの才覚で両親の強制による老人との結婚を免れたある娘の話があったのを想起されたい。
(61) 五九九頁b。我々は前にクローディオがどのような最期を遂げたかを見た。その他にも『ペルシーレス』の以下の箇所を考慮に入れよ。五九八頁b、六三八頁b、六六二頁a、b、六七八頁b。
(62) 第四巻、一五一頁。
(63) 第四巻、一六一頁。
(64) 第四巻、一四六頁。【ティーク（『論文集』*Schriften* 第一一巻、ベルリン、一八二九、八五―八七頁）に従うかたちで、セルバンテスの有名な小説の模範性について論じた最初の近代批評家はオルテガであった（『ドン・キホーテに関する省察』、マドリード、一九一四、一四二―一四七頁）なお本書四九九頁、註7を参照のこと。我々はここでセルバンテス思想におけるもうひとつの論争点を前にしている。たとえばW・J・エントゥイッスル「模範的小説家セルバンテス」（W. J. Entwistle, "Cervantes, the Exemplary Novelist" HR、第九巻、一九四一、一〇三―一〇九頁）、また前に触れたものだがJ・カサルドゥエロ『《模範小説集》の意味と形式』とW・C・アトキンソン『セルバンテス、ピンシアーノ、および《模範小説集》』（W. C. Atkinson, *Cervantes, el Pinciano y las Novelas Ejemplares*）、それにゴンサーレス・アメスーア『スペイン短篇小説の生みの親セルバンテス』（第一巻、一二六頁以降）がある（しかし興味深いことにアメスーア自身、同書第二巻（三一七頁）の『名高き下女』を扱った箇所でこう述べているのである。「この小説のどこにも出てこないものは、小説すべてに共通したタイトルである模範性である。それどころか作品の小説的手法や筋立てなど、教育的なものなど何ひとつない」)。こうしたものすべてに対してはウェルネル・クラウス「セルバンテスと小説のスペイン的手法」(Werner Krauss, "Cervantes und der Spanische Weg der Novelle"『文芸学への新寄稿』*Neue Beitrage zur Literaturwissenschaft* 第八巻、一九五九、九三―一三三頁)を参照のこと。ライリー(『セルバンテスの小説理論』、九四―一〇七頁)によると、作品はたしかに〈模範的〉ではあるが、それもある程度までにすぎない。かなりの部分が美的にして生命的なモチーフで書かれている。アメリコ・カストロは「セルバンテス小説の模範性」(『セルバンテスへ向けて』、前掲版、四五一―四七四頁)および「セルバンテスの《嫉妬深いエストレマドゥーラ男》」(同、四二〇―四五〇頁)で、再度その問題について触れ、一九二五年の論点をさらに広げ、強化し、いくぶん変更を加えている。そこのところをマルセル・バタイヨンは『エラスムスとスペイン』(七八五頁註)で要約して次のように述べている。

「(アメリコ・カストロは)各文学ジャンル固有の要請に根ざした説明と一線を画し、またセルバンテスの全体像を対抗宗教改革の非現実的概念のなかに抽象的・包括的に取り込んでしまうことをやめて、すべての鍵をそうした全体的現実の中に探し求めようとしている。彼はその現実の中に、生命的真実と道徳的真実の交錯を見いだす。結局、セルバンテスは唯一彼のものでしかない動機によって、自らの衰えゆく人生が作り出したものの中に模範を示したのであって、それ以外のところにおいてではない」。

『嫉妬深いエストレマドゥーラ男』において、ロアイサとレオノーラが明らかに姦通を犯すことなく、抱き合って眠るというモチーフは、カストロの論文「セルバンテスは『嫉妬深いエストレマドゥーラ男』においてすり抜ける」("Cervantes se nos desliza en *El celoso extremeño*"『ソン・アルマダンス誌』*Papeles de Son Armadans* マドリード‐パルマ・デ・マヨルカ、一九六八年二月、二〇五―二二二頁)の中で明らかにされている。】

(65) 『嫉妬深いエストレマドゥーラ男』で謳われているのと同じ内容が、セルバンテス思想を如実に表現するかたちで『情婦』(第三巻、八八頁)の中にも出てくる。

「本にも書かれているように/もっともだと思うのは/欲求の原因が/欠乏だってことよ/だから私を/閉じ込めたりしない方がいいわ」。

これを以下と対比せよ。

「父親は彼女の身辺を見張り、彼女も身をつつしんでおりました。なにしろ、己のつつしみよりも娘をよく守ってくれるものは、南京錠も見張りも掛け金もありませんからね」（『ドン・キホーテ』前篇、五一章）。

(66) 第二巻、二七九―二八四頁。

(67) 第八〈百章〉、〈諺〉第八〇番。一五六五年版、二三〇折v。

(68) 古典叢書（*Libros de antaño*）版、三四八頁。

(69) 同上、三七六頁。

(70) セルバンテスはこの思想にかなり取りつかれていたようで、なんとロシナンテまで射程に入れている。作者はこの尊敬すべき痩せ馬を、エロス的不適合の過ちに陥らせて楽しんでいるようである。

「はからずもロシナンテは、この小馬のご婦人連とちょいと羽根をのばしてやろうという気を起こしたものだ……ところが、牝馬たちのほうはどうやらそんなことより、草を食うほうがよかったのであろう、蹄で蹴る、歯でかむという……」（前篇、一五章）

後篇でもサンチョはその哀れな失策のことを思い出してこう言う。

「それにゃ、ヤングワスの馬方連との冒険は出てますかい、ほれ、わしらのお人よしのロシナンテがひょんな気持ちを起こしたときのさ？」（後篇、三章）

(71) 後篇、一九章。第四巻、三八四頁。

(72) 後篇、二一章。

(73) 『びいどろ学士』の次の件を参照のこと。

「家の中から仇敵を連れ出してもらうようにちゃあんとしてくだすったのだから、神に感謝せよと言ってやるんだな」（BAE、第一巻、一六一頁b）。

(74) 後篇、二二章。

これは妻が愛人と逃げてしまって、意気消沈している夫について述べている。

(75) 同上〔第四巻〕、四四四頁。

(76) 後篇、五章。

(77) 前篇、五一章。笑話の形式をとってはいるが、愚かさの象徴として描かれているのが、幕間劇『サラマンカの洞穴』に出てくるパンクラシオである。彼は妻が彼を欺いたときでもその貞節を信じ込んでいる。
「まったくあいつと肩をならべるルクレシアも、あいつに匹敵するポルシアもいやしませんよ。貞淑と慎ましさがあれの中に宿っているんです」(第四巻、一三四頁)。

(78) 前篇、四四章。

(79) 安い値段で馬を買い取ったもののそれを失い、それのみならず災難につぎつぎと襲われた人物のケースを加えてもいい。
「ほとんどすべての人々が、わがはいの主人の欲に眼のくらんだとんでもない失策を手を打って喜んだものだ」(『犬の対話』、カスティーリャ古典叢書、第二巻、二七六頁)。

(80) 後篇、一五章。

(81) クレメンシン、古典叢書(*Bibl. Clás.*)版、第五巻、二九〇頁をみよ。

(82) 『犬の対話』、カスティーリャ古典叢書、第二巻、三三七頁。

(83) 第二巻、二六五頁。

(84) 作者が提供しうるすべての例を網羅的に挙げるまでもないだろう。とはいえ興味深いのでぜひ付け加えたいのは、『贋もののビスカヤ人』において、衒学的でもの知り顔のクリスティーナがへまをしでかすことである。彼女は他の人間をだませると信じていたが、実際には自分自身が贋もののビスカヤ人キニョーネスとソロルサノに誑かされてしまう。ここには次のような教訓がある。

欲得ずくかさもなくば
情けを知らぬ企みの
手練手管の才覚に
自ら恃む蓮葉者
静かなる水をも避くる術をなみ

水早き流れの中に
身を投ぐる哀れ女よ。
（……）
さはさりながら知れることなし。（前掲版、一〇三頁）

つまるところエロス的過ちの場合と同様に、ロシナンテの上にも想像しうるコミカルな形で過ち一般のテーマが投影されている。《死の宮廷》の冒険でかの痩せ馬は「乗りしずめようとしても力及ばないまま、轡を噛んで、あの骨組みからはとても想像も及ばない早さで、野原をまっしぐらに駆け出した……主人のそばにロシナンテも、仲よく地面に倒れていた。つまり、ロシナンテの元気さと無謀さを発揮した例によって例のごとき結末である」（後篇、一一章）。

（85）「それでいてたいへんな盲に、はっきりした痴呆に落ちこんでいらっしゃるんですわ。だってお年寄りのくせに勇士だと思い込んだり、病人のくせに力持ちだと思い込んだり……」（後篇、六章）

（86）『ドン・キホーテ』において批判された〈過ち〉とは、高尚な教養文学の側からなされたとするE・シャスル（E. Chasles）の見方（『セルバンテス』、一八六六、二八〇頁）は、筆者には間違いと思われる。

（87）メネンデス・ピダルは『《ドン・キホーテ》構想における一視点』（Menéndez Pidal, *Un aspecto en la elaboración del Quijote* 一九二四、五二頁）において、作者が「狂人の妄想を尊敬に値する理想として見るようになり、その狂人を目的においては偉大であっても、それを実行する段になると失敗をしでかす人物として描こうと決心したのは」まさに前篇の第七章であったと述べている。

（88）シュヴィルとボニーリャによる版、第二巻、一五〇頁。
「全宇宙は一個体つまり一人の人間なのです。（……）全体と部分は至高の造物主によって委ねられた使命を正しく完璧に遂行するとき幸せになるということができます。全体の目的は神という建築家によって記された宇宙全体の統一的完成であり……」（『愛の対話』、『小説の起源』第四巻所収、三五四頁）
ルネサンスにおけるネオプラトン主義理論の明解な説明としては、R・ホニクスヴァルト（R. Honigswald）

の『ジョルダーノ・ブルーノ』*Giordano Bruno*（『西洋評論』R de O 一九二五）に詳しい。たとえば「常にG・ブルーノに見いだせるものとしては、無限の神がその存在によってすべてを満たし、神自身の中にすべてを融合して調和的な一者となすという思想であり、またいわゆる対立物の一致（coincidentia oppositorum）と呼ばれる理論である」（八三頁）。

【セルバンテス作品におけるカスティリオーネとレオン・エブレオに関しては、既出のライリー『セルバンテスの小説理論』を参照のこと。】

(89) G・ジェンティーレ『ジョルダーノ・ブルーノとルネサンスの思想』(G. Gentile, *Giordano Bruno ed il pensiero del Rinascimento*)、一九二〇、一一四頁および一一六頁。

(90) 郷士意識（hidalguismo）に対する批判というのも、別の倫理的過ちの分析材料としてここで扱ってもいいのだが、筆者はそれをセルバンテスのスペイン人に関する見方として、先のほうで扱ったほうがいいと思っている。

(91) 前篇、四四章。

(92) 前篇、四三章。

(93) 以下と対比せよ。

「恋する女の／つねとして／蝶のごとくに／火を追ってついていく」（『情婦』、八八頁）。

そうしたものはどれもがネオプラトン主義を彷彿させる。

「クピドは矢を射る姿で表わされていますが、それは遠くから傷つけるためで、本来の標的のように心を射抜きます。（……）自然は地上の物質を、それ自体の目的と本来の場所を知るように真っすぐ導いていくように……矢がじかに的を射るのは、矢それ自体が的を知っているからではなく、矢を射る射手の知識によるものです」（レオン・エブレオ『愛の対話』、三〇六頁および三一二頁、『小説の起源』第四巻所収）。

「心臓において生まれ、瞳を通じて体外に放射された旺盛なる愛の精気は、ちょうど矢が的を射るがごとくに相手の瞳へと向かっていってこれに飛び込み……自分の持ち来たった想念の印象を受け入れるだけでなく、愛する相手の心に炎をともすことにもなる」（カスティリオーネ『宮廷人』、三八九頁）。

またモンテマヨールは『ディアナ』の中で、文字どおりレオン・エブレオをなぞってこう述べている。

「愛（アモール）を弓矢を射る姿で描くのは、矢が的を射るごとく心をまっすぐ射抜くからなんです」（『小説の起源』第二巻、三〇四頁b）。

(94) 後篇、二一章。以下と比較対照せよ。
「愛と申すものは、思慮には眼もくれず、またその過程おいては、理性の拘束なぞいっこうにみとめないもので」（後篇、五八章）。

「恋する者が望みを果たすために罪を犯したとしても、それはそもそもがその者のせいではないということから罪でもなければ本人が犯したことにもならず、意志を牛耳る愛の仕業なのです」（『ペルシーレス』、六一〇頁a）。

「彼らとしては、事の是非はともあれ恋ゆえの沙汰であってみれば、必ずしも許せないことではないという感想であった」（同、六一六頁b）。

「愛情、これは思いの丈を巧みに導いてくれる先生です。愛があれば、どんなに狂おしい思いでも名誉をそこなわずに伝える機会がきっとめぐって来ます」（同、五九四頁b）。

「（君の分別は）裁きの司ではないのに／隠れた罪まで罰しようとする／愛の罪は多く免罪されるものなのに」（『愛の迷宮』、第二巻、二二七頁）。

「アルタンドロは愛欲のせいで――とガラテアは言った――あんな無礼なことをやったのだわ。だとすると少しは許してやってもいいかしら」（『ガラテア』、前掲版、第二巻、一五三頁）。

同様にカスティリオーネの『宮廷人』でも次のような表現がある。

「《ベアトリーチェが赦されうるとすれば、それはただ愛ゆえにということでしょう。が、これは何も女性ばかりでなく男性の場合にも等しく認められてしかるべきです》するとベルナルド殿答えて《ごもっとも。愛の情熱は、実際あらゆる罪に大幅な赦免をもたらしてくれます》」（二七六頁）。

また本書、二二四―二二五頁をみよ。

(95) 六五九頁b。

(96) 前篇、四一章。

(97) 同上。

(98) メネンデス・ピダルの『《ドン・キホーテ》構想における一視点』(Menéndez Pidal, *Un aspecto en la elaboración del Quijote* 一九二四)を参照のこと。

(99)「ほとんどの詩人や文学者にとって、プラトン主義というのは神話学と似かよった手段に他ならなかった。つまりそれは神における〈至高善〉や被造物の内に広く散りばめられた〈一なる美〉に関する、常套句や決まり文句のアンソロジーであった。(……)プラトン主義が真理を見いだす手段だということは分かってはいても、真理を探求しようとする者はほとんどいなかった……その理論の歴史的重要性や人気といったものは否定しうるものではない。その理論から漂ってくる雰囲気というものは、神の愛によって創造された物体的・精神的な大宇宙と、そこに住む神の似姿といった概念である」(メネンデス・ペラーヨ『スペイン美学思想史』、第三巻、九〇頁)。
また彼は『スペインにおけるプラトン主義理論の推移』(*Vicisitudes de la Teoría platónica en España* 一八九二、一一九頁)で次のように付言している。

「セルバンテスが心地よい娯楽書たる牧人小説でやったように、そうした理論を作品に差し挟んだという事実だけからいっても、十六世紀にプラトン主義の潮流がいかに力強いものだったかが分かる」。

(100)『愛の対話』、三二四頁。

(101) 同上、四二五頁a。

(102) 同上、三一一頁a。

(103) 同上、三〇七頁a。以下と比較せよ。
「愛の強力な力はどんなに分別ある人間の心でも乱すものです」(『ペルシーレス』六二三頁b)。

「おちつきなさい、アウリステラ……人間の営みのなかで恋ほど偉大で長続きのする奇跡というものはないのだよ……恋は王杖と牧人の杖を結び……」(同上、五九〇頁b)。

「アモールよ、そなたは/怒りと厳しさの住みついた/マルスと同様、われらを常に脅かす/聖職にある人までも傷つけて/己れの勲功を裏切りの中に打ち建てる」(『気風のいいスペイン人』第一巻、八五頁)。

「（観客は）大声援を飛ばしました。ひたすら逃げるよりほかにはない……なぜなら人間の情熱の力に打ち勝つには神の力が必要だからである」（『ペルシーレス』六〇六頁ｂ）。

女性の方が愛の力をもっと激しく感じる、ということが次の引用に示されている。

「（女性は）自分の関心の的が／たとえ近くにあろうと遠くにあろうと／たとえ軽かろうと重たかろうと／それを求めてまっしぐら／男も女も／互いに求め合いはするものの／この傾向は女の方に／より際立っているようだ／もし本性のせいで／軽率な行ないを押さえている／貞淑さの歯止めをとりされば／欲望の赴くままに振る舞って／もはや理性の制御もきかぬ」（『愛の迷宮』、第二巻、二六二頁）。

次に挙げる別の例は、このテーマに対する関心の広さをよく物語っている。

「愛というものにはさまざまな事情があって、首をかしげることもある。その掟もさまざまで、人それぞれだから……」（『ペルシーレス』五九〇頁ａ）。

「恋よ、おまえは途方もなく恐ろしいやつだ。わたしがいうのは浅薄で、慌て者で、好色で、意地悪な色恋のことだが、おまえたちにかかってはどんな気高い志も、慎ましい心懸けも、思慮深い意図も、何もかもやすやすと踏み躙られてしまう」（同上、六三六頁ａ）。

「若い者には／愛は決して根付かない／若者は常に／困難を避けようとするからだ」（『幸せならず者』、第二巻、二一一頁）。

また本書、二二四―二二五頁も参照のこと。
(104) 後篇、五八章。
(105) 前篇、六章。
(106) 『小説の起源』、第一巻、四六九頁。
(107) 〔『ディアナ』、第五の書〕『小説の起源』所収、第二巻、三一五頁ｂ。
(108) セルバンテスとレオン・エブレオの双方の考え方が直接的に連動しているという事実そのものが、受け売りをよしとする見方を物語っている。モンテマヨールは『ディアナ』(『小説の起源』所収、第二巻、三〇五頁a)において、レオン・エブレオのこれらの箇所を文字どおり再現している。

(109) 同じ命題が『ペルシーレス』(六〇五頁b)の中でも扱われている。

「実はわたしはレオンシア、つまり醜いほうの娘を愛しているのです。説明も言いわけのしようもありませんが……わたしの心の眼にはレオンシアの素晴らしさが手に取るように見えます。彼女こそこの世のだれよりも美しい女です」。

また『イギリス系スペイン女』の中でもこうある。

「イサベラ、そなたを愛したきっかけは、肉欲を満たすことだけが目的の恋とは違うんだ……そなたの限りない美徳にあまりに魅惑されてしまって、かつて美しかったときにそなたを愛したとしたなら、いまの醜くなったそなたを想う気持ちは崇拝するほどなんだ」(シュヴィルとボニーリャによる版、第五巻、四九一頁)。

また『ガラテア』の中でもよく知られたレニオの言説(第二巻、四五頁)では、物体的美と非物体的美が対置されて論じられている。しかし『ドン・キホーテ』の中の例の引用箇所は、まず何よりもそれが『愛の対話』から直接的に引かれたという点に特殊性がある。さらに加えるに、サンチョが大衆を代弁して語り、かの郷士が賢人を代表して語るという点もまた特徴的である。『ガラテア』においてティルシは愛を厭うレニオの純粋に理念的な愛に対して、人間的愛を弁護している。実際、ドン・キホーテはできる範囲で、双方の立場を調和させようと試みている。

(110) そうした考え方は後の方でも繰り返されている。

「欲望にかられたあのことがすんだ後では、それをはたした現場から離れるということが何よりも望ましいことのようだったのですから」(前篇、二八章)。

ロドリーゲス・マリンは「こうした考えは……経験的に日常的に起きていることであり、当然ドロテーアの思いにもあったこと」としている。しかしそれは実証主義的な捉え方であり、文学というものが何よりも文学を越えて、つまり作者の視点やテーマを越えて作られるのだ、という見方を頑として受け入れようとはしない。セルバンテスは『血の力』の中でこう繰り返している。

「淫欲からは長続きする真実の愛は決して生まれない」(BAE、第一巻、一六七頁bおよび一六六頁b)。

またカスティリオーネも『宮廷人』の中で同じ考えを述べている。

「かれらの正しくない願望を、愛する女性で充たそうとする恋人はすべて……やっと望んだものに到達するや否や、飢えと困惑を感ずるばかりか……愛したものに嫌悪を感ずるからです。もしくは、はじめ求めていたものにはまだ実際には到達していないもののように、同じような欲望と渇望が残りつづけるからです」(四八五頁)。

レオン・エブレオはさらに理論化を進めて、触覚と味覚の快楽は視覚、聴覚、嗅覚のそれとは異なり、その過剰が不快を催すものだと述べている(三〇四頁a)。

(三) セルバンテスにおいては、同じ内容がきわめて執拗な形で繰り返されているところから、愛と美に関して、はっきりとこのような考え方をもっていたことが判明する。たとえば以下の例がある。
「どんな自由な人間の心もいやが上にも足下に屈せしめるのが美しい女性の特権である」(『ジプシー娘』、カスティーリャ古典叢書版、第一巻、八一頁)。

「美にふれた者はその虜になり、美しいほどに、またそれを知る度合いが深いほどに愛も深く、敬慕も厚くなるのが自然で……」(『ペルシーレス』、五九〇頁b)。

「若者の目鼻立ちは過不足なく端正で、満場の目を奪い……」(同、五八八頁b)。

「常に尊敬を受けるってことが美人の特権だからね」(『犬の対話』、前述版、二二〇頁)。

「美しさには眠っていた慈悲の心を目覚めさせる力がある」(『ジプシー娘』、前掲版、一一頁)。

またルペルタは眠り込んでいるクロリアーノを殺そうとするが「あまりの美しさに目眩み、握りしめていた短剣を思わずぽろっと落とした」(『ペルシーレス』、六五五頁b)とある。

第四章　神の内在的原理としての自然

今まで分析してきた調和と不調和の問題は、厳密にいうとセルバンテスが自然と自然的なるものに関して抱いてきた思想に依拠している。そうした思想は彼の人生観を形づくる体系にあって必須の支えとなっている。直接的にはネオプラトン主義思想に由来し、その作品の中においては、抽象的哲学者としての資質では彼に優るモンテーニュの作品と比べても、決して劣らぬ豊穣な成果を生み出した(1)。前に論じた和合と調和の体系は、自然的秩序の思想に基づいている。『ペルシーレス』の中にこういう件がある。

これぞ奇跡、奇跡の愛、
生まれながらの性でさえ、
共に難儀に当たれば隠れる(2)。

前に指摘した（二一二頁）とおり、

「そのことわりが通らないこともある。たとえば年端もいかぬ娘が恋に身を焼くこともあれば、老いぼれじじいが狂って胸を焦がすこともある」(3)。

〈自然〉という言葉に、我々がよく日常会話で使う通俗的で不正確な意味を与えて解釈するのは、あまりにも無思慮で時代錯誤的であろう。そうした思想の重要性を認識するためには、セルバンテスのテクストを順序立ててみるだけで十分である。というのも、そうした思想は作者が処女作を書いたときのみならず、晩年作を書いたときにも、頭の中に完全なかたちで現われているからである。この事実とそれに類した事実(4)から見れば、セルバンテスが『ガラテア』を書いたとき（一五八一年から八三年にかけて）、ほぼ三五歳前後の時だが、この多様で複雑な彼の芸術の支柱あるいは、こう言ってよければ裏面として働くこととなる思想的蓄積には、すでに完全なものがあったことが想像される。この点に関して言えば、筆者には彼の処女作と晩年作の間に、思想的危機を想定させるような重要な差異を指摘することはできなかった。

さて『ガラテア』（一五八五）に出てくる自然のテーマを扱うこととしよう。

「彼らがもっとも目を見張り関心を払ったのは、完璧に整った美しい人体の構成であって、それを小宇宙と呼ぶほどでした。実際に、神の執事たる自然によって造られた万物の中でも、人体ほど造物主の叡知と偉大さを示す美しい存在はありません(5)」。

三〇年後の『ペルシーレス』の中にも同じ思想が現われている。

「地球上どこへ行っても、人間は天空に覆われている。だから今も見ているあの大空はわれわれを覆っているわけだが、やはりあれが、いわゆる対蹠人を覆っている。それを遮るものは全然なく、もちろんながら大自然、つまり天地を造りたもうた真の神に仕える執事が命じたとおりになっている」[6]。

不思議なことに異端審問所は、人間および霊魂をふくむ完全なる万象は〈神の執事たる自然〉によって創造された、という命題を印刷することを許した。おそらくその命題の中に文学的常套句を見てとったからにちがいない[7]。しかし、これから引用していく言説と符合したセルバンテスのこの言説の中には、古代・近代の豊かな先例をもったルネサンスの自然主義的思想の影響を見て取ることができる。その思想は当時のイタリア、フランス、スペインで大きな成果を生み出したものであった。

クリストーバル・デ・ビリャロンは『古代的なるものと現代的なるものの機知にとんだ比較考証』(Cristóbal de Villarón, *Ingeniosa comparación entre lo antiguo y lo presente*　一五三四）の中で、人間の創造について、聖書的説明抜きの純粋に自然的事実として語っている。

「人類創造の初期の時代、人間は山の中を野蛮にほっつき回っていた……その後、自然は人間に交接と生殖を行なうようにと育て、（ヘシオドスが言うように）心の中に愛を育ませた。彼によれば愛がなければ世界はカオス、言い換えると存在も形もない茫漠とした塊にすぎない。この愛によって男は女と交渉をもつようになり、かくして子孫を残すようになった……プラトンによれば愛は人間といっしょに生まれ、自然が背中合わせで一体となった人間を育てたのである……筆者の想像ではこの時代、人間はすべて同じ言葉を用いて話していたと思われる……その後、愛が人間の間で生長するにつれ、反対の敵意も生長していったが、それは自然がひとつのものを創造するとき、その対立物も造り出すからである」[8]。

見てのとおり、人文主義者たちは人間の歴史的発展に合わせるかたちで、聖書的説明をより合理的とみなす説明によって置き換えていったのである。

自然を内在的・自律的原理として評価することは、実際には『知ある無知』（*De docta ignorantia*）の著者であるニコラウス・クザーヌス（一四六四年没）の時代に始まっていた。彼によると神は絶対的な最高性（maximum absolutum）であり、神によって創造された世界は、縮限された最大のもの（maximum contractum）であり、世界は神が〈縮限したかたちで〉有するものをどんな事物のうちにも、〈相異なったかたちで〉有することになる。[9]

「クザーヌスの力強い言葉を引けば、個々の事物は神自身であり、それは創造されたひとつの神である」[10]。

ルネサンスはそうした精神のありさまを反映し、プリニウスのような古典作家たちに関心を向けていった。彼の『博物誌』（*Historia Natural*）は諸事実、とりわけ新たな考え方の最大の宝庫のひとつであった。一四六九年から一五三二年にかけて三八版が記録されている。この作品には次のような思想が読み取れる。

「世界は……永遠の広大なる神性とみなされるべきで、造られたものでもなければ、崩壊しうるものでもない」[11]。

しばしば神の力は自然の力と混同されてきた。そこで自然は神格化され、ルネサンス期には多くの人々の宗教にまでなった。[12]『セレスティーナ』の作者もそのうちのひとりである。彼はこの作品の出だしでいみじくも、そして〈唐突に〉、例のよく知られた次の言葉を述べている。

「メリベアさま、これで神というものの偉大さが分かりました……あなたにかくも非の打ちどころのない美しさを授けるように、自然にたいして力をお与えになり……」〔杉浦勉訳〕

自然はここにおいて神の委託を受けた者（アリストテレスの〈善き執事〉）となっている。しかし実際には、それは神の役を演ずる造物主（デミウルゴス）のことである。このことは、文字どおりにとれば、正統的に見えるかもしれないが、厳密な意味ではそうではない。先ほどの言葉の後でカリストはこう言う。

「神のお姿を眼にして歓喜にむせぶ栄光の聖人たちでさえも、きっとその喜びの深さは、今こうしてあなたを見つめているわたしと変わるところがないでしょう。（……）たとえ神が天上で、かの聖人たちよりも上位の座を下さったとしても、さしたる幸福とは思わないことでしょう(13)」。

前に指摘したようにこの理論の基礎は、ルネサンスによって解釈を加えられたところのネオプラトン主義である。この思想についてはっきり知るべく、ルネサンス哲学思想史の碩学の言葉に耳を傾けるのも無駄ではあるまい。

「ネオプラトン主義は宇宙（世界）を知ることに熱狂的な知的関心が向いた時代であったからこそ、完全に自然主義へ転回していったということができる。古代・中世の時代においては、ネオプラトン主義自体にそうするための基礎が十分備わっていなかった。当時まで未熟な段階にあった傾向を解き放ったのは、ここでもまたルネサンスの精神だったのである(14)」。

ネオプラトン主義は神について〈否定的〉に考えている。つまり神は宇宙とは異なる何者かであって、わずかな選良によって、理性的にではなく神秘的に観照されうるものであった。しかしそうした知られざる神の無限性の概念は、神から派生する第二の現実である宇宙や自然に徐々に向けられていった。知への熱望、現実を称えんとする熱望ゆえに、ネオプラトン主義はルネサンス思想の内部においてそうした重要な転回を引き起こしたのである。

「唯一無限の宇宙こそが無限の神にふさわしい。無限な神は無限な宇宙においてのみ〈振る舞う〉

ことができる。有限な宇宙も神に従属するからこそ神性を帯びるとされる。ところで（ジョルダーノ・ブルーノにおいて）宇宙はそれ自体の無限性ゆえに、神の無限性と同じく神聖なものとなる。つまり神は宇宙の中に在り、宇宙は無限である。それは神ゆえであり、また神の内にあるからである。ネオプラトン主義は神の決定性に対する否定理論を克服したのと同様、自らの思想的動機の漸進的発展を通して、宇宙の有限性の理論をも越えてしまった。というのもネオプラトン主義理論はある時点で、宇宙の有限性にこだわるアリストテレス的・スコラ的伝統の頑迷な抵抗に遭遇せざるをえなかったからである。これこそブルーノが学問的伝統に異義を唱え始めた中心的問題のひとつである(15)」。

ホニクスヴァルト（Honigswald）がジョルダーノ・ブルーノ（一六〇〇年没）を扱う際に分析したそうした世界観には、すでに見たような古代の先例がある。因みに後のスピノザの汎神論はその結果ということができる。ブランシェ（Blanchet）にしたがってニコラウス・クザーヌスやマルシリオ・フィチーノ、ピコ・デッラ・ミランドラの理論を要約すれば次のようになる(16)。

「これらの哲学者がネオプラトン主義から引き出した超越的思索への好みがどういったものであれ、はっきりしているのは、彼らが人間と宇宙における神的なるものの内在や、すべてが永遠にして絶対なる自らの始原に帰還するという、転回運動の現実を認知するにいたったのは、彼らがあらゆる教義や体系を自然宗教の単一性の内に和解させようと熱望し、また一方で、霊魂の神的起源に関するプロティノスの思想を採用したことがきっかけである。この点において彼らはジョルダーノ・ブルーノやカンパネッラが説いた教説への道を準備したと言えよう(17)」。

こうした概念を、われらの十六世紀文学史の領域に適用することは必須の要請と思われる。もしそうしなければ、我々はそれ自体では完全な意味を欠くような、テーマや示唆に出会うことになってしまうからである。それらはいわば支流であって、同時代の思想の主流に合流させることではじめて意味を獲得するものである。フェルナンド・デ・ローハス、ガルシラーソ、あるいはセルバンテスといった人物は、たしかに今でこそ芸術家にはちがいないが、当時としては何よりも時代の最も強烈な熱望をしっかり見据えて、自らの芸術的素材に加工を施した、弁舌さわやかな分別ある人間たちであった。おそらくスペイン文学史は近代文学史の中でも、最も軽薄かつ表面的にしか扱われてこなかったもののひとつであろう。どんな基本的な手引書でも、フランスの自然主義小説が十九世紀の実証主義的転回と深い関連性があることを指摘しているにもかかわらず、スペインの歴史家たちは十六世紀という西洋史上最も密度の濃い時代を深く探求しようとはしなかった。もししていれば我々の文学が当時の恐るべき精神的震動にふれて、共振していたことが分かろうというものである。彼らは独立的に美文学（bellas letras）と呼ばれていたものを、文体の〈美しき装い〉（fermosa cobertura）によって、文化の他の領域から切り離されていた感性や幻想の、純然たる遊戯として説明することで満足していたのである（メネンデス・ペラーヨの『美学思想史』はたしかに非常に興味深いが、筆者の言っている空隙を埋めるものではない。たとえば一八八四年版、第二巻、九六―一一六頁を参照のこと）。

十六世紀文学は、特にセルバンテスは非常に高いレベルで、ルネサンスの哲学的思想に影響を受けている。前にその歴史的意味の指摘をしたが、微妙さと巧みさから〈神の執事〉と呼ばれた自然に対するこうした概念は、十五世紀と十六世紀を通じてなされた驚くべき努力の反響のひとつである。それは人生の至高の価値を自然の流れの中心に据えようとするもので、哲学者の言葉によれば、それによって中世的超越性は内在に取って代わられたのである。つまり神聖なるものはこの現実世界や人間性を超えることはなく、ひとえにそれらの中に内在しているのである。[18] マルシリオ・フィチーノやピコ・デッラ・ミランドラ、ポンポナッツィにいろいろな形で見られる内在的自然主義は、コゼンツァ（Cosenza）やカンパネッラの師父であるベルナルディーノ・テレジオ[19]といった哲学者において頂点を極める。興味深い事実があるが、それはセルバンテスが『ガラテア』の中でテレジオを引用していることである。[20] 彼がすでに一五六五年に『ものの本性と固有の起源について』（*De rerum natura juxta propria principia*）という著書を出版していたこの哲学者に言及したとしても何の不思議もない。その名前と思想はセルバンテスのイタリア滞在中、大いに評判になっていたからである（本書、一八二頁、註106を参照）。

ケベードは『スペイン防衛』（*España defendida* BAE、六九巻、一六六頁）の中でこう述べている。

「かつてスペイン人の中でアリストテレスの真理に反駁しえた者があったであろうか。ベルナルディーノ・テレジオはスペインの学会を混乱させてしまったのか、あるいはイタリアと同様に、ここでも講座を見いだしたのであろうか？[21]」

筆者はセルバンテスがテレジオを読んだことがあったかどうか、決定的な証拠をもっているわけではない。なぜならばスペインの同じ雰囲気の中にも、内在的性格を大いに備えた自然主義的思想（エラスムスの翻訳、レオン・エブレオ、カスティリオーネ、P・メシーア、マル・ラーラ）が存在していたからである。テレジオを特徴づける重要な目新しさである、固有原理（propria principia）としての熱・冷に関する理論は、セルバンテスには出てこない。しかし何はともあれテレジオ理論が彼に影響を与えて、その問題に関して別のところで学んでいたかもしれないことすべてにまとまりを与え、それを確認させることになったことは指摘せねばなるまい。セルバンテスとテレジオの自然主義的道徳観に顕著な類似性があったとすればなおのことである。

「地上の生活、自然の諸力や富を蔑んだり、とりわけ自然から離れて生きることは、瀆神や無教養のみならず痴愚や狂気の証を示すことになる……」(22)。

「自然は神によって造られたものかもしれないが、純粋に偶然的・蓋然的な存在を付与されているわけではない……各々の存在（万物）が個別的行動をとるために固有の力と資質を備えているのである……行動を付与された万物は、自己保存と個人的発展のために日夜努力する能力も備えている……」(23)。

「人間は自然の他の存在と同様、固有の存在において存続する傾向がある。その自然的過程と無関係な目標などないからである」(24)。

セルバンテスを注意深く読んでみれば、こうした思想のすべてが耳元でうなり声をあげているのが分かる。すでに多くの例文を引用してきたが、さらに引用していくつもりである。しかしそうした思想がどれほどテレジオ特有のものであろうと、（さまざまなニュアンスや強度をもった）ネオプラトン主義やストア主義に影響された他の作家にも、同じような言説が見られることからして、はっきりそうだと断定できるものは何もない。なぜならば、その一世紀以前から雰囲気は、さまざまな分野に由来する、ほぼ正確で似たような示唆に富んでいたからである。正統と異端の戦いのはざまで、押さえがたいものとして滲みでてきたのが、ごく汎神論に近い自然主義理論であった。それは芸術の美しい折り目に肩入れするか、さもなくば、言葉の類似性から伝統的言語で身を装うこととなった。そうしたところから、エラスムスは聖パウロの精神性に基づきつつも、見解が反キリスト教的合理主義の推論と一致するということが起きたのである。換言すればルネサンス人文主義の思想は、これほどまでに奥深く、複雑だということである。実際、『格言集』への序論の中にこういう件がある。

「神の愛は、すべてのものが万人のものであること以外に何も説こうとはしていない。われらはまさに膠のようにイエス・キリストとしっかりと結びつけられ、父なる神と結びついている。そしてわれらはイエスと神が一体となっているのと同じ完璧な一致を可能な限り模倣することで、われらもまた聖パウロが言うように、イエス・キリストと一体となり、イエス・キリストとともに、ひとつの霊と肉となることは疑問の余地がない。かくして友愛の法則により、万物がイエスにとってひとつであればわれらにとってもひとつであり、万物がわれらにとってもひとつであればイエスにとってもひとつである。かてて加えて、われらが互いに同じ友愛の絆によって結ばれているのは、手足が同じ身体の一部であるのと同じである。一肢は同一の身体であり、同一の霊魂によって動かされている。したがってわれらは同じことに対して苦しみ喜ぶのである（このことは数多の小麦粒が同じ小麦粉となって作られた、かの神秘のパンと、数多の葡萄粒がしぼられて同じ酒となってできあがった、かの葡萄酒が、各々意味していることである）。結局、あらゆる被造物が神のうちに在り、神もまた万物のうちに在るというのと同じく、普遍性なる万物は同時にひとつということになるのである」[25]。

文学がさまざまな形で反映する、自然主義的理論の思想的基礎とはこういったものである。ガルシラーソ（Garcilaso）はセルバンテスよりもかなり以前にこう述べていた。

　自然の御手はこのような唯一無比な
　もの造り、そしてすぐさまそのような
　姿造った原型を打ち壊された[26]〔拙訳〕。

これは思うにアリオストから採られた思想である。

　その姿、造化の妙が創り出し、鋳型から取り出したごと[27]〔脇　功訳〕。

セルバンテスは両者に従い、さらに思想を発展させている。

　自然はこの部分を
　造るべく、すべてから
　最良のものを奪ったり。
　かくて人間の美を超える
　美しい女性を引き出せり。（……）
　日の下でかくもの美人かつてなく
　彼女を造りし天とても
　別の美人を造りだすことなし。[28]

同じ考え方は別のところにも出てくる。

「（サンチョいわく）なんでも、自然ちゅうものは、土で鉢をつくる陶物師みてえなもんで、美しい鉢を一つ作る者は二つでも三つでも、百でも作れるだということを人から聞いていますだ[29]」。

「天はペリアンドロとアウリステラを同じ鋳型の中で等しく造りたもうていた」（『ペルシーレス』、

六六九頁）。

アントニオ・デ・トルケマーダは『百花の園』（サラマンカ、一五七〇、四折r〔第一論〕）において、神と異なる働きをする自然という存在を認めようとはしない。

「我々が扱うものはすべからくキリスト教的なものでなければならず、異教の作家や哲学者を捨て去り、ひとえにキリスト教徒に随うべきである。なかでもとりわけ正鵠を射た人物はレビーノ・レニオ（Levino Lenio）で、彼はキリスト教徒として古代作家の見解を捨てて聖トマスに従い……自然はあらゆる被造物の造物主たる神の意志あるいは理性以外のなにものでもないと述べている。このことに即して言うと、（我々が普段使っている）自然という言葉や名辞は、まさに神の意志と心を表象するためにのみ使われている……たしかに私は哲学者の中には、神自体である能産的自然（natura naturans）と、神の意志によって被造物の中に生み出される自然的効果ともいうべき所産的自然（natura naturata）の二つの自然があると主張する者のあることを存じてはいる。しかしこんなことに時間を費やす代わりに、万物が出てくるべき根本たる神に目を向けるべきだと思う」。

この問題はケベードにも関心があったと見えて、神の仲介者である自然についてではなく、神について直接的に語るべきだと述べている。

「大地は……植物に生育能力を与えることも、動物に本能を与えることも、また人間に理性を与えることもできない。なぜならば誰にしても自分が持っていないものを、人に与えることはできないからである。読者はそうしたものすべては自然が与えると言うかもしれないが、もし自然が誰か他からそれを受け取ったとしたら、無限循環に陥ってしまうだろう。そうなれば自然は誰からも受け取らなかったということになる。もし自然を始原のない万物の始原と呼ぶならば、必然的にそこに神の存在を告白していることになる。それをどんな呼び方で呼んでもいいが、否定してはいけない。神はこう呼ばねばならないというのでなく、自分の好きなように呼んでいいのである」（『神の摂理』*Providencia de Dios* BAE、四八巻、一九四頁ａ）。

とはいえセルバンテスは自足しているような内在的自然の傍らで、超自然的で神秘的な行動をも目に見せる。神にはときに「我々の目になんらかの奇跡を見せつけようとする場合には[30]」ものの自然的流れを変えさせる力がある、という説明をしている。こうした二重性は純然たる思想書[31]にすら見られるが、これは時代的背景の中で完全に説明しうることで、芸術的性格をもった作品においてはさらに際立っている。とはいえ忘れてならないのは、すでに示してきたとおり、セルバンテス作品の構造そのものが、自然的内在性から抽出された視点と、うまく適応しているという事実である。

本来、自然というものは、人間の間に幸せや不幸をもたらすとはいえ[32]〈完璧な〉ものである。[33]

「なにしろ悪事をするってことは天然自然に発生するものなんだから、こいつを覚えるのはわけはない」[34]。

作者もいざとなれば対抗宗教改革の精神に則り、原罪の教義を認めるにやぶさかではない。

「この悪癖や悪口はこりゃみんなわれわれの先祖代々の遺伝なんだ」[35]。

このことは後で見るように、〈黄金時代〉やそれに類したテーマを要求する、人間すべて生まれつき完璧な存在、という仮説とは衝突する。セルバンテスが、人間が生まれつき完璧だなどということはありえないという事実の前で微笑むとき、彼を導いているのは神学的要因ではあるまい。

何はともあれ、セルバンテスがすべての存在は自然から神秘的本質を付与されていて、それは運命的に充足されるべきものだと堅く信じていたことは確かである。

「自然の法、あらゆる物は己に似たものしか生まぬという、この自然の法には、ついに予もまた逆らうことができなかったのである(36)」。

「樫の木にはどんぐり、梨の木には梨の実、立派な人間には名誉、それ以外にはありっこございませんわ」(37)。

生物学的決定論がいかに精神世界に持ち込まれるかを見てみるのも興味深い。

「その男が口をつぐんでいられるというなら、わたしだって改心できるわ。この身にやどる淫婦の性もその男の減らず口も、生まれつきにちがいないけれど……(38)」

「あの女は天には馴染まぬ、地の者です。いまもその性根に従ったまでのことで、ご一行がせっかく説いてきかせてやったのにそれを無にしました(39)」。

セルバンテスは女性に関して、その生来の矯正しえぬ性格を指摘している（本書、二三七頁、註25参照(40)）。また彼によると人間だれしも生まれながらに刷り込まれた消しがたい性質は、教育や社会的身分によっても変えることはできない。

「おれたちのように卑賤の出で何ができる。神様のよほどのお気に入りでなきゃ、指定の席へだって容易に這い上がれない(41)」。

そのように、生まれや生まれながらの条件は真の自然（本性）を形づくっていて、別の習慣や生き方を実践しても、とうてい太刀打ちできないものである(42)。自然的なるものという考えは、ややもすると社会階層の固定的分断を正当化し、中流階層の者たちが社会的に上昇しようとする意図を挫こうとするのに利用されかねない。本質的に皮相的で批判的な精神の持ち主たるセルバンテスは、時として、とりわけロペ・デ・ベーガの演劇について語るときなど超保守的な印象を与える。もし世の中における我々の姿勢が、あらかじめ辿るべき道筋を描いてしまう自然によって決定づけられ、またもし鋭く容赦なき理性によって、我々の支配領域を超えることがどうしても許されないなら、かたり師や馬鹿者を痛めつけることになるのは明らかである。しかしそうした連中を社会から掃きだそうとすれば、まともではなくとも英雄的となりうる行動の芽も、いっしょに掃きだしてしまう可能性がある。天才セルバンテスは問題の複雑さを熟慮しつくし、ラ・マンチャの郷士の高度な精神錯乱を前に、敬虔な態度で立ち止まった。例外はあるものの、残りの大方の〈したいと思うができない〉というケースでは、人々は情け容赦もなく手酷く扱われてしまう。かくて公爵家のもったいぶった僧侶は「自分が貴族に生まれなかったので、本物の貴族というものはどうなければならないかということを、どうしても覚えることのできない、そういう僧侶の一人であり、高貴の人々の大まかさをおのれの狭い量見で忖度しようと思う僧侶の一人であり……どこかの学生寮の貧困の中に育って、云々」[43]とある。

そうした考えはエラスムスの中にも似たような形で出てくる。このケースではそのことが重要な示唆を与えるものとなっている。

「世俗の王であれば帝国を手にするときには、すでに立派な実績を積んでいて、帝王学も身につけているものだが、こと教皇となると、ときには思いもよらずある日、世界の司牧権を手に入れるということが起きる。本性からいって王国ひとつを治めるのがせいぜいといった人間が、運命のいたずらで最高の帝国にまで昇りつめるのである[44]」。

エラスムスは不意に即位した王たる教皇のことを論じ、一方セルバンテスは「せいぜい二〇レグアから三〇レグア四方に収まる世界のほかはのぞいたこともないのに、いきなり騎士道に定義を下す」僧侶のことを語っている。差はそれだけである。

人間は自らの条件を守っていくべきだというのは、人間は本性を変えようがないという考えから出てくる。

「もし万が一、おぬしの親戚の誰かが、おぬしに会いにやってまいったならば、おぬしはその人物を追い帰したり、辱しめたりいたすではないぞ……この行為によって、おぬしは天意にかなうことになろう」[45]。

この点において我々が見いだすのは、『贋もののビスカヤ人』[46]の中で馬車について述べられたような、個別論的な考察である。ブリーヒダは馬車を賛美するが、それは馬車に乗れば「誰しもわたしを本物の堂々たるやんごとない貴婦人だろう、お腰元にはちゃんと肩書きのある上臈衆が四人のうえおつきしているんだろうと、そう思ったにちがいない」からである。それに対してクリスティーナはこう反論する。

「馬車ってものが本物の貴婦人だろうとまがいものだろうと、一切無差別だってことがそもそもいけないんだわ。だから馬車に乗って装いをこらして宝石に輝いた女でさえあれば、見なれない人々の眼には、やんごとない高貴な方か何かと思いこんで、うっかりお辞儀をしたりしてかえって失礼にあたるようなことにもなるんだわ」。

調和や一致の大切さを説く教訓もそれなりに役立っているのは、ブリーヒダの次の返事が物語っている。

「いろんな思いつきだの忠告だので慰めてくだすったんですから、神さまもきっとあなたにはそれだけのことをしてくださるわ」[47]。

「大自然の恵みを豊かに授かり、万人にたち優って麗しく王女に生まれた」[48]かの美しきセヒスムンダのような、生まれつき偉大な人物に対しては、名誉も特権も尊重することにしよう。

本性のもつ底力は物理的、精神的の両面で避けがたいものとされる。とりわけ精神的側面では神秘的衝動[50]のごとく作用し、『血の力』や『ジプシー娘』『イギリス系スペイン女』などの作品においては、無意識的に以前から引きつけられたかのようにして至る大団円を決定づけている。[49]

全体としてセルバンテスの自然主義的理論は次のように要約しうるだろう。〈神の執事〉たる自然は、徳性や欠点をそれに付与するかたちで万物を生み出した。そうした要素は各自の性質に決定的で消しがたい刻印をつけている。その性質を実現することが各自の人生にとっての課題である。そうしたさまざまな条件は何よりもまず、個人の内なる親和性と不調和を前提としている。というのも意志や理性といったものは、個人の生まれつきの性向と同調したり対立したりするからである。各々が自分自身を知らねばならない。そして生まれつきの宿命、内在的運命を破壊したりしないようにせねばならない[51]。他者との関係でいうと、親和的な者同士は根本的に愛（ネオプラトン主義）によって導かれ、不屈のエネルギーでもって互いに引き合う。それに対して反りの合わない者たちは、和合を求めても自然や高き神性によって妨げられ、悲劇的なかたちで破局を迎えることとなる。

前に述べたように（本書、二六二頁）、セルバンテスはこうした理論を必ずしもイタリアで学ぶ必要はなかった。それはすでにエラスムスやイタリア人作家たちが、スペインにその理論を持ち込んでいたし、スペイン人作家たちの間でも広がっていたからである。おそらくわれらの作家がイタリアで獲得したものは、そうした理論のもつ究極の価値観であろう。アックアヴィーヴァ枢機卿とその取り巻きとの関係を深く考察してみると、その問題が本質的に解明されるはずである。

A・モーレル・ファティオは「セルバンテスとアックアヴィーヴァ、コロンナ両枢機卿」（A. Morel Fatio, "Cervantes et les Cardinaux Acquaviva et Colonna" BH、第八巻、一九〇六、二四七―二五六頁）の中で、セルバンテスがアックアヴィーヴァに仕えたのは、彼が枢機卿になってからの期間（一五七〇年五月一五日から没年の一五七四年七月二一日まで）であったことを論証し、彼がスペインに来た一五六八年にはセルバンテスを伴ってはいなかったと述べている。両者の関係に触れているのは『ガラテア』の前置きであり、モーレル・ファティオによれば、セルバンテスは面識のなかったコロンナ枢機卿にあてた献辞においてこう述べている。

「小生がローマにいたとき侍従として仕えておりましたアックアヴィーヴァ枢機卿が、あたかもお告げのように猊下についてたびたびおっしゃっていたことを聞いていたからであります」（BAE、第一巻、一頁）。

スペイン大使のドン・フアン・デ・スニガ（Don Juan de Zúñiga）はアックアヴィーヴァが亡くなったとき王に対して、枢機卿は「学識も勇気も判断力も兼ね備えていた」と述べている（NCDIHE、第四巻、七一頁）。

ともあれ我々は正確な事実に基づいて論ずることにしよう。自然主義的理論はエラスムスの『痴愚神礼賛』（一五一一）にも見られる。これは一五三九年以降イタリア語にも訳されており（本書、一七四―一七五頁、註62を参照）おそらくスペイン語にもなっていたはずだが、あいにく訳本は残っていない。次に挙げるのは紛うことなきその実例である。

「あるがままの人間でいて不幸なことはなにもありますまい。非常にりっぱな馬が文法を知らずにいるからといって不幸だなどと申せましょうか」[52]。

「人間は自然によって造られたわけですから、人間的条件のもとで努力するのが本当の叡知というものです」[53]。

「人間を産み出し作りなしてくださった自然の女神[54]」

「自然に逆らって悪いところを美徳の衣で蔽いかくそうとしたり、無理やりに才能を出してみようとしたりしますと、実際、かえって悪いところが倍になってしまうもの。ギリシアの諺にあるとおり、《たとえ緋の衣を着ても、猿は常に猿》なのです[55]」。

錬金術師が極めつきの気違いだとすると、それは「まさしく自然を混同し、混ぜこぜにし、変えようと」しゃにむになっているからである[56]。

それに類した考え方はレオン・エブレオの中にも見いだせる。彼にとって自然とは神的共生（codeidad）であり、人間のうちに理性的本質と合致した刺激を与えてきた。

「神や自然はいかなる被造物に対しても、明らかに不可能なもののためではなくて、ただ可能なものを獲得させ存在させるため以外には、完璧な欲求や愛とか性向や内在性を与えてはいないということは認めましょう。ですから、あなたもおわかりでしょうが、天まで歩いて行こうとしたり、翼でもって飛ぼうとする人間もいなければ、星になろうとしたり、星を手にしようなどと考える人間はいないのです[57]」。

カスティリオーネにとって世界とは「自然と神の手によって描き出された崇高かつ壮大な一幅の絵に他ならない[58]」。しかし一般的にいって、神的共生としての自然は明らかに自主的力に転化してしまっている。

「なぜかというと大自然はあらゆる事物に隠れた種子を植えつけ、この種子から芽を出し、それと似たものとなって成長するすべてのものにある種の力と、種子に本来そなわった性質を付与するものだからです[59]」。

カスティリオーネは、そうした自然は神の代理として作用する力であり、創造力をそなえていると述べている。仮説としてほんの例外的に認められることは、宇宙の運行における自然ならざる神の介在である。

「実にあるものは、星辰の運行のおかげか自然のいたずらか、まるで人間から生まれたのではなく、なにかの神が手ずからかれらを形づくり、あらゆる美点で身も心も飾ったとしか思われぬほど優雅な姿と気質をもって生まれて来るものです。かと思うと、まるで自然の虫の居所がわるく悪ふざけをしてこの世に生み落としたとしか思えないほどに、生来不細工で魯鈍なものも少なくないのです。この手の人間がたえず熱心によい環境で育てられても一向にものにならないのにくらべ……」[60]

「したがって、思うに自然が苦痛とか病気を人間に与えるのは……」[61]

ところで調和が生まれるのは自然によってである。

「何事につけ、似た者同士が好んで結びつくのは自然の理であろうからです」[62]。

「これはキケロが言っていることだと思いますが、各人は生まれつきの本能に順応するべきだと考えますので、激しく、情熱的な気性の人が、穏やかなことを書いたり、厳格で荘重なタイプの人が、軽薄なことを書いたりするのがふさわしいとも思いません」[63]。

マル・ラーラにとっての自然主義はエラスムスを通してである。しかし彼の中には手本たるエラスムスのような大胆な表現も、またセルバンテス流の表現も見いだすことはできない。『世俗哲学』を読んで感じるのは、作者がいかに用心深くエラスムス的本質を扱っているかである。とはいえ彼の中にも人文主義的精神の現われと思える興味深い指摘がいくつかある。たとえば「自然は大々的に自己を保存しようとしている。というのも自然もまた不死ではありえないことから、生殖によって死によってもたらされる損失を回復せんとするからである[64]」。

本性として「人間は他の人間と折り合いをつける。それはすべての人間が理性に与っているからであり（理性に基づいた人間という主題）、またこの点であらゆる動物に優る卓越性（人間理性ゆえの人間的尊厳の主題）をもっているからである……まさにこの部分で我々すべては似ている。また各々が自らの性向ゆえに有している特別な部分もある……であるから各々は自らの生き方を選択する際に、自らの性向を考慮せねばならない……もし神学に関心があれば、法律を勉強するように強いてはいけない、なぜならば神学の方がより誉れある、有用な仕事だからである……実直な人間は不真面目なことに入れ揚げてはいけない……誰でも自らの性向から逸れることはあるが。これは人生を通して心しなくてはいけない忠告である[65]」。

ところでここで、ドン・キホーテの例の素晴らしい言説がとっさに想起されないであろうか。「この学問を修めよとか、あの学問を修めよとか、子供らに強いることは、拙者は当を得たことと思いませんな、もっとも彼らに説いてさとすのなら害になりますまい……もっとも生来の傾向に合うと思われる学問を学ばせてやると申すのが、拙者の意見でござる[66]」。

マル・ラーラによると善良さと貞潔さは生まれつきのものである。したがって彼は「（トゥリウスの『義務について』*Oficios* によると）自然が人間を善良で貞潔なものとするべく造った規定、つまり身体のどの部分を覆うべきか晒すべきかを教える規則[67]」から外れるような好色なことわざを排除してしまう。となると聖書の説明はどうなるのか？　マル・ラーラはそれを大した問題とはみなさなかった。自然に関して、この由緒正しき人文主義者は無邪気そのものの熱意に引きずられるがままに、こう述べている。

「自然が何ゆえ我々に兄弟を与えたかをよく見てみれば、それは友人を探し求める必要がないようにするためであったし、今もそうであることが分かろうというものである」[68]。

以上、述べてきたことで、セルバンテスが自らの精神を形成しようとしていた頃、スペインにおいてこの自然概念がとろうとしていた方向性が、どんなものであったか十分理解されただろう。つまり神性を帯びた神秘的で避けがたい力としてである。当初の目的のためにはこれ以上の作家を引用する必要もなかろう[69]。反面、この自然という中心的思想から、その光に照らされて意味づけや説明がなされるような文学的テーマが、いかに派生しているかを検証するためにも、セルバンテス作品を新たに掘り下げてみることが不可欠となる。そうすれば、自然主義的理論がわれらの作家において——他の十六世紀の作家たちにおいても同様だが——文芸フィクションの分野に偶然に持ち込まれた、決まり文句などではないということがはっきりしてくる。

そうした自然主義的テーマを分析する前に、まずきちんとした、かなり重要な考察をせねばなるまい。読者は第一章で述べたことをふまえれば、それをじゅうぶん納得されるものと思う。我々はセルバンテスという人物を、自然的価値ゆえに神秘的に称揚されたミランドラやサンナザーロ、ラブレーなどのごとく、自然に対する熱烈で無邪気な信仰をもった十六世紀初頭の熱狂的人文主義者であるかのごとく提示しようなどとは考えていない。そんなことは時代錯誤であるし、つまるところ、セルバンテスのしたたかな独創性を目減りさせてしまうだけだろう。自然的なるものへの神秘的信仰に関して述べてきたことはすべて、第一章「文学的指針」で考察されたことと連動させねばならない。そこで明らかにされたのは、常にある現実をその対立物との関わりの中で提示し、絶対的な原理原則を否定する、きわめて批判的な独自のセルバンテス的方法であった。セルバンテスの信念は、ネオプラトン主義的調和や《詩的普遍性》にじかに結びつく、純粋な自然力や理性的推断に基づく魅力的な構造物を見ると、すぐに動揺をきたしてしまう。彼の精神はそうした理念を追い求めてはいるのだが、同時にそれに批判の針をちくりと刺し、幻想の風船を割ってしまうのである。そこから生まれるのが寂しさであり、苦渋であり、悲観主義である。対抗宗教改革について語る際に論ずることになるが、そうした精神状態は十六世紀末に生きた最も感受性豊かな者たちに特有の現象である。しかしセルバンテスはその基礎の上に新たな芸術を打ち立てることに成功したことで、今日でもなお近代人とされているのである。わずかな例外を除いて《詩的普遍性》や調和の側面は、現代化しようとしても、ひび割れを起こして使いものにならなくなっている。セルバンテスは、牧人小説の牧人たちはどこにいってしまったかと自問する。また我々は人物たちが難儀なからくりをくぐり抜けながらそれぞれの人生を渡っていく『ペルシーレス』そのものの内に、エピソード的人物たちが犯す数多くの嘆かわしい失敗を見いださないだろうか。彼らの視点や自然的刺激に基づく欲求はみじめなかたちで互いに衝突し合うが、そうした人生模様を前にして、セルバンテスはメランコリックな微笑みを浮かべる。つまり人文主義だけではもはや立ち行かなくなっているが、〈別のもの〉たる伝統的解決もまた役立たない。驚くべきことにそうしたメランコリーは『ドン・キホーテ』の内に、ダイナミックな積極的要素として組み込まれ融け込んでいるのである。

黄金時代

文学的感受性というものは、哲学の提供する抽象概念だけに満足するものではなかった。自然というものはロレンツォ・ヴァッラによると神そのものであったが、(70) 人間的なものに関していえば、我々を取り巻く不完全な生と、過不足ない形で一致することはありえなかった。ルネサンス哲学を作り上げてきた神的自然の概念に、芸術面で対応したのは今日の世界にのしかかるような過ちや欠点のない、完全に純粋無垢な世界の理想化された表象であった。それこそがルネサンスが《黄金時代》といったテーマに投げかけた意味である。そしてルネサンスは古代の作家たちの中にそのテーマを見いだすと、それを貪欲に占有してしまった。今日、それを理解するのは難しい。しかし十五、十六世紀の文学に真にアプローチしようと思えば、時間や過ち、情念などが醜い厚化粧を施して、覆い隠してしまった世界からそうしたものを一切取り除いた、自足した世界を夢想した人文主義者の神秘的熱情を、しっかり心に留めねばなるまい。そうした世界は今まさに神秘の、自然の鋳型から出てきたばかりのように、艶やかで光り輝いている[71]。

そうした熱望は主たる二つの方向に反映している。つまり一つはサトゥルヌスが支配した奇怪な過去たる黄金時代であり[72]、他は、そうした純粋な自然に属すべき何ものかを、実際に現在の時点で見つけだしたいというものである。ルネサンスは子供や遊戯を理想化することとなる。国民もまた自発的で原始的なものとされる自らの歌や格言（ことわざ）を理想化する。文明によって歪曲されることのない未開人が讃えられ、都が貶され、鄙が賛美される[73]。セルバンテスにもこうしたテーマのいくつかが出てくる。

しかしまず《黄金時代》なるものを見ておくことにしよう。『ドン・キホーテ』（前篇、一一章）に差し挟まれた演説がよく知られているが、作者はそこに、ここで私が指摘した複雑な精神を白日の下にさらすような、恐ろしい注記を加えている。

「われらが騎士はこのいとも長い演説を述べたてたが、これは言わずもがなの長談義であることは申すまでもないが、それというのも彼らにもらった榛の実がはしなくも彼の記憶に黄金時代を思い起こさせ、山羊飼いどもを相手に、このなくもがなの長広舌をふるう気持ちを起こさせたからである」。

あまり知られてはいないが、『アルジェール生活』にも同じような美しい幻影への賛歌が出てくる。

ああ、われらのせいで過ぎ去ってしまった聖なる時代よ
われらの先祖たちはそれに黄金時代という
甘美な名前をつけたものだったが……
哀れな囚人の嘆き声が
空にこだますこともなかったあの頃
甘美な自由だけが世を支配していた……
しかし死すべき者たちが、欲に駆られて
見境もなく、道理もわきまえず
地中に秘められていた金という
黄金の鉱物を見つけだしてからというもの
われらの不幸の最大の原因となった、云々(74)

財産や欲得、その結果たる戦争によって完全な世界は滅んでしまった。この寓話における人間性の崩壊は神罰などではなく、純粋に人間的な原因に起因している。この寓話は古代に由来するとはいえ、それが与える意味はルネサンスのそれであって、ルネサンス特有の在り方を示している。(75)

セルバンテスがよく親しんだ作家マル・ラーラはその源泉をはっきりとオウィディウスに求めている。(76)

そして次のように指摘している。

「黄金時代に関して、もしすべてが詩人たちの言うように、何もかもが和合していて、法律や刑罰などなくてもあらゆる正義が保たれるとするなら、裁判官も刑罰もいらなくなってしまうだろう(77)」。

「戦争は黄金時代が過ぎ去ってしまった後に生み出されたというが、私に言わせれば、人が悪意を抱き始めてからである(78)」。

「詩人のヘシオドス、アラトゥス、ウェルギリウス、オウィディウスなどが黄金時代をテーマとして扱ったが、それによると、当時あらゆる場所で乳と蜜の川が流れていたが、それは人々が聖なる生き方をしていたからであり、それが神に愛されていた者の受けた報いであったからである(79)」。

我々は前の註で、セルバンテスが理想的な王侯の姿を想定して、幸せな黄金の時代のテーマを持ち出したことを見た。同じようなことはカスティリオーネの中にも見られる。

「おそらくは思慮深さこそ、いかに支配し統治すべきかを知るよい方法であり、それだけで人々に幸福になり、もう一度この世に、かつてサトゥルヌスが統治したときに実現されたというかの黄金時代をもたらすことができるでしょう(80)」。

また『ペルシーレス』の中のポリカルポ王の描写からも同じテーマが想起されはしないであろうか？王は完璧な人間であり、国一番の人格者として選ばれたが、その国は「取引も拝み倒しも通用せず、袖の下も口約束も効きません……国民は安心して暮らすことができ、正義と慈悲につらぬかれた善政が栄えます……法が賄賂や血縁で曲げられることもありません」。

こうした理想化の周縁には自然状態に関する、より明快な考え方も若干みられはするが、おそらくセルバンテスはエラスムスを通して容易にそれを学んだのであろう。

「出産直後の長旅は無理ではないかという心配があったので、フェリシアーナにその旨を話したところ、それまでは黙っていた老牧夫が、《人間の女性も獣もお産のことになると大差はない》と言った。要するに、獣は出産後になにひとつ特別な世話を受けなくても秋霜烈日に耐えられるようになる。人間の女性もそれと同様というわけで、手を貸さなくてもふだんの暮らしにもどれる。それなのにいつのまにか、産後の肥立ちのために特別の養生とか用心をすることが習慣になってしまっているにすぎないというのである(81)」。

これが意味するのは、文明というものがものごとの自然の秩序を変えてしまったということであるが、そのことをすでにエラスムスは次のように明確に述べていた。

「学芸などというものは、その他の災厄といっしょに、人類のなかへ侵入してきたのですが、あらゆる種類の悪業の下手人、すなわち魔霊からでてきたものでして……黄金時代の素朴な人々は、なんの学芸も身につけていませんでした。ただ、自然の本能だけに導かれて幸せに暮らしていたのです(82)」。

ここには自然的人間という後のルソーの逆説が、十六世紀の時点でどのように描かれていたかが窺われる。これはモンテーニュを通って最後にはエラスムスにまでさかのぼるドグマである。感情的刺激に動かされるように十六世紀が熱心に探し求めたのは、自然的人間が存在しうる在り処としての自然力であった。その時代は人間本来の輝きを失わせたとして、文明に対して悪の烙印を押すこととなる。しかし同時にルネサンスは自然的自発性とはうらはらの、理性としての文化をも負けず劣らず熱心に追求した。セルバンテスの生きたあの豊穣な時代に、思想的な錯綜や矛盾、浮沈などが生起したのもまさにそこに原因がある。次の十七世紀になると人々は、古代的なるものが近代的な兆しと同居するような、揺れる世界の実態を正確に見極めようとした。そうした文明の契機は、たとえセルバンテスの中で哲学的・学問的理論という形で反映することはなかったとしても、彼の芸術的な見方の基層を形づくっている。われらの作家は、理想とすべきは芸術と自然、理性的なものと生命的なものとをうまく調和させることだと弁えていた。

「サンチョよ、もしおぬしが、生得の人のよさに似つかわしく、頭の働く男だったら、説教師の職を手に入れて、そこいらを、なかなか味な説教をやりに出かけることもできたろうにな[83]」。

「まことに真実を伝える説でござるが、つまり詩人は生まれるものと申すのじゃが、その言わんとするところは、天性の詩人は母胎を出るとき、すでに詩人でござって、天から授かった傾向によって、そのうえ学ぶことも、技巧を加えることもないままで、《神われらがうちにあり云々》と申した詩人をなるほどと思わせるような作品をものするからでござる。さらにまた、技巧に助けられた天性の詩人は、単に技巧のみを知って詩人のつもりでいる者より、はるかにすぐれ、立ちまさると、拙者は申したい。その理由は、技巧は天性にまさるものではない、天性を完成するものだからでござる。されば天性に技巧が加わり、技巧に天性が加わってはじめて、完璧な詩人が現われるのでござろう[84]」。

しかし理性的なものと生命的なもの、詩的なものと現実的なものとを、どのように調和するのであろうか。これこそセルバンテスが近代芸術を前にして対処せねばならない大問題であった。

前に（本書、六八頁）我々はセルバンテスにおける理性的要素の重要性について、またその芸術理念が時として、どのようにして個別的な規範に転化したかを見てきた。彼の文学的天才は、理性的なものと生命的なものの間に提起された対立を、対立そのものを正面に打ち出す姿勢をとることによって乗り越えるのだということも述べた。つまりそれは基本的にそうした対立をきわめて広範な問題として提示するという姿勢であった。いま我々にとって必要なのはセルバンテス作品に、理性主義とは反対の、自然主義や生命主義的な性格をもったテーマが、さらにどういった形で出てくるかを検証することである。

前に述べたことだが、十六世紀に現われた自然的完成への熱望がめざした第二の方向は、現在を直接指向するものであり、可視的世界の中に純粋な自然の概念により近いものを見つけだそうとした。すなわちそれは子供であり、野性人であり、農夫であり、また動物ですらあった(85)。一言でいうならば、生命あふれる存在である。想起してほしいのは『ジプシー娘』の中でジプシーたちの気ままな生活が詩的に描かれ、その描写には黄金時代のテーマといっていい要素が見られるということである。

「山野はわしらに無料で薪をもたらし……厳しい気候は心地よいそよ風……わしらは友情という掟を神聖不可侵のものとして遵守している……(86)」。

またセルバンテスは他のところでも自由気ままなジプシー生活を扱っているが、これを見てもこのテーマに対する関心の深さが窺える(87)。

総じて素朴な田舎の孤独な生活を賛美するとき、その背景には自然で混じりけのない気ままな生き方への夢が隠れている。それこそルネサンスが《幸いなるかな》(Beatus ille) をことさら強調した理由である。ドン・キホーテは眠りこけたサンチョを前にして次のような考えをめぐらす。

「おお、なんじ、大地の表に生きとし生けるものにもまして仕合わせな男よ、というのも、汝は人をうらやまず、人にうらやまれることもなく、やすらかな心をいだいて眠り……野心もなんじの心を乱すことなく、世のむなしい栄華もなんじを悩ますことはない、というのも、なんじの欲望の限界が、なんじの驢馬にまぐさを与えるという以外には出ないからじゃ[88]」。
世捨て人のソルディーノもまた、隠遁生活の中で似たような台詞をはいている。

「ここには、浮世に君臨あそばし、わたし自身もお仕えした王侯君主にかわって、物言わぬ樹木がありります。高く聳え一見誇らしげに枝葉を膨らませていても木々は腰の低いやつです。ここなら皇帝の疎々《うとうと》しい言葉も耳に届かず、大臣の逆鱗にも触れず……[89]」。

「無人の島にわたしひとりが残りました。以来森を友とし、草と語らい、花と遊び、清泉に憩い、清流に慰められる日々となりました……こころたのしい絶境こそなんといっても淋しいときの友、静寂は媚びへつらうことなく耳を喜ばせてくれる声です[90]」。

ここでは〈都貶し〉が牧人的なものとうまく調和しているのが分かる。

「私は皆さんのような謙虚な牧人的生活の方が、傲慢な宮人的生活よりも優っていることをつらつら考えてみると、どうしても自分自身が情けなくなるし、正直言ってあなた方が羨ましくなりますよ……周知の通り、この世の生活は闘争ですからね。ところが牧人の生活では心を不安にし、動揺させるようなものがあまりないため、都会の生活と比べて争いごとはずっと少ないでしょう……あるぼくの友人は……数年間、宮廷の空気を吸い、そのあと何年間か苛酷な軍務についてから、最後にぼくらの倹しい田舎の生活に落ち着いたんです[91]」。

しかしここには、それ以外にも諦念と禁欲主義のメランコリックな調子が感じとれないであろうか。ルネサンス的感受性のとるこうした形態には、正確な境界といったものはない。ある主題が他の主題のはっきりしない境界上に投影され、複雑に結びついたり、交錯したりもする。とはいえそれらの主題に影響を及ぼす基本的な意味が、だからといって不鮮明になってしまうわけではない。すでに十五世紀に黄金時代（非時間的時代の見方）は、田園的生活の理想化と溶け合っていた。アンジェロ・ポリツィアーノ（Angelo Poliziano　一四五四―一四九四）の『田園生活を称える』（*Laude della vida rusticana*）には次のような件がある。

安全であればあるほど楽しいのは
狩で逃げる猛獣を追い詰めたり……
こちらで農夫が熊手で固い土くれをならしたり
鍬を扱ったりしていると思えば
あちらでは身をはだけた裸足の百姓の娘が
坂の下で鵝鳥たちと走り回っている。
このようにして古代の異教徒たちは
黄金時代を満喫していたと思われる

このように、文学の中に黄金時代や田園生活、牧人的生活のテーマを持ち込んだ者たちには神秘的自然主義の精神が横溢していた[92]。牧歌的なものへの傾倒はすでにペトラルカに兆していたが、彼はやや技巧的で、ウェルギリウスへのこだわりを強く残していた。十五世紀中葉、レオン・バッティスタ・アルベルティ（Leon Battista Alberti）は『家族について』（*Della famiglia*　一四四一）の中で田園生活を賛美している。主題に関していうと、ゲバラの『都を貶し鄙を称える』[93]（*Menosprecio de corte*）はそこから生まれたものに違いない。管見によれば、ゲバラの文体も同様である。

「田舎はきわめて大きく、きわめて正しく、そしてきわめて確実な有用さを提供してくれる。それ以外の生活であれば、どんなものでも数多の危険にさらされるというのがその根拠である。まず彼らは自らに対し数多の疑念を抱く……ものを買うときは気遣いを、傭兵を雇うときは恐れを、金を貯えるときは危険を、ものを売るときは配慮を、人を信じるときは疑念を、金を儲けるときは疲労を、ものを交換するときは欺瞞を余儀なくされる。このように田舎の生活を送るのでなければ、数限りない心労と悩みが待ち受けている。田舎での生活だけが何にもまして、感謝に満ちて楽しく、信頼がおけ、真実のものである……冬になっても田舎ならふんだんなものを与えてくれる。田舎なら薪に油、レダマの木、月桂樹……に欠くことはない。田舎は喜びあふれた仕事と生活を送るにふさわしい。文化面のみならず健康にも大いに役立つ……自分の畑を耕して生活すれば、人を妬まず、憎まず、悪意も生まれない(94)」。

アントニオ・デ・ゲバラ師もまた『王子の時計』(*Reloj de Principes*)に挿入された〈ダニューブ川の百姓〉という熱っぽい幻想譚の中で、ルネサンスの神秘的自然主義を同じように説いている。

「皆さんの目にはぶっきらぼうな話し方をし、みっともない服装をしているところから、私が粗野な百姓だということがすぐにお分かりでしょう。だとしても、ものの所有のしかたで誰が正しいか、誰が正しくないかくらいは見分けがつきます」。

またゲルマン人の素朴さへの称賛には、同じ自然生活の理想化のテーマが背景にある。

「あなた方にお答えしよう、我々には敵というものがなかったので軍隊をもつ必要がなかった。というのも誰もが自らの運命に満足していたからだ。だから統治すべき元老院をもつ必要もなかった。我々はみな平等だったし今もそうだから、君主を戴くことをよしとしなかったのである(95)」。

牧人的なるもの

田園的なるもの、田舎的なるものは、そこから完全な生活を見据えるべき基礎とみなされていた。しかしその視点は一連の理性的・図式的な推論からでてきたものだったため、文学ジャンルを形づくる際には、必然的に理性主義的で幻想的な本質をひきずることとなった。ルネサンスはそうした形で文学的実体を組織していったため、諸々のジャンルは理念的側面か感覚的側面か、どちらかに傾かざるをえなかった。牧人小説は意識的に非現実的な理想主義的ジャンルである。核となっているのは人文主義が打ち建てた人間像である。つまり人間とは具体的で多様だというくらいの共通認識しかない抽象的存在である。芸術的にみて装飾的な要素は、一部が〈黄金時代〉から、また一部が〈牧歌主義〉の主題から出てきたものである。牧歌主義は昨日も明日もない、具体的なもの・現実的なものを行動から差し引いた、変化のない世界を打ち建てるために利用されたのだが、もしそうした現実的要素が入ってくれば、いかにも物質的重みのない舞台の枠組みを即座に飛び越えてしまったことだろう。お仕着せ的な牧人の革衣は、作者が当初考えていたような霊肉をそなえた実体的人物像の作り出す、写実主義のあらゆる萌芽をつみとってしまう。したがって文学的に実在的人物と同定することから得られる価値はほとんどない(96)。フェリペ三世が一六〇二年にレオン近郊のバレンシア・デ・ドン・フアン(Valencia de Don Juan)を訪れたとき(97)、モンテマヨールの主人公ディアナがその町に実際に住んでいた女性であったことなど知ったとしても、どんな芸術的価値があるというのだろう? ディアナはサトゥルヌスの時代に属しているのであって、その幻想的な美しさとなんらかの関わりをもとうというのであれば、当然その時代に赴かねばなるまい。

筆者はメネンデス・ペラーヨが牧人小説に関してもっていた見解とは完全に意見を異にする。彼はこう述べている。

「小説における牧歌主義は孤立した事実ではなく、特異な表象、それも間違いなく最も完成された表象である。それは流行の気紛れからではなく、ある種の古代的美を再生させようという、熟考された芸術的意図から生み出され、ギリシア・ラテンの詩人たちも称賛した、一般的な文学現象の現われである。いかなる歴史的理由も牧歌的ジャンルの出現を説明できない、つまり一言で言えば、純粋に美的な芸術趣味（ディレッタンティズム）である[98]」。

もしこのように重要な側面において、ルネサンスがある種の古代的美を軽薄な〈芸術趣味〉などによって再生するとするならば、ルネサンスの概念それ自体が我々の手からすりぬけてしまうだろう。今まで述べたことから、牧人的なものが出現したのは時宜にかなっていたということ、そしてそれが同時代の思想や感性に密着した部分に影響を及ぼす強い動機に導かれていたということが推論される。筆者がそう主張するのも、セルバンテスの主テーマが辿った行程を説明するために、われらの十六世紀というものを、秩序だった内的関連性のある存在として見たいと願うからである。実際に、牧人的なもの、また田舎的なものや自然の概念といったものが、十六世紀の最も代表的な知識人のひとりの中に、論理的かつ有機的に一体となって表現されているのを見てみることにしよう。マル・ラーラの次の文章（第六〈百章〉、〈諺〉第六七番）を読んでみよう。これはいかなる牧人小説も書かなかった内容である。

「我らがサラマンカからタラベラに行こうとしていたときのことだった。我々はある朝アレナス峠を過ぎる前に、バラーハスとナバレドンダの貧しい土地にいたとき、何頭かの牛を引いた老人を見かけた。牛の後には十五歳くらいの娘がついてきていたが、短めの褐色のスカートをまとい、男のような頑丈な靴をはき、青の上張りを羽織っていた。見目麗しくとてもいい表情をしていたので、もしどこかの街でこざっぱりとすれば、わずかな費用でこの上ない美人になること請け合いだった。髪は肩のところでひっ詰め髪にして切りそろえていたが、ブロンズの髪は見る者の目を見張らせるほど美しかった。彼女の大胆さや風貌は牧人ふうで、連れている牛と同様に人をめったに寄せつけなかったので、彼女をじろじろ眺めることははばかられ、遠まきにするしかなかった。その場で目の前に現われた女性こそ牧女シルビアであり、ニンフたち、パリスのエノネであり、彼女を一目見るためだったら、半レグアの行程を何日かけて行っても惜しくないという者ばかりだった。しかし牧女は身持ちが固く、皆の期待をすべて裏切ってしまった。彼女はそれこそ若く潑剌とした美人で、素晴らしい娘だったので、当地で言われたように、ピアモンテの貴族サルセス侯爵の心も動かしたといわれるほどで、いわば貞淑なグリセルディスそのものだったのである。そうした貞淑な女性たちのことはリキュルゴスが、またプラトンが『国家』の中で教えてくれたものである。こうした女性たちにとって姦通などというものはついぞ縁がなかった。彼女たちが暮らしていたそうした村では、あまりに身を飾る女たちは悪女とされていた。人々は毒蛇を避けるかのように、その種の女たちから遠ざかった。女は身綺麗にしようとすると痛くない腹を探られた。まさしくそうした土地で傷つくことなく息づいていたのは〈黄金時代〉そのものである。この土地から天国に行くのは容易なことであった[99]」。

マル・ラーラはひき続いて〈自然の秘密を追求する偉大な研究者〉プリニウスの逸話に触れている。

この長い引用から言えるのは、いかに文学や観念的先入観といったものが、無邪気なかたちで認識に評価を下しうるかということである。十六世紀中葉の人文学に精通した一スペイン人の頭の構造を知るのに、これ以上に役立つ断章もないだろう。我々は自然に関する具体的思想から派生するものとして、〈黄金時代〉や牧人的なるもののテーマの展開に立ち合ってきた。そしてセルバンテスの精神においても似たような過程を辿ることとなる。セルバンテス作品において牧人的なるものがどういった形で描かれているかは、すでによく知られているので詳述するつもりはない。『ラ・ガラテア』以外にも『ドン・キホーテ』の中には〈偽のアルカディア〉(後篇、五八章)や、痛めつけられた英雄の新たな牧歌的生活の計画のエピソードなどがある。たしかにセルバンテスにおける、それ以前の牧人書の影響を詳細に分析してみるのも面白かろう。しかしそれは今ここでなし遂げることのできない研究である[100]。本書(二二九頁)で見たように、セルバンテスはモンテマヨールの『ディアナ』に関してきわめて緻密な考察を行なっている。とりわけセルバンテスにとって牧人的なるものが詩的世界の本質的要素であるという点も見てきた(三九―四〇頁)。結論として言えるのは、牧人的なるものが、セルバンテスにおいては思想的・美的にみて本質的テーマだということである。

しかしこの問題から離れる前に指摘しなければならない重要な点は、セルバンテスもまたこのテーマを前にしたとき、十六世紀的な精神にはなかったということである。前にじっくり分析したのは(四〇頁)、牧人的なるものの詩的現実が従うこととなったアイロニカルな決着である。

ことわざ

セルバンテスは作品中に多くのことわざを導入し、それについて語っている。E・シャスル(E.

Chasles）の指摘によると、われらの作家は「エラスムスの格言集やスペインのことわざ、イタリアの警句などを読んだことがあった」と述べている。(101) メネンデス・ペラーヨの考えだと「民衆的叡知を扱ったことで、かの不朽の名著は最大の民俗的記念碑のひとつとなった。つまりエラスムスやファン・デ・マル・ラーラによって高められた世俗哲学の要約のようなものとなった」(102)。

そして再びマル・ラーラについて触れ、こう述べている。

「マル・ラーラはその人生を古典文学の教育に捧げた。民衆知の理解と崇敬において、時代にかなり先んじていた彼に対して、そうしたものから足を洗うように誰があえて言いえただろうか。それどころか彼は古代人から、ことわざや格言の歴史的・道徳的価値を大いに学んでいたのである。我々は同じような現象を他の人文主義者、とりわけエラスムスの中に見て取ることができる。彼は初めてこの豊かな鉱脈に探りを入れ、それをもって古代の学問を刷新したのである。また騎士団長エルナン・ヌーニェス（Hernán Núñez）はわが国のことわざの倦むことなき蒐集者であり、またロドリーゴ・カーロ（Rodrigo Caro）は子供たちの遊びの啓発者であった」(103)。

このようにエラスムスがことわざを開拓し、他の人文主義者もそれにならったことが明らかにされた。そしてマル・ラーラがことわざに秘められた民衆的知恵を理解していたこと、そして『ドン・キホーテ』が民俗的記念碑であることも指摘された。これは確かなことには違いないが、もし同時にことわざを崇敬する意味を明らかにしなければ、外面的な観察に止まってしまう。

実は我々はことわざを探ることによって、ルネサンス思想の中心に到るのである。あの時代に偉大なことわざ蒐集者が輩出したのは不思議といわざるをえない。実際、エルナン・ヌーニェスやマル・ラーラなどといった博学者がことわざの蒐集に身を捧げたというのはきわめて意義深い。その鍵は偉大なことわざ学者の鑑ともいうべきエラスムスの『格言集』（*Adagia*）が与えてくれる。

人文主義の人間観によれば、人間は時間と空間から独立した存在で、自然からたまわった公正にして理性的な感覚を有している。エラスムスによれば真実や道徳律、正義心などはキリスト教以前から存在していた。『格言集』の序によると、格言の〈侮辱を加えるよりは許すほうがまし〉というのは、プラトンがさまざまな場所で述べていることを表現している。そしてこう注釈を加えている。

「ところでかつて哲学者たちに知られた教えは……キリスト教に似ているのではないか」。

ことわざに内在する道徳律はきわめて高度なものであり、エラスムスはこう驚嘆している。

「われらの宗教の主キリストは、それ以外の何を求めたまうや」（Quid aliud egit princeps nostrae religionis Christus?）。[104]

ことわざは自然が人間に与えた、普遍的な永遠の真理の本質を言い表わしている。かくて民衆的なものは、人文主義的理性主義のおかげで新たな意味を獲得する。エラスムスはさらにこう続けている。

「これらのことわざの中には、生来の純粋な真理の力が内在している。要するに、ほとんど同じことわざが百の民族に広まり、百の言語に翻訳されるのはそのためである。真理の力はピラミッドも耐ええなかった長い世紀といえども、衰えて滅びてしまうことはなかろう」。[105]

我々はかつていたのと同じ場所にいる。つまり自然力あるいは自発性の領域である。人々が黄金時代や田園の牧人的生活において求めたのは、自然な生活習慣の純粋さであった。つまりことわざの中に、人間存在における内在的叡知の表現を神秘的なかたちで追求しようとしたのである。

このエラスムス的理論をスペインで広めたのはマル・ラーラで、彼の『世俗哲学』（一五六八）は『格言集』に逐一準拠したものである。[106] 次の文章からことわざに自然的価値が付与されていることがわかる。

「これほど多くの国民や多くの民族が長い間認めてきた判断以上にまことしやかなものはあるだろうか……一般のだれでも、牧場で羊に草を食ませる者たちですら知っていることだとしたら？　であるがゆえに筆者が言わんとするのは、ことわざというものは何かしら自然そのものを意味している、ということである[107]」。

そしてエラスムスを敷衍してこう述べている。

「豪壮な建物も殷賑きわめた都市も、とてつもないピラミッドも、並ぶものなき王朝も滅びさるにもかかわらず、世俗哲学だけは世界のあらゆる場所で勢力を維持しているのは大きな驚きである……ことわざというものは通貨のごとく人口に膾炙して広まっていく……ことわざはわれらの言語と文字の引き立て役である。高価な衣服に散りばめられた宝石のごときもので、その言い回しは聞く者に心地よい。念頭に置いておくべきだからこそ記憶に留まるのである[108]」。

ことわざは文明に先立つほど古い。

「スペインは昔、土仕事というきわめて清廉潔白な労働が大いに必要とされた。そこでそれにまつわる真理がすべてことわざとして伝承されてきた。ギリシアの哲学者が出てくる前にスペインではことわざの古代文化が栄えていたといってもよかろう[109]」。

マル・ラーラに到ってエラスムス的人文主義の鋭さが鈍ったとはいえ、このセビーリャ生まれの民俗学者が宗教的ことわざに関して次のように述べるとき、彼におけるエラスムス思想の影響を見てとることができる。

「ことわざによって昔の人たちが、神をどれほどしっかり感じとっていたかが分かろうというものである」[110]。

理性というものはプラトンよりも古い概念で、それは「たとえ一介の農夫の口から言われるものであれ、人間の魂のうちにあって正しいことを指摘するもの[111]」である。ここには自然で自然発生的な、正義や道徳に関する概念が人文主義を介してどのように得られるかが示されている。

「我々はわが国の言語を使う子供たちからですら、哲学者ならずとも偉大な教養を学ぶことができる[112]」。

このようにして、判断力や論理性において無能とされていた大衆をひどく見下すような時代において、民衆的なものこそ素晴らしいとする傾向が生まれたのである。ルネサンスは考察の対象として民衆的なものを信奉したが、行動の主体としては見下していた。何はともあれ、人文主義はスペインにおける特殊な歴史的方向として、この世俗精神の復権につよい力点を置いたことは確かである。

「ともあれこうしたことわざは人々の間で生まれたこともあって、ときには民衆の底辺、それも最下層から生まれたといってもいいような卑俗なものもある。内容が道徳哲学ということになれば、彼らの身近にあってよく知っていることを引き合いに出した低級な比喩もある。そうしたものですら、あまり道理に外れたものなどはない。というのもプラトンがソクラテスを引き合いにだすときも、そうしたやり方だったからである。つまり実感できるような、卑俗な比喩や野卑な言葉遣いを駆使しているのである[113]」。

こうした点をふまえて、セルバンテスがことわざについて述べていること、とりわけことわざがその作品において、非常に重要な要素であるという点について考察せねばならない。セルバンテスの文体においてそれが果たしている多角的で適切な効果や、その文学的機能についてはさておき、まず作者がその種の「われらの昔の聖賢の経験と思索から取り出された、短い格言(114)」についてどう考えているかを見てみる必要がある。マル・ラーラはエラスムスの言葉をなぞってこう述べていた。

「シネシウスによると、ことわざというのは哲学的神秘から取り出され、古代の叡知を表現した、威厳をもった理である(115)」。

セルバンテスは他の場所でこう述べている。あらゆることわざは「長年にわたる慎重な経験から生まれた簡潔な格言」（前篇、三九章）であり「あらゆる学問の母ともいうべき、経験から出た格言」（前篇、二一章）である。

またマル・ラーラにはこういう件がある。

「あるゆることを教えてくれる古代の人々はよほど知恵があったと見える。彼らの経験の価値が大きければ、それだけ我々も大きな知恵がつこうというものである(116)」。

ドン・キホーテはこう語っている。

「わしの見るところでは、ことわざに本当でないものはないようだな」（前篇、二一章）。

またマル・ラーラも「真理でないことわざはない(117)」と述べているのである。周知のごとくドン・キホーテはサンチョがことわざを乱発するのを咎める。

「おぬしのは格言というより、でたらめの放言と思われるほど、多くの場合、木に竹をつなぐようなことを言っているからじゃ(118)」。

マル・ラーラも過剰に用いることを戒めてこう述べている。

「もしわれらの言葉や文字がすべてことわざだとしてみれば、あまりの多さに面白さも半減してしまおう……これは心しておかねばならない。というのも多くのことわざを言われれば、あてつけがましく聞こえるからである」[119]。

要するに、ことわざはセルバンテスの中において、我々が検討してきた問題と関わりのある、そして同じように自然に関する基本概念から影響を受けた、人文主義の提起した問題として在る。エラスムス思想を反映したマル・ラーラとの関連から改めて強調すべきことは、自然発生的な民衆的叡知の表現が出てくるところの意味である。今日、ことわざに対してどのような評価がされるにしろ、確かなことはセルバンテスにおけるその意味づけは歴史的な視点から、そしてかなり明確になってきた彼の思想の一般的特質に照らしてなされねばならない、ということである。ことわざは『ドン・キホーテ』の中では、ことわざ集に収録されているようにふんだんに出てくるわけでもなければ、ロペ・デ・ベーガの『ドロテーア』のように、わざとらしく数珠つなぎで出てくるわけでもない。サンチョの精神から自然発生的にあふれ出てくるだけである。その問題に対してドン・キホーテは批判者の代弁をする。

「おぬしゃいったいどこでそういうことわざを見つけてまいるのだ、このわからずやめが？ ないしは、おぬしのことわざの使い方は何というざまじゃ、この知恵足らずめが？ 拙者など、ただひとつのことわざを言い、巧みに用いようと、まるでスコップで穴を掘るように、汗をたらし、大骨を折っておると申すのに？」(後篇、四三章)

民衆語

ルネサンスは意識に内在する、自然的かつ神秘的な叡知の表現としてことわざを持ち上げた。また民衆が伝統的に歌い継いできたロマンセというものを再評価した。それらは詩的な題名(たとえば《春》

とか《愛のバラ》など）のついた詩歌集の中に収録されたが、だれの影響か詳らかではないが、そこには神秘主義的な自然美を見て取ることができたはずである。詰まるところ、ルネサンスは話し言葉、よく使う民衆的な言語というものを、精神の源たる人間的なるものの神秘的源泉と直接的に結びついている、最も直接的な表現手段として評価することとなる。そうすることで形而上学的原理といったものが、あらゆる生命とエネルギーを熱心に追求しようとする生的刺激と手をむすぶこととなる。話し言葉はルネサンス人の中でもとりわけ著名な者たちにとって、即座に愛すべき対象となった。かてて加えて、国民的意識もまた、抽象的にいえば国際語ともいうべきラテン語に対抗する、国民語への支持を求めていたのである。

セルバンテスは民衆語について何度かテーマとして扱っているが、それなりに興味深いものがある。たとえば『犬の対話』の中でシピオンは「ラテン語は知っていても、馬鹿だということにはいささかも変わりのない連中もいるってことだ」と述べている。それにベルガンサも同調して「みんなラテン語を母国語として話していたローマ時代にだって、いくらラテン語を話したところで、低能たることにはいささかも変わりのない馬鹿野郎の一人や二人は、ローマ人にだっていたろうじゃないか[120]」と答えている。この問題はここでは衒いや衒学への批判といっしょになっているが、『ドン・キホーテ』においては、冷静かつ明確なかたちで提示されている。

「尊公は、ご子息がロマンセ語の詩をさほど尊重なさらんと申されたが、これは大いに的をはずれておいでなさると拙者は思いますわい。その理由はこれでござる。詩聖ホメロスは詩をラテン語で書かなかったが、それはギリシア人だったからで、ウェルギリウスはギリシア語では書かなかったが、それは彼がローマ人だったからでござる。つまり、古代の詩人たちはいずれも、母親の乳とともに覚えた言葉で詩を書いたのであって、おのれの思想の高さを吹聴しようと外国語を借りにゆくことはなかったのじゃ。かような次第で、この風習があらゆる国々にまでひろがることも、ドイツの詩人がその国の言葉で書いたからといって、カスティーリャの詩人どころかビスカヤの詩人がその国の言葉で書いたところで、さげすまれないというのが道理でござろう[121]」。

クレメンシン（Clemencín）はこの件を注釈する際に、セルバンテス以前のロマンス語使用の擁護者たちを引用している[122]。とはいえこの問題も他のケースで用いた方法を適用するのが適当であろう。セルバンテスの直接的淵源はフライ・ルイス・デ・レオンの『キリストの御名について』第三章の序文であろうと思われる。そこで著者はこう述べている。

「彼らが生きていた頃、母国語のギリシア語は子供たちが乳とともに吸って身につけたものであった」。

それ以前ではフアン・デ・バルデス（Juan de Valdés）が『言語についての対話』（*Diálogo de la lengua*）の中でこう述べていた（しかしセルバンテスもレオンもその手稿をみてはいないと思うが）。

「人は誰でも自分の母の乳房から吸った、生まれながらの言葉を啓発し、豊かにすべきであって、本から学んだような、とって付けたような言葉に対してではない[123]」。

似たような考え方はベンボの『俗語論』（*Della volgar lingua*　一五二五）の中にも見いだせる[124]。

「われらにとって良き時代だったあの頃、ローマ人にとってラテン語はギリシア語よりもより近しいものだった。それは彼らすべてがラテン語の中で生まれ、まさに乳母の乳とともにそれを飲んで学び、大概その言葉の中で全生涯を送ったからである[125]」。

エラスムスは一度も俗語で書いたことはなかったが、古代に話を限定してはいたものの民衆語に対する自らの熱意について語っている。彼は格言集『アルキビアデスのシレノスの箱』への注釈において、ソクラテスに関してこう述べている。

「彼の言葉は平易で民衆的、かつ卑俗であった。それは車夫や大工、靴屋などの使う言葉をいつも口にしていたが、それは彼が誘い水と呼ぶ会話をこうした人物たちとするためであった」(126)。

エラスムス主義者のクリストーバル・デ・ビリャロン（Cristóbal de Villalón）は『スコラ哲学者』（*El Escolástico*）の中で俗語を次のように弁護している。

「本書がラテン語ではなくわれらのカスティーリャ語で書かれた理由は、外国語よりも自国の言葉の方が、思っていることをより簡単に表現できるからである……神と自然がわれらに与えてくださった言葉は、ラテン語やギリシア語、ヘブライ語などと比べても、決して劣るものではないはずである」(127)。

前に引用したバルデスの文章と同様に、ここにもはっきり窺えるのは、俗語の復権がその時代の自然主義思想としっかり結びついていることである。カスティーリャ語文法の育成はしばしばエラスムス主義者の間でなされてきたが、ファン・デ・バルデスのケースは古典的なものと言える。エラスムスの翻訳者ファン・マルティン・コルデーロ(128)（Juan Martín Cordero）は『カスティーリャ語の綴り方』(129)（*La manera de escrevir en castellano*）を、またクリストーバル・デ・ビリャロンは『カスティーリャ語文法』（*Gramática castellana*　一五五八）を著している(130)。ビリャロンはその序文でこう述べている。

「我々はいまどの国と言わず、賢者たるべき者はものを書くとき、きわめて民衆的な言葉を使うべきだとされる時代に生きている」。

実際に、ペドロ・シモン・アブリル（Pedro Simón Abril）のような偉大な学者たちも、外国語ではない自国の俗語による教育を提唱しているが、それは「古の時代にそうした愚行を行なった国民はひとつもなかったからである。カルデア人はカルデア語を使い、またヘブライ人はヘブライ語を使い教育を行なったし、他の国もみな同じことを行なった……そうすれば子弟たちは教師の言う言葉をごく容易に理解しえたからである」[131]。

エラスムスの『格言集』の翻訳者フランシスコ・タマラ（Francisco Thámara）の文法学的活動もまた、エラスムス主義的潮流と関連付けることができよう[132]。また興味深い『正字法』（*Ortografía*）の著者アレホ・ベネーガス（Alejo Venegas）は『臨終の苦しみ』（*Agonía del tránsito de la muerte*）のような固い内容の本をスペイン語で出版している。彼は終章で格言や難解語の解説を行ない、そこでこう述べている。「自国語を見下すこうした風潮はほぼ世界中に広がったため、多くの人々の意見として今日まで深く根を下ろしている。しかしものごとを中からしっかり見据えている賢明な人間であれば、マルクス・トゥリウス自身の書いたことは真実だと言うだろう。彼によると古い地層の下には往々にして叡知が隠れている。これはことわざの〈粗織の下に隠れた別の服〉と同じ内容である」。

以上の者たちに、さらにベルガラ（Vergara）やパルミレーノ（Palmireno）などの、他のエラスムス主義者の名を付け加えることもできようが、この点に関する網羅的研究は十六世紀のスペイン文献学史を書こうとする者にのみ関心があろう[133]。これは明らかにルネサンスの産物としてネブリーハ（Nebrija）とともに始まった学問であり——その特色のひとつは国家的栄光の高揚である[134]——エラスムスがその本質的要素のひとつとなっている人文主義（この言葉に我々が与えている意味における）の熱を受けて繁栄し続けてきた[135]。

再びセルバンテスに戻ると、彼の言語思想は俗語使用の妥当性や正当性を認識することに止まらない。

「古代の詩人たちはいずれも、母親の乳とともに覚えた言葉で詩を書いたのであって……」

あらゆる民衆的表現は、こうした無邪気な自然主義を通して、単に民衆的であるという事実によって同じように高く評価される。そしてセルバンテスは、そこからは文化や文芸の否定に到り着くしかないということも弁えている。したがって彼が自然思想のみならず芸術思想もまた言語の上に投影していることが、次の件からも読み取れる。

「まじりけのない、ぴったりした、気品のある、明瞭な言葉づかいは、よしんばマハラオンダの生まれだろうと、頭脳の明敏な都の人々の中にあるんです。《頭脳の明敏な》と申したのは、そうでない連中がたくさんいるからです。そして、頭脳の明敏こそよい言葉づかいの文法で、これが一般の慣用に結びつくわけです[136]」。

つまり言い換えると、自然言語は文化や良き言葉遣いによって洗練されねばならないということで、これはたしかにルネサンスが考えだした思想かもしれないが、今日でも通用する思想ではある。サンチョはこう言っている。

「なんせわしゃ、都に育ったわけでもなきゃ、サラマンカで勉強したわけでもねえだから、わしの使う言葉によけいなものをくっつけたかはぶいたか、知るはずがねえってこたあ、お前さまもご存じでさ……サヤーゴ生まれの男にトレード生まれみてえにしゃべろと強いたところでどうしようもねえだし、トレードの人間だって、正しい言葉を使う段になったら、ちょっこらちょっとうまく言えねえ者もあるでがしょうよ[137]」。

何はともあれ著者にとってトレードの言葉が模範的だったことは間違いない。この点については、セルバンテスといえども帝都トレードの優位性によって形成された世論に従っていたのである。彼は『パルナソ山への旅』の中でこう述べている。

アポロンは皆に向かってトレードの
粋な言葉で丁重に挨拶するや[138]

同じ考え方はファン・デ・バルデスにも見られる。

「トレード王国で、またイスパニア宮廷で育った方としてあなたにお聞きしたいのは、宮廷で使われている言語のことです[139]」。

またメルチョール・デ・サンタ・クルス（Melchor de Santa Cruz）[140]や他の人物[141]にも同じような見方がある。

ところでセルバンテスはトレード語や宮廷語のさらに上に〈分別〉（discreción）を置いている。これは往々にして宮廷人にも欠けており、したがってトレード人といえども洗練された話し言葉の模範とはなりえぬ場合もあった。鋭い批判精神と理性的分析という持味によって、すでに我々にはなれ親しいものとなったセルバンテス思想の別の分野に導かれていく。どうやら直接的源泉は前にふれた『キリストの御名について』の序文のように思われる。

「俗語を話すことは民衆の間で話されているように話すことと考えられているが、立派に話すことはたやすいことではなく、話す内容のみならず話し方においても、特殊な分別を要することが見過ごされている」。

こうした考え方はアンブロシオ・デ・モラーレス（Ambrosio de Morales）によって指摘されたもので

ある。彼は古典教養語を使うときだけ細心の注意が必要だとする者たちに批判を加えて、こう述べている。

「彼らの間違いははっきりしている……言語の主要部分ではなくその一部にすぎない、語の的確さという点だけをとりだしてみよう。生まれつきの性質だけで用法を含めた的確さが学べるものだろうか。(……)もしこれが正しいとすれば、小さいときから田舎で育った者と、大都市や宮廷で育った者の間に差などなくなってしまうだろう……カスティーリャ語に関していえば、他のいかなる言語とも同じように、立派に話すことと気取って話すことの違いはきわめて大きい。誰にとっても立派に話すことと日常的に話すこととは異なっているのである」。

両者の間の類似はますます近接している。

アンブロシオ・デ・モラーレス

「トゥリウスによれば彼の言葉は、みな均一であるラテン語の言葉や的確性ではなく、語の選択と配列をより優雅に行なって文章を構成する手法を身につけることで、他と大いに異なるようにせねばならない……いわば言葉同士が滞りなくやさしく混じり合って甘美と旋律を奏でるようにせねばならないのである」(142)。

ルイス・デ・レオン

「君は皆が話している言葉からふさわしいものを選びだし、その言葉の音声をしっかり見極めることだ。そして時としてその言葉の文字数を数え、重さや長さを計り、本当に言いたいことをはっききり伝えるだけでなく、調和と甘美をそなえるような表現にするように文章を構成していくんだ」。

前述の作家たちよりもずっと前に同じ内容のことが、カスティリオーネによって述べられていた。その著書は当時の教養人であれば誰でも読まねばならなかったものである。

「立派に話したり書いたりするために宮廷人にとってとくに重要で、必要なのは、知見にほかなりません……その次に話したり書いたりすべき内容を立派な手順で配置し、さらにことばでそれを表現する必要が生じてくるのです。私の思い違いでなければ、ことばは適切で、選りすぐられ、明瞭で、きちんとしたものでなければなりませんが、なによりも大衆にも使われているものでなければいけません。なぜならばそのことば自体が、演説を立派にし、華やかにするのです。それには話す人が良識と注意力をそなえ、内容をもっともよく言い表わすことばを見いだし、それらを目立たせる術を知っており、またそれらをまるで蝋でもこねるように思いのままの形にして……[143]」

カスティリオーネは政治的な分立国家であったイタリアに合わせて書いているので、宮廷的中心をもっていたスペインのような、言語統一への強い発想[144]はなかった。そんなところから彼が言語使用の規範化において、個人的教養や心理的要素に力点をおいているのも頷ける。

「ところで話し方のよい慣用というのは、才智があり、理論と経験にもとづいて権威を身につけた人々のあいだから生まれて来るのだと思うのです。彼らはよいと思われることば、つまりいかなる技とか規則にも頼らずに、ある種の勘によってそれとわかることばをその権威によって受け入れることに同意し、同調するのです[145]」。

カスティリオーネは権威の客観的規範を明確に見据えることなく、心理や美学に依拠しつつ、やや漠然とした荒削りな自然主義的規範に逃げ込んでいる。

このように十六世紀には立派に話すというテーマが、本能ではなく理性の問題として広まったが、それは自然的理由で母語を使用せねばならないという原理が据えられたからである。セルバンテスも後で、立派に話すためにマハダオンダ〔あるいはマハラオンダ、マドリード近郊の村〕生まれである必要はない旨を述べている。バレンシアのエラスムス主義者ファン・マルティン・コルデーロは一五五六年にカスティーリャ語についてこう述べている。

「私自身この言葉に大きな愛着をもっているが、いまだ私にとって生まれつきの言葉ではない……カスティーリャの生まれではないからといって、彼らの多くより立派に書くことができないなどと考えてもらってはこまる(146)」。

結局、注意すべきはセルバンテスがより具体的な性格の言語問題に関心を寄せていたということである。彼は言語の閉鎖性や不動性に肩入れするような立場をとることはなかった。『ガラテア』の序文で詩人の使命は「自らの言葉を熟慮することで豊かにするとか……長ったらしいカスティーリャ語の言い回しを、古代語の簡潔な表現にとって代えたいと願っている狭い了見の者たちが、カスティーリャ語でも優しく甘美でありながら荘重かつ雄弁に思いのまま語ることができるような、広々と開かれた豊かな分野があるのだということを認識し、見習っていけるような道を拓くこと」だと述べている。

また『犬の対話』で非難の対象となっているのは「耳にひびくものの本来の名前の不愉快さをやわらげる、婉曲な間接的な言い回しをどうしても使わなくちゃならないというときになっても、やはりいろんな事物を本来の名で呼ぶことは、けっして粗野でもなけりゃ悪癖でもないと、あたかもそれがあまりいいことではないかのように言い張った先生の誤謬(147)」である。

『ドン・キホーテ』にも語彙記述に関する考察がいくつかある。

「気むずかしい人々はラテン語をひっぱり出して、《げっぷを出す》という代わりに、《おくびを出す》といい、《げっぷ》の代わりに、《おくび》と言っている。いくらかの人々が、こういう言葉がわからなくても、大したことではない。つまり使っていれば、時がたつうちに、いつかそういう言葉が国語の中へはいり込んでゆき、すらすらと人々にわかるようになるからで、それにまた、このことが国語を豊富にするもといでもある。国語のうえには、一般庶民と常用が大きな力をふるうものだからな」(148)。

ここにはよく知られたホラティウスの理論が示唆されていて、改めて言語の民衆的・自然発生的側面への指摘がなされている。

正義

正義の観念もまた人間の生まれつきの徳性の概念と結びついている。モンテーニュは次のように記していた。

「自然で普遍的な正義そのものは、われわれの社会の必要に縛られたいまひとつの個別的、国家的な正義とは異なって、もっと高貴に規定されている。(……)法律に権威を与え、法律を援助するためには、真の徳は、その本来の力を大いに減殺しなければならない」(第三巻、第一章)。

ピエール・シャロンもまた同様に『賢明さについて』(Pierre Charron, *De la Sagesse* 一六〇一)において、正義を生まれつきの徳とみなしているが(149)、それは人間と自然に関する人文主義的概念から見ればきわめて当然の結論と言えよう。マル・ラーラ（一五六八）は「自分たちの新たな魂のなかの、初々しい自然理性と善性によって導かれる子供たち」について語っている（本書、三三二頁、註85）。彼によると社会秩序や社会階層もまた本能の生み出した産物である。

「トゥリウスが『義務について』（*Officios*）第一巻で述べているように、人間の誕生とともに、上に立ちたいという欲望が生まれた。同じような性格の教育をしっかり受けてきた人間は、もはやその地位にふさわしいと思われる人間にしか従おうとはしない(150)」。

セルバンテスは自然発生的で素朴で公平な、つまり神秘的なまでに自然な正義に対して、法律的・制度的な正義を対置する。そうした理論はいかなる場合でも決して独断的に措定されはしないが、事実そのものが何よりも雄弁にそれを物語っている。山賊のローケ・ギナールは公けの法に対して自らの合法性を対置している。彼は仲間たちに金を「公正な分配から少しでも多すぎたり足りなかったりしないようにと、たいへんな正確さ、慎重さで、それを全員に(151)」分配したのである。自らについても「私は本来は涙もろいごく親切な男です」と述べている。これは彼という存在の先験的な公正さを秩序立てるための道徳的な道具立てである。ローケ・ギナールは超法規的正義(152)と冒険のための冒険というテーマ(153)に包まれて、『ドン・キホーテ』の中に侵入してくる。

島の領主としてのサンチョの素晴らしい裁定にも同じような意味がある。あの裁定は誰の記憶にもあろうから、あまりその分析に力点を置くこともあるまい(154)。我々が実際、人文主義によって設《しつら》えられた場にいるということは、自ら詩的な装いを施したイスラム教徒の単純素朴な正義観を、セルバンテス自身が称揚している点にはっきり見て取ることができる。それはマル・ラーラやゴマラが、より自然に近いものとして、新大陸のインディオの習慣を理想化したのと軌を一にしている。このことが物語っているのは、ルネサンスの人文主義がそれ自体から出発し、古代や野蛮人、モーロ人、あるいはその他の人間的なるものの分野において、自らの特殊な思想を養うべき材料を探し求めていたということである。『寛大な恋人』の次の件はよく知られている(155)。

「イスラム司法官は訴訟のほとんどを留置もしなければ、審判もせず、求刑も弁論もまたずにひとりで裁決してしまった。婚姻訴訟以外のあらゆる訴訟は、その場で即決されたが、それはどんな法律よりも、良識ある人間の判断に委ねられていたからである。この点では野蛮人だとされる者たちの間でも、司法官はあらゆる訴訟において有能な裁判官なのである」。

『ドン・キホーテ』にも再度、同じような称賛が出てくる。

「モーロ人の間には、わたくしどものところとちがって、《原告と被告の対決》も《証拠と留置》もないからでござります(156)」。

ここで重要なのは作者の思想であり、その結果として英国のエリザベス女王の行なったような単純で型破りの裁決を賛美することとなる。

「女王は法官たちの合意もとりつけず、女官の判断も仰がず、一方的にイサベラの職を解き、彼女に金一万ドゥカードを下賜なさった(157)」。

かくすればイスラム法へのこうした賛美に対するモーレル・ファティオの驚きも、解消すると思われる。彼はこう述べていた。

「この異教徒の敵(セルバンテス)がマホメットの帰依者たちの制度の優秀さを、鷹揚に認めざるをえないというのは不思議ではないか」。

この著名なイスパニスタはこのことが「彼のものすごい非寛容性をいささかでも和らげることに役立

ったらよかったのに」と考えていた。[158] こうした見方はこの場合、まったく不適切であり、セルバンテス作品を作者の世界を見る方法の投影としてではなく、彼を取り巻く現実と等価とみなす方法的過ちに陥っている。クレメンシンがファン・デ・メーナ（Juan de Mena）の有名な詩句（彼はそれをフライ・ファン・マルティーネス・デ・ブルゴス Fr. Juan Martínez de Burgos のものとしているが）を引用したことも、彼にはまったく役立っていないようである。

モーロの土地では判官が
民法も刑法もたったひとりで裁く……[159]

これはそうしたかたちで称賛される文学的テーマの性格を示している。個々に切り離された事実だけに満足した型通りの実証主義からは、ここにおいて本質的なことがモーロ人や英国女王やサンチョ、ローケ・ギナールなどの従った、正義に対するセルバンテス的規範なのだ、ということがどうしても見えてこない。セルバンテスが「イスラム教徒の処罰をしっかり自分の目で」見ることなどはまったく必要なかった。そうした詳細はどんなケースでも二次的なものにすぎない。二次的ではない本質的なものは、我々がモンテーニュや他の十六世紀の思想家の中に見いだす、自然に基づく道徳律と密接な関係のある正義の概念を、セルバンテスがルネサンスの伝統から受け取ったという点である。

単純素朴で合理的な正義（裁き）を賛美することに対応しているのは、当時の正義に対する激しい非難である。それはセルバンテスが想像しえた最大の非合理と不公正であった。彼はそのことについて個人的に苦い経験をしていた。判事や司法官たちの専制や野蛮さは、それとは逆の、ルネサンスが伝えた正確で汚れなき規範で統治された純粋な社会といった観念をさらに強めていった。かのプニョンロストロ伯爵（conde de Puñonrostro）はセビーリャにおいて、今日の非人間的手続きを予見させていたが、彼はセルバンテスをしてある人物の口をかりてこう言わせている。

「これまでに幾人の哀れな者たちが、権力をやたらに振りまわす専横な判事の逆鱗にふれたばかりに、あるいはまた、事情をよく知らねえくせに、一片の情報だけで激昂した司法官の偏見により、あの世に送られてしまったことだろうね[160]」。

これは不吉な日々を生きるわが国の、今のスペイン人の熱望にも合い通ずるような、そうした熱望を感じていた気高い精神の素晴らしい言葉ではある[161]。

当時の正義（裁き）に対してはきわめて厳しい目で描かれている。

「執行官さん、賄賂をお取りなさいな。どんどん賄賂を取ってお金をためることです。間違っても、長年の慣習を改めようなどとなさってはいけません。そんなことをした日には飢え死にするだけですからね[162]」。

「判事さんや公証人の手に握らせるのに、そして手心を加えてもらうのにエスクード金貨ほど頼りになるものはないんだからね[163]」。

「上から下まで司直の連中の袖の下にたっぷり油をさすってことが肝心さね、なにしろ役人どもときたら、油[164]がちょっとでもきれた日にゃ、まるで牛車かなんぞのように、きしきしと不平を鳴らすんだからね」。

「出納係のリクラは司直や検察官というものの性癖をほとんど、あるいはまったくといっていいほど知らなかったので、一行の力になってやるという素振りをおおっぴらに見せていたひとりに、こっそりと、額は定かではないが金をつかませて、うまく執り成してくれるように頼んだ。だが結果は金を捨てたことにしかならなかった。渡り鳥（巡礼）の羽がたいした値打ちの毛であることを嗅ぎつけたペテン師どもは習性をむきだしにして、骨まで刈りとろうと狙ったのだ(165)」。判決は時として情け容赦のない、行きすぎたものとなることもある。

「わがはいはいまだに覚えているが、一人の友人があって、この男がある犯罪事件の裁判で、罪人どもの犯した罪より幾層倍も苛酷な判決を宣告したんだ」。なぜならば「控訴をさせようと考えたからで、こうすれば控訴院のお歴々方は、この不当な厳罰をちょうど頃合いの穏当な度合いまでやわらげて、彼らの慈悲心を大いに発揮できる余地も残ろうというのだ(166)」。

別のケースではこうある。

「他の囚人が彼は皆が考えているような人間ではないと証言し、事件の真相を語ったにもかかわらず、判事たちの抱いた悪意はいかんともしがたく、それ以上の詮索もせず、彼に死刑を言い渡したのです(167)」。

またセルバンテスは理性と人間性に基づく司法制度を切望している。

「花も実もある判官は罰して罪を憎まず、慎重を旨とし、情を知る判官は正義と情状を斟酌し、厳正と仁慈の間に明哲の光を当てる(168)」。

こうした言葉を寄せ集めれば、ドン・キホーテがガレーラ船の漕刑囚たちを解放するのも十分頷けよう。彼は当時の裁きをあまりにも馬鹿らしいものと考えていて、内在的刺激に基づく上位の道徳律を根付かせようとしたのである。この漕刑囚のエピソードは、小説の別の箇所でバルセローナに停泊中のガレーラ船を訪れた際に発せられた（サンチョの）ものすごい問いかけと比較してみるべきだろう。彼はこうつぶやいている。

「この気の毒なやつらは、何をしでかしたんだろう？　それに口笛を吹きながら行き来しているあの男は、よくもまあこれだけの人間を鞭でぶっ叩けたもんだ[169]」。

これは崇高にして皮肉の効いた天真爛漫さである。我々は犯罪者や法律すれすれのところで生きる者たちに対する、作者の共感といったものを十分理解できるであろう。それはたとえばローケ・ギナールや漕刑囚、ジプシー、宿代を踏み倒す者などである。

結論として言えば、セルバンテスはこの場合もまたいつもながらの対比、つまり理想的・普遍的世界と、彼を取り巻く具体的な現実の間の対比を作り出している。しかし問題があまりにも彼自身に近接していて、痛々しい姿を呈しているがゆえに、高貴な彼の精神が夢見ていたような幻想への批判とか、風刺などの試みはみじんも見られない。ここには黄金時代や牧人もの、騎士道ものや科学的剣さばきなどに見られたような、ユーモア的な切り口の入る余地はない。ここでセルバンテスは真面目なモラリストの立場をとっているのである。『ペドロ・デ・ウルデマーラス』（第一巻、一二四頁）の中である村長はこう語っている。

贈り物で手に入れられる官杖が
敵の手中に入ったなら何としよう

とはいうものの、純粋な正義といったものは、理性や熱望で組み立てられた他の多くの理念と同様に、それをつかもうとしても指の間からすりぬけてしまう。人文主義が約束した魅惑的な正義という概念は、漕刑囚たちがその解放者の上に浴びせた石つぶてによってさんざん痛めつけられ、へこまされてしまった。この世でしか意味がないにもかかわらず、この世にはふさわしくない事柄もあるのである。そこにセルバンテスの悲劇があったと言えよう。

(1) メネンデス・ペラーヨは民衆詩に関する諸理論を扱う際に、一六〇四年の『ロマンセ全集』(*Romancero general*) の序文を引用している。
「こうした詩のジャンルでは古代詩人の模倣も修辞も関心が薄いとみえて、技巧や修辞的厳格さには欠けるが、すぐれた才知のひらめきが随所にみられるため、技を排除するどころか技を越えるものとなっている。というのも自然が技なくしてなし遂げるものこそ完成品だからである……」。

さらにメネンデス・ペラーヨは付言して「無名の序文の作者の言葉は、モンテーニュが『エセー』の中で、同じテーマを扱ったときに使用した言葉とほとんど一致している」と述べている。どうやらメネンデス・ペラーヨは、ルネサンスの本質的な思想であり、我々が芸術（技）と自然のテーマとみなしていることを、あたかも散発的な現象ととっているように見える。実はルネサンス思想といってもスペインにはスペインの、フランスにはフランスなりの伝統というものがあった。モンテーニュとの類似は、そうした思想の源泉が両国において共通であったことによるのである。本書、三三一―三三二頁、註84、85を参照のこと。

(2) 五八三頁a。

(3) 『ペルシーレス』、五九六頁a。

(4) 前に註で指摘したとおり、自然的調和と過った不調和の理論は『ガラテア』の中に見られる。

(5) 第二巻、六三頁。フライ・ホセ・デ・シグエンサ『サン・ヘロニモ修道会史』(Fray José de Sigüenza, *Historia de la Orden de San Jerónimo* NBAE、第八巻、第一章、九四頁) に「自然の奇跡たる人体の、これほどまでに美しい構造を知ることはきわめて重要なことである」とある。

(6) 六四四頁a。他にも以下のような例がある。

ルキ『第一講義』B. Varchi, *La prima parte delle Lezzioni* フィレンツェ、一五六〇、序文)。セルバンテスがこうした作家たちの作品に触れたことは大いにありうる。なぜなら両者(チェリオ・ロディギーノ、前掲書、第七八四集、ヴァルキ『エルコラーノ』、ヴェネチア、一五七〇、二七頁)の内容と、『偉大なトルコ王妃』に出てくる部分が符合しているからである。

そなたはよく覚えておろう
大いにありうることゆえに
かつてトュアナのアポロニオという名の
賢人がいて、そなたも
よく知るとおり……
鳥たちのさえずりの意味することを
何もかもよく理解して
鳥たちが鳴いていると「こう言っている」と
述べたが、それは確かなことだった。
カナリアが歌うときも
ヒワがさえずっているときも
その鳴声を聞き分けて
隠れた秘密を理解していた。(第二巻、一四三頁)

しかし筆者はこのケースでセルバンテスが模倣したのは、A・デ・トルケマーダの『百花の園』ではなかったかと考えている。

「トュアナのアポロニオについては彼もまた鳥の鳴声を聞き分けることができたと記されている。この点について私が読んだことをお話することにしよう……アポロニオはある時、他の友人たちと野に出ていて、木々の下にいたとき一羽の鳥がやってきて、同じ茂みに来ていた仲間とさえずり始めた。その歌声は合わさり大きな合唱となって響きわたり、彼らは喜びあふれて町の方に飛び立って行った。アポロニオは思わず微笑んだ……友人たちはどうして微笑んだのか教えてほしいと彼にせがんだので、彼はあの鳥は仲間たちに、町の近くの路上で、驢馬の背に小麦の袋を乗せて運んでいる粉引きが、袋を落としたために袋が破れ、小麦がどっさりこぼれたということを伝えたのだと答えた。仲間の鳥たちは彼に礼を言って、さっそくそろって小麦をついばみに行った」(レリダ版、一五七三、第五の書〔第六の書の勘違いと思われる〕、二一七頁)。セルバンテスはトルケマーダのこの書をよく記憶していた。『ペルシーレス』の出版者たちは以下の文章の出典について何も言及してこなかった。

「カスティーリャの古い詩がそれを勧めて、こう言うからだ。

ひとが驚くことなど
言うもんじゃない、語るもんじゃない
ありていは
みんなにわかるもんじゃない」〔『ペルシーレス』〕三巻、一六章)

われわれは、出典はサンティリャーナ(Sautillana)だろうと考える。以下が彼の詩句である。

驚異のできごとは
人に語ってはならない。
なぜならどうしてそうなるのか
誰にも分からないからである。
(アマドール・デ・ロス・リーオス編、サンティリャーナ『全集』、「ことわざ集」Proverbios マドリード、一八五二、五二頁)

(18) ブランシェ『カンパネッラ』、一九二〇、一二九―一三二頁を参照のこと〔素晴らしく貴重な書〕。

(19) ジェンティーレ『テレジオ』、一九一一、およびトロイロ『テレジオ』、一九二四を参照せよ。ブランシェも

『カンパネッラ』でテレジオについてしばしば語っている。

(20) 「すぐにその司祭は老人テレシオであることが判明した」(第五の書、シュヴィルとボニーリャによる版、第二巻、一七六頁)。

これらの出版者たちは序文(三二頁)で「テレシオとはおそらく同じ名前のイタリアの詩人・人文主義者のことであろう」と述べている。これはガルシラーソがラテン頌詩を献じたアントニオ・テレジオ(Antonio Telesio 一四八二—一五三四)のことである(フラミーニ『一五〇〇年代』Flamini, *Il cinquecento* 一二二頁をみよ)。しかしもっと可能性が高いのは、セルバンテスが自分と同時代のテレジオのことを念頭においていたということである。それはすでにB・クローチェが「《パルナソ山への旅》に対する二つの注釈」("Due illustrazioni al *Viaje del Parnaso*"『メネンデス・ペラーヨ記念論集』*Homenaje a Menéndez Pelayo* 第一巻、一八六頁)において想定したことである。

(21) 【ポルトガル生まれのユダヤ人哲学者イサアク・カルドーゾ(Isaac Cardoso 一六一五—一六八〇)はサラマンカ大学で知的教育を受け、一六七三年に亡命先のヴェネチアで主著『自由哲学』(*Philosophia libera*)を著した。序文の中で彼はスペインの思想家たち(ビーベスやゴメス・ペレイラ、フランシスコ・バジェースなど他のマイナーな思想家も含めて)や、テレジオやカンパネッラなどのイタリア人思想家たちの後継者を自認している。M・メネンデス・ペラーヨ『スペイン異端思想史』(第四巻、マドリード、一九四七、二九六—三〇〇頁)およびラモン・セニャル(Ramón Ceñal, SJ)の「十七世紀のスペイン哲学」("La filosofía española del siglo XVII"『バロック研究』*Estudios sobre el Barroco* マドリード大学紀要特集号、四二—四三号、一九六二、三九五頁、四〇五頁)を参照のこと。】

(22) ブランシエ『カンパネッラ』、三九三頁。

(23) 同上、一五一頁。

(24) ジェンティーレ『テレジオ』、七五頁。

(25) 〔ラテン語原文からの翻訳〕「神の愛はすべてのすべてが共有であること以外の何を勧めるであろうか。キリストが膠のごとく愛によって父なる神としっかり結ばれているように、我々とキリストもまた固く結びつけられている。キリストが父なる神とひとつであるように、我々もキリストとひとつとなるべきである。パウロが言うように、我々は神とひとつの魂となり、ひとつの肉体となるべきである。神と我々人間とを結ぶ友愛により、神に属するものすべてが我々のものとなり、我々のものすべてが神に属するものとなる。さらに我々人間同士も、お互いがお互いに対して、等しい友情の絆で結ばれ、あたかも同じ頭部に対する肢体のごとく、同じ身体の一部のように同じ魂で満たされることとなる。そして我々は同じ苦しみを苦しみ、同じ楽しみをともに楽しむ。このことは、多くの穀粒を挽いて、同じ小麦粉にして作った神秘なるパンのことを、そして多くの葡萄をつぶして同じ液体に注ぎ込まれたワインのことを想起させる。要するに我々は神の愛によって、被造物すべてが神の中にあり、神はすべての中にあり、結局、すべてが一者の中に還元されるということを知るのである」(エラスムス『格言集』パリ、一五七九、緒言、第五集)。

(26) 『牧歌II』、ナバーロ・トマースによる版、一九二四、六三頁。

(27) 『狂えるオルランド』、第十歌、八四連。この作品をもっともよく知るピーオ・ライナ(Pio Rajna)先生にこの詩句の起源についてお尋ねしたところ、次のように答えてくださった。
「〈自然はそれを造られ〉はボルツァの『アリオストへの手引き』(Bolza, *Manuale ariostesco* 一八六六、四〇一頁)以来、ペトラルカのソネットVIIIに含まれているとされる〈自然はそれを造り、後にその型をこわす〉に由来するとされてきた。しかしこの詩句はペトラルカのものではない。どうやらあの詩句はアリオストの詩句そのものから出てきたと考えられる。それを指摘した注釈者は古今を通じて誰もいない」。

(28) 『偉大なるトルコ王妃』、第二巻、一二四頁。他の例。
「大自然はアウリステラに並ぶ者を産もうとしなかったのである」(『ペルシーレス』、六二八頁a)。

(29) 後篇、三〇章。

(30) 「しかし神は、我々の目に何か奇跡をお見せになろうとするときは、自然自らがなしえないことを、自らの業の手段や道具とみなして、しかるべき命を下しておられたので、マルコ・アントニオの場合も、彼がはしゃいであまり静かにしていなかったことで却って、彼の快方が促されるように取り計らったのである」(『二人の乙女』、BAE、第一巻、二〇九頁b)。

(31) カルダーノも対照せよ。彼は自然自らの内に目的と存在理由を有している点を認めて、自然の自立性に対する鋭い感覚を明らかにしたかと思えば、一方で外部的目的性をも認めている（ブランシェ『カンパネッラ』、一九二〇、一三〇頁）。カルダーノに関してはシャルボネル『十六世紀のイタリア思想』（Charbonnel, *La pensée italienne au XVIᵉ siècle* 一九一九、二七四頁以降）を参照せよ。

(32) 「世の習わしに見るように／幸も不幸も／人間の運命は／自然の采配よ」（『情婦』、七一頁）。

(33) 「人は神が完全なものにお造りくださったにもかかわらず、何かが足りないと思い込んでばかりいるのだ。その欲望を捨て去らないかぎり、この不足が満たされることはあるまい」（『ペルシーレス』、五九五頁b）。意味がどちらともとれるような偽善的な文体は、対抗宗教改革期のものによく見られる。ブランシェ『カンパネッラ』（一九二〇）に最適例があるので参照のこと（二一五頁）。

(34) 『犬の対話』、カスティーリャ古典叢書、第二巻、二一五頁。

(35) 同上、二四〇頁。以下と比較せよ。「おぬしの司法権のもとに落ちた罪人はわれらの邪悪な人間性の条件に服従した、みじめな人間だと考えてやることだ」（後篇、四二章）。
周知のごとくエラスムスは生まれつき善良な人間という、反キリスト教的教義を認めていた。「私は自然を教化に適したもの、そして生まれつき高貴なものに向かう性向と呼んでいる」（『対話集』の中の「少年を教化することについて」（De pueris instituendis）より。ピノー『エラスムス——その宗教思想』Pineau, *Erasme: sa pensée religieuse* 一一頁を参照のこと）。

(36) 『ドン・キホーテ』前篇、序文。これは常套句だったかもしれないが、意義深いものとみなして引用する。以下と比較せよ。
「アリストテレスが『自然学』の中で述べ、また古代詩人ルクレシウスが引き合いに出しているように、あらゆる生き物は自らに似た存在を生み出すものである」（マル・ラーラ『世俗哲学』、一五六八、七折r）。

(37) 『不思議な見世物』、第四巻、一〇七頁。それに付言してベニートは「まさにシセロ的風な名言だ、ひとこともつけ足すこともはぶくこともない」と言うと——（カパーチョは）「ベニート・レポーリョ村長殿はシセロ風のとおっしゃるつもりだったんだ」と答える。

(38)『ペルシーレス』、五八四頁a。似たような決定論はエラスムスにも見いだせるが、前に指摘したとおり、彼は悪への生まれつきの性向を認めないという点が重要な相違点である。

(39)「犬が狩猟にふさわしく、鳥が飛翔にふさわしく生まれついているように、人間もまた哲学と高貴な行ないにふさわしく生まれついている」(『対話集』の中の「少年を教化することについて」)。

(40)『ペルシーレス』、六五六頁b。これは淫欲に支配された女のことである。以下も参照せよ。六五二頁b、六五三頁a、六五六頁a。

(41)『愛の迷宮』(第二巻、二六九頁)では「生まれつきの傲慢さから/これほどの卑劣な不名誉を行なうのは/よほど生まれが卑しいはずの」人物について語られている。

(42)『ペルシーレス』、五九七頁b。以下と比較せよ。

「……もし貴女が大衆受けする手軽な手法を/追い求めるのでなければ。/大衆の中でもし卑しい出ながらも/高貴な身分についた者がある/あるいはあったとしても/必ずやお里が知れるような/下品さが残っているものです」(『ペドロ・デ・ウルデマーラス』、二二四頁)。

(43)セルバンテスの指摘では、習慣によって悪の本性が作られる。

「悪習ってものはいつか天性みたいになっちまうもんだ」(『犬の対話』、カスティーリャ古典叢書、三〇一頁)。

(44)後篇、三一章および三二章。

(45)『アルキビアデスのシレノスの箱』、アントワープ、一五五五、一九折r。

(46)後篇、四二章。

「たまたま貧しいからといって/自然が我々に授けてくれたものを奪うことなんかできますか」(『嫉妬の館』、第一巻、一三六頁)。

(47)第四巻、八五頁。

他のケースでも忠告が人の役に立っているると述べられている。これはセルバンテス流の決まり文句である。ポーランド人が、彼の妻に復讐するのを思い止まらせようとしたペリアンドロに対し、答えて言ったときの言葉「あなたの舌は天使が繰っているとしか思えない。うけたまわるうちに気持ちがなごんできました」（『ペルシーレス』、六三七頁b）と比較せよ。

(48)『ペルシーレス』、六七五頁a、六七六頁a。

(49)「生まれつきの行動はやむをえざるもので、そのひとつが食べるということになります」（『情婦』、一五頁）。「ひどく睡気がさし、五感がもうろうとなり、まどろんでいるうちに眠りこけてしまいました。人間の本能というやつには感心します」（『ペルシーレス』、五六八頁a）。

『ガラテア』のようにひどく非即物的な物語でも、次のような表現がある。

「わしらの疲れた身体を回復させる必要もあるから、明日に回せることは明日にすることにして、今は自分たちの荷袋のところに赴いて自然の求めておるものを満たすがよかろう」（第二巻、二〇五頁）。

(50)「彼はどこかの高貴な父親の血を引いているように窺えた」（『血の力』、BAE、第一巻、一六八頁a）。「高貴な血筋というものはしばしば、つましい身分の者であったら決して望みはしないものを望んで、心に翼を付け、息急き切って進むものだからです」（『ガラテア』、前掲版、第一巻、二二頁）。

これは常套句のようなものとなっている。

「私のうちにあることをよりはっきり示している、誠実なわが気質」（ティルソ・デ・モリーナ『公爵邸のはにかみ屋』、カスティーリャ古典叢書版、一九二二、七六頁）

『アルジェールの牢獄』（第一巻、三三二頁）でも、ある人物が迫害を受けた自分の息子に会おうと決心する。

「行くとしよう、石だって生まれつき地の中心をめざしてまっしぐらに進んでいくが、何かにぶつかることを恐れはしないではないか」。

『ジプシー娘』の次の台詞には神秘的性格がはっきり読み取れる。

「経験よりも自分の生まれつきの優れた気質ゆえに、年齢にそぐわないことでも理解できるんです」（BAE、第一巻、一〇五頁a）。

(51)「はっきり道理に合っているのは、自らの運命にあえて抗しようとする者は、刺を蹴飛ばすことになるということ」(『情婦』、二九頁)。
(52) クローチェ版、四九頁。〔渡辺一夫・二宮敬訳〕
(53) 四四頁。
(54) 二六頁。
(55) 二七頁。『格言集』には〈綺羅を飾った猿〉が引き合いに出されている。
「その生まれは王宮で多くの猿を見るごとし。猿たちから綺羅や首飾り、宝石類を取り去れば、単なる日雇い人たちが見えてくる」。
(56) 六三頁。
(57) 『愛の対話』、前掲版、四〇五頁a。
(58) 『宮廷人』、古典叢書版、一二二頁。
(59) 五一頁。
(60) 五二頁。
(61) 一四〇頁。
(62) 一八四頁。
(63) 九九頁。『宮廷人』における自然概念についてより詳細に知るためには、以下の頁を参照のこと。三八、三九、七六、九八、一二〇、一二四、二〇六、二〇七、三〇四頁。
(64) 一五六八年版、一四九折v。
(65) 第九巻、一四章。一五六八年版、二三六v—二三七折。【マル・ラーラのエラスムス主義についてのカストロ自身による重要な詳述については、彼の論文「フアン・デ・マル・ラーラと彼の『世俗哲学』」("Juan de Mal Lara y su *Filosofía Vulgar*"『セルバンテスへ向けて』所収、一六七—二〇九頁)をみよ。本論文の最初のオリジナル版は『メネンデス・ピダル記念論集』(*Homenaje a Menéndez Pidal* 一九二五、第三巻、五六三—五九二頁)刊行に際して、アメリコ・カストロが寄稿したもの。ドン・アメリコは一六七頁の註において、F・サンチェス・エスクリバーノ(F. Sánchez Escribano)およびA・ビラノーバの研究を含むマル・ラーラの最新の参考文献を提

示している。】

(66) 後篇、一六章。

(67) 一五六八年版。《序文》、第六部。

(68) 第七〈百章〉、〈諺〉二八番。一五六八年版、一九三折v。

(69) ここではスペイン文学における自然観の歴史的展開が提起する、重要な別の側面には触れないこととする。禁欲主義者や神秘主義者、とりわけフランシスコ派の聖職者は、自然なるものの表象への崇敬を抱いていた。というのも彼らはその中に神の反映を見ていたからである。とはいえ彼らにとってそうした自然に人格性はなかった。それは〈神の執事〉ではなく、神の栄光を写しだす存在であった。自然は、自らの産物としての人間を駆り立てるエネルギーや活動の源ではなく、我々の観想の対象であった。人文主義者にとって抗しがたい客観的な行為となるものが、神秘主義者には単なる忘我となっていた。サンタ・テレサはこう述べている。

「また私にとってたいへん助けになったことは、田園や、水や、花を見ることでした。つまりそれらは私を目ざめさせ、潜心させ、書物の代わりになりました」(『自叙伝』、BAE、第五三巻、四〇頁b、〔東京女子カルメル会訳〕)。

しかし『報告書簡の書』(*Relaciones*)の中の次の文章からは、自然が有するとされる単なる環境としての性格が浮き彫りとなっている。それはあたかも出来上がった刺繍から糸を引き抜いてしまうように、客観的なものはそこから姿を消していくのである。

「私が水や野原、花や香り、音楽など、何か美しく豊かなものを見たり聞いたりすると、本当はそうすることをさほど望んではいなかったと気付きます。私がいつも見ているものと、そうしたものとの差は何と大きなものでしょう。そこでそうしたものへの欲求は萎えてしまうのです。ですからこうしたものは、どうでもいいと思うようになってしまったのです」(BAE、第五三巻、一四六頁b)。

聖なるものが神秘主義者の心の中で座を占めたときには、それをかの慎み深い無限性の外で探しだそうとしてはならなかった。

「あなた方は神が潜在力として、現存として、本質として被造物のうちにあらわれるということを、何度も何度も聞いたことがあるでしょう。ですから、神は本質的にその永遠の聖なる存在とともに、あなた方とともに在られると理解せねばなりません」（ベルナルディーノ・デ・ラレード『シオン山登攀』、Bernardino de Laredo, *Subida del monte Sión* 一五三五、七五折ｖ）。

以下を参照せよ。G・エチェゴーエン『神の愛――サンタ・テレサの源泉に関するエセー』（G. Etchegoyen, *L'amour divin. Essai sur les sources de Sainte Thérèse* 一九二三、一四八頁）。今日、神秘主義の問題に関しては、その本質を突いた書、J・バルーズィ『十字架の聖ヨハネと神秘主義的経験の問題』（Jean Baruzi, *Sainte Jean de la Croix et le problème de l'expérience mystique* パリ、一九二四）を参照すべきである。

管見によればルイス・デ・グラナダは興味深い研究の対象である。というのも彼においては人文主義的立場が純粋な観想的立場によって、完全には息を止められてはいないからである。彼はセネカの『幸福な人生について』（*De vita beata*）に霊感を得て『使徒信経』（*Símbolo de la fe*）において、次のように述べている。

「神とは何か？ 我々が目にするすべてである。というのもあらゆるもののうちに神の叡知と臨在を見るからである」（BAE、第六巻、一八三頁ａ）。

とはいえ、彼において優位を占めるのは超越性である。それは自然が内在的で絶対的な活動を有した世界ではなく、神に至るための階梯だからである。

「この目に見える世界は神のわざによる結果であり作品であるがゆえに、世界を通してその造り手たる神を知ることができる」（同上、一八三頁ｂ）。

その後、我々はルイス・デ・グラナダが、キリスト教が古代哲学を継承していることを認識することで、人文主義の理論を受け入れたということを知る。カトリック禁欲主義の有力な代表者たるグラナダ神父は、ルネサンスの理念が融解していくことの好例として、その作品を詳細に分析する価値があるだろう。要するに、かつてアッシジの貧しき聖人によってたどたどしく語られた自然に対する見方は、中世から二つの異なる方向に分岐していった。一つは、世界は神を映し、神を担うがゆえに価値があるとするものであり、他は世界は神のごときものであって、その求めに応じねばならないとするものである。十六世紀の道徳・宗教的な演劇は、そうした二つの恐るべき立場をめぐって展開されるのである。

【神秘主義に関する膨大な参考文献の中で、引用すべきものを以下に列挙する。Ｅ・Ａ・ピアーズ『スペイン神秘主義者の研究』(E.A.Peers, *Studies on the Spanish Mystics*　ロンドン、一九二七―一九六〇、第三巻) および『スペインの神秘主義者』(*The Mystics of Spain*　ロンドン、一九五一)。Ｊ・ドミンゲス・ベルエータ『スペイン神秘主義哲学』(J. Domínguez Berrueta, *Filosofía mística española*　マドリード、一九四七)。フライ・ナサリオ・デ・サンタ・テレサ『神秘主義哲学――スペイン思想分析』(fray Nazario de Santa Teresa, *Filosofía de la mística. Análisis del pensamiento español*　マドリード、一九五三)。Ｈ・ハッツフェルト『スペイン神秘主義に関する文学研究』(H. Hatzfeld, *Estudios literarios sobre mística española*　マドリード、一九五三)。サンタ・テレサに関してはドン・アメリコ自身による『サンタ・テレサと他の論考』(*Santa Teresa y otros ensayos*　マドリード、一九二九)。また最近の作品としてＦ・マルケス・ビリャヌエバ『十六世紀の精神性と文学』(F. Márquez Villanueva, *Espiritualidad y literatura en el siglo XVI*　マドリード、一九六八、一三九―二〇五頁) がある。フライ・ルイス・デ・グラナダに関しては、Ｍ・Ｂ・ブレンターノ『フライ・ルイス・デ・グラナダの作品における自然』(M. B. Brentano, *Nature in the Works of Fray Luis de Granada*　ワシントン、一九三六)。Ｒ・Ｌ・エシュラン『ルイス・デ・グラナダあるいは神との出会い』(R. L. Oechlin, *Louis de Grenade ou la rencontre avec Dieu*　パリ、一九五四)。ダマソ・アロンソ『エラスムスとフライ・ルイス・デ・グラナダについて』(暗黒時代から黄金世紀へ)、Dámaso Alonso, *Sobre Erasmo y fray Luis de Granada* (*De los siglos oscuros al de Oro*)、マドリード、一九五八。サン・ファン・デ・ラ・クルスに関しては、Ｂ・フロスト『十字架の聖ヨハネ』(B. Frost, *St. John of the Cross*　ロンドン、一九三七)。ダマソ・アロンソ『サン・ファン・デ・ラ・クルスの詩』(*La poesía de San Juan de la Cruz*　マドリード、一九四二、第二版、一九四六)。Ｒ・Ｍ・デ・オルネード「ルネサンスとサン・ファン・デ・ラ・クルス」(R. M. de Hornedo, "El Renacimiento y San Juan de la Cruz"『理性と信仰』(*Razón y Fe*)、第一二七巻、一九四三、五一三―五二九頁。および同「サン・ファン・デ・ラ・クルスの人文主義」("El Humanismo de San Juan de la Cruz" 同、第一二九巻、一九四四、一一三―一五〇頁)。Ｅ・Ａ・ピアーズ『サン・ファン・デ・ラ・クルス――炎の魂』(E. A. Peers, *San Juan de la Cruz, espíritu de llama*　マドリード、一九五〇)。Ｍ・ミルネール『サン・ファン・デ・ラ・クルスにおける詩と神秘的人生』(M. Milner, *Poésie et vie mystique chez St. Jean de la Croix*

パリ、一九五一）等々。】

(70) 本書三一四頁以降、註10をみよ。

(71) 【十六世紀の他の作家たちにおける黄金時代のテーマに関しては、バタイヨン『エラスムスとスペイン』、六五一―六五二頁（アントニオ・デ・トルケマーダとその『風刺的対話』*Coloquios satíricos*）および七五一頁（ヘロニモ・デ・カンポスとその『祈りの手引き』*Manual de Oraciones*）をみよ。マル・ラーラもまたこのテーマを扱っているが、それについては『セルバンテスへ向けて』（一八〇―一八一頁および一九九頁）を参照のこと。山羊飼いたちへのドン・キホーテの演説についての興味深い解釈、およびその政治・社会的意味合いについては、L・オステルク『《ドン・キホーテ》の社会・政治思想』（L. Osterc, *El pensamiento social y político del Quijote* メキシコ、一九六三、二四二―二五四頁）をみよ。アメリコ・カストロは「《ドン・キホーテ》の構造」（『セルバンテスへ向けて』、三二六頁）において、セルバンテスへの新たな接近法に則ってこう述べている。
「必要だったかもしれないが、私は『セルバンテスの思想』の中で黄金時代のテーマを扱う際に、こうした構造的側面は考慮に入れなかった。それは当時、思想史（Kulturgeschichte）が一世を風靡していて、文学が人間の環境、人々の条件や情況と切り離しがたいという事実を考慮することがなかったからである。とはいえ我々は十六世紀にスペインに生きることが何を意味したかということを、半世紀もの間、ずっと問いただすことはしなかった。セルバンテスが作品の中で黄金時代のテーマを導入したとき、彼は自らが鎖につながれていた〈唾棄すべき〉スペイン的環境に直面すべく、人文主義的文学から必要なものを取り入れたのである……」。】

(72) 「サトゥルヌス的生は、珍奇な好色や陰謀を知らぬ幸せなものとして、詩人たちによって黄金時代のごときものとして解釈され、ことわざ的な比喩でもって広められた……そこで詩人たちはサトゥルヌスが支配する黄金時代が存在したかのように語ったのである」（ハドリアニ・ジュニイ『格言集』、Hadriani Junii, *Adagia* エラスムスのそれに付け足したもの、パリ、一五七九、一一〇三集）。

(73) 「（二人は）川の水の清らかさに誘われて、それで美しい顔を洗ってみようと思った。というのも彼女たちには、自分を誰よりも美しいと思い込んでいる都の貴婦人たちが、もっと美しくなろうとして逆に顔を痛めつけることになる、忌ま忌ましく虚しい化粧など必要なかったからである」(『ガラテア』、シュヴィルとボニーリャによる版、第一巻、四五頁)。

(74) 第五巻、五三頁。ドン・キホーテの演説にある〈お前のもの、わしのもの〉に関しては、クリストーバル・デ・ビリャロン『才知あふれた比較』(Cristóbal de Villalón, *Ingeniosa comparación* セラーノとサンスによる版、マドリード、一八九八、一五九頁)を参照せよ。

「敵意と嫉妬が世にはびこるようになると、所有の観念が生まれ〈お前のもの、わしのもの〉という言葉が使われだした」。

【オステルクの前掲書、二四五―二四六頁を参照せよ。古い例としてはアルフォンソ賢王の次の言葉が想起される。

「人々は名高い土地を所有しはじめ、条件づきで分割し、屋敷を作り、王国を分割し、領主を離反させ、売り買いを始め、賃貸しをし、金を集め、掛け売りをするなど、これに類することをやり始めた。そこからあらゆる悪の母たる強欲が生まれ、嫉妬や悪意が生まれたのである。また人間は傲慢になり他人のものを求めるようになって、そこから争いや喧嘩、紛争、侮辱……が生じることとなった」(『大世界史』*Grande e general estoria* A・G・ソラリンデ、マドリード、一九三〇、第一巻、二二章、一九九頁)。】

(75) R・シュヴィル『オウィディウスとスペインにおけるルネサンス』(R. Schevill, *Ovide and the Renascence in Spain*) 一八七頁、一五三頁、一四九頁。W・クラウス『スペイン中世の活動的生活と文学』(W. Krauss, *Das tätige Leben und die Literatur im mittelalterlichten Spanien* シュトゥットガルト、一九二九、二六頁)には、自然の神聖化の中世的事例や黄金時代の夢想などが指摘されている。例としてベルセオ『われらが聖母の奇跡』(Berceo, *Milagros* ソラリンデによる版、カスティーリャ古典叢書、第二一巻、五〇二―五〇四頁辺り)およびディエゴ・デ・バレーラ『書簡、その他の五論文』(Diego de Varera, *Epístolas...con otros cinco tratados* スペイン愛書家版、第一六巻、二一五頁)がある。

(76) 「オウィディウスの言うところでは、銀の時代が始まってからというもの、姦通が世に出現した」(『世俗哲学』、一五六八、七八折r)。

(77) 一〇二折v。

(78) 三三折v。

(79) 七折r。『ドン・キホーテ』(後篇、二章)には黄金時代と並んで鉄の時代についても触れられている。「もしも事実がこびへつらいの衣をつけず、むき出しのままに、王侯方の耳に達していたら、昔の歴史は全然ちがっていたろう。過去の歴史は、われわれの世紀よりはるかに鉄の時代とみなされていたことだろう」。「ヘシオドスは『農業』の中で四つの時代について語っている。彼によると鉄の時代では大きな害悪があったが、とりわけその中でも両親の名誉を汚すような悪について語っている」(マル・ラーラ、前掲書、第七〈百章〉、〈諺〉第二番、一七六折v)。

(80) 『宮廷人』、前掲版、四三四頁。

(81) 『ペルシーレス』、六三〇頁a。『奥方コルネリア』(BAE、第一巻、二一四頁)にもまた、ある貴婦人が出産した後すぐに街に出歩く状況が描かれている。エラスムスは対話集「産婦」(*Puerpera*)の中で、母親は子供を育てたほうがいいとすすめている。マル・ラーラはその助言を繰り返してこう述べている。
「御婦人方はこうした考え方に耳を傾けないかもしれないが…ここに兄弟間の愛情不足の原因がある。そうすることで彼らは立派な宮廷人となるのである」(第四〈百章〉、〈諺〉第四六番)。

(82) 『痴愚神礼賛』、クローチェ版、五〇頁。

(83) 後篇、二〇章。

(84) 後篇、一六章。第四巻、三三〇頁。モンテーニュはこう述べている(『エセー』第一巻、三一章)。
「プラトンの言うようにすべてのものは、自然によってか、運命によってか、技術によって生みだされる。最も偉大で最も美しいものは、最初の二つのいずれかによって、最もささやかで不完全なものは、最後の一つによって生み出される」〔松浪信三郎訳〕。

セルバンテスも時に技と自然の調和について考察している。

「自然は技と結びついて技の作り手になったり、また技そのものになったりするのだよ。その二つの性質から、何と名づけたらいいか分からないけれど、第三の自然といったものが作られたのだ」(『ガラテア』、前掲版、第二巻、一八九頁)。

(85) 典型的な例を挙げるだけで十分だろう。マル・ラーラ(『世俗哲学』、一五六八)こそ好例である。ただ自らの扱っているテーマの価値についての明確な認識が、いまだになかったのは驚くべきことである。

「自然理性といたいけな魂に宿ったばかりの善性に導かれた子供ですら、この地では、他の者が彼に害を及ぼそうとしていたり、つまずいたり、怪我をしようとすれば、《神も照覧あれ》と言っている」(一九折r)。

ついでに注意いただきたいのは、エラスムスの影響で、マル・ラーラは彼の『格言集』に忠実に準拠しているということである。つまるところ、これは反キリスト教的理論である。というのも子供にそうした徳性があるというのが、洗礼による原罪の贖いゆえではなく、むしろ生来の起源に近いという理由に根ざしているからである。本書、二六七―二六八頁を参照せよ。

マル・ラーラと対照的なのがルイス・デ・グラナダの見方である。

「少年たちは罪を犯す以前の幼い時代にもこうした悪の種子を宿しているのが分かる(なぜならば、その時期にも怒りや罵詈雑言、憎しみ、憤怒、復讐心などといった情念が現われるからである。それらは自らの罪から出てくるのではない、なぜとていまだ自らの罪などもっていないからである)。したがってあらゆる人間は、こうした悪への傾向を宿して生まれるということ、それは現在の自らの罪によるのではなく、全人類の始原であった人間のなんらかの罪によるのだと言わざるをえない」(『使徒信経』、BAE、第六巻、四〇三頁b)。

野生人に関しては、その生活や風習についてスペイン人旅行者の報告で知ることとなったが、周知のごとくそれによって、自然主義的思想と切り離せない人文主義的思想に新たな道筋を切り拓くこととなった。モンテーニュはわれらのゴマラを大いに活用した(ヴィレー『源泉』、Villey, *Sources* 第一巻、一三七頁)。しかしその出発点は同じく、十六世紀にとって最大の問題提起者たるエラスムスであった。

「それほど前ではないけれど、ここに何人かの旅人が泊まった際、新大陸をたくさん回って見てきたと言ってましたよ……彼らはとても温暖な土地のある島に辿りついたそうですが、そこではみな一糸まとわぬ姿で、体の某所を覆うなどというのは何かとてつもなく恥ずかしいことのようでした……彼らはみな仲良く暮らしていて……王とともに一緒になってやっていたこの仕事を終えると、それぞれ好きなところに散っていきました。彼らは仕事に精通し、子供の養育に熱心に当たり、悪習とりわけ姦通に対しては厳しく罰したそうですよ」(『対話集』、メネンデス・ペラーヨ『小説の起源』第四巻、二三二頁a)。

マル・ラーラによると「インディオたちは金持ちの娘と財産ゆえの結婚や良い血筋ゆえの結婚などしない。彼らは自分たちと同じ顔立ち、同じ美しさの乙女を熱心にじっくりと見極める。彼らは思慮なく結婚へと突っ走る我々とはちがって、別の思慮や異なった知恵をもって結婚するのである」(第五巻、第二四章、一一〇折r)。

後にモンテーニュは人食い族についての章(『エセー』、第一巻、第三〇章〔三一章〕)で、それと似た考えを発展させている。

「彼らは野生である。自然がひとりでにその通常の進行から生みだした果実をわれわれが野性と呼ぶのと同じ意味で野生である。けれども、実のところ、われわれが人工によって変質させ、通常の秩序から逸脱させたものこそ、われわれはむしろ野性と呼ぶべきであろう」。

野性人については「(彼らの)自然的法則は、われわれの法則によってほとんど堕落させられずに、いまなお彼らを支配している」としている。そしてその後に、ポリカルポ王の治める国の生活に優るとも劣らぬ、ユートピア的な野性生活が描写される。一方、ペロ・メシーアはむしろ動物の方を称賛する。

「人間はいかに多く、鳥や動物たちから、正しく立派に生きるための模範と規範を得ることができようか」。

「あらゆる動物が自らの本性に完全にしたがい、その種において完全な行動をとるのに対して、理性的動物たる人間が、自らの自由意志をいかに正しく行使していないかは……大いに戸惑い、恥とするべきである」(『森羅渉猟』、四八二頁、リヨン、一五五六)。

(86) 第二の書、四二章も参照のこと。

シュヴィルとボニーリャによる版、七八頁。

(87) 【『犬の対話』と『ペドロ・デ・ウルデマーラス』において、セルバンテスが前者でジプシーについて述べたことは、写実性と辛辣さにおいて、後者や『ジプシー娘』で述べたことと極めて異なっている。後者ではジプシーの生活は型通りに理想化され、はっきり羨望の対象となっている。セルバンテスのジプシーに関する知識には現実性が欠ける、とする批評家は数多い。たとえばJ・ヒバネル・イ・マス（J. Givanel y Mas）による『ジプシー娘』の版（バルセローナ、一九四三）の序文。J・M・チャコン・イ・カルボ「『ジプシー娘』の理想的写実主義」（J. M. Chacón y Calvo, “El realismo ideal de *La Gitanilla*”『キューバ・言語アカデミー論集』*Boletín de la Academia Cubana de la Lengua* 第二巻、一九五三、二四六—二四七頁）。G・T・ノーサップ『スペイン文学入門』（G. T. Northup, *An Introduction to Spanish Literature* シカゴ大学出版、一九六〇、第五版、二六二—二六四頁）等々。

『犬の対話』におけるジプシーに関しては、E・F・ハレーニョ「『犬の対話』——黄金世紀におけるスペイン人の生活の社会的資料」（E. F. Jareño, “*El coloquio de perros*, documento social de la vida española en la Edad de Oro”『ネオ・ラテン語』*Les Langues Neo-Latines* 第五三巻、第二号、一九五九、一—二七頁）をみよ。カサルドゥエロは『《模範小説集》の意味と形式』において、〈理想化〉の見解を支持し、同時にアメリコ・カストロと同様、ジプシー的生活を自由で自然な本来の人間の在り方とみなしている。ウォルター・スターキーは「セルバンテスとジプシー」（Walter Starkie, “Cervantes and the Gypsies”『ハンチントン図書館季刊誌』*Huntington Library Quarterly* 第二六巻、一九六三、三三七—三四九頁）において、セルバンテスは『ジプシー娘』において自分の家族のことを投影しているという、魅力的な説を提起している。それによれば、セルバンテスの伯母のひとりは、ジプシー的な人物であるマルティン・メンドーサに誘惑されたらしい。プレシオーサはその恋物語から生まれたマルティーナという娘を文学的にアレンジしたものに他ならない。同様に、アメスーア『スペイン短篇小説の生みの親セルバンテス』（第二巻、五一—四一頁、四三四—四三五頁）およびM・エレーロ・ガルシーア『十七世紀のスペイン人の思想』（M. Herrero García, *Ideas de los españoles del siglo VXII* マドリード、一九六六、六四一—六五五頁）を参照せよ。アメスーアもエレーロ・ガルシーアも、ジプシー生活を個人的にきっぱりと否認しているが、それは彼らの批判的視点に明確に反映している。】

(88) 後篇、二〇章。

(89) 『ペルシーレス』、BAE、第一巻、六五六頁b。

(90) 同上、六二〇頁a。逆のケースとしてバルトロメ・レオナルド・デ・アルヘンソーラ（Bartolomé Leonardo de

Argensola）は「村の静けさに誰が耐えようか……」（BAE、第四二巻、三〇三頁）と述べている。

（91）『ガラテア』、前掲版、第二巻、三三―三五頁および三八頁。

（92）エラスムスの言わんとすることは明確そのものである。「自然の本能のままにしている蝿や鳥の生活のほうが、どれだけよいかわかりますまい！　その鳥も、籠に入れられ、人間の声をまねするように教えこまれると、たちまちその生来の美しさを驚くほどなくしてしまいます。自然の営みは、人為によって粉飾したものにかくも優っているのですねえ！」（『痴愚神礼賛』、一五一一、前掲版、五三頁）文学史に適用された物質主義の影響を受けて、ブルクハルト（Burckhardt）のような透徹した思想家ですら、イタリアでは農民が自由で農奴ではなかったがゆえに、田園生活の描写はイタリアから始まった、などと述べている（『イタリアにおけるルネサンス文化』*Civilisation en Italie* 第二章、八六頁）。マル・ラーラやモンテーニュやその他多くの論者たちといえども、未開人に対して詩的な表現を与えているが、それは単に彼らが未開人であったという理由からだけであって、それ以外ではない。つまり自然的自発性といったものは、いたるところに存在するのである。マル・ラーラは「結婚式に本当の美人なし」（第五〈百章〉、〈諺〉第三八番）ということわざに註釈を加えて、こう述べている。「真実の美しさは……肉体的に見られる装いとは異なり〔結婚式には新婦のみならず誰でも着飾る〕、素朴でさりげない美しさの中に在る」。セルバンテスの《黄金時代》においても、「これ（娘らの操）が堕落したとすれば、それは当人の好き勝手とみずからの意思から生じたもの」とされていた（前篇、一一章）。

（93）とりわけ第五章、第六章（カスティーリャ古典叢書版）を参照せよ。たとえば以下を対照せよ。「宮廷や大きな街に暮らす者たちは、こういった特権をもつことはできない。なぜならばそうした所では、ものを盗まれたり、部屋割りをしたり、服の上下分けをしたり……薪を盗まれたり、薪を割られたり、扉をぶち壊されたりするからである。たまたま田舎で生活することとなった者はなんと幸運な巡り合わせであろう、云々」。

（94）『家族について』、第三巻、A・ボヌッチ（A. Bonucci）による版、二八〇頁以降。

（95）BAE、第六五巻、一六一頁a、一六三頁a。【ゲバラに関してはカストロ自身の「アントニオ・デ・ゲバラ

――十六世紀の人間と様式」（“Un hombre y un estilo del siglo XVI”『セルバンテスへ向けて』所収、八六―一一七頁）をみよ。註87の参考文献を参照のこと。カストロ論文に沿ったもので、参考文献に足すべきものとしては、すでに触れたF・マルケス・ビリャヌエバの『十六世紀における精神性と文学』（一五一―六六頁）がある。またカストロの『セルバンテスとスペイン生粋主義』（三四四―三四六頁）も参照せよ。】

(96) そのジャンルの出現を物質的に説明しようという熱意も、同じようにあまり価値はない。ロッシ（Rossi）はこう述べている（『十五世紀』*Quattrocento*、三七〇頁）。

「ルネサンスの人間たちが田園生活の心地よさ、平和、単純素朴を心から追い求めたことは確かである。そのためにふさわしい季節がくれば、都会を捨てて田舎に出かけたものである。（サンナザーロの）アルカディアは天衣無縫な牧歌的感傷主義でもって、こうした傾向に拍車をかけることとなった」。

しかし同じことはローマ人も行なっていたが、牧人小説を生むことはなかった。ここでは物質的説明よりも、ルネサンス期特有の説明を探し求めるべきである。

(97) H・A・ルネール『スペイン牧人小説』（H. A. Rennert, *The Spanish Pastoral Romances* フィラデルフィア、一九一二、三五頁）。

(98) 『小説の起源』第一巻、四一一頁。【J・B・アバリエ・アルセ『スペイン牧人小説』J. B. Avalle-Arce, *La novela pastoril española* マドリード、一九五九、も参照のこと。】

(99) 一五六八年版、一六一折v。【アメリコ・カストロ『セルバンテスへ向けて』、前掲版、一九九頁をみよ。】

(100) H・A・ルネール『スペイン牧人小説』（一一六―一二五頁）の資料と参考文献は大いに役立つ。【J・B・アバリエ・アルセ、前掲書、およびライリー『セルバンテスの小説理論』を参照せよ。また『ガラテア』に関しては、F・ロペス・エストラーダ『セルバンテスの《ラ・ガラテア》』（F. López Estrada, *La Galatea de Cervantes* ラ・ラグーナ・デ・テネリーフェ、一九四八）、J・B・トレンド『アルカディアにおけるセルバンテス』（J. B. Trend, *Cervantes in Arcadia* ケンブリッジ、一九五四）、G・スタッグ「《ラ・ガラテア》における剽窃」（G. Stagg, “Plagiarism in *La Galatea*”『ロマンス語文研究』*Filología Romanza* 第六巻、一九五九、二五五―二七六頁）、M・バタイヨン『エラスムスとスペイン』（七七〇―七七一頁、七七八―七七九頁、七八三頁）等をみよ。】

(101)『セルバンテス』、一八六六、三四一頁。
(102)『文学的教養』、一一頁。【アメリコ・カストロ自身の「ファン・デ・マル・ラーラと『世俗哲学』」(前掲の『セルバンテスへ向けて』所収)を参照せよ。】
(103)『小説の起源』第二巻、四〇頁。
(104)『エラスムス格言集』(*Adagiorum Erasmi...Chiliades* パリ、一五七九、第五集、初版は一五〇〇年)。
(105)同上、第六集。
(106)「このことわざ集の中のひとつとして、それがギリシア・ラテンの原典に見いだせないものはない」(一〇九折r)。
筆者はこの問題について、他の場所で「ファン・デ・マル・ラーラと『世俗哲学』」(『メネンデス・ピダル記念論集』、第三巻、一九二五、五六三—五九二頁)で扱っているので、ここで繰り返すことはしない。
(107)『世俗哲学』、一五六八年版、序文、九頁。
(108)同上、序文、九頁。
(109)同上、序文、八頁。
(110)同上。以下と比較せよ。
「ポルトガル人はいみじくもことわざを、小さな福音書と呼んでいるが、それも理由のないことではない」(ピンシアーノ『古代詩哲学』、一八九三、一二七頁)。
(111)第七〈百章〉、〈諺〉第十一番、八六折v。
(112)四二折r。
(113)六六折r。
(114)後篇、六七章。
(115)『世俗哲学』、序文。
(116)同上、一二八折r。
(117)同上、序文。

(118) 後篇、四三章。

(119) 『世俗哲学』、bii 折 r。

(120) カスティーリャ古典叢書版、第二巻、二五〇頁。

(121) 後篇、一六章。ロペ・デ・ベーガ『ラ・ドロテーア』（第三幕、第四場、E・S・モーベーによる版、一九五八、二三七頁、「思うに詩人たるもの、自分の生まれつきの言葉で書かねばならぬ」）を参照せよ。【ここで議論されている問題について、同じ評論家の「《ラ・ドロテーア》におけることわざ」（E. S. Morby, "Proberbs in La *Dorotea*"『哲学雑誌』RPh、第八巻、一九五五、二四三―二五九頁）を参照のこと。】

(122) 十六世紀におけるラテン語に対する俗語擁護に関する、文献学的に貴重な論文としてM・グティエレスのそれ（『神の国』*La ciudad de Dios* 所収、一九一二、第九〇巻、四二八頁以降）がある。【また今日ではバタイヨン『エラスムスとスペイン』、六九二―六九八頁を参照せよ。とくに参考文献が役立つ。】

(123) E・ボエーメル（E. Boehmer）による版、『ロマン語研究』（*Romanische Studien*）、第六号、一八九五、三四二頁。

(124) バルデスによる引用。「あなたはベンボがトスカナ語についての本を著すのに無駄な時間をかけたと思われますか」（三四二頁）。

(125) 『俗語散文』（*Prose della volgar lingua*）、フィレンツェ、一五四八、七頁。

(126) 『アルキビアデスのシレノスの箱』、アントワープ、一五五五、三折 v、スペイン語訳の初版は一五二九年。

(127) マドリード愛書家（Biblifilos Madrileños）版、マドリード、一九一一、一六頁。

(128) ボニーリャ「スペインにおけるエラスムス」（Bonilla, "Erasmo en España" RHi、一九〇七、第一七号、五〇二頁）。

(129) エラスムスの翻訳『ポンペイウスの不平と涙』（*Las quexas y llanto de Pompeyo* アントワープ、一五五六）が含まれている巻の一〇七折から一二七折まで。

(130) ラ・ビニャサ『カスティーリャ文献学の歴史的文献』（La Viñaza, *Bibliografía histórica de la Filología castellana*）、第四八一集。

(131) 『教義改革の方法についての協議会』(*Ayuntamientos de cómo se deben reformar las doctrinas*)、BAE、第六五号、二九三頁。シモン・アブリルは今日では失われてしまったが、文法書も著している。

(132) 明確で組織立った思想を通してスペイン・エラスムス主義の歴史を俯瞰しようとするとき、特筆すべき代表的思想家のうちに、人間的なもの、人間的観念についてのさまざまな視点が、どのように融合しているかを考慮に入れねばなるまい。フランシスコ・タマラは(ボエムスとジリオの)『全世界の風習について』(*El libro de las costumbres de todas las gentes,* de Boëmus y Giglio アントワープ、一五五六)を訳している。【マルセル・バタイヨンの不可欠で記念碑的な著作『エラスムスとスペイン』の初版は、一九三七年に世に出た。スペイン語版の初版はメキシコで一九五〇年。第二版は一九六六年。これはアメリコ・カストロの言葉を使えば、〈明確で組織立った思想〉でもって成し遂げられた〈スペイン・エラスムス主義の歴史〉である。】

(133) ここにエラスムス主義者ペロ・メシーアが自らの見解を明らかにした文章がある。

「よく考えてみればカスティーリャ語が他の言語にひけめを感じる理由は何もない。我々が自らの言語で、イタリア人や他の国民が自らの言語で行なっているように、あえて創意を凝らしたり、大きなテーマを扱ったりしてはいけない理由はない。スペインは才知優れた俊英に、こと欠きはしないからである。したがって筆者は父母より学び、教師たちが教えてくれた言語を誇りに思い、この寝ずの仕事をラテン書を読めない者に捧げようと思った次第である」(『森羅渉猟』、リヨン、一五五六、序文)。

フライ・エルナンド・デル・カスティーリョは『説教者修道会(ドミニコ会)史』(Fray Hernando del Castillo, *Historia general de la orden de Predicadores* 一五八四)で次のように記している。

「これらの王国生まれの人々は、武器以外の仕事をもっていなかった古の時代の、祖先の野蛮な言葉を見て大いに喜んだものである。それはわずかな年月の間に変化をきたし、よりよいものとなった。というのもカスティーリャ語は世にある最も洗練された、数多くある優雅な言語の中のひとつだからである。そして外来語を取り入れたことで、どれにもまして豊かな言語となっている」。

またJ・カタリーナの「フライ・ホセ・デ・シグエンサへの緒言」(J. Catalina, "Prólogo a fray José de Sigüenza" NBAE、第一巻、三〇頁)を参照せよ。

(134) 以下と対照せよ。

ペンをもってここで記されたのは
われらのカスティーリャ語の頂点、
高雅な文藻の大いなる味わい、
良き書き手の素晴らしき手練にて
輝かしきローマの雄弁家や
執政官の栄光も翳らされよう。
われらの修辞家クインティリアヌスの
偉大な名声もここでは失せよう。

これは参事会議員モンタルボの『エスプランディアンの偉業』(一五一〇)の最後に置かれたアロンソ・デ・プロアーサ(Alonso de Proaza)の詩句。メネンデス・ペラーヨ『小説の起源』所収(第三巻、七―八頁)。またフライ・フランシスコ・オルティス・ルシオ『聖なる愛の園と題されし書』(fray Francisco Ortiz Lucio, *Libro intitulado jardín de amores sanctos* アルカラ、一五八九)を参照。またF・G・オルメード『《人生は夢》の典拠』(F. G. Olmedo, *Las fuentes de La vida es sueño* マドリード、一九二八、二五頁)の中に以下のような記述がある。「この本はラテン語で書くこともできたし、私ならそれも容易だったのだが、他の外国人がそうしているように、私も自分たちの言語の質を高めようと願った。そうすれば国民もまた読むことができるからである」。

(135) ネブリーハに関しては、拙著『言語・教育・文学』(*Lengua, enseñanza y literatura* マドリード、一九二四、一四四―一四五頁をみよ。ネブリーハの精神的形成の研究は、イタリア的風土やレオン・バッティスタ・アルベルティ(Leon Battista Alberti 一四七二年没)との関連でなされねばなるまい。アルベルティは俗語で対話『テオゲニオ』(*Teogenio*)を著したが、これは〈ラテン語による雄弁的題材〉を扱うことを求める〈文学的威厳〉を損なうものとされた(ロッシ『十五世紀』、九三頁)。【ネブリーハに関する膨大な文献の中でとり挙げるべき研究は以下のとおり。F・ゴンサーレス・オルメード『スペインの人文主義者と教育学者ネブリーハ』（F. González Olmedo, *Humanistas y pedagogos españoles: Nebrija* マドリード、一九四二）。同「ネブリーハに関する新たな資料と文書」（"Nuevos datos y documentos sobre Nebrija"、『理性と信仰』*Razón y Fe* 第一二八号、一九四三、一二一―一三五頁）。同『サラマンカにおけるネブリーハ』（*Nebrija en Salamanca* マドリード、一九四四）。J・カサーレス「ネブリーハとカスティーリャ文法」（J. Casares, "Nebrija y la gramática castellana" BRAE、第五一号、一九四七、三三五―三六七頁）。また以下も参照せよ。『論文集――ネブリーハ』（*Miscelanea Nebrija* マドリード、一九四六、これは『スペイン言語学』（RFE、第二九号、一九四五）の特別号の別冊。彼の別の側面に関しては、R・B・テート「歴史家ネブリーハ」（R. B. Tate, "Nebrija the Historian"『スペイン研究』BHS、第三四号、一九五七、一二五―一四六頁）およびバタイヨン『エラスムスとスペイン』、とくに二二一―四〇頁を参照せよ。カストロはさまざまな場所でネブリーハのコンベルソ性に言及している（『セルバンテスへ向けて』、一四九頁、一五一頁および一七八頁。『葛藤の時代について』、一八七頁。『セルバンテスとスペイン生粋主義』、八三頁、一九九頁、二四〇頁および二八〇頁。】

(136) 後篇、一九章。ロペ・デ・ベーガの『小川を渡るとき』（*Al pasar del arroyo*）の中の次の対話（第一二部、一六一九、九九折v）を参照せよ。

リサルダ　ねえ、おっしゃって。
　彼女をここにお連れしなくてはいけないの？
ルイス　下命によって
　連れていくことになればなあ、そなたも
　彼女の服と言葉を替えてやってくれ。
リサルダ　今はどこにいるの？
ルイス　バラーハスさ。
リサルダ　わかったわ。

でも替えられるのは服だけよ。
それはさておき、都の言葉が
大手を振るのは五レグアまでよ。
バラーハスはほんの二レグアなのよ。

(137) 同上、三八七頁。

(138) シュヴィルとボニーリャによる版、九一頁。似たような考え方は『名高き下女』にもある。

(139) ボエーメル (Boehmer) による版、三五五頁。そこには『アマディス』の緒言（ヴェネチア、一五三三）が引用されている。

「（カスティーリャ語は）トレードのものであるがゆえにより洗練された〈息子〉(hijo) であり、ラテン語を母とするがゆえにしごく安定 (fijo) している」。

(140) メネンデス・ペラーヨ『小説の起源』、第二巻、六六頁。

(141) 従来G・フェルナンデス・デ・オビエード (G. Fernández de Oviedo) の以下の興味深い文章（『インディアス一般自然史　五〇巻』*Quincuagenas* V・デ・ラ・フエンテによる版、マドリード、一八八〇、五一〇頁）は引用されることがなかった。

「カスティーリャ語の通訳はトレード出身者でなければならぬ……なぜならばわれらの言語がもっとも立派に話されているのは、その地においてだからである。さらにトレード以上によく話されている所は、われらが主君である国王夫妻の王宮である。と申すのもそこはあらゆる主立った人々、良家の方々、貴族の面々が馳せ参ずる場所であり、良きたしなみの学びや、中心だからである」。

(142) H・ペレス・デ・オリーバ『人間の尊厳についての対話』(H. Pérez de Oliva, *Diálogo de la dignidad del hombre* BAE、第六五号、三八一―三八二頁）の序文。ネブリーハはすでに彼の『文法』（第五章）で「散文には散文なりのリズムがある」と述べていた。またA・F・G・ベル『ルイス・デ・レオン』(A. F. G. Bell, *Luis de León* オックスフォード、一九二五、三三頁）も参照せよ。

(143) 前掲版、八八頁。カスティリオーネは知の要請に関して、ホラティウスの『ピソヌスへの書簡』(*Epistola ad Pisonem*) をかなり自由に翻案している。

「正しく知ることが書くことの始めであり源泉である」(三〇九行)。

チャンによる『宮廷人』の版(一九一〇、八〇頁)を参照のこと。口語的言い回しの使用を勧めるかどうかで、カスティリオーネはベンボと見解を異にしている。ベンボは著者たちを模倣することを勧めている(チャン、同上)。とりわけテレーズ・ラバンド・ジャンロワ『イタリアにおける言語問題』(Thérèse Labande-Jeanroy, *La question de la langue en Italie* ストラスブール、一九二五)を参照せよ。

(144) 九〇—九一頁。

(145) 九三頁。

(146) 『カスティーリャ語の綴り方』*La manera de escrevir en castellano* アントワープ、一五五六、一〇七頁および一一一頁。

(147) A・G・アメスーアは自らの版(五〇七頁)で、グラシアン・ダンティスコ(Gracián Dantisco)の『ガラテオ』(*Galateo* 一六〇一)から非常によく似た一文を引用している。「そうしたものははっきり名指ししなくても、清く正しい言葉や言い回しで表現することはできる」。

(148) 後篇、四三章。ドン・キホーテは後篇、六七章で、アラビア語起源の言葉に関心を寄せている。『ペルシーレス』には「フランスでは男も女もカスティーリャ語を学ばない者はいないほどである」(シュヴィルとボニーリャによる版、第二巻、三一一頁、註)という一文がある。これは言語帝国主義をにおわす昔風の暗示的表現である。

(149) サブリエ『人文主義から合理主義へ——ピエール・シャロン』(Sabrié, *De l'humanisme au rationalisme P. Charron* 一九一三、三二六頁以降)。

(150) 『世俗哲学』、一五六八、一七折v。〈黄金時代〉について語る際に引用された部分(本書、二七九—二八〇頁)をみよ。

(151) 後篇、六〇章。

(152)「なにしろ泥棒仲間でも公平にしなくちゃならねえんだから、公平ってものはよっぽどいいことにちげえねだね」(後篇、六一章、二二六頁)。

(153)「彼らはここで夜明けを迎えたかと思うと、別な場所で昼飯をとる、あるときは誰からということも知らずに逃げているかと思うと、別のときには誰を待つとも知らずに待ち伏せをする」(同上、二三四頁)。

(154)【サンチョへの忠告と彼のバラタリア島の統治、およびそうしたものすべての〈人文主義的由来〉については、L・オステルク『《ドン・キホーテ》の社会・政治思想』、二六一―二七〇頁を参照せよ。】

(155)シュヴィルとボニーリャによる版、一五九頁。

(156)後篇、二六章。クレメンシンの注釈(古典叢書版 *Bibl. Clás.* 第六巻、一六九頁)をみよ。

(157)『イギリス系スペイン女』、シュヴィルとボニーリャによる版、五二頁。

「トスエロはこの娘に同意し、男のわらべと女のわらべがその場で夫婦を契って、めでたく一件は落着し、祭もつつがなく進行した。それにしても、揉め事がすべてかくのごとく真実によってあっさりと処理されてしまうと、涎を垂らして待ちかまえる裁判所の書記の筆もからからのボサボサに乾いて、商売は乾上がったりであろう」(『ペルシーレス』、BAE、第一巻、六三八頁b)。

(158)『《ドン・キホーテ》のスペイン』*L'Espagne de Don Quichotte*、スペイン語訳、一四二頁。

(159)ロドリーゲス・マリンはこの部分に「あまりの手続きの多さに途方に暮れ、しまいに頓挫してしまう」わが国の司法より、むしろ即決主義のイスラム法の方をよしとする思想をみてとっている(第五巻、五七頁)。【この詩句は実際にはゴンサロ・マルティーネス・デ・メディナ(Gonzalo Martínez de Medina)によって書かれた、『バエナ詩歌集』(*Cancionero de Baena*)三四〇番の詩からとられたものである。その詩は「この世の虚栄、正義と係争に関して書かれた短詩」に属している。Ch・F・フレーカー『《バエナ詩歌集》研究』(Ch. F. Fraker, *Studies on the Cancionero de Baena* チャペル・ヒル、ノース・カロライナ、一九六六、二九―三〇頁)、および拙著『中世カスティーリャの抵抗の詩――歴史と選集』(*Poesía de protesta en la Edad Media castellana. Historia y antología* マドリード、一九六八、二九五―二九六頁)を参照せよ。マリア・ロサ・リーダは『ファン・デ・メーナ――前ルネサンス期のスペイン詩人』(María Rosa Lida, *Juan de Mena, poeta del prerrenacimiento español* メキシコ、ポ

ルーア、一九六〇、四一頁）の中で、この短詩が本当にファン・デ・メーナのものかどうか疑問を呈している。】

(160) 『名高き下女』、カスティーリャ古典叢書版、第一巻、二五〇頁。たとえばエンリケ・コックが『タラソーナの旅』(Enrique Cock, *Jornada de Tarazona*　A・モーレル・ファティオとA・ロドリーゲス・ビーリャによる版、一八七九、三八頁）の中で述べていることを参照せよ。

「（パレンシアの）街には王室代理官もあれば街を統治する評議員と司法官による議会もある。しかし彼らはスペインで慣例となっているように、貧しい者たちから搾取し、私腹を肥やしている。連中は名誉ある役職を大金で売買し、公金を少しずつ流用して元をとろうとするのである」。

(161) 『ドン・キホーテ』の私の版（メキシコ、ポルーア、一九六〇、四一頁）の序文を参照せよ。

【これがプリモ・デ・リベーラ (Primo de Rivera) 将軍の独裁に対する暗示であることは明らかである。彼は周知のごとくスペインの知識人にひどく見下されていた。プリモ・デ・リベーラ将軍の体制に関して二〇年代の思想家・作家・芸術家たちが語ったことを集めてみるのも一興であろう。】

(162) 『ジプシー娘』、**BAE**、第一巻、一〇四頁。

(163) 同上、一〇六頁 a。

(164) 『名高き下女』、カスティーリャ古典叢書版、第一巻、二七六頁。

(165) 『ペルシーレス』、**BAE**、第一巻、六三一頁 a。袖の下をもらえなかった憂さ晴らしにさんざんぱら人を痛めつける獄卒の話（『犬の対話』カスティーリャ古典叢書版、第二巻、三〇三頁）も参照。親に内緒のなれあいどれあい結婚は「教会裁判所の人間にうまい汁を吸わせるのが落ちじゃないか。目が飛び出るほどふんだくるんだから」『ペルシーレス』、六三八頁 b（六二八頁 b は筆者の間違い）と述べられ、また絵描きは皮算用どころか「元になるものをお上に攫われた」（同、六六八頁 b）とある。『犬の対話』（同、二六二—二六八頁）では司直の役人の泥棒稼業について語られている。また書記に対する批判も辛辣である（『びいどろ学士』、一〇七頁）。

(166) 『びいどろ学士』、一〇一頁。恣意的で野蛮な刑罰の別の例として『ペルシーレス』（六四三頁 a 終尾部分）をみよ。

(167) 『ガラテア』、前掲版、第一巻、一二六頁。

(168) 『ペルシーレス』、六四三頁b〔四六三頁bは筆者の間違い〕。

(169) 後篇、六三章。【セルバンテスにおける正義の問題に関しては、とくに以下の論文著書を参考にせよ。リカルド・デル・アルコ「政府と行政に対するセルバンテスの姿勢」(Ricardo del Arco, "Posición de Cervantes ante el gobierno y la administración", RABM、第五九号、一九五三、一七九—二二八頁)。J・シルバ・ヘルツォク「《ドン・キホーテ》における社会批判」(J. Silva Herzog, "La crítica social en el *Quijote*"『アメリカ・ノート』*Cuad. Amer.* 第六号、一九五六、一三三—一四八頁)。ゴンサーレス・アメスーア『スペイン短篇小説の生みの親セルバンテス』第一巻、六六—六九頁、第二巻、五六—五八頁。さらにもっと過激で進んだ解釈はL・オステルク『《ドン・キホーテ》の社会・政治思想』(二二四—二三四頁)である。】

第五章　その他のテーマ

俗衆と賢人

ルネサンスは民衆的題材に関心を寄せたが、それは洗練された理性や教養といった、民衆的ならざる手段を行使することによってである。もし当時の理想主義的な木立の中に、はっきりした思想があったとしたら、それは博識を最高のものとし、教養に信頼を寄せ、無知な大衆を限りなく見下すものであった。教養的価値に対するそうした意識と、明白な教養の勝利によって、新たな世界を生み出し構築した少数者が、無邪気にも学を鼻にかけるように自らを誇示したとしても不思議ではない。知識や知性が何にもまして価値があったからである。中世的封建主義の図式の上に適用されたのは、こうした異なるかたちの知性の専制主義であって、実際、そこから後の啓蒙専制主義が生まれることとなる。

このテーマは多くの他の作家と同様、セルバンテスの関心をも呼んだが、前者の場合にはそれが内容のない決まり文句に堕すことも希ではなかった。しかしわれらの作家にあっては逆であった。彼の活躍した歴史的かつ理想的な風土を考慮に入れてみれば、彼が大衆に対してとった態度を修辞的偶然とみなす理由はない。むしろ我々がずっと検討してきたものと同様、意味を担った、先立つもろもろの態度の結果とすべきである。

「どんなことがあろうと、詩は売り物でないことが必要であるし、恥知らずのぺてん師とか、詩のうちにかくれておる宝を知ることも尊ぶこともできぬ無知な俗物の手にゆだねてはなりませんわい。しかし、あなた、ただいま拙者が俗物と呼んだのが、単に下層の卑しい人々のみをさしたと思わずにいただきたい。つまり、ものを知らぬやからなら、よしんば領主であろうが、王侯であろうが、すべて俗物の数に入れてよいし、また入れなければならんのです(1)」。

「民衆というものは些細な動機で騒動をおこすことが多く……民衆は騒動をおこすと見境がなくなるようです……そんなことをしたらただでさえ口さがない世間がなんと申しますか(2)」。

「いかにわがはい、総身これガラスなりとはいえ、いまだ二六時中誤謬のみ犯している低俗者流の輿論に口を合わせるようなことは断じてしないつもりだ(3)」。

「名誉さえ世間という軽口雀の噂の種にくれてやって……(4)」。

また別の箇所でも大衆は〈無知蒙昧(5)〉で、〈下品にして粗野(6)〉で〈突拍子もなくなすがまま(7)〉と評されている。

「それにしても、俗衆というのは大方が性悪で、口さがない、度しがたいものなのであろう……(8)」。

庶民の役割というのは、単に大地の空間を埋めるだけのものらしい。

「庶民の家系については、ただただ生きておる人間の数をふやす以外に何の取得もない、よしんば富み栄えたところで、名声や称賛を博するだけのこともないと申すだけのことじゃ(9)」。

俗衆に対する軽蔑はルネサンスで最も代表的な作家たちの中でも、それなりの道理に基づいた形で明らかにされている。『セレスティーナ』の中ではペトラルカを模してこう述べられている。

「俗衆の意見ほど真実からかけ離れたものはない[10]」。

またエラスムスは『エンキリディオン』において「実をいうと人々の一般的見解というものは、人間が従うべき確実で正しい規範となったことはいまだかつてなかったし、今でもなりえない[11]」と述べているが、彼の他の作品でもそれと似たような判断が示されている。たとえば

「民衆というのは才知を欠くか、あっても乏しい存在なので、ものごとを感覚にうったえる外面だけからしかとらえず、ものごとを本質とは裏腹に歪めて判断するので、一歩踏みだすごとに転んだりつまずいたりし、善とされるものを偽りの姿で誤って悪ととらえたり、逆に悪とされるものを、さらに偽って善と認識したりするのである[12]」。

『対話集[13]』のひとつでは「星占いや詩人、それに類した者たち」を別扱いしているが、それは彼らが「偉大なるものは民衆の能力や物差しには合わないし、彼らの中では納まりがつかないから」と考えるからである。

レオン・エブレオにとって自然の神秘はわずかな人間しか知ることができない、なぜならば「深遠なる真実の知識をあまりに多く広めてしまうと、愚か者の手にそれを渡すことになります。そうなれば心の中で駄目にされ歪められてしまう……[14]」からである。

ルイス・ビーベスの見解では「民衆の意見というのは有害なもので、見当違いのとんでもない判断を下すものである[15]」。

ペロ・メシーアは「一般世論に従うべきだとする皆さんの意見には異議を唱えたいと考える。なぜな

らそれが立派な哲学のみならず聖書にすら反するように思えるからで、我々は賢人たちの考え方に従うべきだ、ということははっきりしている[16]」。

俗衆への嫌悪はコスメ・デ・アルダマによって激しい調子で表明されている。彼は『俗衆と彼らの中傷に対する攻撃』(Cosme de Aldama, *Invectiva contra el vulgo y su maledicencia* マドリード、BAE、第四四巻、四九五頁)においてこう切りだしている。

俗衆よ、死ぬ方がましよ。お前らを見るぐらいなら
死んだがましよ、ああ、なんて言ったらいいんだ!
ずるがしこくて、不誠実、見下げはてた連中よ。
絞首台のえじき、短刀のえじきになるがいい、云々

セルバンテスがまさにペンをとっていた頃、A・ベラスケス・デ・ベラスコ(A. Velázquez de Velasco)は『ラ・レーナ』(*La Lena* 一六〇二)においてこう述べている。

「私といえども無知な俗衆が(彼らにはまったく無縁である)深遠な摂理の効用よりも、(彼らの本性に合った)悪の方をより好んで受け入れることを、弁えないわけではない[17]」。

イタリアでもまたこうした見解が代表的作家たちの間に見られる。

「噂では横道にそれた愚かな俗衆が、罪と不名誉から自らを真面目と思い込む[18]」。アリオストもまた「愚かな俗衆[19]」について語っている。ジョルダーノ・ブルーノは次のように激しく叫んでいる。

「君たちに言っておく、その原因は私の気に入らぬ大学であり、厭うべき俗衆であり、芳しくない

大衆である[20]」。

武芸と学芸

カスティリオーネ『宮廷人』の中の対話者のひとりであるピエトロ・ベンボは、ルドヴィーコ・ダ・カノッサ伯爵（conde Luis de Canosa）に向かってこう述べている。

「この宮廷人は、学問を嗜み、その他多くの美点をもちながら武芸や他のことを学芸の飾りにするのではなく、すべての美点を武芸の飾りとするのが望ましいとのお考えのようですが、どうもその理由がわかりかねます。学芸は、なにひとつ伴わずともそれだけで優に武芸をしのぐ価値をもっています。それは精神が肉体をしのぐのと同じことです[21]」。

『宮廷人』の最良の理解者であるヴィットリオ・チャンはこの件に注釈を加えてこう述べている。

「これは古代に始まりルネサンスを通じて人々が興味津津、熱心に議論を重ねてきた、何とも悠長な問題のひとつで、今日の我々からすると理解に苦しむ問題ではある……ルネサンス期にそうした論争が重要であった証拠に、ボイヤルドという騎士で人文主義者の詩人が書いた物語風の詩作品（『恋するオルランド』、第一の書、第一一八章）の中で、オルランドとアグリカーノという敵同士が、夜中にそれをテーマにした会話を交わす美しい部分があることをみてもわかる[22]」。

チャンの見方からするとルネサンスは〈悠長な〉テーマ、つまり意味のないテーマに大きな重要性を与えてきたことになる。とするなら重要性のない、単なる言葉上の問題がどうしてそれほど多くの知識人に、論争に参加させるように刺激しえたのであろうか。今まで我々はセルバンテスの提起する問題の背後には、彼の思想と感性の航跡が残されているのを見てきた。《武芸と学芸》がその例外であるとはとうてい思えないのである。[23] 中世にはこの論争に先立つような、聖職者と騎士の論争というのが知られていた。[24] その論争では主として女性的視点から両者の職業上の長所が検討された。つまり、聖職者と騎士のどちらが素晴らしい愛の持ち主かを判断したのは女性であった。この論争と今問題にしているそれとの間に、なんらかの形式上の類似性があったとしても、内容はまったく異なる。中世において学芸の人というのは、それが聖職者であれば社会的に高い地位を享受しえたのである。ドン・フアン・マヌエル（Don Juan Manuel）は『身分の書』（*Libro de los Estados*）の中で、彼らのことを《雄弁家》（oradores）と呼んでいる。

「世の中のすべての身分は次の三つに集約しうる。つまり戦士と呼ばれるもの、他は雄弁家と呼ばれるもの、もうひとつは農民である[25]」。

しかし聖職者にとっての第一の任務は「武器をとってわれらの敵であるモーロ人と戦うこと」（三四四頁b）である。こうした社会階級は厳格に構造化されていて、不滅の栄光が世俗文学や単なる知性の営みによるなどとは、誰も考えなかったのである。そうしたものによると考えるようになったのは、まさにルネサンスの新しい時代が到来したからである。ルネサンスとともに文化の諸問題が世俗化し、神学は恭しくお引き取りを願うこととなった。ドン・キホーテが武と文についての演説で、次のように述べているのを想起されたい。

「人のたましいを天国へ運び導くことを目的としている神聖な文学についてはここでは申さぬつもりでござる。それというのも、かくのごとく果てしない高い目的に対しては、他のいかなるものも比肩することは不可能ですからな。そこで拙者が申すのは俗世の文事についてであるが……[26]」。

十五世紀に文化の発展により市民生活といったものが生み出され、大学人、法律家、場合によっては単なる文学者も社会生活の第一線に踊り出てきた。同時に知的努力によって〈おのが所業の息子〉となる人間にも、武器を伝統的に保持してきた階層たる貴族階級に近づけるという理論がはばをきかせるようになってきた。[27] このようにして文事つまり学問や芸術の社会的価値が議論されるようになったが、[28] それは一国の威光が何にもまして軍事的政策や、本質的に軍事的な性格をもった、昔ながらの貴族の影響力によって支配されるとする見方が続くかぎり、なくなることはなかった。この貴族たちが戦場よりも宮殿のサロンの方を好むようになり、また自らの収入で生活せざるをえなくなる、つまり宮廷化、ブルジョア化するにつれ、また文化がより身近な存在となるにつれ、この名高い論争は意味をなくし、関心も薄れていった。こうした理由から（そこで用いられた論点の軽薄さや一貫性の欠如はあるものの）、論争自体を悠長で意味がないとすることはできないし、今日、どちらかの意味で裁定を下すべき係争と見ることもできない。

前に我々は俗衆に対して賢人を対置した。いまや文化は当時まで公的権威や威光の唯一の代表者であり続けた制度を前にして、自らの社会的価値を主張しようとしている。人文主義は知というものが単なる余暇や楽しみでなく、共同体の生活にとって積極的要素となっているという意識を生み出した。そしてそれに関する議論を呼び覚ました。新奇さというものは、皆がみなそれを受け入れることはないだろうが、新鮮な驚きを与える。そして調和の試みに対してはさまざまな意味で、熱情的な主張が出てくるものである。ドン・キホーテは自らを超越的正義の鉄槌とみなし、熱意あふれる長広舌の中で武の価値を熱く擁護しなくてはならない。しかしセルバンテスは別の機会にそのテーマにふれた際にもわかるように、この問題の広がりをしっかり認識している。

ところで前もって見ておきたいのは、セルバンテスが知りえた先例のいくつかである。ここにエラスムスが『痴愚神礼賛』の中で述べた見解がある。そこにはかの知の戦士を高揚させた熱意がじかに伝わってくる。

「戦争のときには、とおっしゃる方もありましょう、知恵というものが非常に大きな役割を演ずるものだ、とね。隊長の場合は、たしかにそうでしょう。しかし、それにしても、兵隊さんの知恵でして、哲人の知恵ではありませんよ。この高貴このうえもないしろものは、……要するに世の中の残滓みたいな連中がやらかすものでして、けっして、灯火を掲げて夜も眠らない哲人たちにできることではありません(29)」。

マル・ラーラはもう少し穏やかに調和の大切さを説いている。

「まるで自らの名前も書けないことが血筋の高貴さを示すと言わんばかりなのですから、恐れ入ります。ペンが剣を鈍らせることがないと知っても、学校のことも気にかけず、ペンをとることなど似つかわしくないと言わんばかりなのです。とはいえ人によっては、しっかりと物事を見据えて、文芸に身を捧げ、それに従事している者もあります(30)」。

しかしペロ・メシーアは『森羅渉猟』の第三巻、第一〇章の表題を次のように記している。

「本章においては文芸や理論といったものが、王侯貴族や武芸に携わる者にも、大い役立ち、必要な知識であることを、多くの逸話や実例をもって証明せんとするものである(31)」。

一番ありふれているのは、カスティリオーネが示したような両者の調和を求めるという立場である。

「そこで伯爵は答えて言った。——私はフランス人が学芸は、武芸の職業の妨げになると信じているることを非難しているのであり、だれにもまして武人には文人であることがふさわしいと思っています。わが宮廷人はこの二つの資質をないまぜて兼備し、それがたがいに相補い合うものであって欲しいのです……ただ文学者たちは、偉大な人や栄光にみちた事績しかけっして賞賛の対象には選ばないということで十分です。かれらはそのよって来たる本来の、根本的な美点のゆえにおのずから賞賛に値するものなのです[32]」。

これはあたかも戦士たる者は、後になって学芸のおかげで価値や意味をもってくるような、英雄的なるものの素材の提供者だという結論のように見える。つまりアキレウスとホメロスは、二人いっしょに合わせて考えねばならないということである。

こうした議論になれ親しんでいたセルバンテスにとって、人たるものは英雄的か知的か、どちらか一方の道を選びうる存在である。

「人が富者となり尊ばれる者となるために辿りうる道は二つじゃ。その一つは文の道だし、他の一つは武の道だ[33]」。

『ペルシーレス』では「人望が厚く、文武にすぐれた王」について語られている[34]。また「父母のもとでは学問の道に進んで文芸を学ぶとともに、これも学ぶと申すのでしょうか、武芸に励みました[35]」ともある。他にもローマ近くの宿に現われた好奇心のつよい巡礼の男のことも思い出してみるといい。

「わたしは好奇心のかたまりのような男でありまして、この魂の半分は軍神マルスの領分、のこり半分は商売の神メルクリウスと芸術神アポロンの領分です。はじめは軍役に従い、男の盛りには文芸を専らとしました[36]」。

結局、『ペルシーレス』の中の例のイスパニアの野蛮人は、両者の資質を均等に身につけた人物とされている。

「親はひととおりの身分の者でしたから、なに不自由なく育てられ、長じては諸学への門戸たる古典学をかじるようになりました。ところが、星は文芸より武芸の道を照らすこととなり……」(『ペルシーレス』、五六七頁a)

武芸と文芸の問題は、教養と理性が伝統的な生活様式を前にしたときに獲得する重要性を物語っている。理論武装した知識人はまさにヨーロッパの運命に関与しようと準備をととのえたのである。管見によれば、この問題がその指標となっている道徳的・偶然的状況は、ギリシアやローマの歴史の上で類似した時期に起きたことと比較しうるかもしれない(J・オルテガ・イ・ガセー『現代の問題』*El tema de nuestro tiempo* マドリード、一九二三、一八六頁以降、二一二頁以降を対照せよ。同じく以下のものを対照すべし。W・シュタムレル『バロック期の神秘主義について』W. Stammler, *Von der Mystik zum Barock* 一九二七、七―八頁、および、同「中世後期の〈世俗〉文学」“Die «bürgerliche» Dichtung des Spat Mittelalters”『ドイツ文献学』*Zeitsch. F. Deutsche Philologie* 第三号、一九二八、I、二四頁)。

セルバンテスは自らの生き方の中に、時代が提供したその二つの進路を体験していた[37]。そしてそれを独自のやり方で評価していた。彼にとって戦争は英雄的な夢想であった。『ペルシーレス』の中の〈巡礼〉はセルバンテスと同様「名状し難い空想と創意」に恵まれていて、『巡礼箴言精華』(*Flor de aforismos*)とでもいった本を出している。それはあちらこちらで拾い集めた箴言を集めたもので、『ペルシーレス』(六六二頁a)の中の人物の何人かは、その中でこう注釈している。

「〈無傷の落武者より討死武者は凛々し〉〈矢弾の下にあっても主君の目差しを受ける武者は果報者〉〈戦の庭で勝ち得た栄誉は堅牢無比、黒鉄の刃で青銅に刻まれた栄誉なり〉[38]」。

しかし他方では〈巡礼〉のそれのような、書物の授ける栄誉というものがある[39]。セルバンテスはその栄誉を信じていたが、それは彼の本が不滅のものとなり、あらゆる言語に翻訳されて世界中で読まれることを知っていたからである。ここで再び我々はセルバンテスにとって本質的な二重性と向き合うこととなる。つまり英雄叙事詩的空想と内省批判的理性の対立である。ドン・キホーテはある時演説のなかでこう叫んでいる。

「しかしこの問題はとりあえず置いておこう、いつまでたってもらちの開かないことだからじゃ」。

ことほどさように、セルバンテスがそうした人間活動のどちらの方面をより好んでいたか詮索するのは、我々にとっても「いつまでたってもらちの開かない」問題かもしれない。二つの断面（英雄的空想と理性的努力）が切り取られる彼の心の頂点は、そのどちらにも接していた。この問題は一義的に形式的な性質をもっているが、一方ではルネサンスの社会学的関心を受け止める型ともなっていて、彼のうちに生きた問題としてあったのである。時としてこの論争の中には、論理の平行的類似性を通して、かつての聖職者と騎士の、魂と肉体の、また水と葡萄酒の論争の影響を見て取ることができるかもしれない(40)。

スペイン人

セルバンテスは同国人をどう見ていただろうか。彼の中にスペインに関してのまとまった考えを見つけることはできないし、彼が今日の我々が思い描くような、スペイン帝国の栄光と衰退の二つの時期を視野に入れて、ものを書いたかどうかという問題を立てるに足る資料があるわけでもない(41)。はっきり見いだしうるのは、スペイン的性格をもったある種の記述といったもので、それはまさしく作者の興味、つまり彼独自の人生観を反映したものである。ということであれば、彼の手によって、伝統的にわがスペイン民族のものとされた傲慢さに対する言及がしばしば行なわれたとしても、なんら異とすることはない。ここにその種の文章がいくつかある。

このスペイン人は悩みの種だ。
連中は相も変わらず
傲慢で強情な民族ときている。[42]

「つぎに料理するのは夷（エビス）パニア人だが、あの力みようはどうだ、この世の雄を一身で誇示しているではないか[43]」。

「この土地は他のどこよりもイスパニア人をあたたかく歓迎し、厚遇する。そのわけはここに立ち寄るイスパニア人が大きい顔をせず頭を低くするからであろう。もっとも、たいていが一日ぽっきりの滞在なので、かりに根がうわさのとおり傲慢であってもそのボロを露呈する時間がないということもあり、これにも一因は認められよう[44]」。

「皆がみな寛容で慎み深い人たちばかりで、イスパニア人によく見られる傲慢さのひとかけらもなかった[45]」。

あるモーロ王がキリスト教徒のイスパニア人に対して投げかける、怒気を含んだ言葉の中にも〈強情な〉とか〈傲慢な〉という言葉が出てくるのは興味深い。

そなたは知らぬと見える、あの頑固にして
強情な、恐ろしく狂暴で傲慢な、しつこく
手に負えない、むこうみずな、ならず者たちのことを。(46)

セルバンテスがスペインに対して投げかける一連の偏見や関心から、はっきり見て取ることができるのは、彼には目障りに見えるような、スペイン人特有の横柄さである。つまり傲慢さ、空威張り、虚勢といった性格である。外国人はすでにそうしたスペイン的性格の特徴を強調し始めていたが、後にその戦列に加わるのがセルバンテスであり、『行きがかりの人』(*Pasajero*)の作者スアーレス・デ・フィゲロア(Suárez de Figueroa)である。(47)この分野でより具体的に明確化されるのは、実体のない自己満足に基づく社会的様式であり、その空虚さの上には投槍のように皮相家の筆誅が突きささる。この場合にも郷士意識への熱望や〈栄光の兵士〉(miles gloriosus)の誇りなどが現われている。

モーレル・ファティオはドン・キホーテの身分を考察し、「彼をまさしく中心に据えて見たとき、その書の主たる意図と思われるものの何たるかが判明しよう。つまりそれはセルバンテスが誰よりもよりよく、しかも最も深いところまで計ることのできた、スペイン社会の宿痾たる郷士意識への批判である」と記している。(48)

管見によれば、それが『ドン・キホーテ』の主たる意図とは思えないし、そもそも〈主たる〉意図なるものについて、語りうるかどうかも分からない。何はともあれ、この郷士意識への批判をそれよりずっと広い全体の一側面として見ることはできよう。当然、前に分析を加えた〈過ち〉についての数多くの例もその中に含まれている。かてて加えて一時も見失ってはならないのは、郷士意識は『ドン・キホーテ』の中において、かの英雄に向けられたのと同じ批判的意図を皮相化する、独特の芸術的雰囲気の中で、〈過ち〉の別の形態[49]と合わせて描かれているのである。

モーレル・ファティオは郷士や奥方、空威張りの兵士、それに〈ドン〉の渇望などに関する、皮肉やユーモアに満ちた記述を集めている。[50]忘れてならないのは『ペルシーレス』[51]の中（第一巻、第五章）の、かのアントニオが自分の村を飛び出したのは、まさに呼称の問題でいざこざを起こしたことによる。[52]

「わたくしとて一郷を預る者の子であり、そこそこの功労によってかくあるかぎり、御前と呼ばれてしかるべきものと自負しております」。

この主題はどうでもいいことを重大視させる、一種の衝動的な事柄として提示されている。

「わたしは船上でも些細なことからイギリス人の水夫といざこざを起こし、そいつをぶん殴ってしまったのです」。

セルバンテスはこのイスパニア人アントニオに対し、過ちを犯す者たちに対してやったのと同じように、懲罰を加えている。つまり彼は海中に放り出され、溺れそうになるのである。

「わたしのこぼす万斛の涙を加えて、海は一層高くなりました。ただし、死に臆して流した涙ではなく、因果のむくいをいまさらながら思い知らされて泣いてしまったのです」（本書、二二三頁参照）。

つまり相手を〈あなた様〉と呼ぶべきか、そうではないかといったつまらぬ理由で、人の頭をぶち割るのは良からぬ振る舞いだということである。

セルバンテスが奥方たちを幾度となくからかいの対象にしたとしたら、それは彼女たちが公爵家の僧侶と同様に、もってもいない風格を気取っていたからである。

「おお、いやはや！　わしの村の郷士が、どのくれえ、こういうえらぶった老女方を憎んでいただかわからねえだ[53]」。

セルバンテス的方法として同じような形で扱われているものに、ビセンテ・デ・ラ・ローカ〈前篇、五一章〉や『忠実なる見張り番』の中のならず者の兵卒、旗手カンプサーノ〈『いつわりの結婚』の主人公〉などの〈栄光の兵士〉がある。カンプサーノにとって自らの大層な威厳を取り繕うための出費もばかにならない。

「いかにも軍人風のけばけばしい色の服を着て、これで自分の狂気じみた眼では、ひとかどの伊達者かなんかのつもりで、これで女ができなきゃよっぽどどうかしていると思っていたんだから大したものです」。

こうした事実を全体として考察してみると、一般的特徴としてそこから見えてくるのは、彼らの身のほど知らずの自己顕示欲であり、ありもしない徳性を気取る態度である。われらの小説家にとって気取りは、彼自ら言うように、まさに堪え難いことであった。セルバンテスにとって気取りは、どうしてもがまんならなかったのである。よく知られているようにペドロ親方は口上言いの少年にこう述べている。

「小僧、飾るな飾るな。えらぶるな、えらぶるな。気取りはすべて鼻もちならんぞ！[54]」

同じ考え方は他の場所にも執拗に出てくる。

「落ち着いて話すがよい。と申しても、おぬしがおのれの言葉にじっと聞きほれていると、人に思われるような話しぶりはしないことじゃ。いかなる意味でも、気取りやてらいはよろしくないからだ[55]」。

セルバンテスは学を衒う頑固者に対しては、彼を理性的次元に引きずり出してくる。若者クレメンテはペドロ・デ・ウルデマーラスが、自分に対して不適切な話し方をしていると見ている。

クレメンテ　わしが牧人ということを知っているなら
もっと調子を低く合わせてほしいし
話すにしてももっとずけずけ言ってほしいもんさ。
ペドロ　お前さんがアマディスなのかガラオールなのか
どっちなのか知りたいだけだ。
クレメンテ　わしは他ならぬアントン・クレメンテだし
ペドロ、お前さんがそんな話し方をするのは
無分別というしかないね。
ペドロ　この種の人間には、パンはパン、ワインはワインと
ありのままに言うしかないか。(56)

「ねえあたしの大好きなレポンセ、後生だから、もっと当世風に、何をおっしゃっているのかひとにわかるように、誰も手の届かないところへ自分だけ、お高くとまっていたりしないで話してくださらない？」(57)
「ちょっと機知を鋭く尖らせると、必ずその先っぽが折れてしまうものだよ。せいぜい、お前の年相応のことを話すように心がけるがいい。利いたふうなことを言ったり、高慢ちきになったりすると、決まってひどいしっぺ返しを受けることになるからね」(58)。

また〈びいどろ学士〉は「しゃべりながら唇を曲げる、眉をしかつめらしくつり上げる、いやに帯のあたりをこする」ある詩人のことを描写しているが、彼は「いやに甘ったるい、妙に甲高い声音で」ソネートを朗読する。[59]

「これまで遭遇したいちばんの幸運が、いま少しのことで従士になるところだったなんていう、そういう人間どもがさ、運命をぶつくさかこつのを聞くとわがはいはもうじりじりして、とても我慢していられなくなるんだ」[60]。

気取りや衒学、およびそれから出てくるものに対する、こうしたあらゆる批判はまさしくルネサンスに由来するものである。そうした意識の暗闇は、理性に基づく分析によって明るみに出され、そしてかつては無邪気さに帰せられていた行動様式の評価が迫られるようになった。いつもながらここでもエラスムスが登場する。それは『エンキリディオン』や『痴愚神礼賛』の随所にみられる、饒舌や尊大さに反対する反衒学的精神のみならず、格言『威張るな（Ne magna loquaris）』[61]ゆえでもある。

「《威張るな》〔ギリシア語〕というのはディオゲニアヌスのことである。威張ることと傲慢については、抑えねばならぬと説いている。傲慢は何ものにもまして堪え難いからである」。

またカスティリオーネも次のように明晰な表現でそれを説明している。

「およそ人間の為したり言ったりすることのなかで、なによりもこの点について有効であると思われる、きわめて普遍的な法則を私は見つけました。それはラテン人が〈わざとらしさ〉と呼んだ悪徳をできるかぎり避けることです。私たちにはこれに対応する言葉がありませんが、それは、誰よりもよく見せたいという好奇心や過剰な熱意、強欲と言っていいかもしれません」[62]。

十六世紀の滑稽文学はその種のテーマを自らのものとし、皮肉や笑劇のかたちで〈栄光の兵士〉としての人物を扱っていたこともあり、[63] セルバンテスがそのイメージを受け取ったときには、時代による洗練をかなり受けていた。マル・ラーラは〈粋な若者と苦労するぐらいなら上品な老人の方がまし〉ということわざを解説しつつ、意中の女性に言い寄る若者のことにふれてこう述べている。[64]

「何とまあ、若者が申し出たのは、彼女のためとあらば、全世界を相手にところかまわずぶった切る覚悟があるというものであった。[65] そして剣を抜くと、イタリアの戦場での勇猛果敢ぶりを話し出し、ガルシーア・デ・パレーデスの出番もなくなるような、素晴らしい手柄をすべて独り占めにし、剣を振り回して本当のごとく荒れ狂い、女性が悲鳴を上げて助けを求めるほどであった」。

こんなことから女性は若者よりも老人のほうがましと考えたのである。マル・ラーラは「こうしたことは『宮廷人』の中にも述べられている」と注記しているが、それは正しい。カスティリオーネにとって、騎士たるもの「顔つきや言葉尻にいつもライオンのように狂暴な態度を見せつけておどし、鎧兜が勲章で、戦場こそが安らぎだなどとほざく」ことは好ましくないからである。というのもある空威張りな男に貴婦人が答えたような、次のような言葉が返ってくるかもしれないからである。

「今は戦争中でもありませんし、戦闘の必要もないのですから、あなたも大いにさびつかないように磨きたてておいて、いざというときまで、あなたの武器一式と一緒に武器庫におさまっていらっしゃればよろしいでしょう[66]」。

こうした内容のすべてを、幕間劇『忠実なる見張り番』の大団円と結びつけないわけにはいかない。[67]
そこではクリスティーナが荒々しい兵士ではなく、温和な聖器係の方になびく結末となっている。

郷士意識に対する批判に関しては、『ラサリーリョ・デ・トルメス』の有名な従士の話があるが、それに加えて新たに引用するにふさわしいのはマル・ラーラで、彼の中には〈ドン〉と郷士意識に対する

言及がある。(68)

「〈ドン〉の称号はきわめて高い社会的身分の者が維持すべきものである。維持する手立てもないのに、それをもっていようとするよりも、〈ドン〉なくして働くほうがよっぽどましである。貧しく小さな郷士意識は心配の種となるだけである(69)」。

サンチョは幸せに暮らしたいと願い、こう述べている。

「わしはドンなんぞ持ってねえだし、わしの血筋の者でそいつをもっていたこともねえ」（後篇、四五章〔原文四四章は間違い〕）。

われらの作家が注目したものの中には、それよりもずっと波及力のある現象もあった。別の場所で述べたことだが、セルバンテスの目にラ・ゴレータ城砦の占領放棄はきわめて妥当に思えた。なんとなれば占領といっても「常勝の（invictisimo）カルロス五世へのじつに心うれしい（felicisima）追慕の念がそれを攻略したことを記憶にとどめる(70)」ことにしか役立たなかったからである。言い換えれば、「決して敗けたことのない」皇帝の「きわめてめでたい」記憶を、である。その二つの絶対最上級の形容詞が、斜に構えた表現の中で示唆しているのは、まさにフェリペ二世への侮蔑に他ならない。関連テクストとこの私の判断の正しさについては、拙著『セルバンテスとスペイン生粋主義』（一九六六、六七―六九頁）で集約して述べられている。その中で最も意味深長なのは、「なんとまあ、このでかさにはたまげたり」で始まるソネートで、一六一四年に作者自身によって「書き残すすべてのものの誉れなり」と評されている。そこには作者の底意地の悪さがにじみ出ている反面、それを一度も発表しなかった理由を間接的に説明している(71)。

フェリペ二世のかき立てた憎しみの感情はあまねく広がっており、誰もが共有するものだったらしいことは、ペドロ・デ・リヴァデネイラ神父（P. Pedro de Rivadeneyra）が一五八〇年に、異端審問所長官ドン・ガスパル・デ・キローガ（don Gaspar de Quiroga）に宛てた親書の中で、〈公然の〉秘密となっていた（BAE、第六〇巻、五八九頁）。それについては筆者の『歴史の中のスペイン』（一九四八、六四八頁）で触れられている。そこで述べられているのは、庶民や貴族、騎士、神父、高位聖職者、それに「修道士すら、国王陛下に対して苦々しく思い、不快に感じ、怒りを覚えている」とある。枢機卿であるセビーリャ大司教は、ヴェネチア大使ジョアン・フランチェスコ・モロジーニ（Gioan Francesco Morosini）に対し、フェリペ二世に関して「聴罪司祭たちは贖罪者はみな王に不満だと述べていた」と語っている。さらにモロジーニによると、王はカスティーリャを〈鉄槌〉をもって統治していたと付言している（M・ガシャール『ドン・カルロスとフェリペ二世』M. Gachard, *Don Carlos et Philippe II* パリ、一八六七、二二一頁）。

セルバンテスの王への憎しみが増幅したのは、一五八二年に彼が王室役人としてインディアスへ渡航したいという希望が却下されたときで、一五九〇年に二回目の申請が「この地で与えられる職を求めよ」と、すげなく拒否されたときには、怒りは極点にまで達していた。このとき一般化していた心理状態は個人的感情となり、さらに想像上の人物たるドン・キホーテが、周知の体制やいろいろな人々に突っ掛かっていくという、動機や刺激を間接的にも与えるきっかけとなったのである。もちろんその事実に合理的説明を与えることはできないが。彼の天才的なところは、作者がそれを自らの自叙伝にすることを止めたことである。セルバンテスが自らの英雄的行為や苦難の見返りとしての、国王への奉公による名誉の道を閉ざされたのは、旧キリスト教徒の階層に属していなかったことが災いしたと思われる。そうした仮説は、セルバンテスがそこから出発した客観的状況を明らかにするだけかもしれないが、それなりに正しい。

彼は十六世紀末スペインの思想的・問題的活動をマヒさせた不定形で不安定な敵意の素材を、人間的で真実味のある、しかも問題をはらんだ個人化した諸形態に変容させようとしたのである。当時すべてが図式化されていた小説上の人物は、その図式を剝ぎとられ、各々が固有の方法で、独自の組み込まれ方にしたがって煽られ動機づけられて、自由な荒野にさまよい出たのである。同じ状況がきわめて異なる結果を生み出すこともあれば、言葉が投げ槍となって人を貫くことも、そしてすべてをひっかき回したと思えば、逆に平安と静けさをもたらす微風となることもある。『ドン・キホーテ』において言葉はさまざまな様式にしたがって配置され、さまざまな次元で発せられる。時には本心ではこう言いたいのだろうと思われることを信じないように言う場合もあれば、言葉で読者を引きずっていこうとすることもある。たとえば読者は言説に魅せられて、マルセーラの後を素早く追いかけていこうという気にならないであろうか。ドン・キホーテが〈武と文〉に関する長広舌をふるった後に住職に起きたように、言葉はときに我々をまごつかせてしまう。

さきほどの枢機卿のセビーリャ大司教によれば、多くの者たちがフェリペ二世を憎悪していたらしいが、セルバンテスが王を憎悪した罪を告解することだけで満足しなかったのは幸運であった。しかしこうしたことに深入りすることで、本書に手を加える際に自らに課した制約を逸脱してはいけないので、いまは一九二五年の〔初版〕テクスト本来の辿るべき運命に委ねるべきであろう。作者はフランドルでの戦争に触れる際、間接的ながらフェリペ二世に言及している。

『偉大なトルコ王妃』の中で、あるパシャは〈大トルコ王〉に向かってこう言う〔第二巻、一五一頁〕。

セルバンテスの中には、こうしたスペイン的傲慢さや対外政策の一面に対する批判と並んで、国家の誇りを示すような愛国主義的な部分も見いだされる。オルテル・バネドレは次のように語る。

「わたしはこの国の者ではありません。生国はポーランドなのです。餓鬼のじぶんに国を出て、外国人のあこがれの的と申しますか、万国の母なる国、イスパニアへやってまいりました」[75]。

『偉大なトルコ王妃』の中（第一巻、一三一頁）には、別の興味深い件がある。

アンドレス　そなたはイスパニア人に違いあるまい。
マドリガル　まったくその通り。イスパニア人だ。
　今までもそうだったし、生きているかぎりそうだ。
　死んだ後八千年だってイスパニア人さ。

『奥方コルネリア』においては、スペイン人の勇気と騎士道精神が称揚される場面がいくつかある。

「そなたをイスパニア人とお見受けするが、そのひとりでもわしの側におけば、クセルクセスの軍勢を守備軍にもつように心強かろう」[76]。

「イスパニアのお方、そなたのお国で常日頃行き渡っている礼節にかけて、お願い致したいのは、ぜひこの街からわしを救い出していただきたいのじゃ」。

「私はそなたのいないこの地で、ひとり幽閉されていますが、もし気高いイスパニア人たちの手に落ちているということが分からなければ、貞操を奪われる恐怖で死んでしまったかもしれません」[77]。

『ガラテア』においては、尊敬すべきテレシオがスペイン詩人たちを称賛している。

「今日わがスペインにこれほど多くの素晴らしい才能をもった詩人がいるということを知って、大いに喜んでいる次第じゃ。というのもスペインでは詩学において抜きんでた者は、いてもほんのわずかしかいないというのが、すべての諸外国の見方であったし、今でもそうなのじゃからな(78)」。しかし一方で、そのことで祖国スペインの欠点を認識させるような、諸外国を称賛するような部分もある。たとえばフランスの生活はスペインのそれよりも心地よいといった類いである。

「一行はフランスを歩いた。沿道には村が続いて平和で閑かなたたずまいをみせ、ことに印象的なのは点々と並ぶ別荘であった。これらの家の住人は年中ここにいて、大都会や町に住む気などまったく起こさない人たちである(79)」。

イタリアのよく整った宿泊所のことが二カ所で触れられている。

「パレルモの歓楽を、ミラノの富裕を、ロンバルディアの饗宴を、それからほうぼうの宿屋のすばらしいご馳走を……」

「(ロドルファは)鹿島立ちをしたのだが、その時の彼は、かつて何人もの兵士から聞かされていたイタリアやフランスの宿屋の豪勢さ、あるいは、かの地の駐屯部隊においてスペイン人兵士たちが享受している自由を、自分の目で確かめたくてうずうずしていた。すなわち、かの地から帰国して、スペインの宿屋や酒場がいかに粗末で質素であるかを痛感した兵士たちが決まって口にするあのイタリア語《あそこには旨い若鶏、子鳩、ハム、それにソーセージがある……》――が耳に心地よく響いて離れなかったのである(80)」。

これはラーラ(M. José de Larra)の『新しい宿屋』(*La fonda nueva*)の出だし部分を彷彿させる描写である。もちろんスペインにも称賛と評価に値する土地がいくつかあった。『二人の乙女』にはカタルニア人やバルセローナについての言及がある。

「彼らはバルセローナに到着した……そこで彼らの目を見張らせたのは、町の美しさであった。彼らにはそこが世界の美しい都市の中の華にして、スペインの誇り……外国人の避難所にして騎士道の学校、忠誠の模範、等々と思えたのである[81]」。

「カタルニア貴族にとって、彼らを必要とする外国人に親切にし、彼らの友人となることは、生まれつきの性格である[82]」。

「カタルニアの都人は荒々しくて激昂型、かと思うと穏健で柔和でもあり、また名誉のためなら命も惜しまず、それらを守りぬくためには持てる以上の力を出す人々であった。とりもなおさず、その点では世界のどの民族をも凌ぐということである[83]」。

バレンシアも同様に華麗で格調高いことばで称えられている。

「バレンシアの大きさ、住民の名望、近郊の快適さを語り聞かせてくれる人、つまりは、この町が、イスパニアのみか全ヨーロッパの都市の中でもひいでて美しく豊かであることを枚挙して語ってくれる人にはこと欠かなかった[84]。ことに、この土地の女性の美しさ、町の清潔さが誉められ、優美で耳に快いことではポルトガル語と双璧をなす、と言って情緒たっぷりな土地言葉がたたえられた[85]」。

また当時、全バスク人の総称であったビスカヤ人のことは『奥方コルネリア』の中で好意的に扱われている。

「彼らは腹を立てていないときは善い人たちですよ。これを見てもたしかにビスカヤ人と思いますわ、自分たちでもそうだと言っているし。しかし貴女にはおそらく別民族のガリシア人に見えるでしょうね。評判によると彼らはビスカヤ人よりもだらしがなくて、よく思われていないとのことで

ピカレスク的なもの(90)

管見によれば、メネンデス・ペラーヨがセルバンテスについて与えた最も鋭い指摘は、彼とピカレスク小説の間に無限の距離があるというものだった。彼はこう言っている。

「セルバンテスは決してそれ（ピカレスク小説）を模倣することなく、別の道を辿ったのである」。

そしてさらに次のように明言している。

「マテオ・アレマン（Mateo Alemán）はスペイン語で書いた最も独創的で精力的な作家のひとりだが、セルバンテスとは本質や形態において、あまりにも異なり、彼の同時代人と思えないばかりか、同じ人間同士とすら思えないほどである(91)」。

これほど明敏な説も、セルバンテス研究者たちすべてが同調するものとはならなかった。たしかにロドリーゲス・マリンはメネンデス・ペラーヨの前半部分の指摘には同調しているが、彼の博学の書を見るかぎり、『リンコネーテ』にあれほどのピカレスク的要素がありながら、それがピカレスク小説ではありえないという理由が、おそらく明確には認識されていない。セルバンテスをピカレスク作家として語るとき、そこに曖昧さがでてくることは否定しえない。その曖昧さはこの問題を考慮するときに出てくる諸見解の曖昧さの中に、あるいは諸見解の明らかな誤りのうちに反映している。それらを要約すれば次のようになる。セルバンテスはピカレスク小説を書いた(93)。それに類したものを書いたが、本来のピカレスクではない(94)。文体上の完全さという点でピカレスク小説とは異なる(95)。結局セルバンテスはピカレスク小説を書かなかったが、流行に従ってそれを書こうと思っていた。そうしなかったのはきわめて残すから[86]」。

バスク語に対しては特別な言及がなされている。

ビスカヤ語でです。これは
調査でわかったことですが
エチオピアのアビシニア語に
ついで古い言葉なのです[87]。

セルバンテスがより大きな関心を払い、共感を感じていたのは〈だらしがなくて、よく思われていない〉（これは伝統的な常套句なのだろうか、それなりの原因に基づく見解なのだろうか）ガリシア人以外の、非カスティーリャ地方であったことははっきりしている。カスティーリャ人やアンダルシア人については、前者たちのようなまとまった評価は見られない[88]。作者はあまり足を運ばなかった土地を理想化したということであろうか？　何はともあれ、我々は、こうした評価をまつまでもなく、同時代のスペインとスペイン人に関する論述から、それらに対するセルバンテスの批判や賢明な判断の兆しといったものを、大いに強調することができたはずである。スペイン人に対するセルバンテスの評価で最も多いのは〈傲慢さ〉であり、何といっても素晴らしき批評家たる彼の探求心を傷つけた、自惚れた増上慢であった[89]。

念である。[96]

最後の見解が依って立つのは、セルバンテスが流行の選択者ではなく追随者だという仮説である。私見によればこうした見方が支持できないのは、本書で縷々述べてきたことにもよるが、のみならず、セルバンテスの時代に、自らのテーマや文体を落ち着きのない流行の波に支配された作家などいただろうか、という思いがよぎったからでもある。

ロペ・デ・ベーガは環境や時代によって容易に刻印を印される作家たちの代表であった。彼が自信たっぷりと、同時代の文学のほとんどあらゆる弦を弾いたことを想起してもらいたい。セルバンテスの手のうちにあったのは小説と、若干の詩や演劇作品などだが、彼は韻文やコメディアは彼にとってマイナーな活動領域だということをはっきり認識していた。かくしてなお、ロペ・デ・ベーガはピカレスク小説を書きはしなかったのである。アレマンの同時代人でわが国の二大古典作家たるケベード（Quevedo）とエスピネル（Espinel）とて、このきわめてスペイン的なジャンルをあえて豊かなものにしようとはしなかった。この特異な事実の原因が考察されたことがあったであろうか。特異というのは、二人の作家が何度となくピカレスク小説の近くまで接近したにもかかわらず、その領域内で注意深く掘り下げていくことをしなかったからである。

ロペ・デ・ベーガのことになると本筋からひどく逸れてしまうので、今はそれを避けて、セルバンテスの非ピカレスク性について簡潔な考察を加えることにしよう。そのためにはまず、この種の小説の包括的な定義が必要になってくる。定義によって形態的特徴のみならず、美学の内的構造[97]が把握できようし、他の小説形式との差異的・特徴的な面が浮き彫りになるはずである。この種の作品はピカロ（悪党）のことを扱うわけだが、それ以外にも、出来の悪いやくざ者たち、好んでへらず口をたたく連中たちの中のひとりが提供する世界観を提示する。そこから本質的な要素として、自伝的形式と自然主義的技法が出てくる。ピカロはピカレスク的に人生を見、理念や理想的価値を信じない。そこで唯一自分にとって価値のある確実なものにすがりつく。それは物質と本能である。そうした姿勢が感情に及ぼした結果は不満や苦悩、厭世観であったり（グスマン・デ・アルファラーチェの場合）、あるいは悠長さや皮相主義であったりする（ブスコンたるパブロスの場合）。

　次の文章はピカレスク的なるものの代表例である。

「私はどうしても我慢できなくなりました。というのも妊婦のように胃からおくびが出たり入ったりしていたからです。ついにどっと内容物が出て体がからっぽになりました。今日になっても体の中で哀れなひよこたちに内側から突っ突かれているような感じがします……それは旱魃に見舞われた年のことでした。当時のセビーリャはそれでなくても苦難続きで、豊年でも年を越すのはたいへんでした。それが旱魃とくれば被害甚大になったことはお分かりでしょう。このことで差し出がましいことは申し上げたくありませんし、その訳も申し上げられません。というのも私がその町の出身者だからです。口をつぐんでいたいと思いますが、それは世の中は一つで、すべてがつるんでいるからです。評議員職も売買されますが、それは公然であろうと秘密裏であろうと、利益を求めるために他なりません……わずかな施しをするのにも、詮索されるしまつです[98]」。

「ところで最も大事なことはだね、われわれは何か得るところがなければ決して恋をしないということさ、と言うのはわれわれの戒律が、たとえどんな美人であろうと、気取ったご婦人方との色ごとを禁じているのでね。そういうわけだから、われわれはいつも食べ物にひかれて飲食店の女に、寝場所にひかれて宿のお上に……甘い言葉を囁いているわけだ[99]」〔桑名一博訳〕。

『ラサリーリョ・デ・トルメス』はピカレスク小説というジャンルの嚆矢とされている。それはそれで正しいが、重要なポイントを押さえておかねばならない。それは『ラサリーリョ』はこのジャンルの出発点であり源泉にはちがいないが、同時に我々が〈ピカレスク小説〉と言ったとき念頭に浮かべる古典的作品のそれよりも、さらに複雑な人生観の萌芽を秘めているということである。〈従士〉とラサロのいくつかの側面には（記憶に間違いがなければ、すでにナバーロ・レデスマ（Navarro Ledesma）がそのことを示唆していたが）、ドン・キホーテとサンチョの驚くべき二重性といったものが予感される。〈マケダの聖職者〉と〈免罪符売り〉に対する批判の背後には、気持ちを一新させる熱意と理想を内包するエラスムス的懸念が脈打っている。『ラサリーリョ』には我々がピカレスク的ジャンルそのものとみなす、苦渋の語り口調や無感動で静態的な厭世観などはない。ピカレスク小説は、まさにこの魅力あふれる小品から派生していったと言うことができる。しかし同時に、それ以上のものである。もしマテオ・アレマンがそこに自らの根を深く下ろしたとするならば、セルバンテスもまたそこにおいて、自らの総合的リアリズムのための要素をかき集めたからである。[100]

およそ六〇年後、一五九九年に『グスマン・デ・アルファラーチェ』（*Guzmán de Alfarache*）が世に出た。[101]時をおかず、似たような切り口の作品が相次いで現われた。それらは純然たるピカレスク的テーマで構想されたものとはいえ、『ラサリーリョ』とは根底において異なる構造をもっていた。我々がピカレスク小説といった場合に念頭におくべきはこれらの作品である。そこからピカレスク小説は、本質的にマテオ・アレマンによって生み出されたとみなしてもいいだろう。彼はいわば型として、ある方法で人生を眺める方法を練り上げたのである。作品に本質的な要素としてあるのは、自然主義的技法、自伝的性格、人生の苦渋感などである。もしそれ以外のものを念頭に置いた場合、ジャンルにふさわしい美的・歴史的範疇からはみ出すことになろう。ある作家にとってそうした図式から離れれば離れるほど、ピカレスク小説の概念から遠ざかることになる。ピカレスク小説のヒーローは、彼を芸術的世界に登場させた文学的形式によって、窮屈なほど抑えつけられている。そして地にへばりついているので、世の中を否応なく下から上に見ざるをえない。マテオ・アレマンが物語のもつレベルの低さを克服し、水準を上げようとして行なったことは、機械的に長たらしい道徳的挿話を組み入れることであった。それは小説的視点からすれば、わざとらしい救済策であり、美的にみても不毛なものであった。

ピカレスク小説に関して他に指摘すべき点としては、芸術的側面から見た挿話的・旅回り的な叙述としての魅力や、やや下品なユーモア、意地の悪さ、ときに笑話と紛うほどの滑稽さなどがある(102)。そうした点すべてに加えて、物質的・人間的な素材が繰り広げる見せ場といったものがある。とはいえ、マヒした手足に可能なかぎり敏捷性を与えようとしても果たせないし、実効性のない現実の濁った様相を我々に静態的に提供しようとするだけである。ピカレスク作家は我々に提供すべきそうした苛酷な透視画法を得るべく、現実を切り取り、描き出さねばならない。それは優しい微笑みも気高い身振りも、腐った卵や下痢などと同じ現実だからである(103)。これは方向を違えた理想主義的芸術である。そこに到ってこそ、時として暴力的であったり節度を守ったりするような性格が生まれ、止みがたい魅力を保ち続けるのである。しかしこうした小説に気高い、完全な美の効果が生み出せるとはとうてい思えない。

セルバンテス作品には、たしかに一部、外面的にみてピカレスク小説的要素が見られる。とりあえずピカロと目される人間たちがいる。たとえばヒネース・デ・パサモンテ、コメディアの中のならず者たち、『犬の対話』の中の、また他の小説ではとりわけ『リンコネーテとコルタディーリョ』の中であちこち顔を出す下衆な者たちである。しかしこうした者たちは、常に作者が舞台上の人物として芸術的に操作する対象である。読者は『リンコネーテ』のいくつかの場面の素晴らしい技巧を覚えておられよう。モニポーディオ親方の家の中庭は静まりかえっている。そこは「ひどく清潔で美しいものだから、見たところごくきめのこまかい臙脂を一面に撒いたかと思われる」ほどであった。この精確な背景の上に静物がつぎつぎと描写されていく。

「白い金盥が壁にとりつけてあった、リンコンはこれを見て、籠はお布施を入れる賽銭箱で、金盥のほうは聖水盤のかわりなんだなと思いついた。事実、これはそのとおりであった」。そこに黙りこくった男たちが入ってくる。荷担ぎの二人の男と、盲人ひとりで「みんな一言も口をきかずに、中庭をぶらぶら廻りはじめた」。するとそこに「粗羅紗地の着物を着た二人の老人がはいってきたが、二人ながら眼鏡をかけていた。これがひどくものものしく、しかもなんとなく敬意をもよおさせるようすを付与していた」。

場面の描写はますます濃密になっていく。いやに長いスカートをつけた老婆が静かに恭しく、聖像を前にしてお祈りを捧げる。

「まず最初に床に三べん口づけし、今度もまたややしばらくのあいだ、両腕を上にあげ、両眼をじっと天に注いでいたが、やがて立ちあがると、籠の中にお布施を入れた」。

沈黙はまだ破られていない。まるで我々は『こうもり』(*La Chauve-souris*)〔ヨハン・シュトラウスのオペレッタ〕の舞台を見ているようである。そして時が到ると、そうしたもの静かで風変わりな連中たちの前に、森林のような胸毛をのぞかせたモニポーディオが登場する。こうした描写はきわめて印象的で、最初と最後の効果が巧妙に計算しつくされている。『リンコネーテ』のもつ芸術的な力強さが、皆の目にするそうした現実の単なる模倣にすぎない、とはとうてい思えない。

「ねえ、シピオン君、わがはいがあの屠殺場で目撃したことや、あそこで起こるおびただしい出来事について、いったいなんて君に言ったらいいだろう？……しかし何がといったところで、わがはいにはこの牛殺しどもが、まるで牛にでもするような気軽さでもって人間を殺すのを見るくらい度胆をぬかれた、このくらいあさましいと思ったことはなかったよ」。

ベルガンサはある娘に取り上げられた肉をあえてとり返すことをしなかったが、それは「この自分の汚い口を、あのきれいなまっ白い手にくっつけて汚したくなかったから」である。[109] するとシピオンは「そいつあ上出来だった。常に尊敬を受けるってことが美人の特権だからね」[110] と答える。ベルガンサはしかるべき時に今度は司直の偉い役人を気取って、泥棒の警吏を痛めつける。これだけを見ても『犬の対話』とピカレスク小説の間には、本質的に、美的で思想的な違いがあることが分かろうというものである。

似たような考察が、セルバンテスにおけるピカレスク的なものの別の側面についてもなしうるだろう。『偽りの結婚』は間違いなく、ならず者をテーマとする一挿話である。しかし注意すべきは、この作品がすでに起きた出来事を語っているのであって、作者の懲罰的筆致が旗手カンプサーノのうちに痕跡を残しているという点である。彼は「ただ自分に気に入る分別のほかは、なんの考えも浮かばないありさまで」あったことを告白し、そして話し相手の友人が話を引き取ってこう述べる。

「ははあ、してみるとなんですな、あなたとドニャ・エステファニーヤ夫人とは勝負なしの引分けってわけですかな」。

もしピカレスク的ヒーローであれば、そのさもしい心理を放棄することはありえない。旗手カンプサーノは一時分別を曇らせはするが、再び尊厳を取り戻している。そしてシピオンとベルガンサの高度な対話を我らに語ってくれるのである。これはグスマン・デ・アルファラーチェの記憶力ではとうていなしえなったことであろう。それに劣らず特徴的なのは『リンコネーテ』の最後の部分である。二人の若造は少しばかり悪事に手を染め、モニポーディオのばかげた世界に足を突っ込むが「リンコネーテはまだほんの、幼な気の抜けぬ少年であったが、ひどく頭のよい、生まれつき怜悧な男だった……そこで彼はお互いにこんな自堕落な生活にいつまでもぐずついていてはならないと、相棒にも忠告しようと固く思い定めた」のである。

散発的にあちらこちらに見られる悪事の話には、互いに似たようなモチーフがあったと考えられよう。つまりそれは対照物として行動に変化をもたせようという気配りである。[三]〈びいどろ学士〉に関しては、その教訓的・皮相的・慧眼的批判は、ピカレスク小説の典型的ヒーローたちが世界に対して投げ掛ける、陰鬱で苦渋にみちた非難とはまったく異なるものである。

結論としていえば、ピカロを登場させ、ピカレスク的モチーフに触れたとしても、それは前に述べた形式として理解されるピカレスク小説を書くこととはまったく関係がない。以前に、傑出したわれらの作家の文学的指針について見たとき、彼が深い芸術的センスから必然的に理想主義的テーマと同時に、感覚的・物質的テーマに触れざるをえなかった点を指摘した。彼が天才の天才たるゆえんは、そうした立場のどちらにも凝り固まって固執しなかった点にある。もし彼がそうした世界のどちらかに居を定めようとしたなら、常に『ガラテア』や『ペルシーレス』のような雰囲気に浸る方を選んだことであろう。セルバンテスのような上昇志向の活動的精神は、主人を次々に替えてたくましく生きていく少年の目に映るような人生模様に安らぐことはなかったであろう。セルバンテスが扱うにふさわしいテーマとしての、放浪癖をもった愉快なピカロというのは、彼にユーモアや教訓的性格をもたせたとしても、あるいは活動的な外面を単に見せ物として見せたとしても、まちがってもピカロ自身が真面目に、自分の口で語るようなことは断じて許さないように描いたのである。ピカロが考えているようなことなど、セルバンテスには関心がなかったからである。

(1) 後篇、一六章。
(2) 『ペルシーレス』、六四〇頁ab、六四一頁a。
(3) 『びいどろ学士』、シュヴィルとボニーリャによる版、一〇七頁。
(4) 『ペルシーレス』、六二〇頁a。
(5) 『パルナソ山への旅』、シュヴィルとボニーリャによる版、一一一頁。
(6) 『愛の迷宮』、第二巻、三〇二頁。
(7) 『幸せならず者』、第二巻、二三頁。
(8) 『名高き下女』、カスティーリャ叢書版、第一巻、二九四頁〔牛島信明訳『麗しき皿洗い娘』〕。
(9) 後篇、六章。無教養が俗衆たる性格を決定づけるので、もしそれが緩和されれば、それなりに無分別も減少する。そんなところからセルバンテスはこう語っている。
「なぜというなら貧しさを／分かつ都の人々〔俗衆〕も賢明なれば」(『パルナソ山への旅』、一〇三頁)。
(10) 「俗衆の意見ほど、徳からも真理からも遠いものはない」(F・カストロ・ギサソーラ『《セレスティーナ》の文学的源泉』 F. Castro Guisasola, *Fuentes literarias de la Celestina* 一九二四、一二四頁)。かつてセネカはこう述べていた。
「最悪のものだという証拠は群集なのである」(『幸福な人生について』、二〔茂手木元蔵訳〕)。
(11) アントワープ版、一五五五、一〇九折v。**RFE**、第三号、一九一六、三八一頁も参照のこと。
(12) 『アルキビアデスのシレノスの箱』、一五五五年版、八折r。
(13) メネンデス・ペラーヨ『小説の起源』、第四巻、一七四頁。『痴愚神礼賛』はクローチェの版、七二、八一、八

四、一二八の各頁をみよ。「大衆と呼ばれる図体の大きな太った獣」（三九頁）という表現もある。
(14)『小説の起源』、第四巻、三二六頁。
(15)『叡知への導き』(*Introducción a la sabiduría*)、アントワープ、一五五一、一折 r。
(16)『対話集』(*Diálogos*)、セビーリャ、一五七〇、一六三頁。
(17)『小説の起源』(第三巻、三八九頁) 所収。
(18) P・ベンボ『韻文』(*Rime*)、ヴェネチア、一五七三、一四七頁。
(19)『狂えるオルランド』、第七歌、第一連。
(20)『イタリア語による著作』(*Opere italiane*)、第一巻、二六二頁。
(21) 古典叢書版 (*Libros de antaño*)、第一の書、第九章、一一三頁。
(22) 一九一〇年版、一一二頁。ボイヤルドの詩句ではこうなっている。

オルランドは答えた「ぼくは君に武芸が男の
第一の名誉だということをはっきり見せてやる。
もっとも草花が牧場を飾るように、知識が
立派な男をつくらないということはないが」

(23) ここに提示するのは、引用するテクスト以外で最も重要な著作の一覧である。
フラヴィオ・ビヨンド『文と武の比較について』(Flavio Biondo, *De litteris et armis comparatio* 一四六〇、ボルソ・デステ公爵への献呈)
クリストフォロ・ラフランキーノ『兵士と学者のどちらを選択すべきかという問題あるいは論題』(Cristoforo Lafranchino, *Tractatulus seu Quaestio utrum preferendus sit miles an doctor* ブレッシア、一四九七)。
カスティリオーネ『宮廷人』(ヴェネチア、一五二八)
ファン・アンヘル・ゴンサーレス『文に対する騎士の弁論』(Juan Angel González, *Pro equite contra litteras*

declamatio　バレンシア、一五四九）。

ムツィオ『紳士』（Muzio, *Gentilhuomo*　ヴェネチア、一五七五、二三〇—二三九頁）。

フランチェスコ・ボッキ『文と武の論争について』（Franc. Bocchi, *Sopra la lite delle armi et delle lettere*　フィレンツェ、一五八〇）。

ドメニコ・モーラ『〈文と武〉に先立つ、ムツィオの《紳士》に対する騎士』（Domenico Mora, *Il Cavaliere in risposta al Gentilhuomo del Muzio, nella precedenza dell'armi e della lettere*　一五八九）。

ベルナルディーノ・デ・エスカランテ『武芸についての対話』（Bernardino de Escalante, *Diálogos del arte militar*　ブリュッセル、一五九五）もみよ。

『ドン・キホーテ』前篇が出た後、フランシスコ・デ・モラーレスはいくつかの対話を出版したが、そのうち第二の対話は、文と武をテーマとしている（クレメンシンの『ドン・キホーテ』前篇、三八章に対する注釈を参照）。他にもフランシスコ・ヌーニェス・デ・ベラスコ『軍事と学問の論争についての対話』（Francisco Núñez de Velazco, *Diálogos de contención entre la milicia y la sciencia*　バリャドリード、一六一四）がある。またピンシアーノの中にも次のような言及があった。

「私は文と武についての激論を知っている」（『古代詩哲学』、一五九六、前掲版、八九頁）。

(24) 『エレナとマリーア』（*Elena y María*　メネンデス・ピダルによる版、RFE、第一号、一九一四、五二—九六頁）および六九頁で引用した参考文献をみよ。【前述の拙著『中世カスティーリャの抵抗の詩』（*Poesía de protesta en la Edad Media castellana*　一六—二〇頁、二六九—二七〇頁を参照のこと。前半部分では『ドン・キホーテ』の文と武についての演説に関しても触れている。】

(25) BAE、第五一巻、三三七頁b。

(26) 前篇、三七章。

(27) ブルクハルト『イタリア・ルネサンスの文化』、第五部〔社交と祝祭〕、第一章〔身分の平等化〕。

(28) フェルナン・ペレス・デ・グスマンは『世代と横顔』の中ですでに〈作家〉像を描いている。
「きわめて注意深くかつ熱心に書物を用い、書物を書き上げる偉大な賢人・学者」（Fernán Pérez de Guzmán,

(29) *Generaciones e semblanzas* R・B・テートによる版、ロンドン、一九六五、三三頁）。

クローチェによる版、三五頁。ルネサンス的態度の遠い淵源はキケロの中に見いだせる。彼はさまざまな場所で、たとえば『義務について』(*De Officiis*)、第一巻、第二三章で、この論争について触れている。

「われわれが気高く偉大な魂に求める徳性を作り上げるのは精神的な力であって肉体的な力ではない。それでも、肉体の鍛錬はなされるべきであり、配慮した計画に従って仕事を遂行し、労苦を辛抱できる肉体に仕上げねばならない。しかし、われわれが探し求める徳性はすべて精神の配慮と思考のうちに存する。この面で、市民服を着て国政を司る人々は戦争を遂行する人々に劣らぬ有益な貢献をしている。かくして、彼らの献策により戦争が回避されたことも、あるいは、終結したこともあった。ときにはまた開始されたこともあった。たとえば、第三次ポエニー戦争はマルクス・カトーにより開始されたが、このときは死後もカトーの主張が権威を保ち続けた」〔高橋宏幸訳『キケロー選集』〕。

(30) 『世俗哲学』、第六〈百章〉、〈諺〉第六一番。一五六八年版、一五七折v。【アメリコ・カストロは『葛藤の時代』(一七八頁)および『セルバンテスとスペイン生粋主義』(二三三頁)において、マル・ラーラのこうした言葉を改めて引用している。しかし今回は、黄金世紀における血統の対立という文脈の中においてで、まさしく誇大症的な反知性主義を白日の下にさらすことが目的であった。つまりセルバンテスが『ダガンソの村長選挙』で述べているように、読むことができたところで男なら地獄行きがおちとされていた。本書一二〇頁を参照せよ。】

(31) リヨン版、一五五六、四〇九頁。

(32) 前掲版、一一四頁、〔清水純一他訳〕。フェルナン・ペレス・デ・グスマンは同じ問題に関して、すでに自らの『悪徳と美徳についての小歌』(Fernán Pérez de Guzmán, *Coplas de vicios e virtudes* NBAE、一九巻、三二五―三二六連、六一一―六一二頁)において次のように述べている。

「学問と騎士道は／この世の栄光に関して／比類なき名声をもって／記憶を鮮明に蘇らす。／この気高い中隊が／一緒になるのはかなりの大事だが／いったん一緒になれば向かうところ敵なしで／その価値は計り知れない／／かなり難しいことだと／そう言う者は間違ってはいない。／だが不可能なことと／思い込むのは間違いだ。／この二つの気高い技芸は／それほど奥が深く／うまく結びつけることは／滅多にできるものではない」。

(33) 後篇、六章。

(34) BAE、第一巻、五八八頁a。

(35) 第一巻、一二章。BAE、第一巻、五〇二頁b。

(36) 同上、六六一頁b。

(37) 前篇、三九章で《教会か、海か、王家か》ということわざが引用されている。しかしセルバンテスが自分の言葉で語るときは、すでに見たように(本書三五二頁)、世俗文学か戦争のことが念頭にあった。

(38) この文章の他にも、サン・ファン・デ・アビラ(san Juan de Avila)の言葉「騎士が自ら仕える主君たる王の目前で受けた負傷は麗しく、また誉れあるものとなる」(『霊的書簡』*Epistolario espiritual* V・ガルシア・デ・ディエゴによる版、カスティーリャ古典叢書、二三八頁)も参照せよ。

(39) 「私はペンをもたせてもかなりいい線をいき、本もいくつか出しておりますが、その道に不案内な連中の受けも悪くなく、たしなみのある人士のあいだでもなかなかの好評が続いているんですよ」(『ペルシーレス』、前掲版、六六一頁b)。

(40) モーレル・ファティオは『ドン・キホーテのスペイン』で、文と武に関する演説は「セルバンテスがあえて文学の頂点を極め、一般概念にまで昇りつめることができることを示そうして、ときどき好んで書いた、勇ましい文章のひとつである」(前掲の翻訳、一五五頁)と述べている。しかしすでに他のテクストを通じて見たとおり、それは修辞的な言明といったものではない。モーレル・ファティオはこの研究を通して関心の深さを示したにもかかわらず、セルバンテスに関してなんと素っ気なく貧しい考えを提示したものであろうか。【今日では、この問題に関してJ・A・マラバールの『ドン・キホーテにおける尚武の人文主義』(J. A. Maravall, *El humanismo de las armas en Don Quijote* マドリード、一九四八)やオステルクの『《ドン・キホーテ》の社会・政治思想』(一四八—五〇頁)を参照せよ。】

(41) 「彼はどのようにして間近に迫る、手の施しようのない頽廃を予見しえたのであろうか」(モーレル・ファティオ、前掲書、一四三頁)。

【とはいうものの、厳密な経済学者であるピエール・ヴィラールは極めて役立つ近著『成長と発展』（Pierre Vilar, *Crecimiento y desarrollo* バルセローナ、一九六四）所収の論文《ドン・キホーテ》の時代（"El tiempo del *Quijote*" 四三一―四四八頁）において、セルバンテスの小説が生まれた時代について分析し、正確な時代考証を行なって、アメリコ・カストロが示したような当時のスペイン人を特徴づける〈分析への情熱〉と〈生の不安〉という概念を受け入れた（『スペインの歴史的現実』、メキシコ、一九五四、第一章、後の版では第三章を参照せよ）。ヴィラールによると、セルバンテスは時代の頂点に「身をおいて、微笑んでいた」（四四三頁）。】

（42）『嫉妬の館』、第一巻、一六二頁。

（43）『ペルシーレス』、五九七頁a。

（44）同上、六五八頁a。「小さい町ながらも、じつに見事に建設された、しかもどこのイタリアの土地よりもいちばんイスパニア人に好意を示し、歓待するルッカを見物して……」（『びいどろ学士』、シュヴィルとボニーリャによる版、八〇頁）。

（45）『奥方コルネリア』、BAE、第一巻、二一一頁a。

（46）『アルジェールの牢獄』、第一巻、三二九頁。

（47）十六世紀に書かれたブラントームの『空威張り』（Brantôme, *Rodomontades*）はよく知られていたが、一六六五年まで出版されなかった。カスティリオーネは次のように述べていた。

「《スペイン人はどうですか。（……）彼らは婦人に対しても君主に対しても傲慢の極みとも言える態度をとる者がどれほど多いことでしょうか》――それに対して別の相手はこう答える《スペイン人に傲慢な人物の多いことは否定はいたしませんが、人びとの尊敬を集めているのはたいてい謙遜な人たちです》」（『宮廷人』、一七二頁、また一八一、一九八、二〇六頁も参照せよ）。

【スペイン人の傲慢さと自惚れの強さに関する文学的実例の多くは、エレーロ・ガルシアの『十七世紀スペイン人の理念』（Herrero García, *Ideas de los españoles del siglo XVII* 三一―三六頁、六一―六二頁、七八―八三頁、および九一―九三頁）をみよ。】

（48）前掲書、一五二頁。

(49) 以下は明らかに道徳的過ちの一例である。
「郷士方はお前さまが郷士の身分に満足しねえで、勝手に《ドン》の称号をくっつけて、ほんの四本かそこらのぶどうの株と、二ユガーダの畑を持って、おんぼろを前と後にぶらさげているくせに、いかにも騎士でございという顔を出したと言ってますだ」(後篇、二章)。
(50) 前掲書、一四四―一五八頁。
(51) 『ラサリーリョ・デ・トルメス』の従士を想起せよ。
(52) 「都の素寒貧」に仕えるよりも国王に奉公する方を選んだ例の若者も、それに加えたらよかろう。彼は着るべきお仕着せも手に入れられなかったが、それは「私の仕えた主人たちも、宮廷へ出仕していた自分たちの役目がやめになるとすぐに、私の昔の着物を返してくれて、ただ見栄のために着せてくれたお仕着せの制服は、私から取り上げた」(後篇、二四章)ものだからである。
(53) 後篇、三三章。ドニャ・ロドリーゲス・デ・グリハルバはこう述べている。
「わたくしどもの公爵夫人さまも、もし運命さえその気だったら伯爵夫人だったかも知れない老女たちに傅《かしず》かれていらっしゃるのですよ」(後篇、三七章)。
(54) 後篇、二六章。
(55) 後篇、四三章。
(56) 『ペドロ・デ・ウルデマーラス』、第三巻、一一九頁。『犬の対話』(カスティーリャ古典叢書、第二巻、二四九頁)参照。
(57) 『サラマンカの洞穴』、第四巻、一三一頁。
(58) 『ジプシー娘』、BAE、第一巻、一〇四頁a(牛島信明訳)。
(59) 『びいどろ学士』、カスティーリャ古典叢書、第二巻、四七頁。
(60) 『犬の対話』、前掲版、二六〇頁。
(61) 第二〈千章〉、第二〈百章〉、〈諺〉第五二番。
(62) 『宮廷人』、前掲版、七三頁。

(63) J・P・ヴィッカーシャム・クロフォード「十六世紀スペイン演劇における〈ほら吹き兵士〉と〈ならず者〉」(J. P. Wickhersham Crawford, “The Braggart Soldier and the Rufian in the Spanish Drama of the Sixteenth Century” RR、第二巻、一九一一、一八六―二〇八頁)。【同様に以下も参照せよ。C・ペレイラ「軍隊生活とピカレスク」C. Pereira, “Soldadesca y picaresca” BBMP、第一〇巻、一九二八、七四―九六頁。マリア・ロサ・リーダ「ルネサンス演劇における〈ほら吹き〉」María Rosa Lida, “El fanfarrón en el teatro del Renacimiento” RPh、第一一巻、一九五八、二六八―二九一頁。】

(64)『世俗哲学』、第四〈百章〉、〈諺〉第九八番。

(65) ビセンテ・デ・ラ・ローカとの符合に注目せよ。

「このビセンテはイタリアその他さまざまな土地を経て、兵隊になって帰ってきたのでした……モロッコやチュニスの人口以上のモーロ人を殺しましたし、彼の言うところによれば、ガンテ・イ・ルーナ、ディエゴ・ガルシーア・デ・パレーデスなど、そのほか名を挙げた多数の人々と世にもまれな決闘を演じて……」

(前篇、五一章)。

(66)『宮廷人』、前掲書、五九頁。

(67)「聖器番――兵のならいとはいえ/過ぐ年にいつしか老いて/軍籍を離れ出でては/嚢中にさらにものなく、/ガイフェロスが勲にならい/捕えんと思いし女/平和なるわれを選びぬ」(第四巻、七九頁)。『宮廷人』においても、自慢しない武人は「いつも自慢することしか考えず、大ぼらを吹きながら世間を煙にまこうとしてみせるもう一人の武人」(七九頁)よりも好ましい、と述べられている。

(68) ここではこの世の偽りの栄光としての〈面目〉に対する批判は、切り捨てている。というのは問題となっているのが、権力はなくとも貴族を自認していた郷士のことだからである。これは違う問題である。【過剰なる郷士意識とその文学的表現に関しては、エレーロ・ガルシーア『十七世紀のスペイン人の思想』(八三―九〇頁)にいくつかの実例がある。郷士意識の実際の影響力と、スペイン的血統、および旧キリスト教徒とコンベルソの対立問題との密接な関連性については、カストロの『葛藤の時代について』の随所を参照のこと。】

(69)「筆者は〈ドン〉ほど多くの条件が要るものを、今まで読んだことも聞いたこともない。つまりまず第一に

示唆したのである」。】

(80)『びいどろ学士』、『血の力』〔牛島信明訳『血の呼び声』〕、シュヴィルとボニーリャによる版、七六頁、一二八頁。【ある種の批判はあるものの、黄金世紀においてイタリアやイタリア的なものへの賛美は数多くある。エレーロ・ガルシーアの前掲書（第一四章、三二一―三八四頁）を参照せよ。イタリアとスペインの比較を付随的なものから本格的なものに格上げしたのはバルタサール・グラシアン（Baltasar Gracián）であろう。

「というのも注意すべきは、スペインは今日でも神によって造られたときと同じ状態にあるからである。つまり住人によってなんら改善されたところがないし、あったとしてもわずかにローマ人の手になるものだけである。山々は今でも当初と同じく傲然として人を寄せ付けないし、航行不能な川は自然が切り拓いたままの道筋をたどって流れ続けている。平野は荒れ果てており、灌漑のための水路さえ引かれていない。大地は荒れたままである。したがって産業といった産業もない。逆にイタリアはそれとは大違いで、最初にその土地にやってきた住人も、そこに優る土地を知らなかったほどであった。山は低く平坦で緑地となっていて、川も航行可能であり、湖は魚たちの宝庫であり、海は埠頭や海岸で縁取られていて、名高い都市がそこに出来上がっていた。あらゆる都市は華やかな建物や寺院、邸宅、城塞などで同じように美しく飾られ、広場は噴水や泉で飾られている……」（『クリティコン』*Criticón* 第三巻、第九章、九六〇―九六一頁、アルトゥーロ・デル・オーヨによる版、マドリード、一九六〇、第二版）。

アメリコ・カストロ『スペインの歴史的現実』（*La realidad histórica de España* メキシコ、一九六六、第三版、一二七―一二八頁）を参照。セルバンテスは他の場所でも、よく知られた強欲なジェノヴァ商人の話題に触れている（『ジプシー娘』、カスティーリャ古典叢書、第一巻、五一頁、『びいどろ学士』、同、第二巻、六二頁）。びいどろ学士のイタリア旅行に関しては、カサルドゥエロ『《模範小説集》の意味と形式』、一一三―一一八頁をみよ。】

(81) BAE、第一巻、二〇六頁a。

(82) 同上、二〇九頁b。

(83)『ペルシーレス』、六四八頁a。【『ドン・キホーテ』（後篇、七二章）に出てくるカタルニアの首都に対する称賛も想起されたい。

「いわば礼儀の保管所、他国者の宿り、貧しい者どもの救済の地、勇士の祖国、あなどりを受けた者どもの復讐の場、そしてかたい友情の快い交歓の場、しかも位置においても美しさにおいても、ただひとつともいうべきバルセローナ」

またエレーロ・ガルシーアの前掲書（一一章、二八五―三〇四頁）も参照せよ。】
(84) ここには常套句のようなものがある。というのも『びいどろ学士』（前掲版、第二巻、二八頁）で同じことが、ナポリについても述べられているからである。
(85) 同上、六四六頁a。【セルバンテスは『偉大なトルコ王妃』（第二幕、アギラール版、マドリード、一九六〇、第一一版、三八六頁）において、再び二つの言語を結びつけている。
「あなた様には甘美なるバレンシア語とポルトガル語をお目にかけましょう」。

黄金世紀において、バレンシア地方に対しては称賛よりも否定的な評価の方がずっと多かった。そうなるとセルバンテスはある意味で例外的である。エレーロ・ガルシーアの前掲書（三章、三〇五―三一一頁）を参照せよ。】
(86) BAE、第一巻、二一七頁b。
(87) 『偉大なトルコ王妃』、第二巻、一六六頁。『奥方コルネリア』（BAE、第一巻、二二二頁b）にはビスカヤ人の自国での結婚の風習について触れられている。
「それはみくびってそうするのではない、そんなことは不可能だ。そうではなく称賛に値する風習を守り、両親の意志を尊重せんとするためである」。

J・アプライス『バスク好みのセルバンテス、または、いわゆる反ビスカヤ主義の疑いを晴らしたセルバンテス』（J. Apraiz, *Cervantes vascófilo, o sea, Cervantes vindicado de su supuesto antivizcaímo* ビトリア、一八九五）を参照せよ。そこには別の注釈者たちの見解に関する多くの資料や幅広い議論が見られる。【また幕間劇『贋もののビスカヤ人』の他にも、騎士がビスカヤ人に戦いを挑むエピソード（『ドン・キホーテ』前篇、八―九章）も想起されたい。両方のケースで、問題の人物が登場するときは、決まってくずれたスペイン語を話している。これは当時の決まりごとであった。一方、セルバンテスが『偉大なトルコ王妃』（前掲版、第二幕、三八六頁）の中でバスク語について語っていることにも注目せよ。「この貴重な言語は／その古さにおいて唯一のもの」。エレーロ・ガルシーアの前掲書（第九章、二四九―二七四頁）を参照せよ。】

(88) たとえば以下をみよ。「住人がミネルヴァやマルスの恩恵を被っている、ヘレスという古く名高い町」（『ガラテア』、第二の書、BAE、第一巻、一八四六年版、二四頁a）。

(89) スペイン人の生活の他の側面については、宗教を扱う際に触れねばなるまい。モリスコの家族は「宗教界に吸収されることはなかった」（『ペルシーレス』、六四六頁a）。つまり修道院がスペインを呑み込んでしまったのである。【F・ロドリーゲス・マリン『ミゲル・デ・セルバンテスのアンダルシア方言とコルドバ方言』（F. Rodríguez Marín, *El andalucismo y el cordobesismo de Miguel de Cervantes* マドリード、一九一五）を参照せよ。ある種の世俗的側面やガリシア的なものについての話題は、『情婦』（前掲のアギラール版、四八六頁と四八八頁）をみよ。またエレーロ・ガルシーアの前掲書（第七章、二〇二―二二五頁）を参照せよ。ガリシア的なものに対しては蔑視的評価が優勢である。アラゴンについては『ドン・キホーテ』後篇、五〇章（五一章は筆者の間違い）をみよ。

「アラゴンの貴婦人方はやんごとない方々でございますが、しかしカスティーリャの方々のようにあれほど気むずかしくお高くとまってはいらっしゃらない、一般庶民とも実に気さくにおつき合いになる」。】

(90) 【ゴンサーレス・アメスーアさえもアメリコ・カストロの〈良心的研究〉を、熱狂的に支持している（「セルバンテス作品のピカレスク性に関して、ピカロの考えていることなどセルバンテスには関心がない、と述べていることは、精確で深い真実である」『スペイン短篇小説の生みの親セルバンテス』、第二巻、一一〇―一一一頁。またアメスーアが『リンコネーテとコルタディーリョ』を扱った六七―一二三頁も参照せよ）。この問題に関する役立つ二つの研究（E・アマヤ・バレンシア「《模範小説集》におけるピカレスク性」E. Amaya Valencia, “El picarismo en *las Novelas Ejemplares*”『インディアス誌』*Revista de las Indias* 三一巻、一九四七、二六三―二七二頁。およびエミリオ・サルセード「セルバンテスにおける倫理と美学」Emilio Salcedo, “Etica y estética en Cervantes”『美学思想』*Revista de Ideas Estéticas* 一三巻、一九五五、三一九―三三四頁）の他にも、とくに重要な論文として、カルロス・ブランコ・アギナーガ「セルバンテスとピカレスク――写実主義の二つの型に関する考察」Carlos Blanco Aguinaga, "Cervantes y la picaresca. Notas sobre dos tipos de realismo" NRFH、一一号、一九五七、三一三―三四二頁。およびアメリコ・カストロ自身の「ピカレスク小説の視点」"Perspectiva de la novela picaresca"『セルバンテスへ向けて』所収、一一八―一四二頁も参照せよ。】

(91)『セルバンテスの文学的教養』、一九〇五、三二頁。

(92)『リンコネーテ』の版、一九二〇、一八一―一八二頁。【アメリコ・カストロは最近ある興味深いテーゼを提示し、セルバンテスと『ドン・キホーテ』の新たな刷新的な解釈を示すことで、セルバンテスとアレマンとの関係についての問題を発展させた。カストロによれば、アレマンと一五九八年時点での文学は「人間という存在を、理解しがたく操作しえない、世界の無秩序の受動的観察者として提示するだけであった」(「実在性の仕事場――《ドン・キホーテ》」"*El Quijote*, taller de existencialidad"『西洋評論』*Revista de Occidente* 第五巻、一九六七、四頁)。

というのも「セルバンテスはマテオ・アレマンの『グスマン・デ・アルファラーチェ』を、一五九九年に出版される以前に読んでいたのである……『グスマン』においてピカロと彼の世界は、互いに拒絶しあう以外に関わるすべをもっていなかった……セルバンテスは『グスマン』を読んで、すぐにその成功を予想し、荒涼とした風景を前に黙って手をこまねいているわけにはいかないと決心した……マテオ・アレマンの作品はざっと目を通してみただけでも、多くの人の見解に逆らうような印象を与えなかった。それに比べてセルバンテスのそれは新しい方向を打ち出していた。つまり作者は社会のピカレスク的見方に対してなすすべを知らなかったし、かといって一六〇〇年の時点で、牧人的な孤独に満足することもできなかった(『ラ・ガラテア』の後篇は決して完結しなかった)。他方、ゴンゴラやロペ・デ・ベーガを抒情性で超えることもできなかった」(『セルバンテスへ向けて』、二九六頁。また同じく三二六、三四四―三四五、三六五、三九六―四〇〇、四五六、四七二の各頁を参照のこと)。

アメリコ・カストロが自らの思想をさらに広範に発展させたのは『セルバンテスとスペイン生粋主義』である。「『グスマン・デ・アルファラーチェ』といわゆるバロック主義」"*Guzmán de Alfarache* y el llamado barroquismo"

（四二―六五頁）では、両作家の人生の興味深い類似性が指摘されている。さらに後の「『ドン・キホーテ』は『グスマン・デ・アルファラーチェ』に対する反動として生まれた」"*El Quijote* surgió como reacción contra el *Guzmán de Alfarache*"（六六―七五頁）ではこう述べている。

「もしセルバンテスが『グスマン・デ・アルファラーチェ』のもつ、彼には堪え難い展望に対して、新たな思いも寄らない解釈を作り上げることができたとしたら、それは彼の出発点が、マテオ・アレマンと同様、血統という点でひどく周縁的でよそ者的なものだったという理由に帰する」（同上、一六三頁、また八二頁と一六四―六六頁も参照せよ）。

大きな差はセルバンテスの志向していたものが「人間が善かれ悪しかれ、自らの人生の作り手となりうると信じて、反逆と希望をともに抱く人生の肯定的な未来」（同上、一七四頁）だった点である。またカストロの「セルバンテスは『嫉妬深いエストレマドゥーラ男』において、我々の手からすり抜ける」（"Cervantes se nos desliza en *El celoso extremeño*"『ソン・アルマダンス誌』*Papeles de Son Armadans* 一三号、一九六八、二〇五頁）をみよ。筆者もこの問題について、前掲の「アメリコ・カストロとセルバンテス」で扱ったことがある。】

(93) 「この驚くべきモザイク模様において……純然たるピカレスク小説の存在を見ない訳にはいかない」（J・アプライス『模範小説集』*Las novelas ejemplares* 一九〇一、四五頁）。

(94) サヴィ・ロペスはこう指摘している。

「これが『リンコネーテ』と、苦渋に満ちた『ラサリーリョ』や憂鬱な『グスマン・デ・アルファラーチェ』などの、本来のピカレスク小説との違いである」（スペイン語訳、一五三頁）。

この考え方はメネンデス・ペラーヨから出てきている部分がある。しかし作者は〈盥兜〉式の折衷的な結論に達している。つまり『リンコネーテ』は他の作品にみられるほどには、本来のピカレスク小説ではないということである。H・プソー・リシャール「『ブスコン』について」（H. Peseax-Richard, "A propos de Buscón" RHi、第四三号、一九一八、五八頁）をみよ。彼によると『リンコネーテ』は「ピカロの人生を描いたおもしろい作品に過ぎず、ピカレスク小説ではない」。

(95) シュヴィルは『リンコネーテ』と他の小説との差についてこう述べている。

「その上、この物語のならず者的特徴は、無味乾燥で暗澹とした気分にさせる『ラサリーリョ』や、重苦しく柔軟性に欠ける『グスマン・デ・アルファラーチェ』よりもずっと巧みに描かれている、ということは明らかである」（『セルバンテス』、三一三頁）。

（96）「もしセルバンテスが自らのピカレスク小説を書く機会があったとしたら、我々はル・サージュの『ジル・ブラース』を近代的な風俗小説の祖とみなすことはできなくなるかもしれない」（F・ド・ハーン『スペインにおける〈ピカレスク小説〉の歴史の概観』F. de Haan, *An Outline of the History of the novela picaresca in Spain* ニューヨーク、一九〇三、二五頁）。
「セルバンテスは『ドン・キホーテ』の中に、有名なピカロ、ヒネース・デ・パサモンテを登場させたことで、ピカレスク作家の仲間入りをしたが、もし本人が言うように、彼の自伝を書いていれば、ラサリーリョやグスマンのそれを凌駕しえたかもしれない。彼は『リンコネーテ』や『名高き下女』のような面白い作品でも、ピカロの生活を描いている、云々」（F・W・チャンドラー『ならず者の文学』F. W. Chandler, *The Literature of Roguery* 一九〇七、第一章、九頁）。

「セルバンテスともあろう者が、このジャンルにおいてピカレスク作家たちと競い合うことをあきらめたとは驚くほかない」（チャンドラー『ピカレスク小説』*La novela picaresca* マドリード、一九一三、二一四頁）。

デ・ロリスはデ・ハーンやチャンドラーと同じく、われらの作家がピカレスク小説の流行に乗って自らも作品を書こうとしたとするなら、「それは『リンコネーテとコルタディーリョ』や『ドン・キホーテ』前篇、二二章から判断して、驚くべき傑作になりえたはずである」と述べている（『反動的なセルバンテス』、五九頁）。

（97）オルテガ・イ・ガセーの「ピカレスク小説本来の悪党性」（Ortega y Gasset, “La picardía original de la novela picaresca”『読書』（*La Lectura*）、一九一五、三七三頁）を参照せよ。
「ピカレスク小説において熟成するのは遺恨と批判のテーマである。『ドン・キホーテ』という最初の全体小説においては、愛と遺恨の、そして形相のもつ想像上の無重力的世界と、質料のもつ粗悪な重力的世界の瞬間的抱擁が、天才的心情の与える神の休戦の場において実現するのである」。

（98）『グスマン』、BAE、第三巻、一九七頁b、一九七頁a。あらゆる仕事や職種のもつ悪者性については、同書、二二四頁aを参照せよ。

(99)『ブスコン』、筆者の版、ネルソン叢書、ロンドン、一九一七、一六九頁。

(100)【アメリコ・カストロは一九四八年に次のように記している。

「『ラサリーリョ・デ・トルメス』は多くの意味で『ドン・キホーテ』への道を切り開いたが、それは単に従士とその召使の間の心の通じた対照性の中に、二人でひとりといったドン・キホーテとサンチョの最初の姿を提供してくれたからだけではない」(「『ラサリーリョ・デ・トルメス』」"El *Lazarillo de Tormes*"『セルバンテスへ向けて』所収、一四九頁)。

この他にもユダヤ人改宗者(コンベルソ)作家の作品としての『ラサリーリョ』に関して、カストロ自身の「ピカレスク小説の視点と『ラサリーリョ・デ・トルメス』」("Perspectiva de la novela picaresca y El *Lazarillo de Tormes*" 同上、各々一一八—一四二頁および一四三—一六六頁)をみよ。また以下のものも同様。マルケス・ビリャヌエバ『十六世紀における精神性と文学』、Márquez Villanueva, *Espiritualidad y literatura en el siglo XVI* 六九—一三七頁。およびF・ラサロ・カレテール「『ラサリーリョ・デ・トルメス』の構造と意味」F. Lázaro Carreter, "Construcción y sentido del *Lazarillo de Tormes*"『そろばん』(*Abaco*)《スペイン文学研究》、第一号、一九六九、四五—一三四頁。

小説のエラスムス主義に関しては、引用作品の他にバタイヨン『エラスムスとスペイン』(六〇九—六一二頁)の参考文献が役立つ。きわめて貴重な研究はステファン・ギルマンの「ラサリーリョ・デ・トルメスの死」(Stephen Gilman, "The Death of *Lazarillo de Tormes*" PMLA(アメリカ近代語協会出版)、八一号、一九六六、一四九—一六六頁)がある。

「ギルマンの研究によって我々の『ラサリーリョ』に対する見方は大幅に豊かになった」(カストロ『セルバンテスへ向けて』、一六六頁註)。

(101)〔『ラサリーリョ』の最初の版として知られているのは一五五四年のものだが〕筆者の見方では、『ラサリーリョ』は十六世紀の最初の三〇年代後半に書かれていたと思われる。【『セルバンテスへ向けて』、前掲版、一二六—一二七頁をみよ。】

(102) 具体的にいうと『グスマン』の文体は『マルコス・デ・オブレゴン』（*Marcos de Obregón*）のそれよりもずっと優っている。マテオ・アレマンの注解には暗い美しさを秘めた清澄な断章があるが、残念なことにあまり読まれてはいない。《オスミンとダラーハ》の物語はピカレスク的ジャンルには属していない。

(103) 「私の女主人にはこらえる力が足りなくて、下腹の留め金がすぐゆるんで、云々」（『グスマン』、BAE、第三巻、二二八頁b）。

「用を足したいから下ろしてくれ、と侯爵は言った。《ここで待っててくれ、あの通りで用を足してくるから》」（『マルコス・デ・オブレゴン』、カスティーリャ古典叢書、第一巻、二三三頁、第二巻第六章）。

誰でも思い出すのは『ブスコン』の中で、臭いにおいの漂ってくる場面であろう。セルバンテスも一度だけこうした糞尿趣味的雰囲気に浸ったことがあるが、それも風俗の卑猥さのおかげで耐えられた。しかし布晒しの水車の場面における、からかいやアイロニーの口調は、ピカレスク小説の直接的で辛口の文体にはとうてい期待しえないものである。

(104) 『犬の対話』、カスティーリャ古典叢書版、第二巻、二一九頁。

(105) ヒリ・ガヤ（Gili Gaya）による版、カスティーリャ古典叢書、第一巻、二三六頁。

(106) 同上、一一九頁。女嫌いも特有なものである。「女たちの決意など神に呪われちまうがいい、云々」（同上、第二巻、二九頁）。

(107) この低俗さを前にすると、ケベードの『ブスコン』はその機敏で神経質で苦みばしった文体ゆえに称賛に値する。しかし根本においては、人生に対する完全にピカレスク的な見方を我々に提示している。それは餓えや疥癬、浅ましさ、糞尿などである。筆者はネルソン叢書（一九一七）で出した版の序文で、その希にみる独創性を分析しようと試みた。【ドン・アメリコ・カストロの手による『ブスコン』の新しい版は、一九一一年にカスティーリャ古典叢書で出版された。一九二七年に同書の再版が出たが、ドン・アメリコはそこで、それ以前の二版で述べたことを撤回している。】

(108) 前掲版、二一八頁。

(109) 同上、二二〇頁。

(110) 同上、二七七頁。

(111) 『奥方コルネリア』の中の一女性は、殿方たちの名誉というものをてんで信用しない。「光るものすべてが金にあらず」等、(BAE、第一巻、二一七頁b)。

第六章　宗教思想

セルバンテスの宗教に関する態度をきちんと整理することはかなり難しい。(1) ある者たちにしてみると異端審問官のようであり、別の者たちには進歩的自由思想家に見えるが、少しでも厳密に定式化しようと思えばすぐに迷路にはまってしまうのも確かである。そこで手際よく問題を片付けてしまおうという安易な態度も生まれるし、「別にどうということはない」といった態度を決め込む者もでてくる。また今日的批評の〈異を唱えず〉態度をよしとしない者に、皮肉や軽蔑の眼差しを向ける者もいる。

筆者は次の基本から出発する。つまりセルバンテスは意識的にカトリック神学に対して好意的にしろ敵対的にしろ、一方の考え方を体系的に提示しようとはしなかった、ということである。いろいろな箇所で示された思想の中には矛盾点もあり、それを説明しようとすることもできる。しかし同時に、彼はそうした真面目な問題についての考え方を表明する際に、世紀末の複雑な精神である、教会支持の態度と理性主義的な批判とが奇妙に入り混じった態度に導かれたということを認めよう。この場合、心理学や歴史もわれらの導き手になるべきかもしれない。

もちろん私には、セルバンテスが通常とは異なる見解や考え方をアイロニーや巧みな術で韜晦した、偉大な偽善者だった、と断定してもさほど問題とは思われない。作者は『ドン・キホーテ』（後篇、二四章）に次の格言を明記している。

《善人ぶる偽善者のほうが、公然たる罪人より害が少ないもの(2)》

『犬の対話』では魔女がこう述べている。

「わたしはごくまれにしかお祈りはしないんだが、それでもなるったけ大っぴらにする。人さまの悪口はそれこそしょっちゅうのことだが、こいつはなるべく内証にするのさ。大っぴらに悪人面をふり廻すより猫をかぶっていたほうが万事わたしにゃ都合がいいもんだからね……まったくの話猫っかぶりの仏面ってものは、それが障りになるのはその本人だけで、ひとさまにはなんの害にもならないものさ(3)」。

『ペルシーレス』でも、他でもない作者自身がこう述べている。

「老いらくの恋の衝動は偽善のマントにくるまって歩く。偽善者というのは、もしだれにもそれが知られていないなら、だれを欺いているわけでもない、自分だけを欺いているのだ(4)」。

すでにクレメンシンの手で集められていた、こうしたテクストに他にもそれに劣らず意味深長な箇所がいくつかある。老人マウリシオはこう言っている。

「土地にはさまざまなしきたりがありましたが、わたしの場合は筋のとおったものにはしたがい、とおらないものには表向きだけ調子を合わせておりました。うわべだけでもそうするほうが都合よいと考えたからです(5)」。

他に二人が傍らに近づいてきて

慇懃で馬鹿ていねいなお辞儀をし
作り笑いを浮かべつつ話しかけたり。
皮肉屋の老いぼれ詩人なる我は
眉根を寄せた厭な顔見せることなく
丁重に彼らに挨拶返したり。
ああ、愛すべきわが読者、よもや疑う
ことなかれ。時にとぼけたふりをする
ことが却って他の徳を促すことを。(6)

セルバンテスはこれだけでも五回も偽善や偽装を誉めたたえているが、まだ他にもあるかもしれない。最後の『パルナソ山への旅』のケースはとくにめざましい。〈皮肉屋の老いぼれ詩人なる我〉ときている。警戒心と見せかけに満ち満ちた、この天才的皮肉家のテクストを読む際には、少しばかりの警戒心と不信感をもって当たったほうがよかろう。(7)

筆者はここで作者側のそうした用心深い技法の用い方をはっきりさせるべく、議論の余地のない例をだそうと思う。そこではセルバンテスがまず最初に、素顔で自らの考えを自由に表明する姿を見せ、その後、時代や雰囲気の求めに応じて因習的な横顔を見せるようになるのである。我々はセルバンテスが姦通を描くさいに、常に根底でそれを是認し免罪しようとしていることに気づく。我々が見たところ、(8)それが極まって『嫉妬深い老人』(*El Viejo celoso*)の中では、ドニャ・ロレンシーカに夫のいると思われる場所で罪を犯させ、夫に向かってその時まで性の悦びを味わったことがなかったと、言い訳をさせるまでに至っている。

「今になって初めてあなたってものがはっきりわかりましたわ、いけ好かない爺いだわ。今日という今日まで、だまされてあなたといっしょに暮らしてきたんだわ！」〔会田由訳〕

明らかにセルバンテスにとって、事情が許せば、いかに姦通が行なわれるかを肯定的に描いたとしても、何も怖気づくことはなかったのである。しかし彼は〈模範〉小説を書かねばならなかった。われらの皮肉屋はそこで声の調子を下げ、謙虚な眼差しを向けて、油ぎった手を揉み手するのだが、自分の記す事柄が少しでも不埒でカトリックに背くことがあれば、手を切り落とすほうがましだとすら思っていたのである。『嫉妬深いエストレマドゥーラ男』の情景は『嫉妬深い老人』のそれと似通っている。つまり淑女に姦通の罪を犯させることになるのか？　本当に老人カリサーレスを寝取られ男にしてしまうのか？　我々は実例を出して、あえて誘惑の仕方を教えるべきではないのかもしれない。どんな場合でも条件としては、あの卑猥な幕間劇よりはずっと穏やかなものになろう。あの場合にはまれに見る例として、真面目に大騒ぎし喝采を送ってしまったものだが。セルバンテスはこうした留保をつけて、カリサーレスに嫁いだ娘とロアイサとの場面を描写する。最初の原稿はセビーリャ大聖堂の配給係、ポーラス・デ・ラ・カマラ学士（Porras de la Cámara）に手稿のかたちで託された（幸運にもそれは保存されている）。学士はセビーリャ大司教(9)（一六〇〇―一六〇九）ドン・フェルナンド・ニーニョ・デ・ゲバラ枢機卿（Don Fernando Niño de Guevara）の読書の楽しみのために、いくつかの作品を一冊にまとめていたのである。かくして『嫉妬深いエストレマドゥーラ男』は大司教の目に触れていたことになる。だとすると彼はロアイサと娘の場面を罪深いものと思ったであろうか。それは誰もわからない。ただひとつ言えることは、『嫉妬深いエストレマドゥーラ男』が一六一三年に世に出たとき、例の場面は不思議にも浄化を果たしていたのである。対抗宗教改革の天使たちが二人の恋人たちの上に迫ってきて、驚くべき結果をもたらしたのである。つまり互いに抱き合って寝ながらも、貞節には何の傷もつかなかったからである。これはまさに驚きである。ひとつ奇跡に足りないものがあるとしたら、どこかの守護聖人の名を冠することだけである。あとは墓碑に《旅人よ、止まれ》と記せばいい[10]。次に挙げるのはその二つのテクストである[11]。

（一六〇六年ごろの原稿）
「ゴンサーレスは目に涙をあふれせ、イサベラの手をとると、半ば力任せに引きずるようにして、彼女をロアイサのいる部屋に連れていった。そして醜男がするような偽りの笑いをうかべて二人を祝福すると、後手で扉を閉めて、二人だけにした……もしカリサーレスがぐっすり眠ってはいなかったとしたら、この時、彼の抜かりない警戒心はどこにいったのか、聞いたらよかったかもしれない……」。

（一六一三年の印刷）
（文体上のわずかな差異を除いてほとんど同じテクスト）

（一六〇六年ごろの原稿）
「もはやイサベラは、信じうるかぎりロアイサの腕の中で、さほど悲しんではいなかったし、また夫に塗った阿片を含んだ軟膏が、彼らが望んだようにしっかり彼を眠らせるほどでもなかった……」。

（一六一三年の印刷）
「しかしこれはさておき、レオノーラの勇気は大したもので、今こそと思ったときに、ずるいぺてん師の不埒な力づくに対して勇気を発揮したからである。というのも彼女を抑えつけてしまうほど彼には力がなかったし、彼も無駄なことだとあきらめてしまい、彼女の軍門に下ったからである。そして二人とも寝入ってしまった。[12]そのうち、天の計らいか、軟膏を塗ったと思っていた当のカリサーレスが目を覚ましてしまった……」。

（一六〇六年ごろの原稿）
「彼はロアイサの腕に抱かれて、二人してすやすやと寝入ったイサベラの姿を目にした。それはあたかも彼自身が眠らされた軟膏の効能が、彼らの方に移ったかのように思えた」。

（一六一三年の印刷）
「彼はロアイサの腕に抱かれて、すやすやと寝入ったレオノーラの姿を目にした。それはあたかも彼らのうちに軟膏の効能が働いたかのようであった」。

筆者の目にはこの例は、我々の見解として言いうるすべてのことにもまして、大きな重要性と影響力をもっていると思われる。我々は作者を現場においてとり押さえたのである。先立つものすべてと、また後に続くべきものすべてとを関連づけ、我々の言葉を偏見なく読もうとすれば、何びとといえども次の大前提を否定すべきではないと考える。つまりセルバンテスは巧妙な偽善者であって、公式的な宗教や道徳に関係することがらにおいては、最大限の留保をもって読んだり解釈しなくてはならない、とい

うことである。彼は対抗宗教改革期における、優れた思想家ならではの特徴を有しているのである。(13)

対抗宗教改革

十六世紀の中ごろカトリック教会は大きく守りの姿勢をとるようになり、その影響はさらに一世紀後まで及んだ。(14)スペインではその反動が激しく、最も劇的な出来事としてエラスムス主義的理想に対する迫害がある。他のカトリック諸国においては、教会の存在は抵抗勢力のせいで、エラスムス主義を許容するほど遠くに隔たっていった。ローマ教会はスペインにおいて実質的にいかなる抵抗にも遭わなかったが、それは反民衆的思想の核となるものの数が少なく、力が弱かったからである。かくしてメネンデス・ペラーヨの言う〈修道士的民主主義〉なるものが打ち建てられた。

エラスムス主義全盛の時代、つまりトレード大司教フォンセカ(一五三四没)やセビーリャ大司教で異端審問所長官マンリーケ(一五三八没)が公然とエラスムスを支持していた頃、同時に批判的性格、つまり反民衆的な性格をもったローマ的キリスト教へ向かって行くことは可能だと思われていた。しかしそれはいまだに態度が十分明らかにされていなかった時点での、マンリーケとその友人たちの人為的な努力に支えられた、甘い幻想にすぎなかった。宗教改革は教会内部から沸き上がったものであった。エラスムス主義はルターと多くの共通点があり、時にはルター以上に過激なこともあった。(15)エラスムスはローマ教会と皇帝、異端審問所の支持を受けていた。一五三八年ごろ人々の間に見られた疑惑やためらいもそこに原因がある。マンリーケの死をきっかけに修道会は抑制していた攻撃性を解き放ち、エラスムス主義は世論の支持のない、いくたりかの〈知識人たち〉の仕事とみなされてしまった。教会はあらゆる面で前ルネサンス的時点に回帰し、精力的に教義面の現状維持を図り、敵側の批判をかわす目的で、生活習慣の改善に乗り出さねばならなくなった。

ルネサンス期を通じて教会は進取の精神にとり入ろうとしてきた。教皇たちの行動はよく知られたとおりである。また芸術、理性、人生といったものは、教義の体系に触れることなく成長することができると無意識に信じられた。エラスムスはまさしくこうした調和の精神を体現していた。しかしそれは決して真摯で効力あるものではなかった。なぜならばこのオランダ人はカトリックの基盤を覆すようなことをしてしまったからである。ルター派の敗走が始まり、教会はトリエントにおいて〈自己の過ち〉を告白した。これは総退却であった。芸術も理性も人生も、もはや自由はなくなった。狭い編目の旧い囲い場に引き戻さねばならなかった。それこそ反動であり、対抗宗教改革であった。[16]

ある興味深い本の中で、[17] この時期のことが次のように性格づけされている。

「ルネサンスの文化と精神生活にとってきわめて重要だったのは、世俗的意味の楽観主義と自律的個性の自由の意識であった。しかしそれらは十六世紀前半、イタリア、ローマ、ヨーロッパで次々と起きた騒乱によって大きく揺さ振られた。人間の意志と教会の意志はさまざまな抵抗や障害を目の前にしていたが、それらに抗して挫折し、崩れ去っていった。つまり宗教的不和である。それによってカトリック側は事実上、普遍性の看板を下ろさざるをえなくなった。領主間の王家をめぐる争いは国を越えて広がっていった。それに加えて皇帝軍によるローマの掠奪（一五二七）は、多くのカトリック教徒たちに深い憂慮を呼び覚まし、伝統的で本質的な価値体系が危機に瀕していることを示した。人々は癒しがたい出来事から受けた印象により、内なる規範と宗教的権威に精神的支えや拠り所を求めた。そこから十六世紀後半には悲観主義の風潮が広がり、それが当時の文明を顕著に覆っていった」[18]。

筆者は公共生活の大きな出来事に反映したそうした原因に加えて、ルネサンスの人文主義的理念に直接関わる要因も付け加えるべきであろうと思う。もはや人は漫然と、神秘化された生を前にしての狂乱的熱狂や、現に進行中の価値に対する否定的批判だけに、しがみついているわけにはいかなくなった。科学はいまだ不確実であった（そこから魔術や占星術が、あるいはそれ自体では解決とはいえない、モンテーニュの知的懐疑主義などがでてきた）。私的、公的を問わず道徳は何に根拠をおけばいいのか。結局、もし中世というものが失敗におわったというのなら、具体的にそれにとって代わるものは何だったのか。社会的広がりの可能性をもった、明確で実用的な解答というのは、十八世紀になるまで得られることはなかった。最高のリーダーたちからといえども、それを十六世紀の段階で求めるのは愚かしいことだろう。唯一の解決法は実効的権力者である教会と手を結び、将来のためにできうるかぎり一生懸命働くことであった。

一方でアリストテレスが再び隆盛をみた。ジョルダーノ・ブルーノの試みたプロテスタンティズムは解決とはならなかった。ともあれ我々は後で、かの新しい信条に対する彼の判断を見てみることにしよう。プロテスタンティズムの当初の刺激は判断自体に対しては自由を意味したが、結果的には、思想の自由も寛容も、神学的束縛からの解放も実現しえなかった。プロテスタントの人間の言葉を思い出してみるがいい。

「彼らにとっての教皇はわれらにとっての聖書である」。

とはいえプロテスタント諸国は、彼らの新しい信仰によってあらゆる問題は解決したと信じて、それに真面目に身を投じたのである。しかしルネサンスの熟した成果を取り入れるのは、カトリック諸国よりもプロテスタント諸国の方が遅れた。ルネサンスによって照らし出された新しいキリスト教信仰は大衆の間に広まり、大衆運動となった。しかし一方で、好奇心にあふれた不満を抱く個人の行動は弱まった。新たな学問と世界の基礎となるべきルネサンス思想の大建築は、ローマ教会の気難しく疑い深い監視のもとでなされたのである。つまりテレジオやカンパネッラ、ブルーノ、ガリレオ、デカルトといった人物たちのことである。ドイツにおいてそのレベルの人物が出現するのはさらに後のことである。

対抗宗教改革期におけるカトリック世界の状況はかなり複雑であった。カトリック教徒にとって、教義上の外装を放棄することは宗教そのものを失うことを意味した。すでに十六世紀にはイタリア的影響によって喚起された、フランス人自由思想家（実際は無信仰者たち）の運動が始まっていた。[19] しかし最も優れた者たちは教会と大っぴらに断絶しないですむ方法を探っていた。たとえばモンテーニュの姿勢を考えてみればいいが、彼は全体としてカトリック信仰の説く真実の側に立っていた。そのすべては理性や批判、または我々の知的手段の及ばないところにあった。普遍的信仰のそうした行為こそ、彼にとっても、教会にとっても十分な条件であった。そこで彼の思想はなりゆき任せに、はばたくことができたが、いったんカトリック信仰について述べれば、あらゆる疑惑がつきまとうこととなった。そこでモンテーニュはすべてを教会から言われた通りに受け入れ、信仰に関わるどんな些細なことについても議論を認めなかったのである。セルバンテスにとっては〈あらゆる学問の女王は神学なり〉[20]ということであった。宗教はこのように意識の片隅に追いやられ、別の場所にあって、人生のすべてが宗教とは無縁に過ぎ去った。[21] モンテーニュはこう述べている。

「神的な教えは、君臨する女王のように、ただ一人だけ離れている方が威厳を保つによい……神的なことがらは、それだけ単独に、それにふさわしいしかたで考察する方が、人間的なことがらと組

みあわせて考察するよりも、いっそう敬虔である」[22]。〔松波信三郎訳〕

ところで、セルバンテスの文と武に関する演説の言葉の中に、それと似た精神の反映がみられないであろうか。ドン・キホーテはこう述べている。

「人のたましいを天国へ運び導くことを目的としている神聖な文学についてはここでは申さぬつもりでござる。それというのも、かくのごとく果てしない高い目的に対しては、他のいかなるものも比肩することは不可能ですからな。そこで拙者が申すのは俗世の文事についてであるが……[23]」

セルバンテスはモンテーニュと同様、人物たちの人生を組み立てる際に考慮に入れたのは、自然と理性に基づいた道徳性であった（本書、第七章をみよ）。

我々が分析したかつての歴史的雰囲気の中で生起したことは、現在の時点で生起することとはまったく逆である。今日、前向きの宗教というものは、信者の大部分にとって個人性の領域に関係した事柄である。宗教が意識の親密さから脱するのは、それが政治的党派性に堕したときだけである。ということは宗教がそれ自体の可能性において、公共生活で、もはや影響力を及ぼすことができないことを示している。十六世紀末の状況はそれとは別であった。カトリシズムは意識の材料というよりもむしろ国家の材料であった。そして我々の間で国家的名誉と結びついていた[24]。

今日、カトリック教徒がしばしば社会生活をする中で、内密の場所で告白するような規範を、外に明らかにすることとなく振る舞うことができるのと同様に、対抗宗教改革期の選良たちは一般人と同じように、自らの思想の独立性を救いだそうと願っていたのである。したがってこれから見ていくように、タッソ流にキリスト教徒として信じ、哲学者としてものを考える、と言うこととなろう。したがって次に述べる二人のセルバンテスの間に、必然的な整合性があるとみなすのは間違いであろう。つまりサラゴーサの説教師の神父たちが聖ハシントのお祝いで催した文芸コンクールで、聖人を称えた短詩の注釈詩を書いたセルバンテスと、(25)他方で、自らのカトリシズムに影響を与えたりせず、とりわけ公に宣言されている内容の枠を越えるような意図を持たずに、批判や風刺を行ない、良識に照らして道徳を説くセルバンテスである。その二つの態度をひとつのように見せている絆というのは、セルバンテスの偽装であり、巧みな技である。彼はそのことをはっきり述べている。もし不足があれば『犬の対話』の中でベルガンサが完全に補ってくれる。

「現今はすべて物事をそうそう昔のようにきびしくしやしないんだ。今日ひとつ法律ができたと思うと、明日はもう取り消しになる、なに、そうしたほうがかえって万事うまくゆくんだよ。今、ある男が自分の悪癖をなおそうと約束したかと思うと、もう次の瞬間には前のよりもっとひどい悪事を犯しているってわけだ。規律を尊ぶということと、これを守るっていうことはおのずから別問題だ、事実、言うことと行なうこととは雲泥の相違だからね(26)」。

この場合の偽善性とは、公的・伝統的な真実にとって(個人的にもきわめて危険で)有害な批判を含んでいるような、内的思想の射程を巧妙に隠蔽することである。しかし信じてもいないそうした真実について、真面目に話すということではない(27)。もし偽善性という言葉をこうした形で理解しないのであれば、その足場が巧妙な偽装によって支えられている、対抗宗教改革の精神を深くつかむことはできないだろう。《二重真理》というのは、悪い立場におかれていた人間たちにとって、知的枠組みとして素晴らしい役目を果たした。セルバンテスにとってその《二重真理》は《見せかけの偽り》とうまく調和していた。かくして彼の心と感受性は、それらを本質的に形づくる柔軟性や波立ちによっても支配されていたのである。

前に述べたことだが、不安なカトリック教徒は（スペインでは目立った形ではないが）無神論的無信仰の道を選ぶか、さもなくば《二重真理》の、より柔軟だがより困難な道をとるかどちらかであった。つまり信仰の真理と理性の真理の二重性ということで（これはスコラ哲学に由来するが、ポンポナッツィ以来新しい意味を持つようになった）、両者が互いに両立しえないことを、あえてじっくり際立たせることはしなかった。

《二重真理》の問題に関してはウォルフガング・シュタムレルの『バロック期の神秘主義について』(Wolfgang Stammler, *Von der Mystik zum Barock* シュトゥットガルト、一九二七、六頁）を参照してほしい。ウィリアム・オッカムにとって神の存在と、その一性、無限性は純粋に信仰の問題であった。それによって昔ながらの形而上学は失われてしまった。そこで二重真理というものがでてくる。

「経験論的基盤は知と倫理の懐疑主義を生むきっかけとなる。それは感覚の過程が主観的なものだからである。神の意志の自律性が措定されるとき、この時点における世界の倫理的秩序は、いかなるものであれ、他の秩序にとって代えられる」。

この問題についてはP・L・ランズベルク『中世とわれら』(P. L. Landsberg, *La Edad Media y nosotros* マドリード、一九二五、一三〇―一三三頁）に詳しいが、やや偏りがある。それは啓示を前にして理性を挫く際に、理性は押さえがきかないものだとして、無理にもその分野を切り離したからである。ドゥンス・スコトゥスやオッカム以前には、聖トマスのうちにおいて理性と啓示は調和をみていた。スコトゥスは現実主義者であり、オッカムは唯名論者であった。

「単一のものだけで十分であり、よって普遍的なものは建てられはしても概して無駄におわる」。

（同時にF・ベナリー『エルフルトの市と大学の歴史に向けて』F. Benary, *Zum Geschichte der Stadt und Univer-*

sität Erfurt ゴータ、一九一九、第三章、「旧い道と新しい道……」、およびJ・H・ロエベ『中世における実在論と唯名論の論争について』J. H. Loewe, *Der Kampf Zwischen dem Realismus und Nominalismus im Mittelalter* プラハ、一八七六、を参照せよ。）

信仰による真実と信仰によらない真実の間の区別は、十六世紀において人々が大いに関心を寄せる問題であった。その境界はどこにあったのか。バレンシア人フアン・フェルナンデス・デ・エレディア（Juan Fernández de Heredia 一五四九年没、作品は一五六二年に出版）は、自らの名誉が他人の見方に依存するという見方を、信条として受け入れる慣習に対して反旗をひるがえした。

われらの信仰に関することは
そこに理性を求めはしない。
しかしものごとの規律は
理性によるものだとすれば
理性ぬきで信じようとする理由が分からない。
（『ドン・フアン・フェルナンデス・デ・エレディア全集』、F・マルティ・グラハーレスによる版、バレンシア、一九一三、四九頁）

フアン・ウアルテ・デ・サン・フアン博士（Dr. Juan Huarte de San Juan）は『才知の検討』（*Examen de ingenios* バエサ、一五七五）の中で、カトリック的真理がなぜ真理なのかを〈論証しながら〉と言いながら、二つの真理について触れてこう述べている。

「(神は) かくも高尚なことがらが (一般の人々の) 決定に委ねられることをよしとせず、ただ教会の権威をもった者が二、三名厳かに集まってなされる決定にのみ委ねられた。そして行為の主宰者として間に立たれ、彼らがよしとすることを是認され、過ちを退けられ、人知で理解しえないことを啓示されたのである。したがって信仰の問題でそれが正しいかどうかを測る基準は、彼らが証明したり推論することが、カトリック教会の言っていることと同じかどうかを見ればいい」(BAE、第六五巻、四六四頁)。

すでにヘフディンク (Höffding) はこう指摘している。

「ルネサンスの思想家たちの大胆な希望は、カンパネッラにおいて、教会への恭順としっかり手を結び合っている」[28]。

ジョルダーノ・ブルーノの場合はさらにずっと意味が深い。彼にとって宗教、あるいは信仰による真理とは、人々が市民的正義のうちにとどまるために欠くことのできないものであった。

「真実を述べることはしばしば日常会話では有害で法の目的にも違反することになることがあります」[29]。〔清水純一訳〕

またジェンティーレはこう注釈している。

「結局、哲学的真理は哲学のためだけにある。社会制度としての現実生活の真理や、民衆を教育する教会としての宗教自体の真理は、哲学的真理とは一八〇度異なるものでありうるし、また時には (G・ブルーノの言うように) そうあらねばならない」。

ブルーノはこう述べている。

「われらが提案していることがらは、愚衆に向かってではなくて、我々の議論を知解しうる賢者たちだけに向けられたものなのですから[30]」。

俗衆と賢人との違いは一方ならぬ重要性をもっている（本書、三四七頁を参照）。ブルーノにとって宗教ぬきの国家も法律もありえない。カンパネッラにとってと同様に、彼にとって、国家の宗教は政治体制や実定法のようなものである。こうしたことからブルーノは害悪と戦争と不和の元である、〈昨今ヨーロッパで追い剝ぎを働いている、これら文法家ども〉たるプロテスタントから身を遠ざけたのである。我々は殉教の八年前に当たる一五九二年のブルーノの翻意を、精神的弱さの現われとしてではなく、複雑な内なる信念の結果と見るべきであろう。ブルーノはヴェネチアの宗教裁判所にかけられる数カ月前、ローマとの和解を準備しはじめていた。彼は「謹んで神さまおよび高位聖職者の方々に、犯した過ちのすべての赦しを請う[31]」つもりでいた。こうした翻意を〈もう一つの〉真理ゆえに命を捧げた人間における、恥ずべき弱さと捉えることはできない。

ガリレオはその対話の中で宇宙の新しい体系について明らかにしたとき、警戒心からそれを仮説として語るという偽善的方法を用いた。そこで偉大な天文学者の迫害者たるベラルミーノ（Belarmino）枢機卿は次のように語っている。

「あなた様〔高位聖職者の誰かを指している〕もガリレオ氏も絶対的なものとしてではなく、〈推測に基づいて〉語ることをよしとして、慎重に行動していると考えます」。

それにもかかわらず、かの六九歳の老人は一六三三年に膝を屈して自説の地動説を捨てたのである。ガリレオの経験科学の前にローマ教会が立ちはだかっていた。ローマ教会がベラルミーノ枢機卿の口をかりて述べたことは、もし歴史的感覚によって、われわれの伝統的習慣に対する理解度が少しは増すということがなければ、ひどく愚かしいものと評価されたかもしれない。

「公会議は聖書を、教父たちの共通認識と食い違うかたちで解説することを禁じている……すべての人が文字通り、太陽は天にあって地の周りをたいへんな速度で廻っており、地は宇宙の中心に不動のまま存在しているということを、申し述べることに同意している」[32]。

劇的な規模は劣るとはいえ、それと同じタイプの例を他にも挙げることができよう[33]。デカルトはブルーノと似た状況にあったと思われる。一六四〇年メルセーヌ神父に次のように語っている。

「私はカトリック教にきわめて熱心に帰依していますので、そのことで上長の誰をもたいへん尊敬いたしております。彼らの非難に身をさらすようなことなどしたくない、などとあえて付言もいたしません。というのも教会の無謬性を固く信じておりますし、また自分の理というものも同様に疑ってもいませんので、ひとつの真理が別の真理と対立するとはとうてい思えないからです[34]」。

デカルトはブルーノよりも穏健であったし、(身近に感じていた)民衆的伝統の尊重と神学の破壊を内包した科学の開拓とをうまく調和させることができた。彼の伝記作家ベイエ(Baillet)はこう記している。

「彼は自ら下した決意を捨てることを望まなかった。それはつまり、神学者たちが世の中を自分たちの支配下に置いたと主張しうるようなことを、決して引き起こさないという決意であった[35]」。

セルバンテスとはずいぶんかけ離れているとはいえ、こうした分野への言及は我々にとって大いに役立つものである。われらの作者はスペインで普遍的影響に対して最も開かれた性格をそなえた文学者であった。ヨーロッパが普遍的文化の側面を有しない作品を、貪欲かつ永続的にわがものにしてきたなどと考えることは愚かしいだろう。ロペ・デ・ベーガはその地方性について語られるが、それによって彼はスペインに封じ込められてしまっている。彼に対比されるのはセルバンテスの人間性であるが、反面、セルバンテスについては時代の洗練された諸問題や思想との接触はなかったとされるのである。しかし、そうしたものはもう一人の第一級のヨーロッパ人たるシェイクスピアと同様、彼の中にも存在していた。『ドン・キホーテ』は幻想と自家製の良識だけでは生まれるべくもなかった。(36)

賢明な読者であれば、なぜ私がブルーノ、カンパネッラ、モンテーニュ、タッソ、デカルトといった最高の人物たちを引き合いに出したかをすでに理解されているであろう。十六世紀末には最も傑出した人物たちの間に、ある特別なかたちの宗教性が存在していた。それはルネサンス思想（根底には無神論的、汎神論的なものがあった）にも、心をときめかすルネサンスの約束ごとにも、決して満足することのなかった個人や集団の強固な感情を代表し、社会秩序と伝統そのものを代表していたカトリシズムとの対立によって生み出されたものである。

最も高尚な精神の持ち主たちにとって、大いなる建造物はいまだ造られぬままである、という思いがあった。ローマ教会は信者たちの真理への熱狂や熱望、真理の感触を前に、空恐ろしくも世俗的な物言いを行なった。対抗宗教改革によって人々は半ば信念により、また半ば火炙りへの恐怖によって妥協し、折り合いをつけざるをえなかった。(37) しかし同時に人々の心にメランコリーと幻滅を呼び覚ましたが、そうしたものこそ一六〇〇年代初頭を際立たせていた大きな特徴であった。

セルバンテスが生きていた時点との関連で見てみると、我々が彼のうちに見いだすのは、宗教思想に関係する点に、そうした複雑な精神が影響しているということである。たしかに彼はカトリックであった。それは再度力説しておくべきである。しかし、彼がそうであったのは、目新しさに関心を寄せる他の天才的人物がそうあったのと同じカトリック的在り方においてである。彼は信心に篤く、慈悲深かった。とはいえ、人間を生みだす存在としての自然の理論を打ちたてた。(38) その理論の結果というのは、内在的制裁を秘めた道徳性であり、そこでは未来の生命など考慮される余地はなかった。彼はカトリックのある種の信条や実践を前にして、かなり批判的な態度を取り続けた。彼のキリスト教は、管見によれば、時としてトリエント公会議の方向よりもエラスムスの方を彷彿とさせる。[39]

正統性の誇示

当然のことながら、こうした宗教的感情の特別な性格が明らかになるのは、正統性の誇示、つまりわれらのセルバンテスの精神衛生上のたえざる治療法においてである。もし何の問題もないというのなら、セルバンテスは何でもないことになぜそれほどこだわるのか。[40] ロペ、ティルソ、ケベード、ルイス・デ・レオン、マテオ・アレマンといった者たちであったら、これほどの気遣いはしなかったであろう。彼らは宗教的題材に関して肯定的であったから、自らの書いたものが規範に合っていないと、誰にも思われたくないなどとは思いもしなかった。

『ドン・キホーテ』後篇において、前篇に関してこう述べられている。

「あの物語はこれまで眼にふれた中で、いちばん面白い、しかもいちばん毒するところのないたのしみなんです。それというのも全巻どこを開いても、ふしだらな言葉も、カトリックの教えにはずれた考えも、みつからないどころか、その片鱗さえないのですから」[41]。

また小説というものに対しても、カトリックの検印が押されている。

「ここではっきり申しあげておきたいことがありますが、それは万が一にもこれらの小説が、読む人になんらかの邪な考えなり願望なりを抱かせるようなことがあるとするなら、私は作品を公表するよりも、そんなものを書いたこの手をみずから切断したい気持ちだということです。というのも、私の齢はもやあの世のことをないがしろにはできないところに達しているからです」（『模範小説集』序文）。

サンチョは『前篇』の作者のことをほのめかしてこう言っている。

「わしみてえに親代々のキリスト教徒にふさわしからぬようなことを、わしのことで書いてあったとしてごらんなせえよ、それこそつんぼにものが聞こえるはずでがすよ(42)」。

『イギリス系スペイン女』は出来事の一部が異端者の地であるイギリスで起きる。そこで題材を扱う際に用心が必要となってくる。つまり「幸いにもクロタルド家の者たちは、皆が隠れカトリック教徒であった(43)」となる。『ペルシーレス』においても、例の架空の地方の住人たちの誰もがカトリック教徒である。ポリカルポ王は「堅くやもめを守り通してきたわけだが、それはわし自身の信用を落とさないためであったし、カトリックの教えに背かぬためでもあった(44)」。

また好みの相手を交換しあった二カップルの結婚では「司祭も用意ができ、いよいよカトリック教のならわしに従った婚儀が始まろうとしていたときです(45)」と述べられている。老人マウリシオはイベルニア島にほど近いある島に生まれたが、こう述べている。

「宗旨はカトリックであって、邪宗に惑う日和見信者の奴輩ではありません(46)」。

サンチョは島の統治に際して「おこないの正しい者どもに報いてやって、その中でも宗教と、坊さんたちの体面をたっとぶつもりでがす(47)」と約束する。『ドン・キホーテ』の中で住職は乙女に身をやつそうとしたが、考えなおして床屋と服装を取り替えるほうがいいと思った。それは従士の役をしたほうが「自分の品位をおとすことも少ないから(48)」と考えたからであった。

ドン・アントニオ・モレーノはバルセローナで「(魔法の首の件が) キリスト教の油断も隙もない監視人たちの耳にはいりはしないかと恐れを抱いて、異端審問所のお歴々にこの件を持ち出したところ、壊してしまうようにとの命令をうけた[49]」とある。われらの友人ロダーハは繰り人形師についてこう言う。

「あの連中は浮浪の徒である、しかも神聖な事柄をじつに不作法きわまる取り扱いをして平気の平左でいる。その証拠には、彼らが舞台で使う数々の人形で、信仰を笑いものにしてかえりみようともしない、どうかすると全部の、いやほとんど大部分の旧約新約の聖書に現われる人形を、いっしょくたに大袋に中に詰めこんだり、そうかと思うと、その大袋にあろうことか、どっかと腰をおろして、居酒屋だの一膳飯屋だので食ったり飲んだりすることさえある[50]」。

宗教的慈悲心は他のかたちでも表明されている。我々が十分に問題を把握するためにも、このことはしっかり銘記しておいた方がよかろう。セルバンテスの友人のアントニオ・デ・ソーサ博士 (doctor Antonio de Sosa) は、一五八〇年一〇月にこう語っている。

「彼は幾度となく、われらの主イエス・キリストと聖母マリアを称える詩や、他にも聖なる敬虔な詩をつくることに専念していました。そのうちのいくつかは特に私のために語ってくれました[51]」。

たしかに彼のアルジェール滞在に関係するコメディアの中には、高揚した宗教的感情の発露が見られる。セルバンテスにとってキリスト教が意味したのは、アルジェールのトルコ人の野蛮さとは対照的な自由、祖国、文明であった。『アルジェール生活』(第五巻、七五頁) において、彼は男色の犠牲となっていた少年たちの身請けを切望している。このコメディアにおいてサヤベードラはあたかも宣教師のように長広舌をふるっている (八四―九〇頁)。敬虔な祈りの部分もある (一〇〇―一〇一頁[52])。この作品はときに聖人たちの芝居ではないかと思えるほどである。こうした例はセルバンテスにおいてめったにあるものではない。管見によれば、当時の演劇ジャンルの特殊な性格を考慮に入れる必要がある。というのも、演劇は民衆的感動にふさわしい、英雄的・宗教的感情に支えられねばならなかったからである。『アルジェールの牢獄』には真の宗教的高揚が見られるが、囚われの身となった父親が息子たちについてこう語る部分がある（第一巻、二八二頁）。

もしマホメット教の輩が
息子たちを汚そうとするところを
ごらんになったなら、彼らが
純潔を失う前に、一刻も早く
生命を召し上げていただきたい。

同じ作品中に（二六八―二七四頁）、ある背教者が別の背教者を殺し、カディ（回教の民事裁判官）の前で英雄的に、キリストの殉教者になることを宣言する場面がある。セルバンテスはアルジェールの捕虜生活の真に劇的な雰囲気の記憶と、演劇というジャンルの諸条件によって、伝統的な雰囲気を醸し出すことに無批判的に身を投じたのである。これは自らの天分と思想が最高のかたちを作りあげた己の小説ではとうてい見いだせないような雰囲気であった。

同時に考慮に入れねばならないのは、サン・ハシント、サンタ・テレサ、サン・フランシスコなどに捧げられた、普通の調子の宗教詩である。

とはいえ忘れてならないのは、作者は『幸せならず者』で自らの語る奇跡に関して留保的態度をとったが、それは『ドン・キホーテ』において使徒サンティアゴの驚異を前にしたとき、皮肉や警戒心を込めてふるまったのと、軌を一にしている点である。

「しばしば戦場にあってこの聖者のお姿を眼にしたものも少なくない。しかも回教徒の軍隊を打ち倒し、ふみにじり、蹴散らし、斬り倒しているお姿をじゃ。このことはスペインの本当の歴史の書物に述べてあるのだから、いくらでもその実例をおぬしも見ることができよう[53]」。『幸せならず者』でも本書一〇六頁註135で見たようにこう述べている。

「これはすべて物語の真実である……これはすべてありのままであり、いい加減で嘘っぱちの空想的場面ではない……この場面はその話で語られているとおり真実であった」。

グァダルーペ寺院は『ペルシーレス』の中で次のように誉め称えられている。

「ご聖像はまた諸病にとっては健康、悩める者には慰めでもあり、孤児には母、ふしあわせの埋めあわせなのである[54]」。

しかしグァダルーペの奇跡について語られているのは、すべてが無邪気のなせるわざなのであろうか。そこにはこうある。

「一行は寺の中を隈なく見回した。あたかも鎖にくるまった俘虜たちがその鎖を掛ける奉納の壁をめざして海の向うから天翔けて飛来し、怪我人は松葉杖をかつぎ、死人は経帷子を脱いで、めいめい置場をさがしているかの情景であった。しかし神殿にはもう空いた場所がなかった。それほど多くの供物が壁をうずめていたのである」。

セルバンテスはこれほど多くの奇跡に対して、いささか不信感を抱いていたような印象を受けるが、それはロレートの聖母に関しても、どこか似たような内容が読み取れるからである。それは次のように叙述されている。

「この土地の崇高な寺院では、壁も牆壁もほとんど見えなかった、なぜなら壁という壁が、所きらわず撞木杖、経帷子、鎖、足枷、手錠、髪の毛、蠟細工の半身像、絵画、浮彫絵などで覆われていたからであって、これはすべて、聖母さまのおとりなしで、あまたの者どもが神の御手からお受けした、おびただしい無数の恩沢をありありと物語っているのである。それというのも聖母はこういう帳《とばり》で寺院の壁という壁を飾りたてた人々の、自分に捧げてくれる帰依心に報いようと、数々の奇跡をあらわして、この寺院にある己が尊像をいやがうえにも尊くあらたかにしたいと思し召されたからである。なおまた、全天国が、すべての天使が、無窮の世界の全住民が、こぞって目撃し、しかもいまだかつて聞いたことのない、いと高く、いとも重大な使節の遣わされたと伝えられている、同じ部屋、同じ住いをわが眼で見たのであった」[55]。

かくも尋常ならざる驚異についての叙述は、作者の奇跡に対する理論や、彼の批判精神から知りうること、そしてこれから述べようとすることと関連付けねばならない[56]。

『二人の乙女』の中にはサンティアゴ巡礼が出てくる。巡礼者たちは「良きカトリックのキリスト教徒であれば当然なさねばならぬことを行なうべく」モンセラにやってきた[57]。

『イギリス系スペイン女』の中でイサベラが「得たのは、かの修道院で得られる全免償に他ならなかった。彼女は十字架の至聖の祈禱日や四旬節の金曜日、そして聖霊のきたるべき一週間を、物思いにふけりながら自分の家や自分の祈禱室から出て行った」[58]。

『ペルシーレス』の巡礼者たちがリスボンに到着したとき、アントニオはこう言う。

「おまえが神に仕える道をまなべるぞ……神をお祀りする立派な寺院がある。寺では公教の典礼儀

式も見られるし、いやさかなすキリストの御慈愛にも目を見張るはずだ……病院で命をおとす者は、
かぎりない贖宥の聖寵にくるまって天国の生命をえる」[59]。
ここにはカトリックの教義を申し分ない形で陳述した部分（六六七頁）があるが[60]、それによってセルバンテスが作品に与えようとした、厳格な正統性の実質をよりはっきり見極めることができる。アウリステラは「ルシフェルの妬みと慢心のこと」から「主が世界を裁くために雲に乗って来臨したこと」まで説明を受けた。サンチョはサンチョで「神さまと聖なるローマ・カトリックのお考えになる一切のことを、いつもわしが信じているように、かたく本心から」信じているのである（後篇、八章）。
すべてこうしたことは対抗宗教改革の鼓舞した精神に特有のことで、セルバンテスにあっては珍しくふんだんに見られる表現である。前に指摘したことだが、それは彼が作家として、カトリックへの絶対的な忠誠心を印象づけ、社会の信条と溶け合っているという、あるいは、文明のあらゆる分野に顕在化し、教会を駆り立てていた防衛的目的に参画している、という印象を与えようと気遣っていたからである。一五九四年にはグリエルモ・デッラ・ポルタ（Guglielmo della Porta）が、パウルス三世の墓を飾って描いた寓意像の裸体が再び覆われてしまった。教皇庁は芸術を宗教に奉仕させようと躍起になっていた。グレゴリウス十三世（在位一五七二―一五八五）については、自らの栄光のためという以上に、敬虔さに動かされて多くの建造物を造ったと伝えられている。この教皇がアカデミア・デ・サン・ルーカス（Academia de San Lucas　一五七七）を創設したのは、下品で異教的な要素で堕落した芸術に活を入れ、キリスト教的宣伝のためにそれを利用しようと考えたからである[61]。セルバンテスは〈模範的〉な小説を書き、『ペルシーレス』において、我々に官能を刺激しない恋の範例を示した。

非妥協主義

とはいえ、ことはさらにずっと複雑である。生と理性への崇敬によって火をつけられたほぼ二世紀という年月をしっかり地中に埋めて、あらゆる覆いの下で時代の作品が持ち続けた内なる火が、外にもれないようにすることは不可能であった。対抗宗教改革というこの驚くべき時期というのは、（多くの場合、間違いなく実効的で誠実な）二元性に満ち満ちていた。しかし同時に巧妙な韜晦や抑制された無謀さ、頻繁に石を投げてはすぐに手を隠すような手法にも事欠かなかった。われらのセルバンテスにも一度ならずも、そうした痕跡がはっきり刻印されている。彼は慈悲深さや多くの宗教的実践の中においてすら、すぐに抑制された意地悪い目配せをみせるはずだが、それとて当時の俗衆が宗教的事柄に関して受け入れていたことを、彼がすべて思慮なくまるごと認めていたと思われるのを避けたかったからである。だからといってセルバンテスが自由思想の体系といったものを有していたというわけではないし、フランス風の〈自由思想家〉であったわけでもない。セルバンテスはカトリックであり、使徒的で、ローマ教会的であった。しかし同時に（自然とモラルの概念に見られるような）非キリスト教的な思想をもっていたこともたしかである。そのうえ、ある種の実践や信念が彼の批判精神を刺激し、ときどき悪意がのぞくこともあった[62]。今日、カトリックと称する（また誠実にそうなろうとする）人々が、みずからの個人的安寧のために教義の体系を身に着けようとし、思想と行動の両面で、ローマ教会の意向に沿ったことを行なっていさえすれば、奇異な状況など生まれはしないだろう。違いというのは、こうした態度が今日であれば軽薄そのものとされるかもしれないとしても、一六〇〇年当時では筆者が示そうとしてきたように、ややもすれば悲劇をもたらしかねない極めてまじめな事柄であったし、根の深い原因によるものだったということである。

メネンデス・ペラーヨは恐る恐るこの問題に触れるだけで、なんら具体的なことをきちんと語ってはくれない。

「もしセルバンテスにこそ、近代自由思想家の思想や関心の起源があるなどと無駄な時間を費やして主張する者たちも、もしわれわれの偉大な黄金世紀の知的歴史をよく知れば、セルバンテス流の大胆な批判、辛口な天衣無縫ぶり、陽気で自由闊達なユーモアなどが、ルネサンスの論争的文学とつながっていたから生まれたのだということに気付くはずである。つまり、潜在的とはいえ常に溌剌とした、自由にして鋭い、辛らつなエラスムス主義者たちの影響下にあったということである。セルバンテスは論争のほとぼりが冷めて、意識の次元における落ち着きが生まれたところに生を享けたのである(63)」。

ここで提示されているセルバンテスは、「潜在的とはいえ常に溌剌とした、自由にして鋭い、辛らつなエラスムス主義者たちの影響下」で、あたかも自由奔放に辛口な冗談を時々言い放つ、悪戯好きな少年のように見える。今日からみれば我々と意見を異にするものがあるとはいえ、メネンデス・ペラーヨには確かに多くを負ってはいる。しかし『スペイン異端思想史』に見られるように、彼がエラスムス主義について語るとき、念頭にあるのは修道士や宗教的生活に対する辛らつな批判であり、皮相的な細部である。筆者にとってエラスムスとはそれよりもずっと多くを内包した存在であり、新たな宗教的概念、あるいは人文主義的思想に合致した思想といったものを表象しているのである。注意深い読者であればすでにそのことにお気付きであろう。

それゆえに私がセルバンテスをエラスムス主義に近づけようとするとき、メネンデス・ペラーヨとの間には言葉以上の不一致が生まれるのである。セルバンテスのエラスムス主義は、かの偉大な批評家にとっては私よりもずっと重要性が劣る。あえて言えば彼はそれを異なったものとして捉えている。今にして思えば、メネンデス・ペラーヨはあれほど頻繁に語ってきたわけだから、少しは我々にエラスムス主義者たち、および彼らの宗教、道徳、および人間的思想に対して熟慮した評価を下してほしかったと慨嘆せざるをえない。この空白のおかげで、十六世紀末における人々の〈意識における平安〉について語ることができるし、また同時に心おきなくエラスムス主義について扱うこともできるのである。つまりそれは十六世紀の教会が一致して、神学的かつ実際的に彼らの存立を脅かす、危険きわまりない存在と判断した何ものかについて問題にするということである。

しかし具体的にみて、われらの作家の〈非妥協的〉表現はいったいどこに集められ、どこで体系化されているのであろうか。頻繁に持ち出されるテーマは、「われらは教会という存在にでくわした」とか「ドイツ人は自由な意識の中で生きる」というものである。ともに無邪気な反教権主義の意図をもって提示された、曖昧模糊とした表現であり、歴史家にとっては役立たない態度と言えよう。筆者にはそれがすべてだと思える。(64)

いつもながらの手法として『ドン・キホーテ』のみならず、他の作品も考慮に入れて考えてみる必要がある。同じ一六〇五年にファン・デ・ラ・クエスタ（Juan de la Cuesta）によって出版された『ドン・キホーテ』前篇の第二版においては、重要な差異が出ている。

（一六〇五年の初版）

「たしかアマディスが最も熱心に励んだのは祈ることであり神におすがりすることであったはずだ。だが、数珠はどうしたものだろうか、わしは持たぬのだが？　このとき、数珠を作る方法が心に浮かんだ。それはぶらさがっていたシャツの裾を大幅にひき裂くことだったが、そのきれに十一の結びこぶをつくり、ひとつだけほかのものより大きくした。これが山にいるあいだ数珠の用をつとめ、それでアベ・マリアを百万べんも祈った。ただ、ひどく気になったのは……」[65]

（一六〇五年の第二版）

「たしかアマディスが最も熱心に励んだのは祈ることであったから、わしも同じことをしよう、と思いついた。そこでコルク樫の大きなこぶを十作り、それに糸を通して数珠の代わりにした。ただ、ひどく気になったのは……」

セルバンテスから言葉が抜け落ちてしまった。もしドン・キホーテのむさ苦しいシャツがアベ・マリアを百万べんお祈りするために役立つのなら、この際、作者にとって数珠もアベ・マリアもどうでもいいことであった。[66]ロペやケベードですらこうした冒瀆的なことはしなかったであろう。おそらく誰かがそのことを注意したに違いない。おそらく出版者のクエスタか、セルバンテス本人がその物議をかもす部分を、何はさておきとりあえず削除したのである。ポルトガルの異端審問所は一六二四年、前篇、一七章の次の箇所を削除するように命じた。

「それから彼はこの油壺に向かって八十ぺんのうえ『主の祈り』をとなえ、これにお祓いをするようにひとことごとに十字を切った」。

こうしたのろくささは正統なカトリックを標榜する彼には似つかわしくない。問題は単にそれだけではない。後篇、二三章にはかの英雄がモンテシーノスのことを説明するところでこう述べている。

「武器は何ひとつ身に帯びず、手に数珠を持っていたが、その玉は普通のくるみくらいはあったし、十番目ごとにある玉は、これまた普通の駝鳥の卵くらいあった[67]」。

また『ペルシーレス』でもこうある。

「首からは数珠が重く垂れており、その『われらの主よ』の珠の大きさは、輪抜け遊びの木球以上かと思われる[68]」。

偉大な小説家にとって、教会典礼などはそれ以上の敬意を払うに値しなかったのである。サンチョは自分の驢馬に床屋から奪い取った立派な馬具をつけて装い新たにするが、セルバンテスはこう説明をする。

「さっそく驢馬の mutatio caparum（衣がえ）にかかった、そして馬具美々しくよそおわせて、まるで見違えるほど立派にした[69]」。

mutatio caparum とは、ローマの枢機卿たちが暑い季節に向けて行なった衣替えのことである。いわば驢馬が枢機卿と比較されている。たとえすべては冗談だとしても、実際に並び称されているのである[70]。神聖な飾り物に対するこうした不敬の態度は偶然ではないことが、『不思議な見世物』（第四巻、一一九頁）の別の箇所からも判明する。

「なるほど、畜生め！ ありゃすばらしく美しい、しとやかな、輝くばかりのあで姿だ。畜生め！ すばらしい娘に化けたもんだ。さあ、わしの甥のレポーリョ、お前はカスタニェータが病みつきだから、ひとつあの女を助けてやるがいい、そうすりゃ大したお祭り（四人の祭服）になろうというものだ」。

ここで比較されているのは、ヘローディアスの娘[71]の卑猥な踊りと、コバルビアスの説明でいうところの「銀の笏と錦の祭服をまとい、典礼や聖歌の課業にたずさわる」四人の聖職者によって執り行なわれるミサである。

かつて我々は作者の批判的感覚について語った際に（本書、一一七―一二〇頁）、二つの好例を引用した。雨は雲から落ちてくる自然の産物であって、天の気まぐれではない。ところが大衆の求めるものは、まさにそうした自然法則を変更させるものであった。同時に興味が尽きないのは、ドン・キホーテが旅の途中で二度にわたって（埋葬や集団祈願に赴く）聖職者の一行と遭遇し、彼らに襲いかかったことである。セルバンテスはこのとき、敬虔な態度をとることはなかったが、もしそうした礼をはらっていれば、カトリック教会に対する畏敬の念を理由もなく突然口にするよりも、よほど理にかなってはいただろう。このことは特にどうということもないかもしれないが、エラスムスが聖体行列に対して批判的であったように、セルバンテスもまた次のように述べているのを思い出してみるがいい。

「村々では聖体行列、祈禱、荒行が催され、慈悲のみ手を開いて雨をお恵みくださるように神へ祈願をしていた[72]」。

その行列に突っかかっていくドン・キホーテは窮地に立たされることになる。それはまさにエラスムスが彼の『祈禱法』（*Modus orandi*）の中で述べていることと符合する[73]。

「我々は公の祈願や聖体行列などで、迷信に囚われた人々をいかに多く目にすることだろう。彼らは馬鹿げたことをやったり、言ったりしている……確かにこれらのことは昔の異教の名残である」。

また『ダガンソの村長選挙』の中のものすごい言葉を思い出してみるがいい。この中でウミーリョスは読むことができないと言うが、それは「あんなものはとどのつまりが、男なら地獄へ、女っ子なら地獄宿へ連れて行くぐれいがおち」だからである。

ということは異端審問の魔手から逃れる手段は、まったく無知のままであることである。大衆はそのことをよく弁えていたはずで、読み書きができることの危うさに敏感であった。セルバンテスがそのことをどれほどのろくさく、あるいは苦々しく繰り返して述べたかは神のみぞ知るであった(74)。ドン・キホーテは自分のケープを切り裂いて貧者に分け与えたという、よく知られたテーマでしばしば彫刻や絵画の題材になった、聖マルティンの事跡について触れ、こう述べている。

「この騎士もまたキリスト教の冒険者の一人でおわして、勇敢と申すより、さらに寛容な方だったと拙者は思う。おぬしにも見てわかるように、サンチョよ、貧乏人とマントを分けあって、その半分を与えておいでになる。だからおそらく時節は冬であったにちがいない。さもなければ慈悲深い方であったのだから、そっくりお与えになったにちがいない(75)」。

作者はこうしたそらっとぼけた批判をしながら、突っ込んだ注釈を施し、いったいどこに行こうというのだろうか。

奇跡を行う聖人についての記述はほかにもある。コメディア『情婦』の中で、絶望したドン・アントニオはどこに閉じ込められているか分からない自分の愛人を探し回る。占星術も役立たず、友人のドン・フランシスコはこう付言する。

もしもマルセーラが失くした

宝石のようなものだったなら
彼女をみつけだせるような
別のやり方を探したんだが。
二十どころではきかない多くの
守護聖人がいるけれど
聖人とても恋の苦しみを
癒してなどはくれまい。(76)

サンソン・カラスコが奇想あふれる騎士の家政婦にした次の助言も、前に述べた精神と関連付けることができよう。

「わたしに何かあったかいものを昼飯に作っといておくれよ。もし知ってなすったら、聖女アポローニアのお祈りを道道となえながら帰るんだね。わたしもすぐあとから行く、うまくやってみせるからね」……「聖女アポローニアのお祈りをとなえろとおっしゃるんですね? うちのご主人が歯が痛いっていうならそれがいいけれど、いけないとこは頭なんだからねえ」。

「いやわたしは、自分で何を言ってるか心得ているんだよ、おばさん……」と冗談好きな得業士は答えている。(77)

また『幸せならず者』(第二巻、二九頁)において、クリストーバル・デ・ルーゴがある盲人にする依頼もまじめにとる必要はない。

この銀貨をとるがいい、十七のお祈りを
ひとつひとつきちんと唱えておくれ。
煉獄で苦しんでいる魂たちのためにな。
丸呑みにしたり、端折ったりしては
ならんぞ。

コメディア『情婦』の中で、老従士ムーニョスは教会に女主人を残して町に出て行く。彼は次のように述べて自らの良心をなだめる。

老いて足もおぼつかないし、説教は長いときてる、
寒気がするだけで震えがとまらないし、
すきっ腹じゃ、お祈りする気にもなれん。
外でお日様にでも当たっているか。
そうこうしているうちに
皆から聖人と称されている
この裕福な御仁の修道士も、
頭がいかれることだろう。[78]

人文主義的批判

『ドン・キホーテ』の中には複雑なアイロニーに満ちた対話がある。サンチョは「そういうフリオ（七月）だかアゴスト（八月）だか、お前さまのお話なすったそういう手柄のある騎士たち」の魂が今どこにあるのかを疑問に思っている。するとドン・キホーテはまじめくさってこう答える。

「異教徒の騎士たちは、疑いなく地獄におるな。キリスト教徒の人々は、もし信仰にあつい人々なら、煉獄にいるか天国にいるな」〔後篇、八章〕。

しかしこれはセルバンテスが考えていたことであろうか。サンチョは各々の墓にある飾りつけに従って、古代の偉人と聖人を区別しようという大それた考えを思いつく。(79)

「そういう偉え人たちの死骸の埋まった墓はだね、その前に銀の灯明があるとか、祭壇のまわりの壁に松葉杖だの、死衣だの、髪の毛だの、蠟でできた足だの眼玉だの飾ってあるだかね」。

ここでも再び、グァダルーペやロレートの聖堂についてなされたのと同じ考察（本書、四二五―四二六頁）がなされている。このように繰り返し出てくることで、表現に隠された悪意の質が本物であることが確認される。サンチョの主張ではこうである。

「死人を生きかえらせ、盲の眼を開き、びっこの足をなおし、病人の病いをいやし、その墓の前には銀の灯明がかがやき、その礼拝所はひざまずいて遺物を拝む信者たちが群がるというような人たちの名声ってもんは、この世に生きていた、あるかぎりの異教徒の皇帝や遍歴の騎士共の残したり残そうという名声に比べて、今の世にとっても、これからの世にとってもはるかにまさった名誉でがしょう」。

「してみれば、聖人方の遺体やご遺物には、そういう名誉や、神の恩寵や、母なる聖教会の認可とお許しで、灯明だの、髪の毛だの、眼玉だの、足が飾ってある、それでもって信仰心をふやさせ、キリスト教の名誉をつくり出そうちゅうわけだね[80]」。


こうした聖堂にまつわる迷信深い敬虔さに対する風刺からは、どうしてもエラスムスの行なった似たような批判を連想しないわけにはいかない。その批判は彼の作品のすべてに見られるものだが、とりわけ完全にイタリア語訳され、一部スペイン語訳もされた『対話集』に集中している[81]。たとえば「誓願巡礼に対して」(Peregrinatio religionis erga)と題された対話では、巡礼者に向けてこう述べられている。

「ほかの場所で見た聖母の乳は敬虔なものである。何しろ聖母の乳房から滴れ落ちるものだから、なおさらありがたいものである。……こうして頭部や歯や手や腕などの遺物が展示されたのである[82]」。

「聖職者の対話」のスペイン語訳でも、しばしばそれに似たテーマが触れられている。

「私がイギリスにいた頃、カンタベリーの聖トマースの墓を目にしたのだが、それは目を見張るような財宝の他に、数多くの真珠や高価な宝石で飾り立てられていたんだ。私にはこうしたもので余分なものは、どれもこれも貧しいものに分け与えればいいのにと思ったね[83]」。

また「難破」という対話では、難破でひどい目に遭った者たちが行なった誓願について語られている。

「あるイギリス人ときたら無事に陸に着いたなら、ウァルシンガムの聖母に黄金の山を捧げるときたもんだ。他の者もそうした場所で崇拝されている十字架の木(lignum crucis)に多くの捧げものをすると約束していたし、別の場所でも同じように崇められている御神木にそうするという者もいた。同じことは多くの場所で力を揮っている聖母マリアへの崇拝でも起きているんだからね。というのも誓願はそれを行なう場所を言明しなければ無効とされるからなんだ。（アントニオ）なんて馬鹿げたことだ！　それじゃ聖人は天国にいないみたいじゃないか[84]」。

我々は前にドン・キホーテが「異教徒は間違いなく地獄におる」と考えていたことを見てきたし、それが本当にセルバンテス自身の考えかどうか、という点について疑問を呈した。かつてエラスムスはこう述べたことがある。

「私はソクラテスが自然法において神に奉仕した聖人たちの一人に数えられないとは、とうてい思えない。というのも名前は分からなくても、イエス・キリスト以前にも聖人たちがいたことは疑いようがないからである。ソクラテスがかくも従容として死に赴いたことを思えば、どれほど多くのキリスト教徒が〈三十日勤行〉(treintanarios) や〈伯爵のミサ〉(misas del conde) や特殊なお祈りや、迷信じみた作り事を信じ込んで死んでいくのをみたことであろうか[85]」。

さらにはっきりとこうも述べている。

「私は古代の人々が言ったことや異教徒や詩人たちが記したことの中には、きわめて神聖で真実なものがあることをしばしば見てきた。したがってそうしたものを記したとき、神の特別な恩寵が彼らの心を支配していたのではないかと考えざるをえないほどである。ひょっとして神の霊は我々が考えている以上に広い範囲にその教えを広めようとしたのかもしれない。またここではわからないとしても、聖人たちの仲間入りをする者がこの世にはまだ多くいるはずだと思う[86]」。

「これはギリシア語の本です。中にはプルタルコスの道徳論がいくつか入っています……そこにはいとも聖なる教えが説かれているので、異教徒でありながらこれほど福音的な発想ができるとは何とも驚きです(87)」。

このような形で人文主義を本質的に捉えようとする、他にも多くのテクストを引用することができよう。ちなみに人文主義の説くところによれば、キリスト教は卓越した異教徒たちの、最も高度な哲学を単に継承しているにすぎないのである。マル・ラーラは折に触れそのことに言及している。

「異教徒たちはいかなることも神の意志なくしてはなされないと考えていた。我々の考えでは、神の意に添うことがなされるのである(88)」。

またルイス・デ・グラナダは愛のプラトン的教義に関連してこう強く述べている。

「ところで、キリスト教哲学の精髄を集約したような、こうした異教徒たちの言葉を知って驚かないキリスト教徒がいるでしょうか。ここには神の美を愛し観照するという、我々の人生の目的が述べられているからです(89)」。

「というのも、この実践において異教徒の哲学者はキリスト教徒と異なるものではなかったのです。私にはキリスト教はこの偉大な哲学者（セネカ）の実践方法を受け継いだように思えます。このことは神がこの世においてなされた奇跡を見て取ることもできなければ、この異教の哲学者がつねに実践していたことなど思いもよらない、多くの迷えるキリスト教徒たちにとって大いに役立つことでしょう(90)」。

ここで提起された問題、つまり著名な異教徒の魂が最終的にどこに行くかという問題は、キリスト教神学における最も困難な問題のひとつである。読者にはやや本筋から外れた形で、それについて簡略的に触れることをお許し願いたい。実際にドン・キホーテが「異教徒たちは間違いなく地獄におる」と言ったとき、彼はあまりにも大胆なことを言い放った。注釈者たちがあまりに些細なことを重大視するくせに、この点に何の注意も払わないできたというのは、本当におかしなことである。管見によると、セルバンテスは当時世間でまかり通っていた極端な俗説(91)を、郷士の口をかりて皮肉を込めて語ったのである。その証拠に異端審問所は『ドン・キホーテ』に対して行なった二カ所の細かい削除に際しても、この断定的な主張を訂正する必要を感じなかったからである。セルバンテスは異教徒たちの致命的断罪について、他の同時代の作家たちがそうしなかったのと同様、まじめに考えてはいなかった。教会自身といえども教義的・神学的にみて、さらに重大な問題と直面せねばならなかったので、同様に真剣に考えてはいなかった(92)。

筆者とて何世紀にもわたって、カトリックとプロテスタントの両者の頭を悩ませ続けてきた複雑きわまる神学的問題を、詳細に提示しようというつもりはない(93)。今日、その問題に関心をもつのは神学校くらいしかないというのは言をまたない。神学者以外のカトリック教徒には、この問題の重要性に認識が及ばないのが普通である。しかしセルバンテスの時代に、この問題が何にもまして重要となったのは、人文主義とプロテスタンティズム、それに加えて、スペイン人とポルトガル人による非キリスト教諸国民の発見が契機となっている。

この複雑な問題の歴史において特筆すべきは、死後の福音化についてのアレクサンドリア学派の解決法は、聖アウグスティヌスによって逸脱をきたし、残すはただ神秘主義的方法のみであった。それは聖トマスが、神意の概念に含まれる〈暗黙の信仰〉fe implicita 理論（カペラン、前掲書、一九四頁）によって、教義的に確立した方法である。そこから救済にとって本質的な仲介者キリストの信仰へとつながっていく。スコラ哲学は次の原理を容認することとなる。

「神は自らの内にあるところのことをなす者に対しては、恩寵を拒むことはない」。

さて我々は人文主義に戻ることとしよう。それこそが主たる関心事だからである。著名な異教徒を救済する必要性は、十五世紀から強烈に意識されるようになった。あらゆる叡智と徳性の鑑とされてきた人物たちの最終的運命については疑問の余地はなかった。エラスムスは前に見たように、キケロとソクラテスを聖人の列に加えている。というのも

「聖ソクラテスよ、我らのために祈れ」と述べているからである。

また彼は『反蛮族論』(*Antibarbarorum liber* バーゼル、一五四〇、第九巻、一四〇五頁)においてこう述べている。

「彼らはみな救われたか、さもなくば誰も救われなかったか、どちらかである」[94]。

興味深いことにわれらのアルフォンソ・エル・トスタード(Alfonso el Tostado 一四〇〇?—一四五五)の中に、聖トマスが求めていたような、仲介者キリストへの暗黙の信仰といった条件を、薄められた形とはいえども見いだすことができる。彼は一方で、ソクラテスやプラトン、アリストテレスの魂はその行動の純粋さゆえに、教父たちの言う地獄の辺縁(リンボ)から、キリストによって救い出されたと考えている[95]。しかもこれらの哲学者たちに対して、ユダヤ人の神の知識も、原罪の概念も要求したりはしない。著名なアビラの司教はこの神学的問題に、人文主義の熱狂的信仰を持ち込んだのである。

カペランはピコ・デッラ・ミランドラのことを考慮には入れていない。とはいえピコの場合、異教徒の死後の運命を良きものとする傾向はあるものの、トスタードやエラスムスが飛び越してしまった神学的困難のことをきちんと認識している。彼は次のように述べている。

「おそらくこの世に生まれてきたすべての人間を照らし出すであろう真実の光は、そうした(つま

り宗教というものを愛し、神を崇拝するという）形で生きてきた者たちのうちの誰かが知るところとなった。彼らはそうした光を受け取り保持することで至福を得たのである。われらの著名な神学者たちが固く合意して受け入れているのは、イエス・キリストの来臨以前でも、自然法を心に刻み込んで生きてきたすべての人間には真実の光明が与えられたという点である。自然法に忠実に従って生きてきた者たちは救われたのである。イエス・キリストの来臨以後に、キリスト教の教えが及ばなかった場所で生まれた者たちにも、おなじことが当てはまる。つまりある者たちが信ずるように、自然の賜物を完全なかたちで保持した者たちが存在したと認められるからである。にもかかわらず、ソクラテスやプラトンなどかくも立派と言われる者たちが、神々に供犠を捧げたということははっきりしている。そのことはあらゆる神学者たちが認めるように、神に対して大きな侮辱を加えることなくしては決してなしえないことであった。しかし我々は自分たちの目的からあまり逸れないようにしよう。何はともあれ、神の業によってすべての人間に吹き込まれた生来の自然の光というものが、そうした者たちを照らし出したのは、まさに良き習慣を守り、神を崇拝することを義務と認識するようにさせるためであった。かくしてソクラテスは（彼自ら言うように）天から哲学を引き出し、それを諸都市に据えたのである、云々[96]」。

見ても分かるとおり、対立にはかなり鋭いものがあった。そのことを示す他のテクストを付け足そうと思えば、いくらでも付け足すことができよう。他の神々を崇拝した著名な異教徒たちの救済について規定するには、細心の注意が必要であった。なぜならばそうしなければ、キリスト以後に他の宗教を実践していたにもかかわらず、科学や徳性において際立った業績を上げた者たちも、同様に救済できなくなってしまうからである。ピコはあらゆる学問の調和について考察していたと考えられている。しかし他方では、キリスト教にとって本質的な思想を抱いていたことを示す人々を、どうして地獄になど送ることができようか、という思いもあった。

教会はこの問題に関して慎重かつ巧妙にふるまった。人文主義者や神学者ですらその個人的好みにしたがって、特定の哲学者を栄光の地位に祭り上げたり、地獄に断罪したりしたのである。すでに我々はトスタードやエラスムスがどのように振る舞ったかを見てきた。ヒネス・デ・セプルベダ（Ginés de Sepúlveda）はアリストテレスを救おうとした(97)。イエズス会士ペレイラ（Pereyra）はソクラテスやプラトン、セネカ、ヘルメス・トリスメギストスを不信心者と決めつけた(98)。ソルボンヌ大学はエラスムスの熱狂的言動を向こう見ずと判断した。しかし教会は「容赦なき貝殻追放も物議をかもす恩赦も」命じたりはしなかったのである(99)。ローマ教会がもし個々の異教徒の救済に乗り出したとしたら、伝統的な慎重さを逸脱してしまっただろう。教会はセルバンテスによって風刺されたような民衆的伝統のせいで、前キリスト教世界の人々が地獄に送られることを見過ごしたのである。しかし歴史上のいかなる時においても、神によって選ばれた人間が天国に迎えられる可能性を否定しないように注意を払った。教会はめったに教義上の留保的態度から踏み出ることはなかったが、唯一、聖母マリアがイエス・キリストの来臨以前に原罪から免れていたという一点だけははっきりさせていた。しかしローマ教会が聖トマスや他の著名な神学者たちの見解にもかかわらず、伝統的に民衆的信仰とされてきたことを自らの教義とするまでには、なんと十八世紀もかかったのである(100)。

異教徒に関するトリエント公会議の見解は、具体的かつ決定的な解決をあたえるものではなかった。神学的なひねくれ論理に通じていない現代の読者が、もしセルバンテスの時代に生きていたら、キリスト以前の異教徒が救われることはほとんど不可能だという印象をもっただろう。トリエント公会議は第六回会議（一五四七）で、次のように規定している。

「全人類はアダムの裏切りによって、無罪性を失ってしまった。その結果、穢れた存在となり、使徒パウロが言うように、生まれながらにして怒りの息子となって、罪の奴隷となることおびただしく、悪魔の支配に屈して生きてきた。自然の力にたよる異教徒のみならず、モーセの律法の言葉にたよるユダヤ人ですら、彼らのうちに自由意志が消えうせてはいないとしても、弱体化し悪に傾いているがゆえに、彼らは立ち上がることも、自由を得ることもできないのである（inde liberari aut surgere possent）」。

自由意志は破壊されているわけではないが、きわめて重い病にかかっているというのである。しかしトリエント公会議は、この自由意志が神の行為に手をかすことができる、と言うことも許さなかった。すべては「神によって呼び出され、神によって動かされる」からである。結局、トリエント公会議は異教徒は地獄に堕ちるとしたプロテスタントの教義（ツウィングリは容易に救われるとしたが）を受け入れることもなければ、ソクラテスやキケロを聖人に列したエラスムス的熱狂を受け入れることもなかった。

我々としてはこれほど厄介な論争に加わることは、ぜひとも避けたいところである。筆者がこの問題に立ち止まったのは、セルバンテスの多くの言葉が投げかける射程の広さを感じてもらいたいがためであった。スペインにおける神学的問題の歴史、および文学との関係について前もって研究しておかねばならなかったとはいえ、おそらく必要以上に問題を広げてしまったかもしれない。しかし私は反駁しようのない権威にしっかり基づいていないようなことは、あえて何も語ろうとはしなかった。したがって偉大なる異教徒たちに関する、わが古典作家たちの熱狂ぶりが、よりよく判断できるはずである。

たとえば前に述べたようにルイス・デ・グラナダは、プラトンとセネカにおける高度なキリスト教的意味合いを大いに持ち上げていた。ケベードは熱心なセネカ主義者であり、この問題に関してこう説明している。

「私はこうした文からして、セネカが聖パウロと語り合ったと確信するものである。それは彼らの名前が互いに記された書簡があるからというわけではなく、彼らの文体からである[101]」。

セネカは確かに聖パウロと同時代人ではあったが、両者の間に関係があったとするのは純然たる想像にすぎない。ケベードがセネカにおいて驚嘆したものは、使徒たちとは何の関係もないギリシア哲学者たちの中にも同様に見いだせるものである。しかしケベードにとって重要だったのは、かの異教作家を大いにキリスト教化することであった。なぜならば「聖ヘロニモは彼を教会作家の仲間に加え、聖アウグスティヌスも彼を頻繁に引用しているが、他のきわめて厳めしいカトリック作家たちも同様[102]」だからである。

セルバンテスはキリスト教の基本的側面には、異教を写しただけの部分があることを弁えていたし、そのことを明言もしていた。

「あの名高いラ・ロトゥンダの殿堂は昔は《神々の殿堂》と呼ばれ、現在はそれよりも適切に《諸聖殿堂》と呼ばれている[103]」。

これはさらっと触れただけの表現だが、著者は自らの言葉の意味をよく弁えていた。次のタラベラのモンダス (las Mondas) の祭に関する件はどうか、比較対照されたい。

「タラベラは折からモンダ (la Monda) の祭の準備に大わらわであった。祭のおこりはキリストの御生誕のずっと以前のことであるが、それをキリスト教徒たちが自分たちに合うように改変したもので、かつては女神ウェヌスをたたえた祭であったが、今では童貞の中の童貞マリア様を崇めたてま

つる祭事になっている」。(104)

聖母崇拝は、多神教に関係するのと同じく、ウェヌスとなんらかの関係があるというのだろうか。キリスト教以前と以後の世界を結びつける、共通分母を熱心に捜し求めていた人文主義者たちは、まさにそのように信じていた。エラスムスは『対話集』の中の「難破」(Naufragium) の中で、こう述べている。

「かつて船乗りたちの安全に気を配っていたのはウェヌスであったが、それは彼女が海から生まれたと考えられてきたからである。ウェヌスがその役割をやめたとき、この処女ならぬ母は神の母たる処女に置き換えられてしまった」。(105)

エラスムスはこの方向をさらに推し進める。格言《パンを砕くことなかれ》(Panem ne frangito) ではこう述べられている。

「古代ではパンでもって友情が固く結ばれた。それは《このようにしてわれらの主たるキリストはパンを弟子たちに分け与えようとする際に、彼らの間の友情を聖別された》からである」。

『格言集』(106) の後の版ではこのように大胆な解釈は出ていないが、それは聖体の秘蹟に影響を及ぼしたからである。いったん古代世界とキリスト教世界が結びつけられると、どこからどこまでが正しいのか範囲を限定することは難しくなった。エラスムスは後に俗語で世に流布することとなる内容を、次のように述べるに至った。

「もし君が旧約聖書を手にとって、物語や言葉の表面だけを見るならば、たとえばアダムが土くれから造られたと述べられているが……それはホメロスの作り話からとられた寓話だとは思わないかい?」(107)

人文主義的姿勢をとっていたセルバンテスは、ある種の信念の基礎にはキリスト教信仰の導きは必ずしも必要ないと考えていた。シーデ・ハメーテは『ドン・キホーテ』後篇、五三章の冒頭で次のように語っている。

「《……ひとり人の生命はその終局に向かって、風よりも速くすぎ去ってゆく。しかもなんら制限する境界ももたぬ後の世においてでなければ、なんら新たにする望みさえなく》。回教徒の哲学者シーデ・ハメーテはかくのごとく言っている。現世の速やかさとはかなさおよび後の世の無限の継続を理解するのに、多くの人々は信仰の光もなく自然の光をもってこれを理解してきたのである」[108]。

さてここで、不測の死をよしとしたユリウス・カエサルは「異教徒で真実の神を知ることもなかったのに、にもかかわらず立派な言葉を吐いた」ことをみておこう。しかしそれは魂を救済するのに望ましい準備だったのだろうか？　実はユリウス・カエサルは異教徒であったから、そうしたことに関心はなかったのである。となればセルバンテスはどうであったろうか？

セルバンテスはそれを重視することもなく、エラスムス主義の危険な領域に踏み込んでいる。繰り返すようだがエラスムス主義については、メネンデス・ペラーヨがこのケースで示したような、何とも無頓着な見方に従うわけにはいかない。単なる陽気な冗談といった問題ではないからである。聖人たちからは異教の神々が想起される。また聖母はウェヌスを想起させる。異教徒たちは信仰こそもたなかったが立派な考え方をしていた。またセルバンテスは彼流の言い回しをすれば、こう考えていたはずである。

「エラスムスを見てみればいい、そこではもっと長々と載っている」。

私も正直なところ、われらの作家がどこまでそうした理性主義的人文主義の道を内的に辿っていったのかわからない。ただ私には彼のテクストに基づかない憶測には興味がない。私がセルバンテスが具体的に述べている事柄の、歴史的つながりを明らかにする義務感を感じていたのは、それが単なる偶然の思いつきだととられたくないためである。セルバンテスが以下の照合の示すごとく、エラスムスから直接的影響を受けていたことが否定しえなくなればなるほど、そうした思いは強くなる。筆者のなしえたものよりもっと広範な研究がなされれば、さらなる模倣関係が明らかになるだろう。

（セルバンテス）

「サンチョよ、衣服をだらしなく、しまりのない着方で歩いてはいかんよ。だらしのない衣服は、心のだらしなさの証拠となるからじゃ、もっともユリウス・カエサルの場合、そう解釈されていたように、無造作でなりふりかまわんことが、計算されたずるさからきていたらとにかくとしてじゃ」（後篇、四三章）。

クレメンシンはこの場合エラスムスが依拠したのはマクロヴィウス（Macrobio）だとしている。しかし管見[109]によれば、身近にあったエラスムスの『名言集』（*Apotegmas*）のテクストを想定する方がより自然である。

（エラスムス）

「カエサルの勝利の後、キケロは服の各部の選択においてどこを間違ったかと聞かれ、ウエスト部分で騙されたと答えた。その訳は、彼が女々しい男など勝利するはずがないと考えていたからである。というのもカエサルは軟弱で華奢な男たちのような服をまとっていたからである。そこからシラはポンペイウスにだらしない格好の男には注意するようにとたしなめるようになった」（『名言集』、アントワープ、一五四九、一七二折v）。

（セルバンテス）

「人々はあの勇敢なローマ皇帝ユリウス・カエサルにどういった死に方が一番いいか尋ねた。答えて言うには、思いもよらず突然に襲われる不測の死と答えたそうだ。異教徒で真実の神を知ることもなかったのに、立派な言葉をはいたものだ」（後篇、二四章）。

（エラスムス）

「夕食中にある話がもちあがった。それはどういった死に方がいいかというもので、カエサルは突然襲われる予期せぬ死がいいと答えたが、彼自身、そうした死に方をしたのである」（『名言集』、一五八折r）。

クレメンシンはエラスムスの依拠するスエトニウスを挙げているが、セルバンテスは彼に依拠しているわけではない[110]。（重要なので本章最後の追加部分でこのページに対応する箇所を参照せよ）〔一九二五年版には追加部分があるが、この新版では削除されている。追加部分の内容はこの註そのものである〕

（セルバンテス）

「おぬしは王や皇帝や、法皇や、騎士や貴婦人や、その他さまざまの人物が現われる芝居の上演を見たことはないかな？　一人がならず者をやると、もう一人はうそつきをやる、これが商人をやれば、あれは兵士をやる……いざ芝居が終わって、芝居衣装をぬぎすてると、どれもこれも同じようにただの役者というわけじゃ……ところが、同じことが、芝居とこの世の実生活にも、起こるのじゃ。この実社会でも、ある者は皇帝の役を演じ、ある者は法皇の役を演ずる……だが、結末がくると、つまり生命が絶えたときのことじゃが、これまで人々に差別をつけていた衣装を、《死》がはぎとると、墓の中へみんな平等にはいるのよ」(後篇、一二章)。
「外見はそう見えても実際はそうではない者は偽善者(仮面をかぶる者)と呼ばれている。たとえば芝居などで役を演ずる際、王のように見えても実際には王ではないし、司教と見えても司教ではない。というのもそうした王や司教の衣装をつけていても、その下に隠れている人間は俗人や村の下々の連中だからである。これと同じようなことが本物と思われている王や貴族たちにも起きる。この世の笑劇に幕が下りて、外面を覆っていた仮面をこの世で脱ぎ捨ててしまえば、もはや神に知られることもなくなろう」(『対話集』、『小説の起源』、第四巻、一八五―一八六頁、所収)。(エラスムス)

考え方や文体的運びなどはよく似ているが、セルバンテスは《偽善的にも》エラスムスが自らの比較に与えた意味を削除している(三)。

「若い盛りをケレス神やバッカス神と交じわらず、ウェヌス神もわたしには愛想をつかしていたようです」(『ペルシーレス』、シュヴィルとボニーリャによる版、第一巻、三二頁)。(セルバンテス)

「ケレス神もバッカス神もいなければ、ウェヌス神は冷えたまま」(『格言集』、第二〈千章〉、第三〈百章〉、〈諺〉第九七番)。(エラスムス)

これはテレンシウス(『宦官』*Eunuchus*)からきているが、彼の言い方はやや異なっている(「ケレス神もリベル神もいなければ、ウェヌス神は冷えたまま」)。セルバンテスに影響したのはエラスムスの言い方のほうに違いない。直接的か間接的かは断定できないが。

〔リベル神は古いイタリアの神で、バッカス神と同一視される〕

（セルバンテス）

「わがはいはかつて学問をしていたころ、先生の口から聞いたあの連中が格言と呼んでいる、あるラテン語の諺を思い出すよ、それはHabet bovem in lingua（舌に牛あり）っていうんだ」（『犬の対話』カスティーリャ古典叢書、第二巻、二五六―二五七頁）。

（エラスムス）

「舌の中の牛……かつてアテネ人たちの鋳貨には牛の像が刻印されていた……買収されたために、あえて話そうとしても話せない人間は、舌に牛をもつと、言われた」（『格言集』、第一〈千章〉、第七〈百章〉、〈諺〉第一八番）。

アメスーアはすでに『犬の対話』の版（五一五頁）で、エラスムスに言及していた。


（セルバンテス）

「何ひとつ取り得がないほど、わるい本なんてありませんな」（後篇、三章[112]）。

（エラスムス）

「大プリニウスはどんなに悪い本でもなんらかの利点がない本などない、とよく述べていた。しかしそれは読者がその本から何かを得ようとするときであって、それ以外のときではない。というのも、まさに非難するために本を読む者もいるからである」（『名言集』、アントワープ、一五四九、三四一折)。
はっきりしているのはセルバンテスの人文主義が、こうした知的な内容だけでなく、示唆やアイロニーの中にも現われていることである。そうしたものも別の多くの資料を視野に入れて、恣意的判断に陥らないように、慎重に分析せねばならない。『ドン・キホーテ』後篇、第八章には、サンチョが「死人をよみがえらせるのと、巨人をやっつけるのと、どっちが上ですかね?」というものすごい質問をすることで、人間的栄光と天上的栄光といった概念的対立が出現した。ドン・キホーテは死人をよみがえらせる方がずっと価値があると認めざるをえない。サンチョはしたたかな論理でこう提案する。

「ひとつわしらも聖者さまになるつもりになって、もっとてっとり早く、わしらが望んでいる名誉をつかんだらどうだろうってことでがす」。

つまり我々も次に述べるような形で遺物を増やすことに貢献するべきだという。

「聖者方のご遺体やご遺物は、王さま方も肩にかつがっしゃるし、その舎利にゃ口づけなさるし、礼拝所だの、いちばん大切な祭壇をそれで飾ったり立派にしたりなさるだね(113)……ようがすかい、旦那さま、きのうだかおとついのこと……二人の跣足坊主が聖者だか至福者だかに祀られただが、その坊さん方のからだを締めつけていた鉄の鎖(!)に、そいつに口づけしたり、そいつにさわったりすることを、今じゃたいへんありがてえこととみんな思ってますだ……そんなわけで、旦那さま、勇ましい遍歴の騎士よりか、どんな宗派でもいいから、ごく下の坊主になるほうがずっと値打ちがありまさ」。

するとドン・キホーテは「騎士道は宗教じゃ。天国には聖者になった騎士もおられるんだから」と答える。

しかしサンチョは容赦なくこう言う。「けんど、わしが聞いた話だと、天国には遍歴の騎士より坊さんのほうが多いちゅうだね」。

同様に前篇、一三章も参照してほしい。ドン・キホーテは次のように語っている。

「なるほど坊主どもは、しごく平和に落ちつきはらって、この世に幸あれと神に祈るかもしれませんがね。ところがわれら兵士たり騎士たる者は、彼ら坊主どもが祈願するものを実行にうつし……屋根の下などに身をおくことが、何ひとつさえぎるもののない野天にあって（レパントのこと）……平和と憩いのなかにあって、弱きものを憐れみたまえと神に祈る人々よりも、はるかに苦しいものだと申すことはご承知くだされい。と申しても、武者修行者のそれが庵室におさまった坊さんのそれに劣らず申し分のないものだなどとは、拙者申すつもりもなければ、心に浮かんだわけでもござらぬ」。

続いてビバルドが、騎士たちは冒険にとりかかろうというような場合に、神ではなく婦人方に恭しく加護を念じることを非難するが、ここには邪宗に対するトリエント公会議的な響きがある。

人間的名声か宗教的名声か、そのどちらを選択すべきか。後者だとするときどうしてもアイロニーを帯びる。セルバンテスにとっての栄光が、武芸か文芸か、そのどちらにも重心がかかっていたことを想起すべきである。この場合ではまさに遺物や修道士に対する風刺が答を暗示している。

かつてモーレル・ファティオはセルバンテスが、魂の治療を行なう聖職者に対して、畏敬の念を抱いていたことを指摘した(114)。しかし一方で、迷える羊たちの間で暮らすことのない者たちに対しては手厳しかった。修道士があまり畏敬の対象ではなかったことも付言する必要があろう。

修道士がいまだ司祭にならないうちは
時にはそれを厭わしく思うような
貧しく窮屈でひもじい
生活を送らねばならぬ。
あそこの説教者とみれば
自分の女信者もいれば自分の靴もあるが
修道士ときたら修道院長と
汗水たらすしかないではないか。
修練者や聖歌隊員ときたら
「わが飲み物に涙を混ぜたり」という
詩篇の言葉を口ずさみながら
コーラスや掃き仕事を
欲求不満の捌け口にしている。
しかし多くの人が壁に耳ありとか言うから
口をつぐんでいる方がいいかもしれない。(115)

寡婦の話はよく知られている。

「美しい上に、まだ年も若い、さばけて、お金持ちで、おまけに、いたって好きものの後家があったが、これが、まだひげも生えぬ、丸々ふとって、大柄な小僧坊主に恋をしたと思え。それが修道院の上長[116]の知るところとなり、そこである日、その後家さんにむかって、温情のこもった戒告のかたちでこう言ったもんだ。『奥さん、拙僧はあなたのような地位のある、美しい、お金持ちのご婦人が、何某のようないやしい、身分の低い、馬鹿者に懸想なさったことには、ほとほと驚きましたわい、しかしこの修道院には師匠も修道士も神学生も大勢いますので、あなたはまるで梨でもえらぶように《これがいい、あれはいや》といってより出すことをおできにおなったはずだから、わしが驚くのも理由のないことでありますまいて』」。

読者はこの寡婦の言葉を覚えておられよう。彼女は「心からお慕いしているわたしにとっては、あの人もアリストテレスくらいどころか、もっと哲学を知っていますわ」と答えている。

幕間劇『嫉妬深い老人』の中で、ドニャ・ロレンサの姪であるクリスティニーカは叔母のまねをして、隣人のオルティゴーサさんにこう頼む。

「どうか私を楽しませてくれるような小僧坊主さんをひとり連れてきてくださいな」。そして言い終わるときにまた繰り返してこう言う。

「もしお隣さんが私に小僧坊主を連れてきてくれるなら、最高の隣人だと思うわね[117]」。

この後、前に述べたドン・キホーテとサンチョの対話を思い起こしてみれば、『びいどろ学士』の次の文章の恐ろしいアイロニーを感じないわけにはいかない。これはしばしば作者の敬虔さを証明するものとされてきた。

「ちょうどこのとき、ひょっこり彼のいる近くを、恐ろしく肥満した坊さんが通りかかった。すると彼の話を聞いていた連中の一人がこう言った。《あの和尚、癆咳《ろうがい》で身動きできんというところだな》これを聞くと、びいどろは憤然色をなして次のように言った。《何人も聖霊の『わが受膏者《じゅこうしゃ》たちにふるることなかれ』という言葉を忘れてはならない》。
そうしてなおも怒気を加えながら、彼は次のように語った、《考えてみるがいい、そうすれば教会がここ数年間に、聖列に加え至福者の数に入れた、あまたの聖者方の中で、大尉何の某、秘書何の某、またどこ何処の伯爵、侯爵、公爵などと名乗る者はただの一人もなく、かならず僧ディエゴ、僧ハシント、僧ライムンドというように、いずれも坊さんか修道士だったということがわかるに違いない。なぜといって、すべて宗門は天国におけるアランフエースの花園のようなものだからで、そこに実る果実は神の食卓に供えられるのが通例になっているからである[118]》」。

ここにはたしかに基本的な信仰に対する攻撃はない。しかし教会生活やお祈り、聖人、迷信に基づく奇跡、総じて本質的にみて、人間的な行ないに対する辛らつな風刺がある。人文主義者によるとキリスト教思想の多くは、カトリシズムの聖なる特権ではなく、人間的理性によってうち建てられたものであった。それこそスペインで最も高い知性の者たちに見られたエラスムスの痕跡であった。

この種の事実をもう少し見てみよう。教会生活は平穏な生き方を提供した。ある聖器係はこう語っている。

私は力仕事ではなく教会に
身をささげた者だから
剣を振り回すことよりは
鐘の舌を揺らすほうが得意です[119]。

勤勉な人間は、きわめて現世的な利益のために、宗教的実践を利用するものである。『気風のよいスペイン人』の中でブイトゥラーゴは食べるものがないとき、死者の霊に向かって要求する。

霊たちのいる場所に行って
アベ・マリアの功徳によって
彼らのつらさを癒してやるとしよう。
そちらに行くに当たっては腹も減るから
そちらの方もついでに癒してもらわねば。(120)

『ペドロ・デ・ウルデマーラス』(121)の中で、盲人とウルデマーラスが祝福された霊たちを解放するために、互いに張り合う場面がある。

(盲人)　煉獄で苦しむ
幸せな霊たちよ、
神によって慰めを受け
すぐにも幾多の苦しみから
解き放たれ、雷のように
天使がそばに降りてきて
天国に連れて行ってくれますよう。

（ペドロ）　この世を去って
煉獄に旅立った霊たちよ、
神の会議の安楽椅子か
平らな椅子にいるにせよ
掛け値なくそなたらは
天使によってひとっ飛び
天国に連れていかれて
その様をとくとご覧になるといい。
（盲人）　兄弟よ、他の家に行ってくれ、
ここはわしの家だから。
ここでお祈りされてはたまらない。
（ペドロ）　ぼくは礼儀でやっているんで
見返りが欲しいからじゃないよ。
それははっきりしている、だから
どこでお祈りしてもいいんだ。
喧嘩や争いなんか怖くもないさ。

『ペドロ・デ・ウルデマーラス』のこうした笑話的部分のすべては、霊魂とやりとりする者のみならず、霊魂自身にも少しは影響を及ぼしている。クライン（Klein）は「《テッツェルの免罪符箱》としてもいいような、このルター的芝居ほど、こっぴどくそのことを愚弄するものもあるまい[122]」と述べているが、これはやや極端な物言いかもしれない。しかしわれらの作家が霊魂や幽霊などといった事柄すべてに、冗談や懐疑性を少なからず匂わせていることは否定できない[123]。それは『忠実な見張り番』の中で「聖女ルシアさまの油のお灯明のためのお恵みを」と呼びかける人物に、ソロルサノが問いかける言葉に実によく示されている。

「お前さんの求めているお布施は、お灯明のためかい、それともお灯明の油のためかい？　油のお灯明のためだと言っているわけだから、どうやら油によってお灯明を灯すためであって、お灯明のためといって油を求めているわけではなかろう？[124]」

宗教的笑話にされて大っぴらに批判されたのは隠者である。

「今日の隠者は、椰子の葉を身にまとい、土の中の草木の根を食べておったエジプトの沙漠の隠者たちのような生活はしておらんからじゃ[125]。だが、拙者が後者のことをほめたからといって、今日の隠者をけなしたと解してくれては困る（ここに用心深い性質が見て取れる）。ただ、今日の隠者の苦行は、そのころの厳格、峻烈さには及ばんと申しただけじゃ。だからと申して、今日の隠者らがよい方々ではないというわけではない。少なくとも、拙者は立派な方々と思っておるのだからな[126]」。

この場合の空とぼけには粗がめだつが、『ペルシーレス』の中で隠者について具体的に述べているのを見れば、その印象はなおのこと強まる。

「田舎の羊飼いが人里離れたところに籠ったり、餓死寸前の貧乏人が飢えの心配のない隠遁生活を選んだからといって、誰がおどろくかね。ものぐさをむさぼって生きていけるんだから、暮らしはむしろ前より楽になる。また、かりにわたしのような者が他人に苦しみを肩がわりさせるようなことがあれば、たとえ相手が慈悲深いおかたであっても、それは見過ごせない怠惰なのだ」[127]。いまだ対抗宗教改革によってペンの自由が奪われていなかった頃、トーレス・ナアロが隠者テオドーロについてどのような形で描写していたかは、以下を見てみればよくわかる。

こんな下品な神父らはおれと
いっしょに悪魔に苦しめられるがいい。
安全なところとみれば
いつも情婦をたくさん囲って
僧院などには、言ってみれば
いつもいやいやながら行く始末。
奴らはみんなそこに行くのを
何にもまして嫌っているのだから。（……）
狡猾な蛇の正体を取り繕い
快楽を腹いっぱいに詰め込んで
女たちの救済に当たるといって
フランス病を撒き散らしている。[128]

こうした天衣無縫であけすけな批判も、百年後には不可能となり、意味をもたなくなる。つまり無邪気なテーマもごちゃごちゃしたものに覆われ、バロック的で紛らわしく、意地の悪いおどけ顔を見せるようになるからである。エラスムスはしばしば巡礼のことについて触れ、巡礼者の宗教心の欠如や迷信深さついて語っている[129]。『ペルシーレス』には次のような件がある。

「《それから先が》と女は続けた。《どんな旅になるか、わたしにも見当がつきません。分かっているのはどこへ行っても時間を潰し暇をうずめるところがあるということで、今も申しましたように、当節流行の巡礼にはこれと似たり寄ったりが多いんですよ》。これに対して父アントニオが言った。《ご婦人、どうやらお手前には巡礼がお気に召さないようですな》《とんでもない》女はこたえた。《巡礼の旅は正道をはずさない、尊い、見上げたおこないです。だからこそこれまで続いてきたし、これからもずっと絶えないでしょう。しかしわたしは、たちの悪い巡礼には腹をたてています。たとえば神聖なものをだしにして大もうけしたり、他人様の立派なこころがけを踏みにじって汚い金をつくるやつらを憎むのです。ほんとうの乞食のあがりを巻き上げる輩のことです。例をあげればきりがないので、もう申しません》[130]」

対抗宗教改革がセルバンテスに与えた影響についての考察を始めた際、筆者が原点として据えたのは、宗教的・道徳的な面における思想的動きの基礎には見せかけ的態度があったという点である。問題を扱う過程で見えてきたのは、見せかけの技法というものが、一歩前進、二歩後退ということである。しかしそれでも前進の痕跡は残っている。それは喩えてみればベラスケスのある種の絵画には彼自身によって描き直された痕がくっきり残っているのと似ている。セルバンテスにはそうした《後悔》の痕がたくさん残っているのである。

彼自身の独立した言説の生み出す突出した部分はすべて、道徳性や絶対的正統性のヴェール[131]によって覆い隠されている。時として筆がすべって無分別なことを書いてしまうと、その訂正をあけすけに行なってしまう。我々はそうした例をドン・キホーテのロザリオの数珠とアベ・マリアのお祈りのところで見てきた（本書、四三一頁）。同様に女主人公がロアイサの腕の中で姦通的な形で抱かれている、という『嫉妬深いエストレマドゥーラ男』の、例の二つの表現も想起すべきだろう（本書、四〇七―四〇八頁）。セルバンテスは考えていたことをまず書いて、つまり、若妻が何の酌量もなく不倫をしていると書くのだが、いったんそうしてしまってから、道徳律やトリエント公会議や、詩学の規定などが頭をよぎってくる。そこで結局、異端審問やイエズス会のみならず、あの歴史的時点の社会全体を覆っていた、対抗宗教改革期の抑圧的雰囲気が作用する。そこでセルバンテスは軌道修正をして、自らの複雑きわまる精神のなすままに、仮面を被ったのである。

　バランス感覚に欠けた者が、セルバンテスの中に手っ取り早い解決法や神秘性を見つけ出そうとしたり、あるいは彼の中に行間の意味を汲むだけでなく、光に透かして見ようとしたりするのも、ある程度は理解できる。今改めて思うのは、我々はセルバンテスという人物を彼の生きた時代に据えて、彼が見たのと同じものを、わずかでも見てみようとするだけで十分である。そうすれば、無分別な絵空事や無邪気なことを、軽々に言わなくなるはずである。こうした点からも、セルバンテスが『犬の対話』の中でイエズス会的教育について称賛した、よく引用される部分[132]についても、意見を述べることを差し控えるつもりである。作者のセビーリャでの学業の思い出として[133]、真の称賛ととってもいいし、あるいは公式的見方に合わせてなされた、多くの形式的表現のひとつととることもできる。

寛容か、非寛容か

他の面でもそうであったように、ここでも見解は対立している。セルバンテスの本質に迫ろうとすると、彼は容易に指の間をすり抜けてしまうし、はっきりした判断となるような解答を出そうとしてもなかなか難しい。ほかの場合と同様に、作者の心の動きに合わせて、その曲がりくねった道筋をたどっていかねばなるまい。

ユリウス・クライン（Julius Klein）[134]は、セルバンテスという名の「人を狂わすこの偉大な人物に、根本的な治療をなすことはとうてい無理であった。それは彼が宗教的狂気、それもとりわけスペイン的宗教的狂気や、宗教的ファナティズム、狂気的信仰に基づく驚くべき異教嫌いといった要素を温存させてしまったからである。セルバンテスはそうしたものを、聖なるものとして民衆と共有していた……異教徒を火刑台に送ることに関して、彼はロペ・デ・ベーガやカルデロンと同じように、いとも異端審問好きなサラマンドラ（火蜥蜴）[135]だったのである」と述べている。

モーレル・ファティオもまた同様に、彼を非寛容な人物をみなしている。

「彼はモリスコに関して何度か触れる機会があったが……その際にいつも侮蔑と憎しみの気持ちが感じられた。あんなならず者たちのことなど何も深く考える必要はない、我々の恥辱なんだから！というわけである」。

こうした見解は広く認められている。『ドン・キホーテ』の中でことモリスコを扱う際には、いかなるアイロニーも存在しないということになっている。[136]とはいいながら、ハイネの優れた研究が準拠した、ドイツ語版（一八三七）の作者不詳の序文には、セルバンテスが「疑い深い異端審問官たちの目をそらすべく、自らの内に最も深く秘められた思想を練りに練っていた」（三九頁）ことを強調している。F・シャイフル（F. Scheichl）は『ドン・キホーテ』後篇、五四章に出てくるリコーテの話に関連して、さらにはっきりした意見を次のように述べている。[137]

「作者がこうした言葉で、宗教的自由に関する自らの見解を明らかにしたことは疑いようがない」。

セルバンテスの精神と根気よくつきあったクレメンシンは、それより何年も前にこう述べていた。

「いくつかの表現やそれから外れる部分はあるにせよ、セルバンテスはモリスコの追放に賛同してはいなかったのではないかと考えられる[138]」。

筆者はセルバンテスを教会の敵だとか、異端者たちの守り手だなどとする者たちの、熱のこもった見解をいちいち引用することはせず、テクストそのものに直接当たって検討するつもりである。モリスコに対する厳しい酷評は『犬の対話』に見られる。[139]

「いやはやシピオン君、このモーロ人の畜生どものことだったら、二週間かかっても話し終えるかどうか見当もつかないくらいさ！」とベルガンサは彼らの罪としての勤勉ぶり、蓄財癖、多産性について指摘し、こう続ける。

「あの連中のあいだには禁欲なんてこともなければ、男女を問わず出家する者もない……ただじっとして我々からふんだくってりゃ、我々の親譲りの財産の利子を僕らに転売してどんどん金持ちになるわけだ……しかしわが国にはずいぶん老練な指導者も大勢いることだ、イスパニアがモーロ人のように無数の毒蛇を胎内に孕み蔵しているってことをよくよく見きわめて、神さまのご助力によってこういう害悪に対する的確な対策を発見するにきまってるさ[140]」。

モーレル・ファティオやアメスーアの指摘によると、(141) こうした非難はあらゆる種類の書物や書き物に出てくる常套句であったらしい。この点でベルガンサの見方は、信仰の問題というよりむしろ、無理解や経済的対抗心、政治的害悪などといった別の性格の動機に基づく、国家の見解そのものということになる。セルバンテスはここで、あたかも合衆国の南部の白人が黒人について話すかのように、あるいはドイツ人やアメリカ人がその国のユダヤ人について話すかのように話している。(142)

『ペルシーレス』の中には、再び同じような言葉がさらに強い調子で出てくる。

「キリスト教の豊饒と肥沃を妨げる茨も雑草も、いかなる草も海彼《かいひ》の地へ打ち払いたまえ。エジプトへ渡った一握りのヘブライ人は、エジプトを出るとき家族が六十万有余をかぞえるほどに増えたと申しますから、もともと彼らの数が多く安逸をむさぼるイスパニアではその恐るべき未来が見えております。やつらは宗教界に吸収されることなく、ラス・インディアスの新大陸へと間引かれることなく、戦争にとられることもないのです。そのうえ誰も彼もが結婚し、全部、あるいはほとんどが子を為しているのをごらんになれば、やつらが何倍にも増え、やがては数えきれないほどになるのは分かりきっております(143)」。

確かに修道院、インディアス、戦争、不毛性などといった要素は旧キリスト教徒のスペインにとっては、貧困や衰退の原因に違いない。モリスコたちはそうした災難から民族的に免れていたがゆえに、彼らを追い出すべきだということであった。そこには何か複雑さが見え隠れしていないであろうか。シュヴィルとボニーリャの両氏は『ペルシーレス』のこの部分に言及して、「セルバンテスはすでに『犬の対話』の中でモリスコに対する憎しみを露わにし、その追放令に満足の意を表明していた」(第二巻、一三一頁)と述べている。

筆者としては、これはテクストに裏付けられていないなどとは言わないまでも、セルバンテスにはそれとは逆の見方を裏付けるテクストもある、ということを指摘することが重要だと思っている。他の多くの場合と同様、そうしたものは反対の意味で光彩を放っていて、読者はこの場合でも我々が本書で適用してきた方法、つまり一方的判断を捨て去り、作者の特異な視点に立ち返って見る、という一貫したやり方を適用することに同意なさるだろう。十九世紀に反動主義者と自由主義者の対立があったからといって、我々もセルバンテスの宗教性をそのどちらかの立場にすえて見なければならない理由はない。必要なことは、彼のプリズム的な精神が、時代の現実を屈折させて映し出しているということを、しっかり見極めることである。観察者は単純にそうすることだけで、今日すぐさま頭に浮かべることとは異なる側面を、すでに捉えることができたからである。ここで必要とされるのは、多角的次元の文学的幾何学とでもいったものである。その際、ピランデッロ（Pirandello）をわずかでも見てみれば、役立つことは間違いない。

それはさておき、セルバンテスはモリスコを追放したことは正しかったと述べている。また同時に、それは愚かで残虐的な出来事だったとも述べている。これこそ、セルバンテスの寛容さや非寛容さを主張する、相対立する見解に対する唯一の合理的な解決法である。彼が自由主義思想家だという者など頭がどうかしているとか、逆にそれに反する意見の持ち主を時代遅れだとか決めつけるだけでは問題は解決しない。両者を前にしたとき、我々は見下すのではなく理解を示す態度をとるべきであろう。ロペやカルデロン、ティルソなどはそうした形の話題を提供することはなかった。教養ある知識人（この昔からの論争に一枚加わるとしても愚か者などではない）がセルバンテスに関していがみ合うとしたら、それは〈双面のヤヌス〉と向き合っているからである。

アメスーア氏のようないかにも伝統的切り口の知識人は、『犬の対話』に関する著書（一三三頁）の中で次のように述べている。

「かの邪悪な民族を、容赦なく毅然として敵とみなす雰囲気が醸成されたが、あらゆる文学者たちがいかなる例外もなく、その空気を吸い込んでいたのである。時代の子たるセルバンテスもまたその一人であった。『ドン・キホーテ』後篇に見られる、どうみても歯に衣着せぬ、矛盾なき言葉遣いの極端な手厳しさや、その見方の厳しさといったものが、なぜ生まれたかもそれによって説明がつくだけではない」。

少なくともここには、注釈者が独断的に異を唱えている矛盾性に対する言及がある。しかし彼はそれに反対するだけで合理的に論破しているわけではない[144]（ロドリーゲス・マリンは第六巻、一〇五頁で、ここで提起された問題を巧みに避けている）。

筆者にとって矛盾性は次のようなかたちで提示されている。つまり公式的視点に立てばモリスコたちは泥棒であり、毒麦（不和の種）のような存在である。しかしモリスコたちの視点はどうなのであろうか。実は双方の見方が提示されているのである。換言すれば、ひとつは筆者が対抗宗教改革期の精神と呼んできたものに包まれている。もう一方は繊細な人間性の特徴によって微妙な色合いを帯びている。リコーテは後篇五四章で次のように語っている。

「要するに、筋の通った理由でおれたちは追放の刑という、ある人々には寛大で生ぬるいと思われた刑に処せられて、罰を受けたんだ。しかしおれたちには、およそこれくらい恐ろしい刑罰はなかったと思われたもんだ」。

そして慎み深く客観性に基づいた、その後に続く言葉の与える深く感動的な調子は、その前にモリスコが言った「国王さまがこういうはなばなしい決心を実行に移そうとなすったことを、むしろすばらしい思いつきとさえおれにゃ思われたくらいだった」という台詞を、躊躇なく狡猾な妥協と思わせるほど、真摯なものであった。後に続く言葉とは次のようなものである。

「おれたちはどこへ行ってもスペイン恋しさに泣いているんだよ。なんといってもスペインで生まれたんだから、スペインはおれたちの生まれた国なんだ。どんなところへ行っても、おれたちの不幸をいたわるような扱いを受けたことがない……ほとんどおれたちのすべての者の、スペインへ帰りたいって気持ちは大したものなんだよ。ことにおれのように言葉のわかる者の大部分は（これがまたなかなか多いんだが）、スペインに帰ってきている。かみさんや子供たちは向うへほうりっぱなしにして、つまりそれほど、スペインに対する愛情ってやつは大きいんだ。だから今になって、祖国愛ってものがいいもんだということがわかったし、経験した」。

はたして人はその存在ゆえに祖国に汚名を着せる邪悪な人間に、このようなかたちで語らせることができるものであろうか。面汚しの人間がこうしたことを語れるものだろうか。後篇六三章にはリコーテの娘アナ・フェリスが登場して、こう語っている。

「私は思慮深いと申すよりも、むしろ不仕合せな、しかもこのごろでは、山ほどの不幸にさいなまれている国のあのモーロ族の一人として、キリスト教を奉じているモーロ族の両親の間に生まれた者でございます」。

そして彼女は本物のカトリック教徒であったにもかかわらず「この私たちのみじめな追放をつかさどっていらっしゃるお役人方も、この事実をいくら申しあげても、何の役にも立ちませんでした」と述べる。

こうしたモリスコに対する思いやりと情のある表現がなされたのは、彼らが（見せかけの）モリスコではなく（本当の）キリスト教徒だったからだということではない。なぜならばリコーテはこう言っているからである。

「ラ・リコータは私の娘で、フランシスカ・リコータは私の妻で、二人とも根っからのカトリック教徒ですが、私はそれほどでもありません……」。

こうした前例をふまえて、今度は『ペルシーレス』の次の件を参照してもらいたい。

「ご到着の早からんことを。幸多き若君よ、賢王よ、追放の勅令をためらわず行使したまえ。この国が無人の荒野と化すとも何をか怖れましょう。この国ですでに洗礼を受けている者たちを追放するのはよくないという心配もご無用です。結果どうなるかは大きな恐怖ではありますが、ご決断の効果はそんな心配を吹きとばしてしまうでしょう。結果はまもなくあらわれます。この地にはいずれ新たな譜代教徒が移り住んで沃野が戻り、今よりはるかによい時代になります[145]」。

セルバンテスはまじめに、旧キリスト教徒（譜代教徒）を配置換えすることで、土地が〈無人の荒野と化す〉という不都合が、回避されると考えていたのだろうか。〈新たな譜代教徒〉という言い方には、一方ならぬアイロニーが含まれている。そうした社会階層に関しては、本書五一四—五一六頁の註42において行なった考察を想起されたい[146]。つまり分厚い脂身をまとった古臭いキリスト教徒では、問題は解決しなかったのである。しかしセルバンテスは続けてこう述べている。

「新たな譜代教徒の領主となる者たちは、数は今ほどでなくても、今ほど賤しくもなく、すべてがカトリック教徒の領民をもつことになるわけです。カトリック教徒に見守られて街道も安全になり、安心して旅ができ、大切なものを追い剝ぎにとられることもなくなります」。

結局、はっきり見ておくべきことは、いかに事柄が提示されているかである。つまりモリスコはスペイン人であること、彼らは生まれた祖国にいるということ、彼らは洗礼を受けているということ、彼らは農業的富の基盤であること、同族間の結婚をせねばならぬこと、そして修道院にも戦争にも行かない、といったことである。[147] セルバンテスはこうしたことすべてを語っている。しかし同時に彼らがスペインでは共存できない存在で、彼らの追放は完全に正しかったとも述べている。そうした対立の上に、モリスコたるリコーテの「祖国愛ってものはいいもんだ」という言葉から伝わってくる人間的情愛が、痛々しい調和として生まれてくるのである。

筆者はセルバンテスがアルジェールのモーロ人に対して感じた反感は反感として切り離すべきであり、モリスコについての見解に重ねることは望ましくないと考えている。これはまさにM・エレーロ・ガルシーアが『十七世紀のスペイン人の思想』(M. Herrero García, *Ideas de los españoles del siglo XVII* マドリード、一九二八、五三三頁)において行なったことである。【今日の版は前掲の一九六六年版で、五六三頁以降に該当する。】

アルジェールのトルコ人は言語においても国籍においても、スペインとは何の関係もない。彼らはイスラムであって、当時、文明国のキリスト教国家からみれば野蛮人であった。セルバンテスはそうした海賊たちに対する戦争行為をつよく願っていた。アフリカ問題はモリスコ問題とそれほどまでも異なっていたので、彼は幾度となくアフリカと我々のモリスコとは両立しえないと語っている。

「ベルベリアやその他アフリカのあちこちでおれたちは受け入れられ、迎え入れられ、慰められると思っていたもんだが、そこぐらいおれたちを虐待し、いじめたところはなかったよ」(『ドン・キホーテ』後篇、五四章)。

「私たちはベルベリアに渡り、住居と定めたところはアルジェールでございましたが、しかし住居とは申しながら、まるで地獄の中にいるようなものでございました」(後篇、六三章)。『ペルシーレス』の中でモリスコたちはトルコ人に走るが(六四五頁b)、自分たちの解放者と思っていた連中に近づくや否や、彼らは「海の向うで待ちかまえる悲惨がいわゆる波の舌からもう感じられる。妻子にもみじめな思いをさせることになるだろう」と感じる。

また少し前でもこう述べられている。

「この村の欲張りどもは、ベルベリアへ渡りさえすれば楽ができるとか魂が救われるとか思い込んでいるのです。これまでも村中で向うへ渡っていった例はたくさんありますが、その後送ってくる便りはどれもみな渡ったことを後悔しているという報告です。きまって、さんざんな目に遇ったという泣きごとが添えてあります」(六四五頁a)。

モリスコ問題はアフリカではなくヨーロッパの問題として解決すべきであった。セルバンテスは十六世紀からスペイン人を苦しめてきたのと同じ問題を前にして、頭を抱え込んで思案したに違いない。問題とはなぜ我々は国民生活の重大問題に対して、ヨーロッパ的解決法を適用しなかったのか、というものである。セルバンテスはモリスコ問題が純粋にスペイン問題であったことをはっきり認識していた。つまりアフリカへの追放は、感受性の欠如した俗化した国民にとってはいいかもしれないが、傑出した人間的・貴族的な思想家たるセルバンテスにとっては、解決とはならなかったのである。モリスコにとってはヨーロッパが適用していた別の解決法があったのである。それはとってつけた姑息なものでも、非現実的なものでもなかった。

「さっきも言ったように(とリコーテは語る)、おれは村を出てフランスに行った。あそこじゃ、なかなかおれたちを歓待してはくれたが、おれはあちこち見たかった。そこでイタリアに渡り、ドイツに行った。そして、ここならもっと自由に住めそうだと思われたもんだ。それっていうのが、この連中はあれこれ人の詮索をしないからなんだ(148)。めいめい自分勝手に暮らしている、あそこでは、どこへ行っても自由という意識〔良心の自由〕をもって暮らしているからなんだ(149)」。

筆者にはセルバンテスが、その自由を向こう見ずな目的のために利用すべきと考えていたかどうかは分からない。ただはっきりしているのは、国境を越えた土地にある自由に惹かれていたのは、モリスコがスペインではそうなろうと思っても到底なりえなかったこと、つまり単にキリスト教徒になりうる手段をそこで得られると思ったからである。

「おれにどうも不思議なのは、どうしておれの女房と娘が、フランスならキリスト教徒として住むことができるのに、それをすててベルベリアに行ったかということなんだよ(150)」。

もちろんこの命題は間違いなく、スペインに関しては逆を意味している。セルバンテスが知っていた本で、フライ・フェリーペ・デ・メネセス（fray Felipe de Meneses）の『霊魂の光』（*Luz del alma*『ドン・キホーテ』後篇、六二章）には、ルター派のドイツの自由とスペインの自由の欠如とが対照的に述べられている。

「スペインでは自由などというものは神の慈愛によって存在しない。しかしスペインではドイツ以上に、あるいはどこの国よりも、自由を求める傾向がつよい。それは人の言いなりになることなく、自由に生きる欲求がつよいということである。スペインは他の国以上に価値を有しているので、そのことから傲慢でつけ上がった態度が出てくる。そして傲慢さは自由に屈託なく生きる欲求や愛を生み出す。だとするとスペインにこうした傾向があり、ルター派の自由の太鼓が鳴り響けば、ここでもドイツと同じように多くの者たちがルター派になってしまうことが危惧される」（バリャドリード、一五五四、二〇折ｒ）[151]。

これに対して『ペルシーレス』の中のモリスコの言葉はいかにも皮肉っぽく聞こえる。

「天文学で博名の祖父が予言した時代はいつ来るのでしょう。イスパニアは隅々まで一致団結して強力なキリスト教の国になると言いました。イスパニアがキリストのまことの真理を尊び迎える孤高の聖域になるのはいつの日でしょう」[152]。

ことほどさようにスペインと他のヨーロッパ諸国との違いが強調されているが、それは前にモリスコのリコーテが直截的に語ったことと符合している[153]。

本来はモリスコ問題の解決は、人間的で合理的なものであるべきだった。冷酷な暴力や復讐に反対していたセルバンテスは、リコーテの次の言葉を記すためには、仮面を被らねばならなかった。

「ドン・ベルナルディーノ・デ・ベラスコさま……あの方はわしらの同族全体が感染して腐っていると見なすったもんだから、これをふやかす膏薬を貼るよりか、いっそ一思いに、焼鏝をあてなすったからでがす……だからフィリポ三世大王さまが、この仕事をこういうドン・ベルナルディーノ・デ・ベラスコさまにゆだねなすったってこたあ、大英断で、歴史始まって以来の用意周到なご処置で、大したもんでさ！[154]」

今はモリスコ追放の問題をいったんおくが、他のケースでも宗教的な寛容や非寛容についての言及がいくつか見つかる。『アルジェールの牢獄』の中でビバンコとオッソリオが次のような会話を交わしている。

（オッソリオ）アルジェールはどうやら思うに
小さなノアの箱舟だな。
ここにはあらゆる種類の
仕事や、上質を装った
巧みな技があるからなあ。

（ビバンコ）見てみろよ、もっと驚くことがあるぜ、
あの信なき犬どもが
見てのとおり、我々が
自分たちの宗教を守るのを
そのまま許しているんだ。
つまりわれらがミサをあげるのを
こっそりとだけど、見逃しているんだ。

（オッソリオ）でも一度ならず、そそくさとミサをあげたり
窮地に陥ったこともあったな。
あるときは連中は祭壇から
司祭を引きずりおろして
祭服のまま町に引きずって
行ったこともあったぞ。[155]

実はキリスト教徒はアルジェールで、信仰の自由を享受していたが、これは驚くべきことであった。論理的に考えれば、彼らはイスラム教徒に対してなしたのと同じ仕打ちを受けて当然だったかもしれない。もちろん寛容の原則にはときとして暴力的行為が伴うこともあった。(156) セルバンテスが、他宗教がカトリック教に寛容な態度をとることを、当たり前のことだと考えていたとはとうてい思えない。彼はそれを賞賛すべき美徳とみなしていたのである。

『イギリス系スペイン女』の中で、プロテスタンティズムの守り神たるイギリスのエリザベス女王は、カトリックのイサベラを自らのそばにおいて目をかけてやる。侍女の一人が女王にこう語る。

「イサベラはカトリックで根っからのキリスト教徒でございます。ですからずいぶん多く説得なさったにもかかわらず、一度としてカトリックを捨てようなどという気を起こさなかったのでしょう」。

それに女王が答えて言うには「だからこそ私は彼女をより深く尊敬していたのですよ。だってそうでしょう、ご両親によって教え込まれた戒めをこれほど立派に守ってきたわけですからね」。(157)

セルバンテスは実際そうしたようにイギリスのエリザベス女王を描く際に、宮廷生活に関する完全な無知をさらけ出してしまった、と言われてきた。(158) しかし彼は女王に対して、考えうる最高の資質を与えたのである。つまり他者の立場を理解するという資質である。M・エレーロ・ガルシーアは前掲の『スペイン人の思想』(四七二―四七三頁) の中で、エリザベスに対するセルバンテスの好意的判断の背景に、彼自身が住んでいたバリャドリードで、一六〇四年の一一月に唱えられた、イギリスとの和解による友好関係があったと見ている。そこから『イギリス系スペイン女』が書かれたのはその頃で、それ以前でも以後でもないという推定ができる。

我々にとってセルバンテスが作り上げた女王像に、歴史的現実性がないことなど重要ではない。それはおそらくセルバンテスとて同じであろう[159]。しかし重要なのは、作者が女王の上に、毅然とした寛容さを示す理解ある女王像を投影したということであり、また一方で、階層を下った民衆たる侍女の口を通して、女王がイサベラを殺そうとした言い訳として、次のような言葉を語らせたことである。

「女王さまはご自分の侍女を捕縛して、その罪にふさわしく、部屋に閉じ込めるようにお命じになりました。というのも女王さまの言い分では、イサベラを殺していればカトリック教徒を地上から一人減らすことになって、天に対する捧げものになったかもしれないが、とのことでした」。

したがって、モーロ人とプロテスタントは寛容さか野蛮さか、そのどちらかを伴って描かれてきた。もちろんセルバンテスは前者とともにある。彼によるとそうした寛容さはフランスやイタリア、ドイツに、またイギリスの女王やモーロ人の間にすら存在している。しかしスペインにおいては、洗礼を受けてスペイン人となっているモリスコたちが、寛容という美徳をそなえた場所を捜し求めることを余儀なくされている。またどうしても言っておかねばならないことだが、セルバンテスがモーロ人の残虐さに触れるのは、モリスコがスペインで蒙った残虐な仕打ちに対する報復としてだということである。たしかに彼はスペインで行なわれていることを是認するような発言をしている。とはいえ、読者は彼の意見がどこまで本気なのか見極めることができるに足る、十分な知識をそなえておられよう。

『アルジェール生活』において、二人の囚人が、あるキリスト教徒が蒙った無残な死のことを悲痛な面持ちで語る場面がある。

（レオナルド）

友よ、もう泣くのはよせ。
悲しむべきは、死んで魂を
天に召される者よりも
ここに残されている者に対してだ……
悲しみの涙を別の尺度で
流してみたらどうだい[160]、バレンシアで
殺された連中がここアルジェールで
仕返しをしているってことにはがまんがならぬ。
あそこでは悪業を罰することで
正義が示されるというのに
ここでは不正の威力のほどが
残虐さでもって示されるのさ……
あのときぼくらは囚人であってよかったよ、
これ以上びくびくしなくてすんだわけだからな。
だってあそこでは死者を焼くものだけれど
ここでは生きて焼かれるからな[161]。
バレンシアよ、背教者を罰する方法を
改めたほうがいいぞ、
公衆の面前で判決を下すより

一人残らず毒殺してしまうがいい。[162]

この文章は重要である。もしバレンシアでモリスコに対する拷問が執拗に行なわれているならば、むしろ一人残らず密かに毒殺した方が望ましいというのである。そうすればせめて海を越えてまで報復はなされないであろう。ここには痛々しいまでのアイロニーが感じ取れないであろうか。なぜならば、セルバンテスの全作品を通して、彼がそういった種類の残虐さの肩をもつと考えうる、いかなる根拠もないからである。彼の道徳観はこの後でじきに検討することになるが、そうしたことを決して許容したりはしない。登場人物のうちの誰かが暴力的な行為を行なうことはあるだろう。しかしこうした文言を額面どおりに受けとれば出てくるかもしれないが、そうした異端審問的殺人の教えを実行できる者などひとりもいない。[163]

ユダヤ人もまた時たま出てくる。サンチョが信じるところによると「神さまと聖なるローマ・カトリック教会のお考えになる一切のことを、いつもわしが信じてるように、固く本心から信じ、わしがそうなように、ユダヤ人を命がけで憎んでいるってことしか取得のねえ男だとしたら、物語の作者たちだって、わしに慈悲心をいだいて、書いたものの中でも、まあ穏便にわしを扱ってくれるにちげえねえ[164]」。クレメンシンはこの部分に冗談めかした調子を見て取り、こう述べている。

「セルバンテスは当時一般的であった民衆の歪んだ見方を同時に戯画化して描いている……なんとユダヤ人には尻尾があるとさえ信じられていた[165]」。

セルバンテスはアルジェールとイタリアで、実際にユダヤ人たちに会っている。『アルジェールの牢獄』[166]では、ある聖器係がユダヤ人に土曜日に樽を運んでくるように仕向ける。ユダヤ人はこう述懐する。

土曜日にはいかなる仕事も
してはならないことに
なっているのだ。
殺されたって、運びなんかするものか。

聖器係は彼をいじめるが、ユダヤ人は自らの信仰を守り通す。

ああ、なんて哀れで情けないことだ！
聖なる神にかけて
もし今日が土曜日でなければ
運ぶところを。キリスト教徒め、いい加減にしろ！

するとそこに一人の老人が間に割って入るが、彼は感受性をそなえたセルバンテス的人物の一人で、
ユダヤ人たちに対する手厳しい言葉とは裏腹に、かわいそうな男に救いの手を差し伸べる。

少しかわいそうではないか。
ああ、女々しくも恥ずべき
取り柄のない連中よ。
今度ばかりは許してやってほしい。

（ユダヤ人）
あなた様の手足に口付けいたします。
ご親切にしていただいて
どうか神さまのご加護がありますように。

救い主の老人によれば

苦しみのもとはあの大罪にある。
お前たちが誤ってむなしく待ち望む
すでにこの世にこられたお方によって
お前たちに投げかけられた永遠の呪いが
文字どおり、立派に果たされているのだ[167]。

『偉大なトルコ王妃』においても、ユダヤ人たちがひどい仕打ちの犠牲者となって出てくる。彼らは食事に豚の脂身を入れられたり、つばを吐きかけられたりする。ギリシア人のアンドレスは『アルジェールの牢獄』の老人と同様、ユダヤ人に関する見方を披瀝する。

ああ、意気消沈した民よ、ああ、恥ずべき
穢れた民よ、お前たちは自分たちの空しい期待と

狂気と、たとえようもない頑迷さゆえに
何という悲惨な境遇に落ちたことか!

『ペルシーレス』の終わりのほうで、ローマに定住したユダヤ人たちの話が出てくる。

「わたしどもはユダヤ人でございまして……室内の飾りつけ一切をお引き受けする商売を営んでおります[168]」。

その後、ユダヤ人サブロンは恋の三角関係に巻き込まれ、また妻の方は妖術師として振る舞う[169]。要するに、数はそれほどないとはいえ、ユダヤ人に触れた箇所はみな彼らに不利なものばかりである。セルバンテスは彼らをアフリカのイスラム教徒よりも下のひどく劣った民族として提示し、よもやスペインのモリスコのように、彼らに話させることはない。彼の二つのコメディアで彼らに向けられた容赦のない揶揄は、作者によって断罪されたり、釣り合うように是正されたりすることもない。彼は二度にわたって、ユダヤ人の不幸を彼らの頑迷さに帰しているのである。したがって筆者はいくつかの理由から、セルバンテスが今日の言葉で言うところの反ユダヤ主義者の姿をみせているると判断せざるをえない。その理由とは、スペインの反ユダヤ主義であり、またユダヤ人がモーロ人やキリスト教徒の怒りの対象となっていたこと、アルジェールの貧しいユダヤ人を見て形づくった見方や、通説に譲歩する姿勢などからである。何はともあれ、問題はセルバンテス作品において副次的なものにすぎない[170]。

異端審問に対する攻撃というのは、よほどテクストを曲げて解釈しない限り、見ることはできないと思われる[171]。それに比べてセルバンテスが、同じ時期か異なる時期か、心の中でモリスコの追放を支持したり、あるいは追放しない方を支持したことはあったにせよ、モリスコ問題に対しては、個人的に重要視していたことを示す十分な資料がある。追放しない選択というのは理想であり、『ガラテア』や『ドン・キホーテ』のそれと同じく、心の美しさを追い求めることである。あるいはその美名のもとでガレーラ船の漕刑囚を解放した、正義のもつ心の美しさである。もう一方の方は事実であり、話に出てきて、あれこれ人々にとって迷惑なことを行なうモリスコである。人々にとって、彼らの心の動機とか視点といったことはどうでもいいことであった。筆者にとって疑いようのないことは、セルバンテスの意識やその最も内なる存在は、理念の方に傾いていたのに対して、民衆的意見の方は皮肉やアイロニーによって覆われていたということである。最後に我々が認めておかねばならないのは、問題はつねに〈印象派的〉な形式で扱われているという点で、これは作者の技法と思想において真に本質的なことである。

セルバンテスのキリスト教

セルバンテスは隣人への愛と思いやりの精神において、キリスト教的徳性の価値を深く認識していた。彼のキリスト教は外見的な儀式よりも、振る舞い・態度により重きをおいていた。慈愛や侮辱に対する赦しが、彼の雄弁な表現力を生み出すモチーフであった。煉獄の魂、お祈り、説教、遺物、聖人、迷信的奇跡譚、宗教的典礼、修道士や隠者、聖職者らの反福音的行動、こうしたことすべてが冷やかしや大方の鋭い批判の対象となった。一方で、セルバンテスはしばしば、情念を果敢にキリスト教的命令に従わせることを称賛したが、それは彼の中では道徳的規範となっていた[172]。

しかしこの態度の生きた領域において、セルバンテス的思想が忘れ去ることのなかったのは、調和と〈可能性の共存〉(composibilidad)という基本原則である。そうした原則のおかげで、道徳的現実は、心理的現象や単なる物理的現象に対して起きるときと同じように、我々の前で条件付けられ、制約された形で現われてくる。道徳的刺激は宗教の制約を受けると同時に、自然に基づく別の生命的衝動の中に、自らの限界を見いだすこととなる。そうした例として我々は『嫉妬深いエストレマドゥーラ男』のレオノーラや、『嫉妬深い老人』のロレンシーカ、『ペルシーレス』のルイサ、「無分別な物好き」のカミーラといった人物を見てきた。こうした女性たちはすべて、夫に対して誓った貞節を踏みにじるが、だからといって彼女たちに何か起きることはない。セルバンテスのペンは彼女たちをしっかりと精力的に支えているのである。そして彼の道徳的次元は、教会的規範が許容するよりもずっと高いところに据えられている。もちろん作者の姿勢が意識的なものであることは、作品の随所に見られる部分から導き出されることである。

たとえばリカレードは「カトリック教徒であることを差し置いて、恋の欲望を優先させようと決心した[173]」とある。彼はこうしてカトリック教徒の船を襲おうという気を起こすのである。それは「人間の欲望の法には信仰の掟をも打ち破る激しい力があると思われた[174]」からであった。セルバンテスはおそらく良心のためらいを前にして、詭弁家たちの中で最も洗練された道徳律というにふさわしい、通行手形に手を伸ばしたものと思われる。

主キリストはやむに止まれぬ事情で
なされた罪深い行ないに対しては、いつも
慈悲深くそれをお許しになったし、
今でもお許しなのだ。[175]

言わずもがなのことだが、セルバンテスはそうしたやむに止まれぬ事情や、必要性の概念について教条的に述べたことはないし、我々にその限界を示したこともない。彼は道徳的相対性の存在を指摘するだけで満足したのである。セルバンテスは住職にこう言わせている。

「たとえそこに情欲の強い力がはたらいていたとしても、その中に悪がはたらいてさえいなければ、その情欲を追い求めた者はけっして責められるはずはない」（前篇、三六章）。

我々は前に何度か、セルバンテスが宗教的典礼や儀式の複雑な仕掛けに対して、単純な宗教的行為のほうを好んでいることを見てきた。その点で一度ならずも作者の思想に、エラスムスの深い影響があることを見いだしたはずである。グリソストモについてはこう述べられている。

「モーロ人みたいに野原のなかへ埋けてくれ、それもさコルク樫の泉のある岩の根方へ埋けてくれと、自分の遺言で言い遺しているんだがね。それというのがなんでも人の噂によると、あそこはあの男がはじめて娘を見そめた場所だと、自分でもそう言っていたというからなんだ。そのほかまだいろんなことを遺言しているんだが、どうもそいつは村の坊さん方の話では、何しろ外道めいたことだから、そのとおりにするわけにもいかないし、そのとおりにしてやってはいけないというんだよ」[176]。

グリソストモの埋葬は遺言どおりに行なわれ、彼の遺骸は岩のそばに埋められる。間違いなくこの部分には牧人的なものの影響があるが[177]、場面は土地の修道院長が登場するなど写実的な雰囲気に包まれている。これは場面がまったく別の性格をおびた『ガラテア』では、とうてい考えられない設定である。

ドン・キホーテの完全な是認をかちえたこの無邪気な行為は、死体の冒険（前篇、一九章）と対比されるべきであろう。そこでわれらの騎士は「なかなかまずいものでは我慢しない、あの遺骸についてきた坊さんたち」からなる、仰々しい葬儀の随行者たちを手荒くさんざんに痛めつけている。両者のケースで示唆しようとする対比は、エラスムス主義者マル・ラーラの、次のようなテクストを考慮に入れればさらにその意味が鮮明になろう。

「キリスト教徒の間では、つねに立派な葬儀をあげることが、死者を弔うのに必要であり、かつ敬虔なこととみなされて重視されてきた。しかし葬儀は神の栄光と死者の霊の幸せを願ってなされるべきで、外面だけに終わってはならない……ウェルギリウスが『アエネーイス』（第六章）で言っているように、異教徒たちは遺体をこの地に埋葬して厳粛な葬儀を執り行なわなければ、霊魂が苦しんであの世に彷徨っていってしまうなどと途方もないことを考えていた。しかしこれは信仰の光に照らされたことのない人間どもの蒙昧さの表われであった。我々の信ずるところでは、義なる者が立派に亡くなったなら、立派な葬儀をしようが、砂漠で鳥に啄ばまれるに任せようと、主なるわれらの神が面倒を見てくださることは確かである(178)」。

これは純然たるエラスムス思想である。派手な葬儀やお祈りではなく、正しいキリスト教的生活と単純素朴な死である。

「神父さま、どうか私を最も悪く劣ったキリスト教徒を埋葬するのと同じように埋葬してください……あなたがこの体をどこに埋葬されようと、意に介することもありません。なぜならば、どこに埋められようと、最後の審判のときには同じように復活するでしょうから。私は埋葬の派手な儀式や華やかさに心を煩わすこともありません。ですからそんなことを長々話して、時間をつぶしてはならないのです(179)」。

我々はここで『ドン・キホーテ』後篇、五八章の平穏な冒険において、主人公が目にすることとなった聖人像について考察してみよう。読者諸氏に思い出していただきたい。その場にはサン・ホルへ、サン・マルティン、サンティアゴ、サン・パブロの像が出てくる。その各々に短い注釈が付けられている。サン・ホルへは「神の騎士が持ったもっともすぐれた遍歴の騎士じゃった。ドン・フアン・ホルへと申し上げて、そのうえに乙女たちの保護者であられたのじゃ」とされ、またサン・マルティンも「キリスト教の冒険者のひとり」で、そのマントを分けあった行為によって意地の悪い冗談の種を作った人物である（本書、四三四頁参照）。

　サンティアゴは「サン・ディエゴ・マタモーロスと申し上げる。世の中におわした、また天上におわす、もっとも勇敢な聖者であり、騎士である方々の一人じゃ」。

　作者はさらに先の方で、彼の奇跡の信憑性について皮肉を加えている（本書、四二四―四二五頁参照）。ところがサン・パブロ（聖パウロ）にいたると、話す調子が一変する。セルバンテスは真面目かつ雄弁になり、その言葉には何の皮肉も混じることはない。

「生あるうちは遍歴の騎士で、死んでは正真正銘の聖者でわが主のぶどう園の倦むことを知らぬ耕作者、異教徒の教師であって、天国はその学校として使え、その学校で教えを授けられる教授および校長はイエス・キリストご自身だったのじゃ[180]」。

　十数章前にもやはりサン・パブロについての言及があり[181]、彼の書簡のひとつを引用する際は大きな感動がもちあがる。

「最大の聖者の一人が、『なんじらはそれらのものを、あたかも持たざるがごとくに、あらゆる事物をもて[182]』と言ったという、ああいうふうな貧困でないとすれば、そして、人々がこれを、心の貧しさと呼ぶそういう貧困でないとしたら、貧乏でありながらも、なおかつ満足するようになる者は、よほど神の恩寵に浴しているものでなければならないと、あえて予は申したい」。

こうした点から次の推論が可能だろう。つまりわれらの作家は他の聖人たちの誰よりも、サン・パブロを真剣にとらえ、より敬虔な気持ちを抱いてキリストの〈博士〉に向かい合っていた、ということである。サン・パブロは剣をもってするよりも心をもって行動することが多く、その人生は作り話に包まれることはなかった。(183) ここでもまたエラスムスに戻って行かざるをえない。

「会衆は全部目を醒まして、口をぽかんと開けて聞き惚れます。これと同じわけで、聖ゲオルギウス(ホルヘ)だとか、聖クロストフォロスだとか、聖女バルバラだとかいう、ちょっとおとぎ話ふうな、現実離れをした聖人がいることになりますと。相手が聖ペテロだとか聖パウロだとか、また主キリストご自身だとかいう場合よりも、はるかに崇拝されるようになるのですよ(184)」。

今、セルバンテスのキリスト教思想をより広い視野に投影してみると、前に指摘したとおり、彼にとって本質的に重要なのは態度・姿勢の問題だということが分かる。しばしば人の振る舞いとキリスト教徒であることの密接な相関関係が述べられている。

私はキリスト教徒だ、だからキリスト教徒として生きねばならぬ。
悲惨な境遇に置かれてはいるものの、
いくら贈り物や甘い約束をしたり、巧みな技を弄したとしても
私をわが主から一指たりとも引き離すことなどできはせぬ。(185)

ドロテーアはドン・フェルナンドが「自分もキリスト教徒だということと、さらに世間態よりもたま

しいを大切にしなければならないということを悟る」[186]はずだと確信していた。

「キリスト教徒だから、お前自身の生まれつきから立派な女でなくっちゃならないとしたらだね[187]」。

「（アントニオは息子に言う）聖なる掟は教えている。侮辱を受けた者がなすべきことは、相手をこらしめることではなく、説き喩して罪を悔い改めさせることだ[188]」。

等々。

この最後の文はセルバンテスにあって、単なる抽象的な格言などではない。われらの作家と、当時その原理を聖俗の書物で盛んに説いてきた者たちの間には、実際的能力において本質的な差異があるということが分かるはずである。復讐というものは、熟考を妨げるような激しい衝動に駆られた場合は別だが[189]、哲学的かつキリスト教的な理由から、セルバンテス的行動規範からは除外されている。

「おまけにちょうどその時は例の銜《くつわ》をはめさせられていて仕返しすることもできなかった。しかし後で冷静になってみると別にそんな気は全然おこらなかった。とにかくよく考えた上での復讐ってやつは残忍と悪心の証拠だからね[190]」。

我々はそうした情念の力を理性の力で浄化することを通して、禁欲的な崇高さに到達することができる。こうしてキリスト教はしたたかで厳格な禁欲主義へ変わっていく。セルバンテスはそうしたやり方によって、ペトラルカやエラスムスがルネサンス期に活性化した、かくもスペイン的なセネカ的伝統に組み込まれていったのである。


（ドン・ファン）

ああ、何という嘘つきめが！

（ボスメディアーノ）

私は囚われの身のキリスト教徒だ。

他におぬしに言うことはない[191]。

こうした思想の基盤の上に、復讐というものがそれと逆方向の人間的衝動によって厳しく規制され押し止められるような、劇的なエピソードが展開されることとなる。そんな場合でも、聖徒列伝の純真な感傷趣味もなければ、カルデロンの冷徹な三段論法などもない。そういう場面で、セルバンテスの堂々とした貴族的な風貌が際立って見えるということはないが、その完全な意味が明らかになるとしたら、それはエル・グレコがいわく言いがたいものを表現すべく、神の手にゆだねてやったように、我々もあえて人物の表情を大きく引き伸ばしてみるべきであろう。

「セニョール・ドン・ペドロ・テノーリオ。なにゆえご自分の手でご自分をお辱めになるような愚かなことをなさいます。この種の侮辱は制裁を加えるには及びません。元を正せば言いわけが立つものでしょう[192]」。

こうした本質を突いた言葉のおかげで、フェリシアーナ・デ・ラ・ボスは一族の怒りの犠牲とならずにすんだ。フェリシアーナは愛と自然に導かれて、ロサニオに身をゆだねていたが、それは愛してもいないルイス・アントニオとの結婚から逃れるためであった。セルバンテスはこの事実に則り、父親に思いやりの心を発揮させたため、彼の復讐心は消え去ったのである。

「できたお父さま、できた息子、友人もよく義理をわきまえているし説得力があるなどと口々にほめたたえた」。

こうした道徳性と人間性の諍いは、セルバンテスの手にかかれば見事に、積極的に〈説得力ある〉かたちで出てくるのである。

われらの名高い芸術家の関心が、何にも増して強烈にジラルド・チンティオ（Giraldo Cintio）の『百物語』（*Hecatommithi*）のテクストに注がれた、というのも大いに肯ける。それはその書の十章区切りの六番目の第六章（つまり第五六章）に、ある母親が息子を殺した犯人をかくまう場面があるからである。つまりこの書によって、そのテーマを展開させるに当たっての心構えが前もってできていたと考えられる。そして『ペルシーレス』において、彼はきわめてセルバンテス的な方法で「ドニャ・ギオマール・デ・ソサという恩人の寛恕、度量、有情のはからい」について語ることとなる。このポルトガル女性は運悪く、彼女の息子を殺めたばかりの人物を、そうとは知らずに歓待したのである。役人が現われる。母親は自分が誰に宿を提供したか気付き、復讐心が心に萌す。

「ああ、復讐心が魂の扉をこんなに強くたたいている」。しかし、果敢な反応によって本能は押しとどめられる。「悲嘆の母親が何とこたえるか……母親の返したのは、キリストの教える憐恕のにじみ出た寛大な言葉でした。《そのような者が当屋敷に逃げ込んだとしても、この部屋へはまいっておりません。あちらのほうをお探しください。それにしても、一人の死をもう一人の死でつくろおうなど詮無いことです。わる気があって働いた侮辱でないときはなおさらでしょう[193]》」。

そして殺人者は無事逃げおおすのである。セルバンテスはジラルド・チンティオ以上に賢明であった。後者によれば、母親は息子を奪った人物を養子にとるのである。そうなれば我々は、聖徒列伝のすばらしさを目の当たりにするだけだろう。セルバンテスは倫理と境を接するそうした危険な領域において、芸術の限界となるべき場所をしっかりわきまえていたのである。

エラスムスにおいても、前のような特徴を典型的に見ることができる。『格言集』には次のような件がある。[194]

「この賢人（ピタクス）については、深い慈愛心を示す模範的なエピソードが知られている。ティレウスという名の息子がクマの町のある床屋で、椅子にすわっていると、ある鍛冶屋がやってきて、矛槍で彼の頭に一撃を加えて彼を殺してしまった。クマの人々はすぐに犯人を捕まえ、ピタクスのもとに連行して息子の復讐をさせようとした。しかし哲学者は原因を知ると彼を許し、復讐するよりも許すほうがましだと述べて、彼を解放してやった」。

セルバンテスがジラルド・チンティオを模倣したのは偶然のことではない。我々が述べてきたことすべてからだけでなく、似たような他の状況からもそう言えるからである。『イギリス系スペイン女』[195]の中で、リカルドは彼の恋人イサベラを毒殺した女を許すように求める。また『ペルシーレス』では、背中に傷を負った伯爵が次のような言葉を吐く。

「わたしをこんな目に遭わせた下手人と共犯者をすべて許すと言っておきます[196]」。

こうしたことすべてから認めねばならないのは、サンチョがいつもながら臆病風を吹かせて〈死神の従者〉の役者たちと事を構えるのを避けようとして、次のように言うとき、それが彼の人格の作り手の思想をユーモラスに表現したものだということである。それは「辱められたからって敵打ちするのは、善良なキリスト教徒のすることってねえでね[197]」という台詞である。

ところでキリスト教は単なる言葉ではなく、行為である。

キリスト教徒の誓いによって

大地は生をはぐくみ
海の潮は満ち、空は雨をはらむ[198]。

「《暮らしのよい者がよい説教をする、でがす》と、サンチョが答える。《だが、わしゃほかのすん学〔神学のこと〕は知らねえだ》《そんなものは知る必要はない》とドン・キホーテが言う[199]」。

この言葉は『アルジェールの牢獄』の中の次の台詞（第一巻、二八一頁）と呼応させねばならない。

（老人）　あんたは禁じられた潔斎の日に
肉を食べるんだから、見上げた
良心の持ち主だ。
（聖器係）　馬鹿なことを言わないでくれ！
私の主人が与えてくれるものを
食べているだけさ。
（老人）　ひどいことになるぞ。
（聖器係）　ここじゃ、神学なんぞ知るもんか。

この文章はきわめて重要な内容を含んでいる。とりわけ次に続くところが重要である。〈老人〉は〈聖器係〉に例のマカベア家のことを思い出させる〔『マカバイ記二』第七章、一―四二節〕。

（老人）　彼らは禁じられた物を食べようとしなかったから
身を滅ぼすに任せてしまった。

すると〈聖器係〉がこう答える。

（聖器係）　もしわしを目の前にして説教を
始めるつもりなら、お前さんの
目の前からとっとと逃げ出さねば。

（老人）　もう躓いたのかい？
転ばないように祈るがいいさ。

（聖器係）　それはやめとくよ、信心だけは
とんと縁がないのでね。

（老人）　もしモーロ女が足でも見せたら
ふらふらよろめくんじゃないか心配だな。

（聖器係）　もう何人からも誘惑を受けてきたけれど
他の者ならきっと、むげに
退けはしなかっただろうよ。

われらの聖器係の言い草では、信心だけはとんと縁がないという。そして一人ならずモーロ女たちの

学〉の問題にすぎない。エラスムスは聖パウロの言葉（コリント人への第一の手紙、第四章、八および一〇節、「彼らはすべてを許す」omnia licent）に基づき、こう述べていた。

誘惑を受けているにもかかわらず、童貞を守り続けている。肉断ちの潔斎は〈馬鹿なこと〉であり〈神

「こうした言葉からイエスはキリスト教徒にとって、正しい食べ物も禁じられた食べ物もないということを述べられたのである」(200)。

我々はいつもさまざまな道を通って、同じ結論にたどり着く。つまりセルバンテスのキリスト教は本質的にエラスムス主義的である。サンチョと聖器係は、キリスト教的生活と関係のない形式主義的規範を〈神学〉(201)とみなすことで一致している。セルバンテスはエラスムス主義者のカスティリオーネが『宮廷人』の中で述べていることを読んだにちがいない(202)。

「キリスト教徒として立派な生き方をする神学者もまた少ないものです」。

そうしたところからエラスムスは『痴愚神礼賛』の中でこう述べていた。

「わが神学者先生たちは一度も福音書なり聖パウロの書簡なりを繙いて見る時間もないくらいです。そして、このご連中は、自分らがほうぼうの学校で、こうしたばか遊びをして楽しんでいれば、教会を崩壊から防いでいけると考えているわけなのです(203)」。

そしてさらに辛らつな調子で述べているのは『アルキビアデスのシレノスの箱(204)』である。

「連中ときたら、もし誰かが彼らの規範的と呼ぶ命題や文法にそぐわないことを、少しでも言ったり書いたりすれば、すぐに異端的だと言うくせに、キリストご自身がその教えの中で軽んずるように言われること、また福音的な戒律や、使徒的な定めにひどく反する生活秩序だと述べておられることには、異端的だなどとは呼びもしなければ考えもしないんです(205)」。

キリスト教的徳の中でも最も傑出したもので、セルバンテスが福音書の中で説かれた愛と調和の基礎として、第一義的なものとしているのが、謙虚さと慈愛である。[206]

「我々（悪魔）も誰一人、残念ながら慈悲深いお方とは地獄でお目にかかったことはない[207]」。

周知のごとく、サンチョは人の痛みに心を動かされるという資質を、高度に持ち合わせている。それは老いた漕刑囚のエピソードに見られるとおりである。

「するとサンチョはひどくこれにつまされて、四レアール銀貨を一枚ふところから取り出して、相手にめぐんでやった[208]」。

サンチョはまた、アルドゥードの蛮行とドン・キホーテの狂気の二重の犠牲者である、例の哀れな少年に対しても、その徳性を発揮している。この他にも、セルバンテス作品のすべてに、繊細な人間性の特徴を頻繁に見いだすことができる。[209] ことほどさように、作者は慈愛に対して重きをおいていたので、次のように述べるまでにいたった。

「なまぬるい、いい加減にやる慈悲のおこないは、何の役にも立たないし、利き目もないってことを考えることよ[210]」。

この箇所は異端審問所によって削除されている（本書、五一九頁、註64を参照）。これは単に慈愛にのみ言及したわけではない。少なくともこれは心の持ち方という意味で捉えるべきである。カランサ（Carranza）の『公教要理』（*Catecismo*）では、似たような命題は退けられている。ここではプロテスタント的教理（業なき信仰）は照明主義（iluminismo）と互いに手を取り合っている。つまり啓示的内観と外面的業に対する蔑視である（『注釈』*Comentarios* 第三部、第二作品、第三章）。

アスピルクエタ（Azpilcueta）によると、祈りは生きた信仰と燃えるような慈愛がなければ価値がない

(『祈りについて』*De Oratione* 第八章)。一六三二年のサパータ(Zapata)の禁書目録では、『ドン・キホーテ』のこの部分を削除したが(九八〇頁)、これは神秘主義を妨げる動きを表わしている(H・チャールズ・リー、『スペイン異端審問史』H. Ch. Lea, *A History of the Inquisition of Spain* 第四巻、一九二二、一五一一六頁)。ロドリーゲス・マリンは似たようなテクストの多くに言及した後(彼の『ドン・キホーテ』の版、一九二八、第七巻、三三八頁)、こう結論付けている。

「前に述べられたことからだけでは、セルバンテスがその書において、聖パウロから今日まで明らかな真実として通用してきた考え方を、削除するよう命じられねばならないような、いかなる罪を犯したのか、何とも理解に苦しむ」。

もちろん真の問題は、もっと前のところで示された問題である[211]。

エラスムスは『痴愚神礼賛』(一〇六頁)の中で、最後の審判の日にキリストをして、修道士たちにこう答えさせている。

「この新たなユダヤ人たちはいったいどこの国から来たのだ? 私は人間たちに唯一の教えを説いたではないか?……私が寓意などではなくはっきりとわが父なる神の遺産を約束したのは、聖職者やお祈りする者や、潔斎を守る者などではなく、慈愛の業(caritatis officiis)を行なう者ぞ」。

また『対話集』においても、キリスト教的教えをこう説いている[212]。

「三番目、それは慈愛を実践することである。つまりどんなことでも可能な範囲で、誰に対しても善を施すことである」。

引用したテクスト、対抗宗教改革を扱った際に明らかにしたこと、本書のさまざまな場所で指摘したセルバンテスとエラスムスの間の多くの符合、そういったものすべてから、明白な事実として受け入れねばならないことは、セルバンテスのキリスト教思想が、彼のルネサンスとの関わりとうまく一致していることである。

我々が第五章で明らかにした、自然のもつ素朴な単純さへの希求は、より単純でより無邪気な、福音書の昔ながらの純粋さに人間が付け加えたものすべてを捨象したキリスト教思想と論理的な相関性をもっている。そうしたキリスト教思想は聖パウロのそれであって、サンティアゴ・マタモーロスのそれではない。貞節と慈愛のそれであって、節制と神学のそれではない。我々がセルバンテスの思想の内奥に迫ることができるのは、当時の目付け役（対抗宗教改革）によって織り込まれた、分別という名の覆いを注意深く持ち上げて、憶測を排し、問題解決の安易な手引きや、神秘主義に逃げ込むことなく、テクストを前後にきちんと整理し、テクストが十六世紀の明哲なスペイン人にとって有していた意味を、しっかり把握することによってである。セルバンテスは当時手にしうる、ロマンス語で流通していた書物を、熱心に読み込んでいたのである。

ルネサンス思想は文化や道徳、正義や宗教という諸形式の原点に立ち戻ろうという思いに取り憑かれていた[213]。いわばルネサンスは宇宙という書物の校訂版を作ろうとしたと言ってもいいだろう。宗教的・キリスト教的分野における問題は、聖書や福音書へ、原始時代の夢想的な純粋性へ、ラテン語よりもヘブライ語へ、そして結局、摑もうと願っていた不変的本質に最も近いものへ戻っていくことにあった。エラスムスはそうした野心や詮索的熱望を抱くことにおいて最大の人物であった。彼にとってそうした熱望は閉じられた内容ではなく、方法であった[214]。したがって彼はカトリック神学者であれ、プロテスタントであれ、彼らの教条的解決を嫌った。そのせいで双方から憎まれ、迫害されることとなったのである。しかし彼は十六世紀を通じて、神秘主義的興奮がそうしたように、批判主義と晴らされることのない懸念の痕跡を残したのである。それは理性的要求や抗議の精神の痕跡でもあった。セルバンテスはエラスムスなくしては、現にあったようなな姿ではありえなかったであろう。

（1）ハイネはこう述べている。
「セルバンテスはローマ教会の忠実な息子であった……カトリック作家であった……。誰もそれを疑うことはできないだろう」（一八三七年の独訳への序文、五一、五九頁）。

（2）ロドリーゲス・マリン、第五巻、一五頁。ここにはいかなる注釈もない。クレメンシンは『犬の対話』および『ペルシーレス』からの引用を行なっている。そして聖アウグスティヌスと福音書のテクストと併せて、教義の道徳的正しさについての議論を展開している。

（3）アメスーアによる版、三三八頁。この部分についての注釈はない。ロドリーゲス・マリンは彼のカスティーリャ古典叢書版（第二巻、二九七頁）で『ドン・キホーテ』後篇、二四章を引用している。他に、『犬の対話』前掲版、二五五頁（二一一─二四行）を参照せよ。

（4）二巻、七章。シュヴィルとボニーリャによる版、第一巻、二一一頁。この部分についての注釈はない。

（5）『ペルシーレス』、一巻、一二章。BAE、第一巻、五七七頁b。

（6）『パルナソ山への旅』、第八章、シュヴィルとボニーリャによる版、一一八頁。

（7）オルテガ・イ・ガセーは『ドン・キホーテに関する省察』（一九一四、一四三頁において、小説につけられた〈模範的〉という題名について目を留め、「十七世紀の優れた者たちによってなされた英雄的偽善」に注意を喚起している。彼はガリレオとデカルトに触れている。

（8）本書、二一三─二一四頁。

（9）F・ロドリーゲス・マリン、『《嫉妬深いエストレマドゥーラ男》のロアイサ』、*El Loaysa de El celoso extremeño* 一九〇一、二六頁。

（10）〔《旅人よ止まれ、汝は勇士を踏む》というラテン語の墓銘をふまえている。〕

【アメリコ・カストロによってここで述べられたこと（および六章、七章で繰り返されたこと）は、新たに相当の物議をかもし、怒りの議論を巻き起こした。たとえば前者としてはゴンサーレス・アメスーアの『セルバンテスの思想』に対する次の注釈である。

「冗談は別として、問題はそんなことにあるのではない。なぜならそれがセルバンテスの名誉それ自体、彼の道徳性、精神の品位、ペンの誠実さに関わる問題だからである」（『スペイン短編小説の生みの親セルバンテス』、第二巻、二五六頁）。

まあそれも逸話としておこう。議論が実際に巻き起こったのは、『嫉妬深いエストレマドゥーラ男』の二つのテクストの存在と、そうした興味深い事実についてなされた解釈である。セルバンテスが小説ときわめて類似した筋をもつ幕間劇『嫉妬深い老人』の作者であるということは、問題をさらに複雑にする。

レオ・シュピッツァー（Leo Spitzer）によれば、道徳的に見てより大胆で屈託のない幕間劇と小説との差異は、まさに文学ジャンルの違いによるのであって、セルバンテスが小説の〈正式〉テクストの最後の部分をこっそり変更するような〈偽善者〉だからというわけではない（「セルバンテス小説の構造」、『ロマンス言語学』所収"Das Gefüge einer cervantischen Novelle", en *Zeitschrift für romanische Philogogie* 五一巻、一九三一、一九四―二二五頁。および「セルバンテスの偽善性について」"Die Frage der Heucherei des Cervantes" 同、五六巻、一九三六、一三八―一七八頁）。

シュピッツァーはある種のフロイド主義に傾きつつ、『嫉妬深い老人』の心理主義を信じていたわけではない。たしかに当時はそうするのがふさわしい時代ではあったが（最近はセルバンテス小説において心理学のはたす役割も受け入れられているが、そのことについては、前述のライリー『セルバンテスの小説理論』四九頁、一九七頁をみよ。またライリー以前では、前述のM・D・マクリーン『セルバンテス作品における結婚問題』を参照せよ。そこでは完全な心理小説として〈精神的〉姦通を扱っている）。

ホアキン・カサルドウェロにとって、最後の〈純化された〉テクストは、カストロとは反対に、決して信憑性に欠けるものではなく、きわめて模範的である（前掲の『模範小説集の意味と形式』）。

W・C・アトキンソンによればセルバンテスの自己検閲、つまり〈真の〉姦通表現の削除は、純粋に美学的理由に基づいている（「セルバンテス、ピンシアーノと『模範小説集』」W. C. Atkinson, "Cervantes, El Pinciano and the *Novelas Ejemplares*" HR、一六巻、一九四八、一八九―二〇八頁）。

S・ペッレグリーニもまた、第二テクストにおけるセルバンテス的〈偽善〉という発想に異を唱えている（「『嫉妬深い老人』における啓蒙性」、『中世俗ラテン語研究』所収、S. Pellegrini, "Luminismo nel «*Celoso Extremeño*»", *Studi Mediolatini e Volgari* 第四巻、一九五六、二七九―二八三頁）。

フランシスコ・アヤラによれば、セルバンテスは非現実的な結末は残るとはいえ、『嫉妬深い老人』のもつグロテスク性との類似のあらゆる可能性を拭い去ったと考えている（Francisco Ayala, "El arte nuevo de hacer novelas",「新小説技法」、«*La Torre*»『塔』所収、第二一号、一九五八、八一―九〇頁）。

それではゴンサーレス〔原文ゴンサーロは間違い〕・アメスーアはどうであろうか。『嫉妬深いエストレマドゥーラ男』の、道徳が芸術に勝利している第二テクストが「どう見ても本当らしからぬ、非現実的でばかげた解決法」だと認めてはいるが（前掲書、第二巻、二五五頁）、シュピッツァーの「小説は幕間劇とは違う」という見解を受け入れ、アメリコ・カストロを激しい口調で攻撃して、セルバンテスの偽善性などありえないとつよく否認している（同、二五五―二五七頁および二六二頁、二六四頁）。

ゴンサーレス・アメスーアにとって、ことは至って明白である。セルバンテスは致命的な罪に恐怖を抱いていた、ということになる（同、二六二―二六三頁）。しかしおそらくこれはすべて、過度なかたちで批評に波風を立てようとするもので、いみじくもL・ファンドル（L. Pfandl）が一九二九年に述べたように（この年は彼の『黄金世紀におけるスペイン国民文学史』*Historia de la literatura nacional española en la Edad de Oro* のドイツ語版の出版年である）、姦通は実際にあったし、一線を越したと理解せねばなるまい、そうでなければ小説の結末もモチーフも何の意味ももたなくなるからである。

カストロの「セルバンテス小説の模範性」（『セルバンテスへ向けて』所収、四五一―四七四頁）及び、より具体的には「セルバンテスの『嫉妬深いエストレマドゥーラ男』」（同、四五一―四七四頁）を参照のこと。そこでカストロは独自の視点にニュアンスを加え、磨きをかけ、手直しをして、それを強調することに成功している。しかしここで述べた問題に関するアメリコ・カストロの最後の、すでに引用した学問的寄与は、彼の重要な論文

「セルバンテスは『嫉妬深いエストレマドゥーラ男』の中ですり抜ける」(『ソン・アルマダンス誌』*Papeles de Son Armadans* 一三号、一九六八、二〇五—二二二頁)である。これは筆者の知る限り、そこで言及されるまで、誰からもコメントされたことはなかった。

「私は『セルバンテスへ向けて』の第三版(タウルス、一九六七)を準備する際、『嫉妬深いエストレマドゥーラ男』がなぜあれほどおかしな終わり方をするのか、悟らなかったことを残念に思う。ロアイサとレオノーラが暗闇で二人きりになって横たわっていて何も起きなかったことに、多くの人は頭をかしげた。とりわけ私は的外れな見解を述べたし、そうしたのは私だけではない」(前掲論文、二〇六頁)。

カストロの新たな解釈によると、セルバンテスは意地悪にも、「インディアス帰りの男と、恥知らずの若者が、若い娘の魅力的な肉体を前にして不能となるように」仕組んだ、というものである(二一三頁)。

「カリサーレスとロアイサは自分たちの富の上に胡坐をかいていた。それで好みは広がり、困難は解消した……作者は印刷版ではロアイサを殺してはいない。彼をインディアスに送り込むだけで満足している。そこはまさにカリサーレスが一旗上げて帰ってきた土地である。こうして輪は一巡して完結する。つまり不能の若者は高齢ゆえに不能となった老人が戻ってきた土地で暮らすこととなるのである。セルバンテスによると、インディアスは欠陥人間たちの飼育場であり、掃き溜めなのである」(同、二一四頁)。

ドン・アメリコは一方で、疲れ切ったロアイサが〈不発のまま〉相手と一緒に眠り込む問題の場面の出典を、アリオストの『狂えるオルランド』(前掲書、二一七—二一九頁、二二一頁)のある箇所に見いだしている。しかし、

「アリオストの手頃な空想は、新しい文体の小説手法に姿を変えている。つまり人物たちは生きる目的と発展を付与され、あふれるまでの意志を背負っているのである。その意志によって、話され語られることの見せかけ的な意味を越えて、あるいはその意味の下に潜んで、彼らを存在させるのである」(同、二一九頁)。

「淫乱な若者を不能者に変えるというグロテスクな思いつきのおかげで、『嫉妬深いエストレマドゥーラ男』の二人の主人公は、対の存在となる。そして彼らの相対立する人生の道筋が一致することとなる。双方とも自らの熱望の頂点から、挫折の深淵を覗き込む。小説上の人物の運命的定めは、彼が自らの人生を創作し続

けているという事実と、同じものと捉えられていた。アリオストの詩は『アマディス』の騎士道的語りと同様に、脱神話化されたのである」（同、二二一—二二二頁）。

『嫉妬深いエストレマドゥーラ男』はこのアメリコ・カストロの最新の再解釈によって新たな基本的価値を獲得している（スペインにおけるアリオストの受容については、シュヴァリエ『スペインにおけるアリオスト』(Chevalier, *L'Arioste en Espagne* ボルドー、一九六六）を参照せよ）。】

(11) ロドリーゲス・マリンによる版。『《嫉妬深いエストレマドゥーラ男》のロアイサ』、八一—八三頁。

(12) このような計算された道徳性を示す事例は他にもある。以下の例を参照せよ。

「グリサルドと私は、私の侍女の一人を仲立ちとして離れの廊下で何度も逢引を重ねました。しかし私たちが二人きりで会う際も、彼は今日あなた方を前にしてさらに力強く約束したようなことを私に約束しただけで、それ以上の進展はなかったのです」（『ガラテア』、第二巻、二〇頁）。

『ドン・キホーテ』（前篇、五一章）にも、人々が「ある山の洞穴の中で、下着一枚になっている」レアンドロを見つけるが、それはあのビセンテ・デ・ラ・ローカが「彼女の操を奪わずに、持ち物全部を取り上げた」からであった。

(13) 【〈偽善性〉とか〈巧みな見せかけ〉などという表現が『セルバンテスの思想』の全体を通して何度か出てくるが、アメリコ・カストロによって使用された、そうした概念をめぐり、またセルバンテスとの関連で、巻き起こった論争や騒動について、この場で簡潔にコメントしておくのがよかろう。

多くの場合忘れられているが、そうした概念を最初に使用したのはオルテガ・イ・ガセーであった（『《ドン・キホーテ》に関する省察』、マドリード、一九一四、三六七頁）。また以下の論文を参照のこと。A・F・G・ベル「セルバンテスの性格」(A. F. G. Bell, "The Character of Cervantes" RHi 八〇巻、一九三〇、六三五—七一七頁）。レオ・シュピッツァー「セルバンテスの偽善性についての問題」(Leo Spitzer, "Die Frage der Heuchlei des Cervantes" 『ロマンス言語研究』 *Zeitschrift für romanische Philologie* 五六号、一九三六、一三八—一七八頁）。H・ハッツフェルト『言語芸術作品としての《ドン・キホーテ》』(H. Hatzfeld, *Don Quijote como obra de arte del lenguaje*)。

また不完全ながらこの論争をまとめたものとしては、バタイヨン『エラスムスとスペイン』（七八四―七八五頁）がある。バタイヨンはカストロによる言い方にニュアンスを加えてはいるが、はっきりと彼を支持している。しかし、この問題だけでなく、『セルバンテスの思想』で提起された他の多くの問題についても言えるが、本当の反カストロ派の旗手はゴンサーレス・アメスーアである。

『スペイン短編小説の生みの親セルバンテス』第一巻の、多くある題名の中でもとりわけ魅力的な、第二章「宗教性」から引用した部分を見てみよう。

「しかし（セルバンテスの宗教性という）この巨大な記念碑全体を、たったひとつの品位を汚す〈偽善性〉という言葉の、破壊的な破城槌で破壊し、打ち倒そうとする者がいる……これはアメリコ・カストロが何度となく使用している、ひどく人を貶める概念である」（第一巻、一二六―一二七頁）。

ゴンサーレス・アメスーア氏の伝統的視点についてもっと幅広く扱ったものとして、前掲の拙論「アメリコ・カストロとセルバンテス」がある。しかしセルバンテス的な〈偽善性〉をめぐる思想的立場から、論争がどのように展開したかという説明をいくら多くするよりも、この騒ぎに対しアメリコ・カストロ自身によってなされたコメントの方が勝るであろう。

「機敏というよりも批判性に勝った者たちが、私がセルバンテスを〈偽善者〉と呼んだことで、大声で抗議しているようだが、この言葉は私自身も以前から不適切だったと考えている。しかし、誠実な言動が拷問や死を招きかねない社会体制下の人間の条件を理解する者は、それもとりわけセルバンテスの生きたような時代をよく理解する者は、言葉の意味に微妙なニュアンスを加える必要がある。専制君主たちの懸念を呼び覚ますことのないようにし、さらにアイロニーの接線で彼らから身をかわしつつ、冴え渡った表現を強調することは、タルチュフ流の偽善と混同すべからざる、文体的手法である。高い価値のあることを表現し続ける自由を救うべく、ヴェールを被った、あるいは偽善的な表現をすることは、自らを安全な場において品に欠けることを言い続けるのが目的の、その種の偽善とは異なるものである。私が引用したもので、そのことを明白に示すテクストがあるのだが、読もうとしないか、読んでもいないようである……」（『セルバンテスへ向けて』、一二五三頁）。

しかしセルバンテスが遠慮がちに書いていたことを立証したものとして、前掲の『セルバンテスとスペイン生粋主義』の諸所、および『実存性の仕事場——《ドン・キホーテ》』がある。】

（14） Ch・デジョブの『文学と美術に対するトリエント公会議の影響』（Ch. Dejob, *De l'influence du Concile de Trente sur la littérature et les beax-arts* 一八八四）という古い本がある。これは資料的にみて興味深いものも若干あるが、その時代の複雑な精神を反映していない点から我々には役立たない。

「ルターの死後百年、フランスにある作家たちの世代が生まれたが、彼らは自らの天才と徳性をフルに発揮して、教父時代の古典的完成と慈愛を再び見いだした」（序文）。

といった調子である。それに対して何度も引用したが、トッファニンの書やこれから述べるものは重要である。一般概説として役立つのは、E・ゴサイン「対抗宗教改革期の国家と社会」（E. Gothein, "Staat und Gesellschaft des Zeitalters der Gegenreformation", *Kurtur de Gegenwart*『現代文化』所収、一九〇八、第二巻、第五号、第一章）がある。【この問題に関する多くの参考文献の中で有用と思われるものに、E・マール『トリエント公会議後の宗教芸術』（E. Mâle, *L'Art religieux après le Concile de Trente* パリ、一九三二、二巻）。E・I・ワトキン『カトリックの芸術と文化』（E. I. Watkin, *Catholic Art and Culture* ロンドン、一九四二）。J・カモン・アスナール「トリエント公会議期の文体」（J. Camón Aznar, "El estilo trentino"『美学思想』*R de IE* 第三号、一二号、一九四五、四二九—四四二頁）。イエズス会士R・M・デ・オルネード「トリエント公会議時代の芸術」（R. M. de Hornedo, SJ, "Arte tridentino" 同上、四四三—四七二頁）、F・マルドナード・デ・ゲバラ「文体理論とトリエント公会議時代」（F. Maldonado de Guevara, "La teoría de los estilos y el período trentino" 同上、四七三—四九四頁）。F・ミラベント「美学におけるトリエント公会議主義の一解釈」（F. Mirabent, "Una interpretación del Trentismo en Estética" 同上、四九五—五〇七頁）。P・アザール『ヨーロッパ的意識の危機』（P. Hazard, *La crisis de la conciencia europea* マドリード、一九五二、第二版）。A・ハウザー『文学と芸術の社会史』第二巻（A. Hauser, *Historia de la literatura y el arte*, マドリード、一九五七）。F・ツェリ『絵画と対抗宗教改革』（F. Zeri, *Pittura e Controrifomo* ツーリン、一九五九）などがある。】

（15） ピノー『エラスムス——その宗教思想』（Pineau, *Erasme: sa pansée religieuse* 一九二四）【前掲のマルセル・バ

タイヨンの『エラスムスとスペイン』は、考慮に入れるべき基本的研究である。】

(16) 筆者は本書二九―三〇頁において、対抗宗教改革について今はっきり考慮に入れねばならない考察と資料を、前もって提示する必要があった。付言すべきは、イソクラテスの『パレネシスからデモニコスへ（徳の奨励）』の翻訳に対する序文で、ペロ・メシーア（一五五一年没）がこう述べていることである。

「イソクラテスがいろいろな場所で異教徒として語っているので、私もまた彼をキリスト教的に翻訳するように注意を払った」（マドリード、一六七三年版、六九一頁）。

(17) ウェルネル・ヴァイスバッハ『対抗宗教改革の文化としてのバロック』(Werner Weisbach, *Der Barock als Kunst der Gegenreformation* ベルリン、一九二一、三頁）【スペイン語訳（マドリード、一九四二）が存在する。】

(18) スペインでそうした悲観主義を反映した者に、前述のフライ・フェリペ・メネセス（『魂の光』*Luz del alma* バリャドリード、一五五四、すでに前出の作品）がいる。

「すでに二回の公会議が終了したらしい、終わってみて後に残ったのは前よりも鼻高々につけ上がった異端者どもである……思うだに怖気をふるうのは、教会がここ四〇年というもの敵から逃げ回っている間に、世界の三つの部分は連中の手に落ちてしまったということである。つまり東洋はマホメットに、地中海も同様、そして北方はルターに……こうして教会は狭き道をたどり、スペインにおいてのみ可能となる。教会はこの地で追い詰められているのである」（ガリャルド『随想』、Gallardo, *Ensayo* 所収、第三巻、七七五頁）。

次の興味深いテクストも参照せよ。

「（ベルナルド）もし我々キリスト教徒すべてがカトリック教会を知り、それに従って庇護の下にあるならば、キリスト教は思っていた以上に大きくなるはずだと思ってきたのに、多くの連中が他の教会のもとについていき、新たな異端的な考えに取り付かれているとは。こうした連中など例の予言どおりになるといいんだ。『一頭の羊と一人の羊飼いがいることとなろう』とね。――（ルイス）良くぞ言ってくれたね。これで君には、昨日ぼくらが話した人生のどれよりも、長寿が約束されたようなもんだ。トリエントで開かれた聖公会議に従おうとしないルター派の、悪しきキリスト教や彼らの流す害悪だけで、世の中はどれだけ害されることか」（アントニオ・デ・トルケマーダ『百花の園』、レリダ、一五七三、九五折v）。

(19) ブソン『理性主義の源泉と発展』(Busson, *Sources et développement du rationalisme* 一九二二、一四頁、フランス教会史学会叢書 *Bibliothèque de la Société d'Histoire ecclésiastique de la France*)。今日でもいわゆる自由思想というものは、とりわけカトリックやユダヤ教を越えた者たちによって育まれているのは、興味深い事実である。

(20) 後篇、一六章。

(21) ヴィレー『モンテーニュの《エセー》の源泉』(Villey, *Soureces des Essais de Montaigne* 第二巻、三二九—三三〇頁)。

(22) 『エセー』、第一巻、五六章。〔フランス語原文における〕正字法を現代的なものに変えたが、これはスペイン語テクストに対して行なっているのと同じ措置である。

(23) 前篇、三七章。エラスムスの次の文と比較せよ。

「善き習慣を培うために役立つ、敬虔な内容の書物は瀆神的な本とは呼ぶべきではない」。そうしたものは何の懸念もなく話題に出すことができる。なぜならば「聖なる書はあらゆる面で利点をもっている、そしてこれと比べるべきものは何もない」(『対話集』、『小説の起源』所収、第四巻、一八九頁)からである。

(24) M・バタイヨンの重要な研究「名誉と異端審問」("Honneur et Inquisition" BH 一九二五、二七巻、五—一七頁)をみよ。【異なった視点をもち、ここで示唆されたことに論点にかかわるものとして、フェルナンド・デ・ロス・リーオスの『十六世紀スペインの国家と教会』(Fernando de los Ríos, *Estado e Iglesia en la España del siglo XVI* マドリード、一九二八)およびJ・A・マラバール『十七世紀の国家理論』(J. A. Maravall, *Teoría del Estado en el siglo XVII* マドリード、一九二八)がある。

アメリコ・カストロはこの問題を『スペインの歴史的現実』(第三版、五二一—五三頁、二〇七頁、二四六—二四七頁)の中で扱っている。ドン・アメリコはスペイン性に関する自らの新解釈に従って、「スペインで確立された国家と教会との奇妙な同一性」について語っている。それは

「キリスト教—ユダヤ教—イスラム教の共存関係と切り離すことはできない……国家—教会はだいぶ前から自らの内にためていたものを、発散させるのに有利な立場に立つようになった者たちの精神から生まれた産物であった。それはかつてあったものを忘れ去りたいと切望するコンベルソやその子孫たち、遺恨を抱く大

衆によって実現した、ほとんど革命的征服のようなものであった。かつてのユダヤ的生活の型は反ユダヤ的内容と目的に満たされ、それに比例するように、人々は自らの出自から遠ざかりたいという欲求を増していった。何世紀ものイスラム的・ユダヤ的な伝統は、帝国を前にして、階層意識に影響を与えてきたのである」(同、五二一—五三頁)。】

(25) BAE、第一巻、七〇九頁。

(26) 前掲版、二五五頁。

(27) セルバンテスが自らの人生と作品において現われる宗教的・慈悲的行為のすべてにおいて、冗談半分で振る舞ったとする見方はとうてい受け入れられない。そう推定するどんな理由が考えられよう。彼は当時の慣習や伝統に従っており、それらを支持していたことが明らかなのは、当時の王家や社会組織を受け入れていたのと同断である。この点で異論を述べるとしたら、歴史的事実に反することとなる。

(28) 『近代哲学の歴史』(H. Höffding, *Histoire de la philosophie moderne* 第一巻、一五八頁)。ブランシェ『カンパネッラ』(Blanchet, *Campanella* 四一五頁以降)。

(29) 対話集『無限、宇宙と諸世界について』(*De l'infinito, universo e mondi*)。ジェンティーレ版『G・ブルーノ』一七頁。マリアーナ神父にも似たような箇所がある。本書五一七頁、註53をみよ。

(30) 『イタリア語による著作』(*Opere italiane* 第一巻、二九三頁)、ジェンティーレ版、前掲書、一八頁。

(31) ジェンティーレ、前掲書、三一頁。【ジョルダーノ・ブルーノに関しては、以下を参照せよ。R・モンドルフォ『ルネサンスの三人の哲学者(ブルーノ、ガリレオ、カンパネッラ)』(R. Mondolfo, *Tres filósofos del Renacimiento* (*Bruno, Galileo, Campanella*) ブエノス・アイレス、一九四七)。M・チアルド『人文主義と歴史主義の間のジョルダーノ・ブルーノ』(M. Ciardo, *Giordano Bruno tra l'umanesimo e lo storicismo* ボローニャ、一九六〇)。エレーヌ・ヴェドリーヌ『ジョルダーノ・ブルーノにおける自然概念』(Hélène Védrine, *La conception de la nature chez Giordano Bruno* パリ、一九六七)】

(32) ガリレオ、『全集』(*Opere*)、第一二巻、一七一頁。【ガリレオの最近の研究は以下の通り。M・カンパナーレ『ガリレオ思想における経験と理性』(M. Campanale, *Esperienza e ragione nel pensiero di Galilei* 『形而上学』*Giornalo*

di Metafisica　第一九巻、一九六七、七五二—七七八頁）。C・L・ゴリーノ（編）『ガリレオの再評価』（C. L. Golino,editor, *Galileo Reappraised*　カリフォルニア大学出版局、一九六六）。G・ヴァラニーニ『批評家・散文作家ガリレオ』（G. Varanini, *Galileo critico e prosatore*　ヴェローナ、一九六七）、雑誌『人間』*De Homine* 特集号（一三—一四号、一九六五）】

(33)　テレジオは教会の不安をなだめるべく、魂は神によって物質の上に据えられた（superaddita）と認めている（ヘフディンク、前掲書、第一巻、一〇七頁）。前述のカンパネッラは教会に全面的に身を委ねている（シャルボネル『十六世紀のイタリア思想』Charbonnel, *Pensée italienne au XVI*^{e} *siècle*　五八六頁）。

トルクアート・タッソに関するケベードの次の文章は、いかにも特徴的である。

「かの博学な詩人・哲学者のトルクアート・タッソもまた、『使者』（*El mensajero*）という対話の序文の中で、天才的人物の口をかりて次のような用心深い言葉を述べたとき、（魂には肉体性があるといった）間違った考えに引き摺られていたのである。《キリスト教徒としては信じてはいますが、ここでは哲学者として語らせていただきたい》。彼はむしろキリスト教哲学者として語るべきだったろう」（『神の摂理』*Providencia de Dios* BAE、第四八巻、一六九頁a）。

(34)　「メルセーヌ神父への手紙」、『全集』（アダン・タヌリー版 edic. Adam et Tannery 第三巻、二五九頁）。

(35)　『全集』（アダン・タヌリー版、第五巻、四七五頁）。哲学者の次の手紙にはきわめて表現豊かな一節がある。

「私はとりわけ聖なる神学と正統なる宗教に意を注いでおられるあなたの忠告と教えには、耳を傾けるつもりです。ただ一つ不安が残っていますが、それは私ゆえに地球の運動のことで、ある枢機卿に相談がもちかけられたことです。というのもこの人物はガリレオを裁いた会に属する人間だからなのです」（同、第五巻、五四四頁）。

デカルトは一六四八年、ニューキャッスル侯爵宛に次のように記している。

「貴方はご自分が私に対してどれほど力をお持ちかご存知でしょう。なぜならば貴方は哲学者と規定していた自分自身の枠を、取り外すようになさったからです」（同、第五巻、一三九頁）。

対抗宗教改革の精神がいかに他の国々で大きな問題を引き起こしていたか、そしてそれよりずっと以前に、われらのセルバンテスの心に起きていたことと、その問題を比較することの有益さを考えてもらいたい。周知のごとく、デカルトはガリレオの有罪判決（一六三三）の後に、自らの『宇宙論』の出版を見合わせた。そしてロレートに赴き、学問としての神学を破綻させることとなる、自らの哲学的方法の発見に対して聖母に感謝を捧げた。【R・ルフェーヴル『デカルト思想を知るために』(R. Lefèvre, *Pour connaitre la pensée de Descartes* パリ、一九六五)、およびW・ルード『デカルト――デカルト的体系の内的起源』(W. Röd, *Descartes: Die innere Genesis des cartesianischen Systems* ミュンヘン－バーゼル、一九六四) を参照のこと。】

(36)【このことに対しては、アメリコ・カストロ自身の新しいテーゼを見ていただきたい。彼はさまざまな場所で自らの思想上の変化を説明している。

「私はだいぶ以前に『ドン・キホーテ』をあまりにヨーロッパ的な規範に合わせて解釈してしまった」(『セルバンテスへ向けて』、三八四頁)。

「私たちは五〇年前には、十六世紀にスペイン人として生きるということがどういったことで何を意味していたか、疑いもしなかった」(同、三二六頁)。

「もし『ドン・キホーテ』が作者の認識していた極めてスペイン的な状況を抜きにしては考えられないとしたら、漠然として捉えどころのない国際的時代に存在したものよりも、そうした状況に注意を向ける方が自然と思われる」(『セルバンテスとスペイン生粋主義』、三七頁)。

アメリコ・カストロのセルバンテスに対する新たな捉え方については、本書七九頁、註12の拙文、および拙論「アメリコ・カストロとセルバンテス」を参照せよ。】

(37) イエズス会士たちの決疑論 (casuismo) は、ひょっとしてものすごい〈折り合い〉ではないのか？ 教会はそこにおいて最大の柔軟性を発揮したのである。

(38) ブランシェは『カンパネッラ』(四〇五頁) の「宗教的感情の脱キリスト教化」と題する章においてこう述べている。

「ルネサンスの哲学思想は……いわゆる宗教的感情を脱キリスト教化した。つまり生きた神への個人的な内的崇拝や救世主キリストへの愛に代えて、宇宙に内在する神的なるものへの熱烈な賛美、何にもまして自然の調和の内に光輝く叡智そのものによって規定された、現世的運命に対する楽天的な信頼に重きをおいたのである。それは創造や〈ミクロコスモス〉〈マクロコスモス〉以上の存在としての人間（本書二五七頁参照）……に対してである。このようにして神は宇宙に、神は人間に近づき、ルネサンス思想は次第に、自然と恩寵の領域の間にあった隔絶感を弱めていった……」。

筆者は前にデカルトが自然をどう理解していたか、引用しておくべきだったかもしれない。彼はこう述べている。

「世界を創造した神ひとり以外は何も考慮に入れず、また私たちの魂のなかに自然にそなわっている〈真理〉のいくつかの種子以外からそれらの原理を引き出そうともしませんでした」（第六の思索）〔『方法叙説』三宅徳嘉・小池健男訳〕。

(39) 【セルバンテスのエラスムス主義については、すでに以前に触れられ、注釈が加えられているが、これより先はそのテーマに関連する別の重要な問題が出てくるはずである。しかしアメリコ・カストロがエラスムスをはっきりとトリエント公会議に対立させているこの箇所は、一九二五年刊行の本書がいま一度引き起こした、どうやらいまだ消えていない論争に言及する最良の場所であろう。セルバンテスの〈バロック性〉を主張する者として挙げられるのは、特にハッツフェルトとカサルドゥエロである。前者に属するものとしては、前に引用した『言語芸術作品としての《ドン・キホーテ》』、「ドン・キホーテは禁欲主義者か」（"Don Quijote, ¿asceta?" NRFH、第二号、一九四八、五七—七〇頁）（これに対する答えとして、アマード・アロンソの内容明示的な論文「ドン・キホーテは禁欲主義者にあらず、模範的なキリスト教騎士なり」"Don Quijote, no asceta, pero ejemplar caballero y cristiano" 同、三三三—三五九頁がある）、および「〈結婚〉のモチーフによって示されたセルバンテスとゴンゴラのバロック性」"The Baroque of Cervantes and the Baroque of Góngora Exemplified by the Motif «las bodas»" (AC、第三号、一九五三、八九—一一九頁）がある。

（それとは逆の論調のものにR・ラペサの以下の論文がある。「ゴンゴラとセルバンテス、テーマの符合と態度の対照性」Rafael Lapesa, "Góngora y Cervantes: coincidencia de temas y contraste de actitudes"『中世から今日へ』*De la Edad Media a nuestros días* 所収、マドリード、一九六七、二一九—二四一頁がある）。

さらにハッツフェルトのものとしては「バロック文学解明へのわが貢献」(“Mis aportaciones a la elucidación de la literatura barroca” R de UM、第一一号、バロック特集、一九六二、四二一—四四頁)と「セルバンテスとバロック——論点としてのバロックの概念」(“El concepto del Barroco como tema de controversia: Cervantes y el Barroco”『バロック研究』*Estudios sobre el Barroco* 所収、マドリード、一九六四、第一〇章)がある。

カサルドゥエロについては、周知のとおり彼の業績はここで触れられたテーマに深く関連している。前掲の『《模範小説集》の意味と形式』、『《ペルシーレス》の意味と形式』(ブエノス・アイレス、一九四七)、『《ドン・キホーテ》の意味と形式』(マドリード、一九四九)、前掲の『セルバンテスの演劇の意味と形式』等である。

とりわけハッツフェルトに従う新たなバロック主義者の世代が、すでになされた長い議論に新たに加わってきている。そこにはスペイン人も非スペイン人もいるが、その中で記憶にとどめるべきは、P・M・デクジのいくつかの論文である。

それは「セルバンテスとトリエント公会議」(P. M. Descouzis, “Cervantes y el Concilio de Trento” AC、第九号、一九六一—一九六二、刊行は一九六五、一一三—一四一頁)および「道徳神学の師ドン・キホーテ」(“Don Quijote, catedrático de teología moral”『ロマンス研究』*Romanische Forschungen* 第七五号、一九六三、二六四—二七二頁)である。それらの集大成が『新しきセルバンテス、《ドン・キホーテ》とトリエント公会議』(*Cervantes a nueva luz. El Quijote y el Concilio de Trento* フランクフルト、一九六六)である。

〈ハッツフェルト学派〉と呼べるような一派、そこにはセルバンテスについてかなり異質なバロック論を展開したカサルドゥエロは入りえないが、彼らについてはおそらくオレスティ・マクリが「文学的バロックの歴史記述」(Oresti Macrí, “La historiagrafía del Barroco literario”『テザウルス』*Thesaurus* 第一五号、一九六〇、一〇—一一頁)の中で指摘した次のようなことが言えるであろう。

「ハッツフェルトのバロックに関する歴史記述の秘めた動機は、バルデンシュペルガー(Baldensperger)、パイル(Peyre)、カストロ、バタイヨンらの世俗的・反バロック的側面を変容させようという奇妙な試みにあった。というのも彼らは(バタイヨンがその好例だが)カトリック的・トリエント公会議的・イエズス会的なバロックから、エラスムス的・キリスト教的・人文主義ルネサンスを完全に切り離そうとすることで実質的に一致していたからである」（ハッツフェルトのそれに対する返答は先ほど引用した論文「わが貢献」をみよ）。

J・A・マラバールは『ドン・キホーテにおける尚武の人文主義』（J. A. Maravall, *El humanismo de las armas en Don Quijote* マドリード、一九四八、一六―一七頁）において、別の側面からセルバンテスのエラスムス主義を退けている。またマラバールよりもさらに手厳しいのがゴンサーレス・アメスーアで、彼はマクリが言った前の言葉を文字通りなぞるように次のように記している。

「留保条件もなく大雑把にセルバンテスをエラスムス主義者とよび、たとえ部分的にすぎないとしても、その小説も演劇も、かの異端的で断罪すべき教義に満ちているなどとすることは、彼を最終的には異端者とみなし、カトリック教会から排除するものである」（『スペイン短編小説の生みの親セルバンテス』、第一巻、四一頁。「セルバンテスとエラスムス」という章全体は、セルバンテスを研究する際に党派主義がどれだけ現実や客観性を歪めるものかを示す、信じられないほどの例である）。

こうした者たちとは対極的な性格をもつとはいえ、A・ビラノーバの『セルバンテスとエラスムス』（A. Vilanova, *Erasmo y Cervantes* バルセローナ、一九四九、またカストロの「セルバンテス時代におけるエラスムス」、前掲『セルバンテスへ向けて』所収、二二二―二六一頁も参照のこと）は、本論題に対する大きな貢献である。

マルセル・バタイヨンは『エラスムスとスペイン』（七七七―八〇一頁）において、セルバンテスのエラスムス主義に関して不可欠な論述を行なっている。バタイヨンはアメリコ・カストロの論述とそれが引き起こした論争に触れ、さらに『セルバンテスの思想』の中の理性主義や、作者の偽善性など（七七八頁、七八五頁）、もっと以前にしかるべき場所で触れられた、若干の論点に但し書きを加えた後、何はともあれ、

「セルバンテス作品のいたるところに見られる人文主義を理解しようと思うなら、それがエラスムス主義者の師から受け継いだ、キリスト教人文主義だということを知らねばならない」（七九五頁）

と述べている。つまるところ、このフランス人イスパニスタの成し遂げたことは、「スペイン最大の作家の作品を、エラスムス主義の視野の中に据えることであり、その中でこそ理解しうるとい

うことを示し、エラスムスという名が再び闇に消えていこうとするときに、エラスムス思想がスペイン文学において、この最高の予期せざる人物の出現を用意すべく、作り上げた最後の見せ場をじっくり楽しむこと」（八〇一頁）であった。

カストロとバタイヨンの間の唯一にして明らかな違いは、『ドン・キホーテ』の「緑色外套の騎士」の役割に関する、相反した解釈だけである。前者の論点は「『ドン・キホーテ』の構造」（"La estructura del *Quijote*"、最初の出版は『現実』*Realidad* 第二号、一九四七、一四五—一七〇頁、新版は『セルバンテスへ向けて』、三〇二—三五八頁）をみよ。また後者の論点は、前掲書、七九二—七九三頁を参照のこと。

ポール・アザール『《ドン・キホーテ》——研究と分析』(Paul Hazard, *Don Quichotte, Etude et analyse* パリ、一九三一、五七—八九頁）は、「緑色外套の騎士」に関して、バタイヨンの見解と一致している。この問題はドン・アメリコに好ましいテーマであったらしく、彼は更なる厳密さを加えて『セルバンテスとスペイン生粋主義』（二二九—二六三頁）の「新形式の小説としての『ドン・キホーテ』」（"*El Quijote* como novela de nueva forma"）において再度この問題を扱っている。

最後に、アメリコ・カストロは最近バロックの問題を「バロックに関する簡単な考察、『グスマン・デ・アルファラーチェ』といわゆるバロック主義」（"Breve observación sobre el Barroco, *Guzmán de Alfarache* y el llamado barroquismo" 前掲書、二三一—六五頁）において幅広く扱っていることを忘れてはなるまい。ドン・アメリコは「ルネサンスやバロック、対抗宗教改革などといった抽象概念」を越えて、我々の場合、スペインといった生の構造の「現実の中」に問題を探求すべきことを説いている。本書七九頁、註12で述べたことを参照せよ。】

(40) P・サヴィ・ロペス『セルバンテス』、スペイン語訳、マドリード、一九一七、二五七—二五八頁を参照のこと。

(41) 後篇、三章。

(42) 後篇、三章。とはいえ、旧キリスト教徒が不当に占有していた、そうした準貴族的身分に対する言及には、つい微笑みを誘われてしまう。それは神の恩寵が得られるかどうかを、個人のキリスト教的振る舞いではなく、祖先たちのそれによるものとする、反キリスト教的教義といっていい。

「《そいつあ生まれぞこないのやつらに当てはまるこった》、とサンチョが答えた。《だけんど、たましいの上に親代々のキリスト教徒の脂身を二、三寸もつけてる者にゃ当てはまらねえでさ》」（後篇、四章）。

「サンチョ・パンサのこういう涙と、こういう見上げた決心から、この物語の作者は彼が生まれのよい、いや少なくとも由緒あるキリスト教徒に違いなかったと考えるものだ」（前篇、二〇章）。

「《それにわしは由緒正しいキリスト教徒だから、それだけでも伯爵になるにはじゅうぶんでさ》《それどころかありあまるくらいのものじゃ》とドン・キホーテが言った」（前篇、二一章）。

ドロテーアの両親は「人聞きのわるい血なんぞちょっともまじらない、ただの平民で、よく世間で言うように、すっぱくなるほど古いキリスト教徒なんですが……」（前篇、二八章）。

『不思議な見世物』でベニート・レポーリョは見世物のすべてを見る自信があるというが、それは「わしの父親もれっきとした村長だったし、両親の爺さん婆さんの血筋も、いずれも指の先まで古い時代のついたキリスト教徒なんだからな。わしが例の見世物を平気ではたして見るかどうか、まあ見ていたまえ」（第四巻、一一〇頁）と述べる。

また『犬の対話』でもこうある。

「この地上のご主人連と天上にいますご主人とじゃえらい違いだ。奴さんたちが召使を一人雇おうとでもしようもんなら、まず最初に血統を仔細に吟味する……そこへゆくと神さまにお仕えするには貧乏なやつほど血統が正しいってわけだ」（前掲版、二三三頁）。

サンタ・テレサは『完徳の道』（*Camino de Perfección* BAC版、マドリード、一九六二、『全集』三〇二頁）で、こう述べている。

「家柄についても同じで、終わりのない王国ではそんなものが何にもならないことをよく知っています」（東京女子カルメル会訳）。

【『ドン・キホーテ』やセルバンテスの作品全体で扱われる、新キリスト教徒と旧キリスト教徒の問題については、アメリコ・カストロ自身の『セルバンテスとスペイン生粋主義』（一―一八三頁、三四一―三五五頁）および『セルバンテスへ向けて』（二一三―四七四頁）を参照せよ。黄金世紀のスペインにおける血統の問題については、不可欠な『葛藤の時代について』と『文学論争としての《ラ・セレスティーナ》』（マドリード、一九六五）がある。またもっと一般的次元のものとして忘れてはならないのは『歴史の中のスペイン』（ブエノス・アイレス、一九四八、その新版たる『スペインの歴史的現実』、メキシコ、一九五四、一九六二、一九六六）である。アメリコ・カストロが新旧キリスト教徒の間の対立の問題で、論じた内容のみならず、彼の基本的テーゼをめぐって他の批評家たちによって議論され、コメントされ、拡大されたことを、ここで注釈することは物理的にも不可能である。関心のある読者は最新の参考文献に当たられたい。ここで唯一はっきりさせておかねばならないのは、いま注釈している一九二五年版のこれらの言葉が、一九三九年に終わったスペイン内戦以降、ドン・アメリコが従事してきた歴史研究の大いなる行程の端緒をなすと思われることである。

ここで指摘されたこととの関連で、サンタ・テレサについて新たになされた言及については『セルバンテスへ向けて』（二二頁）および『セルバンテスとスペイン生粋主義』（一〇〇―一〇一頁）をみよ。またF・マルケス・ビリャヌエバ『十六世紀の精神性と文学』（一三九―二〇五頁）も同様に参照せよ。】

(43) シュヴィルとボニーリャによる版、六頁。【『イギリス系スペイン女』に関して、その歴史・宗教的な内容、およびイギリス人やエリザベス女王について（セルバンテスが世俗的テーマを越えていることの例として）述べられたことについては、以下を参照せよ。

G・ヘインズワース『十七世紀フランスにおけるセルバンテスの《模範小説集》』（G. Hainsworth, *Las Novelas Ejemplares de Cervantes en France au XVII*[e] *siècle* パリ、一九三三）。J・カサルドウェロ『《模範小説集》の意味と形式』（一〇三頁以降）。E・アリソン・ピアーズ「英国におけるセルバンテス」（E. Allison Peers, "Cervantes in England" BHS、二四号、一九四七、二二六―二三八頁）。R・ラペサ「《イギリス系スペイン女》と《ペルシーレス》をめぐって」（"En torno a *La española inglesa* y el *Persiles*"『中世から今日まで』所収、二四二―二六三頁）。Th・ハンラハン「《イギリス系スペイン女》における歴史」（Th. Hanrahan, "History in the *Española inglesa*" MLN、八三号、一九六八、二六七―二七一頁。二八七―二八八頁）も参照のこと。】

(44) BAE、第一巻、五九六頁a。

(45) 同上、六〇六頁a。

(46) 同上、五七七頁b。『ガラテア』においては、牧人たちを〈普遍的〉で〈非歴史的〉な、抽象的雰囲気に据える必要があったため、(尊者テレシオのような) 聖職者は具体的な宗派に属することはなかった。
(47) 後篇、四九章。
(48) 前篇、二七章。
(49) 後篇、六二章。
(50) 『びいどろ学士』、シュヴィルとボニーリャによる版、一〇三頁。
(51) 神父トーレス・ランサス「国王陛下に仕えアルジェールにおいて捕虜生活をおくったミゲル・デ・セルバンテスについての情報」(P. Torres Lanzas, "Información de Miguel de Cervantes de lo que ha servido a S. M. y de lo que ha hecho estando cautivo en Argel" RABM、一二号、一九〇五、三九六頁)。
(52) 『偉大なるトルコ王妃』(第二巻、一七三頁) においても同様。
(53) 後篇、五八章。旅行者E・コック (E.Cock) はクラビホの戦いで起きたことを次のように述べている。
「クラビホと呼ばれる名高い場所は、かつてドン・ラミロ王がコルドバのモーロ人と戦った記念すべき土地で、そのときキリスト教徒に加勢すべく使徒ヤコブ (サンティアゴ) がはっきりとその姿を現わした」(『タラソーナの戦い』、前掲版、五八頁)。

忘れてはならないのは、セルバンテスが奇跡を認めることに難色を示していることである (本書七五頁)。ケベードは過去の寓話を受け入れることにずっと寛容であったので、あえてスペインの守護聖人の名誉のために剣をとることもあった。

「イスパニアの保護は神権ゆえにサンティアゴのものである。使徒たちの中でも特に彼にあてがわれたのは、イエス・キリストの預託によるものである。それは聖人たる使徒自らの証するところである。彼はキリストがイスパニアの保護を彼に任せたと述べている。なんと王ドン・ラミロもまた自らの特権としてそのことに言及しているのである。他にも多くの王たちが同じことを述べている」(ケベード『サンティアゴゆえの剣』*Su espada por Santiago* BAE、四八巻、四三三頁b)。

一方、マリアーナ神父 (P. Mariana) は使徒ヤコブがスペインにやってきたことに関して、極端に懐疑的な態度を示し、対抗宗教改革期特有の文体で自らの疑問を呈している。

「かの墓や遺骸が聖なる使徒のものだと納得させる根拠は示されてはいない。しかしかくも偉大なものが十分な証拠なくして受け入れられたわけがないこともはっきりしている」。

以下の文章は誠実な歴史家としてあけすけに言わざるをえなかったものであろう。

「先に進む前に、言っておかねばならないのは、近年、博識で主だった人々の中には、使徒サンティアゴのスペインへの来訪を疑問視する者がいるということである。彼らとは別の者たちも、道理や資料に基づいて、あれが彼の聖なる遺体だということに疑問を呈している。しかしこの問題を扱うには長い時間が必要であろうし、この種の論争や争いごとでもって、これほど国民の間に定着した信仰の対象をゆるがせにすることは適切ではないと考えている」(『スペイン史』*Historia de España* 一六〇一、第七巻、第五章)。

これを見ればわれらの偉大なイエズス会士がいかに〈対抗宗教改革化〉しているか分かろうというものである。

またこうした背景のもとで、セルバンテスの皮肉な文章がいかに際立って見えることであろうか。
(54) BAE、第一巻、六三一頁b。
(55)『びいどろ学士』、シュヴィルとボニーリャによる版、五七頁。
(56) トリエント公会議のテクストを想起されたし。
「聖人の遺物を崇めたり尊重したりしてはならないと言う者は、必ずや断罪されねばならない。あるいは遺物や他の聖なる記念像を崇敬しても無駄だという者も同断である。また聖人に捧げられた礼拝堂に足しげく通って、その功徳にあずかろうとしても無駄だとする者もきびしく断罪される」(トリエント公会議、第二五回会議、一五六三)。
(57) BAE、第一巻、二一〇頁a。
(58) シュヴィルとボニーリャによる版、五七頁。
(59) BAE、第一巻、六二三頁b。
(60) 五六九頁bと比較参照せよ。そこでは蛮族アントニオの妻が定式どおりに、自らの宗教的信条を披瀝する。
(61) W・ヴァイスバッハ『対抗宗教改革の文化としてのバロック』(前掲版、八―九頁)をみよ。
(62) 読者は私の執拗さをお許し願いたい。しかししつこいほどに強調するのは、このケースのように純然たる学問的問題において、〈右派〉だ〈左派〉だという不適切な決めつけ方をされるのが何にもまして嫌だからである。セルバンテスの思想を追求するかぎり、真実はひとつであり、私は単に旧来の単純思考から離れて、はっきりしたことを摑もうと願っているだけである。ここにそうした一例がある。

「ポリヌー（Polinous）はベンフメーアや次に述べる者たちの誰よりもはるかに優れている。つまりセルバンテスが、同時代人ウルビーナのことわざ的言い方に従えばキリスト教的才人で、カトリック神学者、聖なる秘蹟の奴隷、第三会員修道士、正常意識の中で終油の秘蹟を求め、それを受けた人物、バレーラがあえて決めつけた言い方に従えばほとんど狂信者であったにもかかわらず、異端審問所を恐れたがゆえに（セルバンテスにあっては笑止だが）、自らの自由主義的・反宗教的思想を生涯にわたって隠し通した哀れな道化だった、とする者たちである」（J・アプライス『バスク好きなセルバンテス』、一八九五、三七頁）。

筆者はまだJ・M・ズバルビの研究書『神学者セルバンテス』（J. M. Sbarbi, *Cervantes teólogo* トレード、一八七〇）を見つけていない。

(63) 『セルバンテスの文学的教養』、一五頁。

(64) ロドリーゲス・マリンは一六二四年、一六三二年の両年における、『ドン・キホーテ』を対象とした異端審問所の削除箇所を引用している（一九二八年版、第七巻、三三三頁）。【アメリコ・カストロも後にそれらの削除箇所を研究している。「セルバンテスと異端審問」（"Cervantes y la Inquisición"『セルバンテスへ向けて』所収、二一三―二二一頁。】

(65) 前篇、二六章。ほとんどすべての近代版は後のテクストしか載せていない。

(66) 何はともあれ、それ以前にも、真面目そのものの宗教書を書いた作家たちの中には、お祈りの仕方に触れたものがあった。

「主イエスはお祈りするとき、あまり多くを口にしないようにとおっしゃった。それは言葉ではなく愛と憐れみをより多く心に抱くようにとの思いからである」（フランシスコ・デ・オスーナ『精神修養入門第三部』Francisco de Osuna, *Tercer abecedario* NBAE、一九二〇、二六二頁）。

(67) 『リンコネーテ』にも「数珠の珠をかちかちいわせていた」という描写がある（ロドリーゲス・マリンによる

版、一九二〇、二六二頁)。

(68) BAE、六三四a。

(69) 前篇、二一章。

(70) クレメンシンはこの衣替えについての説明を、一八三三年の彼の『ドン・キホーテ』の版(第二巻、一六〇頁)において行なっている。アメスーアは彼の『犬の対話』の版において(六六三頁)、若干それに付け足して述べているが、そこにクレメンシンの説明を変えるような重要なものはない。

『犬の対話』で説明されねばならないことは、なぜセルバンテスが「僕のこの喜劇の話に出てくる事件の起こったのは mutatio caparum(衣がえ)の時で、その時はちょうど大主教連が赤じゃなく紫の衣を着ていたんだからね」と述べたかである。ローマ時代の儀礼書の説明では、枢機卿はペンテコステの大祝日に衣替えをする際、「赤か深紅の絹製の」祭服を着ることとなっていた。アメスーアが引用したテクストはなんら本質的なことを付け加えていない。というのも枢機卿たちが「時期に応じて紫か赤の祭服」(la de choro morada o colorada, según los tiempos)をまとうと述べているにすぎないからである。つまり春のある時期までは紫で、その後は赤ということになる。アメスーアは何か思い違いをしているようで、六六四頁の註において、『ドン・キホーテ』で引用された mutatio を『犬の対話』で触れられたそれとは異なるものとみなしている。筆者の意見では、セルバンテスは『犬の対話』を書いた時点で、何年も昔の枢機卿の経験など思い出すこともなく、彼らは衣替えの時期がきたとき、赤を着ていたと書く代わりに、紫をまとっていたと述べただけだろうと考えている。

ロドリーゲス・マリンは『ドン・キホーテ』の例の文に触れてこう指摘している(前掲版、第二巻、一五四頁)。「不敬的態度はあっても、それは形の上だけである」。

形の上以外にどんな不敬的態度がありえただろうか。非常に客観的で理性的な注釈者であるクレメンシンは、こう指摘している。

「彼の天才とユーモアを考慮に入れれば、驢馬の装具と比較されたこの〈衣替え〉には、あの国とあの時代の人々や出来事への、意地悪い当てこすりがこめられていることは大いにありうる」。

つまりこれは、彼がアックアヴィーヴァ卿に仕えていた時のことである。

(71)　セルバンテスはうっかりこう述べている。

「あの乙女御は、ヘローディアスと申され、あのお方の踊りによりましてこの世の予言者の首をその賞として得られたのでございます」。

これを『マルコによる福音書』（六、二一）と比較せよ。〔予言者の首を賞として得たのはヘローディアスではなく、その娘である〕【この際、『セルバンテスとスペイン生粋主義』（一二二―一二九頁）の中の『不思議な見世物』についての論考を参照せよ。カストロは一二七頁でこう述べている。

「セルバンテスがより直接的、より皮肉的に、二つの血統に分裂したスペイン人のあり方を攻撃したのは、まさにこの『不思議な見世物』においてである」。】

(72)　前篇、五二章。

(73)　『全集』（*Opera omnia*）、第五巻、一一二〇集。

(74)　【この問題に関してはカストロ自身の近年の論文を『セルバンテスとスペイン生粋主義』（一一四―一二二頁）で参照せよ。また旧キリスト教徒の生粋的反知性主義については、『葛藤の時代』に詳しい。よく知られたものとしてソル・フアナ・イネス・デ・ラ・クルス（sor Juana Inés de la Cruz）の例がある。彼女は自分を迫害する者たちのことや、「学問とは異端審問所の扱うことと、ごく無邪気に信じている、敬虔そのものの女子修道院長」の態度について嘆いていた（「ソル・フィロテアへの返答」“Respuesta a...Sor Filotea”、カストロの前掲書、一七六頁）。】

(75)　後篇、五八章。本書、四八七頁を参照。

(76)　第三巻、一三三頁。以下と参照せよ。

「どの国もどの国も、特別な聖人を自家用に使っております。独特な霊験が与えられ、おのおの別々な典礼が捧げられています。ある聖人は歯の痛みをなおしてくれますし、別の聖人は産婦の苦痛を和らげてくれます。盗品を見いだしてくれる聖人、難破者を救ってくれる聖人、家畜の群れを保護してくれる聖人、以下これに準ずです。まったくひとつひとつ並べたてたらきりがありませんからね」（エラスムス『痴愚神礼賛』、前掲版、六七頁）。

(77) 後篇、七章。エラスムスは惨めな死から逃れるために聖クリストーバルに迷信的にお祈りする者や、ペストを避けるために聖ローケに、また敵の手に落ちないように聖バルバラや聖ホルへに願いごとをする者たちを非難している。また奥歯の痛みが起きないように聖アポローニアに断食を誓う者もいる、云々。異教徒たちも同じようなことをアエスクレピウスやネプトゥヌスに対して行なっていたという。ラテン語原文を挙げておこう。

「見てのとおり、聖人たちに儀式を執り行なって、崇拝の対象にしている敬虔な信徒たちがたくさんいる。たとえば毎日のように聖クリストーバルのお像を前に据えてお祈りをしているので、何事かと思えば、お迎えの日に惨めな死に方をしたくないからという。聖ローケを崇めている人物といえば、疫病から逃れたい一心からそうしている。聖女バルバラや聖ホルへに願掛けしている者といえば、敵の手に落ちないようにとの思いからである。聖女アポローニアにお祈りするのは、奥歯の痛みから解放されたいがためである。(……)聖ヒエロンにお灯明をあげているのは、無くしたものを見つけてほしいからである。(……)こうしたキリスト教徒たちの信仰深さは、地上的なご利益を離れてイエス・キリストのもとで正されなければ、真のキリスト教徒といえないばかりか、異教徒たちと五十歩百歩となってしまう。それは財産を二倍にしてもらいたいからといって、その十分の一をヘラクレス神に寄進したり、医の神アエスクレピウスに病の治癒を願ったり、海の神ネプトゥヌスに牛を生贄に捧げて、海路の安全を祈願したりする異教徒たちの迷信となんら変わりはしない。ここでは名前こそ異なっているが、その意図は同じものと思われる」(エラスムス『エンキリディオン』、『全集』、一七〇四集、第五巻、二六―二七列。〔十六世紀のスペイン語訳、ダマソ・アロンソによる版、CSIC、マドリード、一九七一〕)。

こうした迷信的習慣についてはすでにアルフォンソ十世が『大世界史』(*General Estoria* 第一巻、六〇七頁)で触れている。この問題に関しては、セルバンテスのキリスト教を語る際に再度、扱うこととする。

(78) 第三巻、九八頁。エラスムスは『痴愚神礼賛』で説教師たちについてこう述べている。

「なんて身ぶり手まねをすることでしょう! じつにうまく、声に調子をつけ、声をふるわせ、どたばた騒ぎまわり、ひっきりなしに顔の表情を変え、とどのつまりは、大声で叫び出すというしだいですね! 説教するためのこういう手練手管は、小坊主どもが手から手へと伝えてゆく奥義秘伝となっているのです」。

また『対話集』（『小説の起源』所収、第六巻、一五三頁）にはこうある。

「私は聞くべき説教をちゃんと選んでいますよ、だって聞かなきゃよかったと思うものもかなりありますからね」。

【前の数ページ〔四三一―四三五頁〕でアメリコ・カストロによって指摘され解説が加えられた、エラスムス主義的脈絡のなかで挿入されたセルバンテス的アイロニーのすべてが、M・バタイヨンの『エラスムスとスペイン』（七七七―八〇一頁）のなかで新たに検証されている。同様にL・オステルク『《ドン・キホーテ》の社会・政治思想』（一六六―一九九頁）も参照せよ。】

(79) サンチョはその少し前に、皮肉たっぷりにこう言っている。

「なるほど、いくらか意地の悪いとこもあるし、ずるこいとこもちょっぴり持ってるだ。そんでも、そんなものは、いつだってありのまんまの、気取りのねえわしのお人よしってえ大きなマントが、包みこんで覆いをかけてくれるでね。それに、神さまと聖なるローマ・カトリックのお考えになる一切のことを、いつもわしが信じているように……」（後篇、八章）

(80) 後篇、八章。ロペ・デ・ベーガが同じテーマにどれほど異なった精神でアプローチしているか、以下の詩を参照せよ。

まもなく例の山が見えてきた、フランス人貴族の
手によって身近な存在となったあの山は
そこに命を捧げた多くの者たちゆえに
後にフランスの岩山と名づけられた。
今やそこはわれらの聖像の至高の住居となり、
輝く聖母のもとには巡礼や信者たちが集まり
絵馬や死衣、蠟の足、鉄鎖や願掛けなどが
所狭しと飾られている。

（『アンヘリカの美しさ』*La hermosura de Angélica*　一六〇四、第二歌、『選集』（*Obras sueltas*）、一七七六、第二巻、二三頁）

（81）デシデリウス・エラスムスの『対話集』は一五四九年、ピエトロ・ラウロ・モドネーゼ（Pietro Luaro Modonese）によってイタリア語訳された（*Colloqui Familiari*）。この一部はB・クローチェによって一九一四年に再版された。十六世紀のスペイン語訳はメネンデス・ペラーヨの『小説の起源』（第四巻）に収められている。その両者を通してセルバンテスはエラスムスの『対話集』のすべてを、身近に手に入れていたことが分かる。【この書の初版に関するあらましは、M・バタイヨンが『思想家セルバンテス』（*Cervantes penseur*　R de LC　第八巻、一九二八、三一八—三三八頁）、および記念碑的な『エラスムスとスペイン』（第二版、スペイン語版、メキシコ、一九六六、五二一—五三頁〔参考文献〕、二八六—三〇九頁）で触れている。エラスムスの対話集は一五二七年にスペイン語で出版され始め、最後の版として知られているのは一五三二年のものである。メネンデス・ペラーヨの訳はまさに一五三二年のトレード版（？）を再版したものである。】

（82）前掲版、一七二、一七九頁。対話全体が礼拝堂に対する辛らつな批判となっている。

（83）『小説の起源』、第四巻、一九五頁a。

（84）クローチェ版、二三〇頁。

（85）「聖職者の対話」（coloquio de religiosos）『小説の起源』（第四巻、一九二頁）所収。

（86）同上、一八九頁b。

（87）同上、二〇〇頁a。

（88）『世俗哲学』、一五六八、二六折v。

（89）『キリスト教的生活の覚書付記』（*Adiciones al memorial de la vida cristiana*）BAE、第七巻、四八一頁a。

「我々は古代人が自らの判断力だけで理解し、それを練り上げた達意の文章で書き残してくれたものすら、日常的な勉強をもってしてもいまだ理解しえないのである」（クリストーバル・デ・ビリャロン『過去と現在の奇想天外な比較』、一五三四、スペイン愛書家（*Bibl. Española*）版、三三巻、一三七頁）。

（90）ルイス・デ・クラナダ『使徒信経』、BAE、第六巻、一八二頁a。

(91) 想起してほしいのは、ダンテは名高い異教徒たちに対しては、地獄篇で特別な場所を提供していることである。しかし彼らは洗礼を受けていないので、神を見ることはない（地獄篇、第四歌以下）。この辺獄（リンボ）からキリストの手で連れ出されるのは、アダム、アベル、ノア、モーセ、アブラハム、ダヴィデ、イスラエルと〈その他の多くの魂〉だが、他の異教徒たちはその対象とはならない。

(92) 筆者が用いているのはL・カペランの『異教徒の救済について』（L. Capéran, *Le problème du salut des infidèles* 一九一二、二巻、パリ・カトリック大学神学部の教授たちの指導によって出版された〈歴史神学叢書〉）である。カペランは神学的かつ歴史的な側面を考察している。

(93) ここでは簡単な概略だけを示そう。聖パウロ以来、キリスト教の説くところによれば、イエスは人類を救済するために死んだ。とはいえ初期のキリスト教徒たちは、救済されるには洗礼が必要だということを知っていた。また新たな信仰を知ることなく死んでいった親たちのことを心配する者もあった。問題はより博学な弁護者たちの手に委ねられ、この種の情緒的次元から、より高い次元に引き上げられた。聖ユスティヌスはキリスト、あるいは〈言葉〉なる者は、永遠の時代から作用してきたのであれば、あらゆる人間が神の理性にあずかったが、それはキリストを知った者たちほど完全ではないとした。

キリスト教はすべての真理を内包する優れた哲学であったはずだが、古代の哲学者たちはそれを部分的にしか知ることはなかった。ソクラテスは一予言者であった（カペラン、五一―五三頁）。初期の聖職者たちの中には、古代哲学の真理は聖書の影響から生まれたとする者もあった。結局、アレクサンドリア学派は、神霊は人間に対して永遠の昔から作用してきたと認めることとなる。かくてオリゲネスは「神はなぜ、人間たちを最後の審判に引き出さねばならないということに思いを致すことなく、これほど長い時間をやり過ごしてきたのか」と訊ねたケルススに対して、「昔はそんなことなど問題にならなかったからだ」と答えている（同、六二頁）。

とはいえ民衆はより具体的で目に見える説明を求めていた。それはキリストが地獄に下って行って福音を宣べ伝えるといったことであった。ペテロの第一の手紙には「死人にさえ福音が宣べ伝えられたのは……ためである」（第四章、第六節）とある。またその前で「キリストは獄に捕われている霊どものところに下っていき……」（第三章、第一九節）と述べられている。この部分が根拠となって、キリストの地獄下りが理論化され、それが初期のころは地獄での魂の宣教と解釈されていた。

アレクサンドリア学派の人々（クレメンス、『ストロマタ（雑録）』第六巻、『ミーニュ教父全集』SG第九巻、二六五頁）は、福音がキリストを待ち望む者のみならず、善良な魂すべてに宣べ伝えられることを認めている。地獄での宣教を行なうのは使徒たちであった。オリゲネスは「生きている間に説得できなかったから、死者に説くために地獄に下ったなどと言わないでくれ」と懐疑的な態度で反対したケルススに対して、キリストは死後、彼に耳を傾ける者を改宗させるべく地獄に下っていったと述べる。

ギリシア神学では長い間、死後の救済が可能であるという発想があった。これは今日、プロテスタント派の間で大きな支持を得ている（カペラン、六六頁および四九六頁）。聖アウグスティヌスによれば、キリストは地獄で自らの欲する者を救済したらしい。

「神は自らの裁きをわれらの目より覆いて、救われるべき者たちを裁いたり」（『創世記逐語解』、第三三章、第六三節）。

彼はキリストが地獄の住人すべてを救うなどという考えを異端的とみなし、死者への布教に関する聖ペテロの言葉に大きな疑問を投げかけている。そして地獄下りなどというのは、テクストを「自分勝手に捻じ曲げて」（カペラン、一〇九頁）解釈しなくてはでてこないものだとして否定している。ローマ教会は教義上、キリストが何を地獄で行なったかという点について言及したことはなかった。ただ〈キリストの奇跡〉として「地獄に下った」とか「獄へ」といった言葉を教義に入れたにとどまる（ラテラノ公会議、第四会議、一二一五年）。筆者の用いているテクストは一九一三年（フライブルグ）の、デンツィンガー『信仰に関わる象徴の手引き』（Denzinger, *Enchiridion symbolorum de rebus fidei*）である。どうやら教会には、聖ペテロの手紙の有名なテクストを教義的に分析することになど関心はなかったと見える。慣習的・通俗的教義にどっぷりつかった西欧の教会は、地獄での布教を忘れ去り、〈地獄〉を〈辺獄〉に置き換えることで、ものごとに多くの変化をもたらした。

ルイス・デ・グラナダの次の文章はそうした通俗的教義をよく反映している。

「（キリストの）聖なる魂は地獄のかの場所に下りていった。そこは〈教父の辺獄〉と呼ばれた場所で、この救世主への信仰と希望（つまり自己犠牲によって天国への道を開き、神に会えるように扉を開けっぴろげにする）のうちに、この世から旅立ったすべての信徒の魂が引き止められていた。そしてキリストはそこから彼らの魂を引き出したのである、云々」（『キリスト教教義の概要と説明』*Compendio y explicación de la Doctrina Cristiana*　BAE、第一一巻、七三頁b）。

(94)　【バタイヨン、『エラスムスとスペイン』前掲版、三〇五頁。】

(95)　アルフォンシ・トスターティ『全集』（Alfonsi Tostati, *Opera Omnia*　ヴェネチア、一五九六、第一二巻、一〇七頁b）。カペランの他のテクスト（前掲書、二一五頁）も参照せよ。

(96)　J・ピコ・デッラ・ミランドラ『神と人間の哲学研究』（J. Pico de la Mirándola, *De studio divinae et humanae philosophiae*　『全集』バーゼル、一五五七、第二巻、一五頁）。以下にラテン語原文を掲載しておく。

«Et forte eorum aliquibus qui scilicet tali instituto vitam degebant kux vera quae illuminat omnem hominem venientem in hunc mundum innotuit: qua recepta et custodita, beatitate donati sunt. Nostrorum enim theologorum qui celebriores habentur firmus consensus est, eis omnibus qui ante Christi adventum vixere, secundum insculpam quorumlibet mentibus naturae legem veritate illexisse: quam agnitam secuti salvati sunt: pari pacto si qui post Christi adventum aliquibus in locis nati ad quos Christianae legis fama non perveniat, an vero tales aliqui extiterint qui naturae dona illibata custodierint nonnulli credidere. Eos tamen de quibus bene ipsi opinantur, videlicet Socrates, Plato et alii diis sacrificasse memoriae proditum est. Quod null pacto unquam fieri absque magna Dei offensa omnes theologi consentiunt. Sed ne a proposito nimis divertamus, hoc saltam liquet naturale lumen cuilibet homini consertum congenitumque a Deo eis illuxisse, ut mores componendos censerent Deumque colendum. Sic Socrates philosophiam (ut ille inquit) evocavit a caelo, et in urbibus collocavit.»

(97)　『全集』（*Opera omnia*　ケルン、一六〇二、第七巻、書簡、九一頁）。

(98)　『名討論』（*Selectae Disputationes*　リヨン、一六〇四、第二巻、九七頁）。

(99)　カペラン、二四八―二五〇頁。

(100)　L・クラーンジュ『聖母マリア』（L. Coulange, *La Vierge Marie*　パリ、一九二五）。

(101)　『神の摂理』（*Providencia de Dios*　BAE、第四八巻、一九五頁）。

(102) 同上。

(103) 後篇、八章。ファン・デ・ルセーナ『聖なる生活』(Juan de Lucena, *Vita Beata* スペイン愛書家版、マドリード、一八九二、第二九巻、一五九頁)を参照せよ。

「パンテオン(万神殿)は捧げ物をしてすべての神々を祀った聖堂のこと。今日、サンタ・マリア・ラ・レドンダ(Santa María la Redonda)と称せられているが、それは形状が丸い(rotunda)からである。そこで万霊節が厳かに執り行なわれる」。

エラスムスは『エンキリディオン』のなかで、異教の神々に対してなされた供犠と、捧げ物の見返りに聖人たちから期待された恩恵とを比較している。

「名称は変わっているが、目的は双方とも同じである」。

ピノー『エラスムスの宗教思想』(一二七頁)を参照せよ。

(104) 『ペルシーレス』、BAE、第一巻、六三三頁b。

「タラベラのモンダの祭がまねたような、いにしえの異教徒の祭でも……」(六三四頁a)。

(105) クローチェ版、二三〇頁。この文章は次のラテン語原文が示すように、〈聖なる海の星〉たるウェヌスにとっても、明らかに不敬である。

「かつてウェヌスは船乗りたちの面倒をみる女神であった。それは海から生まれたと信じられていたからである。彼女がその任から降りたとき、この処女ならざる母の代わりにおかれたのが聖母である」。

(106) テオドリクス・コルテホエヴィウス(Teodorico Cortehoevius)の手による、簡約版(アントワープ、一五三〇)にその格言は載っていない。注釈付きのアンリ・エティエンヌ(Henri Estienne)のパリ版(一五九九)には載っているが(二〇集)、聖体秘蹟への言及はない。他にもピノー(前掲書、一五六頁)を参照せよ。

(107) 『アルキビアデスのシレノスの箱』(ベルナルド・ペレス訳、アントワープ、一五五五、七折v)。M・バタイヨンはダマソ・アロンソの版になる『エンキリディオン』の序文(マドリード、一九三二、三二頁、註)で、筆者を誤解している。つまり私は神学者たちがエラスムスの言葉で騒ぎを起こしたと言っているのではなく、その言葉が広まるに任せた、と言ったのである。

もちろんここでエラスムス的評価の歴史的正当性について議論するつもりはない。比較宗教学の研究は今日、別の方向を辿ろうとしている。現在、キリスト教の聖人たちが、異教の神々に対応するものだということははっきりしている。しかし多くの賢明な者たちに認められているのは、異教主義がユダヤ思想以上に、キリスト教との接点を多くもっていたという点である。その証拠に異教徒たちはキリスト教化したのに対して、ユダヤ人はいまだに自らの信仰を保持しつづけている。Th・ジィーランスキーの研究『巫女（古代宗教とキリスト教に関する三つのエッセー）』（Th. Zielinski, *La Sybille–trois essais sur la Religion antique et le christianisme–* パリ、リーダー、一九二四）は必読である。これは節度ある理論に満ちた本である。

（108） 以下と比較せよ。

「まことの信仰の光をもたぬ人々の言うところによれば、すべてを導き、調え、思いのままに統べるという宿命は……」（前篇、二三章）

（109） フライ・アントニオ・デ・ゲバラ『親愛書簡』（*Epístolas familiares* BAE、第一三巻、一一八頁 a）を参照のこと。

【『ドン・キホーテ』の仮想上のアラビア人作者の意味と役割に関しては、カストロの「シーデ・ハメーテ・ベネンヘリの〈いかに〉と〈なぜ〉」（"El cómo y el porqué de Cide Hamete Benengeli"『セルバンテスへ向けて』、四〇九―四一九頁）および『セルバンテスとスペイン生粋主義』（六四―六五頁、一〇二頁）をみよ。】

「執政官シラは若いユリウス・カエサルが、だらしのない、体に合わない服を着て歩いていたので、多くの者たちから怠惰な愚か者のように見られていたが、彼は仲間たち全員に向かってこう言った。『この不恰好な若造に注意するがいい、こうは見えてもいつかローマを足下に従えるぞ』」。

（110） 突然の死をよりよいものとするのがエラスムス的発想である。

「誰でも突然の予期せざる死を厭う。街角のいたるところで《どうか神さま、突然の死からわれらをお守りください》という声を聞くだろう。こうした連中は何を求めているのだろうか。あらゆる突然死が厭わしい、とでもいうのだろうか。決してそんなことはない。ソロモンは正しき者が死ぬときはどんな死に方でも、安らかに死ねると言った。それがいかに不測の死であろうと、善き生が先立つときには悪しき死などありえない。どうしてこう願わないのであろうか。《どうか神さま、悪しき生からわれらをお守りくださいと》と」（エラスムス「善く死ぬための準備」“Preparación y aparejo para bien morir” ベルナルド・ペレス師訳、アントワープ、一五五三、二〇折、韻文）。

『ドン・キホーテ』の他の箇所でも同じことが述べられている。

「とっさにこうむった死によってなら、たちまち刑罰も終わるからです。しかし、苦しみながらいつまでも長びく死は、命はなくならずに、いつまでも殺しつづけるものですから」（前篇、二七章）。

（111）この比較の古い源泉はセネカ（書簡集、第七六、第七七）にある。同じ思想がロペやカルデロンのなかでどう反映しているかは、A・バルブエナ『カルデロンの聖体劇』（A. Valbuena, *Los autos sacramentales de Calderón* 一九二四、六三頁）を参照せよ。とはいえセルバンテスの源泉はセネカではなくエラスムスである。我々のテクストをセネカおよび『対話集』のそれと照合するだけで十分である。

（112）『ラサリーリョ・デ・トルメス』、序文、カスティーリャ古典叢書、六一頁を参照のこと。

「プリニウスはどんなに悪い本でも、何かしら良いところのないものはないと述べている」。

マテオ・アレマンは『グスマン・デ・アルファラーチェ』（カスティーリャ古典叢書、第一巻、三三頁）で、「何の取り柄もないほど悪い本などないからにして……」と述べている。【セルバンテスにおけるエラスムス主義の問題はすでに論じられている。これらのテクストの直接的照合については、バタイヨン『エラスムスとスペイン』（七九九頁）をみよ。】

（113）十六世紀末から十七世紀初頭にかけて、スペインでは聖人の遺物や遺骸をめぐって、いたって迷信的な熱狂が支配した。まさにグラナダのサクロ・モンテの有名な〈鉛板〉〔アラビア語で書かれたモリスコの手によるキリスト教文書、ラテン語とアラビア語の二つの言語で鉛板に記されてあったが、今日では偽書とされている〕の時代だったのである。

マリアーナ神父は聖職者的権威によって掻き立てられた民衆の狂気を抑えるべく、王や教皇のもとにはせ参じた。G・シロ『歴史家マリアナ』（G. Cirot, *Mariana historien* ボルドー、一九〇五、四五頁以降）を参照せよ。

【サクロ・モンテの鉛板の魅力的なエピソードは、アメリコ・カストロが『スペインの歴史的現実』（メキシコ、

一九六六、二〇〇—二〇二頁）のなかで研究したものである。カストロはグラナダのモリスコたちが「政治的に失った地位を、神学的策略によって回復しようとしたもので、実際、それこそがこの使徒派の偽書のもっている意味である」（二〇〇頁）と述べている。一五九五年と一五九七年に出現したこれらのテクストは、アラビア語とラテン語で記述されていた。ローマ教会はとりわけ〈イスラム教の臭い〉（同上）が濃厚ということで、アラビア語〈編〉の方を一六八二年になって初めて形式上、退けることとした。しかしラテン語の方はそうしなかった。

「鉛板の信憑性において両者を混同することは、できもしなかったし、そうすることは賢明でもなかった。なぜならばもしそうしてしまえば、例の文書すべてが、民族的苦悩の時期に、モリスコたちの誰かによって仕組まれた罠だと認めざるをえなくなってしまうからである。しかしこうした欺瞞性のかげで、きわめて現実的な事柄がもち上がっていた。つまり立派な教会ができ、多くの聖職者たちが関心をもち、その守護聖人たちに対する町中の人々の崇敬が生まれたのである。ローマ教皇庁も鉛板の碑文を偽書とするわけにはいかなくなった。碑文のおかげでグラナダの守護聖人、聖セシリオは、まさにモリスコ的捏造の結果、〈サクロ〉と呼ばれる場所で〈殉教者〉となったのである」（前掲書、二〇二頁）。

ドン・アメリコが先の大著や後に引用する論文の中で挙げる参考文献の他に、以下のものも参照せよ。アダン・セントゥリオン・イ・コルドバ『グラナダに隣接するバルパライソ、またはその昔イリィプリターノと呼ばれたサクロ・モンテの歴史のための資料。そこは聖セシリオ、聖テシフォン、聖イスキオおよび彼らの弟子たちの遺灰と、鉛板に記された書が見つかった場所である』（Adán Centurión y Córdoba, *Información para la historia del Sacro Monte, llamado Valparaíso y antiguamente Illipulitano, junto a Granada. Donde aparecieron las cenizas de San Cecilio, San Thesiphon y San Hiscio . . . y otros Santos discípulos dellos y sus libros escritos en láminas de plomo* グラナダ、一六三二）。

アメリコ・カストロによって発見された『ドン・キホーテ』のある一節と、有名なグラナダの鉛板の歴史の間の結びつきをしっかり把握するには、こうしたことすべてを考慮に入れる必要がある（『セルバンテスとスペイン生粋主義』、一一二—一一三頁を参照）。

というのも「セルバンテスはグラナダにおいて、キリスト教とイスラム教を折衷しようとする、かの試みについて知りえた」（同上、一一二頁）からである。さらにもっと重要なのは、『ドン・キホーテ』前篇、五二章の末尾の部分とその章を締めくくるバーレクス風の詩である。それらはすべてサクロ・モンテの鉛板のエピソードを踏まえた単なるパロディーであり、それについてはアメリコ・カストロが『実在性の仕事場――《ドン・キホーテ》』（R de O 第五号、一九六七、二三一―二九頁）において考察を加えている。これほど興味深いテーマといえども従来の批評家たちからは、ほとんど意識的に無視されてきた。その意味するところは二重の意味で明白である。つまり神話の次元にまで至った、かつての欺瞞が今もなお存続して在るということと、その欺瞞に対するセルバンテスのアイロニーである。】

(114) 『ドン・キホーテのスペイン』（*L'Espagne de Don Quichotte*）スペイン語訳、一二七―一二八頁。

「あの遺骸について来た坊さんたちが（彼らもなかなかまずいものでは我慢しない連中であったが）……」（前篇、一九章）

クレメンシンの指摘だと「〈坊さんたち〉にかかる言葉遣いは、ことさら強調的で悪意を含んでいる」（第二巻、一一一頁）。

この章全体が辛らつさに満ちている（仰々しい埋葬や破門ざた、坊さんたちの愉楽的生活等）。破門に関してはロドリーゲス・マリン（第二巻、九〇頁）を見よ。抜け目のない冷やかしは次のドン・キホーテの言葉に表われている。

「拙者は天主教徒として、忠実なキリスト信者として敬い尊んでいる僧職者とか教会に属するものにむかって危害を加えるなどとは思いもかけず……」（前篇、一九章）

(115) 『幸せならず者』、第二巻、六八頁。これも公言された警戒心で、本書四〇四―四〇五頁に挙げられた例に加えるべきものである。エラスムスが聖職者に手厳しい批判を加えたことはよく知られている（ピノー、前掲書、二一四頁）。次に挙げるのは『対話集』（一五三二）のスペイン語訳から抜粋された一例である。

「（パンフィロ）托鉢修道会の連中ほど敬虔な者はいないね。でも彼らほど商売人に似た者もいないな……町人や貴族の家々を訪ねたり、権力者の家まで顔をだすんだから。

（エウセビオ）　でも闇商売したりするわけじゃなかろう？

（パンフィロ）　とんでもない。わしらよりうまいくらいさ。

（エウセビオ）　この托鉢修道会の、どの会を選んだんだい？

（パンフィロ）　あらゆる会を試してみたよ。

（エウセビオ）　どれも満足いかなかったのかい？

（パンフィロ）　商売をやらせてくれたら、たちまちどれともうまく折り合ったんだが。でも商売をさせてくれる前に、内陣でたっぷり汗をかかされるのが分かっていたからね」。


（『小説の起源』、第四巻、一六二頁）

(116)　前篇、二五章。つまり「修道院院長」のこと。しかしセルバンテスは物議をかもすことがないように用心して、別の言葉（mayor）を用いた。可笑しいのはこの言葉に別の意味を与えた注釈者がいたことである。またこれが修道士たちの修道院であることを認識せず、言葉の意味を捻じ曲げた者たちもいた。ロドリーゲス・マリンは正確に解釈している（第二巻、三〇七頁）。

サンタ・テレサの『創立の書』（*Libro de fundaciones* BAE、第五三巻、二〇八頁a）には次のような件がある。

「セビーリャ近くのタルドンと呼ばれる荒地に、ある聖者を上長（mayor）と仰いで、隠者たちが共同生活をしていた」また「そこには院長がいなかったので、かなり若い無学な修道士が上長（mayor）に据えられた」（同、二一二頁a）。

何はともあれ、修道院において宗教と道徳が地におちていたことはよく知られていた。サンタ・テレサもそのことをはっきりと述べている。そういうこともあってシスネーロス（Cisneros）の改革は大いに賞賛されたのである。

「修道団体が、もう規律を守らなくなる時、ひとつは徳と修道生活の勤行への道、他は弛緩への道があって……規律の道を行く人はあまりにも少ないので、自分の召命に雄々しくこたえて行こうとする修道士または修道女は、修道院に住んでいる人々のほうを、すべての悪魔を集めたよりももっと恐れなければなりません。それで、神とともに結びたいと望む友情について話すためには、悪魔が修道院において結ばせるあの友情とか愛情とかについて話すよりも、いっそう慎重に、控えめにしなければならないのです」(『自叙伝』BAE、第五三巻、三五頁a)〔東京女子カルメル会訳〕。

(117) 第四巻、一五〇頁および一六五頁。以下を参照せよ。(兵士)「クリスティーナ、そなたはこの花を、この武士道の花園をうちすてて、あのけちな聖器番のそのまた下役の掃き溜が気に入るとは。しかも一人前の聖器番どころではない、立派な役僧の思い者にもなれる身を持ちながら」(『忠実なる見張り番』、第四巻、六三頁)。

(118) 実際、これらすべてはエラスムス主義的伝統に連なっている。いくつかの章句をまとめたピノー(前掲書、二一六頁)を参照せよ。たとえば修道女は沈黙の規律を破りたくないので、修道士が夜中近づいてきても声も出さない、とか、修道士が根気よく通ってくるところに石女《うまずめ》なし、といった類である。

(119) カスティーリャ古典叢書、第二巻、七五―七六頁。

(120) 『アルジェールの牢獄』、第一巻、二三八頁。

(121) 第一巻、六四頁。セルバンテスは人物をこのように表現している。「(ブイトゥラーゴは)煉獄の霊魂たちの申し立てを記した小板を携えてきて、彼らのために訴える。霊魂のために訴えるというのは本当の話で、私がこの目で見たことである。訴えの理由についてはその先で語られる」(第一巻、三七頁)。「それは大食漢さね、伯爵どのがやつに申し立てをあげたのも、それでたっぷり身を養うためさ」(三八頁)。

(122) 第三巻、一六四―一七一頁。

(123) リウス、第三巻、三四二頁。

(124) エラスムスおよび霊魂(悪霊払い等)については、ピノー(前掲書、二〇六頁)をみよ。筆者はかつて、セルバンテスが『幸せならず者』において、フライ・クリストーバル・デ・ルーゴに起きた奇跡の根拠を、彼が依拠していた年代記に帰していたことを述べた。

(125) 第四巻、六四頁。

後篇、二四章。

(126) クレメンシンはいみじくもこう指摘している。
「レパントで恐怖を感じなかったセルバンテスといえども、テーベ時代の隠者と当時の隠者の違いについて語ったことで恐れをなしたため、身の安全を図った」(一八三六年版、第五巻、八頁)。

B・ヒメーネス・パトン『巻き毛と挙げ髪と禿げの会話』(B. Jiménez Patón, *Discurso de los tufos, copetes y calvas* バエサ、一六三九、六折r)を参照のこと。

「罪人も囚人も追放者もよく髪の毛を伸ばし放しにするのは、悲しみの表われである。われらの隠者は、たしかに中には良い人間もいるだろうが、大方はユウェナリス〔ローマの風刺詩人〕が《悲嘆でやせ細っているように見せかけて、大酒を飲む》と陰口をたたいた、偽りの哲学者ではないかと思う」。

(127) BAE、第一巻、六二〇頁b。

(128)『天使のコメディア』(*Comedia Serafina*)、『プロパラーディア』*Propaladia* 所収、メネンデス・ペラーヨによる版、第一巻、一四八頁。

(129)「せいぜいたんまり楽しむとしよう。宴会や集まりの場で友人たちに自分の巡礼のことを話す段になって、あることないこと臆することなく何でも話せなくては連中を楽しますこともできないし……」(『対話集』、『小説の起源』所収、第四巻、一七二頁。また一七三頁、一六二頁もみよ)。

(130) BAE、第一巻、六三四頁a、b。【セルバンテスにおけるエラスムス主義の問題はすでに前に一度ならず、適切なかたちで扱われているので、もはやそれについて力説する必要はあるまい。】

(131) こうした精神は当時の詩学にも如実に反映している。
「宗教的題材はまさにそうしたものであるがゆえに、模倣にはあまりふさわしくない。恋愛を扱ったものは唯一、模倣したものと見えてはまずいジャンルである。しかし(ムサイオスやヘリオドーロス、アキレウス・タティオスなどの)前に挙げた三詩人のように、恋愛を題材とする作家でもごく真面目な者たちであれば、それ(模倣)も認められる」(ピンシアーノ『古代詩哲学』、前掲版、四五二頁)。

したがって、すでに前で述べたことながら、『ペルシーレス』はヘリオドーロスの向こうを張って書かれたのである。

(132) 「人倫の道を踏みはずしたり悪にむかったりしないようにと、まだ年端もいかぬ若芽を矯めなおし、一方では文字を教えてやって、こういう子供たちを教育している、ああいう神父さんや先生方の慈愛や、言葉や、熱意や、努力を……」（アメスーアによる版、三〇七頁および註132）

(133) ロドリーゲス・マリン『セビーリャの学生セルバンテス（一五六四—一五六五）』（*Cervantes estudiante en Sevilla 1564–1565* セビーリャ、一九〇五）。

【W・クラウス「セビーリャにおけるセルバンテスとイエズス会士」（W. Krauss, "Cervantes und die Jesuiten in Sevilla"『ロマンス研究』*Romanische Forschungen* 第五四号、一九四〇、三九〇—三九六頁）を参照せよ。セルバンテスがイエズス会士のもとで学んでいたセビーリャについての議論は、ゴンサーレス・アメスーア『スペイン短編小説の生みの親セルバンテス』（第一巻、四二頁）をみよ。アメリコ・カストロはごく最近この問題に関して『実在性の仕事場——《ドン・キホーテ》』（前掲版、一—三二頁）で再度考察を加えているが、今回はスペインの血統間の葛藤という問題性に深く関与しつつ、コンベルソとしてのセルバンテスに関する新理論に光を当てて論じている。となれば『犬の対話』でなされたイエズス会士に対する彼の有名な賞賛は、掛け値ないものだったであろう。イエズス会はたしかに初期の指導者の中には問題ある者もあったが、賢明にも血の純潔に基づく幅広い差別からは一線を画していた。

A・A・シクロフ『十五〜十七世紀スペインの《血の純潔》令論争』（A. A. Sicroff, *Les controverses des status de pureté de sang en Espagne du XVe au XVIIe siècle* パリ、一九六〇、二七〇—二九〇頁）およびP・エウセビオ・レイ「聖イグナチオ・デ・ロヨラと新キリスト教徒問題」（P. Eusebio Rey, "San Ignatio de Loyola y el problema de los cristianos nuevos"『理性と信仰』*Razón y Fe* 一五三号、一九五六、一七三—二〇四頁）を参照せよ。】

(134) 『スペイン演劇史』（*Geschichte des spanichen Drama's* 一八七二。リウス、第三巻、三二五頁と三二九頁をみよ。

(135) 前掲書、一四一頁。

(136) シャック（Schack）もまた、W・フォン・シュレーゲル（W. von Schlegel）とJ・D・グリース（J. D. Gries）によるカルデロンの翻訳（シュトゥットガルト、一八八三）の序文で同様のことを述べている。

(137) 「スペイン文学における寛容思想の歴史について」（"Zur Geschichte des Toleranzgedankens in spanischen

Dichtung"『コメニウス協会月刊誌』*Monatshefte der Comenius-Gesellschaft* 一八九六、第五号、一二一―一四二頁）。この論文は題名ほどの内容はない。

(138) 第六巻、一八三九、一〇六頁。

(139) 前掲版、カスティーリャ古典叢書、第二巻、三一七頁。

(140) 筆者はロドリーゲス・マリンと同様、これが書かれたのはモリスコ追放の年（一六〇九）以降であって、アメスーアのようにそれ以前とは考えない。

(141) BH、第四号、一九〇二、六四頁。『犬の対話』の版、一三一頁。【エレーロ・ガルシーア、前掲書、二二章、五六三―五九六頁をみよ。】

(142) セルバンテスはモリスコたちの、お金を浪費しないで専ら貯めこむ行動様式を非難していた。合衆国のある大学新聞でユダヤ人学生はスポーツなどせず、専ら知的活動にばかり励んでいるから仲間よりも秀でるのだ、という非難がなされたことがある。そのために、いくつかの大学ではユダヤ人学生の数が制限されている。こうした合衆国の国民的心理は、ある面で（もちろん内容面ではなく形式面においてだが）十六世紀スペインのそれと一脈通じるものがある。

(143) BAE、第一巻、六四六頁a。このテクストはJ・ミリエ・イ・ヒメーネスが『ケベードとアベリャネーダ』(J. Millé y Jiménez, *Quevedo y Avellaneda* 『ヘリオス』*Helios* 第一号、一九一八、七頁）で述べたことを打ち消している。

(144) 【同じことはモリスコ問題に関する、ゴンサーレス・アメスーアの最近のアプローチについても言うことができる。『スペイン短編小説の生みの親セルバンテス』、第二巻、四三四―四四〇頁を参照のこと。】

(145) BAE、六四五頁b。

(146) クレメンシン（一八三九、第六巻、一〇七頁）は賢明なことを記している。

「法制化によって、本来であれば、モリスコ世代を国民集団と混同するきらいをもった初期的過誤の影響を遅らせ、中和化することができたにもかかわらず、それとは逆の道を辿ってしまった。つまり血の純潔令を支持し、キリスト教とは相容れない誇りに対する関心を擁護することで、ますますモリスコを追い詰めていった結果、リコーテの話にあるように、自分たちの間でのみ結婚するようになり、それによって父から子へと、国やキリスト教徒への憎しみが隠然と固定化していったのである」。

(147) クレメンシン（第六巻、一〇四頁）と比較対照せよ。

(148) あまりに断定的であり、訂正すべき表現である（その前に本書四七三頁を参照せよ）。ドイツには自由があるという意味は、もちろん宗教的自由を指している。以下と比較せよ。

「しかしキリスト教がそれを禁じているのでその掟に背いてはならないという理由から、王は領内での決闘をお許しにならず、ドイツ自由都市のひとつを代替地としてお示しになりました」（『ペルシーレス』、六一九頁b）。

マル・ラーラも〈ドイツの自由〉について語っている（『メネンデス・ピダル記念論集』第三巻、五七七頁、所収の拙論を参照せよ）。

つまりドイツは自由を得るために、もちろんこの自由は重大な不都合をもたらしたが、カトリック支配圏（つまりスペイン支配圏）から脱せねばならなかったのではないか。イタリアの自由については『びいどろ学士』において一般的に触れられている。

「（騎士は）それから、軍人の気ままな生活、イタリアの放恣な生活を口をきわめて礼讃した」（シュヴィルとボニーリャによる版、七六頁）。

(149) 後篇、五四章。〈良心の自由〉という言葉は、他の同時代人たちによっても使われている。

「私は貴女がご自分のことを緑の瞳をもち……魅力的な体をした、そして従うべきは良心の自由だと考えておられるのではと思案しつつ、こうして書をしたためています」（ロペ・デ・ベーガ『バレンシアの寡婦』への献辞。*La viuda valenciana* BAE、第二四巻、六七頁）。

しかし侮蔑的な用法もある。

「（シシリアでの）無秩序と犯罪は並大抵のものではなく、私が見て回った場所のどこでも、そして人が思うがままに暮らしているところでは、かつて見たこともないようなものを目にしました」（オスナ公爵のフェリペ二世への手紙、一六一一、DIHE、第四五巻、七〇頁）。

(150) 後篇、五四章。これは『マルコス・デ・オブレゴン』におけるエスピネルの態度に通ずるものがある(一六一八、カスティーリャ古典叢書版、第二巻、六三頁)。

(151) 【H・ハッツフェルトやゴンサーレス・アメスーアに代表される批評家たちは、その伝統主義ゆえにドン・アメリコが本註の三つ前の註(148)で、〈良心の自由〉という有名な語句の意味に関して断定的にならないように、と注意を喚起していることを看過して、リコーテが語るこの〈良心の自由〉という言葉の意味を矮小化してしまった。

この問題の概要についてはバタイヨンの『エラスムスとスペイン』(七九六頁註)を参照せよ。エレーロ・ガルシーアは『十七世紀スペイン人の思想』(五四九―五五一頁)において、この言葉の用法の別の例をいくつか指摘している。中でも際立っているのは、オルドーニェス・デ・セバーリョス(Ordóñez de Ceballos)が『世界旅行』(*Viaje del mundo*)のなかで記載した例である。これはかくも人口に膾炙された表現を、正確かつ偏見なく理解するのに、きわめて有効なものだということが判明した。

「ジュネーヴは良心の自由のもとで暮らすフランス人たちの名高い街である。そこにはあらゆる人々や党派、とりわけ教皇に従おうとしなくても、そこでなら生きていける異端者たちが暮らしている。領主に許可を求め、カトリックであることを言明すれば、十二日で(住民たることが)認められる……」(前掲書、五五一頁)。

ここでアメリコ・カストロの『セルバンテスへ向けて』(二四二―二四四頁)を参照すると、いま議論している〈良心の自由〉に関する新たな注釈が、次のように述べられている。

「これは新たな規範を案出し、それを慎重に適用しようとする傾向のことであった。実際的な行動の自由と、理論的に考える思想の自由とは区別しなくてはならない」(二四三頁)。

この語句の根源的な解釈のためには、L・オステルク『《ドン・キホーテ》の社会・政治思想』(二六〇―二六一頁)をみよ。】

(152) 六四五頁a。

(153) 再度、リコーテは六三章でこう繰り返している。

「わしは国を捨てて、どっかわしたち一家を受け入れて助けてくれるところはないかと、外国をほうぼう探し廻りましたが、やっとドイツでそれをみつけだしたので……」

リコーテの娘が叔父たちとベルベリアに渡ったということは、『ペルシーレス』（六四五頁）の、村を挙げてのモリスコたちのベルベリアへの移住と比較されねばならない。モリスコが追放令の発布を見越して、自分たちの財産を保全するために前もって逃亡を図ろうとするのは当然である。

この辺りの事情を知るには、H・チャールズ・リーの『スペイン異端審問史』(H. Ch. Lea, *A History of the Inquisition of Spain* 一九二二、第三巻、三一七―四一〇頁）に勝るものはない。モリスコはスペインの生活に深く溶け込んでいたので、真実のキリスト教徒と生半可な連中、それに明らかなイスラム教徒の間の線引きをするのは不可能であった。彼らの場合は一四九三年の時点のユダヤ人とは異なっていた。サラサール伯爵は一六一三年になっても、追放にもかかわらずカスティーリャに舞い戻ってきていたモリスコたちを根絶するために奮闘していた。リーはいみじくもこう述べている。

「モリスコの血の痕跡を国から一掃しようという、迫害者たちの気違いじみた決意のせいで、また訴訟の混乱などもあり、彼らと同じように誠実な信仰をもった多くのカトリック教徒たちが、異教徒の土地に追放されてしまった」（第三巻、四〇四頁）。

(154) 後篇、六五章。〈大英断〉とか〈歴史始まって以来の〉といった形容詞は、牧人生活を形容する際に用いられた次のような表現と同様、誠実に用いられている。

「あの牧歌的なアルカディアを復活し模倣しようという、変わっているばかりか、なかなかゆかしい思いつき」（後篇、六七章）

クレメンシンは賢明にもこう記している。

「このサラサール伯爵への賛辞が、その差し金で追放されたモリスコの口からなされるというのは、あまりにも不適切に思える」。

追放が無分別だと感じた者がいたことは、スアーレス・デ・フィゲロア（Suárez de Figueroa）の次の文（『旅人』*Pasajero* 一六一七）からも漠然とうかがえる。

「ある現代人がこの問題（スペインの過疎化）に関連して、スペイン人とポルトガル人は、ローマ人の権力と偉大さの源となった国家理性とはまったく逆の国家理性を守ってきたと記している。ローマ人は大いなる征服のためには何にもまして多くの民が必要だとみなし、人口を結婚によるだけでなく、植民地やかかる援護策によっても、増大させようと細心の注意を払った。こうした合意のもと、自らの都市に本来の敵方すら迎え入れたのである。（……）ところがスペイン人やポルトガル人ときたら、征服した国々の多さと遠隔さゆえに、きわめて多くの民を必要としながらも、ヨーロッパで一番数の多い民族でもない自国民のみを用いて、人口増大を図ろうとしたのである。それが徐々に国力の衰退をもたらす原因となった」（F・ロドリーゲス・マリンによる、一九一三年版、二四頁）。

(155) 第一巻、三一四頁。

(156) イスラム教徒は原則として他の宗教との共存を認めた。その証拠に何世紀も昔から北アフリカに住んできたユダヤ人の存在がある。

(157) シュヴィルとボニーリャによる版、四五頁。

(158) F・A・デ・イカサ『セルバンテスの《模範小説集》』（F. A. de Icaza, *Las novelas ejemplares de Cervantes* マドリード、一九一五、一五六頁）。

(159) セルバンテスの見解に対しては、当時の報告書のどれを参考にしてもいい。たとえば『一五七〇年以来、英国で起きた迫害と最も名高い殉教についての歴史。そこでは異端者の悲しい結末と、国内において引き起こした変化について語られる』（*Historia particular de la persecución de Inglaterra y de los martirios más insignes que en ella ha avido, desde el año del Señor de 1570. En la qual se descubren los efectos lastimosos de la heregía, y las mudanças que suele causar en las Repúblicas* マドリード、一五九九）【『イギリス系スペイン女』に関してここで述べられたことと、本書、五一六頁、註43とを比較対照せよ。】

(160) つまり「泣くなら別の理由で泣くがいい」という意。

(161) 異端審問は罪人を火刑に処する前に、絞殺しておくのが常であった。セルバンテスは一五七七年、アルジェールにおいてフライ・ミゲル・デ・アランダ（Fr. Miguel de Aranda）が受けた拷問について触れている。また騎士たる二人のスペイン人の囚人が、スペインでモーロ人が焼き殺された報復として、アルジェールであわや火刑に処せられるところであった（P・パストール『セルバンテス文書』、P. Pastor, *Documentos cervantinos* 第一巻、三三四〔二三四?〕頁。シュヴィルとボニーリャによる『セルバンテス全集』*Obras de Cervantes* コメディア集 *Comedias* 第五巻、二二二頁）。またフライ・ディエゴ・デ・アエード『アルジェールの歴史と地勢』（Fr. Diego de Haedo, *Topografía e historia general de Argel* スペイン愛書家版、一九二九、第三巻、一四〇頁）も参照のこと。

(162) シュヴィルとボニーリャによる版、第五巻、三二頁の次の詩句は句読点の仕方がまずい〔バレンシアの前後に句読点を打たず、主語としている〕。

　　バレンシアは背教者を罰するに
　　別の方法を用いている。
　　公衆の面前で判決を下すより
　　一人残らず毒殺してしまうがいい。

(163) 【モリスコおよびその追放に対してセルバンテスがどういう態度をとったかという問題は、熱い論争を巻き起こした。アメリコ・カストロが一九二五年の時点で考えていたことは、すでに前の頁で見てきたとおりである。その見解と一致しているのはバタイヨン（『エラスムスとスペイン』、七九六頁）である。そして彼らの考えに異を唱える最右翼にいるのが、少し前に挙げたゴンサーレス・アメスーアである。ドン・アメリコは最近の仕事においてその問題に再度関わり、一九二五年のテクストに直接的に言及してこう述べている。
「『セルバンテスの思想』（二九二頁）でモリスコ問題を扱う際に、私はページの冒頭に《寛容か、非寛容か》という題をつけた。（……）ともあれモリスコのリコーテが《国王さまがこういうはなばなしい決心を実行に移そうとなすったことを、むしろすばらしいお思いつきとさえおれにゃ思われたくらいだった》（後篇、五四章）と述べた動機を説明するのは困難であった。今になって少なくとも部分的には、得心がいった……つまりセルバンテスは他の多くのケースと同様に、この場合も風刺したのである……」（『葛藤の時代について』、二五一頁、二五二頁も同様)。

また『セルバンテスへ向けて』(三三五頁、とりわけ四〇〇―四〇四頁)では、ここで扱った問題に関するセルバンテスとマテオ・アレマンの態度が比較対照されている。かてて加えて重要なのは、セルバンテスにおいて、「モリスコ問題についての見方が変化している点である。つまりモリスコが社会・政治的現象として、集団的に捉えられた場合と、語り手たるモリスコの人生や個人的生活経験として捉えた場合の見方の違いである。モリスコたちについて発言することは、ひとりのモリスコが感じたこと・苦しんだことを表現することと同じではない。こうした新たな小説的次元こそ『グスマン』には見られないものである。というのも『ドン・キホーテ』では、読者はひとりのモリスコの内奥に身を置き、一時なりとも、彼らが善人か悪人かといったことを越えて、彼が小説の中で行なったように、自分自身や家族のことを語るにいたった動機に注意を向けることとなる」(同上、四〇〇―四〇一頁)。

同様に『セルバンテスとスペイン生粋主義』(二一一―二一三頁、九二―九三頁)も参照せよ。モリスコ追放の経済的側面に関しては、J・ビセンス・ビーベス『スペイン経済史』(J. Vicens Vives, *Historia económica de España* バルセローナ、一九五九、三七五頁、三八三―三八五頁)、およびJ・H・エリオット『スペイン帝国　一四六九―一七一六』(J. H. Elliot, *La España imperial 1469–1716* バルセローナ、一九六五、三三一―三三五頁)を参照せよ。

また以下も重要である。ファン・レグラ「モリスコの追放とその影響、モリスコ研究へ向けて」(Juan Reglá, "La expulsión de los moriscos y sus consecuencias. Contribución a su estudio"『ヒスパニア』*Hispania*　第一三号、一九五三、二一五―二六七頁、四〇二―四七九頁)。】

(164) 後篇、八章。

(165) 一八三五、第四巻、一三九頁。

(166) 第一巻、二八五頁。

(167) 聖器係自身がユダヤ人に対して残酷なことを行なっている。土曜日に彼から食べ物を盗んだり(二九九―三〇〇頁)、彼の息子を取り上げたり(三三〇頁)、また王命で息子を戻しはするが、見返りに彼から四〇アスペロ

〔トルコ通貨〕を巻き上げたりする。

(168) 六六五頁a。

(169) 六六九頁a、六七一頁b。

(170) ユダヤ人、モーロ人、キリスト教徒は互いに比較対照される。

ユダヤ人は過越の祭で金を使い尽くし、
モーロ人は結婚式に金をつぎ込む。
キリスト教徒は好きなときにそうするが
それは己の品位を保つため。
そこに何の楽しみもないのは
争いごとで身をすり減らしているから。(『アルジェールの牢獄』、第一巻、三三四頁)

R・カンシーノス・アセンス「セルバンテスとスペインのユダヤ人」(R. Cansinos Assens, "Cervantes y los judíos españoles"、『歴史研究センター報』*Folletos del Centro de Estudios Históricos* 一九一六、七二〇頁)を参照のこと。

【これはゴンサーレス・アメスーアが『セルバンテスの思想』で説かれた内容を受け入れた、それも手放しで受け入れた数少ない例のひとつである。実際に彼は『スペイン短編小説の生みの親セルバンテス』(第一巻、七一頁。第二巻、四三四頁も参照)において、セルバンテスのことをこう記している。

「〈血の純潔〉の熱烈な支持者で、この偏見において、今日で言うところの掛け値なき民族差別主義者である。彼は実際そうであったように、ユダヤ人の血もモーロ人の血も混じらない、『ドン・キホーテ』のドロテーアの両親のような、いわゆる年代ものの旧キリスト教徒、人聞きのよくない血統とはまったく縁のないスペイン人であった」。

しかし今のアメリコ・カストロが考えていることを見てみよう。

「私は一九二五年に『セルバンテスの思想』(三〇六頁)で、セルバンテスは〈反ユダヤ主義者〉だと述べた。しかし今日であれば、そう言う代わりに、彼は文学的にキリスト教徒の視点と同時に、ユダヤ人の視点をも表現したのだと述べただろう。今日の反ユダヤ主義的演劇や小説において、迫害されたユダヤ人が迫害者について感じた事を披瀝しうるような言葉が、ユダヤ人に対して与えられることはあるまい。セルバンテスはまったくそれとは逆に、問題の二つの側面を提示したのである。キリスト教徒が侮蔑的な言葉を投げかければ、ユダヤ人は呪いの言葉に変えて投げ返す……」(『セルバンテスとスペイン生粋主義』、八七頁)。

また同書(八八—九二頁)には、註167で表現された思想に合う形で、ユダヤ人について言及したセルバンテスのテクストの、新たな分析が示されている。筆者もまた別の場所で(「アメリコ・カストロとセルバンテス」)こう述べた。

「カストロの仕事は『ドン・キホーテ』の作者がコンベルソの血を引いた〈アウトサイダー〉であったという結論に至るために、セルバンテスをその時代と環境の中において研究することにあった」。】

(171) 『ドン・キホーテ』後篇、六九章は異端審問の火刑を揶揄していると解釈されてきた。たとえばアントニオ・プイグブランチ『仮面をぬいだ異端審問』(Antonio Puigblanch, *La Inquisición sin máscara* 一八一一)がそうである。ところがそこにはいかなる揶揄も見られない。『ペルシーレス』(前掲版、六〇二頁)でも、魔女セノティアとの関連で異端審問について触れられている。

『ドン・キホーテ』においてドン・アントニオ・モレーノは〔異端審問所の忠告を受けて〕自分の家から魔法の首を撤去してしまう。また前篇、四一章では、改宗者は〔異端審問所に請願して〕「キリスト教会の聖徒団に復帰」しようとする。これが私の知る限りすべてである。作者が内に秘めていたと解釈できるのは、識字能力と火刑との関係(本書、一二〇頁)だけである。セルバンテスのケースと、自らの神学知識の乏しさから、異端とされるより軽薄の罪で断罪されるほうがましと考えていた、と一五八八年に自分の司教に対して述べたルイス・デ・ゴンゴラとを比較せよ(M・アルティガス『ドン・ルイス・デ・ゴンゴラ……』、M. Artigas, *Don Luis de Góngora . . .* マドリード、一九二五、六四頁)。

【このことはすでに前のページの、それにふさわしい場所で触れられている。】

(172) エラスムスは次のように述べていた。
「彼らは真の宗教よりも儀礼を、キリストの法よりも人間の法を、人格よりも仮面を、実体よりも影を、不朽なるものよりその場限りのものを重んじていた」(『アルキビアデスのシレノスの箱』、一五五五年版、一〇折r)。

(173)『イギリス系スペイン女』、シュヴィルとボニーリャによる版、一九頁。

(174)『ペルシーレス』、五六三頁a。以下と対比せよ。
「わたしはペテン師悪魔に色情を吹き込まれるまま胸を開け渡して、自分でも悪いことは百も承知だからなお始末が悪うございますが、悪魔めの旗の下に入ることに決めました。浅はかな人間は欲望に弱いもので、わたしなどはひとたまりもなく振りまわされてしまいました」(同、六五七頁b)。

(175)『アルジェール生活』、第六巻、七〇頁。これを抜きにしてもセルバンテスは、神の限りなき慈悲や、愛と理解の崇高なる調和について、興味深いかたちで触れている。

ユダが犯した二つの大罪のうち
キリストを裏切ったことよりも
首を括って自殺したことの方が
より重大なことと見られている。(『幸せならず者』、第二巻、七六頁)

ユダはキリストを売ったことより
自殺したことの方が罪は重い。(『偉大なトルコ王妃』、第三巻、一八四頁)

こうした思想はそれ以前にも表明されていたとは思うが、筆者は先例を知らないし、覚えてもいない。

(176) 前篇、一二章。

(177)「エラストロは……墓をつくり……最後の別れを告げた。彼らは男の不幸な結末に少なからざる同情を抱きつつ、家畜のもとに戻っていった」(『ガラテア』、前掲版、第一巻、一四頁)。

【前述のJ・B・アバリェ・アルセ『スペイン牧人小説』を参照せよ。】
(178) 『世俗哲学』、一五六八、九四折。死んだ娘タウリサに対する簡略な埋葬のことも言及しておかねばならない。それに伴って窺えるのは対抗宗教改革時代のいくつかの特徴である。
「死者が敬虔なキリスト教徒であったので、アウリステラは衣服を脱がすのをためらい、そのまま葬ることになった」。

しかし一方で決闘で死んだ二人の騎士の埋葬はなされなかった。

「渡海船の乗組員たちは、カトリック教の掟にのっとって、決闘による死者の埋葬をこばんだ」(『ペルシーレス』、五八七頁a)。
(179) エラスムス『死に方について』(*De la manera de morir*)『小説の起源』(第四巻、二四四頁b) 所収。俗人の埋葬と比較せよ (同、二四一頁a)。
(180) 後篇、五八章。
(181) 後篇、四四章。
(182) 『コリント人への第一の手紙』、七章、三一節。しかし聖パウロは「今から妻のある者はないもののように」という言葉で、妻たちのこととして述べている。したがってこれはテクストの間違いか誤読であろう。
(183) 大ヤコブは聖パウロと比べて布教的役割をほとんど果たしていない。彼の名声は最初に殉教者となったことに由来し(『使徒行伝』、一二章、二節)、その教えや説教によるものではない。とりわけ中世期に彼に新たな人格を付与することになった、小説的な虚構性が源泉であった。それはウェルギルウスやトラヤヌス、その他多くの者に対して起きたことと共通する。我々は前に(本書、五一七—五一八頁、註53)、マリアーナ神父がこの使徒のスペインへの到来を、いかにはっきりと疑っていたかを見てきた。
(184) 『痴愚神礼賛』、前掲版、七五頁。聖パウロはエラスムスお気に入りの聖人で、事あるごとに引き合いに出している。
「この本には聖パウロの手紙がいくつか載っているけれど、エウラリオ君、君にはいつも進んでその手紙を携えていてもらいたいね。いつもその作者のことを口にしているわけだから」（『対話集』、『小説の起源』所収、第四巻、一九九頁）。

ピノーは『エラスムス』（一〇九頁）の中でこう述べている。

「エラスムスはジョン・コレットの例にならって、いとも頻繁に聖パウロを引き合いに出した。聖パウロはキリスト教最大の神学者である」。

【『ドン・キホーテ』における聖人に関しては、カストロ自身の『セルバンテスとスペイン生粋主義』（一〇二―一〇四頁）をみよ。】

(185) 『アルジェール生活』、第三巻、七二頁。

(186) 前篇、二八章。

(187) 『離婚係の判事さん』、第四巻、一四頁。

(188) 『ペルシーレス』、六〇七頁a。以下の引用と比較せよ。
「偽モーロ人め、悪らつなキリスト教徒のお前にしてやられたわ」（『気風のいいスペイン人』、第一巻、一一八頁）。

「これで旅人宿の亭主はしていても、わっしゃキリスト教徒だからね」（前篇、三二章）。

「《もし、あなたがお見受けするようにキリスト教徒でしたら神さまの愛のためにも、この手紙を上書の場所にいる宛名の方に今すぐにも届けてください》」（前篇、二七章）。

「あの男の立派な分別やキリスト教徒らしい良心からいっても……」（前篇、四六章）。

加えて、ロドリーゲス・マリン（前掲版、第二巻、四一二頁、第三巻、一二一頁、一一七頁等）も参照せよ。

(189) 「熱した怒りは心を奮起させ、受けたばかりの侮辱は復讐心を掻き立てる」（『奥方コルネリア』、BAE、第一巻、六一二頁b）。

(190) 『犬の対話』、カスティーリャ古典叢書版、第二巻、三二八頁。

(191) 『気風のいいスペイン人』、第一巻、一二二頁。

(192) 『ペルシーレス』、六三二頁b。

(193) BAE、第一巻、六三五頁。
(194) アントワープ、一五四九、二六一折v。
(195) BAE、第一巻、六四〇頁b。
(196) 復讐はときに理性を超えて、純粋に命に関わる動機によって遂行されない場合がある。臥薪嘗胆のため、殺された夫の頭蓋骨を櫃に収めて持ち運んでいる美しいルペルタは、夫を殺した男の息子クロリアーノを殺そうと企んでいる。しかし寝入る若者の美しさに魅入られた彼女は、その気持ちを変え、彼を殺す代わりに一夜を共にする(『ペルシーレス』、BAE、第一巻、六五四頁)。
(197) 後篇、一一章。
(198) 『気風のいいスペイン人』、第一巻、一〇六頁。以下と比較せよ。
「かつて〈はい〉とか、〈いいえ〉と言っただけで信じてもらえた者たちの真実は何とすばらしいものだったろうか。今ではそうはいかない、誓ってそうだと言えば言うほど、嘘を重ねていると思われてしまう」(マル・ラーラ『世俗哲学』、一五六八年版、三一折r)。
(199) 後篇、二〇章。
(200) 『対話集』、『小説の起源』所収、第四巻、一八七頁b。
(201) ここで〈神学〉という語がもつ意味を、『リンコネーテ』(ロドリーゲス・マリンの版、一九二〇、三八〇頁)の〈神学論議に入り込む〉'meterse en teologías'(つまりこれは〈深みにはまり込む〉の意)といった表現の中のそれと同一視するのは、正しくないだろう。『ドン・キホーテ』や『アルジェールの牢獄』からのこうした引用文において、神学的なるものは理論的なもつれとして、単純素朴なキリスト教的態度と対置されている。前述の内容をクリストーバル・デ・ビリャロンの次のテクストと対照されたい。
「聖書やヒエロニムス、アウグスティヌスなどを繙くことに没頭していたかつての神学者たちと比較してみれば、今日の神学者については何と言ったらよかろうか。彼らが(ああ、不滅の神さま、これは涙なくしては語りえません。)まず手始めにすることといったら、まず最初にまとわねばならぬイエス・キリストを脱ぎ捨てることである。なぜならば神に仕える神学者は、しばしば食うにこと欠くことがあるからである」

(『過去と現在の機知にとんだ比較』*Ingeniosa comparación entre lo antiguo y lo presente* 一五三四、前掲版、一四六頁)。

(202) 前掲版、二四一頁。神学者に対する批判というのはきわめて頻繁に見られた。「身のほど知らずにも自然について書き記す哲学者、神学者、その他すべての者たちは、さんざんばかげた事を言い募る。というのもこうした者たちは、実際にものごとに暗いからである。そしてこうした探求をするのは真理を見いだすというよりも、才知を磨くのに役立つばかりであったし、今でもそうである」(グィッチャルディーニ『政治・市民的追想』Guicciardini, *Ricordi politici e civili* 一二五番)。

(203) 前掲版、一〇〇頁。

(204) 一五五五年版、一三折 r。

(205) したがってブソンが『理性主義の源泉』(一四頁)のなかで次のように述べたのは正確ではない。「ブデ(Budé)やエラスムス……は聖職者の独身制など、つまらないことを攻撃はしても、神学を攻撃することはしない」。

(206) 「謙遜というものがあらゆる徳義の土台であり源であって、こいつがなかったら徳義のとの字もあるものじゃない」(『犬の対話』、カスティーリャ古典叢書、第二巻、二三四頁)。

(207) 『幸せならず者』、第三巻、九〇頁。

(208) 前篇、二二章。

(209) 「高貴な女性に生まれつき備わった資質は、ひとの感情や苦難に心を動かすということです」(『二人の乙女』、BAE、第一巻、二〇四頁a)。

(210) 後篇、三六章。

(211) 【アメリコ・カストロは異端審問によって削除させられたこれらの文言のもつ重要性については、別のところで検討を加えている。「セルバンテスと異端審問」("Cervantes y la Inquisición"『セルバンテスへ向けて』所収、二一三—二二一頁)。

およびバタイヨン『エラスムスとスペイン』(七八四頁、七九五頁)を参照せよ。フランス人イスパニスタは著書においてこう述べている。

「一見するとどうでもいい言葉に見えるが、その背後には信仰と業についての大論争が垣間見える。これは信仰と愛の統一というきわめてエラスムス的な発想であり、カランサ的な思想である。それによると、業というものは恩寵の状態で果たされることがないならば無価値である。ディエゴ・デ・エステーリャにとっては、業というものは愛の重みのなかで測られねばならない」。】

(212) 『小説の起源』、第四巻、一五二頁。

(213) 「ルネサンスと宗教改革は精神の理想主義的方向を志向した時代である。あらゆる場所で状況を変革し、あらゆる活動をごく遠い過去の理想に合致させようという努力がなされた。人は学問的に過去の安定した存在のうちに自らを再建できるものと信じた。そして過去に絶対的有効性を認めたのである。今日、我々が知るのは、そうした人間たちが自ら求めた幻覚の中で揺れていたこと、そして中世という時代が古代の理想を歪め、暗黒化したとみなされたにもかかわらず、なお存続し続けたという事実である。いくらあの時代を否定しようとしても、歴史的連続性が同じ人間のなかにはっきりと現われてくる。しかしだからといって、そうした信念が人文主義者や芸術家、宗教改革者にとって最も力強い衝動となり、最も実り豊かなエネルギー源となることを妨げはしなかった。マキャヴェッリの言う〈足跡を辿ること〉ritornar al segno つまり、真の若さを取り戻すために、純化と若返りを期待すべき本源へ回帰することこそ、一般原理としての価値を獲得したのである。聖書に帰ることは、単にそうしたルネサンス的原理を宗教的分野に適用したにすぎない」（E・ゴサイン「対抗宗教改革期の国家と社会」E. Gothein, "Staat und Gesellschaft des Zeitalters der Gegenreformation"『現代文化』*Kultur der Gegenwart* 第二巻、第五号、第一部、一九〇八、一三九頁）。

(214) エラスムスをカトリック、プロテスタント、自由思想家、その他何でもいいが、そうした性格づけをしようとするあらゆる企てが失敗するのは、まさにそこに原因がある。彼の精神は結果を恐れることなく、自らの知性と教養の自由な働きが導くところに赴いたのである。彼はいかなる捕捉の試みに対しても、意地悪く微笑むだけだろう。同時に、彼の精神の対極的かつ紆余曲折のある側面から流れ出ていく水は、遠くルソーやヴォルテールに連なるべき泉でもある。

第七章　道徳観

セルバンテスの道徳についての仮説は、前の章である程度示唆されている。[1] もう一度ここでそれらを強調し、特徴的事実を指摘し、最後に、思想史のなかにおけるセルバンテスの道徳思想の意味を検討してみよう。というのもこうした点がセルバンテス学において最も看過されてきたからである。我々はすでに彼の道徳的言葉に世俗的な、単に良識的な意味しか見いださない者がいることを見てきた（本書、一〇一一一頁）。しかしそうした断定的判断に再考が求められていることを別にしても、セルバンテスの道徳観が作中人物の生活に投影されているものだという点を忘れてはなるまい。彼の作品全体に広く散見される格言や警句は、セルバンテス的なるものの特徴を必ずしも含んでいないし、しばしば道徳的な物言いをしたいという欲求をあからさまにしているにすぎない。その究極的な表現が『ペルシーレス』や『犬の対話』、『びいどろ学士』である。[2]

セルバンテスの読者がもしドン・キホーテ的な冒険にしか重きをおかず、そしてそれ以外のものを下らないとみなすなら、モンテーニュの『エセー』やユストゥス・リプシウス（Justus Lipsius）の著作を始めとする類書までも、俗っぽいと判断せねばなるまい。しかし実際にはそんなことはありえないであろうし、モンテーニュ思想の源泉や影響を見極めようとする学問書は数知れないほどある。ところがセルバンテスに関しては、検討すべき思想があるという前提に立った研究書はないに等しい。セルバンテスは絶えず気取りのなさを誇示し、衒学的でえらそうな口ぶりをする者への蔑視を表明してきた。時には高貴な血筋で資産家の男が、自らの偉大さに対する無関心を格好よく見せびらかし、わざとらしさを滲ませながら、どうでもいい人々と気楽に付き合ったりする。しかしそうした事実をしかるべき皮相的傾向と見ない者は、少なくとも才知ある人間とは言いがたい。

我々はセルバンテスの道徳観が根底において、本質的に哲学的で、純粋に自然的・人間的な性質をもったものであり、宗教的原則が幅を利かすようなものではないことを、明らかにしていくつもりである。[3] 作者は宗教に反した考え方をしようとしているわけではない。しかし神学的方向付けに対する関心はなく、それとは別の道を歩もうとしている。こうした道徳観の核は、我々が前に一章を当てて考察したところの自然主義である。さらに自然主義と結びついているのが、ルネサンス的禁欲主義から直接的に由来する、理性と分析という要素である。いまだ研究のなされていないこの最後の点について、これから考察を加えていくつもりである。

読者はネオ・ストイシズム（新ストア主義）というものが、可能な限り、古典的なストア主義（運命主義的で根底に汎神論があり、霊魂の不滅を否定する）と、キリスト教的、カトリック的教義の理論的要請とを和解させようとした、十六世紀の道徳理論だということをご存知であろう。その最も代表的な人物のひとりが、ベルギーのユストゥス・リプシウス（一五四七—一六〇六）というセルバンテスの同時代人である。[4] リプシウスがセルバンテスに影響を与えたかどうかは定かではない。またそう仮定する必要もない。というのも十六世紀のイタリアやスペインは、禁欲主義思想で満ち満ちていたからである。[5]

このことを指摘するのは、他でもないセルバンテスの道徳観を形作る歴史的規範を明確にするためである。かてて加えて、リプシウスよりもセルバンテスの方がずっと、道徳が人間に対して与える神学的影響力についての関心は薄かったと思われる。その理由として考えられるのは、文学的虚構のせいで、教義のもつ厳密さや厳しさが取り払われたからである。スペインにおいては、教義などというものは、直接的・教義的に提示されては生き延びることはできなかったであろう。それはそうとして、セルバンテスはしばしば言語のもつ用心深い曖昧さに依拠することとなる。

筆者はここで、人文学がドン・フアン二世〔一四〇五―一四五四〕の周囲で再生し始めた頃からセルバンテスやケベードに至るまでの、スペインにおけるストア哲学の発展と関連した複雑な問題を扱うことはできない。そうした問題を扱った本はたしかに実りある有益なものにはちがいない。[6] しかし私としては、セルバンテスの道徳観に、より直接的な影響を与えた思想を明らかにするだけにとどめるべきだと考えている。

ルネサンスはストア哲学のいくつかの側面をしっかり把握せねばならなかった。つまりストア哲学は人間を宇宙の中心に据え、理性を自律的原則と捉え、神の摂理を宇宙の運命的秩序と同一視し（しかし摂理を神の人格によるものとはせず）[7]、自然をネオプラトン主義的形而上学と調和させて、ほとんど一元的な汎神論のうちに神聖化するものであった。十六世紀に出たわれらがセネカの特徴をよく表わした次のテクストを参照されたい。

「善き人はただ時間的にのみ神と異なるだけだからである。善き人は神の弟子で模倣者であり、また本当の子孫である。この子孫である善き人を、彼の至尊の親である神が、決して甘やかすことのない徳の監督者として、あたかも厳格な父親たちのように、厳しく厳しく教育するのである。

（……）いかなる不幸も善き人に生ずることはできないのだ。（……）逆境の衝撃も勇気ある人の心を変えることはない。彼の心は常に自らの姿勢を崩さず、何が起ころうとも、これをみな自己の色彩に塗り変える。なぜというに、それはあらゆる外的なものよりも強力だからである(8)」〔茂手木元蔵訳〕。

我々を苦しめる不幸は応々にして、教育的規律のごとく内なる資質を称揚するがゆえに、見かけ上の存在にすぎなくなる。真の不幸とは、善き男子が不幸に押しつぶされてしまうときに出てくる。自然に従う（sequere naturam）こと以外の道徳的規範はない。といってもそれを単なる生命的刺激（モンテーニュの自然主義的経験論）と捉えるのではなく、仮借なき運命の運行、そこに従うべき宇宙の運命的秩序の形式と理解すべきである。

「善き人のなすべきことは何か。自分自らを運命に委ねることである。宇宙と一緒に運び去られると思うと、大きな慰めである。このように生き、このように死ぬことをわれわれに命じたものが何ものであろうと、それは同じ必然性によって神々をも縛る。変更することのできない進路が、人間のことも神々のことも同時に運んで行く。万物を創造し支配するこのもの自らが、運命の指令書を書いたのであるが、このものさえそれに従うのである(9)」。

十六世紀の最も優れた人々にとっては、セネカの言う神の一部たる人間と神とが共生する、そうした運命に抗して立ち上がることは、まさに狂気のさたであったはずである。しかしキリスト教はそうした仮説を受け入れることができなかった。なぜなら人間は神の子というキリスト教的仮説によれば、人間が時間的経過によって神になることはありえないし、有限な存在である人間が、神の無限な本質にあずかることもありえなかったからである(10)。ましてやカトリック教はプロテスタントにとって好都合な、そうした運命予定説を受け入れるはずもなかった。とはいえかかる〔セネカ〕思想はルネサンス的雰囲気のなかに漂っていたし、エラスムスは（折りにふれ『痴愚神礼賛』のなかでストア哲学を攻撃してはいたものの）それを世に広めていたこともあって、イタリアやフランスの思想家たち、そしてセルバンテスへと波紋を広げていくこととなる。

純粋に人間的で、しかも自然主義的な道徳観のそうした体系が、宗教理論とどういった矛盾をきたしているかを、全体として明らかにしようとする試みはなされなかった。そうした中で、教父たちの行なった手続きを刷新することで、古代ストア哲学をカトリック道徳に体系的に適用するという、興味深い手法をとったユストゥス・リプシウスの場合は珍しいケースである。[11] そうした思想は、よくありがちなことだったが、正統性を装った言語の曖昧性に保護され、あるいはポンポナッツィが十六世紀に、対抗宗教改革期に不安な人々の心に訴えるべく蘇らせた、（読者もご存知の）二重真理という柔軟な手法に護られることで、文学の分野で自由に開花したのである。

このことは、ストア哲学とキリスト教の共通点が実際的であればあるほど、そしてよく認知されればされるほど、前者の場合において容易となった。聖アウグスティヌスは異教的ストア哲学者についてこう述べていた。

「ローマ人がその国の栄誉のために守った徳性が、それになんらかの仕方で似ているところの徳性を、もしもわたしたちが、もっとも光栄ある国のために守らなかったなら、わたしたちはふかく恥じるべきであり、またその徳性を守らなかったなら、おごりたかぶり得意にならないように示されたのである」[12]〔服部栄次郎訳〕。

これは重大な問題であった。ストア哲学者はあの世のことなど考えてはいなかった。彼らには地上の栄光だけで十分であった。そしてポンポナッツィは論理的に（キリスト者としてではなく哲学者として）霊魂の不滅を否定し、徳性という無償の実践を看過して、あの世の報奨を期待して善をなすことを悪徳とみなした。道徳は神学から独立しようとしていたのである。

さてわれらのセルバンテスに戻るとしよう。我々は〈過ち〉に割り当てられた役割を検討した際に、罪に対する制裁（それはどんなに軽いものに対しても課せられた）が、宗教や法律といった外部的規範に基づくものではないということを見てきた。セルバンテスはしばしば勧善懲悪的な結末をもたらすが、だからといって人間の法や神の法が、法規の力によって処罰に関与するような話を作りはしない。公権力は決して尊敬を受けるようなかたちで振る舞うことはないし、もし誰かが牢にぶち込まれるとすれば、それは手続き上の欠陥や間違いを浮き彫りにしようとする意図のもとでそうされるのである。

（本書二一三頁で見たように）制裁というものは単に罪の結果にすぎない。

「罪に対する処罰は自然の与えしものなり」（Naturalis est punitio culpae）といわれる所以である。ロペの『王こそよなき判官』（*El mejor alcalde el rey*）の中のドン・テーリョの死や、ティルソの『セビーリャの色事師』（*El Burlador de Sevilla*）のドン・フアンの死を、セルバンテスの描く人物たちの死のどれとでも比較してみるといい。例の劇作家たちに見られるのは、人物たちの行動を支配する超越的正義（王権や神）の原理である。『サラメアの村長』（*El alcalde de Zalamea*）において人々は村会判事の権威にすがろうとする。

それに反してセルバンテスにおいては、我々が指をはさまれてしまうのは不適切に閉めようとした扉それ自体によってである（グリソストモ、アンセルモ、ロサムンダ等）。つまり内在的秩序としての自然の概念こそ、セルバンテス的道徳観の根底にあるものである。その道徳性は決して（ストア派がそうであったように）非民衆的で貴族的なものではなかった。もしそうであったら舞台にはかけられなかったであろう。これを見てもセルバンテスとロペ・デ・ベーガの間には本質的相違があったことが分かろうというものである。またわれらの大作家が、当世風の人気を博す芝居を書くことができなかった理由もそこにある。彼が復讐を忌み嫌っていたことはすでに見てきた。その点でストア主義とキリスト教はともに手を携えていたのである(13)。

セルバンテスはモンテーニュのごとく、直接的に述べてはいないが、自らの芸術的創作を、あたかも現世以外に罪も償いも存在しないかのようにして扱っている。しかしそのことと超越的なことへの熱烈な信仰とは共存しうるのである。行動に対する道徳的評価以上に、セルバンテスに関心があったのは、生来の構造が指し示すような、紆余曲折の道を今にも辿らんとしている人間たちの客観的表現であった。災難が襲うとしたら、それはものの見方の衝突や、出来事の運命的な運びによるのであって(14)、前もって描かれた外的規範を侵犯したからではない。

セルバンテスにとって、罪を人間に負わせうるものとしての悪(15)には、二つの大きな要因がある。それは人の生まれつきの性向か、あるいは間違った行動である。はっきりしているのは、間違った行動に固執することで、その人間の抗いがたい気質が示されるということである。

「悪習ってものはいつか天性みたいになっちまうもんだ、だからこの魔法使いだってことが知らず知らずわたしたちの血や肉になっちまうんだ」（『犬の対話』）。

多くの行動様式が〈血と肉〉になってしまうとき、その展開をしっかり見据えられるのは、自らを冷静に観察しうる人間だけである。セルバンテス的処罰の硬直性は〈見せかけの偽り〉のもつ相対性とどのように折り合うのであろうか。それはまさに〈偽り〉の存在による。つまりルイサはポーランド人にとってはひとつの存在であり、ルイサ自身にとってはまた別の存在である〔『ペルシーレス』三巻、六章〕。グリソストモは目の前にいるマルセーラを誤解したままである、等々。〈見せかけの偽り〉には芸術的側面と倫理的側面の二つの側面がある。道徳的過ちが生ずるのは、人間的判断が相対的で不安定だからである。そうした利害の衝突や視点のぶつかり合いによって、学問的知性にとっても道徳的行動にとっても、世界が不安定な存在であることが明らかとなる。セルバンテスは人生の容赦なき律動を前にして、厳しくも平然とした態度をとりつづける。

「かくして一件は迷宮入りとなり、死人は単なる死人として片付けられ、留置人の鎖が解かれた……」(16)。

また『ドン・キホーテ』における最も感動的な例として挙げるべき、少年アンドレスの災難も、ソライダの老父の不運もなんら解決を見ぬまま終わっている。セルバンテス作品のこうした領域には、氷のように冷たい運命的諦観の一端が覗いている(17)。いったん人間的営みの過程で影響を与えるべき条件がそろえば、結果は自動的かつ確実にそこから生まれてくる(18)。たとえば「無分別な物好き」のアンセルモは死ぬ前に、「わが妻には奇跡をおこなう義務なく、われもまた奇跡をおこなわしむる要なかりし」ことを悟る。また『離婚係の判事さん』ではこうある。

「いかなる良人も、速やかな〈時〉の足が自分の家の入口と、自分の生涯だけは通ってくれないように、これをひきとめるなどという義務はぜんぜん負ってはいないんですからね」。

個人的性格というものはそれなりに不変の現実である。そして各人は自らの素質に合致した成果を生み出す（本書、二六八頁）。そしてセルバンテスはこの点において、テレジオがはっきり規定するような、個人性格不変の理論に従っている。彼はこう述べている。

「確かに美徳も悪徳も習慣によって得られるのではなく、それが内在しているとみなされる本性によって得られるものらしい(19)」。

性格に関するこうした概念から論理的に導き出されるのは、セルバンテス的に見ると、人は誰でも本性に応じた条件のうちに留まるべきだということになる(本書、二七〇頁)。公爵家の僧侶は、高貴な生まれの人々に差し出がましい忠告をするべきではなく、サンチョはサンチョのままであればよく、ドン・キホーテもまた狂人のままであればいい。能力に欠ける者はその分際を越えるべきではない。ロサムンダは淫奔な性のままであるべきだし、老人は若いピチピチした娘と結婚をして若返ろうとしてはならない、といった具合である。人生の観察者はものごととはそうしたものだと弁え、身を転じようなどと思わないことである。

世の中はあるがままの姿にしておくべきである(20)。

読者の中には、これと似たような特徴をもった文学作品もあるのではと訝る向きもあろう。そうした疑問を晴らすためにも、セルバンテスに帰しているものが、単に確固たる文脈をそなえた人物や、紛れもないプロフィールを作り出すことだけにあるのではない、ということを示すべきかもしれない。ペドロ・クレスポ、ドン・フアン、グスマン・デ・アルファラーチェ、オルメドの騎士、ペリバーニェス、ラサリーリョ、セヒスムンド、カリスト、メリベーアをはじめとする数多の人物たちは、永続的で固有の生をもって、われらが文学の至福の地を闊歩していて、ひとつひとつが丹念にわれらの記憶に強烈に焼きついている。

セルバンテスによって完全な形で造形された人物において ユニークな点は、本質的特質として、彼らがあらゆる障害をものともせず行動する決定的場面において、自らの人格や態度を不変のものとして熱心に維持しようと、あからさまに企てているという点である。セルバンテス的性格は自分自身についての論争に道を開くこととなる。

ペドロ・クレスポ〔『サラメアの村長』の主人公〕はスペイン的名誉の最も純粋な象徴として、民衆的神話とカルデロンの天才が一致して作り出したすばらしい存在である。彼の行動は完璧なまでにその理想に応えている。しかし彼が実際にペドロ・クレスポであるべきか、あらざるべきかを問題にしようとする者などいない。その種の問題を立てようとするのは、まさにセルバンテス作品においてのみである。そこに現われる人物たちの基本的要求は、現にあるようにあるということ、そしてたとえ跣足カプチン修道会士がこぞって懇願しにきたとしても、己れ自身から遠ざかるべきではないと主張することである。

ところが他の作家たちにおいては、人物たちが自らの文学的本質について論じあうこともなければ、作者がその本質は必ずや、かくあるようにかくあるべきだ、とはっきり述べるようなこともない。たとえばセヒスムンド〔カルデロンの『人生は夢』の主人公〕は父の強い意志によって、どうしても鎖につながれた野蛮人にされねばならなかったがゆえに、セヒスムンドとなった。彼の王宮での無謀な行ないはそうした悪いしつけに由来している。しかし王子としての彼は、状況が彼に手を差し伸べてくるやいなや、そのハンディを覆してしまう。セヒスムンドは自らが本質的にセヒスムンドであるなどとは言わない。しかしそれ以外にはなりえないのである。

ところがドン・キホーテの本質的特徴のひとつは、彼自身のドン・キホーテであり続けるための努力である。自らの本性から離れまいとするわれらの郷士の意志に反して、どれだけ障害物を積み重ねてもむだである。大人も子供も一緒になって彼に敵対している。同郷の者たちは彼が冒険から手を引くだけでは満足せず、別の人間になることを、その名前を捨て去ることを求める。彼らはドン・キホーテが〈脳〉を干からびさせたとはいえ、崇高な魂を備えていることなど知りたいとも思わなかっただろうし、言い争いばかりしていて得られるものが、ただ身を滅ぼすことだけだとしても、決して自らの不変のあり方を捨て去ろうとはしない、ということを知ろうともしなかったはずである。(21)

それではサンチョはどうだろうか。いかなる島を提供されても、また歴史家たちがどんな解釈をしようとも「わしゃサンチョとして生まれたからには、サンチョで死ぬつもりでがす」(後篇、四章)と述べる。サンチョ的に果たしている島の統治の楽しさをもって、彼の生活態度を改めさせようとしても、それは無駄なことであった。監視役の作者は、島の領主となる日が近づいたことでサンチョの判断力にいささかの乱れが生じ、彼のうちに不相応な欲求が萌したと見るや、誰かに働きかけて、彼が生来のふさわしい場所にすぐに戻るようにさせるのである(本書、二一七頁を参照せよ)。

何の目的でそのようなことにこだわるのか。セルバンテス以前にも以後にも、人物たちの生をそのように構想した作家はひとりもいなかった。そうしたプロセスの成果が実際に引き出されるには、ピランデッロを待たねばならなかった。十七世紀に構造的技法においてセルバンテスと、遠くからではあるが、比較しうる事例としてはティルソのドン・フアンあるのみである。しかし対比を認めるとしても、その類似性は表面的なものだと言わざるをえない。すべては色事師が従僕に向かって答える《いとも気長なご信頼》というせりふに収斂していく。ドン・フアンは大胆にも天に挑みはするが、セルバンテス的人物のように、自らの運命的性格に対する意識をもってはいない。何はともあれ、歴史的厳密さをもって振る舞うならば、セルバンテス以後に起きることのすべては、原則として彼の大きな影響力のもとにあるということになろう。その影響は明示的というより潜在的であるが、少なからず現実的で積極的なものである。

セルバンテス的人物の文学的意識は二重の形式で表現されている。つまり明示的にはドン・キホーテとサンチョという最大の事例においてであり、間接的には、人物のうちの誰かが、自らの不可避的運命の道筋をたどるのをやめさせられるときである。我々はそのときどういう事態が生起するか分かっている。つまりその種の危険な冒険をする者には、何も得るものはない。ただ破滅が待っているだけである（グリソストモとマルセーラ、ポーランド人とルイサ、娘を前にしたソライダの父親、等々）。つまるところ副次的人物もたいていの場合、彼らの模範たるドン・キホーテとサンチョのように生きるのである。

世の中はあるがままの姿に
しておくべきである

という言葉は、したがって、常套句などではなく、セルバンテス作品の深く親密な建築学的規範を明らかにする思想なのである。

そうした姿勢から出てくる道徳的帰結について考えてみよう。もし人間の性質とその結果たる行動が不変のものであるならば、理性はそうした状態を察知しうるかもしれないが、それを変化させることはできない。道徳性というものは感覚的な面を満足させたり、逆に苦痛を感じさせたりもしようが、それ自体では、肯定的な事実と化すことはあっても、現実には非難にも賞賛にも値しない。個人は自動的に自らの行動の結果を体験することとなる。道徳性は宗教的・超越的な理想によって支配されることはなくなり、ほとんど生物学的産物と化していくのである。〈世の中とはそうしたもの〉であり、それを変革しようとしても無駄である。[22]『ドン・キホーテ』はそうした真理の大いなる証である。筆者が読者の判断に付すセルバンテスのテクストに対する解釈で、あまりに微に入り細をうがつことはしたくない。

「わたしはやはり、今お前さんに話したような心をもっているんだよ。わたしにはなんだって見えるしなんだってわかる。でもなにしろ例のみだらな快楽が、わたしがなにかしようという気持ちの邪魔をするもんだから、昔からそうだしこの先だって相変わらずの悪女だろうよ」。[23]

と述べる一方で、「高貴な血筋というものはしばしば、つましい身分の者であったら決して望みはしないものを望んで、心に翼を付け、息急き切って進むものだからです[24]」とも述べている。また同じ自然的刺激が不幸をも引き起こす。

「それは愛が欲求に他ならないからです……こうした欲求ゆえに、兄が愛する妹に対し、また継母が継子に対し、もっと悪いのは父が実の娘に対してすら厭わしい抱擁をしようなどという気を起こしたりするのです[25]」。

ロサムンダは必然的に悪女たる存在となっている。

「わたしはものごころがついて以来、理の道を踏みはずした女です……でも魂は年波の害をうけません。そこに根を下ろした邪淫の性も安泰で、わたしもそれと手を切るどころか、いつまでも情欲の流れに身をまかせ自堕落を続けておりました[26]」。

前述の例と関連した以下のテクストも、その意味をさらに裏付けている。

「天帝が定められた不幸から身を遠ざけようとしても無駄な骨折りというものさ[27]」。

「人事を尽くして天命を待つ(28)」。個々のものとして見過ごされていたかもしれぬこうした表現も、他のものと合わせてみれば、次のような内容を意味することとなる。

極めて理にかなったことだが
自らの星に抗って意地を
張ろうとする者は
かなわぬ人に盾突くようなもの(29)。

我々はここでも前の場合と同様に、人物たちによって活性化され、その後作者によって論証される原理の体系を見いだすのである。十八世紀のボウル(Bowle)以来、セルバンテスが自由意志の熱狂的支持者であったと主張する者たちは、彼が自由意志の効力をつよく信じていたことを教条的に示すような特定のテクストに注目してきた。セルバンテスや同時代の他の思想家たちの中に、多くの理由から逡巡や矛盾が見られたことをかんがみれば、そうした側面も大いにありえたであろう。とはいえ問題の文章を俎上に上げてみよう。ボウルが引用している三カ所(30)は妖術に関したものである。

「拙者は馬鹿な連中が考えるように、この世には人の心を動かしたり押しつけたりすることのできる魔法などないということはよく存じている。なぜと申して、われらの意志というものはあくまでも自由なもので、これを無理に動かすような薬草もなければ妖術もないからだ。よく馬鹿な女やふざけた山師連中がつくるのは何かの混ぜ合わせた薬か毒薬だが、これで男どもを気違いにさせて、せいぜい惚れさせる力をもっていると思わせるのだが、そのじつ、拙者が申したとおり人の意志を勝手に動かすことはできないのだ[31]」。

「愛想づかしをされた者が、毛嫌いされながらもがむしゃらに愛されようとするのを誰がとがめられて。人の気持ちを変えたり惑わせたりするのは自由意志に逆らうことだから、術は効かないし、薬草にだって無理な相談なのよ[32]」。

「あたかもこの世の中に、他人の自由意志を思いのままに左右しうる薬草とか秘法とか呪文とかいうものが存在しているかのごとく、いやでも相手の心が自分を好きになるような、ひとかどのものを男に与えているのだと信じながら、それをトマースに与えたのであった[33]」。

こうしたことはすべて、セルバンテスがモンテマヨールの『ディアナ』の中の、魔法の水が恋する相手を変えてしまうエピソードに対して行なった批判（本書、二二九頁）と、密接な関連性をもっている。さらに以下の引用も加えるべきかもしれない。

「ここにいらっしゃる長老がたがあたしの体をあなたに差しあげることはできましょう。でも魂はそうはいきません。本来的に自由なものである魂は、生まれついて自由であり、あたしが望む限りいつまでも自由であらねばならないからです[34]」。

これはマルセーラが述べたことと同じである。

「わたしは生まれだちからのびのびと育ちました。だから自由に暮らせるために野山のさびしさをえらんだのです[35]」。

我々が目にしているのは、セルバンテスにとって自由意志の意味するものが、具体的には愛する自由[36]、つまり男と女を結びつけたり引き離したりする、運命的な性向や嫌悪感に固執する権利だということである。つまるところ、ここで理論的に明らかにされているのは、《文学的主題としての過ちと調和》に関する章で登場した人物たちすべてが、活き活きと描いて見せたのと同一のものである。

しっかり確認しておかねばならないことだが、セルバンテスは、人は自由意志で自分の人生を選びえたとか、人が選んだのと同じものを自分も選びえたなどといったことは決して述べてはいない。いかなる場合でも、彼の作品や引用テクストにおいて強調しようとしたことはそうしたことではない。[37] 彼が明確に述べているのは、人は誰でも本性によって刻印された自分自身の道筋というものをもっていて、自らそれから外れたり、それを放棄するように人に働きかけたり、あるいは人の道筋と自分の軌道を無理やり暴力的に交差させようとしたりすることが、狂気のさただということである。前のテクストに出てきた〈自由意志〉という言葉は、「自らの運命を妨げられることなく辿る権利」を意味している。そうすることによって、意志は自らの性質と本性に従って意思決定するようにしむける、一種の生命的刺激となるのである。[38] 人の愛する気持ちを呪いによって無理に変えさせようとする者は、力ずくで、また手を変え品を変えドン・キホーテを引き戻そうと腐心するサンソン・カラスコと同じ愚か者である。本書の内容をしっかり見据えれば、これ以上の事例を出す必要もなかろう。

世の中はあるがままの姿に
しておくべきである。

というわけでここで示されているのは、一種の自律的道徳体系なのである。人は自らの行動を、最も内なる存在を超えるような動機に照らしてなすべきではなく、また（宗教が命ずるところに従えば）そうした存在と争うことなく、それと素直に折り合うようにしてなすべきである。セルバンテスによって詳細に描かれた確固たる人物たちは、多くの場合、命を盾に深淵を乗り越えて、真っ直ぐに突き進む矢のような存在である。

そうした体系のなかで、一旦、天命（fatum）というものを認めてしまえば、人間に起きるさまざまな出来事において、気まぐれな運命神（fortuna）や偶然などといった概念の出る幕はなくなってしまう。すべてのことが起きるべくして起きるのである。理性は人生のそうした必然的流れの上にあって、我々に降りかかってくるすべての事柄を理解し、叡智をもって支えるべく常に監視を怠ってはならない。これこそが徳性の最高形態のひとつである。つまり澄み切った理解であり、何人といえども失わしめてはならないものである。

とするならば、もし客観的にみて、すべてが必然的発展に従うがゆえに、運命も偶然も存在しないとするならば、賢者にとっては主観的にもそうしたものは存在しえない。彼は運命に対して、近寄りがたい要塞を打ち建てるからである。英雄的に培われたそうした内的徳性は完全に独立的である。そしてあらゆる侵略に対して、傲然という城壁でしっかり防御されている。ストア主義は道徳的体系のなかで最も誇り高いものである(39)。

あのすばらしい小説の最後の方で、ドン・キホーテとサンチョが対話を交わし、従士の陳腐な意見に対して郷士の対立意見が対置されているところがある。サンチョにとって人間の不幸は運命の女神のせいで起きる。彼女は「なんでも飲んだくれの気まま勝手な女で、おまけに瞽女《ごぜ》だちゅうだから、自分のやったことも見えなけりゃ、誰をぶっ倒したかも、誰を引き上げたかも知らねえちゅうこんでがすからね(40)」と言うと、ドン・キホーテはゼノン派ストア哲学者たちの貴族主義的な教えを主張する。

「わしがおぬしに言えることは、この世の中には《運命の女神》などというものもいなければ、世の中で起こる物事というものは、良いことにしろ悪いことにしろ、けっして偶然に生じるものではなくて、天の特別の摂理によるということじゃ。だからよく世間で《人はおのおの、おのが運命の作り手》ということわざも、ここから出たことよ[41]」。

この文章はかなり難解である。したがって注釈者たちがそれを理解し、適切な意味を見いだそうとして頭をひねったのも頷ける。最初の部分は、世の中の物事は偶然によるものではなく、起こるべくして起きるということで、ロドリーゲス・マリンがいみじくも「前に述べたことからは、起きるべきことはすでに予定されている、としか読めない」と述べている。実際、セルバンテスに言わせると、間違いなく神の予知のうちに示されるとはいえ、自然の内在的条件から生まれる、運命予定説的な秩序が存在する（本書、五六一頁参照）。

作者がここで〈天の特別な摂理〉と述べるとき、彼が依拠せんとしているのは見栄えのいい伝統的定式である。しかしその背後に感じとれるのは、本書の流れのなかで幾度となく出てきた「物事は起きるべくして起きる」という発想である。セルバンテスは露骨に自らの意見を披瀝することはできなかった。またたとえ哲学的に考えていたとしても、それを教条的に述べることを、よしとはしなかった。つまり人間的な出来事の流れは、神の摂理そのものではなく、〈神の執事〉たる自然に依存しているということであった。運命と摂理はここにおいて、同一の概念に融け合っているように見える[42]。

『ドン・キホーテ』の注釈者のうち、誰一人として引用文の後半部分を説明していない。つまり「だからよく世間で《人はおのおの、おのが運命の作り手》ということわざも、ここから出たことよ」という部分である。

次に挙げる二つの見解のどちらかを採用すべきであろう。一つはセルバンテスは思慮が足りなくて、時に訳もなく筆が走ってしまった結果という見方であり、もう一つは他の多くのケースと同様、明らかにすることの必要な、彼特有の複雑な表現や思想の表われという見方である。筆者はためらうことなく後者の見方に立つ。例の難解な文章には、文全体の意味を混乱させるような偶発的な発想（「物事というのは天の特別な摂理によって起きる」）が含まれている。そしてそれが文全体を文体的に不安定にしてしまっている。中心的な思想は次のようなことであろう。つまり我々は運命というものを、個人的幸運を気まぐれに生み出すような、偶然的で思いがけない、外部的要素として考えてはならない。おのおのが自らの運命を作り上げると言ってこそ、正しい判断である。

『血の力』においてもまた、より平易とはいえ似たような言葉で、運命といえども叡智と徳の基が築かれる、そうした独立的で不死身の牙城に近づくことはかなわない旨が述べられている。

「知識と美徳こそそこに泥棒の手が伸びることもなければ、運命の女神でさえ勝手にすることのかなわぬ富であることを意識してのことであった[43]」。

我々に具わった倫理的かつ理性的なものに対する能力[44]のこうした独立性は、純粋にストア主義の遺産である。マル・ラーラもまた似たような見方をしている。

「トゥリウスも引いているが、《賢くある者だけが豊かである（Quod solus sapiens dives est...）》という格言は、ギリシア人が逆説〈パラドクソン〉（paradoxon）と呼ぶもので、俗人とはかけ離れた見解だが、本来ストア主義者たちの言である。……彼ら曰く、徳は人に奪われることも、目減りさせられることもなく、船で嵐に遭っても失われず、火で焼かれてしまうこともない[45]」。

次第にセルバンテスの難しい文章の意味が明らかになっていく。自然の秩序の中に生きる我々人間は、その運動の中に組み込まれた要素として、宇宙の運命を決定づける戯れによって、あちらこちらへと運ばれていく。しかし外部的力の攻撃に打ち勝つような、一種の規制が我々自身から立ち上がることもありうる（それはあたかも戯れがあたふたと我々から他に移ってしまう間に、我々が自分たちを軸にして回転するようなものである）。

したがって我々は二重の意味で《人はおのおの、おのが運命の作り手》となりうる。つまり我々は木から葉が生じるように、個々人から芽生える生を決定づける運命的傾向を担うべき、客観的存在である（例えばロサムンダ、ドン・キホーテ、アンセルモ、カリサーレス等）。

また同時に我々はひとりひとりが《おのが運命の作り手》でもある。つまり我々は内に深い理性的・感覚的エネルギーを秘めた行為のおかげで、自分たちの運命（fatum）から身を離し、穏やかな観想のうちに、運命を踏みつけにして立ち上がるのである。そのようにして感覚的主体と理性的主体の間に亀裂が生じ、後者の領域のなかで、いかなる存在も曇らすことのできない透明な〈運命〉（ventura）を築くことができる。これこそストア主義の古典的定式であり、セルバンテスが『ペルシーレス』の次の文章のなかで、きわめて明確に述べていることである。

「諸君、手をこまねいているときではない。それでは運は開けまい。うろたえていて幸せをつかめるものか。運命はおのが手で切り開くべきものであろう。精神一到なにごとかならざらん。富者の子に生まれても小心者は、胴欲者の物貰いに似て常に貧しい」(46)。

セルバンテスはこうした精力的に抑制した態度が、感覚的な自我を、そして人間の行動や性格を変えうると考えていたのであろうか。彼は理論的かつ建前的には、ローケ・ギナールの場合のように(47)、大きな但し書きをつけてそのことを肯定している。とはいえ実際的には、不幸に傷ついたセルバンテスの主要人物たちは、人生の無謀な振る舞いによって、必然的で不可避の結末を迎えたとき、己れを知り、己れに打ち克つことを根拠として、そうした上位の運命（ventura）を築こうと試みたのである。最も美しく、最も気高いセルバンテス的な英雄たちは、自らの上位の存在を、彼らを引きずっていく旋風から守り通そうと願いつつも、物憂げに運命的定めに身を委ねて、意識的に死んでいくのである。

我々が、ひとりひとりが《おのが運命の作り手》という名言に与えてきた、こうした複雑で二重性を帯びた解釈を通じて、例のテクスト〔五七〇頁〕はさらに明確な意味を獲得する。つまり「犯した罪を他人になすりつけてはならず、すべては自業自得である」[48]という意味である。

『パルナソ山への旅』第四章は、作者が自分自身について多くの深い洞察を巡らせた素晴らしい部分だが、そこでも再び、個人（この場合はセルバンテス自身）の運命的成り行きに触れた有名な文章に出くわす。

そなた自身で運命を切り拓いたり。
好運を得たるそなたを見かけたり。
されば分別もってして守りぬくべし。
だがもしや、そなたが不平もらさずに
心楽しく晴れやかにしたいものなら
カーパ折り、そこに座っているがいい。[49]

セルバンテスにとっては、彼の作り出した最高の人物たちと同様、幸運と不幸の間に選択の余地はなかった。残された唯一の出口は、自らの人生の〈カーパの上に座る〉こと、そして、物分かりのいい、慰めを込めた、物憂い態度で自らの人生を支配することである。我々はわれらの光に照らして、セルバンテスという名の高貴な精神を、愛と畏敬の念をこめて眺めることとしよう。彼の心の奥から発した願いから、本質的発散物として湧き出るものこそ、彼の想像力が生み出した最高の人物たちである。ところが、こともあろうにセルバンテスを、街のどこにでもいるような無意識的な人間だったと、あえて記した者たちがいたのである。

　こうした道徳観から出てくる必然的とはいえ重大な結果は、責任の概念というものが単なる引責性、つまり罪の責任をその人自身に負わせたり、また害を引き起こす当人にとっても被害を受ける隣人にとっても好ましくない、不幸な結末に遭わせることに帰着してしまうことである。しかも物事が別の道筋を辿りえたかもしれない、などと考えることすらない。そうしたところから、我々がセルバンテスを読みながらしばしば感じる、凍りつくような宿命的諦念が生まれるのである。かの天才的小説の最後の方で、サンチョはこう叫ぶ。

「お前さまのおっしゃるこた立派でがす。なぜかっていや、もののわかった方々の言葉に従うと、《驢馬の罪を荷鞍のせいにしちゃならねえ》っていうだから、今度の一件じゃ罪はお前さまにあるだから、お前さま自身を罰しなさるがいいでがす。その向っ腹を、もうこわれかけて血まみれの鎧兜だの、おとなしいロシナンテだの、普通以上に歩かせようなんて思って、わしの弱い足に当たり散らそうてなあ、やめにしてくだせいよ」(50)。

「あのアルナルド王子だが……あっちで迷いこっちで沈没、涙をのんだり溜息をついたり、自分で、種をまきながら咲いた不運を嘆いている[51]」。

「君主は家臣の前に、常に身辺をいさぎよくしておくべきだ。謀叛を恐れるのは、みずからにうしろめたいところがあるからだ[52]」。

我々は自分の引き起こした不幸な結末を受け入れねばならない。『リンコネーテ』で、馬方が主人公の二人の若者に賭け事でだまされたため、追いかけようとすると「仲間の者がよってたかって、自分の馬鹿とへまを吹聴するようなものだから、行くのはよせと、しきりに留めたりなだめたりした[53]」とある。

これがセルバンテスの中でしっかり根付いた思想であることを立証するために、さらに他の事例を引いてくる必要はあるまい。また今まで示してきたことから、彼の道徳観がはっきりとストア主義的性格を引き継いだものだ、ということに疑問の余地はない。セルバンテスは前に触れたケースと同様、ここでも当時の思想に従っている。人文主義は理性に対して、ほとんど神的といっていいくらいの力と独立性を認める道徳性のうちに、確固たる基盤を据えていた。我々は理性によって自らの不幸に対処すべきであり、理性にのみ信頼を置くべきであった。セネカは友人のルキリウスが情念を打ち砕き、悲しみを見下して、完全な平静さを取り戻すように仕向けた。エラスムスはこう述べることとなる。

「ストア学派の人々の申すところによりますと、賢さとは理知に導かれることで、痴呆とは変転する情念に従ってゆくことになります[54]」。

またカスティリオーネによれば、宮廷人は自らの生活を理知的分別によって律すべきであった。

「したがって宮廷人のすべての行為は、ストア学派が賢人の義務と呼んだようにあらゆる徳性から生じ、それから成り立つものでなければなりません[55]」。

また住職はドン・フェルナンドに次のように語っている。

「それに、こういうどうにもならない、ぎりぎりの事態になっては、己を抑え、これに打ち勝って、あんたの気持ちひとつで……寛大な心をお見せなさるのが、なにより上分別だと考えなさるがよい(56)」。

セルバンテスのそれ以外の人物たちも、しばしば理性に従って情熱的な衝動を抑えている。カルデーニオはルシンダの結婚を知って絶望し、今にも乱暴をはたらこうというときになって、「そのとき以来わたしになくなってしまった分別が、あの時にかぎって多すぎるように命じた」〔前篇、二七章〕とある。さらにその先で、自分の惨めな生活に甘んじた彼は、穏やかにこう述べる。

「このみずからもとめておちいった苦境から、ぬけだす気力も力もないような気がするんです(57)」。

また一方のドロテーアは、それに類した精神力で溌剌とした姿で現われる。

「運命が何か役に立つものを彼女にのこしてくれたとしたら、それは落ちかかってくるどんな災厄にもめげない勇気なのだから……(58)」

またサンチョも冒険を一通り終えて村に戻ってくるとき、同じストア主義的口調で、気高い郷士のことを次のように語っている。

「ひとつ両腕をひらいて、やっぱりお前の息子のドン・キホーテさまを迎えてやっておくれ。なるほどドン・キホーテさまは、ほかのやつの腕で打ち負かされてはきなさったが、ご自分に打ち勝ってきなすっただ。これは、旦那がわしに話しなすったところによれば、人の望みうる第一等の勝利ちゅうだ(59)」。

そうした最高級の同意を通して、本質的な形で要約されているのは、かの英雄の波乱万丈の人生そのものである。ドン・キホーテはこの地上から悪の根源を断とうと努力して挫折した。しかしルネサンスの道徳哲学にとって、決して非現実的なものではない唯一の勝利、つまり自己に打ち勝つという栄光を手にした(60)。

セネカは「神慮について」と題する論文で、太陽神が思いとどまるように言うにもかかわらず、父の車を繰るという大それた意図をもって動ぜぬ若きパエトンを描いている。セネカは嬉々としてかの名高い若者の言葉を再現している。

「《私を脅かすとお考えのことはみな、私を駆り立てるのです。太陽神のあなたさえも打ち震えるという場所に、私は立ちたいのです。》意気地のない臆病な人間は安全を求める。しかるに、徳は高きところを進む(61)」。

ドン・キホーテもまたこのように考えてはいないであろうか。彼に見られたのは、最高の熱望と、自己に打ち勝つことによって超克された、熱望からの転落である。その論理の道筋を辿ることによって、後のスピノザがそこに最高の自由があるとする、完璧な理想に到達することができるのである。セルバンテスは次のように述べたとき、そうした崇高なる純粋性の領域に足を踏み込んでいた。

巡り合わせが悪いとて腹は立てぬが
このような場所にこうして佇めば
傷ついた身をじっくりと味わうものよ。
（……）
運が故なく見放せる者にとっては
いいいいいいいいいいい、
勝ち取りしものよりそれにふさわしく

なったがゆえの好運に名誉ありけり。(62)

とはいえ、もし我々が、セルバンテスの道徳的方向がセネカの単なる引き写しだと考えるなら、それは間違いであろう。文学作品という異なる性格のものと、セネカが本質的に異なるのは当然である。本来であれば、人がストア主義から理解するところから、小説的興味など喚起されるはずもなかったところである。かてて加えてセルバンテスは個人的に、人生を死への準備とみなしたり、自然が与えてくれる喜びや快楽を放棄すべきだなどとも考えてはいなかった。

たしかにドン・キホーテは感覚的喜びの放棄を意味する、険しき道を歩んではいる。(63) なぜならばそれが〈詩的普遍性〉の次元で生きねばならぬ英雄に、なくてはならぬ性格だからである。ところが彼といえども名誉や褒賞、この世の勝利を夢見ている。喝采を熱望し、自慢や自惚れを味わっている。公爵家においては、ストア主義者であれば赤面したかもしれぬほどの気取りようを示した。サンチョはサンチョで楽しい気持ちを催すものであれば、何ものも捨て去りはしなかっただろう。彼の快楽主義はドン・キホーテの非物質主義と並んで、作者にとっては極めて重要なものであった。

そしてドン・ディエゴ・デ・ミランダの邸宅が現われる。落ち着きがあって、誰でも住みたくなるようなその家の安楽さから、ドン・キホーテは早く逃げ出したいと思うが、サンチョは逆にずっと居留まりたいと願う。(64) 邸宅自体はセルバンテスにとっていかなる不道徳を意味するものでもない。ドン・ディエゴの生活はドン・キホーテやサンチョのそれと同様、尊敬に値するし、説明のつくものである。セルバンテス作品全体に横溢する楽しいエピソード、愛と幸運の喜びといった要素をこれに加味してみれば、セルバンテスにとって人生とは、苦しみに慣れ親しみ、死のための準備をするための訓練期間などではなかった、ということが分かるだろう。セルバンテスはこの意味ではストア主義者ではなかった。彼にとって善とは、図式的な理性が命ずる、厳格で無愛想な徳以上の何ものかだったのである。自然と人生は、人もうらやむ多くの幸せを生み出した。

「(ドン・キホーテは) 古代の哲学者は真の神は知らなかったけれど、最大幸福と彼らが見なしたひとつは、持って生まれた才能、財産のそれ、多数の友達をもつそれ、多くの立派な子供をもつ幸福にあるとしていると語った(65)」。

もし黄金時代が現在にありうるとしたなら、それ以上求めるべきものはないだろう。調和と善き和合がいたるところで支配するであろうし、世の中に古代哲学の言う〈至高善〉の反映を見ることとなろう。ところが残念なことに、客観的自然と我々との関係を常に支配しているのは、調和や賢き和合などではないというのが現実である。

自然の力が人間の運命を
幸せと不幸の
どちらかに定めたのだ(66)。

前に見たとおり、こうした不幸は我々の (個人的偶発性の結果としての) 欲求や自発性が、他者や内的自己が付託されている必然的秩序と、一致しないことから起きることが多い。

「めいめいがそれぞれの欲望を抱いていたが、どれも満たされることがないのは人間の本性のなさしめるところであろうか、人は神が完全なものにお造りくださったにもかかわらず、何かが足りないと思い込んでばかりいるのだ。その欲望を捨て去らないかぎり、この不足が満たされることはあるまい[67]」。

このようにしばしば、欲望と可能性、理性と現実の歯車はかみ合わない[68]。そこから過ちが生まれ、そのつけが、過ちの原因をつくった者や、誰彼の上にも降りかかってくるのである。セルバンテスがストア主義に向かうのは、まさにそうした時である。それは我々が〈経験に基づいて〉(a posteriori) とるべき態度としてである。

「己の力にあまることをあえておこなった人間だ、苦しんで黙っていればそれでいいのだから」[69]。

「今旦那がわしにくださろうというその二〇ドゥカードを、ちょうどその時わしがもってりゃ……今頃はトレードのソコドベール広場のまん中にいたはずです。こんなまるで猟犬みたいに紐でひっぱられて、こういう道のまん中にゃいなくともよかったんです。しかし神さまは宏大無辺でおいでなさるんだから、辛抱することでさ、そうすりゃ何も言うことはありませんやね」[70]。

それと同時に、セルバンテスによって〈過ちの後の〉(post errorum) の死に断罪された者たちが、泰然自若として死んでいく様を思い出してもらいたい。そうした善き諦念は、サンチョの人生にも同様に見いだすことができる。彼は次のように自らの内なる姿勢を要約している。

「わしが太守をしてた時嬉しがったにしろ、現在こうやって、てくてく歩きの従士の身分でも、べつに悲しいたあ思わねえだ[71]」。

したがってセルバンテスの道徳観はかなり複雑である。あえてひとつの定式にはめ込もうとすれば、ストア主義的要素によって強く染め上げられた、自発性に基づく自然主義的道徳観とでも言おうか。エラスムスやモンテーニュもそうした問題に直面したが、彼らはセルバンテスとは異なる方法で問題を解決した。間違いなくエラスムスにおいて支配的だったのは、生の自然主義的概念であり、ストア主義に対する辛らつな批判が見られる。

「ストア派の学者は、いっさいの情念を疾病と見立てて、賢者から遠ざけたのです……ストア派中のストア派ともいえるセネカは、賢者はいっさいの情念を持つべからずとしているのですから、きっと反駁してくるでしょうね。しかし、彼はそれによって人間そのものを抹殺していることになりますし、どこにも実在せず、またけっして実在することもないような造物主、新しい神様をでっちあげていることになりますね。もっとはっきり言えば、知性もなく、あらゆる人間らしい感情もない大理石の彫像を作っていることになります(72)」。

またモンテーニュもまた、明らかにストア主義的方法に対する反動として、自分なりの自然主義的方向を歩んだ。しかしそういう彼も、一五七二年頃に書かれた初期のエセーにおいては、ストア主義的方法に魅了されていた様が窺える。モンテーニュにストア主義的規範を退けるように仕向けたのは、〈私〉の決定的要請であった。自己を知ることから派生するのは一種の心理的・経験主義的道徳性、つまり快楽と苦痛の間の代償に基づく功利主義によって大いに影響を受けた道徳性であった。つまるところ、徳性は個人の諸能力の調和的発展や、理性による抑制を受けた感覚主義にあるものとされた(73)。

セルバンテスは道徳性のなかで、人間全体を形作る対立的要素をより大きく包含する姿勢をとった。こうしたことから、モンテーニュやユストゥス・リプシウスと同様にセルバンテスのもとにも到来した、喫緊の解決を迫る対立が、十六世紀全般を通して再燃したのである。それはつまり普遍化を迫る抽象的理性主義と、感覚的・個人主義的な生命主義の対立である。我々はすでに、純粋に芸術的な領域において、人文主義の精髄たる二つの本質的傾向がどのように対立していたかを見てきたし、またわれらの小説家が理論的精神をもたずに、二つの領域の間を揺れつつ、《見せかけの偽り》という印象的な技法、つまり対立物の対置を通して、その二つの世界のそれぞれをアイロニー的に還元する方法を駆使することで、素晴らしい効果を達成したことをはっきり確認している。

セルバンテスは学問的天才ではなかったし、デカルトのように理性的方法を生み出したわけでもなかった。しかし芸術においては、学問におけるデカルトの驚くべき方法と肩を並べるほど豊かな、小説の方法を編み出したのである。何はさておき、もしわれらの作家が自らの道徳的懸念を理論的にまとめてみたとすれば、作品の重要性がいかほどになりえたかは分からないが、その倫理学がモンテーニュやリプシウスなどルネサンスの偉大なモラリストたちのどれと比べても、決して見劣りすることはなかっただろうことだけは確かである。しかしセルバンテスは抽象議論や純粋な教育法などには、怖気をふるっていた。彼にとっての思想は血の通った存在で縁取られていたし、倫理的本質も感性と芸術に姿を変えていた。我々はセルバンテスの〈エセー〉こそもたないが、彼が述べた言葉のすべてから、精神のうちに調和的・全体的たらんとする倫理的概念が存在していたことが推測される。その概念は当時、最も優れた人物たちの中に見られたさまざまな思想を総合したものであった。

我々はセルバンテスが一度ならず、自然主義的原理につよく惹きつけられていたにもかかわらず、自然的・生命的自発性に基づいた熱狂的イデオロギーを是正しようとしたのを見てきた。彼は普遍化理論に基づく、それとは反対のイデオロギーにも、負けず劣らず深い関心を抱いていたからである。人文主義的道徳観におけるこうした二重性は、それぞれ論理的ストア主義と感性的自然主義と名づけることができる。ドン・キホーテが論理の貯蔵庫から引き出してくる〈かくあるべし〉は、サンチョが自らの肌を通して直接感じた〈かくあるもの〉と向かい合っている。道徳観に関するセルバンテスの返答は、おそらく次のようなものであろう。つまり双方の立場はそれなりに正しい。ただしそれぞれの行動領域をしかと弁えて、ほどほどに行動するという条件つきで。そうすれば、堂々たる至高の調和も可能なのである。

永遠の神の力たる自然的自発性は、法や論理に先立って存在している。我々の意志的衝動が徳の概念と一致し、善の実現を予定するものであれば、どれほどいいことだろうか。そうすれば法などは不要となるだろうし、宗教的規範も不要になるかもしれない。『二人の乙女』の中でレオカディアとドン・ラファエルは、互いに身を委ね合う幸せを得るのに、外部的で理性的なるものを一切必要としない。

「《ドン・ラファエル、どうか私に良人としての契りをしてください。私もあなたの妻としての契りをいたします。あなたのおっしゃる、空と海と砂浜とこの静けさに証人となってもらいましょう……》彼女はこう言うと身を彼にあずけ、彼の手を握り、またドン・ラファエルも自分の手を差し伸べた。かつての悲しみにもかかわらず、嬉しさで目からあふれでる涙だけが、二人だけの新たな夜の婚礼を祝福していた(74)」。

我々はそうした道を通って、あらゆる生命的和合の宝庫である黄金時代にたどりつくのである。しかし物事がこのように完璧なかたちで起こらず、本能や欲望のせいで挫折させられるとしたら、そのとき我々はどのように対処したらいいのだろうか。次のように込み入った推論をしなくてはならないかもしれない。つまりこの世の出来事や事件は、その流れが自然における内在的運命に依拠しているような、無限の事実の重なりによって起きるものである。言い換えると、どんな人間やものでも、自らの内なる存在のおかげで、なしうることをなし、あるべくしてあるのである。なればこそ我々はそうした自然の秩序を尊重し、自分たちの感性と理性をそれに従わせねばならない（ここまではセルバンテスはモンテーニュと歩調が合っている)。なぜならば、それこそがこの世で幸せと出会う唯一の方法だからである。

それはさておき、我々にはこうした快楽主義的態度から学ぶべき優れた理想というものが存在する。つまり我々がこの世で情念に導かれようと、あるいは理性によって導かれようと、理想とすべきは、情念を圧倒的な分別の力で抑えるべく、不幸の原因を正しく認識することを通して、自己を知るための最高の努力をするということである。そのとき怒りや復讐心はもはやなくなっている。我々は最高の分別というそうした行為を通じて、犠牲者でありながら、人生の師父や主人となりうるのである。それこそがセルバンテスにとって自由に至る唯一の方法であった。〈運命の女神〉など存在しない。《人はおのおの、おのおのが運命の作り手》である、それはおのおのが、人生を形作る連鎖的な因果律の中を、右往左往しながら生きているからである。たとえ他人に組み伏せられたとしても、《ご自分に打ち勝ってきなすった》人間となるべき最高の手段が残されている。

ところで、ルネサンスの新ストア主義は自然主義的内在主義と結びつくことになって、結果としてひとつの倫理体系を作り上げた。それは美的価値において、モンテーニュやリプシウス、あるいはその他いかなる十六世紀モラリストの倫理体系に対しても、引けをとるものではなかった。というのもこの体系の要諦ともいうべきは、セルバンテスが考えついた最も模範的で特徴的な事例(つまり道徳的悲劇の事例)においてすら、人間は容赦なき運命の転変に向き合う際に、知的独立性と忍耐力をもってすれば最高の意識に到達しうる、というものだからである。しかし克己の栄光とは、二つの暗闇の間できらめく光に他ならず、なればこそ人は容易に自らの行動によって根底を覆されて、たちまち存在を破壊されてしまう。かくして生物的なるものは、その根を道徳的なるものの中に深く埋めねばならない。セルバンテスが描く英雄たちの誤った人生が必然的にもたらすのは、自らの肉体的存在の消滅である。重大な過ちを犯す者、自然的調和を侵犯する者は、程度の差はあれ、樹液の絶えた木のようなもので、遅かれ早かれ、吹く風に萎えた葉を揺らすだけである。重要なことは、セルバンテスが過ちを犯した人間に対して、悔恨の時というのではなくとも、せめてそこで生起したことを後世に伝えるべく、覚醒の時を与えていることである。

「おろかにも無法なる望み予が命を奪えり」〔『ドン・キホーテ』、前篇、三五章〕。

またカンパネッラは独自の道からセルバンテスと相通ずる結論に至って「いずれの過ちもそれに合わせた苦痛がある」(Seco ogni colpa è doglia) と述べている。

つまるところ、セルバンテスにおいて優勢となったのは、人生に対する自然主義的で内在的な概念である。情念も行動も、自然の領域に属するもののごとく、花咲くこともあれば落ち葉となって枯れることもある。人間の精神はストア派哲学が認める範囲のなかで、そうした現実に対する意識を内に抱え込んでいる。しかしここに最後にして最大の分岐点がある。つまりストア主義者は人生の荒波や重荷に耐え切れず、また耐えようともせず、冷徹な計算のもと自らの血管を開いてしまう。セルバンテスにとって理性は、ただものごとを洞察し、見据えるためにのみ役立つのである。彼が自殺を薦めることはない(75)。われらの天才作家がその種の破壊的機能を認めるのは、彼が唯一実効的な力を有すると考える存在に対してだけである。それはつまりルネサンスのネオプラトン主義者の心に蘇った、無限の神秘力たる自然である。

我々がこうした結論を導くのに、一時たりとも抽象的な一般化に足をすくわれたことなどなかったが、セルバンテス作品の中で道徳的破綻の特徴を最もよくとらえた事例のうちのひとつを、テクスト中の語句ですぐに問題となりそうな内容を個々に取り上げつつ、あらためて検証してみよう。もしこれらの内容が提起された理論と一致するのであれば、学問的厳密さに到達したものと考えられよう。読者には『嫉妬深いエストレマドゥーラ男』の中のカリサーレスが、死の間際の重大な時に語る言葉を思い出していただきたい。

「同様にあなたがたは、わたしが生来の性癖にかられ、また、いずれわたしを襲うに違いない死の病におののきながらも、わたし自身が選び、あなたがたがわたしに下さったこの宝物を、可能な限り周到な注意を払って守ろうとしたことも、先刻ご承知です。(……)しかし、人間の知恵と力をもってしては、おのれの願望をすべて神意にゆだねる謙虚さを持たない者に対して神が下したもう厳罰をまぬがれることは所詮できない相談ですから、[76]わたしが自分自身の願望にあざむかれたとしても不思議はないし、のみならず、いまわたしの命を奪わんとしているこの毒も、もとはと言えばわたし自身が盛ったものだと言っても、あながち見当違いではないのです。(……)わたしがこの手ひどい恥辱に対してとろうと思っている復讐は、こういう場合に一般にとられているようなものではないし、また、そうであってはならないと思います。なにしろ、これまでのわたしのやり方はいかにも常軌を逸していましたから、報復も並外れたものにしたいのです。(……)言ってみれば、わたしはまるで蚕のように、みずから自分の死ぬ家をこしらえていたのです」〔牛島信明訳〕。

カリサーレスは遺言を残し、「それから七日目に墓場に運ばれた」とある。セルバンテスが最後にこう付け加えたことは目をひく。

「わたしに合点がいかないのは、どうしてレオノーラがもっと懸命になって身のあかしを立て、あの時自分が最後まで純潔を守り通したことを嫉妬深い夫に納得させなかったかということである」。[77]

とはいえわれらの作家は、ドン・キホーテの場合はきちんと行なった終油の秘蹟を、この哀れな老人に対しては施すのを忘れている。こうした細かい点は見過ごすこともできよう。しかしどうしても見過ごすことができないのは、こうした道徳観がキリスト教を超える性格となっていることである。つまりすべてが、あたかも自然を超えた賞罰など存在しないかのように推移していることである。カリサーレスは未知の運命によって自然的・運命的に投げ出され、自らを消滅させるべき破壊物質の作り手にさせられた。これは人間的次元で完結する円環であり、内在的プロセスである。主人公の振る舞いや災難において、宗教はいったいどんな役目を果たしているというのだろうか。というのもカリサーレスは決してならず者などではないからである。これほど気高く穏やかな精神の高揚を示すことができる人間が、そんな人間であるはずがない。彼は間違いなく道徳的英雄ではあるが、純粋に理性主義的な道徳性をもった英雄である。

ストア主義の殉教者たちを思い出してもみるがいい。彼らはあの世の限りなく貴重な財産を得るという期待になど寄りかかることなく、平然として自らの命を絶った。それこそキリスト教殉教者と彼らを分かつ最大の相違点である。またそれは教会の教父たちが、面と向かって彼らを非難した点でもある。カリサーレスは彼なりに、この世の栄光すら求めないという点で、ストア主義の殉教者たちとも一線を画している。つまり彼はかくあらねばならなかったがゆえに、宇宙的な混沌のなかに暗澹として消え去ったのである。そうなることを知っていたのは彼ひとりであった。この期に及んで未来の命などは何の役にも立たなかった。セルバンテスは我々の人生の不幸が、原罪とか、神の掟に対する人間の振る舞いに由来する、などといった前提から出発することはなかったし、宗教というものが最も甘美なるものの支配する天上世界において、そうした欠陥を救うためにあるのだ、という前提に立つこともなかった。

もしわが国の神学者たちがセルバンテスを繙く際に、自らの洞察力を鈍らすことがなかったなら、彼らはセルバンテスの考えを、キリスト教の福音書の中では容認できない、血も情けもない非情さとして非難し続けていたことであろう。

かてて加えて、彼らはどうして〈過ちの後の死〉の事例が、キリスト教的仮説ではなく、運命に関するストア的感情に基づくものなのだ、ということが分からなかったのだろうか。そしてセルバンテスによって生の消滅という罰を受けた者たちが、いったいどういう罪を犯したのか、それも分からなかったのだろうか。簡単に言えば、そうした者たちは本性を傷つけている、生まれつきの罪人なのである。

セルバンテスは驚くべき方法で、スペイン以外の土地で広まっていた十六世紀の道徳思想を身につけていた。彼はポンポナッツィから派生した流れの中に身を置いていた(78)。

ポンポナッツィにとって罪と罰は運命的なものであり、美徳と悪徳はそれ自体のうちに法の裁きを有していて、すべてが内在的自然主義の世界の内にあった(79)。つまりセルバンテスは基本的には、テレジオやカンパネッラと同じような道徳観をもっていたのである。

それはさておき、セルバンテスが時代の新たな道徳思想に関与したという事実は、スペイン思想史にとって興味深いことにはちがいないが、もしそれだけであったら、現に行なったように、芸術を通して最高の境地に到達することなどできなかったはずだ、という点はしっかりと認識しておかねばならない。

セルバンテスがモラリストとして、スペインにおいて自らの道徳哲学を前面に押し出すにふさわしい環境を見いだしていたと認めるにせよ、今日の我々は、道徳哲学についてはリプシウスやモンテーニュと、また倫理性においてはテレジオに比較しうるような作家像をセルバンテスの中に描くのではなかろうか。つまり彼は学問的分野において、追随者かさもなくば先駆者の作家だったのである。周知のとおり、デカルトによって洗礼を受けた偉大な理性的体系が出現する以前では、それ以外の方法はありえなかった。デカルト的体系は、道徳性において理性の普遍性に関するストア主義的原理に拠るしかなかった十六世紀の実践的論理とは、性格を大いに異にしていた。学問的理性主義はデカルト以前、いまだに緒についたばかりであった。人文主義が想定する以上に、中世思想の混沌とした状態が、人々の心を覆い尽くしていた。セルバンテスはたしかに興味深い形でネオプラトン主義とストア主義を結びつけたかもしれないが、何にもまして天才的だったのは、そうした胚胎期の世界体系を目的ではなく、手段として用いようとしたことである。もしセルバンテスが純然たるモラリストであったなら、彼の関心をよびえたものは行動の倫理的側面やその抽象的分析・評価に他ならなかったはずである。しかし天才芸術家であった彼が身を投じたのは、波乱の人生の最中に起きる、生来の徳性と罪の劇的な成り行きを、独立した道徳体系において我々に提示することであった。セルバンテス作品が威風堂々と渡り歩く世界は、運命と情念を背負った人間たちの世界である。そうした人物の中には、光り輝やく未来を見据えた者もあれば、逆に不幸に陥らせるはずの破壊的要素を内に内包している者もある。

一方、『ドン・キホーテ』の中でこうした命を左右する運命に関する概念は、芸術作品の範疇をはるかに超えた知的態度によって制約を受けている。そうした態度というのはセルバンテスの道徳観と同様に、対抗宗教改革期に特有のものである。この世は〈見せかけの偽り〉にすぎないのか。真実や過ちはどこにあるのか。ドン・キホーテは自然的和合の体系を侵しているのだろうか。あるいは我々は、これほどはっきりと感じ取っている（ほとんど物理的・生物学的な）道徳律を超克し、別の次元の道徳律を作り出すべく身を投ぜねばならないのであろうか。我々の心の中には、無限ともいえる知的で芸術的な経験のはたらく分野として与えられた問題の、明らかで紛うことなき残響がいまだに鳴り響いている。したがって我々は倦まずたゆまず幾度となく、問題をわたり歩き、あらゆる側面から問題に分け入り、何度も何度も鍬をいれて耕して、新たな収穫を手に入れねばなるまい。耕作者たちは多数いて、多彩な文体を誇示しているが、とりわけ卓越した人物としてはフローベルとピランデッロがいる。

セルバンテス的道徳観のもたらす結果は知的側面と歴史的側面で重要である。思想的側面においては、人間のもつ欠点と徳性が、生命的に見て肯定的か否定的か、結果の良し悪しで評価される時点から、我々を人間的経験の領域に導いてくれる。かくて人間行動の倫理的側面を型に入れて評価するような、スコラ的・宗教的な、既成の抽象的規範は排除されている。新たな科学が、（聖書や教父を一旦、棚上げして）論理的に説明しうる新たな物理法則や、直接的観察を通して推論できることを見据えて、事実を解釈するのと軌を一にして、セルバンテスは人間行動というものを、感覚的経験を見据え、生命と調和するか否かを判断の基準として見ようとしたのである。

そこから彼の措定する罪というものが、必ずしも公教要理のそれと合致しないという状況が発生する。カトリック教徒にとって軽微な罪と思われるものが、われらの作家にとっては死罪に値する重大性をもっている（たとえば過ち、頑迷な愚かさ、愛してくれない相手を執拗に追いかけることなど）。その一方で、姦通は多くの場合にそれ自体、自然で正当化しうるものとされる。不義を犯した女がその不身持ゆえに罰せられたり、刑に処せられたりすることは決してない。読者諸氏もすでに見ておられることだが、ある女が良人に対して誠実であるかどうかは、情念の自然の発露に忠実かどうかによるのである。「無分別な物好き」のカミーラが不義に走ったのは、彼女の徳性が、宗教的道徳律の命ずることに抽象的に適合するかどうかではなく、一連の前向きな条件、つまり愛の和合という次元にあるかどうかに依拠しているからである。そうした愛の調和はアンセルモのせいで破壊されてしまい、たちまち出現したのは別の形の愛の共感であり、セルバンテスはそれを形式上非難はするが(80)、だからといってカミーラを罰することはしない。彼女が後に死ぬとしても、それは不義が原因ではなく、恋人の死から受けた悲しみゆえだった。

「カミーラは、夫の死出の旅にもうすこしで同行しそうだった。しかし、それは、アンセルモが死んだ知らせのためではなく、別れた情人の身の上について知ったことのためであった[81]」。

読者は他の例もご存知であろうから、もはやこれ以上挙げるまでもなかろう。

対抗宗教改革ゆえに否応なくとられた、あらゆる賢明な措置のもとで[82]、当時においては革命的ともいえる新しい道徳律が日の目をみた。もしその萌芽がスペインの文学や思想において十分開花しなかったとしたら、それはもはやセルバンテスの罪ではなかった。その成果は我々の間でよりも、フランスにおいてより顕著に感じられた。というのもこの点で、モリエールがセルバンテスの教化的芸術を引き継いでいたからである[83]。筆者にはなぜ『女房学校』や『亭主学校』が、十七世紀初頭のスペインで表明された思想に応えるものであって、単に喜劇的筋立てからくるものではない、という議論がないのか分からない。セルバンテスによって本格的に適用された道徳体系を明らかにする必要があろう。女性における愛の自由の教義を、セルバンテスほど理想的かつ芸術的に深く追求して示した作家はいない[84]。

私はここで小説や劇作においてセルバンテスの与えた影響を、十七世紀を通じて辿っていくことはできない。影響を受けたものとしては、ドニャ・マリーア・デ・サーヤスの『予期した欺き』(Doña María de Zayas, *Prevenido engañado*) や、ロハス・ソリーリャ[85]の『別荘のドン・ルーカス』(Rojas Zorilla, *Don Lucas del Cigarral*)、アントニオ・ウルタード・デ・メンドーサの『妻は夫次第』(Antonio Hurtado de Mendoza, *El marido hace mujer*) などが代表的だが、それ以外にもなんらかの形でセルバンテスから影響を受けた、数多くの作家がいる[86]。しかしかの道徳観の中心部分や、スペイン思想の発展と刷新のための力強い萌芽といったものは、ひどく埋もれたままであって、現に今日までそうした思想が、十六世紀末期のルネサンス文化の光を当てられて、前面に引き出されることはないのである。

サンチョへの忠告

道徳的教化への強い欲求が今一度示されるのは、ドン・キホーテが従士に与える二回の忠告においてである。思想としてみた場合、忠告それ自体には突飛なことは何ひとつない。作者の最大の関心は、サンチョのうちに喚起する反応であり、対話が内包するアイロニーの雰囲気や楽しいユーモアである。我々が忠告に注目するわけは、それを十六世紀の道徳的性格をもった他の作品と、付随的に関連づけようと思ったからである。そうすればこのことから、セルバンテスの人文主義における影響関係が明らかになるであろう。彼がバルデス(87)（Valdés）の『メルクリオとカロンの対話』（*Diálogo de Mercurio y Carón*）を読んだことがあるとする見方が受け入れられないのは、単に双方のテクストに見られる差異ゆえばかりではない(88)。筆者の目には、セルバンテスはイソクラテスの翻訳(89)や、スペイン語訳されたセネカの作品を手にしていた可能性の方がより高いと思われる。というのもそれらの中には、サンチョになされた忠告と似かよった性格の助言が、たくさん含まれているからである。

筆者は必ずしもセルバンテスがイソクラテスの『徳への勧告または訓戒』（*Parénesis o exhortación a la virtud*）を参照した、と主張したりはしないが、少なくとも双方のテクストを照合して、似通った、また時として酷似した精神を比較してみることには興味をそそられる。

（イソクラテス）
常に神を畏れよ。（六九五頁）
（セルバンテス）
まず第一に、おお倅よ！　おぬしは神をおそれねばならん。（後篇、四二章）
（イソクラテス）
いかなるものであれ、汝に向けられる中傷を避けねばならぬ。（同上）
（セルバンテス）
職責の厳かさに、ひとつの柔軟なやさしさをそえるように心がけねばならん。このやさしさは……悪意のあるかげ口から逃れさせてくれるものじゃ。（同上）
（イソクラテス）
汝は身だしなみにおいて、こざっぱり、清潔で、きちんとしていなくてはならぬ。（六九七頁）
（セルバンテス）
サンチョ、衣服をだらしなく、しまりのない着方で歩いてはいかんよ。だらしのない衣服は、心のだらしなさの証拠となるからじゃ。（後篇、四三章〔原文四二章は間違い〕）
（イソクラテス）
汝がもっとも避けねばならぬことは、むやみに酒を飲みすぎないことである。人間は酒によって理

性と判断力を乱されると、さまざまな無分別を働くものである。（六九八頁）
（セルバンテス）
飲み過ごしたぶどう酒は、秘密をもらし、約束を果たさせず、ということをよくよく考慮して、飲む時は控えめにいたせ。（同上）

（イソクラテス）
不幸や災難に見舞われたいかなる者に対しても、非難したり貶めたりしてはならぬ。なぜならば、我々はすべてこの世の悲惨に見舞われるものだからである。(90)（六九七頁）
（セルバンテス）
おぬしが実刑をもって罰すべき相手を、言葉で虐待してはならぬ。……おぬしの司法権のもとに落ちた罪人はわれらの邪悪な人間性の条件に服従した、みじめな人間だと考えてやることだ。（後篇、四二章）

（イソクラテス）
汝は人と会話する時、常に愛想よくやさしく振る舞え。決して傲慢な態度をとってはならぬ。なぜならば高慢な人間のきらびやかさや絵空事など、彼の奴隷たちすら耐えられないからである。（六九八頁）
（セルバンテス）
おぬしが島にいる間に、もし万が一、おぬしの親戚の誰かが、おぬしに会いにやってまいったなら

ば、おぬしはその人物を追い返したり、辱めたりいたすでないぞ。（同上）

いくつか似たような忠告がイソクラテスの『王国統治』（*Gobernación del reyno*）にも見られる。

「汝は王国にふさわしい人間だと判断してもらうために、立派な風采をすることを誇りにせねばならぬ(91)」。

他にもいくつか挙げることはできようが、おそらくここで一番興味深いことは、サンチョへの忠告が、イソクラテスの道徳観およびディエゴ・グラシアンやペロ・メシーアがスペイン語訳した他の作家たちのそれと大方、類縁関係があるという点である(92)。

名誉

本書はまさしく、筆者がだいぶ昔に初めてセルバンテスとルネサンス思想との具体的関係について論じたテーマの考察をもって、閉じられることとなる(93)。当時、この種の研究に対する世間の関心は薄く、筆者が述べたことは誰からも相手にされず、反応もなかった。とはいえ、かかる考察を本格的に発展させたものが、本書に含まれる内容として結実することとなった。いまだに世間では、セルバンテスに関して、彼が通俗的な思想を抱いた作家であって、名誉ゆえの復讐という点でも、せいぜい人よりは人道的で思いやりがある、といった程度の認識がまかり通っている(94)。

セルバンテスの名誉観は、まさに彼の道徳観の一側面にほかならない。道徳観が独立的で内在的なものであったとしたら、人間の尊厳についての概念もまた、そうしたものとなろう。人間的尊厳こそ、外的環境（名声、世論、報酬等）ではなく、内なる個人的徳性に関わる問題だからである。名誉は徳に属する本質をもっている。徳そのものは他者がとる態度に関わりなく存在し、価値を有する。

「手腕とかすぐれた理解力というものは、裸でいようが着物を着ていようが、一人でいようが誰かといっしょにいようが、常にただひとつきりのものなんだ。他人連の評価如何を気にして苦しむということもけだし本当だ、しかしだね、身にそなわった値打というものの真の現実の姿は断じてそんなもんじゃないんだ」[95]。

名誉（honor）は徳性の単なる付属物にすぎない。セルバンテスの時代、演劇のテーマに反映した、誰もが抱いた〈面目〉（honra）という伝統的で大衆的な価値観においても言えるように、外面的しるしとしての名誉、それ自体には価値はない。セルバンテスは面目的な価値に対抗してこう述べている。

「名誉や称賛はあくまで美徳に対する褒賞であり、その美徳は恒《つね》で堅実なものに限るからだ。まやかしはよくない。偽善ではいかん。（……）ほめるとは、美徳をめでることであろう[96]」。

「徳というものはどんなところにあっても、ちゃんと人から敬意を表わされるもんだ[97]」。

したがって実体的なものは徳であって、徳はストア派によれば理性の行使に基づく、内心の不変なる実体である。またセルバンテスに言わせれば、実体的な徳は、自然の要請する調和と合致するような、理性の賢明なる行使に基づかねばならない。名誉も侮辱もそうした実体的な徳に影響を及ぼすことはない。我々はすでに侮辱や復讐、個人的責任などに対するセルバンテスのとった態度を見てきた。それはストア主義と共通のものがあったが、ストア主義そのものがスペインにおいて残した顕著な影響は、エラスムスの翻訳やルイス・ビーベス（Luis Vives）に見られる。

「人が傷を受けるのは他でもない己自身によってであるという格言は……世のあらゆる営みにおい

て真理である。そして真に侮辱なるものの正体を、目を見開いてしっかり理解しようとすれば、それを真理とする他なくなろう(98)」。

「世のいかなる者といえども汝らに侮辱を加えることはできない……その侮辱が汝ら自身でしか傷つけようのない魂に対して加えられるのでなければ(99)」。

幸せや不幸も外部から来るものではない。セルバンテスはこう述べることとなる。

「復讐はたしかに懲らしめにはなるでしょう。しかし罪は消せません。こんどのような場合は、つぐないが本心からのものでないかぎり、少なくとも侮辱を受けた人物が生きている間中、罪はまだ虎視眈々として世間の記憶の中に生き続けます(100)」。

したがって不義を犯した女の罪は、そうしようとした意志にあるわけで、罪深い本心を改めさせることもせず（これは不可能と言わないまでもたしかに難しい）、命だけ抹消しても、何も得るものはないだろう。もちろん本来の名誉は、名声や世論などによって、傷つけられたり目減りさせられることなどありえない(101)。

　名誉に関する観念が理論的に、そして人物の生き様に反映したかたちで示されるのは、『血の力』においてである。この作品には特別な件がある。読者も覚えておられようが、レオカディアはある夜、手ひどい暴力を受け、最も内に秘めた慎みを蹂躙されて家に戻る。父親は彼女に次のような言葉をかける。

「いいかね、公になった一オンスの汚名は秘められた二〇ポンドの不名誉よりいっそう辛いものであることを、よく心に留めておくんだよ。人知れず、おのれの胸の内にわだかまる不名誉なら、それほど苦しまなくてもすむ、なぜなら、人前では神に対して恥じることなく堂々としておればよいからだ、つまり真の不名誉は罪のなかにあり、真の名誉は美徳のなかにあるのだからね。人はその言葉、欲望、そして行為によって神の怒りをかうものだが、お前は言葉によっても、思いによっても、行ないによっても神に背いてはいない。だから、自分に対し、高潔な人間としての誇りを持ちなさい。私はもちろんお前を慎み深い娘と信じているし、娘を愛する父親としていつまでもお前のことを見守るつもりだ(102)」〔牛島信明訳〕。

罪は理性と意志に由来するのであり、レオカディアの意志はかの不始末に関与しているわけではないので、彼女がたとえ私生児を生んだとしても、名誉が傷つくことはない。こうした立場はまさにストア的である。しかしセルバンテスはストア主義者とか、抽象的なモラリストという以上の何ものかである。我々の内なる意識や家庭の内部では、たしかにレオカディアの父親のように考えることもできようが、舞台はトレードである。その街の通りや広場では現に、名誉に関する民衆的見方がまかり通っていて、人々に辛く苦しい思いを余儀なくしているのである(103)。

セルバンテスは(すでに見たとおり)、快楽も苦痛も存在しないものなどとは考えていない。モンテーニュと同じく、そうした感情を考慮に入れている。それらを避けうるならば、避けたいと考えている。しかし彼はそうした感覚的次元を超えて、最後には、〈かくあるべし〉という純粋な当為の領域にまで登りつめる。

ロペの演劇で支配的な役割を果たす、世俗的な面目意識はたしかに人生には存在するし、間違いなく大きな意義をもった社会的要素である(104)。そうした見方を正確に写し出すものとして、次のような件がある。

マルセーラ　　　もっとも恐るべき最大の

不幸は命を失うことでしょう。

ドン・アントニオ　何よりも名誉を失うほうが恐ろしいね。[105]

「死をさだめられている人間が天から授かるもののうち、なにより尊いものは誉れを知る心であり、生命はその次です[106]」。

世間の与える評価としての面目や汚名が、本質的価値をもつこともありうる。セルバンテスは賢明にも、問題のいかなる側面をも見逃すことはない。そうした理由から次のような表現が当てはまるケースも存在する。

「一ポンドの真珠より一オンスの名誉に天秤は傾くのだ。これは名誉のすばらしさを知る者のみが知る喜びだろう。卑賤の者も徳を励めば誉れに浴すが、富貴の者でも悪徳に流れれば汚名を受ける[107]」。

名誉に関するセルバンテス的概念の本質、最高の瞬間に人物たちの生が写し出すものは、人文主義の道徳観であり、名声や血筋、階層などとは無縁の、理性的にみて独立した徳性に基づく、純粋な人間的尊厳の概念である。つまり《人はおのおの、おのが運命の作り手[108]》である。

人文主義は中世に花開いた、特定の社会階級のしるしとしての名誉の概念を、別の名誉観、つまり一方で孤立した個人を称揚する傾向をもち、他方で意識の普遍的側面を見据えるような、そうした名誉観でもって置き換えた。こうして人間的なるものは、時間と空間とは縁のない、理性的分析やひとつの範疇に収斂することとなる。個人主義と社会主義がここにおいて同じように、自らの出発点を画すこととなる。

そのあたりを雄弁に語るテクストを見てみよう。

「つまりドゥルシネーアは己れの力量でできあがった女性でござって、美徳は血統をおぎない、身分の高い不徳な者より、徳の高い身分の低い者がたっとばれ、重んぜられなければならんということでござる[109]」。

「人としての誇りは貧しい者も持つことができる。しかし不徳な人間には持つことはできぬ[110]」。

こうした考え方は大分昔から、スペイン語によるストア主義的伝統に組み込まれていた。次に挙げるのはセネカである。

「プラトンによると、いかなる王といえども、元をただせばごく低い身分からのし上がってきたのであり、いかなる低い者といえども、高い身分から落ちぶれてそうならなかった、という者もいない。しかし時の推移によって、すべてはない交ぜになり、運命の転変によって上下が入れ替わった。だとすれば、貴族とは誰を指すのか。生まれつき徳をそなえた人間である[111]」。

ペトラルカもまた同じ道を辿っている。

「人の意見で徳は左右されない……過ちや破滅に導かれたければ、俗衆の歩む道を辿るに如くはない[112]」。

またエラスムスもこう述べている。

「そうした唯一のものが名誉である。名誉は彼自身の徳によってもたらされる……私は人が生まれや身分の高さが俗衆と異なるというだけでその人間を尊敬することはない、そうではなくどういう心をもっているかである……[113]」。

「人々は富の次は、毛並みのよさと呼ぶ貴族性を尊ぶ。(嗚呼、そこに徳が伴わないならば、何とむなしく愚かな名称か）コドゥルスの血を引くと言われるアテナイの王を半神のようにみなし、またブルートゥスの血を引く者をトロヤの王と称するが、そんなものはこの世にあったためしはない(114)」。トーレス・ナアロ（Torres Naharro）が『プロパラーディア』のペスカラ侯爵への献辞で述べた見解は、きわめて代表的なものである。

「まさにこれから述べようとするのは、（貴族の血を引くという事実は）貴方の中で何の重要性ももたないということです。なぜならば、貴方は血筋の高さを祖先に求めるのではなく、自らがその高さを証することに心を砕き、呼び名よりも自らの徳性によってさらなる栄光を望まれ、人の目より自らの目によって光輝を増そうとされていることが明らかだからです(115)」。

またわれらのルイス・ビーベスもエラスムスと意見の一致を見ている(116)。

「真の確固たる気高さは徳性から生まれる……ふつう尊厳と呼ばれるものが、もし欺瞞的なやり方でそれを手に入れた、ふさわしくない人物に与えられるとしたら、どうしてそれを尊厳などと呼びえようか(117)……栄光は有徳な行為によって名声を得ることである。名誉は我々自身の徳性によって尊敬を勝ち得ることである」。

かくてマル・ラーラに至るわけだが、彼はここでも自らの人文主義的なつながりを彷彿させるべく、《立派な人間になりたけりゃ、親や先祖を捨てるがいい》ということわざを解釈してこう述べている。

「偉大な音楽家のソクラテスは彼の血筋が卑しいことを中傷されたとき、それだからこそ私はより大きな名誉を得るにふさわしい、なぜならばわが血筋の気高さは私から始まるからだ、と述べたという(118)」。

さらにあとの方でもこう述べている。

「親というものはとかく子供に、善き習慣や美徳という真の貴族性というべきものを身につけさせるよりも先に、綺羅を飾らせるという間違いを犯すものである……人間においては徳こそ尊重されるべきである。徳をそなえた人間に血筋のよさを求める必要はどこにもない[119]」。

十六世紀の末には、ピンシアーノも『古代詩哲学』（一五九六）の中でこう述べることとなる。

「名誉は美徳の上に築かれる[120]」。

しかし彼にとって、貴族性には幸運および徳性に基づくものが存在するため、次のような折衷的態度をとっている。

「私は新たな貴族性を自らの力によって手に入れたいとつよく願うし、先祖たちの汗の結晶である昔ながらのそれも、同じようにつよく欲している」。

とはいえ徳性ゆえの貴族性が、血によって受け継がれるものでないことは明らかである。

こうした先行例を前にすると、セルバンテスの《人はおのおの、おのが運命の作り手》という有名な言葉には、次の意味深長なせりふと同様、歴史的意味が含まれていることが十分に察知される。

「サンチョよ、おぬしの家系の卑しさを誇りとするがよい。そして百姓の出だということを、けっして卑下してはならん……そして身分の高い罪人よりも身分の低い有徳の人であることを、いっそう誇りといたすがよいぞ。卑しい血筋から生まれ出て、大司教とか皇帝とかいう至高の顕職にのぼった人々は数限りないほどじゃ。（……）徳はそれ自身で、血統など及びもつかぬ価値をもっているからである[121]」。

「本当の貴さというものは道徳にある」。

「（その百姓は）金持に尊敬はつきものといいながら、手にいれた財産よりも身につけた人徳から尊敬されるほどでした[122]」。

善き人々の間では、お金より
美徳のほうが貴いことは言わずと知れたこと。[123]

名誉に関するセルバンテスの見方は、ルネサンスにおける価値ある優れた先例に基づいたものである。かてて加えて、前に述べた道徳観とも符合するような全体を形づくっている。また結婚に関わる名誉については、当時の社会的慣習よりも、生命的刺激を優先させる自然主義思想そのものの反映を認めることができる。したがってセルバンテスの名誉観は、ルネサンスの規定する新しい人間観に基づいたものということになる[124]。中世において、人間は概して自らを超越する、宗教的・社会的象徴を担う者とみなされていた。人間を定義づけするものは外部にあった。ドン・フアン・マヌエルにとって、人間は「戦士か雄弁家（説教師）か農民」のどれかであった。それに対してセルバンテスは人間的な、本質的視点に立つこととなる。

「人間は笑う動物、と定義されることがある。動物の中で人間だけが笑う[125]」。

またセルバンテスならではのダイナミックな人生観ともいうべき、武芸か文芸かという、人生の栄誉に到達する方法に関する別の考察もあった。人間はつまるところ、自らの現在と未来を見据えたところで定義されるのである。

人間をその内在的存在として見るとき、人間は他のすべてがそれに従うところの中心となる。知るという行為は、人間の特質としての理性が担い手として働くひとつの創造とみなされ[126]、それによって、人間は神に近付き、他の地上的存在の上に立つこととなった。知性を付与された者としての人間の尊厳の問題は、ルネサンス人文主義の極点のひとつとなっている。そこには、中世的なるものと近代的なるものの二者択一や対立が投影されている。[127] たとえばドン・フアン・マヌエルの次のテクストには、中世的視点が見事に滲み出ている。

「というのも自然の法という点で、人間よりも動物のほうがずっと巧みにそれを行使していることが確かとすれば、それは動物にはない知性や理性を与えられた人間がそれを役に立てていないからである。その上、人間は肉体を離れれば褒賞か罰を受けることとなる、決して滅びることのない霊的なる魂を有している……この魂は、付託された法を遵守しなければ救われないものである[128]」。

ここでは人間が動物に対して、人間的経験を超えた自らの超自然的運命という点でしか優位を保っていないことが分かろう。さて唐突ながらここで、そうした態度とは対極的なところに目を移してみよう。新しい世界観で裏打ちされたルイス・ビーベスはこう述べている。

「人間はいかに肉体的力を増大させようとも、雄牛や象に匹敵する者はないだろうが、才知と徳性においてはそれらを凌駕するのである……人間の魂には二つの部分があって、上位の部分は知性と呼ぶものである……人間はこの部分ゆえに神と似た存在となり、他のあらゆる動物に優っている[129]」。

十六世紀におけるこのテーマの変遷を述べていればきりがなくなろう。[130] そうする必要もあるまい、というのも、セルバンテスは人間が自然界の他の存在に優るかどうかという問題になど、特別な関心を寄せてはいないからである。『ドン・キホーテ』（後篇、一二章）には別の目的ながら、人間が動物から学んだ教えについて触れられているが、これは今我々が扱っている問題とは逆方向の見方である。周知のとおり、それは神秘的自然主義に呼応するもので、原始的にして自発的なるものを求めて、動物にまで至ったということである[131]。

こうした名誉についての概念は厳格な思想家の目には、単純に徳に対する褒賞、徳の概念の結果とみなされた。著名な仕事はいかなる外部的目的をも追求することなく、なされねばならなかった。

「清廉なるものの目的は、名誉や栄光を記憶の内に、あるいは名声のもととなる著作の中に、とどめようとする人々の考え方にはありません。純粋な清廉の目的もまた、栄えある人々が栄誉を得、有名人が名声から得るような空想的な快楽にはありません。こうしたものは徳ある人々が獲得した褒賞であって、彼らを動かして優れた行ないをなさしめるような目的ではないのです[132]」。

そうした厳格な哲学的定義づけはあるにせよ、ルネサンスにとって好ましい刺激があるとしたら、それは間違いなく人間的栄光への刺激であろう。ルネサンス人にとっての徳性や価値は、外面的評価や認知に依存するものではない。誰でも自らのうちに、立派な業績を生み出す力や熱意を秘めている。しかし名声の得られる舞台は、ここぞとばかり偉業をなしとげてやろうと考えている、野心家たちのたむろする劇場なのである。カルデロンの演劇において、品行方正の人間は人の噂に囚われて一喜一憂している。しかしルネサンス的英雄は自らの努力でそれを支配しようと願う。ネブリーハ（Nebrija）は『ラテン語辞書』（*Diccionario latino*　一四九二）の序文で、こう述べている。

「人間の中には善を行なうだけでなく、われらが主の言葉どおり、決して世に現われない糧を作り出す者もある。というのも世に永らえることが許されないがゆえに、この世に生きた証を示すべきなんらかの仕事を残そうとするからである。私もこうした人間のひとりにならんとしている。私は無分別な願いとは知りながら、身のほどもわきまえず、自分の軽薄さをあえて告白しようと思う。私が自らの不眠不休の努力をはらったのは、何にもましてあらゆる人のためになるようにという目的のためであり、ひいてはわが国で多大な評価を下されて不朽の栄光を手に入れるためである」。

またレオン・エブレオはこう記している。

「本物の名誉は、清廉なる徳の褒賞ですので、本質的に快適なるものではあっても、その快楽は清廉なるものと結びついているのです。そのため対象が無節操な空想であることも手伝って、いったん得られるとそれを愛し増大させようという癒しがたい欲望をともなって追い求めるのです。人間の空想というのは、生きている間に名誉や栄光を得ることでは満足しないで、死後までそれを得たいと思って努力するもので、正しく名声と呼ばれています[133]」。

カスティリオーネもまた同じ道を辿っている。

「カエサルやアレクサンドロスやスキピオやハンニバルやその他多くの英雄の事績と偉業を読んでも、そうした偉人のようになりたいという激しい欲求に燃え上がらず、また永遠の名声を得るために、このはかない生命を惜しむような卑しく、小心で矮小な魂が一体あるものでしょうか。この名声こそ死にもかかわらず以前にもましてはるかにかれを有名にするのです[134]」。

サンチョはそうした栄光[135]や名声などを軽蔑している。

「よしんば好き勝手なことを人々に言われようが、わしゃ屁の河童だね」と言うサンチョに対してドン・キホーテはこう答える。

「サンチョ、名声をかち得たいという願いはきわめて強烈なものだと申すのじゃ。鎧兜に身を装ったホラティウスを橋の上からティブレ河の深みへ突き落としたのを、おぬしは何者だと思うな？[136]」等。

また郷士は別の機会にも似たテーマに戻っていく。

「徳高くすぐれた人物に、何にもまして喜びを与えるに相違ないもろもろのことがらの中のひとつは、世間の人々の口の端に美名をたたえられる身になるということじゃ(137)」。
「狭隘で苦難にみちる徳へのそれは生命に終わる、しかも、いつかはつきる生命ではない、つきることのない生命へ導くのじゃ。拙者はわがカスティーリャの大詩人がうたったごとく、

下りては登るすべもなき
険阻なるこの道ゆきて
不滅住む高みへのぼる(138)。」

ところで、ルネサンスの別の主題においても同じことが言えることだが、栄光のテーマは『ドン・キホーテ』の中では、前世紀のように、確固とした新鮮さを保って立ち現われるわけではない。栄光のテーマを担う英雄は、彼自身の複雑な本性が触れるすべてのものにとって、破綻と屈折の場である。熱狂と豊穣に対して、《何のための?》という覚めた問いを投げかける、対抗宗教改革のもの憂げな音調はアイロニーと交錯する。

「すべてこれらのことも、さらに他の偉大な種々様々の偉業は、いずれは死ぬべき人間が、その壮大な業績にふさわしい報いとして、または不滅の割前として、願い求むる名声のなすところであり、またあったし、さらにあることじゃろうな。しかしながら、われらキリスト教徒にしてカトリック教徒、かつ遍歴の騎士たるものは、この現在の限りある世で到達しうる名声のむなしさにまして、至高の天国において永遠につづく、後の世の栄光(139)を求めねばならんのだ。現世の名声などは、いかに持続いたそうと、定められた終末のあるこの世界もろとも、いずれは滅ばねばならんのだ。だと

すれば、のう、サンチョよ！　われらの所業は、われらが信仰するキリスト教がわれらに課している限界を越えることは許されんのじゃ」。(140)

『ドン・キホーテ』が写し出す時代精神を、かくも深くえぐった表現はめったにあるものではない。まさにこの作品は、セルバンテスの天才なかりせば、失意と哀調に染まったとしてもおかしくなかった。一六〇〇年前後のスペインには、ルネサンスの最も輝かしい創造物に蒼白の色調を添えるような、千年至福の遠い煌きのごときものが存在した。つまりそれはフェリペ二世が、エル・エスコリアルに遺物を収めるべき壮大な場所を設置しようと考えたことと、エル・グレコが『オルガス伯の埋葬』において、絵画的技法と幻想の最大の驚異を、ふんだんな人間的価値を正当化し、その根拠を示す目的因たるあの世に向けて、方向づけたことである。そこでドン・キホーテは「のう、サンチョよ！　われらの所業は、われらが信仰するキリスト教がわれらに課している限界を越えることは許されんのじゃ」と言うこととなる。

我々にとって幸いなことは、メランコリーによって否定的な命題に導かれなかったことである。メランコリーはむしろ、ルネサンスを否定するどころか、そこから実り豊かな成果を引き出すのに役立つ諸問題に帰着したのである。すでに我々が道徳観の諸点に関して見てきたとおり、対抗宗教改革期に人間的建造物が被ったそうした地殻変動から、若干のものはセルバンテスにとって無傷のまま残った。しかし他のものは危機を体験している。たとえばそれは栄光についての観念であったり、普遍的で詩的なるものを特殊的で歴史的なるものと結びつける際の危機である。つまるところ、作者は自らの疑問の内なるプロセスを決して踏み潰したりせず、《見せかけの偽り》のテーマから最大の芸術的利益を引き出すことによって、我々にそれを提示することに止めたのである。したがって我々はそのおかげで、ドン・

キホーテが実際に卓越した、有徳な人間にふさわしい栄光を手に入れたかどうか、あるいは彼の気高い偉業が哀れな偏執狂的幻想にすぎなかったのか、それを学問的に調べることなどかなわなくなった。独自の才能を具えたピランデッロならば、三世紀後にセルバンテスの芸術的方法を蘇らせつつ「そう見えるのなら、そうなのだ」と述べることだろう(141)。

かのグィッチャルディーニとラブレーによって称揚された名誉の概念は(142)、あらゆる社会階層から独立していた（つまり純粋な人間的尊厳としての名誉であった）ために、ルネサンスの文学的創作における強い刺激剤として用いられた。もし人はおのが所業の子ということであれば、人はだれでも一族の長になろうと思えばなれる。また栄光への熱望は、必然的に、勝ち取ろうとする未来に向けた熱いまなざしの行き着く先となろう。

この時期の特徴的な現象は、騎士道文学の途方もない流行である。これは中世叙事詩に直接源を発するとはいえ、新たな感性(143)に触れることによって別の意味を獲得した。『アマディス』は〈多くの世代に規範を与えた名誉の法典〉であった。評議員ガルシ・オルドーニェス・デ・モンタルボ（Garci-Ordóñez de Montalvo）は『アマディス』の原本に訂正を施して一五〇八年に出版したが、彼が何にもましてめざしたのは、「大いなる栄光に満ち、清廉そのものの騎士道のわざを忘却から救って不朽ならしめることにより、実際の軍務の技を心に深く信奉する、若き戦士たちの優しい心を」掻きたてることであった。

この種の力強く上昇志向的な栄光への熱望(144)は、前に見たとおり、一五〇〇年頃の他の問題と同様、セルバンテスによって批判の対象とされた。それは高き飛翔を夢見る栄光についてのみなされただけでなく、座して得られる単なる名誉欲に関しても同様であった。用心を怠らぬ作者の視線は、常にそうした熱望において度を越したものを即座に押さえ込もうと構えていた。というのも、かかる熱望は容易に無分別や不調和をもたらし、妄想的なものによって現実的なものを忘れ去り、何にもまして人間的価値を見境いないものにしてしまうからである。

たしかに『奥方コルネリア』に見られるように、誉れある騎士道の振る舞いが、温かい目で描かれているものもある。しかし管見では、セルバンテスの本領ともいうべきものは、以下に挙げるようなものである。まずもって、なにゆえにトルコの海賊たちのガレーラ船が、スペイン人キリスト教徒のそれよりも船足が速く、性能がよいのか。理由はセルバンテスの最も初期の演劇のひとつ『アルジェール生活』（一五八〇年頃）の中に示されている。

一朝事あるときは、いかに立派な兵士でも
痩せていようと屈強であろうとも
すぐに服を脱ぎ捨て
第一漕者の座にとりつくが
あのキリスト教徒の連中は
名誉をあまりに重んじて
危急のときといえども櫂を握る
ことなど不名誉とみなすのだ。
連中があちらで名誉にしがみついて
いる間に、こちらとて名誉はしかと
身に負うものの、名誉などに

こだわらず進むというわけだ。(145)

セルバンテスの作品にはたしかに、(武芸と文芸という形で)力強さと栄光への熱望としての名誉が、随所に語られている。しかしそれも、ある時は対抗宗教改革期のメランコリックな解釈を帯びたり、またある時は、理性的批判に基づいた露骨な当てこすりとなる場合もあった。作者の判断が何にもまして厳格で透徹したものとなるのは、名誉失墜の感情が喚起する、名誉のドラマが生まれるときである。人は本来の意味で、名誉をひけらかすことなどできないことだとしたら、人が他人の振る舞いによって名誉を奪われたと認めることなど、なおのことできがたい。前に明らかにした道徳体系によれば、名誉は外部的行為によっては失われえないものだからである。最も意義深いケースは結婚生活に関連するものである。というのも結婚をめぐる事例では、名誉の弁証法が最もきめ細かく描かれるからである。セルバンテスの反応が当時の演劇のそれと真っ向から対立するものであることは、すでに見てきたとおりである。つまり侮辱は見過ごされ、復讐もまた退けられる。(146) この重要な問題については全般的にざっと見ておいたほうがよかろう。というのもセルバンテスは、何にもまして、この問題に興味を寄せていたからである。まず彼の女性に対する一般的見方と、好ましいと考えていた結婚形態について語るとしよう。妻にすべき女性はことさら美しくあってはならないが、それはそのことでもたらされる顚末を考えてのことである。

美しい女性を娶る者は
神の救いがない限り

おのが名誉と縁を切る。[147]

とはいえセルバンテスが純粋に理論的なこの忠告に従って、人物たちに美しい女性と結婚させないなどということはない。なぜならば「四六時中、居間でも食卓でもベッドでも、のべつ醜い顔を目のあたりにしなければならないとしたら、そこに悦びを見いだすことなどまず不可能[148]」だからである。たしかに、家族の名誉にかかわる重大な問題を実際に引き起こしているのは、極めて美しい女性たちである。

我々は文学的テーマとしての過ちを考察した際に、夫婦の間で求められる均等性についてはすでに語っている。

「夫婦の絆というのは死以外の何物をもってしても断つことのできないものですから、その紐帯は対等の、同じような糸によって織りなされていることが求められます[149]」。

こうした均等性が明らかにある場合は、〈捕虜〉やドニャ・クラーラ（法官の娘）等の場合に起きたように、結びつきは普通、即座に実現される。またセルバンテスはそうした調和の実現が疑わしいと判断されるときは、反省や分別をことさら強調する。ジプシー娘はアンドレスに対して二年間の猶予期間を設ける。それはこう考えているからである。

「あたしを選び取るべきか、それとも退けるべきか、いろいろ試してじっくり考えてみて下さい……もとより、処罰に値するようなことをするつもりなどさらさらありませんから、自分の気まぐれであたしを捨てたりするような方と一緒になるのは、まっぴらごめんですわ」。

こうした結婚までの準備を描いた極めつきの作品は、ペルシーレスとシヒスムンダの、波乱万丈の長々とした物語であろう。

『血の力』に見たとおり、結婚は死をもってしか断つことができない絆である。ジプシー娘は彼女なりにこう語る。

「あたしは、身内の男たちが慣例としている、自分たちの気の赴くままに妻を捨てたり処罰したりするような、野蛮にして身勝手な仕来たりに支配される者ではありません(150)」。

「異教では夫婦は一種の妥協と便法であって、そのかたちは、いわば家や地所を貸借するのに似ています。それに対してカトリック教でいう結婚は秘蹟です。この結婚は死、もしくは死より厳しいものによってのみ解消されます(151)」。

したがってそうした結びつきには分別と忍耐が必要となってくる。というのもセルバンテスはエラスムスと同様、離婚のもつ重大さ、困難さをよく認識しているからである。この問題は幕間劇『離婚係の判事さん』の中で、面白おかしく、しかし本質を鋭くえぐったかたちで扱われている。この作品は基本的には、善き結婚についての知恵を与える教説である。

人も羨むご夫婦に、
いさかいごとが起ころうと
きっぱり別れてしまうより、
なにはともあれ仲直り(152)。

その少し前で判事はこう言う。

「それにしても、ここにおいでの方々もちょうどあのご夫婦のように仲直りなさるわけにはいかんものですかな[153]」。

とはいうものの、セルバンテスは夫婦がいつも一緒に暮らせばいいと言っているわけではない。それは妻が自分の好きな男と駆け落ちして、夫を捨ててしまうような場合のことである。

「ある男が、自分の友人に細君が他の男と逃げてしまって、ひどく意気消沈している男がいるが、何と言って励ましたり慰めたりしたらいいだろうかと彼にたずねた。これに対して彼は次のように答えた。《家の中から仇敵を連れ出してもらうようにちゃあんとしてくだすったのだから、神に感謝せよと言ってやるんだな[154]》」。

「おやおや、こいつあどうも恐れいったよ、カンプサーノさん（とペラルタが言った）、おまけにその宝もちゃんと足が生えているもんだから、さっさとあんたから逃げちまったじゃありませんか、もう今となっちゃ探すのはおよしなさいよ[155]」。

同じようにペリアンドロはオルテル・バネドレに忠告してこう言う。

「俗に言う、逃げる敵に銀の橋〔あらゆる便宜をはかって相手を助けてやれ、の意〕をご存知ないのですか。男の最大の敵はおのが女房、とも言うではありませんか……奥さんを許して家へ連れ戻せとすすめているわけではありません。そんなことを強制する法はどこにもありません。わたしが言っているのは、奥さんを放っておけということです。それが奥さんに対するこのうえない厳罰になります……ローマ人はよく離縁という手を使いました[156]。許し、引き取り、苦しみ、諭すというのも情のある処置なのでしょうが、そのためには忍耐に忍耐をかさね、分別を失ってはならず、おそらく現世のことではそのような忍耐や分別は貫き通せません」。

こうした弁えのある言葉にオルテル・バネドレの復讐心も和らいでいく。

「あなたの舌は天使が繰っているとしか思えない。うけたまわるうちに気持ちがなごんできました」[157]。同時に、こうしたキリスト教的・ストア的諦念は、セルバンテスが代表する伝統に応えるものでもある。

「(マル・ラーラ曰く) 私は名誉を犯された人間が、恥辱を与えた相手を神の裁きにゆだねるのはいいことだと考える」(『世俗哲学』、八折)。

セルバンテスは実際には、ほとんど非人間的とも言える、そうした純粋な考え方をとることはない。とはいえマル・ラーラが言うように、姦通した妻は「大きな懲らしめを受けるべき大罪を犯した」とも考えはしない。彼の内なる真実の捉え方は、すでに言及した『血の力』の中の言葉（本書、五九七—五九八頁）のうちに表わされている。理想としては「女房の不行跡を知っている連中が、そんな不孝に亭主がおちたのも身から出た錆ではなく、わるいつれ合いの浮気のせい」と認めてくれることだが、何やかの理由からそうとはならない。というのも「妻の肉体は夫の肉体とひとつなのだから、妻の肉体についた汚れにしろ、妻がもとめて受けた傷にしろ、さっきも言ったように、その害が夫のせいではなくっても、夫の肉体にひびくということがここから起こる」[158]からである。『無分別な物好き』の中でロタ—リオはアンセルモに向かってそう語っている。結婚を合体とみなすとき、人が傷つくのは他でもない自らの手によって傷つくのだという格言も、その理論のうちに入りうる。とはいえよく注意して見てみよう。セルバンテスは一度として、責任が完全に夫に帰せられないような姦通劇を提示したことはない。少なくともそのことから言えるのは、事実、セルバンテスにとって、夫が妻によって傷つくかどうかという問題を発展させることには、さして関心がなかったということである。ロターリオは聖書に出てきそうなせりふをアンセルモに語ったわけだが、当のアンセルモのほうは妻カミーラの不貞の唯一の原因となるべき、自らの不変の目的にしがみついたままである。[159] ロターリオの夫婦の名誉についての議論は、社会の見方として、つまりしばしば名誉を評判として一般化するのと同じ見方として捉えるべきであろう。[160] 作者は抽象的な絵空事を書こうなどとは思わなかったので、当時、流行していた考え方を無視する理由もなかった。いつものごとく彼自身の思想は、とりわけ悲劇的な瞬間における、人物たちの行動の中に暗示されているのである。

要するに、結婚に関わる名誉については、まさにそれが失われたとみなされるケースにおいて、通俗的見方とは明らかに異なった見方が提示されるのである。また演劇において名誉が何ものであるかが、極めて正確に定義づけされるのも、それが失われたときである。不貞を働いた女に罰を与えようとしないのは、セルバンテスの最も際立った特徴である。旗手カンプサーノはドニャ・エステファニーアに出て行かれてしまっても安穏として暮らしていけるだろうし、カルデロン的な問題を起こすこともない。しかししばしば起きるのは、周知の通り、夫の側の過ちは大きな懲罰の対象になるということである。これがあいも変わらぬ、セルバンテス的厳格さの極めて分かりにくい点であり、名誉の問題に向けた彼の姿勢を、当時の他の作家たちよりも女性に対してより慈悲深く、キリスト教的で、理解があったからだなどと、単純に結論づけることのできない点でもある。

セルバンテスにとって女性とは、命に関わるほどもの凄い、有無を言わせぬ存在であって、うかうかしていれば、木っ端微塵にされかねなかったのである。女性的なるものは一方では甘美で心やすらかな調和をもたらすが、[161] 時には不吉で厄介な元ともなった。セルバンテスにとって女性とは、単に男の保護を必要とする優しく、柔な存在ではなかった。女性は恐るべき問題であった。

名誉に関して最後を締めくくるべき一言は、決闘や果たし状に関連したものである。当然のことながら、こうしたことも何度か起きてはいる。しかしノーサップ（Northup）も指摘したように、[162] セルバンテスは不要な決闘を避けている。[163] 筆者はこのアメリカ人イスパニスタの博識な解説を参照している。とはいえ、一点だけ強調しておかねばならないことがある。『ドン・キホーテ』と『ペルシーレス』の注釈者の中には、その両者の中で恥辱（afrenta）や侮蔑（agravio）について述べられていること（前者の後篇三二章と後者の三巻九章）は矛盾している、と指摘する者たちがある。[164] これもまた、セルバンテスに帰せられた、もうひとつの論述的欠点というわけである。しかし実際のところは、ほとんどいつものことながら、テクストの間違った解釈であった。これはノーサップがいみじくも明らかにした点である。『ペルシーレス』の中の決闘において、アントニオは侮蔑は受けたが、恥辱を受けたとは感じなかった。なぜならば「白刃のきらめきは言葉から力を奪うもの」だからである。これは『ドン・キホーテ』の中で述べられたことと矛盾してはいない。ノーサップが指摘するように、「騎士がいったん抜剣してしまえば、彼が何を言おうが、相手にとっては、意趣晴らしを求めるような恥辱とはなりえないというのは、公認の原則」[165] だからである。

（1）　筆者はキリスト教について語る際に、必然的に倫理の問題をいくつか扱わねばならなかった。その際、作者の道徳観は時として宗教的枠組みから外れることがあると述べた。ここでは問題について、あらゆる歴史的広がりの中で扱うつもりである。

（2）　たとえば次のような例である。
「後になって言訳しなくちゃならんようなことを言うのはよしたまえ」（『犬の対話』前掲版、二二七頁）。

「気になるが、信じたくない。畏れ多くも一国の王子だ、その胸に背信が宿るなど」（『ペルシーレス』、五八二頁b）。

「人の心というものは望みのものが手の届くところにあるときのほうが、遠くから見ていたときより迷いやすいものだ」（同上、五八一頁ａ）。

「人間なんて他人を当てにしたり、お互いに信用したりしなくちゃうまく世に処してゆけないんだからね」（『犬の対話』前掲版、第二巻、二三三頁）。

（3）だからといって我々が考察を進めていく過程で、同時に哲学的でもあるようなキリスト教的徳性と出会うことも大いにありうる。何はともあれ、哲学的徳性とキリスト教的徳性は矛盾するものではない。

（4）その教義の詳しい説明についてはL・ザンタ『十六世紀におけるストア主義のルネサンス』（L. Zanta, *La renaissance du stoïcisme au XVIe siècle* 一九一四）を見よ。ロンドンとパリのスペイン大使であったドン・ベルナルディーノ・デ・メンドーサ（don Bernardino de Mendoza）によって翻訳された、『リプシウスの《政治学》六巻』（*Los seis libros de las Políticas de Justo Lipcio*）は、一六〇四年にマドリードで出版された。これは一六四〇年の『ソトマヨールの禁書目録』（*Indice de Sotomayor*）に掲載されている。Ｅ・メリメ『ケベードの人生と作品についてのエセー』（E. Mérimée, *Essai sur la vie et les oeuvres de Quevedo* パリ、一八八六、二〇頁）を参照せよ。【以下も同様に参照のこと。『セルバンテスへ向けて』、二二四頁、三〇二頁。バタイヨン『エラスムスとスペイン』、七七二―七七四頁。ライムンド・リーダ「ケベード、リプシウスおよびスカリジェロ父子について」(Raimundo Lida, "De Quevedo, Lipsio y los Escalígeros"『スペイン文学』*Letras Hispánicas* メキシコ、一九五八、一五七―一六二頁）。アレハンドロ・ラミーレス『ユストゥス・リプシウスとスペイン人の書簡集（一五七七〜一六〇六年）』(Alejandro Ramírez, *Epistolario de Justo Lipsio y los españoles, 1577–1606* マドリード、一九六六）。】

（5）ポンポナッツィ以前にも、アヴェロエスは来世の報いなど不道徳だとみなしていた。両者とも、そうした虚構をすべて退けたとしても、道徳的に申し分ない人間たちがいることでは一致していた。だからといって彼らが徳において、それを認める者たちの後塵を拝することはなかった。ブソンによれば、そうした「哲学者がキリスト教道徳の代わりに植えつけようとした高度なストア主義は、ルネサンスのあらゆる真面目な者たちの間で採り上げられた」という（「理性主義の源泉と発展」、『フランス教会史学会』、一九二二、三九頁）。

（6）キケロとセネカの翻訳は出発点のひとつとされるべきであろう。ブルゴス司教アロンソ・デ・カルタヘーナ

(Alonso de Cartagena) はカスティーリャ王の命をうけて、十五世紀中ごろ、セネカ以外の作品も含む、セネカ作品のいくつかの翻訳・編纂を行なった（アマドール・デ・ロス・リーオス『スペイン文学史』Amador de los Ríos, *Historia crítica* 第六巻、三三頁および三〇三頁をみよ）。翻訳は一四九一年に、ウングットとポローノ (Ungut y Polono) によってセビーリャで刊行された（『L・A・セネカの五書』*Cinco libros* 第一章「幸福な人生について」、第二章「七自由学芸について」、第三章「教理と教義について」、第四章「神慮について」、第五章「再び、神慮について」）。注釈に見られるセネカと福音書の調和の試みからは、すでに新ストア主義への道筋が示されている。筆者の所有する版はトレード版（一五〇一）、アルカラ版（一五三〇）、およびアントワープ版（一五五一）である。セネカの『道徳書簡集』は一五〇二年、一五一〇年にトレードで、また一五二九年にアルカラで、また一五五一年にアントワープで刊行されている。セネカの『精華』(*Flores*) はエラスムス主義者フアン・マルティン・コルデーロによって翻訳され、一五五五年アントワープにおいて世に出た。それに付随するペトラルカの影響については、A・ファリネッリの博学そのものの労作「十五世紀スペインにおけるペトラルカの評判について」(A. Farinelli, "Sulla fortuna del Petrarca in Ispagna nel Quatrocento"『歴史学報』*Giornale Storico* 四四号、一九〇四）をみよ。また**RFE**、第三号、一九一六、三八三頁も比較対照せよ。

【セネカの『書簡集』の翻訳には、フェルナン・ペレス・デ・グスマン (Fernán Pérez de Guzmán) によるもの（サラゴサ、一四八二）もある。『ことわざ集』(*Proverbios*) はペロ・ディーアス・デ・トレード (Pero Díaz de Toledo) によって翻訳されている（サモーラ、一四八二）。別のセビーリャ版（一五〇〇）も存在する。】

(7) ザンタ、前掲書、一〇三頁。

(8) アロンソ・デ・カルタヘーナの翻訳、アントワープ版、一五五一、八三折〔『道徳論集』「神慮について」茂手木元蔵訳、東海大学出版会〕。

(9) セネカ「神慮について」、前掲訳、九六折v。

(10) 「神は人間のもとにやってくる。神なき知性に善きものはない。人間の体の中には神の種子と神の手がばら撒かれている。もし人間がその種子を、善き農夫がなすように、うまく扱うならば、生えてくるものは種子と似通った、それにふさわしいもの、あるいは生み出したものと等しくなる」（セネカの『精華』*Flores* 〔エラスムスの選によるもの）、J・M・コルデーロの翻訳、アントワープ、一五五五、五七折v）。

（11） われらのケベードはこの点において、文学的天才の輝かしい成果にもかかわらず、特にその道徳理論の独自性で際立っているわけではない。E・メリメの『フランシスコ・デ・ケベード』（パリ、一八八六、二五六頁）を見よ。

【ここで提起されたケベードに関連する問題やその根源については、以下を参照せよ。P・ペレス・クロテット『ケベードの《神の政治》——その法倫理的内容』（P. Pérez Clotet, *«La Política de Dios» de Quevedo. Su contenido ético-jurídico* レウス、一九二八）。アメリコ・カストロ「ケベードに関する若干の考察」（“Algunas notas sobre Quevedo” RFE、二一号、一九三四、一七一—一七八頁）。マリーア・ロサ・リーダ「ケベードの根源へ向けて」（María Rosa Lida, “Para las fuentes de Quevedo” RFH、一号、一九三九、三六九—三七五頁）。P・パペル『ケベード——その時代と人生と作品』（A. Papell, *Quevedo. Su tiempo, su vida, su obra* バルセローナ、一九四七）。M・カルデナル「ケベードの美的・道徳的特徴」（M. Cardenal, “Algunos rasgos estéticos y morales de Quevedo” R de IE、五号、一九四七、三一—五二頁）。C・ラスカリス・コンメーノ「ケベードにおけるセネカ主義とアウグスティヌス主義」（C. Lascaris Conmeno, “Senequismo y agustinismo en Quevedo” RF、九号、一九五〇、四六一—四八五頁）。P・ドラクロア「ケベードとセネカ」（P. Delacroix, “Quevedo et Sénèque” BH、五六号、一九五四、三〇五—三〇七頁）。F・インドライン『ケベードの思想』（F. Ynduráin, *El pensamiento de Quevedo* サラゴサ、一九五四）。P・ウルバーノ・ゴンサーレス・デ・ラ・カーリェ『ケベードと二人のセネカ』（P. Urbano González de la Calle, *Quevedo y los dos Sénecas* メキシコ、一九六五）】

（12） 『神の国』、第五巻、第一八章（服部栄次郎訳、岩波書店）。

（13） 【演劇思想のみならず、セルバンテスとロペ・デ・ベーガの間に見られるもろもろの違いについては、アメリコ・カストロが一九三六年から三九年のスペイン内戦以降の新たな時期に著したセルバンテス研究のすべての著作を考慮に入れるべきであろう。とりわけ『葛藤の時代について』『セルバンテスへ向けて』『セルバンテスとスペイン生粋主義』の三点は、前の注釈ですべて触れられている。また前掲の拙論「アメリコ・カストロとセルバンテス」も参照のこと。】

(14) 「亭主を持たせるもよし、ひとりもので通させるのもよし、あばずれで節操のないこと、あたかもちょうげんぼう鷹のごとき女にするもまたうべなり。つまり肝腎なのはルイサという女の羽根の伸ばし具合いではなく、何がどうなったかという事柄にあると、小生の星占には出ておりますがね」(『ペルシーレス』、六三六頁b)。

(15) セルバンテスは人間に罪を負わせえない客観的な不幸・悪を、聖トマスの神学体系に沿った言葉で表現している(その前に本書、五六五―五六六頁を見よ)。『犬の対話』ではこう述べられている。

「国民や国家や町々や村々に降ってくるあらゆる不幸……一口に言えば世間で災難からと呼ぶこういう不幸はどれもこれも至高の御手から、最高のご意志ってものからやってくるものなんだよ。ところが、世間で罪ゆえと呼ぶ不幸や損害はみんなわたしたち自身からくるものなのさ。神さまはけっして罪はないものなんだ、それだからつまり罪悪ってものは、考えや言葉や仕事の中で罪を犯すわたしたちこそが張本人なのだよ」(前掲版、カスティーリャ古典叢書、第二巻、三〇〇頁)。

注釈者たちはこの点について何の説明もしないが、今日の読者はこうした神学的内容に疎いので、説明をするべきだろう。聖アウグスティヌスは我々が引き起こす悪を〈罪〉と呼び、また被る悪を〈罰〉(害悪)と呼んでいる。聖トマスはこうした二元論に反駁したが、それは悪に対する神の法を認めていたからである。聖トマスはこう述べている。

「罪による悪は神に由来することはない。そうではなく神は自らの善それ自体、あるいはそれよりも劣るあらゆる善が、それをもつに値しない者がもつことのないように、人から取り上げようとされるだけである。創造されざる神の善や、他の善のいかなるものも、それを欠いているということは、それにふさわしくないということであり、そこに罰(害悪)の理由がある。したがって神は罰の作り手ではあるが、罪の作り手ではありえない」(トマス・アクイナス『定期討論集〈悪について〉』*Quaestiones disputatae. De malo* 第一論題、第五項)。

とはいえ、セルバンテスは運命説を受け入れ、主観的にして客観的な、自然の無情さの原理に同意している。今一度、改めて言えることは、セルバンテスがこの問題で理論化しようと試みれば、カトリック的摂理の信奉者となり、また主要人物の生き方を創作しようとすれば、ストア哲学をたっぷり吸い込んだ思想家のごとき運命論者になるということである。セルバンテス時代の通俗的教理によれば、悪はアダムとイヴの原罪に由来する。ルイス・デ・グラナダ師は『使徒信経』（BAE、第六巻、四〇三頁a）において、聖アウグスティヌスを引用しつつ次のように述べている。

「神は善なる存在ゆえに、その行ないのすべてが善であった。ならば悪はどこに由来するのか。真理の師たるキリスト教の光明により、われらはこうした迷妄と過ちから救い出される……こうしたすべての悪の始原と源はすべての人間が負って生まれた原罪である」。

(16)『ペルシーレス』、六三一頁a。

(17) すでに引用したものだが再度引用する。

「まことの信仰の光をもたぬ人々の言うところによれば、すべてを導き、調え、思いのままに統べるという宿命は……」（前篇、一三章）

セルバンテスはこれが正統的な内容ではないとじきに悟る。以下と比較せよ。

「天意はそれとは違って……われわれを罰する刑吏をつねに身辺に残しておくというのが神意だったからでした」（後篇、三九章）。

作者は「真実の信仰の光をもたぬ」人々の運命的な見方と、「彼女の操を踏みにじられたのも神の思し召しだ」（『血の力』、BAE、第一巻、一七〇頁a）とみなす摂理信奉者の見方の両者の間で揺れていた。

「ところが船に乗り合わせた者たちの恐怖は並大抵のものではありませんでした。というのももし風がもう少し強まっていたら敵前上陸して戦わねばならなかったからです。しかしこのことを最も恐れていたとき、ぼくたちが天のご加護を受けて、切なる願いと誓願が聞き届けられたのか、幸運にも北西風がとても強い南風に変わり……」（『ガラテア』、前掲版、第二巻、一一五頁）

(18) セルバンテスが、占星術は人間の運命の予定された運行を予言しうると考えていたとしたら、それは今日、本格的な価値として理解されようか。そうした仮説は理論的にみれば、たしかに以下に見るように、ストア的道徳とぴったり符合していた。

「ストア主義者は、宿命というものはさまざまな結果を不可抗力的に引き起こす自然的原因の秩序や合意のようなものだと述べた……この避けがたい秩序は、一部の者たちや、否ほとんどすべての者たちの見方によれば、星辰が人体に及ぼす影響に由来している……しかし運命や宿命などといったものは異教徒たちの空想にすぎず、善きキリスト教徒はいかなることがあろうとも、自らの幸運も不運も、善き性向も悪しき性向も、またその結果としての出来事も、運命などに帰すべきではない」（アントニオ・デ・トルケマーダ『百花の園』、レリダ版、一五七三、一六六―一六七頁）。

(19)「たしかに美徳も悪徳も習慣によって獲得されるものではなく、本性に固有のものである」（『ものの本性について』、第九書、三一章）。

これはこれでストア主義に由来した考え方である。

「肉体と魂の本性的な悪徳はいかなる叡智をもってしても除去することはできない。しかしわれわれと共に生まれたものは、たとえ除去したり根こそぎすることができぬとも、抑制することはできる」（セネカの『精華』、J・M・コルデーロ訳、アントワープ、一五五五、八折r）。

本書、五七二頁、および六二九頁註47、をみよ。管見によると、テレジオ研究者（ジェンティーレ、ブランシエ、トロイロ等）は、その道徳観におけるストア的影響に、あまり重要性をおいていないように見える。

(20)『愛の迷宮』、第二巻、二六六頁。

(21)【ドン・キホーテはそのことをはっきり次のように述べている。

「人はおのおの、おのが運命の作り手」（後篇、六六章）、あるいは『ラ・ヌマンシア』でも「人はだれでも自らの運命を切り拓く」と述べている（ミゲル・デ・セルバンテス『全集』、マドリード、一九六〇、アギラール版、第一一版、一四九頁）。

別の箇所でもドン・キホーテは興奮気味にこう言う。

「身共が誰かは存じている」（前篇、五章）。かくてセルバンテスは「自分が何者かという信念に英雄的に固執する向こう見ずな男に対立すべく煽られた〈人々〉と〈諸状況〉の織りなす世界の中に」、カストロ自身の言葉によれば《人物の有無を言わさぬ世界》（『スペインの歴史的現実』、第三版、一二一―一二二頁、参照）を通じて、「文学的人物の生（つまりその生の内在性）を創造し、維持しようとする」のである（アメリコ・カストロ『セルバンテスとスペイン生粋主義』、六三頁）。つまるところ、本質と存在の間の乖離、〈疎外〉、またそれを超克する可能性といった点が問題となっている。これに関しては前掲の拙論「アメリコ・カストロとセルバンテス」を参照せよ。】

(22) 【このテーマをさらに発展させたものとしては、L・オステルク『《ドン・キホーテ》の社会・政治思想』（二四七―二五五頁）を参照のこと。】

(23) 『犬の対話』、カスティーリャ古典叢書、第二巻、三〇二頁。次の例も意味深長である。
「わたしはペテン師悪魔に色情を吹き込まれるまま胸を開け渡して、自分でも悪いことは百も承知だからなお始末が悪うございますが、悪魔めの旗の下に入ることに決めました。浅はかな人間は欲望に弱いもので、わたしなどはひとたまりもなく振りまわされてしまいました」（『ペルシーレス』、六五七頁b）。

こうした点から、愛に歯向かうことはできないという論理や、愛ゆえの罪を犯した者すべてに及ぶ赦免が出てくる。

(24) 『ガラテア』、前掲版、第一巻、二二頁。

(25) 同上、第二巻、四七頁。

(26) 『ペルシーレス』、五八七頁a。

(27) 『アルジェールの牢獄』、第一巻、二三九頁。

(28) 『ペルシーレス』、五八二頁b。

(29) 『情婦』、第三巻、二九頁。

(30) またロドリーゲス・マリンもそれらに触れている（第二巻、一九九頁）。

(31) 前篇、二二章。

(32) 『ペルシーレス』、六〇二頁b。

(33) 『びいどろ学士』、前掲版、二四頁。

(34) 『ジプシー娘』、シュヴィルとボニーリャによる版、二二頁。

(35) 前篇、一四章。その前に本書六二一頁、註14をみよ。

(36) 「生涯のわたくしの志はただひとつ、ペルシーレス、それは二年前にあなたに委ねました。あれは強いられてのことではなくわたくしの自由意志に基づいていました。あの志はあなたがその主人になった最初の日以来欠けも揺るぎもしていません」(『ペルシーレス』、六六一頁a)。

(37) セルバンテスが自由意志や自由というものを、中立的立場をとるべく、事実として認めたとしても、このことに背反することにはならない。ここで例の若者が島の太守たるサンチョに答えたせりふを思い出してみるといい。「わたしが眠ろうと思わないとしたら、また、一晩じゅう眼をさましていようと思ったとしたら、いくらあなたさまの権力でもわたしがそうしまいと思っていたら、わたしをお眠らせになることができますでしょうかね?」(後篇、四九章)
しかし基本的に言えば、〈自由な〉決意は人の本性によって条件付けられている。

(38) もし我々がそうした場合の自由意志を、ふつうどおりの意味で理解するならば、人が意志を変えようとしてもさほど驚くことはなくなろう。例えば、マルセーラが自らのそっけない態度を少し改めて、グリソストモへ心を開くという行動をとる可能性こそ、まさに彼女における自由となるのである。こうしたことは侮蔑が愛に変容する演劇においてしばしば起きる。そうしたところから演劇とセルバンテスの間の深い溝が新たに出来上がる。彼はガラスの幾何学的形態が変化しないように、いかなる人間もどのような状況も変えられぬ、人間的〈条件〉を我々に提示する。セルバンテスの理解していた自由意志の概念が、ルイス・デ・グラナダのそれといかに異なるか、以下に見てみよう。
「まずもって人間が神の象りだとされるそのわけは、神や天使のごとく、自由意志と知性を有しているからである。というのも他の被造物でこの自由をもっているものはひとつとしてないからである。他のものはすべて自然が付与した能力を行使するしかない存在である。たとえば火はものを燃やし、太陽は光を放つ、といったぐあいである。しかし人間は自由で自らの行為の主体であり、望むことをなしたり、なさなかったりしうる」(L・デ・グラナダ『使徒信経』、BAE、第六巻、二六四頁a)。

(39) これはキリスト教との本質的対立のひとつである。聖アウグスティヌスはストア派を指してこう述べている。

「その厳格さは正しさを意味するわけでもなく、その無感覚が健全さを表わすわけでもない」(『神の国』、第一四巻、第九章)。

「神の国の住人は恐れ、求め、苦しみ、そして喜ぶ」(同上)。

(40) 後篇、六六章。アレティーノの「物を言う書簡集」(Aretino, "Le carte parlanti" 一五四三、『楽しい教訓で冗談が語られる〈神聖なる〉ピエトロ・アレティーノの対話』*Dialogo del divin Pietro Aretino, nel quale si parla del giuoco con moralità piacevole*) の中の一人物に言わせると、運命の女神は「まさしく壊れやすい玻璃でできた人形のごとき怒りっぽい売女にして、酔いどれの阿呆女……」である。これに対してパドヴァーノ(Padovano)は「人の話を聞いて思うのだが、運命というのはわれわれ自身が選択することに他ならないのではないか」と述べている(『イタリアと外国の作家たち』*Scrittori italiani e stranieri* 一九一六、一八頁を参照せよ)。

深い意味とてないありふれた表現だが、『グスマン・デ・アルファラーチェ』(BAE、第三巻、二三〇頁a)では、知恵は運命に優るとされている。

「賢者は危急の場合や重大なときでも自らをしっかり持して耐えしのぐが、愚者は平時でもつまずき過誤に陥るものである……読者はわたしにグスマンはあれほど学問を身に付けてどうするのかとお尋ねになろう、ならばはっきり申し上げよう、学問を身につけて籠担ぎになるのである」。

(41) このテクストはペロ・メシーアの『森羅渉猟』(*Silva de varia lección*) からヒントを得たものである。

「この世で起きること、なされることのすべては神の至高知や摂理に由来し、そこから湧き出てくる。運命神もなければ偶然的出来事も存在しない。すべてに原因があり、驚くべき秩序がある。古代の異教徒の多くは、この真理をしっかり把握していた。サルスティウスは各々が自らの運命の作り手だと述べている」(第二巻、三八章、リヨン版、一五五六、三四八―三四九頁)。

われらの作者が間違いなくペロ・メシーアを好んでいた点からして、彼のテクストに拠っていると指摘することは重要である。というのもセルバンテスが他のケースで大いに読んで模倣したアントニオ・デ・トルケマーダは、それに関して別の見方を示しているからである。今一度、セルバンテスが自らの依拠する原典の言うがままに従うのではなく、むしろ逆だということを見ておきたい。

トルケマーダの『百花の園』（レリダ版、一五七三、一六四―一六五折）では、運命についての詳細な記述はあるが、サルスティウスの主テクスト《各々が自らの運命の作り手》についての言及はない。

「何ものも理由なくして神によって造られることはない。また何ものも、巷で言われるように、偶然性によってなされることはない。盲目の運命神の向こう見ずが、いかなることに対しても威力を発揮することはない。そうした点から理解すべきは……すべてをみそなわす神の摂理と意志を超える運命などはないということである……善きキリスト教徒はなんらかの成功を収めたときに、《これはわが幸運のおかげだとするのではなく……これは神さまのおかげで、神さまが望まれたからそのようになった》と言うべきである。運命と神のご意志とは一体であり、神以外に運命などは存在しないからである」。

トルケマーダはアリストテレスとともに次のように考えている。

「運命とは、なんらかの意図をもち、なんらかの目的でなされる事柄における偶発的理由である」。

これは我々が運命との出会いを果たすということを意味する。つまり我々はセルバンテスとペロ・メシーアをその内部にとり込んでいたストア思想から、かなり隔たることになる。

(42) ユストゥス・リプシウスは『不変なるものについて』（*De constantia* 一九章）において、摂理は神のうちにある創造力であり、運命は神の手で刻印された秩序のおかげで実現したものだと述べて、（神々自身も従う）運命的秩序のストア的見方を改めねばならなかった。

ブロセンセ（El Brocense）は異端審問を前にして、運命（fortuna）と宿命（fado）との興味深い区別を行なった。**DIHE**、第二巻、一二五頁を参照。【アメリコ・カストロは『セルバンテスへ向けて』（一二五四―一二五六頁）、および『セルバンテスとスペイン生粋主義』（一五四―一五五頁）において、ブロセンセと異端審問について扱っている。】

(43) **BAE**、第一巻、一六九頁 a。

(44) 「手腕とかすぐれた理解力というものは、裸でいようが着物を着ていようが、ひとりでいようが誰かといっしょにいようが、常にただひとつきりのものなんだ。他人連の評価如何を気にして苦しむということもけだし本当だ、しかしだね、身にそなわった値打ちというものの真の現実の姿は断じてそんなもんじゃないんだ」(『犬の対話』、カスティーリャ古典叢書版、第二巻、三三九頁)。

(45)『世俗哲学』、一五六八年版、一〇折r。実際にこれは中世のアリストテレス的伝統とは反対の、ルネサンスのストア的伝統である。ダンテはいまだに完全な中世人であるが、それは次の『饗宴』(*Convivio*)の一節を見てもわかる。

「(富についての)彼らの不完全さがまずもって示されるのは、いかなる配分的正義もそこにきらめくことのない、彼らの無分別な成り行きにおいてである。隠されていた富が見つけ出されて、人目にさらされたりするのは、善良な者たちよりも邪悪な者のほうが多い」(第四章、一一節)。

また『神曲』の地獄篇(第七歌、六七―六九節)で、運命は神の委託を受けた者として現われる。

> 彼女は人間の知恵の及ばぬところで
> 時に応じてはかない富を人から人へ
> 国民から国民へと流転させるのである。〔野上素一訳、筑摩書房〕

ペトラルカは新たな視野への転換点を画した詩人だが、セネカに従い、『吉凶両運の対処法』(*De remediis utriusque fortunae*)において、こう述べている。

「唯一、徳のみが運命の支配に対して自由である。そして徳は運命に逆らうことで、より光り輝く」(第二章、第一節)。

そしてペトラルカの後にルネサンス人文主義はより加速してゆく。レオン・バッティスタ・アルベルティ(一四〇七―一四七二)は、『一族について』(*Della Famiglia*)の中でこう述べている。

「しかしもし人がここで一族の名を世に轟かすものが何なのかを、よく検討してみれば、幸せも不幸もすべて人間自身によるのだということが、はっきり分かるだろう。決して運命の力などによるものではない。屈服したくないと思っている者を屈服させるのは、愚かな者たちが考えているほど容易なことではない。運命が力を発揮するのは、それに自ら屈服せんとする者だけである」。

またマキアヴェッリも同じように、しかしもっと力強く見事に表現している。「運たるものは、われらのどれほどわずかな力量といえども、それを奪い去ることはできぬほど脆弱きわまるものと断言し得る」云々（この最後のテクストについてはG・ジェンティーレ『ジョルダーノ・ブルーノとルネサンス思想』G. Gentile, *Giordano Bruno e il pensiero del Rinascimento* 一九二〇、一五一頁の「ルネサンスにおける人間観」"Il concetto dell' uomo nel Rinascimento" を比較参照せよ）。

(46) 名誉について扱う際にさらに別の引用をする予定である。これまでの指摘で、運命というものが人間の確固たる内なる偉大さを前にしていかに無力なものか、という点についてセルバンテスの示した道徳的見解が、いかに生まれ、どういう道筋をたどったかが明瞭になったと思われる。

(47) BAE、第一巻、六〇九頁a。「ローケ殿（……）まず健康の初まりと申すものは、おのれの病気を知るところにあり……さて天は、いやもっと適切に申せば神は、われらの医者でござるで、おそらくそこもとにも病いを治す薬を与え給うにちがいない。そういう薬はふつう徐々に効くもので、けっして急激に効いたり、奇跡によってなおしたりするものではない。かてて加えて、思慮の深い罪人と申すものは、愚かな罪人より正しい道に立ち返るのが早いものでござる」（後篇、六〇章）。

(48) 『ペルシーレス』、六一一頁a。ペルシーレスはシヒスムンダに向かって愛の心を高ぶらせてこう語る。「人間はひとりびとりが自らの運命の製作者だと言われるけれど、初めから終わりまで自分の運命をこしらえるなんて誰にもできやしないとぼくは思うんだ。だから、幸運がふたりを結びつけてくれるとしてもそれから先をどうすればよいか、ぼくにもその答は得られないけれど……」（六六一頁b）。ペルシーレスは自らの視点から、一般的理論を個別的な立場で分析し、単に自分の運命を直接的に予知することはできないと述べているにすぎない。しかし人物の作り手たるセルバンテスは、ペルシーレスは何も他のことはできずとも、シヒスムンダといっしょになるべきだ、ということをよく弁えている。セルバンテス作品における次元の多様性が、すでに我々にも馴染みのこうした効果を生んでいる。

(49) シュヴィルとボニーリャによる版、五六頁。

(50) 後篇、六六章。
(51) 『ペルシーレス』、五九七頁a。
(52) 同上、五八四頁b。
(53) カスティーリャ古典叢書、第一巻、一五二頁。
(54) 『痴愚神礼賛』、前掲版、二六頁。
(55) 『宮廷人』、一四七頁。
(56) 前篇、三六章。
(57) 前篇、二七章。
(58) 前篇、二八章。
(59) 後篇、七二章。
(60) 騎士の振る舞いは時としてそうした理想からほど遠いこともあった。端綱で手をとられた冒険の際に、郷士は「あまりにすさまじいわめき声を発した」（前篇、四三章）とされている。こうした素晴らしいコントラストゆえに、彼の芸術的創造は抽象的で冷たい因習主義に陥ることはない。
(61) 『五つの書』（*Cinco libros*）、A・デ・カルタヘーナ訳、アントワープ、一五五一、九七折v〔茂手木元蔵訳〕。
(62) 『パルナソ山への旅』、前掲版、五六頁。
(63) 「遍歴の騎士たるものが、いつまでも安閑として、ぜいたくに身をゆだねていることはいいとは思われないので……」（後篇、一八章）〔原文一七章は間違い〕
(64) 【以前、わたしはセルバンテスのエラスムス主義論争を扱った際に（本書、五一一―五一四頁、註39および五三〇頁〔註112〕）、『ドン・キホーテ』における〈緑色外套の騎士〉のエピソードの役割に関するさまざまな論点に言及した。このエピソードは周知のごとく、前に引用した別の労作を通して、アメリコ・カストロが幅広く研究した対象である。】
(65) 後篇、一六章。
(66) 『情婦』、前掲版、七一頁。

(67)『ペルシーレス』、五九五頁b。

(68) 十八世紀に到来した厳密な意味での理性主義は、理性の枠組みの中に組み込まれた現実しか認知しようとはしなかった。

(69) 前篇、四四章。

(70) 前篇、二二章。典型的なストア的特徴として、白状しないで(『はい』と言わず)拷問の苦しさに耐えるピカロのことが強調されている。「『いえ』も『はい』も字数はおんなじだ」という言葉が『ドン・キホーテ』にも『リンコネーテ』にも出てくる。これはロドリーゲス・マリンがいみじくも指摘したように(『ドン・キホーテ』、第二巻、一九〇頁註)、〈モラリスト作家〉の格言である。

(71) 後篇、六六章。

(72)『痴愚神礼賛』、前掲版、四四―四五頁〔渡辺一夫・二宮敬訳〕。

(73) この点に関しては優れた著書があるので深入りするつもりはない。例えば、ヴィレー『モンテーニュ《エセー》の源泉』(Villey, *Sources des Essais de Montaigne*)、第二巻、第三章を参照せよ。

【モンテーニュに関しては、最新の文献中、以下のものが参照できる。『第一回国際モンテーニュ学会議事録』(*Mémorial du Premier Congrès International des Études Montaignistes* ボルドー、一九六四)。アンナ・M・バッティスタ『自由民的政治思想の起源に向けて――モンテーニュとシャロン』(Anna M. Battista, *Alle origini del pensiero politico libertino: Montaigne et Charron* ミラノ、一九六五)。M・ブター(M. Butor)による『エセー』(レレティエ A. Lhéritier による版、パリ、一九六四―一九六五、四巻本)への序論。エヴァ・マルキュ『モンテーニュ思想総覧』(Eva Marcu, *Répertoire des idées de Montaigne* ジュネーヴ、一九六五)。A・グリッリ「モンテーニュとセネカについて」(A. Grilli, "Su Montaigne e Seneca"『ブルーノ・レヴェルのための文学・歴史・哲学研究』所収、*Studi di Letteratura, Storia e Filosofia in onore di Bruno Revel* フィレンツェ、一九六五、三〇三―三一一頁)。R・トランケ「モンテーニュにおける道徳と宗教の二つの源泉」(R. Trinquet, "Les deux sources de la morale et de la religion chez Montaigne"『モンテーニュ友の会会報』*Bulletin de la Société des Amis de Montaigne* 一三号、二四―三

愛情によって一緒に暮らそうとする男と女の結びつきであって、それこそ望ましい結婚形式だったからである。
とはいえ、セルバンテスはありうべき反論に対して如才なく身を守ろうとする。『血の力』の最後の方で、ドニャ・エステファニーアは司祭に向かって

「自分の演出になる芝居をそこで打ち止めとすることにし、直ちに息子ロドルフォを添わせてくれるようにと頼んだ。その場での挙式を妨げるものは何もなかったから、司祭は言われるままに結婚式を執り行なった。実を言えば、この一件が起こったのは、現在のように、結婚のためにさまざまな、まっとうで聖なる準備や手続きを必要とせず、ただ当事者同士の同意さえあればよいという時代だったので、それも可能だったのである」（BAE、第一巻、一七二頁a）〔牛島信明訳〕。

したがって作者の目に慎重な振る舞いが必要だと映れば、結婚はまったく別の形で描かれた。たとえば「町の司祭か大司教が姿を見せ、その祝福と結婚認可を受けた二人は聖堂に連れてこられ、秘蹟を授かるや、その場ですぐに夫婦の契りを交わした」（『寛大な恋人』、シュヴィルとボニーリャによる版、一〇六頁）とある。また『ペルシーレス』において、イサベラ・カストゥルーチョとアンドレア・マルロは互いに手を取り合って「こうして両人はハイという誓詞を交わして正式な夫婦を契った」とある。

それではトリエント公会議はどうなったのか。実は天から降って湧いたように「立ち会いの司祭ふたりはこの結婚を有効と認めた」し、もしそれでも不足ならば、イサベラとアンドレアは二日後に結婚式をあげるために教会の門をくぐった（BAE、第一巻、六六〇頁b）とくれば十分であろう。

また『ジプシー娘』において、聖公会議の規定は小説的筋書き上の策略として働いている。というのも、どうしても避けられない結婚公告のおかげで、ドン・フアン・デ・カルカモの処刑が無期限に延期させられることとなったからである。助任司祭は執政官に向かってこう言う。

「そんなにすぐにと言われてもできかねます。まず、こういう場合に必要な、しかるべき手続きを踏んでいただけないと。結婚公告は一体どこでなさいましたか？　この結婚式を執り行なうことを認めた私の上司の許可証はどこにあるというのですか？」

後の方で我々は「その地の大司教が、ただ一度の結婚公告だけで婚約式の許可を出した」という事実を知るこ

俗衆に対してはあの世の生について語る必要がある。

(80) セルバンテスもそのことが神に対しては、罪となることをよく弁えていた。ロタ―リオの考えでは「自分がしようとしていることは、神に対しても人間に対しても言い開きが立つわけだから、別にそれによって刑罰をおそれることはないということだった」（前篇、三三章）。

(81) 前篇、三五章の最終部分。

(82) セルバンテスが『嫉妬深い老人』において、いかに姦通を歓迎し、また『ペルシーレス』（三巻七章）でもいかにルイサを弁護しているか、等々を忘れてはなるまい。

(83) 「モリエールはキリスト教をつよく否認した……キリスト教道徳の原型が、自然への抵抗だからである。モリエールにおいてそうした抵抗は存在しない。自然と戦うことは馬鹿げている。そうすることは愚かしいだけでなく不幸の原因ともなる。なぜならば自然は何にも優る力を持っているからである。自然はそれを力で押さえつけようとする者や破壊する者に歯向かってくる」（ランソン『フランス文学史』Lanson, *Histoire de la littérature française*　一九一二、五八六頁）。

(84) 参考までに、ゴンサーロ・デ・セスペデス『スペイン人ヘラルド』（Gonzalo de Céspedes, *El español Gerardo* 一六一五、BAE、第一八巻、一四九頁ａｂ）にはこうある。

「この機会にぜひ述べておきたい……子供たちをこれほどむりやりな形で結婚させようという親は、いかに無体で思慮に欠ける人間か分かろうというものである」。

(85) 我々のロハスに関する研究『スペイン古典演劇』（*Teatro Antiguo Español*　第二巻、一九一七、一八五頁以降）を参照せよ。

(86) 黄金世紀演劇がセルバンテスから受けた影響、また直接的に十六世紀の自然主義的伝統から由来するものが何なのかを、慎重に、明らかにしなければなるまい。ロペの『愚かなお嬢様』*La dama boba*（一六一三）は、後のケースに当たるものと思われる。

【以下のものも参照せよ。G・G・ラ・グローン『スペイン演劇におけるドン・キホーテの模倣作』（G. G. La Grone, *The Imitations of Don Quijote in the Spanish Drama*　フィラデルフィア、一九三七）。S・ギルマン『セルバンテスとアベリャネーダ――ある模作の研究』（S. Gilman, *Cervantes y Avellaneda. Estudio de una imitación*　メキシコ、一九五一）。ゴンサーレス・アメスーア『スペイン短編小説の生みの親セルバンテス』（第一巻、五六五―五七六頁）】

（87）メネンデス・ペラーヨ『セルバンテスの文学的教養』、一六―一七頁。〔メネンデス・ペラーヨはこの作品をファン・デ・バルデス作としているが、実際は次の註でふれるように、双子の兄アルフォンソ（アロンソ）・デ・バルデスの作である。〕

（88）M・バタイヨンは『メルクリオとカロンの対話』の諸版の存在を明らかにしている。『メネンデス・ピダル記念論集』所収（第一巻、マドリード、一九二五、四〇四―四一五頁）の彼の論文「『メルクリオとカロン』の作者アロンソ・デ・バルデス」（"Alonso de Valdés, auteur de *Mercurio y Carón*"）およびE・ボーマー『スペイン人改革者』（E. Boehmer, *Spanish Reformers* 第一巻、ストラスブルグ－ロンドン、一八七四、一〇一頁）を見よ。【同様に以下も参照のこと。J・F・モンテシーノス（J. F. Montesinos）による『メルクリオとカロン』の版への序文（カスティーリャ古典叢書、第九六巻）および彼の論文「『メルクリオとカロンの対話』に関する若干の考察」（"Algunas notas sobre el *Diálogo de Mercurio y Carón*" RFE、一六号、一九二九）。バタイヨン『エラスムスとスペイン』（三八七―四〇四頁、五〇〇頁）。オステルク『《ドン・キホーテ》の社会・政治思想』（二六二―二六四頁）】

（89）ディエゴ・グラシアン（Diego Gracián）は以下の作品を翻訳して一冊にまとめている。イソクラテス『王国統治』Isócrates, *De la gobernación del reino*、アガペート『国王の職務と地位』Agapeto, *Del oficio y cargo de rey*、ディオン『君主の制度について』Dión, *De la institución del príncipe*（『秘書ディエゴ・グラシアンによってギリシア語からスペイン語に翻訳され、皇帝マキシミリアーノ二世に献呈された作品』*Traducidos de la lengua griega en castellana, y dirigidos al emperador Maximiliano II, por el secretario Diego Gracián*　サラマンカ、マシアス・ガスト、一五七〇）。

　ペロ・メシーアの翻訳は以下の通り。『古代の雄弁家・哲学者イソクラテスが弟子デモニクスへ与えた徳への勧告または訓戒――博学なロドルフォ・アグリコラによりギリシア語からラテン語へ翻訳され、ペロ・メシーアによりラテン語からスペイン語に翻訳されたもの』（*Parénsis o exhortación a la virtud, de Isócrates, antiquísimo orador y filósofo, a Demónico, su discípulo, traducida de griego en latín por el doctísimo varón Rodolfo Agrícola, y de latín en castellano por Pero Mexía*）。これは『森羅渉猟』のいくつかの版の末尾についている。筆者が用いているのは後年の版（マドリード、一六七三、六九一―七〇三頁）である。

(90) 次の別の忠告も同じ精神を表わしている。

「同様に、人に対しては気さくで礼儀正しくあれ、言葉遣いは優しく丁寧であれ」（六九七頁）。

(91) 前掲版、一四頁。

(92) J・F・モンテシーノスは「『メルクリオとカロンの対話』に関する若干の考察」（前掲論文、二五一頁）で「セルバンテスは箴言的文体を模倣した」と述べているが、それは特定の作家ではない。

(93) 「十六・十七世紀の名誉観に関する若干の考察」（"Algunas observaciones sobre el concepto del honor en los siglos XVI y XVII" RFE、第三号、一九一六、一―五〇頁、三五七―三八六頁）。

【アメリコ・カストロは『セルバンテスとスペイン生粋主義』（一四三頁）においてこう述べている。

「私は『セルバンテスの思想』（一九二五、三六一―三八三頁）の中で、『ドン・キホーテ』における〈世論〉や名誉の意味を探るための十分な資料を手元にもっていたが、それを果たしえなかった。それは適切な概念でもって、資料に光を当てることができなかったためである……」。

彼がそれに続いて述べたことは、すでに前に引用されているが、正しくドン・アメリコによって成し遂げられた、セルバンテスに対する新解釈の説明となっている。つまりセルバンテスは社会のアウトサイダーであったが、それはコンベルソの血筋ゆえであり、また一方でロペ・デ・ベーガと、他方でマテオ・アレマンとの関係において、彼らとの違いをはっきり表明しようとする決然たる意志ゆえでもあった。こうした点はすべて前に記した註の中で十分な説明がなされている。】

(94) G・T・ノーサップは全体を見通した興味深い論文「名誉に対するセルバンテスの態度」（G. T. Northup, "Cervantes' attitude toward honor"『現代言語学』*Modern Philology* 二〇号、一九二四、三九七―四二一頁）を書いている。彼は結論を要約してこう述べている。

「セルバンテスは決闘を〈全体において〉断罪することにおいて、当時として最右翼にいた。とはいえ彼の態度はかなり進歩的であった」。彼は気高い、騎士道的な精神をもった、人間的で思いやりのある人間であった。「彼の女性への慈愛は余すところがなかった」(四二〇頁)。

そうした憐憫と思いやりこそ、彼が同時代の作家たちの中で唯一、世界的作家となりえた要因である。ノーサップは作者の気質について説明しているが、私はそれを何よりも当時の文化の特殊な形態によるものと考えている。セルバンテスといえども、人生観がそれを求める際には、情け容赦のない残酷な態度をとることもあった。女性たちもしばしば、彼の手厳しい批判にさらされることがあった(本書、二三七—二三九頁、註25を参照)。

(95) 『犬の対話』、カスティーリャ古典叢書、第二巻、三三九頁。これと真実についての理論とを比較対照せよ(本書、一七五頁、註65)。

(96) 『ペルシーレス』、五九七頁a、五八二頁a。

(97) 後篇、六二章。

(98) エラスムス『対話集』(『小説の起源』所収、第四巻、一八七頁a)。

(99) L・ビーベス『叡智への導き』(L. Vives, *Introducción a la sabiduría* アントワープ、一五五一、二七折r)。

(100) 『ペルシーレス』、六三七頁a。

(101) ベルナルディーノ・テレジオの〈叡智〉と〈崇高〉についての理論を、彼の『ものの本性について』(第九巻、六章および二二章)の中で確認しておくべきだろう。叡智は人格保存のための最良の方法であり、(あらゆる徳の頂点たる)崇高は、名誉というものを、世論の大ざっぱで時に偏見に囚われた判断に据えるのではなく、何にもまして望ましい内なる財産、良心の証のうちに据えることを我々に教えてくれる(シャルボネル『十六世紀のイタリア思想』、四五六頁を参照のこと)。

すでにカスティリオーネは人格の気高さを判断するのに、人の判断を基準とすることの危険性について力説していた。

「なぜなら我々は実際に、こうした世間の判断というものは事実や立派な根拠にもとづいたもののはずだと、考えてしまうものだからです」(『宮廷人』、五六頁)。

(102) BAE、第一巻、一六八頁b。

(103) そうしたところから次のような表現が出てくる。

「汚名ははっきりと確かなものとして知られるよりは、憶測され疑われるほうがまだましである」(『奥方コルネリア』、BAE、第一巻、二一六頁a)。

たしかにセルバンテスには、カルデロンが『密かな恥辱には密かな復讐を』(*A secreto agravio, secreta venganza*)において、またロペ・デ・ベーガが『復讐なき罰』(*El castigo sin venganza*)においてやったような、事実要因(その価値は認めていたが)を建設的な思想に転化させる能力はなかった。しかしこの件については、このくらいにしておいてよかろう。

(104) それこそ「無分別な物好き」の中でロターリオがアンセルモに理解させようとしたことである。

「女たちの名誉はすべて、彼女らについての世間の立派な評判に左右されるということを考えるがいい」(前篇、三三章)。

「奥さん、どうか大声をたてないで下さい。声をあげればあげるだけ、あなたの恥を世間にさらすことになるんですよ……かりにわたしが死んだところで、あなたの汚名がそそがれるというわけでもありませんよ」(『名高き下女』、BAE、第一巻、一九七頁b)〔『麗しき皿洗い娘』牛島訳〕。

筆者はRFE(一九一六、第三号、三六四頁)で、さらに多くの例を引いている。

(105) 『情婦』、前掲版、四五頁。以下と比較せよ。

「ホラティウスによると最大の不幸は財産を失うことより、名声を失うことからやってくる」(マル・ラーラ『世俗哲学』、第六〈百章〉、〈諺〉第六一番)。

(106) 『ペルシーレス』、五九三頁aおよび六一七頁b。RFE(一九一六、第三号、二三頁)と比較参照せよ。名誉を授ける王については『ペルシーレス』(五八八頁b)を見よ。「陛下のご裁量によって技と力を試す場をお与えください」。

(107) 『ペルシーレス』、六一二頁a。

(108) 前篇、四章。

(109) 後篇、三二章。
(110) 『ドン・キホーテ』後篇序文。
(111) セネカの『精華』、J・M・コルデーロ訳、アントワープ、一五五五、三二折r。
(112) 『吉凶両運の対処法』(*De los remedios contra próspera y adversa fortuna* セビーリャ、一五三四、八折r)。他の文章については、RFE(一九一六、第三号、三八三頁)を見よ。
(113) 『エンキリディオン——キリスト教騎士提要』*Enquilidion del caballero cristiano* アントワープ、一五五五、一六一折および一一〇折。
(114) 『アルキビアデスのシレノスの箱』、バレンシア、一五二九、h折、j折。
(115) 古典叢書(*Libros de antaño*)版、第一巻、三頁。
(116) 『叡智への導き』、アントワープ、一五五一、五折、六折、三折。
(117) 中世の考え方がそれといかに異なるものかを見ておこう。
「善き臣下はそれだけでより大きな尊敬に値する。しかし悪しき上長といえども、上長であるという理由だけでより大きな尊敬に値する」(聖トマス『神学大全』、3 Dist. IX 問題二(q. 2)項三(a. 3)異論解答三(ad. 3)。RFE、一九一六、第三号、四七頁と比較対照せよ)。

ルイス・ビーベスといえども後の方では次のように述べていて、スコラ的・伝統的な姿勢をとっている。「魂に対する敬意と善き名声から生まれる真の名誉は、善人にのみ与えるべきである。司直の公職にある者に対しては、たとえ善人ならずとも、こうした通常の外面的名誉を与えるべきで、たとえひどく厳しく、また鬱陶しいことを命ずるとしても、それが神のご意志であればこそ、また国の安寧のためにも、彼らの命に服すべきである」(『叡智への導き』、四四折v)。

トマスとの違いは、ビーベスの場合こうした結論に至った理由が、ご都合主義の非本質的理由によるものだということである。一方、カスティリオーネの態度ははっきりしている。「不当なことであれば誰の命令であれ従う義務はありません」(『宮廷人』、一七四頁)。
(118) 『世俗哲学』、一五六八年版、一八三折。

(119) 同上、第七〈百章〉、〈諺〉第三四番。第十〈百章〉、〈諺〉第四五番。
(120) 一八九四年版、五三頁。
(121) 後篇、四二章。
(122) 前篇、三六章および五一章。【十五世紀にも似たような例にはこと欠かない。たとえばフェルナン・ペレス・デ・グスマン（Fernán Pérez de Guzmán）の次のような詩句がある。
「美徳がそこを立ち去れば／そこに優雅は留まらぬ」「もしも美徳が血筋なら／さぞかし人も立派なり」（「美徳と悪徳の詩」*Coplas de vicios y virtudes*、拙著『中世カスティーリャの抵抗詩――歴史と選集』*Poesía de protesta en la Edad Media castellana. Historia y antología* 所収、マドリード、一九六八、一五三頁、一五五頁。また三〇〇―三〇一頁のコメントを適宜、参照せよ）。】
(123) 『ペドロ・デ・ウルデマーラス』、前掲版、一三二頁。
(124) 読者は、名誉に関する筆者の研究（RFE、第三号、一九一六、一―五〇頁および三五七―三八六頁）を念頭に入れてくださっているものと思う。
(125) 『ペルシーレス』、五九六頁a。
(126) フィチーノの『プラトン神学』（第一三書、第三章）を想起されたい。
「天性が似ているがゆえに、それがどういう働きなのか分かる者は、材料に欠くことがない限り、同じものを創り出すことができる」（G・ジェンティーレ『ジョルダーノ・ブルーノ』、一四四頁のテクストより）。
(127) A・レージェス（A. Reyes）は「《人の世は夢》におけるひとつのテーマ」（"Un tema de *La vida es sueño*" RFE、第四号、一九一七、一―二五頁および二三七―二七六頁）において、十六・十七世紀の素晴らしい題材を集めている。
(128) 『身分の書』、BAE、第五一巻、二九二頁a。
(129) 『叡智への導き』、一五五一、七折および一三折。
(130) ペレス・デ・オリーバ師の『人間の尊厳についての対話』（Pérez de Oliva, *Diálogo de la dignidad del hombre* BAE、第六五巻）という美しい本がよく知られている。【これはペレス・デ・オリーバ作品集（コルドバ、一五八六）

に含まれる形で出版された。しかし一五四六年には、フランシスコ・セルバンテス・デ・サラサールによって注釈・増補された『全集』(Francisco Cervantes de Salazar, *Obras que . . . a hecho, glosado y traduzido* . . . アルカラ、一五四六)がすでに世に出ている。】

ペレス・デ・オリーバはラテン作家(オウィディウス『変身物語』、巻一、七六節。キケロ『法について』、巻一、第九章、『ものの本性について』、巻二、五六章)によってなされた、人間の偉大さに対する讃美部分を自らの著書で用いた。彼は他の卓越した人文主義者たちと同様、人間の手の素晴らしさを称賛している。マル・ラーラにも次のような言及がある。

「ガレノスは人間について語るとき、その諸器官の機能についてとうとうと議論を展開している。コエリウス・ロディギヌス(Coelio Rhodigino)はそれを十分に活用し、『古代講義三〇書』(*Lectionum antiquarum libri XXX*)の第三書の多くの章をさいて、またとりわけ第四書の中では、手の卓越性について長々と論じている」(『世俗哲学』、一五六八、二一折r)。

ディエゴ・グラシアンの翻訳になるイソクラテスには、ルネサンスにとって好ましい同様の見方が窺える。

「実のところ、理性というものは人間の本性に見られる、あらゆる善の原因となるものである。なぜならば、人間の他の資質はどれをとっても、動物たちと異なるものはないからである。むしろ多くの面で人間の方が劣っている。足の速さや腕力などにおいては動物の方が優っている」(イソクラテス『王国統治』、サラマンカ、一五七〇、二五頁)。

(131) たしかに『ドン・キホーテ』の注釈者たち(クレメンシンやボウル)は、この文章の典拠をプリニウス(Plinio)やプルチ(Pulci)に求めている。それを否定するわけではないが、筆者がもっと可能性が高いと考えるのは、ペロ・メシーアの『森羅渉猟』である。そこには言葉遣いの一致を含めて、そうした知識の多くが、散発的ではなく、まとまった形で集められている。

『ドン・キホーテ』(後篇、一二章)

「動物から人間は多くの警告を受けているし、多くの重要なことを学んでいるからで、たとえば、コウノトリからは浣腸を、犬からは吐瀉と謝恩を、鶴からは警戒を、蟻からは貯蓄を、象からは誠実を、馬からは忠誠を学んだようにである」。

『森羅渉猟』(第二部、四八章。第三部、二八章)

「動物は人間に多くの治療法やものの性質の知識を与えてくれた……コウノトリと呼ぶ鳥はその嘴で浣腸するが、プリニウスによればそこから人間の浣腸器が由来するという。また犬は自ら吐き気を催して吐瀉する……犬の忠誠心は人間に信頼と感謝のありようを教える……冬に備えて夏に働く蟻は、勤勉さと気遣いを教える、等」。

またセルバンテスはアントニオ・デ・トルケマーダが『百花の園』(第四の書)で、蜜蜂や蟻、鶴などについて語っていたことも、記憶していたはずである。

「鶴は夜、安眠できるように、一羽だけ他の仲間のために寝ずの番をする」(レリダ版、一五七三、一五八折v)。

(132) レオン・エブレオ『愛の対話』(『小説の起源』所収、第四巻、二九五頁a)。

(133) 同上、前掲版、二九五頁a。

(134) 『宮廷人』、前掲版、一〇九頁。

(135) それについてマル・ラーラはこう述べている。
「アリストテレスによれば、現世的栄光は、肉体と霊魂の外にある善のなかで最大のものである」(『世俗哲学』、一五六八年版、二七折r)。

(136) 後篇、八章。ペロ・メシーア『森羅渉猟』(第三部、二九章、リヨン版、一五五六、四八五頁)を参照せよ。
「道徳的かつ人間的に言って、人間が戦時や平時に、卓越した偉大なことをなそうと思う動機で重要なものは二つある。ひとつは名誉や名声であり、ひとつは利益や利害である。腹のすわった偉大な人物はみな最初の方を渇望する」等。

(137) 後篇、三章。

(138) 後篇、六章〔ガルシラーソ・デ・ラ・ベーガの『哀歌I』より〕。

(139) 使徒信経(クレド)で言うところの「末代までの命」(vita venturi saeculi)のこと。

(140) 後篇、八章。

(141) 筆者はブエノス・アイレスの『ラ・ナシオン』紙(一九二四年一一月一六日付)で、セルバンテスとピランデッロについて扱った。またパリの《知識人連合》(Union Intelectuelle)の講演会でも同様のテーマで語った。【「セルバンテスとピランデッロ」『セルバンテスへ向けて』所収、四七七―四八五頁を見よ。】

(142) ブルクハルト、前掲書、第二巻、一九二頁。

(143) メネンデス・ペラーヨ『小説の起源』、第一巻、二二四頁。

(144) 「神と世の中の奴らのために企てることというのは……己の信仰と同胞と国王に報いようという一念のつばさに身をゆだねて、彼を待ちかまえる必滅の修羅の巻へ、まっしぐらに立ち向かう勇敢な兵士たちの行ないだ。こういうことこそしばしば企てられることで……名誉であり、光栄であり、有益なんだ」(『ドン・キホーテ』前篇、三三章)。

(145) シュヴィルとボニーリャによる版、第五巻、三七頁。スペイン人と郷士意識に関して前に述べたこと(本書、三五八―三五九頁)を参照せよ。【本書、六〇九頁で説明されたことをもう一度想起されたし。アメリコ・カストロは『葛藤の時代について』(一四四―一四五頁)において再び、この詩句を引用しその意味について考察している。】

(146) 本書、六一五頁を見よ。

(147) 『幸せならず者』、前掲版、一九頁。

(148) 『血の力』、BAE、第一巻、一七一頁a。これはモラリストたちがよく扱ったテーマである。「アウルス・ゲリウスの記したものによると、哲学者ファボリーヌスは結婚するならさほど美人でもなく、また醜女でもない、普通の容貌の女性と結婚すべきだと言った。そう言っていた彼は、結婚などすべきでないと主張する別の哲学者に答えて、つぎのように述べた。《醜女とでも美女とでも結婚するべきだ。もし美女と結婚すればいつも危険が伴い別の男に奪われるもするし、もし醜女と結婚すれば、日常的に苦痛を受けて辛い思いをさせられるのが落ちだが》」(ペロ・メシーア『森羅渉猟』、第二部、第一四章、リヨン版、一五五六、二三八頁)。

(149) 《醜女にはおびえ、美女には殺される》(マル・ラーラ『世俗哲学』、一五六八年版、一〇九折r)。

(150) 『血の力』、BAE、第一巻、一七〇頁b。

(151) 『ジプシー娘』、シュヴィルとボニーリャによる版、八二頁〔牛島訳〕。

(152) 『ペルシーレス』、六三七頁a。

(153) これはエラスムスが『対話集』(「結婚生活」Mempsigamos)の中で展開した理論である。

「昔は、どうにもならない不和については離婚が最後の手段だったけれど、現在では完全にこれが廃止されてしまって、あなたたちは息を引き取る日まで夫と妻でいなければならないのですもの……離婚のことなんて考えちゃだめなのよ」(『小説の起源』、二〇三頁および二〇八頁)。

マル・ラーラの《不満の多い結婚はいつも苦しみの元》ということわざ(『世俗哲学』、第四〈百章〉、〈諺〉第三六番、一五六八年版、八五折)に加えた素晴らしい注釈と比較対照せよ。

(153) 前掲版、一九頁。

(154) 『びいどろ学士』、シュヴィルとボニーリャによる版、八九頁。

(155) 『いつわりの結婚』、カスティーリャ古典叢書、第二巻、一九八頁。

(156) 作者はおそらくポリドーロ・ヴィルギリオ(Polidoro Virgilio)の以下の文章を思い出していたのであろう。

「ローマ人は離縁という手を用いなかったとしても、結婚におけるうまいやり方を身につけていた。それは、どんな理由からでも望んだときに、妻から身を遠ざけて妻を捨ててしまうというものであった。これは貞節をしっかり守るという意味では有効な手であった。とはいっても、こんなことはキリスト教では許されない」(『ものごとの発明者たち』*Los inventores de las cosas*　アントワープ、一五五〇、一二折r)。

『七部法典』(*Las siete partidas*　第七部、二五章、一〇節)を参照せよ。もしモーロ人が「キリスト教徒の人妻をたぶらかしたりすれば、その者は石打の刑に処せられ、人妻は夫のもとに戻されるが、夫は彼女を焼き殺そうが、自由にしようが、望みどおりのことをなしうる」。

(157) 『ペルシーレス』、六三七頁b。これはセルバンテス流のものの処し方である。

「彼は、私の恥辱を晴らすために、彼の血を流すことをよしとしない、どこかの天使によって助けられた」

（『奥方コルネリア』、BAE、第一巻、二一六頁a）。

『ペルシーレス』のこのエピソード（まず本書、二〇八頁を参照）は、ファン・デ・ティモネーダの『ほら話』(Juan de Timoneda, *Patrañuelo* BAE、第三巻、一四二頁b）の中の話から着想を得たものにちがいない。その話は『狂えるオルランド』から採られたものである。王とオクタビオはある宿屋でひとりの美しい娘に出会う。「しかし噂ではシリアコという若者が、すでに彼女の最良のものを手に入れてしまっていた、ということだった」。

一方『ペルシーレス』ではルイサがある宿屋で、若者アロンソといちゃついている。次に示すのは二つのテクスト間でより厳密に対応している部分である。

『ほら話』

「宿の主人に持参金を払って彼女の身請けをすることにしよう。そして彼らはそのことを宿の主人に話した。彼は二人の姿とその鷹揚ぶりを見て、喜んでそうすると言ったが、それにはすぐにも持参金を渡すことが条件であった。主人は金を受け取り、そして立派な服を新調して……娘は彼らに引き渡された」。

『ペルシーレス』

「父親にかけあって娘を嫁に貰おうと決めました。そこで真珠をとりだし金をひろげて父親に見せるとともに……この手前味噌も財産をみせびらかすという手も効果はてきめんでした。父親は手袋みたいにくしゃくしゃになって二つ返事で乗ってきたのです。持参金などあてにしていないことをにおわせたら、ますます愛想よくなりました」。

『ほら話』の娘は、二人の男の間で眠るように用心深く監視されていたにもかかわらず、昔の恋人とつるんで彼らをたぶらかしてしまった。一方、『ペルシーレス』の娘の方は、恋人と駆け落ちして、ポーランド人を見捨ててしまう。セルバンテスがティモネーダの卑猥な結末の一端たりとも引き継がなかったのは当然である。ティモネーダは他でもないアリオスト（『狂えるオルランド』、第二八歌）を模倣していた。しかしセルバンテスはイタリアの原作よりもティモネーダの模作の方により近かった。ティモネーダから引き写した箇所と、それに対応する『狂えるオルランド』（第二八歌、五三連）の箇所を比較対照してみれば、ティモネーダの影響の方がより大きいということが分かるだろう。セルバンテスは『名高き下女』の中の水汲みのロバと尻尾の議論の中でも、『ほら話』を下敷きにしている（ガリャルド『随想』、第四巻、七三八頁を参照）。

(158) 前篇、三三章。

(159) アンセルモは徳についてのそうした抽象概念から出発し、ストア派のような考え方をしている。彼の議論はまさにセネカのそれである。

「『恩恵について』の第四巻にある純潔と貞淑の章で、著者は恐れるがゆえの貞淑はかかる貞淑とは言いがたいと述べている。夫を恐れるがゆえに、あるいは法の裁きを恐れるがゆえに愛人を捨てるような女を、私は決して貞女とは呼ばないであろう。女が貞淑を通しているのは恐れのためであって、自分の本心ではない――そんな女は罪人の数のうちに算えいれられても不当ではない」（セネカ『五つの書』「神慮について」、A・デ・カルタヘーナ訳、アントワープ版、一五五一、一一五折v）。

ここからアンセルモの理性主義的姿勢が出てくる。セルバンテスはそれとは裏腹に、徳は生命的調和の中にあってこそ、完全に開花するものだと考えている。セルバンテスがエラスムスやモンテーニュなどとともに異議を唱えたのは、まさにこうしたストア主義の理性主義的な側面である。

(160) 筆者は RFE（一九一六、第三号、三六三―三六四頁）において、その副次的な重要性を指摘しつつ、いくつかの事例を挙げた。ノーサップもまた前掲論文（『近代言語学』、一九二四、二一号、四〇〇頁）の中で、さらにいくつか集めているが、彼が「こうした一般化は意味のないこと」としているのは喜ばしい。

(161) 嫉妬に対するセルバンテスの関心は記憶に留める価値がある。

我は数多のロマンセも作りはしたが
ほとんどは不出来なものとみなしたり。
〈嫉妬〉のそれはただひとつ評価するべし。

これは『パルナソ山への旅』の一節だが、よく知られた自らのロマンセに言及している。『ペルシーレス』にも多くの言及がある（五九〇頁a、五九一頁a、六〇〇頁a）。つまり嫉妬は死ぬまで終わらないというものである。「嫉妬が不可能なこともなしとげるというのは知れたこと」。また『ジプシー娘』においても同様である（シュヴィルとボニーリャによる版、五九頁および九三頁）。

『ガラテア』では「嫉妬は愛が勝ったしるしではなく、無分別な好奇心が勝っているにすぎない」（前掲版、第一巻、二二八頁）と述べられている。ここには文学的話題性が豊富にあるが、これほど執拗に追求するのは、作者にそのテーマに対する特別な思い入れがあった証拠である。これもまた、恋愛関係をあらゆる危険が待ち構える、劇的な戦いとして描こうとするための一助であろうか。

(162)『近代言語学』、前掲論文、四〇三頁。

(163) カスティリオーネはこう述べていた。

「名誉がおびやかされる場合をのぞいては、こうした決闘にやすやすと応じないことが肝要です」（『宮廷人』、六四頁）。

(164)『ペルシーレス』、シュヴィルとボニーリャによる版、第二巻、三〇七頁を参照せよ。

(165) マル・ラーラは『世俗哲学』（一五六八年版、第三〈百章〉、〈諺〉第三二番、五八折v）において、実効的な恥辱と言葉による侮辱の違いについて述べ、J・マルティン・コルデーロの翻訳になるアルキアトゥス（『決闘の方法』、Alciato, *De la manera del desafío* アントワープ、一五五八）を引き合いに出し、こう述べている。

「侮辱（baldón）と呼ばれる恥辱的行為（afrenta）が、もし主人から奴隷へ、主人から従僕へ、夫から妻へといったように、力ある者から他の者に対してなされるときは、そうされた者は恥辱を受けたと騒ぐような、かかる性質の恥辱とはみなされない」云々。

第八章　結　論

もし読者諸氏がこの長い研究に忍耐強くお付き合いいただけたならば、セルバンテスが極めて複雑な思想的問題を抱えていたことをきっとご理解いただけたであろう。しかし私の言葉がすべての人を納得させえたかは定かではない。私としては、スペイン最大の作家をめぐる従来の評価に対して、新たな見方が提示しえたと考えるだけでよしとせねばなるまい。この仕事がめざしたのは、セルバンテスの提起した問題を、本来の出発点である道を辿りつつ、歴史的・思想的に展開していくことに他ならなかった。セルバンテスに関しては、その特異な世界観や、作品の成長する土台である歴史的風土によって規定されるような、主題的体系など存在しないとされてきた。この天才芸術家は優れてはいるがその場限りにすぎない直感的才能の産物だとみなされていた。彼のものすごい選択力といったものは常に無視されつづけた。カルデロンの思想となれば、事細かな研究をして誇らしげなドイツの研究者といえども、〈セルバンテスの世界観〉（Cervante's Weltanschauung）を著そうとはしなかった。それというのもすべて、比較対照することなく、彼にとって不利な、どす黒い偏見に凝り固まっていたからである。

われらの不幸の〈贖罪の山羊〉たるセルバンテスの上に被せられた、あらゆる悪質な偏見の起源や広がりについては、それを本格的に明らかにする別の本を書く必要があろう。スペインという国は国際社会において無知の評判をとったが、その国で最も卓越した人物にも無知のレッテルを貼っている。その人物は自らが手を染めることのない罪過ゆえの迫害を蒙ったし、なお蒙りつづけている。我々はみな十六世紀のスペインにあったのは高度な精神的文化などではなく、宗教芸術か空想芸術にすぎないと思い込んできた。

メネンデス・ペラーヨによってなされたスペインの学術を回復する試みは、必ずしも願っていたほど有効なものではなかった。それは表面的かつ護教論的で、同時代の他の国々の学問との、熟慮された比較を欠いていた。加えて、この偉大な批評家はその政治・宗教的偏見によって、自らの研究の自由な発展を阻害してしまった。それを措くとしても、メネンデス・ペラーヨは、ルネサンスがわがスペインにもたらした新しい人生観がどういったものなのか、一度として語ったことはない。

かくてスペインにルネサンス運動があったとする者たちと、それを否定する反対者たちの間に、不毛な論争がもちあがった。おもしろいことに、前者の立場をとる者が伝統主義者であり、後者が自由主義者であったことである。二〇年前【本書の初版は一九二五年であることを想起せよ】に過去のスペインについての研究に関心をもった我々は、どちらの立場に身をおくべきか分からなかった。筆者は一九〇九年ごろ、時流にしたがって、ルネサンスはわが国の古典文学に本質的影響を及ぼすことはなかった、と書かざるをえなかった。こうした見方は今日になって見れば、いかに馬鹿げたもので、頑迷なる怠惰のなせる業であったかが分かる。

当時、筆者はセルバンテスがイタリア・ルネサンスの最も洗練されたテーマを壮大かつ調和的なかたちで展開していたなどとは、思いもよらなかった。たしかに本書の序説であげたような多様な見方があることは承知していたが、セルバンテスは単に『ドン・キホーテ』の驚くべき作者で、独特な文体をもった作家だというくらいの認識しかなかった。筆者は一九一六年に『スペイン文献学』(*Revista de Filología Española*)に、十六、十七世紀の名誉の概念についての二論文を書いた際に、今までとは別の可能性をかいま見る思いがした。つまりセルバンテスは当時の劇作家たちとは逆の方向をめざしていて、その姿勢は単にキリスト教的な慈愛精神に合致していただけではなく、ルネサンス思想に色濃く染まっていたということに気付いたのである。そのとき私は初めてセルバンテスとイタリア人文主義の具体的関係を見いだしたのである。事実というものはその賛否を問わずに起きるものである。私の視点が作者の未知の出来事を明らかにするような古文書的資料ではなかったために、セルバンテス学者たちはそれを、承認も否認もしなかった。私はまず〈無学な才人〉セルバンテスに対する観念を検討すべきだったかもしれない。しかし当時の雰囲気は、そうした〈ないものねだり〉をしようとする試みには、まったく不適切であった。そこで私としては一九一六年に見て取った方向を辿りつつ、当然のこととして本書の結論にまで立ち至ったのである。スペインもまたルネサンスの潮流の中にあった。そしてセルバンテスは極めて独特な形でそれに参画していたのである。

スペイン最良の作家を知的に見下そうとする最大の原因のひとつは、背景にセルバンテス学者たちが彼の人生の瑣末で嘆かわしい側面にしか目を向けてこなかったという、わびしい状況がある。つまり売上税の徴収人、投獄・囚人生活、家庭生活、それも神のみぞ知る悲惨さに彩られた家庭生活(エスペレータの殺人事件をきっかけとして法廷であばかれたバリャドリードでの状況や、モンテラ通りに住む娘が結婚する際の、セルバンテスと娘による口にだせないような手管、等々)である。このような、飢えに苦しむ乞食のような男に対して、人はなれなれしく〈お前〉扱いで呼びたい気にさせられるかもしれない。思想といってもどこにでも転がっているもので、よくても世間一般のありふれたものにすぎないとされた。メネンデス・ペラーヨがきっぱり決めつけたように、彼には「教養を身につける時間も望みもなかった」ということになる。人々はセルバンテスは言葉運びがまずく、その上、ごまかしや物忘れ、また（本当は一度も犯したことのない）矛盾があるなどと言って非難を浴びせた。そんなことなら、シェイクスピアの場合のように、セルバンテスが実際にああした素晴らしい作品の著者であったかどうかを議論する方が、ずっと価値があったかもしれない。

セルバンテス学者たちは堅苦しい古文書（自らの経験からその有用性を否定はしないが）や、言語学的知識にしがみつき、作家がイタリアで過ごした間にしっかり身に付けた知的教養のことについて、何も考えなかった。セルバンテスのような人物が、何年もの間かの地で、のらりくらりとカード遊びなどに興じていられたであろうか。古文書はこうした点について何も語ってはくれない。それではいったい彼の著書は何の役に立つというのか。実はイタリア滞在はセルバンテスの精神的遍歴において、最も重要な事実だったのである。

セルバンテスの記憶に重くのしかかっていた、もうひとつの大きな偏見は秘教性であった。今にして筆者はその途方もない事実に得心がいった思いである。真面目な研究者たちは、セルバンテスには空想と面白さ、せいぜいあってもエラスムス主義者から受け継いだ、皮肉と風刺にとんだ諧謔精神くらいしかないと主張してきた。しかしセルバンテスを読めば分かるが、そこには曰く言いがたい何ものかがある。作者の精神は時として不思議なひきつりを呈し、あたかもあえて口に出さなかったことを言おうとしているように見える。多くの者たちは対抗宗教改革の精神を知らなかったばかりに、めちゃくちゃな言動に走ってしまった。ベンフメーアやその取り巻きの不安に対する、正常で歴史的なはけ口がふさがれたために爆発が起きた。そこから生じたのは反教権的で共和派の、アナグラムにみちた神秘主義者としてのセルバンテス像である。これは狂気としか言いようがない。

ブルジョア的伝統主義に立つ批評家たちは、秘教主義者たちに対して門戸を閉ざした。両者の戦いの間隙をぬって出口を探さねばならなかった。それはセルバンテスをその時代に連れ戻し、彼が我々に提示する事実を、文献学的技法によって整理することによってである。我々はこうした方法によって、セルバンテスの観念的概念の力強い統一性、その個々の部分の調和と一致を見て取った。彼の文学的性格の基礎となっているのは、自然主義の精髄と当時のストア主義である。経験主義や相対主義、〈見せかけの偽り〉といった、人物たちに見られる心理学は、デカルト以前のルネサンス期における、最も優れた精神のありようを垣間見せてくれる。自然主義とストア主義の道徳性は、セルバンテスにおいて独自の成果を生み出した。その宗教性は当時の偉大な天才たちのなかに見いだすものと同一である。

理性が科学に確固たる基礎を与えることができなかったため、科学自体が緒についたばかりでいまだ実らずにいた時期、人々が逃げ込んだ場所は感覚であった。人々は判断力の効力に疑問を呈し、感覚や印象がきわだった価値をもつこととなった。まさにサンチョの言う「わしの眼にそれと見えるものはただの男ですよ」（前篇、二一章）ということになる。しかし感覚は偽り多きものである。したがってそこから相対主義（兜、盥、盥兜）や、いわゆる〈見せかけの偽り〉が生まれる。セルバンテスの印象主義[1]は、彼の観念的体系のうちに深く根を下ろしたものである。まさにエル・グレコのそれと比肩できるし、彼とセルバンテスを比較することは実りあるものとなろう[2]。双方の印象主義は、画家のバロック主義[3]と同様、対抗宗教改革期の典型的成果である。ルネサンスは教義上の定義をうのみにしないで一時的に留保した。対抗宗教改革はその定義をめぐって居心地の悪さを感じつつも自らの場所におちついた。鬼才の持ち主たる彼らは、真実が経験を批判することからしか生まれえないことを知っていた。とりあえずセルバンテスは、ものごとを観察者のうちに喚起される印象、つまりさまざまな視点の中に包み込み解け込ませて提示するだろう。そこから印象主義が生まれてくる。

セルバンテスの偉大な同時代人、ミシェル・ド・モンテーニュはそうした判断力の相対性の問題を鋭く感じ取った。そして今にも懐疑主義の大海に呑み込まれる瀬戸際にまで立ち至った。しかし彼が救われたのは、(もし大食すれば腹が痛くなる、といった類の)基本的には感じや印象といった、現実的感覚に逃避することによってであった。セルバンテスは問題をはっきりと開示し、まれに見る天才をもって問題をまるごと自らの芸術の中核に据えた。同時に彼の芸術は、自らその存在を認識はしても、その効力に対しては憂鬱げに微笑まざるをえなかったルネサンスの打ち建てた、大いなる建造物や発見への内省的視点、世界に対する深い視点といったものを表象していた。現実は我々の批判を前にして揺れていて、知的なかたちで相対性の印象に解けこむ結果となった。また道徳的な面では、力強い諦念、憂愁を帯びた克己の精神に解消することとなった。というのも悲劇的な危機を前にしては、そうした意識の砦の外では、すべてが不確定で問題性をはらむことになるからである。

我々は十六世紀を通じて人文主義的テーマの流れを辿ってきた。かくて分かったことは、あの世紀がより体系だった構造をもった時代であり、イタリアやフランスの同時代の文学と、より密接に関わっていたという事実である。セルバンテスは掛け値なく、ルネサンス人文主義の最も華々しい成果のひとつとして、我々の前に姿を現わしている。同時に我々は、彼のまれに見る独創性の発展を、新たな要素を加味して評価することとなろう。

（1）〈印象主義〉という言葉は不適切で、〈相対主義〉とか〈曖昧性〉とするべきかもしれない。この問題に関してはアマード・アロンソ『言語における印象主義』（Amado Alonso, *El impresionismo en el lenguaje* ブエノス・アイレス、文献学研究所、文体研究叢書、第二号、一九三六）および同『言語学研究』（*Estudios lingüísticos* マドリード、グレドス、一九六七、二七二頁以降）を参照せよ。

（2）すでにM・B・コシーオはこう記している。

「彼らは広大で太陽の燦燦と照りつける、同じカスティーリャの平原において、同じ時期に生を受けた。その小説と絵画は互いに向かい合うようにして生まれた。ともに、より強烈な生の源泉であり、かつてスペイン芸術が生み出したものの中で、最も調和的かつ独創的な形で、理想主義と現実主義が合体した芸術が生み出されたのである」（『オルガス伯の埋葬』、M. B. Cossío, *El entierro del conde de Orgaz* 一九一四、二九頁）。

（3）ヴァイスバッハの前掲書を見よ。

アメリコ・カストロ『セルバンテスの思想』について

本田誠二

本書は入手の困難さから幻の名著といわれたアメリコ・カストロの『セルバンテスの思想』(*El pensamiento de Cervantes*, Madrid, 1925)』の増補改訂版(第二版、一九七二年、ノゲール版)の全訳である。初版(一九二五)は元来、学術誌『スペイン文献学』(*Revista de Filología Española*)の付録(第六号)として出版されたものである。七二年の増補改訂版は初版からほぼ半世紀近くたってから、著者であるカストロが新たに手を加え、訂正を施したもので(それだけであれば普通の増補改訂版ということになるが)、さらに今回は他者の手も加わって、きわめてユニークなかたちとなっている。つまり当時カリフォルニア大学(ロサンゼルス校)で教鞭をとっていたフリオ・ロドリーゲス・プエルトラス教授(マドリード自治大学教授)の詳細な注釈が、著者の註につけ加えられているからである。この著者自身による改訂と、誰よりもカストロ研究に通じたプエルトラス教授による注釈(【 】で示す)という共同作業によって、今ではこの古い名著は誰の手にも入る、そして近代的でアップトゥデイトな本に変身した。一九八〇年にはノゲール社が廉価版として再版して、広く世に出回るようになった。

半世紀も経れば著者の考え方も変化して当然である。そうした思想的変化の痕跡は注釈によって著者本人も言及し、注釈者も補足説明しているので、カストロの思想的位相の違いが浮き彫りにされていて興味深い。異同は原文のなかではカギカッコ(「 」)で示されていて、そこに手が加えられたことが正直に示されてはいるが、一九二五年の原文が何であったのかは示されてはいない。したがって両テクストを比較対照することができないため、どのように文章に手が加えられたかは見えにくくなっている。そこで、翻訳にあたっては、カギカッコを取り払ってしまった点をご了解願いたい。というのも、我々一般読者にしてみれば、テクストに半世紀近い時間的隔たりはあるにせよ、同じ著者の思想には変わりはないし、また頻繁にカギカッコが文中にでてくることからくる文章の読みづらさを避ける方が、そうした厳密さにこだわるよりも有益と判断したからである。なお訳者による註は〔 〕で示した。

本書が本格的なセルバンテス研究の端緒を与えたという意味で、その価値の大きさを否定する者は誰もいないだろう。一言で言えば、セルバンテス学の〈コペルニクス的革命〉（ギリェルモ・アラーヤ）を与えたといっても言いすぎではない。つまり一九二五年はセルバンテス研究元年である。その年以前と以後では、セルバンテス像は完全に塗り替えられてしまった。どのようにかといえば、従来セルバンテスという人物はどこにでもいる伝統的カトリック教徒の、才知に富んではいても無学な作家ととらえられていたが、カストロの本を契機に、彼が実は異教的なルネサンス思想に深く関与し、エラスムス主義の人文主義的教養を身に付けたモンテーニュ型の教養人であったことが明らかにされたのである。つまりセルバンテスはカストロによって、スペインの優れたユーモア作家から、ヨーロッパ的な広がりのなかの普遍的知識人として再定義されたのである。同時にあの対抗宗教改革の時代、セルバンテスは社会的に周辺的な立場にあったせいで、自らの思想を表立って表現しえない、一種の〈巧みな偽善者〉（カストロ）として自らを表現せざるをえなかったことも示された。これはまさに衝撃的なセルバンテス理解であった。この否定的な意味をもつ〈偽善者〉という言葉に引っかかる者も多くいた。伝統的なカトリック教徒として、異教徒との戦いであるレパントの海戦で負傷した、スペインの英雄としてセルバンテスをイメージしていた保守主義者は、カストロの仮説に本能的反発を感じた（アメスーアなど）。いわばスペインが長きにわたって戦ってきたレコンキスタの大義である聖戦の、その延長線上にある対トルコ戦争の英雄に泥を塗ることは、翻って言えば、キリスト教スペインの栄光そのものに泥を塗ることになるからであった。つまりセルバンテスはスペインの栄光の神話と一体化されていたため、かつてのシッドが実際とは別に偶像化されたのと軌を一にして、彼の英雄性もまた実像と離れて、一人歩きしていたのである（それをカストロは秘教的と称した）。であるがゆえに少しでもセルバンテスの偉大さを貶めるものは、たとえそれが事実であったとしても、とうてい受け入れられなかったのである。

彼の『セルバンテスの思想』が、あるいはカストロ自身が内戦以後のフランコ体制下で日の目を見なかったのも、むべなるかなと言えよう。つまり戦後のスペインにおいて、いわば禁書目録に入れられたと言っても過言ではない。それはかのラス・カサスがスペイン帝国の暗黒面を世界に告発した祖国への反逆者として、長い間市民権を得られなかったのとよく似通っている。

アニアーノ・ペーニャがカストロ没後三年後にその卓越したカストロ論（『アメリコ・カストロとそのスペイン観およびセルバンテス観』、グレドス、一九七五年）において際立った形で明らかにしたように、彼の学問的業績はその人生の前期と後期では大きな変容ぶりを示している。その境目を一九四一年（「『ドン・キホーテ』への序文」を発表した年、『セルバンテスへ向けて』〔一九五七年〕所収論文）とするのが定説である。これはカストロ内部における〈ドラスティックな見直し〉（カナヴァジョ）であった。

とはいいながら前期の代表作としての本書は、ペーニャによれば、厳密に学問的・文献学的でありながら純粋な博識に陥ることのない、アメリコ・カストロの方法論的特質がもっともよく表われた作品で、何びとといえどもセルバンテスに深くアプローチしようとすれば、避けることのできない重要性を有している。それはセルバンテスの実体を総体として時代の中に捉え直し、オルテガ的なヨーロッパ的知性のコンテクストのうちに読み解く作業であった。十六世紀前半のヨーロッパを支配した異端的なエラスムス主義とセルバンテスを結びつけることは、もはやカルロス五世的な開かれた国際主義に引導を渡し、フェリペ二世的な狂信的カトリシズムに大きく振り子を振ろうとしていた当時のスペインにおいて、まさに命に関わる異端的な存在として糾弾される危険性を意味していた。そうした対抗宗教改革期の〈葛藤の時代〉（もはや後期のカストロはルネサンスとかバロックなどという漠然とした名称を使わず、実態に即してこのスペイン〈黄金世紀〉をこう呼ぶ）において目覚めた知識人・文学者がとりうる態度としては、物理的な亡命か、さもなくば内面的亡命、つまり精神的隠遁や逃避、内面化であった。その最良の表現がフライ・ルイス・デ・レオンやサンタ・テレサなどに代表される神秘主義文学であり、またモンテマヨールに代表される世俗的な牧人文学、『ラサリーリョ』やマテオ・アレマンに代表されるピカレスク文学であり、それにセルバンテスであった（『葛藤の時代について』一九六一年）。それを前期のカストロは、内なる真の姿を外に素直にあらわさない仮面をかぶった人格という意味の偽善という言葉で表現したのである。後にカストロ自身、この言葉のもつ衝撃性によって喚起された人々の反発をそらす目的で、この言葉を取り下げてはいる。しかしそれは姑息な手段であって、決してカストロの本意ではなかった。

後期のカストロはセルバンテスを偽善者と称することを止め、その代わりに新キリスト教徒またはコンベルソと規定している。後期のカストロの理解によれば（『歴史の中のスペイン』一九四八年、および『スペインの歴史的現実』一九五四年）、スペインの〈歴史的現実〉に則してみれば、真の意味のスペイン人が生まれたのはイスラムのスペイン征服とそれに対抗する反攻期（レコンキスタ）であり、そこに知的遺産の相続者としてあったユダヤ人は、キリスト教徒の失地回復とともにやむなくユダヤ人改宗者

〈コンベルソ〉として、キリスト教スペインで生きていかざるをえなくなったという事情があった。葛藤の時代がはじまる一四九二年はイスラムの陥落とともにユダヤ人追放令が発せられ、キリスト教国家スペインが世界史に登場する最も重要でエポック・メイキングな年である。その年から一六〇九年のモリスコ追放までカトリック教国スペインは、国内の異民族に対してしゃにむに神政一致の同化政策をとっていく。その現われが制度としての異端審問であり、〈血の純潔令〉である。まさにセルバンテスはフエルナンド・デ・ロハスやマテオ・アレマン、ルイス・ビーベス、ルイス・デ・レオンなどと同じユダヤ人改宗者として、こうした時代を生きていく運命にあったのである。自らの素性を隠蔽せざるをえないこれらの知識人が、自らの思想を表現することには大きな困難と危険がともなった。マテオ・アレマンのようにその絶望的な人生を厭世的に描くか（その作品『グスマン・デ・アルファラーチェ』はピカレスク小説の代表作となった）、あるいはそれとは対照的にセルバンテスのように人生を笑いとペーソスのうちに楽観的に描くか（それこそが『ドン・キホーテ』の真諦である）、作風は作者によって異なりはするが、底流にある問題意識は同じであった（『セルバンテスとスペイン生粋主義』、一九六六年）。

後期のカストロはセルバンテスの代表作がマテオ・アレマンの『グスマン』に対抗する形で生まれたという仮説に基づいて、新たなセルバンテス像を再構築することに情熱を注いでいく。カストロの学問的人生において、最大の関心はつねにスペインとその象徴であるセルバンテスに据えられていたといっても過言ではない。スペイン史の新たな捉え直しをするきっかけになったのはスペイン内戦であり、亡命者カストロの生き方に直接関係していたがゆえに、その知的作業はきわめて客観的・理知的であると同時にきわめて主観的・生命的な哲学に裏打ちされている。歴史を理論やテーゼで硬直化して捉えようとするのではなく、時代に生きた人々の生の断面、生きざま、感情、価値観などの総体として捉えなおそうとする姿勢はたしかに、アンソニー・クロースの言うようなロマン主義的アプローチであったかもしれない。歴史の真実は無機的な資料の集積によって明らかにされるのではなく、文学作品のなかにこそ見いだされるとするカストロ流の見方は、実証を重んずる十九世紀的な社会科学としての歴史学の立場から見ればあまりに異質であったとも言える。そこにカストロに対するスペイン人歴史学者たちの軽視の理由があったと思われる。サンチェス・アルボルノスとの有名なスペイン史論争も、純然たる実証主義的歴史学者と文学的センスをもった歴史家とのかみ合わぬ論争となった。カストロの膨大な知的業績、あふれ出て死ぬまで止むことのなかった生命的・学問的情熱は、アウトサイダーとして生きた反骨的スペイン人の典型を示すものといっていいかもしれない。

ペーニャによれば、カストロが『セルバンテスの思想』で描いたように、セルバンテスの世俗性・異教性をあまりに強調することは間違いであり、カストロ自身のそうした特質のなせるわざだとしているが、それも一理あろう。というのもカストロ自身、内戦が勃発して間もなくアメリカに亡命しているが、それは共和派としての身に危険（自らの銃殺の誤報を耳にした）が迫っていることを本能的に肌で感じとったからである。

いつ異端審問にかけられるかもしれぬセルバンテスの運命に、自らの運命の危うさを重ねたと考えてもさほど見当違いではない。カストロの人生の転機が彼の思想の転機となったことは明らかである。亡命者となったカストロの祖国を見る眼はさらに厳しく研ぎ澄まされていった。今の悲劇的な独裁国家スペインを特徴づけるのは、ヨーロッパと歴史的につながった近代性ではなく、それと共有しえない歴史性をになったスペイン独自の負の遺産である。それはキリスト教徒が、旧キリスト教徒としてイスラム教徒、ユダヤ人という他の血統（カスタ）に属す異教徒を、新キリスト教徒として差別し抑圧してきた近代スペインの歴史であった。迫害された異教徒たちと同じ立場に立ったカストロが、自らの属すイスパニア性の本質、実体をアメリカの地でみつめたとき、そこにルネサンスやプロテスタンティズムに由来するヨーロッパ近代ではなく、オルテガ的な概念である精神のチベット化（閉鎖性）を見いだし、そこから脱することの緊急性をスペイン人に提起したのが、後期の歴史認識であった。したがってこの意識が彼の存在を規定したとも言えるわけで、後期のセルバンテス理解がイデオロギー性を帯びてくることは止むをえなかった。カストロは自らの転向をつぎのように総括している。

「私はかつて対抗宗教改革の暗雲によって曇らされた、ルネサンス的で人文主義的なセルバンテス像を打ち建てたが、四〇年前には十六世紀のスペイン文学が〈血統〉の文学であったことなど思いもよらなかったし、ストア主義やエラスムス主義が合目的的なもの（funcionales）だとも気付かなかったからである」（『セルバンテスとスペイン生粋主義』、一四三頁）。

「一九二五年に私は『セルバンテスの思想』（三〇六頁）で、セルバンテスは〈反ユダヤ主義者〉だと述べたが、今日なら、そういう代わりに彼はキリスト教徒の視点と同時にユダヤ人の視点をも含めて文学的に表現していると言っただろう。今日の反ユダヤ主義的小説や演劇のことを考えてもみれば、迫害者について感じたことを表現しようとして迫害されるユダヤ人に向かって、反ユダヤ主義者などと呼ぶことなどできないだろうからである」（同、八七頁）。

カストロは現実に進行するドイツ・ナチズムとフランコの独裁政治による全体主義・反ユダヤ主義を目の当たりにして、「セルバンテスをユダヤ人改宗者のアウトサイダーとして、その時代と環境のなかで研究する」（プエルトラス）対象と見るようになったのである。もはや思想のパラダイムが変わってしまったがゆえに、セルバンテスに対する意味付けが先験的に変更されてしまった。こうした時代に妥協した見方を、クロースはロマン主義的アプローチとしたわけだが、カストロもまたセルバンテスの『ドン・キホーテ』を国民的聖書としてスペイン復興の原動力としようとしたウナムーノや、現実のセルバンテスを離れ、作品それ自体に即したセルバンテスの文学的キホティズムに関心を寄せたオルテガと同様、九八年の世代と問題意識を共有していたのである。彼にとってスペインの精神的蘇りのために必須の要件は、スペイン人があえて見ようとしなかったスペインの歴史の実体を〈偏見なく〉見定めることであり、ドン・キホーテが「身共が何ものかは存じておる」と述べたように、〈自らを知る〉ことにあった。そのためにはスペインの象徴ともいうべき最高の作家セルバンテスに歴史の新しい光を照らすことがぜひとも必要だったのである。その方法論である一元的な血統理論に対するつよい批判があることは確かであるが（その代表格がエウヘニオ・アセンシオである）、プエルトラスの言うように前期のカストロと後期のカストロに根本的矛盾があったわけではない（「アメリコ・カストロの見たセルバンテス」『アントロポス』、一九八九年）。自らの血統に基づく偏見があるのではという批判に対してカストロは、両親の祖父母ともグラナダ出身の農民で自らは旧キリスト教徒に属していると軽くいなしている（『文学論争としての《ラ・セレスティーナ》』、一九六五年、四九頁）。

ラス・カサスは同じユダヤ人改宗者としての立場から、抑制することなく激烈なスペイン批判の矢を放つ作品を残したが、それはアバリェ・アルセの言うように、歴史的でなく道徳的な性格をものであったがために、数字の誇張などが見られた。カストロはラス・カサスが自らの存在と人格を重視し、前面に押し出すことで記念碑的な意味をもたらそうとしたことのうちに、インディオ擁護の道徳性や慈悲心にまさる動機を見いだしているが（『セルバンテスとスペイン生粋主義』、二〇二―二〇三頁）、自らの見直しはラス・カサスとは違い歴史家としてであって、決して道学者として発言しているのではないと言おうとしているようにも見える。

ラス・カサスの『インディアスの破壊に関する簡潔な記述』が、プロテスタントの反スペイン陣営に利用されたようなことが、彼の主著『歴史の中のスペイン』において起きることはよもやあるまい。なぜならば、まさに記念碑的なものとなったカストロの『セルバンテスの思想』も『歴史の中のスペイン』（『スペインの歴史的現実』と改定・改題）も、カストロ理論を受け入れるにしろしないにしろ、近代スペインの文学と歴史の研究に欠くことができない出発点となっていることは衆目の一致するところだからである。

たとえばイギリスのスペイン文学研究者P・E・ラッセルはカストロが『セルバンテスの思想』で展開した文学理論に触発され、それに異を唱えるかたちで「トリエント公会議と世俗文学――ある理論に対する再検討」（一九七八年）を発表している。カストロはトリエント公会議がカトリック世界の世俗文学一般に直接介入して、精力的に文学を監視し、カトリック道徳に合致するよう統制する役割を果たしたとする説を展開したが、それに対して、ラッセルは事実として異端審問所の目は宗教書以外のそれらの（ヨーロッパに普遍的なものとしてあった）娯楽書に対しては極めて寛大で、統制もゆるかったと述べて、異端審問所の検閲の効力を過大評価しないようにと戒めている。彼はカストロの理論に対して真っ向から反対しているわけではなく、より正確な、別の視点を提示することによって、〈不正確な〉カストロ理論に修正を加えようとしたのである。

またセルバンテスの優れた伝記『セルバンテス』（一九八六年）によって、ゴンクール賞を受賞したフランスのジャン・カナヴァジオもまた、カストロ理論に対して別の読みを提示してその修正に一役かっている。彼は最近の論文「『アルジェールの牢獄』におけるユダヤ人の様式化」（一九九八年）において、前期と後期のカストロのセルバンテス理解の〈飛躍〉に関連して、セルバンテスを反ユダヤ主義者と規定した前期のカストロ理論と、ユダヤ人改宗者として折衷的・寛容的態度を強調しだした後期のカストロ理論の、双方のよって来る根拠を洗い直し、『アルジェールの牢獄』の聖職者のユダヤ人に対する嘲りを一種の宮廷の道化のそれととらえて、カストロの前後の理論の枠組みに真っ向から反対する論陣を張ることで、カストロのいわゆる〈主観的で恣意的な〉解釈に一石を投じている。

またイタリアの女性学者ロサ・ロッシは『セルバンテスの声を聞く』（一九八六年）において、カナヴァジオやアバリエ・アルセなどからは、根拠のない推測として退けられてはいるが、後期のカストロのユダヤ人改宗者としてのセルバンテス像に沿って、その社会的・性的〈差異〉を、フェミニズム的視点や記号論、文化人類学的視点を取り込んで論じている。彼女もまた、歴史主義と実証主義に曇らされて見えなかったセルバンテスの、隠れた側面を明らかにした後期カストロに多くを負って、その当否は別としても、ダイナミックで魅力的なテーゼを提示している。

以上、いくつかカストロから影響を受けた近年のヨーロッパのセルバンテス批評の一旦をかいま見たが、刺激的かつ挑発的でありながら、緻密な論理性を具えたカストロのセルバンテス理解を超えるほど活き活きと魅力的なものは、いまだ現われていないというのが現状である。本国スペインの生粋的・神話的歴史から自由な他のヨーロッパ知識人にとって、スペインの〈異端者〉アメリコ・カストロは尽きざるインスピレーションの宝庫でありつづけるだろう。

日本におけるカストロ研究は緒についたばかりである。今回の翻訳がきっかけとなってセルバンテスのみならず、カストロへの理解と関心が深まることを切に願わざるをえない。思い返せば、訳者がはじめてカストロと出会ってから四半世紀が経たんとしている。現在でも大学院生のときに最初に読んだ『セルバンテスの思想』のことがいつも頭にあって、問題が浮かぶたびにアメリコ・カストロは何と言っていたかなと、そこに戻っていった。私にとってセルバンテス研究の出発点であり、インスピレーションの源であった。この書をいつかきちんと読み直したいと思ってきたが、今回の仕事を通して、翻訳にまさる読みと理解はないことを実感した。

訳文のつたなさはさておき、思い込みによる誤読や事実認識の間違いがあれば、読者諸氏のご叱正をたまわりたい。今回の翻訳を快くお引き受けいただいた法政大学出版局の平川俊彦氏並びに丹念に原稿に目を通していただき、貴重な助言を賜った編集部の秋田公士氏には感謝のしようもない。ここに厚くお礼申し上げたい。なお翻訳に当たって引用文は既存の邦訳をできるだけ利用させていただいたことを、ここにお断りして、謝意を表したい。

人名・地名索引

ア　行

アヴェロエス Averroes　314, 618
アウグスティヌス San Agustín　526, 625
アウソニウス Ausonio　82
アエード Haedo, fray Diego de　542
アガペト Agapeto　638
アグリッパ・デ・ネッテスハイム Agripa de Nettesheim　154
アゴスティーニ・デ・デル・リーオ Agostini de del Río, Amelia　95
アザール Hazard, Paul　505, 514
アストラーナ・マリン Astrana Marín　171
アスピルクエタ Azpilcueta　496
アセンシオ Asensio, J. M.　636
アダン・タヌリー Adam et Tannery　509
アックアヴィーヴァ Acquaviva, cardenal　271-272, 520
アトキンソン Atkinson, William C.　84, 244, 500
アバーテ・マルチェーナ Abate Marchena　54
アバリェ・アルセ Avalle-Arce, J. B.　89, 336, 547
アビラ Avila, Beato Juan de　388
アプライス Apraiz, J.　395, 398
アブリル Abril, Pedro Simón　103, 299
アベリャネーダ Avellaneda　4
アマドール・デ・ロス・リーオス Amador de los Ríos, J.　619
アマヤ・バレンシア Amaya Valencia　396
アメスーア Amezúa, A. González de　105, 170, 179-180, 244, 334, 343, 346, 396, 466, 468, 499, 500, 504, 513, 537, 638,
アヤラ Ayala, Francisco de　501
アリアス・モンターノ Arias Montano, B.　81
アリオスト Ariosto　28, 79, 84, 239, 265, 317, 321, 502, 636
アリストテレス Aristóteles　31-32, 48, 153, 173, 185, 258, 411
アリストファネス Aristófanes　178
アリソン・ピアーズ Allison Peers, E.　328, 516.
アリバウ Aribau, B. C.　316
アルカラ Alcalá　121
アルキアトゥス Alciato　650
アルコ Arco, Ricardo del　346
アルダマ Aldama, Cosme de　350
アルティガス Artigas, M.　545
アルフォンソ（賢王）Alfonso el Sabio　330, 522
アルベルティ Alberti, León Bautista　285, 340, 628
アルベルトゥス・マグヌス Alberto Magno　107
アルヘンソーラ Argensola, Bartolomé L.　334
アレティーノ Aretino　147, 181, 626
アレマン Alemán, Mateo　31, 83, 375, 377, 400, 421, 626
アロンソ Alonso, Amado　511, 657
アロンソ Alonso, Dámaso　169, 328, 528
イカサ Icaza, F. A. de　17, 19, 188
イスラエル Israel　73-74

イソクラテス Isócrates　593-595, 638, 644
イタリア Italia　371
イネス・デ・ラ・クルス Inés de la Cruz, sor Juana　521
イリアルテ Iriarte, M. de　74, 107
インドライン Ynduráin, Francisco　100, 620
ウァイスバッハ Weisbach, Werner　506
ヴァッラ Valla, Lorenzo　30, 235, 277, 315
ヴァラニーニ Varanini, G.　509
ヴァルキ Varchi, Benedetto　32, 317
ウアルテ・デ・サン・フアン Huarte de San Juan, Juan　72-74, 416
ヴァン・バイステルベルト Van Beysterveldt, A. B.　95
ヴィダール Vidart, Luis　10
ヴィラール Vilar, Pierre　388
ウィリス Willis, R. S.　164
ヴィレー Villey, P.　21, 185, 239, 332, 507, 631
ヴェドリーヌ Védrine, Hélène　508
ウェルギリウス Virgilio　28, 35, 280
ウエルタ Huerta, Gerónimo de　316
ヴォルテール Voltaire　551
ウナムーノ Unamuno, Miguel de　12, 199
ウルタード・デ・メンドーサ Hurtado de Mendoza, Antonio　188, 591
エジプト Egipto　73
エシュラン Oechslin, R. L.　328
エスカランテ Escalante, Bernardino de 386
エステーリャ Estella, fray Diego de 551
エスピーナ Espina, Concha　239
エスピネル Espinel, Vicente　165, 375, 380, 539
エチェゴーエン Etchegoyen G.　327
エティエンヌ Estienne, Henri　243, 528
エラスムス Erasmo　27-28, 64, 81, 103, 105, 130-133, 186, 207, 211, 262-263, 269, 272, 274, 281, 291-293, 295-296, 300, 314, 321-322, 329, 331-332, 335, 349, 354, 363, 409, 429, 442, 445, 447-452, 462, 485, 488, 492, 495, 497-499, 507, 521-524, 528, 530, 532, 534, 546-547, 551, 557, 580-581, 600-601, 647
エリオット Eliott, J. H.　543
エレーロ・ガルシーア Herrero García, M.　334, 389, 391, 393-396, 471, 537, 539
エントゥイッスル Entwistle, W. J.　244
オウィディウス Ovidio　279- 280, 644
オステルク Osterč, L.　329-330, 344, 346, 523, 539, 624
オスーナ Osuna, Francisco de　519
オッカム Ockham, Guillermo de　415
オックスフォード Oxford　121
オティス Otis, H. Green　107
オリベール・アシン Oliver Asín, J.　392
オリベール Oliver, Miguel de los Santos 4
オルティス・ルシオ Ortiz Lucio, Francisco　340
オルテガ・イ・ガセー Ortega y Gasset, J.　4, 168, 178, 244, 399, 499
オルドーニェス Ordóñez, D. Alonso　83
オルドーニェス・デ・セバーリョス Ordóñez de Ceballos　539
オルネード Hornedo, P. R. M. de　80, 328, 505
オルメード Olmedo, F. G.　341
オロスコ・ディーアス Orozco Díaz, E. 80
オロスコ Horozco, S. de　27
オーヨ Hoyo, Arturo del　394

カ 行

カイザー Kayser, W.　164
ガオス Gaos, Vicente　236
カサルドゥエロ Casalduero, Joaquín　92, 95, 240, 244, 334, 394, 512, 516
カサーレス Casares, J.　341
ガシャール Gachard, M.　366
カスカーレス Cascales, F.　25
カスタニェーガ Castañega, Fr. Martín de　72, 107
カスティリオーネ Castiglione, Baltasar　67, 132-133, 215, 223, 228, 235, 237, 249-250, 254, 262, 273, 280, 304, 325, 351, 354, 363-364, 385, 391, 495, 575, 606, 640, 642, 645, 650
カステルヴェトロ Castelvetro　30
カストロ Castro, Guillén de　239
カストロ Castro, Guisasola, F.　78, 384
カタリーナ Catalina, J.　339
カッシーラー Cassirer, Ernst　315
カトー（大）Catón　187
カナヴァジオ Canavaggio, Jean-François　84
カナレハス Canalejas, Francisco de Paula　15
ガニベー Ganivet, Angel　10
カノバス・デル・カスティーリョ Cánovas del Castillo, A.　53
カプリアーノ Capriano, Giovanni Pietro　34
カブレーラ Cabrera, Alonso de　170
カペラン Capéran, L.　442, 525
カモン・アスナール Camón Aznar, J.　505
カランサ Carranza, Bartolomé de　551
カランサ Carranza, J.　66
ガリシア Galicia　373
ガリャルド Gallardo, B. J.　506, 649
ガリレオ Galileo　21, 50, 152, 182, 316, 412, 418
ガルシア・カルデロン García Calderón　94
ガルシア・デ・ディエゴ García de Diego　388
ガルシア・マルケス García Márquez, Gabriel　168
ガルシ・オルドーニェス・デ・モンタルボ Garci-Ordóñez de Montalvo　609
ガルシラーソ Garcilaso　29, 168, 261, 264
カルダーノ Cardano, Girolamo　185, 314, 322
カルタヘーナ Cartagena, Alonso de　619, 649
カルデナル Cardenal, M.　620
カルデロン・デ・ラ・バルカ Calderón de la Barca　106, 464, 467, 490, 530, 562, 641, 651
カルドーゾ Cardoso, Isaac　320
ガルベス・デ・モンタルボ Gálvez de Montalvo, Luis　38, 89
カルペンティエール Carpentier, Alejo　168
カレーラス・アルタウ Carreras Artau, T.　16
カーロ Caro, Rodrigo　291
カンシーノス・アセンス Cansinos Assens, R.　544
カンパナーレ Campanale, D.　508
カンパネッラ Campanella　153-155, 184, 223, 260, 317, 320, 322, 412, 417-418, 420
カンポス Campos, J. de　329
キケロ Cicerón　71, 187, 274, 387, 442, 644
ギナール Guinart, Roque　572
キニョーネス・デ・ベナベンテ Quiñónez de Benavente　171
キャメロン Cameron, Allen　185
ギルマン Gilman, Stephen　400

キローガ Quiroga, Gaspar de　366
グァダルーペ（寺院）Guadalupe, santuario de　425
グィッチャルディーニ Guicciardini　550, 609
クエバ Cueva, Juan de la　24, 141
クザーヌス Cusa, Nicolás de　235, 258, 260, 315
グティエレス Gutiérrez, M.　338
クライン Klein, Julius　53, 97, 459, 464
クラウス Kraus, Werner　245, 330, 536
グラシアン Gracián, Baltasar　394
グラシアン・ダンティスコ Gracián Dantisco　343
グラシアン Gracián, Diego　81, 595, 638, 644
グラナダ Granada, Fr. Luis de　81, 169, 314, 327, 332, 440, 445, 525, 622, 625, 633
クラーンジュ Coulange, L.　527
グリース Gries, J. D.　536
グリスマー Grismer, R. L.　15
グリッリ Grilli, A.　631
グリルパルツェル Grillparzer　198
グレコ Greco, El　608, 655, 657
グレゴリウス13世 Gregorio XIII　427
クレメンシン Clemencín　5, 18, 149, 190, 229, 247, 309, 344, 404, 449, 540, 644
クレメンス Clemente, Alejandrino　526
クレメンツ Clements, R. J.　84
クローチェ Croce, B.　20, 79, 174, 320
クロフォード Crawford, J. P. Wickhersham　391
ゲーテ Goethe　6
ゲバラ Guevara, Fr. A. de　80, 285-286
ケプラー Keplero　182, 316
ケベード Quevedo, Francisco de　51, 160, 262, 266, 375, 401, 446, 509, 517, 620
ゲリエリ・クロチェッティ Guerieri-Crocetti　90
ケルスス Celso　526
ゲルハルト Gerhardt, M. I.　87
ゴサイン Gothein, E.　505, 551
コシーオ Cossío, M. B.　657
コタレーロ Cotarero, A.　171
コック Cock, E.　517
ゴマラ Gómara, F. L.　307
コミーネス Comines, Felipe de　188
ゴメス・ペレイラ Gómez Pereira　320
ゴリーノ Golino, C. L.　509
コルテホエヴィウス Cortehoevius, Teodrico　528
コルデーロ Cordero, Juan Martín　299, 305, 619-620, 623, 650
コルドバ Córdoba, Sebastián de　82
コロンナ Colonna, cardenal　271
ゴンゴラ Góngora, Luis de　397, 545
ゴンサーレス González, Juan Angel　385
ゴンサーレス・オルメード González Olmedo, F.　340
ゴンサーレス・デ・ラ・カーリェ González de la Calle, P. Urbano　620
ゴンサーレス・パレンシア González Palencia, A.　636
ゴンサーレス・ジュベラ González-Llubera, I.　108

サ　行

サヴィ・ロペス Savj-López　4, 11, 78, 167, 182, 398
サパータ Zapata, A.　497
サブリエ Sabrié　343
サーヤス Zayas, María de　591
サリーリャス Salillas, Rafael　107
サリーナス Salinas, P.　164
サルセード Salcedo, Emilio　396
サルセード Salcedo Ruiz, A.　15
サロモン Salomon, Noël　171

ザンタ Zanta, L.　618-619, 636
サンタ・クルス Santa Cruz, Merchor de 302
サンタ・テレサ Santa Teresa　327, 424, 516, 533
サンチェス・エスクリバーノ Sánchez Escribano, F.　325
サンティアゴ Santiago, Apóstol　425, 487
サンナザーロ Sannazaro (*La Arcadia*) 27, 276, 336
サン・パブロ（聖パウロ）San Pablo 263-264, 487, 525
サン・フアン・デ・ピエ・デ・プエルト San Juan de Pie de Puerto　74
サン・フランチェスコ（聖フランチェスコ）San Francisco　315, 424
サン・ホルヘ San Jorge　487
サン・マルティン San Martín　487
サン・ユスティヌス San Justino　525
ジィーランスキー Zielinski, Th.　529
シェイクスピア Shakespeare　3, 6, 22, 181, 420, 654
シェリング Schelling　172
ジエルツィンスキー Gierczynski, Z. 632
ジェンティーレ Gentile, G.　249, 317, 319-320, 417, 508, 623, 629, 643
シグエンサ Sigüenza, fray José de　81, 313, 339
シクロフ Sicroff, A. A.　536
シャイフル Scheichl, F.　465
シャスル Chasles, Émile　4, 248, 290
シャック Schack, Conde de　25, 53, 536
シャルボネル Charbonnel, J. R.　182, 185, 322, 509
シャロン Sharron, Pierre　306, 343
シュヴァリエ Chevarier, J.　182, 503
シュヴィル Schevill, R.　4, 12, 40, 46, 78, 92, 95, 165, 167, 171, 181, 199, 320, 330, 333, 384, 516-517, 538, 541-542, 624
シュタムレル Stammler, Wolfgang　356, 415
シュピッツァー Spitzer, Leo　89, 500, 503
シュレーゲル Schlegel, G. de　199
シュレーゲル Schlegel, W. von　536
ジョフラウ Jofreu, Pedro Antonio　183
ジリオ Giglio　339
シルエーロ Ciruelo, Pedro　152, 181, 183-184
シルバ・ヘルツォク Silva Herzog, J. 346
ジレット Gillet, J. E.　164
シロ Cirot, Georges　240, 242, 530, 636
スアーレス・デ・フィゲロア Suárez de Figueroa, C.　359, 540
スエトニウス Suetonio　450
スカリジェロ Scalígero　32
スコトゥス Scoto, Duns　415
スターキー Starkie, Walter　334
スタッグ Stagg, G.　336
スニガ Zúñiga, Juan de　272
ズバルビ Sbarbi, J. M.　519
スピノザ Spinoza　577
スピンガーン Spingarn　84, 92, 94
スペイン España　71, 372
スーンズ Soons, Alan　181
セスペデス Céspedes, Gonzalo de　637
セニャル Ceñal, Ramón　320
セネカ Séneca　327, 384, 555-556, 575, 577, 600, 623, 628, 649
セプルベダ Sepúlveda, Ginés de　444
セム・トブ Sem Tob　107
セラーノとサンス Serrano y Sanz　330
セルバンテス・デ・サラサール Cervantes de Salazar, F.　80, 644
ソクラテス Sócrates　299, 442
ソラリンデ Solalinde, A. G.　167, 330
ゾルゲル Solger　200

タ 行

タッソ Tasso, Torcuato 30-31, 37, 413, 420, 509
タマーヨ・デ・バルガス Tamayo de Vargas 187
タマラ Thámara, Francisco 300
ダリーオ Darío, Ruben 168
ダンテ Dante 3, 18, 315, 525, 628
チアルド Ciardo, M. 508
チャコン・イ・カルボ Chacón y Calvo 334
チャン Cian, Vittorio 133, 237, 343, 351
チャンドラー Chandler, F. W. 399
チンティオ Cintio, Giraldo 491-492
ツウィングリ Zwinglio, H. 445
ツェリ Zeri, F. 505
ツルゲーネフ Turguenef 6
ディーアス・デ・ベンフメーア Díaz de Benjuméa, Nicolás 5, 200
ディーアス・デ・トレード Díaz de Toledo 619
ディエゴ Diego, Gerardo 169
ディオン Dión 638
ティーク Tieck 15, 200, 236, 244
ティモネーダ Timoneda, Juan de 648
ティルソ・デ・モリーナ Tirso de Molina 106, 393, 421, 467
デカルト Descartes 22, 50, 125, 135, 151, 412, 419, 499, 511, 582
デクジィ Descouzis, P. M. 512
デジョブ Dejob, Ch. 505
テート Tate, R. B. 341, 387
テレジオ Telesio, Antonio 320
テレジオ Telesio, Bernardino 182, 184, 262-263, 319, 412, 560, 640
テレンシウス Terencio 133
デ・ロリス（ロリスをみよ）
デンツィンガー Denzinger 526
ドイツ Alemania 473
トスタード Tostado, Alfonso el (Alfonsi Tostati) 442, 527
トッファニン Toffanin, G. 4, 29-30, 32, 83-84, 94
ドピーコ Dopico, Blanca 239
トマス・アクイナス（聖トマス）Santo Tomás de Aquino 441, 621, 642
ドミンゲス・ベルエータ Domínguez Berrueta, J. 328
ドラクロワ Delacroix, P. 620
トラフマン Trachman, S. Edith 239
トランケ Trinquet, R. 631
トリスメギストス Trismegisto, Mercurio 444
トルケマーダ Torquemada, Antonio de 106, 178-180, 318, 329, 623, 627, 645
トーレ Torre, Alonso de la 174
ドレーク Drake, Dana B. 15
トーレス・ナアロ Torres Naharro 79, 461, 601
トーレス・ランサス Torres Lanzas 517
トレンド Trend, J. B. 336
トロイロ Troilo, E. 184, 319, 623

ナ 行

ナサリオ・デ・サンタ・テレサ Nazario de Santa Teresa 328
ナザール Nasarre, B. 97
ナバーラ Navarra 74
ナバーロ・トーマス Navarro Tomás 321
ナバーロ・レデスマ Navarro Ledesma 187, 377
ヌーニェス Núñez, Hernán 291
ヌーニェス・デ・カストロ Núñez de Castro, Alonso 188
ヌーニェス・デ・ベラスコ Núñez de Velazco, Francisco 386
ネッテスマイム Nettesheim, Agripa de 153

ネブリーハ Nebrija, A. de　341
ノヴァーリス Novalis　119
ノーサップ Northup, G. T.　334, 617, 640
ノラック Norhac, P. de　185

ハ 行

ハイネ Heine　6, 13, 464, 499
ハウザー Hauser, A.　505
バエーサ Baeza　74
ハー・コーエン Ha-Kohen, Yosef　74
バタイヨン Bataillon, M.　81, 103, 105, 240, 245, 329, 336, 338-339, 341, 400, 504-505, 513, 524
パッツィ Pazzi　30
ハッツフェルト Hatzfeld, H.　188, 328, 503, 512, 539
バッティスタ Battista, Anna M.　631
パドヴァーノ Padovano　626
ハドリアニ・ジュニー Hadriani Junii 329
バビンゲル Babinger, Georg　240
パペル Papell, A.　620
ハメーテ Hamete, Cide　448
バラオーナ・デ・ソート Barahona de Soto, L.　314
パラケルスス Paracelso　153
ハリー Haley, G.　164
バリェス Vallés, Lic. Francisco de　81
バルガス・リョサ Valgas Llosa, Mario 169
バルザック Balzac, H. de　143
バルーズィ Baruzi, Jean　327
バルデス Valdés, J. de　80, 298-299, 592
バルブエナ Valbuena, Angel　184, 530
バルベリーノ Barberino, Andrea da　80
パルミレーノ Palmireno, L.　300
ハレーニョ Jareño, E. F.　334
バレーラ Valera, Diego de　330
バレーラ Valera, Juan　10
バレンシア Valencia　372
バレンシア・デ・ドン・フアン Valencia de Don Juan　287
ハーン Haan, F. de　399
ハンラハン Hanrahan, Th.　516
ピコ・デッラ・ミランドラ Pico de la Mirándola, J.　235, 260, 262, 276, 442, 527
ビセンス・ビーベス Vicens Vives, J. 543
ピッコロミーニ Piccolomini　30, 32
ビニャサ Viñaza, Conde de la　338
ピノー Pineau, J. B.　322, 505, 528, 532, 534
ヒバネル・イ・マス Givanel y Mas　334
ビーベス Vives, Luis　75-76, 82-83, 129, 133, 160, 179, 349, 596, 601, 604, 640, 642
ヒメーネス・パトン Jiménez Patón, B. 535
ビヨンド Biondo, Flavio　385
ビラノーバ Vilanova, Antonio　175, 325, 513
ピランデッロ Pirandello　467, 563, 646
ビリャロン Villalón, Cristóbal de　299, 330
ビルエース Virués, C. de　24
ヒル・ポーロ Gil Polo, G.　38
ピンシアーノ Pinciano, Alonso López 25, 33, 38, 47-49, 85, 93, 203, 337, 535, 602
ファリネッリ Farinelli, A.　619
フアン・デ・ラ・クルス Juan de la Cruz, San　328
フアン・マヌエル Juan Manuel, Don 83, 352
フィオレンティーノ Fiorentino　314
プイグブランチ Puigblanch, Antonio 545
フィチーノ Ficino, Marsilio　27, 107, 235, 260, 262

フィッツモーリス・ケリー Fitzmaurice-Kelly 4, 7
フェリペ二世 Felipe II 365, 608
フェリペ三世 Felipe III 48
フェルナンデス・デ・エレディア Fernández de Heredia, Juan 416
フェルナンデス・デ・オビエード Fernásndez de Oviedo, G. 81, 342
フェルナンデス・デ・ナバレーテ Fernández de Navarrete, M. 4, 187
フェルナンデス・デ・ベラスコ Fernández de Velazco, Pero 83
フェルナンデス・ブラッソ Fernández-Brasso, M. 168
フエンテ Fuente, V. de la 342
フエンテス Fuentes, Alonso de 81
フォクス・モルシーリョ Fox Morcillo 173
フォスラー Vossler, Karl 18
フォレンゴ Folengo 317
フォンセカ Fonseca, arzobispo de Toledo 409
フシーリャ Fusilla, Joseph G. 104
ブソン Busson, H. 106-107, 169, 316, 507, 550, 618
ブター Butor, M. 631
プラッタール Plattard 21
プラトン Platón 36, 82, 173, 289, 292
フラミーニ Framini 320
ブランコ・アギナーガ Blanco Aguinaga, Carlos 397
ブランシェ Blanchet, L. 176, 184-185, 260, 320, 322, 508, 510, 623
フランドル Flandes 368
フリア Juliá, E. 15-16
プリニウス Plinio 107, 289, 530, 644
プリモ・デ・リベーラ Primo de Rivera, Miguel 345
プルガール Pulgar, Fernando del 83
ブルクハルト Burckhardt 335, 386
プルースト Proust, Marcel 87
プルタルコス Plutarco 81
プルチ（モルガンテ）Pulci (*Morgante*) 27, 644
ブルーノ Bruno, Giordano 249, 260, 317, 350, 411, 417, 420, 508
フレーカー Fraker, Ch. F. 344
プレドモア Predmore, R. L. 87, 164, 176, 240
ブレンターノ Brentano, M. B. 328
プロアーサ Proaza, Alonso de 340
フロスト Frost, B. 328
ブロセンセ Brocense, El 627
プロティノス Plotino 260
フローベール Flaubert 163
ベイエ Baillet 419
ヘインズワース Hainsworth, G. 516
ベーコン Bacon, F. 94
ペッレグリーニ Pellegrini, S. 501
ペトラルカ Petrarca 185, 203, 285, 315, 321, 349, 600, 628
ベナリー Benary, F. 415
ベネーガス Venegas, Alejo 80, 300
ヘフディンク Höffding, H. 417, 509
ベラスケス Velázquez, Diego 462
ベラスケス・デ・ベラスコ Velázquez de Velazco, A. 350
ベラルミーノ Belarmino, cardenal 418
ヘリオドーロス Heliodoro 24, 48, 81, 88, 93, 163
ベル Bell, A. F. G. 342
ベルガラ Vergara, J. de 300
ベルセオ Berceo, Gonzalo de 330
ヘルダー Herder 119
ベルトラン Bertrand, J.-J. A. 14-15, 119, 172, 236
ベルナール（サラ）Bernhardt, Sarah 87
ベルモンテ Belmonte, marquéz de 393
ペレイラ Pereyra, C. 391
ペレイラ Pereyra, P. 444
ペレス Pérez, Bernardo 131

ペレス・ガルドス Pérez Gardós, Benito 241
ペレス・クロテット Pérez Clotet 620
ペレス・デ・オリーバ Pérez de Oliva, H. 342, 644
ペレス・デ・グスマン Pérez de Guzmán, Fernán 386-387, 619, 643
ペレス・パストール Pérez Pastor 542
ヘロドトス Heródoto 31
ベンボ Bembo, Pietro 129, 133, 298, 351, 385
ボイヤルド Boyardo 351
ボウテルウェック Bouterwek 119
ボウル Bowle 566, 644
ボエムス Boëmus 339
ボエーメル Boehmer, E. 338
ボスカン Boscán 29
ボッカッチョ Boccaccio 80
ボッキ Bocchi, Franc 386
ホニクスヴァルト Honigswald, R. 248, 260, 317
ボニーリャ・サンマルティン Bonilla Sanmartín, A. 25, 40, 44, 46, 49, 78, 91-92, 95, 164, 167, 171, 173, 176-178, 181, 187, 190, 248, 320, 330, 333, 338, 384, 466, 516-517, 538, 541-542, 546, 624
ホメロス Homero 35
ホラティウス Horacio 133, 343
ポリツィアーノ Poliziano, Angelo 285
ポリドーロ・ヴィルジリオ Polidoro Virgilio 159, 179, 647
ポルタ Porta, Della 154
ボルツァ Bolza 321
ポルピュリオス Porfirio 36
ポンポナッツィ Pomponazzi, Pietro 31, 71, 185, 618

マ 行

マイネス Máinez, J. L. 14, 199
マエストゥ Maeztu 12
マクリ Macri, Oreste 512
マクリーン MacLean, Malcom D. 240, 500
マクロヴィウス Macrobio 449
マッジ Maggi 32
マーデン Marden, C. 86
マラスト Marrast, R. 95
マラバール Maravall, J. A. 388, 507, 513
マリアーナ Mariana, P. 517, 530, 547
マール Mâle, E. 80, 505
マルキュ Marcu, Eva 631
マルケス・ビリャヌエバ Márquez Villanueva, F. 171, 328, 336, 400, 516
マルティ Martí, Juan 184
マルティアーリス Marcial 30, 82
マルティ・グラハーレス Martí Grajales, F. 416
マルティーネス・デ・ブルゴス Martínez de Burgos, Fr. Juan 309
マルティーネス・デ・メディナ Martínez de Medina, Gonzalo 345
マルドナード・デ・ゲバラ Maldonado de Guevara, F. 505
マル・ラーラ Mal Lara, Juan de 82, 84, 170, 191, 203, 211, 215, 236, 262, 275, 279, 288, 291-296, 307, 337, 354, 364, 440, 486, 538, 549, 571, 601, 615, 644-645, 647, 650
マロン・デ・チャイデ Malón de Chaide 81
マンリーケ（異端審問官）Manrique, inquisidor general 409
ミラ・イ・フォンタナルス Milá y Fontanals 7, 189
ミラベント Mirabent, F. 505
ミリェ・イ・ヒメーネス Millé y Jiménez 537
ミルネール Milner, M. 328

ミロー Milhaud, G.　182
ムツィオ Muzio, Girolamo　46
メシーア Mexía, Pero　80, 191, 210, 262, 333, 339, 349, 354, 595, 626, 638, 646
メーナ Mena, Juan de　309
メネセス Meneses, fray Felipe de　473, 506
メネンデス・ピダル Menéndez Pidal, Ramón　5, 248, 251, 386
メネンデス・ペラーヨ Menéndez Pelayo, Marcelino　4, 8-11, 13, 15, 24-25, 38, 40, 44, 49, 52, 79, 89, 101-102, 119, 172-174, 188, 229, 238, 241, 251, 261, 288, 313, 320, 342, 374, 384, 398, 409, 429-430, 448, 524, 633, 638, 646, 654
メリメ Mérimée, E.　618
メルセーヌ Mersenne　419
メルチョール・カーノ Melchor Cano　81
メーレ Mele, E.　636
メンディサーバル Mendizábal, Rufo　18
メンデス・デ・シルバ Méndez de Silva, Rodrigo　188
メンドーサ Mendoza, Bernardino de　618
モドネーゼ Modonese, Pietro Lauro　524
モーベー Morby, E. S.　338
モーラ Mora, Domenico　386
モラティン Moratín, Leandro F. de　100
モラーレス Morales, Ambrosio de　302-303
モラーレス・メドラーノ Morales Medrano, Juan de　171
モリエール Molière　22, 591
モーレル・ファティオ Morel-Fatio, A.　4, 9, 16, 19, 271, 308, 345, 359, 388, 454, 466
モロジーニ Morosini, Gioan Francesco　366
モンテシーノス Montesinos, J. F.　638-639
モンテーニュ Montaigne, Miguel de　21, 71, 161, 185, 255, 281, 306, 309, 313, 332-333, 335, 411, 420, 553, 559, 580-581, 583-584, 588, 656
モンテマヨール（ディアナ） Montemayor　38, 165, 229, 238, 253, 287, 290, 567
モンドルフォ Mondorfo, R.　508

ラ　行

ライナ Rajna, Pío　321
ライリー Riley, E. C.　84, 87, 89, 236, 245, 249, 336
ラ・グローン La Grone, C. G.　637
ラ・ゴレータ La Goleta　365
ラサロ・カレテール Lázaro Carreter, Fernando　100, 400
ラシーヌ Racine　87
ラスカリス・コンメーノ Lascaris Comneno, C.　620
ラバンド・ジャンロワ Labande-Jeanroy, Thérèse　343
ラ・ファイエット（夫人） La Fayette, Mme. de　163
ラフランキーノ Lafranchino, Cristóforo　385
ラブレー Rabelais　22, 188
ラペサ Lapesa, Rafael　511, 516
ラミーレス Ramírez, Alejandro　618
ラーラ Larra　371
ラレード Laredo, Bernardino de　327
ランズベルク Landsberg, P. L.　415
ランソン Lanson, G.　94, 637
リー Lea, H. Ch.　540
リヴァデネイラ Rivadeneyra, P. Pedro　366
リウス Ríus, L.　4, 10, 13, 15

リーオス Ríos, Fernando de los　507
リケルメ Riquelme, José　190
リーダ Lida, María Rosa　344, 391, 620
リーダ Lida, Raimundo　618
リプシウス Lipsio, Justo　553-554, 557, 581-582, 627
リーベル Riber, L.　75
ルイス・デ・アラルコン Ruiz de Alarcón, Juan　53
ルカーヌス Lucano　93
ルキアノス Luciano　28
ルセーナ Lucena, Juan de　528
ルソー Rousseau　551
ルード Röd, W.　510
ルニエ Renier, R.　200
ルネール Rennert, H. A.　100, 336
ルビア・バルシア Rubia Barcia, J.　164
ルビオ Rubio, David　14
ルフェーヴル Lefévre, R.　510
ルボア Lebois, A.　164
レイ Rey, P. Eusebio　536
レオナルド・ダ・ヴィンチ Leonardo da Vinci　316
レオン León, fray Luis de　83, 173, 298, 303, 421
レオン・エブレオ León Hebreo　25-26, 43, 46, 84, 127, 194, 223, 227-228, 230-235, 249, 252, 254, 262, 273, 314, 349, 606, 645
レオン・テーリョ León Tello, Pilar　75
レグラ Reglá, Juan　543
レージェス Reyes, Alfonso　643
レストレーポ Restrepo, J. Miguel　190
レビーリャ Revilla, Manual de la　17
レレティエ Lhérétier, A.　631
ロエベ Loewe　416
ローゼンクランツ Rosenkranz, K.　101
ロダーハ Rodaja, Tomás　161
ロッシ Rossi　336, 340
ロディギーノ（ロディギヌス） Rhodigino, Celio　317, 644
ロドリーゲス・ビーリャ Rodríguez Villa, A.　345
ロドリーゲス・マリン Rodríguez Marín　5, 7, 18-19, 77, 178, 189, 198, 229, 237, 241, 253, 314, 344, 396, 499, 532-533, 536, 541, 570, 631, 636
ローハス Rojas, Fernando de　76, 261
ロハス・ソリーリャ Rojas Zorrilla, F. 190, 591
ロフラソ Lofraso, Antonio de　17
ロペス・エストラーダ López Estrada, F. 89, 336
ロペス・デ・オーヨス López de Hoyos, Juan　63-64, 103
ロペス・デ・メンドーサ（サンティリャーナ） López de Mendoza, Iñigo (Santillana)　24, 49, 188
ロペ・デ・ベーガ Lope de Vega　8, 26, 51, 54-55, 57-58, 77, 83, 86, 92, 100, 159, 190, 268, 296, 338, 341, 368, 375, 392, 419, 421, 464, 467, 530, 538, 559, 637, 639, 641
ロボルテッリ Robortelli, Francesco　31, 35, 47, 84, 91
ロメーロ Romero, Carlos　92
ロリス Lollis, C. de.　17, 80, 86, 92-93, 116-118, 143, 151, 159, 163, 181, 186, 399

ワ 行

ワトキン Watkin, E. I.　505

Abril, Pedro Simón, *Apuntamiento de cómo se deben reformar las doctrinas*, BAE, LXV.
Agapeto, *Del oficio y cargo de rey*.
Agostini de del Río, Amelia, *El teatro cómico de Cervantes*, BRAE, XLV, 1965, 64-116.
Alberti, Leon Battista, *Della famiglia*, 1441. Teogenio.
Alberto Magno, Mineralium libri V.
Alciato, *De la manera del desafío*, Amberes, 1558.
Aldama, Cosme de, *Invectiva contra el vulgo y su maledicencia*, Madrid, BAE, XLIV.
Alemán, Mateo, *Guzmán de Alfarache*, 1599.
Alfonso X, *General Estoria*.
Allison Peers, E., "Cervantes in England", BHS, XXIV, 1947, 226-238.
Alonso, Amado, "Don Quijote, no asceta, pero ejemplar caballero y cristiano", NRFH, II, 1948, 333-359.
——*El impresionismo en el lenguaje*, Buenos Aires, Instituto de Filología, Colección de Estudios Estilísticos, II, 1936.
——*Estudios lingüísticos*, Madrid, Gredos, 1967.
Alonso, Dámaso, *La poesía de San Juan de la Cruz*, Madrid, 1942. 2.ª, 1946.
——*Sobre Erasmo y fray Luis de Granada (De los siglos oscuros al de Oro)* Madrid, 1958.
——"*Tirant-lo-Blanc*, novela moderna", *Primavera Temprana de la Literatura Europea*, Madrid, 1961, 203-253.
Amaya Valencia, E., "El picarismo en las Novelas Ejemplares", *Revista de las Indias*, XXXI, 1947, 263-272.
Amezúa, González, *Cervantes, creador de la novela corta española*, Madrid, 1956-1958, 2 vols.
Apraiz, J., *Las novelas ejemplares*, 1901.
——*Cervantes vascófilo, o sea, Cervantes vindicado de su supuesto antivizcaíno*, Vitoria, 1895.
Arco, Ricardo del, "Posición de Cervantes ante el gobierno y la administración", RABM, LIX, 1953, 179-228.
Aretino, *Il ragionamento del Zoppino*, 1584.
——*Le carte parlanti*, 1543 *(Dialogo del divin Pietro Aretino, nel quale si parla del giuoco con moralità piacevole)*.
Arias Montano, B., *Retórica*, 1569.
Artau, T. Carreras, *La Filosofía del derecho en el Quijote*, 1905.
Artigas, M., *Don Luis de Góngora*...Madrid, 1925.
Asensio, J. M., "El Loaysa de *El Celoso extremeño*", BRAE, XLII, 1906, 442-445.
Astrana Marín, L., *Vida ejemplar y heroica de Miguel de Cervantes*, Madrid, 1948-1958.
Atkinson, William C., "Cervantes, el Pinciano, and the *Novelas Ejemplares*", HR, XVI, 1948, 189-208.
Avalle-Arce, J.B., *La novela pastoril española*, Madrid, 1959.

Ayala, Francisco, "El arte nuevo de hacer novelas", *La Torre*, XXI, 1958, 81-90.
Babinger, Georg, "Die Wanderungen und Wandelungen der Novelle von Cervantes — El curioso impertinente —", *Romanische Forschungen* XXXI, 1912, 486-549.
Bataillon, Marcel, *Erasmo y España*, México, 1966, 2.ª edic.
——"Cervantes et la «mariage chretien»" BH, XLIX, 1947, 129-144.
——"Matrimonios cervantinos", *Realidad*, II, 1947, 171-182.
——"Honneur et Inquisition", BH, 1925, XXVII, 5-17.
——*Cervantes penseur*, R de LC, VIII, 1928.
——"Alonso de Valdés, auteur de *Mercurio y Carón*", *Homenaje a Menéndez Pidal*, I, Madrid, 1925, 404-415.
Baruzi, Jean, *Sainte Jean de la Croix et le problème de l'expérience mystique*, París, 1924.
Battista, Anna M., *Alle origini del pensiero politico libertino: Montaigne et Charron*, Milán, 1965.
Bell, A. F. G., *Luis de León*, Oxford, 1925.
——"The Character of Cervantes", Rhi, LXXX, 1930, 635-717.
Bembo, Pietro, *Gli Asolani*, 1505 (*Los Asolanos*, Salamanca, 1555).
——*Prose della volgar lingua*, 1525.
——*Opere italiane*.
——*Rime*, Venecia, 1573.
Benary, F., *Zum Geschichte der Stadt und Universität Erfurt*, Gotha, 1919.
Bertrand, J. J. A., *Cervantès et le romantisme allemand*, París, 1914. nueva edición, refundida y traducida al español: *Cervantes en el país de Fausto*, Madrid, 1950.
——"Renacimiento del Cervantismo romántico alemán", AC, IX, 1961-62, 143-157.
Biondo, Flavio, *De litteris et armis comparatio*, 1460 (dedicada al duque Borso de Este).
Blanco Aguinaga, Carlos, "Cervantes y la picaresca. Notas sobre dos tipos de realismo" NRFH, XI, 1957, 313-342.
Bocchi, Franc., *Sopra la lite delle armi et delle lettere*, Florencia, 1580.
Boehmer, E., *Spanish Reformers*, I, Estrasburgo-Londres, 1874.
Boëmus y Giglio, *El libro de las costumbres de todas las gentes*, Amberes, 1556.
Bolza, *Manuale ariostesco*, 1866.
Bonilla Sanmartín, A., *Cervantes y su obra*, 1916.
——"Erasmo en España", *Review Hispanique*, 1907, XVII, 502.
Branchet, L., *Les antécédents historique du Je pense donc je suis*, París, Alcan, 1920.
——*Campanella*, 1920.
Brentano, M.B., *Nature in the Works of Fray Luis de Granada*, Washington, 1936.
Brantôme, *Rodomontades*, 1665.
Bruno, Giordano, *De l'infinito, universo e mondi*, 1584.
Busson, H., *Sources et développement du rationalisme*, 1922, *Bibliothèque de la Société d'Histoire ecclésiastique de la France*.
Butor M., introducción a la ed. de los *Essais* de Montaigne hecha por A. Lhérétier, París,

1964-1965, 4 vols.
Cameron Allen, Don, *Doubt's Boundless Sea (Skeptcism and Faith in the Renaissance)*, Johns Hopkins Press, Baltimore, 1964.
Camón Aznar, J., "El estilo trentino", R de IE, III, 12, 1945, 429-442.
Campanale, M., "Esperienza e ragione nel pensiero di Galilei", *Giornalo di Metafisica*, XIX, 1967, 752-778.
Campanella, *Astrologicorum libri* VI, 1629.
Canalejas, F. de la Paula *Estudio de la historia de la filosofía española*, 1869 (Ríus, III, 66 y sigs.).
Canavaggio, Jean-François, "Alonso López Pinciano y la estética literaria de Cervantes en *el Quijote*" AC, VIII, 1958, 13-107.
Cano, Merchor, *De locis theologicis*, 1563.
Cansinos Assens, R. "Cervantes y los judíos españoles", *Folletos del Centro de Estudios Históricos*, 1916, 720.
Capéran, L., *Le problème du salut des infidèles*, 1912, 2 vols. Bibliothèque de Théologie Historique publiée sous la direction des professeurs de Théologie à l'Institut Cathorique de Paris.
Capriano, Giovanni Pietro, *Della vera Poetica*, 1558.
Cardenal, M., "Algunos rasgos estéticos y morales de Quevedo", R de IE, V, 1947, 31-52.
Cardoso, Isaac, *Philosophia libera*, 1673.
Carpentier, Alejo, *El reino de este mundo*, México, 1949.
——"De lo real maravilloso americano", en *Tientos y diferencias*, Montevideo, 1967.
Casalduero, J., *Sentido y forma de los Trabajos de Persiles y Sigismunda*, Buenos Aires, 1947.
——*Sentido y forma del teatro de Cervantes*, Madrid, 1966, 2.ª edic.
——*Sentido y forma de las Novelas Ejemplares*, Buenos Aires, 1943, 1962.
Casares, J.,"Nebrija y la gramática castellana", BRAE, LI, 1947, 335-367.
Cassirer, Ernst, *Individuum und Kosmos in der Philosophie der Renaissance*, Leipzig-Berlín, 1927.
Castañega, Fr. Martín de, *Tratado muy sotil y bien fundado de las supersticiones y hechicerías*.
Castiglione, Baldassare, *Il Cortegiano*, Venecia, 1528. anotato y illustrato da Vittorio Cian, Firenze, 1910.
Catalina, J., Prólogo a fray José de Sigüenza, NBAE, I, xxx.
Centurión y Córdoba, Adán, *Información para la historia del Sacro Monte, llamado Valparaíso y antiguamente Illipulitano, junto a Granada. Donde aparecieron las cenizas de San Cecilio, San Thesiphon y San Hiscio…y otros Santos discípulos dellos y sus libros escritos en láminas de plomo*, Granada, 1632.
Ceñal, Ramón SJ, "La filosofía española del siglo XVII, *Estudios sobre el Barroco*, número monográfico de la R de UM, XI, 42-43, 1962.
Cervantes de Salazar, a la *Introducción a la sabiduría* de Vives, 1544.

——*Obras que...a hecho, glosado y traduzido*...Alcalá, 1546.
Céspedes, Gonzalo de, *El español Gerardo*, 1615, BAE, XVIII.
Chacón y Calvo, J.M., "El realismo ideal de *La Gitanilla*", *Boletín de la Academia Cubana de la Lengua*, II, 1953.
Chandler, F. W., *La novela picaresca*, Madrid, 1913.
Charbonnel, J. R., *La pensée italianne au XVIe siecle*, 1919.
Charron, Pierre, *De la Sagesse*, 1601.
Chevalier, J., *Descartes*, 1921.
——*L'Arioste en Espagne*, Burdeo, 1966.
Ciardo, M., *Giordano Bruno tra l'umanesimo e lo storicismo*, Bolonia, 1960.
Cicerón, *De Officiis*.
Cirot, Georges, "Gloses sur les «maris jaloux» de Cervantès", BH, XXXI, 1929, 1-74.
——"Encore les «maris jaloux» de Cervantès", BH, ibíd., 339-346.
——"Quelques mots encore les «maris jaloux» de Cervantès" ibíd., XLII, 1940, 303-306.
——"*El Celoso extremeño* et l'histoire de Floire et de Blanceflor", BH, XXXI, 1929, 138-143.
——*Mariana historien*, Burdeos, 1905.
Ciruelo, Pedro, *Reprobación de las supersticiones*, 1556.
Clemente, *Stromates*, lib. VI; *Patrología* de Migne, S. G., IX, 265.
Clements, R.J., "López Pinciano's *Philosophia Antigua Poetica* and the Spanish Contribution to Renaissance Literary Theory: A Review Article", HR, XXIII, 1955, 48-55.
Cock, Enrique, *Jornada de Tarazona*, ed. A. Morel-Fatio y A. Rodríguez Villa, 1897.
Conmeno, Lascaris, "Senequismo y agustinismo en Quevedo", RF, IX, 1950, 461-485.
Cordero, Juan Martín, *La manera de escrevir en castellano*.
——*Las quexas y llanto de Pompeyo* (Traducción de Erasmo) Amberes, 1556.
Córdoba, Sebastián de, *Las obras de Boscán y Garcilaso trasladadas en materias christianas y religiosas*, Granada, 1575.
Cossío, M. B., *El entierro del conde de Orgaz*, 1914.
Cotarelo y Valledor, A., *Teatro de Cervantes*, Madrid, 1915.
——*Cervantes lector*, Madrid, 1943.
Coulange, L., *La Vierge Marie*, París, 1925.
Crawford, J. P. Wickhersham, "The Braggart Soldier and the Rufian in the Spanish Drama of the Sixteenth Century", RR, II, 1911, 186-208.
Croce, B. "Due illustrazioni al *Viaje del Parnaso*", *Homenaje a Menéndez Pelayo* I, Madrid, 1899.
Cusa, Nicolás de, *De docta ignorantia*, 1440.
Dantisco Gracián, *Galateo*, 1601.
Dejob, Ch., *De l'influence du Concile de Trente sur la littérature et les beax-arts*, 1884.
Delacroix, P., "Quevedo et Sénèque", BH, LVI, 1954, 305-307.
Denzinger, *Enchiridion symbolorum de rebus fidei*, Friburgo, 1913 (*Compendio y*

explicación de la Doctrina Cristiana, BAE, XI).
Descartes, *Œuvres*, Carta al P. Mersenne, edic. Adam et Tannery, III.
Descouzis, P. M., "Cervantes y el Concilio de Trento", AC, IX, 1961-1962, publicado en 1965, 113-141.
——"Don Quijote, catedrático de teología moral", *Romanische Forschungen*, LXXV, 1963, 264-272.
——*Cervantes a nueva luz. El Quijote y el Concilio de Trento*, Frankfurt, 1966.
Díaz, Orozco, *Temas del Barroco*, Granada, 1947.
——*Lección permanente del Barroco español*, Madrid, 1956, 2.ª ed.
Dión, *De la institución del príncipe. Traducidos de la lengua griega en castellana, y dirigidos al emperador Maximiliano II, por el secretario Diego Gracián*, Salamanca, Mathias Gast, 1570.
Domínguez Berrueta, J., *Filosofía mística española*, Madrid, 1947.
Dopico, Blanca, "Las mujeres ejemplares de Cervantes", Universidad de La Habana, 76-81, 1941, 155-186.
Drake, Dana B., *Cervantes: A Critical Bibliography* tomo 1. The *Novelas Ejemplares*, Virginia Polytechnic Institute, Blacksburg, 1968.
Elena y María, edic. Menéndez Pidal, en RFE, I, 1914, 52-96.
Elliot, J. H., *La España imperial 1469-1716*, Barcelona, 1965.
Entwistle, W. J., "Cervantes, the Exemplary Novelist", HR, IX, 1941, 103-109.
Erasmo, D. *Colloquios*, edic. Menéndez Pelayo, NBAE, XXI, 1915.
——*Adagiorum omnium...Erasmi...*, Amberes, 1530, fol.304v.
——*Preparación y aparejo para bien morir*, traduc. del maestro Bernardo Pérez, Amberes, 1553, fol. 20, verso.
——*Colloquio del matrimonio* (Menéndez Pelayo, *Orígenes de la Novela*, IV, 166).
——*Silenos de Alcibíades*, Amberes, 1555.
——*Adagiorum Erasmi...Chiliades*, París, 1500, 1579.
——*Antibarbarorum liber*, ed. Basilea, 1540, IX, 1405.
——*Enchiridion*, Amberes, 1555 (Traducción del siglo 16, ed. Dámaso Alonso, CSIC, Madrid, 1971).
——*Elogio de la locura*, edic. Croce.
Escalante, Bernardino de, *Diálogos del arte militar*, Bruselas, 1595.
Espina, Concha, *Mujeres del Quijote*, Madrid, 1930.
Espinel, Vicente, *Marcos de Obregón*, 1618.
Estienne, H. *Adagiorum...chiliades...quibus adjectae sunt Henrice Stephani*, París, 1579, col.242.
Etchegoyen, G., *L'amour divin. Essai sur les sources de Sainte Thérèse*, 1923.
Eusebio Rey, P., "San Ignatio de Loyola y el problema de los cristianos nuevos", *Razón y Fe*, CLIII, 1956, 173-204.
Farinelli, A., "Sulla fortuna del Petrarca in Ispagna nel Quatrocento", *Giornale Storico*, XLIV, 1904.

Fernández-Brasso, M., *Gabriel García Márquez. Una conversión íntima*, Madrid, 1969.
Fernández de Navarrete, M., *Vida de Cervantes*, 1819.
Fernández de Oviedo, G. *Libro de la cámara*, 1549?
——*Quincuagenas*, ed. V. de la Fuente, Madrid, 1880.
Ficino, Marsilio, *Theologia platonica*, Basilea, 1557.
Fiorentino, *Risorgimento filosofico nel 400*, 1885.
Flamini, *Il cinquecento*.
Fraker, Ch. F., *Studies on the Cancionero de Baena*, Chapel Hill, North Carolina, 1966.
Frost, B., *St. John of the Cross*, Londres, 1937.
Fucilla, Joseph G., "The Role of the *Cortegiano* in the Second Part of *Don Quijote*" *Hispania*, 1950, XXXIII, 291-296.
Fuentes, Alonso de, *Filosofía natural*, 1547.
Gachard, M., *Don Carlos et Philippe II*, París, 1867.
Gaos, Vicente, "El *Quijote*, aproximaciones" en *Temas y problemas de literatura española*, Madrid, 1959.
García Calderón, V., *Don Quichotte a Paris, Une enquete littéraire*, 1916.
Gentile, G., *Bernardino Telesio*, 1911.
——*Giordano Bruno ed il pensiero del Rinascimento*, 1920.
Gerhardt, M. I., *Don Quichotte: la vie et les livres*, Amsterdam, 1955.
Gierczynski, Z., "Le scepticisme de Montaigne, principe de l'equilibre de l'esprit", *Kwartlnik Neofilologiczny*, 14, 113-131.
——"La science de l'ignorance de Montaigne", *Rocznik Humanistyczne*, XV, III, 5-90.
Gilman, Stephen, "The Death of *Lazarillo de Tormes*", PMLA, LXXXI, 1966, 149-166.
——*Cervantes y Avellaneda. Estudio de una imitación*, México, 1951.
Gillet, J. E., "The Autonomous Character in Spanish and European Literature", HR, XXIV, 1956, 179-190.
Golino, C.L. (editor), *Galileo Reappraised*, University of California Press, 1966.
González, Juan Angel, *Pro equite contra litteras declamatio*, Valencia, 1549.
González de la Calle, P. Urbano, *Quevedo y los dos Sénecas*, México, 1965.
González Olmedo, F., *Humanistas y pedágogos españoles: Nebrija*, Madrid, 1942.
——"Nuevos datos y documentos sobre Nebrija", *Razón y Fe*, 128, 1943, 121-135.
——*Nebrija en Salamanca*, Madrid, 1944.
——*Las fuentes de La vida es sueño*, Madrid, 1928.
González Palencia, A., "Un cuento marroquí y *El Celoso extremeño* de Cervantes", *Homenaje a Menéndez Pidal*, Madrid, 1925, I, 417-423.
Gothein, E., "Staat und Gesellschaft des Zeitalters der Gegenreformation", *Kultur der Gegenwart*, II, V, 1, 1908.
Gracián, Baltasar, *El criticón*, ed. Arturo del Hoyo. Madrid, 1960; 2.ª ed.
Gracián, Diego, prólogo a los *Morales*, de Plutarco, 1548.
Granada, Fray Luis de, *Símbolo* de la fe, 1582.
——*Doctrina cristiana*, BAE, XI.

Grilli, A., "Su Montaigne e Seneca", en *Studi di Letteratura, Storia e Filosofia in onore di Bruno Revel*, Florencia, 1965, 303-311.
Grismer, R. L., *Cervantes. A Bibliography: Books, Essays, Articles and Other Studies on the Life of Cervantes, His Works and His Imitator*, Nueva York, 1946-1963. dos vols.
Guerrieri-Crocetti, C., *G. B. Giraldo ed il pensiero critico del secolo XVI*, 1932.
Guevara, Antonio de, *Aviso de privados*, 1539.
——*Libro llamado Reloj de Príncipes*, 1529.
——*Menosprecio de corte y alabanza de aldea.*
——*Epístolas familiares*, BAE, XIII.
Guicciardini, *Ricordi politici e civili*, número CXXV.
Guisasola, F. Castro, *Las fuentes de la Celestina*, 1924.
Haan, F. de, *An Outline of the History of the novela picaresca in Spain*, Nueva York, 1903.
Haedo, Fr. Diego de, *Topografía e historia general de Argel*, Biblf. Esp., Madrid, 1929, III.
Hainsworth, G., *Las Novelas Ejemplares de Cervantes en France au XVIIe siècle*, París, 1933.
Ha-Kohen, Yosef, *El Valle del llanto*, Traducción de Pilar León Tello.
Haley, G., "The Narrator in Don Quijote: Maese Pedro's Puppet Show", *Modern Language Notes*, LXXX, 1969, 145-165.
Hatzfeld,H., "Künstlerische Berührungspunkte zwishen Cervantes und Rablais", *Jahrbuch für Philologie*, 1925.
——*Don Quijote als Wortkunstwerk. Die einzelnen Stilmittel und ihr Sinn*, Leipig, 1927 (*El Quijote como obra de arte del lenguaje*, Madrid, 1959, 1966).
——*Estudios literarios sobre mística española*, Madrid, 1953.
——"El concepto del Barroco como tema de controversia: Cervantes y el Barroco", en *Estudios sobre el Barroco*, Madrid, 1964.
——"Mis aportaciones a la elucidación de la literatura barroca" R de UM, XI, 1962, 42-44, número monográfico dedicado al Barroco.
——"The Baroque of Cervantes and the Baroque of Góngora Exemplified by the Motif «las bodas»", AC, III, 1953, 89-119.
——"Don Quijote, ¿asceta?", NRFH, II, 1948, 57-70.
Hauser, A., *Historia social de la lireratura y el arte*, II, Madrid, 1957.
Hazard, Paul, *La crisis de la conciencia europea*, Madrid, 1957.
——*Don Quichotte, Étude et analyse*, Paris, 1931.
Heliodoro, *Teágenes y Cariclea*, Traducción anónima, Amberes, 1554.
Hernando del Castillo, Fray, *Historia general de la orden de Predicadores*, 1584 (en el prólogo).
Herrero García, M., *Ideas de los españoles del siglo VXII*, Madrid, 1966.
Historia particular de la persecución de Inglaterra y de los martirios más insignes

que en ella ha avido, desde el año del Señor de 1570. En la qual se descubren los efectos lastimosos de la heregía, y las mudanças que suele causar en las Repúblicas...Madrid, 1599.
Höffding, H., *Histoire de la philosophie moderne*, I.
Honigswald, R., *Giordano Bruno*, edics. R de O, 1925.
Hornedo, R. M. de, "El Renacimiento y San Juan de la Cruz", *Razon y Fe*, CXXVII, 1943.
——"El Humanismo de San Juan de la Cruz", ibíd., CXXIX, 1944.
——"Arte tridentino", R de IE, III, 12, 1945, 443-472.
Huarte de San Juan, Juan, *Examen de ingenios*, 1575, BAE, LXV.
Hurtado de Mendoza, Antonio, *El marido hace mujer.*
Icaza, F. A. de, *Las novelas ejemplares de Cervantes*, Madrid, 1915.
——*El Quijote durante tres siglos*, 1918.
Iriarte, M. de, *El doctor Huarte de San Juan y su Examen de Ingenios*, Madrid, 1948.
——"El ingenioso hidalgo y el *Examen de ingenios.* ¿Qué debe Cervantes al doctor Huarte de San Juan?", *Revista Internacional de Estudios Vascos*, XXIV, 1933, 499-524.
Isócrates, *Gobernación del reyno.*
——*Parénsis o exhortación a la virtud, de Isócrates, antiquísimo orador y filósofo, a Demónico, su discípulo, traducida de griego en latín por el doctísimo varón Rodolfo Agrícola, y de latín en castellano por Pero Mexía.*
Jareño, E.F., "*El coloquio de perros*, documento social de la vida española en la Edad de Oro", *Les Langues Neo-Latines*, LIII, 2. 1959, 1-27.
Jiménez Patón, B., *Discurso de los tufos, copetes y calvas*, Baeza, 1639.
Juan de Avila, San, *Epistolario espiritual*, ed. V. García de Diego, Clás. Cast.
Juan Manuel, Don, *Libro de los Estados* (1330?).
Kayser, W., "Origen y crisis de la novela moderna", *Cultura Universitaria*, Caracas, 47, 1955 (enero-febrero), 5-50.
Klein, Julius, *Geschichte des Spanischen Dramas*, 1872, en Ríus, III.
Krauss, Werner, "Cervantes und der Spanische Weg der Novelle", *Neue Beitrage zur Literaturwissenschaft*, VIII, 1959, 93-133.
——"Cervantes und die Jesuiten in Sevilla", *Romanische Forschungen*, LIV, 1940, 390-396.
Labande-Jeanroy, Thérèse, *La question de la langue en Italie*, Estrasburgo, 1925.
Lafranchino, Cristoforo, *Tractatulus seu Quaestio utrum preferendus sit miles an doctor*, Brescia, 1497.
La Grone, G. G., *The Imitations of Don Quijote in the Spanish Drama*, Filadelfia, 1937.
Landsberg, P.L., *La Edad Media y nosotros*, Madrid, 1925.
Lanson, *Histoire de la littérature française*, 1912.
Lapesa, Rafael, "Góngora y Cervantes: coincidencia de temas y contraste de actitudes", en *De la Edad Media a nuestros días*, Madrid, 1967, 219-241.
——"En torno a *La española inglesa* y el *Persiles*", en *De la Edad Media a nuestros*

días, 242-263.
Laredo, Bernardino de, *Subida del monte Sión*, 1535, fol. 75v.
Lázaro Carreter, F., "Construcción y sentido del *Lazarillo de Tormes*", *Abaco, Estudios sobre literatura española*, I, 1969, 45-134.
Lea, H. Ch., *A History of the Inquisition of Spain*, 1922, III, 317-410.
Lebois, A., "La révolte des personnages: de Cervantes et Caladeron à Raymond Schwab", R. de LC. XXIII, 1949, 482-506.
Lefèvre, R., *Pour connaître la pensée de Descartes*, París, 1965.
Leén, Fr. Luis de, *De los Nombres de Cristo*, 1583.
Lida, María Rosa, *Juan de Mena, poeta del prerrenacimiento español*, México, Porrúa, 1969.
——"El fanfarrón en el teatro del Renacimiento", RPh, XI, 1958, 268-291.
——"Para las fuentes de Quevedo", RFH, I, 1939, 369-375.
Lida, Raimundo, "De Quevedo, Lipsio y los Escalígeros", *Letras Hispánicas*, México, 1958, 157-162.
Lipsio, Justo, *De constantia*.
——*Los seis libros de las Políticas de Justo Lipcio*, Traducidos por don Bernardino de Mendoza, Madrid, 1604.
Loewe, J. H., *Der Kampf Zwischen dem Realismus und Nominalismus im Mittelalter*, Praga, 1876.
Lollis, C. de, *Cervantes reazionario*, 1924.
López Estrada, F., *Estudio crítico de La Galatea*, La Laguna de Tenerife, 1948.
Lope de Vega, *Caballero de Olmedo*, BAE, XXXIV.
——*Los milagros del desprecio*, BAE, XXXIV.
Lucena, Juan de, *Vita Beata*, Biblf. Esp., Madrid, 1892, XXIX.
Lope de Vega, *La hermosura de Angélica*, 1604.
——*La viuda valenciana*, BAE, XXIV.
——*La dama boba*, 1613.
Maínes, *Cervantes y su tiempo*, 1901.
Macrí, Oresti, "La historiagrafía del Barroco literario", *Thesaurus*, XV, 1960, 10-11.
Maldonado de Guevara, F., "La teoría de los estilos y el período trentino", R de IE, III, 12, 1945, 473-494.
Mâle, E., *L'Art religieux après le Concile de Trente*, París, 1932, 2 vols.
Malón de Chaide, *La Magdalena*, 1588.
Mal Lara, Juan de, *Filosofía vulgar*, Madrid, 1568.
Maravall, J.A., *El humanismo de las armas en Don Quijote*, Madrid, 1948.
——*dell'armi e della lettere*, 1589.
——*Teoría del Estado en el siglo XVII*, Madrid, 1928.
Marcu, Eva, *Répertoire des idées de Montaigne*, Ginebra, 1965.
Mariana, P., *Historia de España*, 1601.
Márquez Villanueva, F. "Conversos y cargos concejiles en el siglo XV", RABM, LXIII, 1957,

503-540.
Marrast, R., *Miguel de Cervantes, dramaturge*, París, 1957.
Martí, Juan (Mateo Luján de Sayavedra), continuación de *Guzmán de Alfarache*, 1602. ed. A. Valbuena Prat, Aguilar, 1946.
McLean, Malcom, D., "Marital Problems in the Works of Cervantes", *Library Chronicle*, University of Texas, III, 1948, 81-89.
Mele, E., "La novela *El Celoso extremeño*", *Nuova Antologia*, 1906, 475-490.
Mémorial du Premier Congrès International des Études Montaignistes, Burdeos, 1964.
Menéndez Pelayo, M., *Orígenes de la novela*, Madrid, 1943.
——*Historia de los Heterodoxos Españoles*, 1880, 1882.
——"Cultura literaria de Miguel de Cervantes" en *Estudios y discursos de crítica histórica y literaria*, 1941.
——"Vicisitudes de la filosofía platónica en España" en *Ensayos de crítica filosófica*, 1892.
Menéndez Pidal, Ramón, *Un aspecto en la elaboración del Quijote*, 1924.
Meneses, Fray Felipe de, *Luz del alma*, Valladolid, 1554.
Mérimée, E., *Essai sur la vie et les oeuvres de Quevedo*, París, 1886.
Mexía, Pero, *Silva de varia lección*, Lyon, 1556.
——*Diálogos, Sevilla*, 1570.
——*Historia imperial*, 1545.
Milhaud, G., "Une crise mystique chez Descartes", *Revue de Métaphysique*, 1916.
Millé y Jiménez, J., "Quevedo y Avellaneda", *Helios*, I, 1918.
Milner, M., *Poésie et vie mystique chez St. Jean de la Croix*, París, 1951.
Mirabent, F., "Una interpretación del Trentismo en Estética", R de IE, III, 12, 1945, 495-507.
Miscelánea Nebrija, Madrid, 1946, tirada aparte del volumen especial de la RFE, XXIX, 1945.
Mondolfo, R., *Tres filósofo del Renacimiento (Bruno,Galileo, Campanella)*, Buenos Aires, 1947.
Montesinos, J. F., "Algunas notas sobre el *Diálogo de Mercurio y Carón*", RFE, XVI, 1929.
Mora, Domenico, *Il Cavaliere in risposta al Gentilhuomo del Muzio, nella precedenza dell'armi e delle lettere*, 1589.
Morby, E. S., "Proberbs in *La Dorotea*", RPh, VIII, 1955, 243-259.
Morel-Fatio, *Etudes sur l'Espagne*, 1895, I. Traduccón de E. Juliá *Semana Cervantina*, Castellón, 1920.
——*L'Espagne de Don Quichotte.*
——"Cervantes et les Cardinaux Acquaviva et Colonna", BH, VIII, 1906, 247-256.
Muzio, *Gentilhuomo,* Venecia, 1575.
Navarro Ledesma, F., *El ingenioso hidalgo Miguel de Cervantes*, 1901.
Nazario de Santa Teresa, fray, *Filosofía de la mística. Análisis del pensamiento*

español, Madrid, 1953.
Nebrija, Antonio de, *Diccionario latino*, 1492.
Nolhac, P. de, *Pétrarque et l'Humanisme*, 1907.
Northup, G. T., *An Introduction to Spanish Literature*, University of Chicago Press, 1960, 5.ªed.
——"Cervantes' attitude toward honor", *Modern Philology*, XX, 1924, 397-421.
Núñez de Velazco, Francisco, *Diálogos de contención entre la milicia y la sciencia*, Valladolid, 1614.
Oechlin, R. L., *Louis de Grenade ou la rencontre avec Dieu*, París, 1954.
Oliver Asín, J., "La hija de Agi Morato en la obra de Cervantes", BRAE, XXVII, 1947-48, 245-339.
Ortega y Gasset, J., *Meditaciones del Quijote*, 1914.
——*El tema de nuestro tiempo*, Madrid, 1923.
——"La picardía original de la novela picaresca", *La Lectura*, 1915.
Ortiz Lucio, fray Francisco, *Libro intitulado jardín de amores sanctos*, Alcalá, 1589.
Osterč, L., *El pensamineto social y político del Quijote*, México, 1963.
Osuna, Francisco de, *Tercer abecedario*, NBAE, 1920.
Otis H. Green, "El Ingenioso Hidalgo", HR, XXV, 1957, 175-193.
——"*El licenciado Vidriera*, Its Relation to the *Viaje del Parnaso* and the *Examen de Ingenios* de Huarte", *Linguistic and Literary Studies in Honor of Helmut A. Hatzfeld*, Washington, Cathoric University Press, 1964, 213-220.
Padovano, *Scrittori italiani e stranieri*, 1916.
Papell, A., *Quevedo. Su tiempo, su vida, su obra*, Barcelona, 1947.
Peers, E. A., *Studies on the Spanish Mystics*, Londres, 1927-1960, 3 vols.
——*The Mystics of Spain*, Londres, 1951.
——*San Juan de la Cruz, espíritu de llama*, Madrid, 1950.
Pellegrini, S., "Luminismo nel *Celoso Extremeño*", *Studi Mediolatini e Volgari*, IV, 1956, 279-283.
Pérez Clotet, P., *«La Política de Dios» de Quevedo. Su contenido ético-jurídico*, Reus, 1928.
Pérez de Guzmán, Fernán, *Coplas de vicios e virtudes*, NBAE, XIX.
——*Generaciones e semblanzas*, ed. R. B. Tate, Londres, 1965.
Pérez de Oliva, H., *Diálogo de la dignidad del hombre*, BAE, LXV.
Pérez Pastor, C., *Bibliografía madrileña, II; Documentos cervantinos hasta ahora inéditos*, Madrid, 1897-1901.
Pereyra, C., "Soldadesca y picaresca", BBMP, X, 1928, 74-96.
Peseax-Richard, H., "A propos de Buscón", Rhi, XLIII, 1918, 58.
Petrarca, *De remediis utriusque fortunae* (*De los remedios contra próspera y adversa fortuna*, Sevilla, 1534, fol. 8r)
Pfandl, L., *Historia de la literatura nacional española en la Edad de Oro*, 1929.
Piccolomini, *Annotationi nel libro della Poetica d'Aristotele*, Venecia, 1575.

Pico de la Mirándola, J., *De studio divinae et humanae philosophiae*, en *Opera Omnia*, Basilea, 1557, II.
Pinciano, Alonso López, *Philosophía Antiqua Poética*, Madrid, 1596.
Pineau, J. B., *Erasme: sa pansée religieuse*, 1924.
Plinio, *Historia natural*.
Plutarco, *De liberis educandis* (*Filosofía vulgar*, edición 1562, fol. 63r)
Polidoro Virgilio, *Anglicae Historiae; De inventoribus rerum*, Venecia, 1499 (*Los inventores de las cosas,* Amberes, 1550, fol. 12r.).
Poliziano, Angelo, *Laude della vida rusticana*.
Pomponazzi, *De incantationibus*, 1556.
Predmore, R.L., *El mundo del Quijote*, Madrid, 1958.
Puigblanch, Antonio, *La Inquisición sin máscara*, 1811.
Pulgar, Fernando del, *Claros Varones*, Clás. Cast. XLIX, 1923.
Quevedo, Francisco de, *Premáticas de los poetas güeros*, BAE, XXIII.
——*Providencia de Dios*, BAE, XLVIII.
——*España defendida*, BAE, LXIX.
——*Su espada por Santiago*, BAE, XLVIII.
Ramírez, Alejandro, *Epistolario de Justo Lipsio y los españoles, 1577-1606*, Madrid, 1966.
Reglá, Juan, "La expulsión de los moriscos y sus consecuencias. Contribución a su estudio", *Hispania*, XIII, 1953, 215-267, 402-479.
Rennert, H. A., *The Spanish Pastoral Romances*, Filadelfia, 1912.
Rennert y Castro, *Vida de Lope de Vega*, Nueva edición de esta obra al cuidado de Fernando Lázaro Carreter, Madrid-Nueva York, 1968.
Reyes, A., "Un tema de *La vida es sueño*", RFE, IV, 1917, 1-25, 237-276.
Rhodigino, Ludovico Celio, *Lectionum antiquarum libri triginta*, 1542.
Riley, E.C., *Cervantes's Theory of the Novel*, Oxford, 1962 (Traducción española: *Teoría de la novela en Cervantes*, Taurus, Madrid, 1966).
Ríos, Amador de los, *Historia crítica*, VI.
Ríos, Fernando de los, *Estado e Iglesia en la España del siglo XVII*, Madrid, 1928.
Robortelli, Francesco, *In librum Aristotelis de Arte Poetica explicationes*, Basilee, Ioannem Hervagium Iuniorem, 1555, p.79 [Bibl. Nac. de Madrid, 3-2165].
Röd, W., *Descartes: Die innere Genesis des cartesianischen Systems*, Munich-Basilea, 1964.
Rodríguez Marín, F., "Las supersticiones en *el Quijote*", Madrid, 1926.
——*Luis Barahona de Soto*, 1903.
——*El andalucismo y el cordobesismo de Miguel de Cervantes*, Madrid, 1915.
——*El Loaysa de El celoso extremeño*, 1901.
——*Cervantes estudiante en Sevilla 1564-1565*, Sevilla, 1905.
——"Alienación y realidad en Rojas Zorilla", BH, LXIX, 1967, 325-346.
——*Poesía de protesta en la Edad Media castellana. Historia y antología*, Madrid,

1966.
Rojas Zorilla, *Don Lucas del Cigarral.*
Romancero general, 1604.
Romero, Carlos, *Introduzione al Persiles*, Venecia, 1968.
Rosencranz, K., *Die Poesie und ihre Geschichte*, 1955, Ríus, III, 287.
Rubia Barcia, J., "Alonso Quijano y Don Quijote. Reflexiones sobre el 'ser' de la novela", *Cuadernos* 47, 1961 (marzo-abril), 2-12.
——*Espiritualidad y literatura en el siglo XVI*, Madrid, 1968.
Rubio, David, *¿Hay una filosofía en el Quijote?* Nueva Yrok, 1924.
Sabrié, *De l'humanisme au rationalisme P. Charron*, 1913.
Salcedo, Emilio, "Etica y estética en Cervantes", *Revista de Ideas Estéticas*, XIII, 1955, 319-334.
Salcedo Ruiz,A., *Estado social que refleja el Quijote.*
Salinas, Rafael, *Un gran inspirador de Cervantes: el Doctor Juan Huarte y su Examen de ingenios*, Madrid, 1905.
Salinas, P., *Ensayos de literatura hispánica*, Madrid, 1961.
Salomon, Noël, en *Recherches sur le théme paysan dans la «comedia» au temps de Lope de Vega*, Burdeo, 1965, 92-129.
Santa Teresa, *Camino de Perfección. Libro de fundaciones, Libro de su vida*, BAE, LIII.
Sbarbi, J. M., *Cervantes teólogo*, Toledo, 1870.
Scheichl, F., "Zur Geschichte des Toleranzgedankens in spanischen Dichtung", *Monathefte der Comenius-Gesellschaft*, 1896, V, 121-142.
Schevill, "Studies in Cervantes" *Transactions of the Connecticut Academy*, XIII, 1908.
Schevill-Bonilla, *Obras de Cervantes, Comedias* V.
Seneca, *De vita beata* (Traducción por Ungut y Polono en Sevilla, 1491, *De la vida bienaventurada, en Cinco libros de L. A. Séneca*).
Sicroff, A., *Les controverses des status de pureté de sang en Espagne du XVe au XVIIe siècle*, París, 1960, 270-290.
Sigüenza, Fray José de., *Historia de la Orden de San Jerónimo*, 1605, NBAE, VIII, I.
Silva Herzog, J., "La crítica social en el *Quijote*", *Cuad. Amer.* VI, 1956, 133-148.
Soons, Alan, "An Interpretation of the Form of *El casamiento engañoso y Coloquio de los perros*", AC, IX, 1961-62, 203-212.
Spingarn, J. E., *La critica letteraria nel Rinascimento* (Literary Criticism in the Renaissance, New York, 1963).
Spitzer, Leo, "Perspectivismo lingüístico en el *Quijote*", *Lingüística e historia literaria*, Madrid, Gredos, 1955.
——"Das Gefüge einer cervantischen Novelle", en *Zeitschrift für romanische Philogogie*, LI, 1931, 194-225.
——"Die Frage der Heucherei des Cervantes", ibíd., LVI, 1936, 138-178.
Stagg, G., "Plagiarism in *La Galatea*", *Filologia Romanza*, VI, 1959, 255-267.

Stammler, W., *Von der Mystik zum Barock*, 1927.
——"Die «bürgerliche» Dichtung des Spät Mittelalters", *Zeitsch. F. Deutsche Philologie* III, 1928, I, 24.
——*Von der Mystik zum Barock*, Stuttgart, 1927.
Starkie, Walter, "Cervantes and the Gypsies", *Huntington Library Quarterly*, XXVI, 1963, 337-349.
Suárez de Figueroa, *Pasajero*, 1617.
Tamayo de Vargas, Tomás, *Junta de libros, la mayor que España ha visto en su lengua, hasta el año de 1624*, Bibl. Nac. ms. 9753, tomo II.
Tate, R. B., "Nebrija the Historian", BHS, XXXIV, 1957, 125-146.
Telesio, Bernardino, *De rerum natura juxta propria principia*, 1565.
Terencio, *Eunachus*.
Thomae, Divi, *Quaestiones disputatae. De malo*, quaest. I, artículo 5.
Tieck, *Schriften*, Berlín, 1829, 85-87.
Timoneda, Juan de, *Patrañuelo*, BAE, III.
Tirso de Molina, *Celoso prudente*, BAE, V.
Toffanin, G., *La fine del Umanesimo*, 1920.
Torquemada, Antonio de, *Jardín de flores curiosas*, Salamanca, 1570.
——*Coloquios satíricos*, 1553.
Torre, Alonso de la, *Visión delectable de la Filosofía y Artes Liberales*, BAE, XXXVI.
Torres Lanzas, P., "Información de Miguel de Cervantes de lo que ha servido a S. M. y de lo que ha hecho estando cautivo en Argel", RABM, XII, 1905.
Torres Naharro, *Comedia Serafina* en *Propaladia*, edic. Menéndez Pelayo, I.
Tostati, Alfonsi, *Opera Omnia*, Venetiis, 1596, XII.
Trachman, S. Edith, *Cervantes' Women of Literary Tradition*, Nueva York, 1932.
Trend, J. B., *Cervantes in Arcadia*, Cambridge, 1954.
Trinquet, R. "Les deux sources de la morale et de la religion chez Montaigne", *Bulletin de la Société des Amis de Montaigne*, 13, 24-33.
Trismegisto, Mercurio, *Selectae Disputationes*, Lugduni, 1604, II.
Troilo, E., *B. Telesio*, 1924.
Unamuno, Miguel de, *Vida de Don Quijote y Sancho*, 1905.
Valbuena, A., *Los autos sacramentales de Calderón*, 1924.
Valdés, Juan de, *Diálogo de la lengua*, ed. de E. Boehmer, *Romanische Studien*, VI, 1895.
——*Diálogo de Mercurio y Carón*, 1528.
Valera, J., en *Memorias Academia Española*, V, 155.1918.
Valgas Llosa, Mario, Prólogo a *Tirant lo Blanc*, Madrid, 1969.
——*Lletra de batalla per Tirant lo Blanc*, Barcelona, 1969.
Vallés, Lic. Francisco de, *Cartas familiares de moralidad*, Madrid, 1603.
Van Beysterveldt, A. B., *Repercussion du souci de la purete de sang sur la conception de l'honneur dans la «Comedia Nueva» espagnole*, Leiden, 1966.

Varanini, G., *Galileo critico e prosatore, Verona*, 1967. número monográfico de *De Homine* (13-14, 1965).

Varchi, B., *L'Ercolano*, Venecia, 1570.

——*La prima parte delle Lezzioni*, Firenze, 1560.

Védrine, Hélène, *La conception de la nature chez Giordano Bruno*, París, 1967.

Velázquez de Velasco, A., *La Lena*, 1602.

Venegas, Alejo, prólogo al *Apólogo de la ociosidad*, de Luis Mexía, 1546.

——*Agonía del tránsito de la muerte*, 1537.

Vicens Vives, J., *Historia económica de España*, Barcelona, 1959.

Vilanova, Antonio, *Erasmo y Cervantes*, Barcelona, 1949.

——"*La Moria* de Erasmo y el prólogo del *Quijote*" en *Collected Studies in Honour of Américo Castro's Eightieth Year*, Oxford, 1965.

Vilar, Pierre, *El tiempo del Quijote, en Crecimiento y desarrollo*, Barcelona, 1964.

Villarón, Cristóbal de, *Ingeniosa comparación entre lo antiguo y lo presente*, 1534.

——*Gramática castellana*, 1558.

——*El Escolástico* (1967).

Villey, P., *Sources des Essais de Montaigne*, 1908.

Viñaza, Conde de la, *Bibliografía histórica de la Filología castellana*, col. 481.

Vives, Juan Luis, *De anima et vita libri tres*, Basilea, 1538.

——*Institución de la mujer cristiana y De causis corruptarum artium*, 1524.

——*De prima philosophia*, 1532.

——*Introducción a la sabiduría*, Amberes, 1551.

Vossler, Karl, *Realismus in der Spanischen Dichtung der Blütezeit*, Munich, 1926.

Watkin, E.I., *Catholic Art and Culture*, Londres, 1942.

Weisbach, Werner, *Der Barock als Kunst der Gegenreformation*, Berlín, 1921.

Willis, R.S., "Sancho Panza: Prototype for the Modern Novel", HR, XXXVII, 1969, 207-227.

Ynduráin, Francisco, *Obras dramáicas de Cervantes*, BAE, CLXVI.

——*El pensamiento de Quevedo*, Zaragoza, 1954.

Zanta, L., *La renaissance du stoïcisme au XVIe siècle*, 1914.

Zayas, María de, *Prevenido engañado*, 1637, 1647.

Zeri, F., *Pittura e Controrifomo*, Turín, 1959.

Zielinski, Th., *La Sybille (trois essais sur la Religion antique et le christianisme)*, París, Rieder, 1924.

邦訳引用参考文献

セルバンテス

『ドン・キホーテ』前篇・後篇，会田由訳，筑摩書房.
『ペルシーレスとシヒスムンダの苦難』荻内勝之訳，国書刊行会.
『模範小説集』（「いつわりの結婚」「犬の対話」「びいどろ学士」「リンコネーテとコルタディーリョ」）会田由訳，筑摩書房.
———（「ジプシー娘」「血の呼び声」「麗しき皿洗い娘」「やきもちやきのエストレマドゥーラ人」）牛島信明訳，国書刊行会.
『ラ・ガラテア／パルナソ山への旅』本田誠二訳，行路社.
『幕間劇』（「離婚係の判事さん」「ダガンソの村長選挙」「忠実なる見張り番」「贋もののビスカヤ人」「不思議な見世物」「焼餅やきの爺さん」）会田由訳，筑摩書房.

その他

アリストテレス『詩学』村治能就訳，河出書房.
ポリピュリオス『イサゴーゲー』水地宗明訳，中央公論社.
セネカ『道徳論集』茂手木元蔵訳，東海大学出版会.
キケロー『義務について』（『キケロー選集』）高橋宏幸訳，岩波書店.
アウグスティヌス『神の国』服部栄次郎訳．岩波書店.
ダンテ『神曲』野上素一訳，筑摩書房.
ブルーノ『無限，宇宙と諸世界について』清水純一訳，現代思潮社.
エラスムス『痴愚神礼讃』『対話集』渡辺一夫・二宮敬訳，中央公論社.
フェルナンド・デ・ロハス『ラ・セレスティーナ』杉浦勉訳，国書刊行会.
カスティリオーネ『宮廷人』清水純一・岩倉具忠・天野恵訳，東海大学出版会.
レオーネ（レオン）・エブレオ『愛の対話』本田誠二訳，平凡社.
サンタ・テレサ（聖テレジア）『自叙伝』東京女子カルメル会訳，ドン・ボスコ社.
——（サンパウロ）『完徳の道』東京女子カルメル会訳，ドン・ボスコ社.
モンテーニュ『随想録〈エセー〉』松浪信三郎訳，河出書房新社.
アリオスト『狂えるオルランド』脇功訳，名古屋大学出版会.
ケベード『大悪党』桑名一博訳，集英社.
オルテガ・イ・ガセー『ドン・キホーテをめぐる思索』佐々木孝訳，未來社.
ガニベー『スペインの理念』橋本一郎・西澤龍生訳，新泉社.
カッシーラー『個と宇宙』薗田坦訳，名古屋大学出版会.
モンテマヨール／ヒル・ポーロ『ディアナ物語』本田誠二訳，南雲堂フェニックス.

デカルト『方法叙説；省察』三宅徳嘉・小池健男訳，白水社.
ガルシラソ・デ・ラ・ベーガ『スペイン宮廷恋愛詩集』本田誠二訳，西和書林.
プルースト『失われた時を求めて』井上究一郎訳，筑摩書房.

関連書誌

Almeida, Julio, *El problema de España en Américo Castro*, Universidad de Córdoba, Córdoba, 1993.

Américo Castro, *Obra reunida*, 6 vols. Editorial Trotta, Madrid, 2002.

Américo Castro, *The impact of His Thought Essays to Mark the Centenary of His Birth*(Edited by Ronald E. Surtz, Jaime Ferrán, Daniel P. Teresa), Madison, 1988.

Amorós, A., "Conversación con Américo Castro", *Revista de Occidente*, No. 82, Enero, 1970, 1-22（邦訳として木下登「アメリコ・カストロの思想――アンドレス・アモロスとの対話から」『南山大学ヨーロッパ研究センター報』第8号，2003, pp.35-50 がある）.

Araya, Guillermo, *El pensamiento de Américo Castro*, Alianaza Editorial, Madrid, 1983.

Asensio, Eugenio, *La España imaginada de Américo Castro*, Editorial Crítica, Barcelona, 1992.

Estudios sobre la obra de Américo Castro (Dirección y prólogo de Pedro Laín Entralgo), Taurus, Madrid, 1971.

Gómez-Martínez, José Luis, *Américo Castro y el origen de los españoles: historia de una polémica*, Editorial Gredos, Madrid, 1975.

Garagorri, Paulino, *Introducción a Américo Castro*, Alianza Editorial, Madrid, 1984.

Homenaje a Américo Castro, Universidad Complutense, Madrid, 1987.

Peña, Aniano, *Américo Castro y su visión de España y de Cervantes*, Editorial Gredos, Madrid, 1975.

Rodríguez-Puértolas, Julio, "Cervantes visto por Américo Castro", *Anthoropos* 98 / 99 (julio-agosto, 1989), 50-55.

——"Américo Castro y Cervantes", en *Estudios sobre la obra de Américo Castro*, Madrid, Taurus, 1971, pp.365-399.

佐々木孝「アメリコ・カストロに向って」『常葉学園大学研究紀要　外国語学部』第1号，1984年，pp.11-23.

―――「アメリコ・カストロに沿って」『東京純心女子大学紀要』第4号，2000年，pp.103-114.

木下　登「オルテガ，カストロ，スビリ」『吹き抜ける風――日西ちょっと比較文化論』行路社，1995年，pp.99-134.

《叢書・ウニベルシタス　801》
セルバンテスの思想

2004年 8 月30日　初版第 1 刷発行

アメリコ・カストロ
本田誠二訳
発行所　財団法人　法政大学出版局
〒102-0073 東京都千代田区九段北3-2-7
電話03(5214)5540 振替00160-6-95814
製版，印刷　三和印刷／鈴木製本所

Printed in Japan

ISBN4-588-00801-3

著　者

アメリコ・カストロ（Américo Castro, 1885-1972）

ブラジル，リオ・デ・ジャネイロにてグラナダ出身の両親の間に生まれる．グラナダに戻った後，グラナダ大学哲文科に入学し，そこを卒業してからフランス，ソルボンヌ大学に留学（1905-1908）．帰国後，メネンデス・ピダルの指導の下，「歴史学研究所」の語彙部門の統括者となる．マドリード中央大学で言語史の授業を担当．さらにアルゼンチン，ブエノス・アイレスにおいて「スペイン言語研究所」を設立し，そのかたわらラテンアメリカ諸国の多くの大学で積極的に講演活動を行う．ベルリン大学で客員教授として教鞭をとった後，共和国政府から，ベルリン大使に任命される（1931）．スペインに戻ってから，マドリード大学でフランス文学を講じ，かたわらで教育行政にも携わる．「歴史学研究所」の機関誌『ティエラ・フィルメ』を創刊．ポワチエ大学から名誉教授，ソルボンヌ大学から博士号を授与される．内戦勃発を機に，アルゼンチンに亡命（1936）．翌年からほぼ30年間をアメリカ合衆国に移って，諸大学で教鞭をとる．ウィスコンシン大学（1937-1939），テキサス大学（1939-1940），プリンストン大学（1940-1953）を経て退職．1953年にプリンストン大学名誉教授．ヨーロッパ諸国を講演した後，カリフォルニア大学に迎えられる（1964）．晩年（1968年以降）はスペインに居を定め，1972年7月25日，ヘローナにて心臓麻痺にて死去．
主要業績：『セルバンテスの思想』（1925, 1972＝本書），『歴史の中のスペイン』（1948），『スペインの歴史的現実』（1962），『セルバンテスへ向けて』（1957），『葛藤の時代について』（1961），『セルバンテスとスペイン生粋主義』（1974）等，論文・著書多数．

訳　者

本田誠二（ほんだ せいじ）

1951年東京生まれ．東京外国語大学スペイン語学科卒業．同大学院修士課程修了．現在，神田外語大学スペイン語学科教授．スペイン文学専攻．訳書として，レオーネ・エブレオ『愛の対話』，ガルシラソ・デ・ラ・ベーガ『スペイン宮廷恋愛詩集』，モンテマヨール／ヒル・ポーロ『ディアナ物語』，セルバンテス『ラ・ガラテア／パルナソ山への旅』，イアン・ギブソン『ロルカ』（共訳）等がある．

叢書・ウニベルシタス

				(頁)
1	芸術はなぜ必要か	E.フィッシャー／河野徹訳	品切	302
2	空と夢〈運動の想像力にかんする試論〉	G.バシュラール／宇佐見英治訳		442
3	グロテスクなもの	W.カイザー／竹内豊治訳		312
4	塹壕の思想	T.E.ヒューム／長谷川鉱平訳	品切	316
5	言葉の秘密	E.ユンガー／菅谷規矩雄訳		176
6	論理哲学論考	L.ヴィトゲンシュタイン／藤本, 坂井訳		350
7	アナキズムの哲学	H.リード／大沢正道訳		318
8	ソクラテスの死	R.グアルディーニ／山村直資訳		366
9	詩学の根本概念	E.シュタイガー／高橋英夫訳		334
10	科学の科学〈科学技術時代の社会〉	M.ゴールドスミス, A.マカイ編／是永純弘訳	品切	346
11	科学の射程	C.F.ヴァイツゼカー／野田, 金子訳	品切	274
12	ガリレオをめぐって	オルテガ・イ・ガセット／マタイス, 佐々木訳		290
13	幻影と現実〈詩の源泉の研究〉	C.コードウェル／長谷川鉱平訳	品切	410
14	聖と俗〈宗教的なるものの本質について〉	M.エリアーデ／風間敏夫訳		286
15	美と弁証法	G.ルカッチ／良知, 池田, 小箕訳	品切	372
16	モラルと犯罪	K.クラウス／小松太郎訳		218
17	ハーバート・リード自伝	北條文緒訳		468
18	マルクスとヘーゲル	J.イッポリット／宇津木, 田口訳	品切	258
19	プリズム〈文化批判と社会〉	Th.W.アドルノ／竹内, 山村, 板倉訳	品切	246
20	メランコリア	R.カスナー／塚越敏訳		388
21	キリスト教の苦悶	M.de ウナムーノ／神吉, 佐々木訳		202
22	アインシュタイン ゾンマーフェルト往復書簡	A.ヘルマン編／小林, 坂口訳	品切	194
23 24	群衆と権力（上・下）	E.カネッティ／岩田行一訳		440 356
25	問いと反問〈芸術論集〉	W.ヴォリンガー／土肥美夫訳		272
26	感覚の分析	E.マッハ／須藤, 廣松訳		386
27 28	批判的モデル集（I・II）	Th.W.アドルノ／大久保健治訳	〈品切 品切〉	I 232 II 272
29	欲望の現象学	R.ジラール／古田幸男訳		370
30	芸術の内面への旅	E.ヘラー／河原, 杉浦, 渡辺訳	品切	284
31	言語起源論	ヘルダー／大阪大学ドイツ近代文学研究会訳		270
32	宗教の自然史	D.ヒューム／福鎌, 斎藤訳		144
33	プロメテウス〈ギリシア人の解した人間存在〉	K.ケレーニイ／辻村誠三訳	品切	268
34	人格とアナーキー	E.ムーニエ／山崎, 佐藤訳		292
35	哲学の根本問題	E.ブロッホ／竹内豊治訳		194
36	自然と美学〈形体・美・芸術〉	R.カイヨワ／山口三夫訳	品切	112
37 38	歴史論（I・II）	G.マン／加藤, 宮野訳	I・品切 II・品切	274 202
39	マルクスの自然概念	A.シュミット／元浜清海訳	品切	316
40	書物の本〈西欧の書物と文化の歴史. 書物の美学〉	H.プレッサー／轡田収訳		448
41 42	現代への序説（上・下）	H.ルフェーヴル／宗, 古田監訳	品切	上・220 下・296
43	約束の地を見つめて	E.フォール／古田幸男訳	品切	320
44	スペクタクルと社会	J.デュビニョー／渡辺淳訳	品切	188
45	芸術と神話	E.グラッシ／榎本久彦訳		266
46	古きものと新しきもの	M.ロベール／城山, 島, 円子訳		318
47	国家の起源	R.H.ローウィ／古賀英三郎訳	品切	204
48	人間と死	E.モラン／古田幸男訳		448
49	プルーストとシーニュ（増補版）	G.ドゥルーズ／宇波彰訳		252
50	文明の滴定〈科学技術と中国の社会〉	J.ニーダム／橋本敬造訳	品切	452
51	プスタの民	I.ジュラ／加藤二郎訳		382

叢書・ウニベルシタス

No.	書名	著者／訳者		(頁)
52 53	社会学的思考の流れ（I・II）	R.アロン／北川, 平野, 他訳		I・350 II・392
54	ベルクソンの哲学	G.ドゥルーズ／宇波彰訳		142
55	第三帝国の言語LTI〈ある言語学者のノート〉	V.クレムペラー／羽田, 藤平, 赤井, 中村訳		442
56	古代の芸術と祭祀	J.E.ハリスン／星野徹訳		222
57	ブルジョワ精神の起源	B.グレトゥイゼン／野沢協訳		394
58	カントと物自体	E.アディッケス／赤松常弘訳		300
59	哲学的素描	S.K.ランガー／塚本, 星野訳		250
60	レーモン・ルーセル	M.フーコー／豊崎光一訳		268
61	宗教とエロス	W.シューバルト／石川, 平田, 山本訳	品切	398
62	ドイツ悲劇の根源	W.ベンヤミン／川村, 三城訳		316
63	鍛えられた心〈強制収容所における心理と行動〉	B.ベテルハイム／丸山修吉訳	品切	340
64	失われた範列〈人間の自然性〉	E.モラン／古田幸男訳		308
65	キリスト教の起源	K.カウツキー／栗原佑訳		534
66	ブーバーとの対話	W.クラフト／板倉敏之訳		206
67	プロデメの変貌〈フランスのコミューン〉	E.モラン／宇波彰訳		450
68	モンテスキューとルソー	E.デュルケーム／小関, 川喜多訳	品切	312
69	芸術と文明	K.クラーク／河野徹訳		680
70	自然宗教に関する対話	D.ヒューム／福鎌, 斎藤訳	品切	196
上・71 下・72	キリスト教の中の無神論（上・下）	E.ブロッホ／竹内, 高尾訳		上・234 下・304
73	ルカーチとハイデガー	L.ゴルドマン／川俣晃自訳	品切	308
74	断　想　1942—1948	E.カネッティ／岩田行一訳		286
75 76	文明化の過程（上・下）	N.エリアス／吉田, 中村, 波田, 他訳		上・466 下・504
77	ロマンスとリアリズム	C.コードウェル／玉井, 深井, 山本訳		238
78	歴史と構造	A.シュミット／花崎皋平訳		192
79 80	エクリチュールと差異（上・下）	J.デリダ／若桑, 野村, 阪上, 三好, 他訳		上・378 下・296
81	時間と空間	E.マッハ／野家啓一編訳		258
82	マルクス主義と人格の理論	L.セーヴ／大津真作訳		708
83	ジャン=ジャック・ルソー	B.グレトゥイゼン／小池健男訳		394
84	ヨーロッパ精神の危機	P.アザール／野沢協訳		772
85	カフカ〈マイナー文学のために〉	G.ドゥルーズ, F.ガタリ／宇波, 岩田訳		210
86	群衆の心理	H.ブロッホ／入野田, 小崎, 小岸訳		580
87	ミニマ・モラリア	Th.W.アドルノ／三光長治訳		430
88 89	夢と人間社会（上・下）	R.カイヨワ, 他／三好郁郎, 他訳		上・374 下・340
90	自由の構造	C.ベイ／横越英一訳	品切	744
91	1848年〈二月革命の精神史〉	J.カスー／野沢協, 他訳		326
92	自然の統一	C.F.ヴァイツゼカー／斎藤, 河井訳	品切	560
93	現代戯曲の理論	P.ションディ／市村, 丸山訳	品切	250
94	百科全書の起源	F.ヴェントゥーリ／大津真作訳	品切	324
95	推測と反駁〈科学的知識の発展〉	K.R.ポパー／藤本, 石垣, 森訳		816
96	中世の共産主義	K.カウツキー／栗原佑訳	品切	400
97	批評の解剖	N.フライ／海老根, 中村, 出淵, 山内訳		580
98	あるユダヤ人の肖像	A.メンミ／菊地, 白井訳		396
99	分類の未開形態	E.デュルケーム／小関藤一郎訳		232
100	永遠に女性的なるもの	H.ド・リュバック／山崎庸一郎訳	品切	360
101	ギリシア神話の本質	G.S.カーク／吉田, 辻村, 松田訳		390
102	精神分析における象徴界	G.ロゾラート／佐々木孝次訳		508
103	物の体系〈記号の消費〉	J.ボードリヤール／宇波彰訳		280

				(頁)
104	言語芸術作品〔第2版〕	W.カイザー／柴田斎訳	品切	688
105	同時代人の肖像	F.ブライ／池内紀訳		212
106	レオナルド・ダ・ヴィンチ〔第2版〕	K.クラーク／丸山,大河内訳		344
107	宮廷社会	N.エリアス／波田,中埜,吉田訳		480
108	生産の鏡	J.ボードリヤール／宇波,今村訳		184
109	祭祀からロマンスへ	J.L.ウェストン／丸小哲雄訳		290
110	マルクスの欲求理論	A.ヘラー／良知,小箕訳	品切	198
111	大革命前夜のフランス	A.ソブール／山崎耕一訳	品切	422
112	知覚の現象学	メルロ=ポンティ／中島盛夫訳		904
113	旅路の果てに〈アルペイオスの流れ〉	R.カイヨワ／金井裕訳		222
114	孤独の迷宮〈メキシコの文化と歴史〉	O.パス／高山,熊谷訳		320
115	暴力と聖なるもの	R.ジラール／古田幸男訳		618
116	歴史をどう書くか	P.ヴェーヌ／大津真作訳		604
117	記号の経済学批判	J.ボードリヤール／今村,宇波,桜井訳		304
118	フランス紀行〈1787,1788&1789〉	A.ヤング／宮崎洋訳		432
119	供　犠	M.モース,H.ユベール／小関藤一郎訳		296
120	差異の目録〈歴史を変えるフーコー〉	P.ヴェーヌ／大津真作訳	品切	198
121	宗教とは何か	G.メンシング／田中,下宮訳		442
122	ドストエフスキー	R.ジラール／鈴木晶訳	品切	200
123	さまざまな場所〈死の影の都市をめぐる〉	J.アメリー／池内紀訳		210
124	生　成〈概念をこえる試み〉	M.セール／及川馥訳		272
125	アルバン・ベルク	Th.W.アドルノ／平野嘉彦訳		320
126	映画　あるいは想像上の人間	E.モラン／渡辺淳訳	品切	320
127	人間論〈時間・責任・価値〉	R.インガルデン／武井,赤松訳		294
128	カント〈その生涯と思想〉	A.グリガ／西牟田,浜田訳		464
129	同一性の寓話〈詩的神話学の研究〉	N.フライ／駒沢大学フライ研究会訳		496
130	空間の心理学	A.モル,E.ロメル／渡辺淳訳		326
131	飼いならされた人間と野性的人間	S.モスコヴィッシ／古田幸男訳		336
132	方　法　1．自然の自然	E.モラン／大津真作訳	品切	658
133	石器時代の経済学	M.サーリンズ／山内昶訳		464
134	世の初めから隠されていること	R.ジラール／小池健男訳		760
135	群衆の時代	S.モスコヴィッシ／古田幸男訳	品切	664
136	シミュラークルとシミュレーション	J.ボードリヤール／竹原あき子訳		234
137	恐怖の権力〈アブジェクシオン〉試論	J.クリステヴァ／枝川昌雄訳		420
138	ボードレールとフロイト	L.ベルサーニ／山縣直子訳		240
139	悪しき造物主	E.M.シオラン／金井裕訳		228
140	終末論と弁証法〈マルクスの社会・政治思想〉	S.アヴィネリ／中村恒矩訳	品切	392
141	経済人類学の現在	F.プイヨン編／山内昶訳		236
142	視覚の瞬間	K.クラーク／北條文緒訳		304
143	罪と罰の彼岸	J.アメリー／池内紀訳		210
144	時間・空間・物質	B.K.ライドレー／中島龍三訳	品切	226
145	離脱の試み〈日常生活への抵抗〉	S.コーエン，N.ティラー／石黒毅訳		321
146	人間怪物論〈人間脱走の哲学の素描〉	U.ホルストマン／加藤二郎訳		206
147	カントの批判哲学	G.ドゥルーズ／中島盛夫訳		160
148	自然と社会のエコロジー	S.モスコヴィッシ／久米,原訳		440
149	壮大への渇仰	L.クローネンバーガー／岸,倉田訳		368
150	奇蹟論・迷信論・自殺論	D.ヒューム／福鎌,斎藤訳		200
151	クルティウス-ジッド往復書簡	ディークマン編／円子千代訳		376
152	離脱の寓話	M.セール／及川馥訳		178

叢書・ウニベルシタス

				(頁)
153	エクスタシーの人類学	I.M.ルイス／平沼孝之訳		352
154	ヘンリー・ムア	J.ラッセル／福田真一訳		340
155	誘惑の戦略	J.ボードリヤール／宇波彰訳	品切	260
156	ユダヤ神秘主義	G.ショーレム／山下,石丸,他訳		644
157	蜂の寓話〈私悪すなわち公益〉	B.マンデヴィル／泉谷治訳	品切	412
158	アーリア神話	L.ポリアコフ／アーリア主義研究会訳	品切	544
159	ロベスピエールの影	P.ガスカール／佐藤和生訳		440
160	元型の空間	E.ゾラ／丸小哲雄訳		336
161	神秘主義の探究〈方法論的考察〉	E.スタール／宮元啓一,他訳		362
162	放浪のユダヤ人〈ロート・エッセイ集〉	J.ロート／平田,吉田訳		344
163	ルフー，あるいは取壊し	J.アメリー／神崎巌訳		250
164	大世界劇場〈宮廷祝宴の時代〉	R.アレヴィン,K.ゼルツレ／円子修平訳	品切	200
165	情念の政治経済学	A.ハーシュマン／佐々木,旦訳		192
166	メモワール〈1940-44〉	レミ／築島謙三訳		520
167	ギリシア人は神話を信じたか	P.ヴェーヌ／大津真作訳	品切	340
168	ミメーシスの文学と人類学	R.ジラール／浅野敏夫訳	品切	410
169	カバラとその象徴的表現	G.ショーレム／岡部,小岸訳		340
170	身代りの山羊	R.ジラール／織田,富永訳	品切	384
171	人間〈その本性および世界における位置〉	A.ゲーレン／平野具男訳		608
172	コミュニケーション〈ヘルメスI〉	M.セール／豊田,青木訳		358
173	道　化〈つまずきの現象学〉	G.v.バルレーヴェン／片岡啓治訳	品切	260
174	いま,ここで〈アウシュヴィッツとヒロシマ以後の哲学的考察〉	G.ピヒト／斎藤,浅野,大野,河井訳		600
175 176 177	真理と方法〔全三冊〕	H.-G.ガダマー／轡田,麻生,三島,他訳	I・ II・ III・	350
178	時間と他者	E.レヴィナス／原田佳彦訳		140
179	構成の詩学	B.ウスペンスキイ／川崎,大石訳	品切	282
180	サン=シモン主義の歴史	S.シャルレティ／沢崎,小杉訳		528
181	歴史と文芸批評	G.デルフォ,A.ロッシュ／川中子弘訳		472
182	ミケランジェロ	H.ヒバード／中山,小野訳	品切	578
183	観念と物質〈思考・経済・社会〉	M.ゴドリエ／山内昶訳		340
184	四つ裂きの刑	E.M.シオラン／金井裕訳		234
185	キッチュの心理学	A.モル／万沢正美訳		344
186	領野の漂流	J.ヴィヤール／山下俊一訳		226
187	イデオロギーと想像力	G.C.カバト／小箕俊介訳		300
188	国家の起源と伝承〈古代インド社会史論〉	R.=ターパル／山崎,成澤訳		322
189	ベルナール師匠の秘密	P.ガスカール／佐藤和生訳		374
190	神の存在論的証明	D.ヘンリッヒ／本間,須田,座小田,他訳		456
191	アンチ・エコノミクス	J.アタリ,M.ギヨーム／斎藤,安孫子訳		322
192	クローチェ政治哲学論集	B.クローチェ／上村忠男編訳		188
193	フィヒテの根源的洞察	D.ヘンリッヒ／座小田,小松訳		184
194	哲学の起源	オルテガ・イ・ガセット／佐々木孝訳	品切	224
195	ニュートン力学の形成	ベー・エム・ゲッセン／秋間実,他訳		312
196	遊びの遊び	J.デュビニョー／渡辺淳訳	品切	160
197	技術時代の魂の危機	A.ゲーレン／平野具男訳	品切	222
198	儀礼としての相互行為	E.ゴッフマン／浅野敏夫訳		376
199	他者の記号学〈アメリカ大陸の征服〉	T.トドロフ／及川,大谷,菊地訳		370
200	カント政治哲学の講義	H.アーレント著,R.ベイナー編／浜田監訳		302
201	人類学と文化記号論	M.サーリンズ／山内昶訳	品切	354
202	ロンドン散策	F.トリスタン／小杉,浜本訳		484

				(頁)
203	秩序と無秩序	J.-P.デュピュイ／古田幸男訳		324
204	象徴の理論	T.トドロフ／及川馥, 他訳	品切	536
205	資本とその分身	M.ギヨーム／斉藤日出治訳		240
206	干　渉〈ヘルメスII〉	M.セール／豊田彰訳		276
207	自らに手をくだし〈自死について〉	J.アメリー／大河内了義訳	品切	222
208	フランス人とイギリス人	R.フェイバー／北條, 大島訳		304
209	カーニバル〈その歴史的・文化的考察〉	J.カロ・バロッハ／佐々木孝訳	品切	622
210	フッサール現象学	A.F.アグィーレ／川島, 工藤, 林訳		232
211	文明の試練	J.M.カディヒィ／塚本, 秋山, 寺西, 島訳		538
212	内なる光景	J.ポミエ／角山, 池部訳		526
213	人間の原型と現代の文化	A.ゲーレン／池井望訳		422
214	ギリシアの光と神々	K.ケレーニイ／円子修平訳	品切	178
215	初めに愛があった〈精神分析と信仰〉	J.クリステヴァ／枝川昌雄訳		146
216	バロックとロココ	W.v.ニーベルシュッツ／竹内章訳		164
217	誰がモーセを殺したか	S.A.ハンデルマン／山形和美訳		514
218	メランコリーと社会	W.レペニース／岩田, 小竹訳		380
219	意味の論理学	G.ドゥルーズ／岡田, 宇波訳		460
220	新しい文化のために	P.ニザン／木内孝訳		352
221	現代心理論集	P.ブールジェ／平岡, 伊藤訳		362
222	パラジット〈寄食者の論理〉	M.セール／及川, 米山訳		466
223	虐殺された鳩〈暴力と国家〉	H.ラボリ／川中子弘訳		240
224	具象空間の認識論〈反・解釈学〉	F.ダゴニェ／金森修訳		300
225	正常と病理	G.カンギレム／滝沢武久訳		320
226	フランス革命論	J.G.フィヒテ／桝田啓三郎訳		396
227	クロード・レヴィ=ストロース	O.パス／鼓, 木村訳		160
228	バロックの生活	P.ラーンシュタイン／波田節夫訳	品切	520
229	うわさ〈もっとも古いメディア〉増補版	J.-N.カプフェレ／古田幸男訳		394
230	後期資本制社会システム	C.オッフェ／寿福真美編訳	品切	358
231	ガリレオ研究	A.コイレ／菅谷曉訳		482
232	アメリカ	J.ボードリヤール／田中正人訳	品切	220
233	意識ある科学	E.モラン／村上光彦訳		400
234	分子革命〈欲望社会のミクロ分析〉	F.ガタリ／杉村昌昭訳		340
235	火, そして霧の中の信号―ゾラ	M.セール／寺田光徳訳		568
236	煉獄の誕生	J.ル・ゴッフ／渡辺, 内田訳		698
237	サハラの夏	E.フロマンタン／川端康夫訳		336
238	パリの悪魔	P.ガスカール／佐藤和夫訳		256
239 240	自然の人間的歴史（上・下）	S.モスコヴィッシ／大津真作訳	品切	上・494 下・390
241	ドン・キホーテ頌	P.アザール／円子千代訳	品切	348
242	ユートピアへの勇気	G.ピヒト／河井徳治訳	品切	202
243	現代社会とストレス〔原書改訂版〕	H.セリエ／杉, 田多井, 藤井, 竹宮訳		482
244	知識人の終焉	J.-F.リオタール／原田佳彦, 他訳		140
245	オマージュの試み	E.M.シオラン／金井裕訳		154
246	科学の時代における理性	H.-G.ガダマー／本間, 座小田訳		158
247	イタリア人の太古の知恵	G.ヴィーコ／上村忠男訳		190
248	ヨーロッパを考える	E.モラン／林　勝一訳		238
249	労働の現象学	J.-L.プチ／今村, 松島訳		388
250	ポール・ニザン	Y.イシャグプール／川俣晃自訳		356
251	政治的判断力	R.ベイナー／浜田義文監訳	品切	310
252	知覚の本性〈初期論文集〉	メルロ=ポンティ／加賀野井秀一訳		158

				(頁)
253	言語の牢獄	F.ジェームソン／川口喬一訳		292
254	失望と参画の現象学	A.O.ハーシュマン／佐々木,杉田訳		204
255	はかない幸福—ルソー	T.トドロフ／及川馥訳	品切	162
256	大学制度の社会史	H.W.プラール／山本尤訳		408
257 258	ドイツ文学の社会史（上・下）	J.ベルク,他／山本,三島,保坂,鈴木訳		上・766 下・648
259	アランとルソー〈教育哲学試論〉	A.カルネック／安斎,並木訳		304
260	都市・階級・権力	M.カステル／石川淳志監訳	品切	296
261	古代ギリシア人	M.I.フィンレー／山形和美訳	品切	296
262	象徴表現と解釈	T.トドロフ／小林,及川訳		244
263	声の回復〈回想の試み〉	L.マラン／梶野吉郎訳		246
264	反射概念の形成	G.カンギレム／金森修訳		304
265	芸術の手相	G.ピコン／末永照和訳		294
266	エチュード〈初期認識論集〉	G.バシュラール／及川馥訳		166
267	邪な人々の昔の道	R.ジラール／小池健男訳		270
268	〈誠実〉と〈ほんもの〉	L.トリリング／野島秀勝訳	品切	264
269	文の抗争	J.-F.リオタール／陸井四郎,他訳		410
270	フランス革命と芸術	J.スタロバンスキー／井上堯裕訳	品切	286
271	野生人とコンピューター	J.-M.ドムナック／古田幸男訳		228
272	人間と自然界	K.トマス／山内昶,他訳		618
273	資本論をどう読むか	J.ビデ／今村仁司,他訳		450
274	中世の旅	N.オーラー／藤代幸一訳		488
275	変化の言語〈治療コミュニケーションの原理〉	P.ワツラウィック／築島謙三訳		212
276	精神の売春としての政治	T.クンナス／木戸,佐々木訳		258
277	スウィフト政治・宗教論集	J.スウィフト／中野,海保訳		490
278	現実とその分身	C.ロセ／金井裕訳		168
279	中世の高利貸	J.ル・ゴッフ／渡辺香根夫訳		170
280	カルデロンの芸術	M.コメレル／岡部仁訳		270
281	他者の言語〈デリダの日本講演〉	J.デリダ／高橋允昭編訳		406
282	ショーペンハウアー	R.ザフランスキー／山本尤訳		646
283	フロイトと人間の魂	B.ベテルハイム／藤瀬恭子訳		174
284	熱　狂〈カントの歴史批判〉	J.-F.リオタール／中島盛夫訳		210
285	カール・カウツキー 1854-1938	G.P.スティーンソン／時永,河野訳		496
286	形而上学と神の思想	W.パネンベルク／座小田,諸岡訳	品切	186
287	ドイツ零年	E.モラン／古田幸男訳		364
288	物の地獄〈ルネ・ジラールと経済の論理〉	デュムシェル，デュピュイ／織田,富永訳		320
289	ヴィーコ自叙伝	G.ヴィーコ／福鎌忠恕訳	品切	448
290	写真論〈その社会的効用〉	P.ブルデュー／山縣熙,山縣直子訳		438
291	戦争と平和	S.ボク／大沢正道訳		224
292	意味と意味の発展	R.A.ウォルドロン／築島謙三訳		294
293	生態平和とアナーキー	U.リンゼ／内田,杉村訳		270
294	小説の精神	M.クンデラ／金井,浅野訳		208
295	フィヒテ-シェリング往復書簡	W.シュルツ解説／座小田,後藤訳		220
296	出来事と危機の社会学	E.モラン／浜名,福井訳		622
297	宮廷風恋愛の技術	A.カペルラヌス／野島秀勝訳	品切	334
298	野蛮〈科学主義の独裁と文化の危機〉	M.アンリ／山形,望月訳		292
299	宿命の戦略	J.ボードリヤール／竹原あき子訳		260
300	ヨーロッパの日記	G.R.ホッケ／石丸,柴田,信岡訳		1330
301	記号と夢想〈演劇と祝祭についての考察〉	A.シモン／岩瀬孝監修．佐藤,伊藤,他訳		388
302	手と精神	J.ブラン／中村文郎訳		284

				(頁)
303	平等原理と社会主義	L.シュタイン／石川, 石塚, 柴田訳		676
304	死にゆく者の孤独	N.エリアス／中居実訳		150
305	知識人の黄昏	W.シヴェルブシュ／初見基訳		240
306	トマス・ペイン〈社会思想家の生涯〉	A.J.エイヤー／大熊昭信訳		378
307	われらのヨーロッパ	F.ヘール／杉浦健之訳		614
308	機械状無意識〈スキゾ-分析〉	F.ガタリ／高岡幸一訳		426
309	聖なる真理の破壊	H.ブルーム／山形和美訳		400
310	諸科学の機能と人間の意義	E.パーチ／上村忠男監訳		552
311	翻　訳〈ヘルメスIII〉	M.セール／豊田, 輪田訳		404
312	分　布〈ヘルメスIV〉	M.セール／豊田彰訳		440
313	外国人	J.クリステヴァ／池田和子訳		284
314	マルクス	M.アンリ／杉山, 水野訳	品切	612
315	過去からの警告	E.シャルガフ／山本, 内藤訳		308
316	面・表面・界面〈一般表層論〉	F.ダゴニェ／金森, 今野訳		338
317	アメリカのサムライ	F.G.ノートヘルファー／飛鳥井雅道訳		512
318	社会主義か野蛮か	C.カストリアディス／江口幹訳		490
319	遍　歴〈法, 形式, 出来事〉	J.-F.リオタール／小野康男訳		200
320	世界としての夢	D.ウスラー／谷　徹訳		566
321	スピノザと表現の問題	G.ドゥルーズ／工藤, 小柴, 小谷訳		460
322	裸体とはじらいの文化史	H.P.デュル／藤代, 三谷訳		572
323	五　感〈混合体の哲学〉	M.セール／米山親能訳		582
324	惑星軌道論	G.W.F.ヘーゲル／村上恭一訳		250
325	ナチズムと私の生活〈仙台からの告発〉	K.レーヴィット／秋間実訳		334
326	ベンヤミン-ショーレム往復書簡	G.ショーレム編／山本尤訳		440
327	イマヌエル・カント	O.ヘッフェ／薮木栄夫訳		374
328	北西航路〈ヘルメスV〉	M.セール／青木研二訳		260
329	聖杯と剣	R.アイスラー／野島秀勝訳		486
330	ユダヤ人国家	Th.ヘルツル／佐藤康彦訳		206
331	十七世紀イギリスの宗教と政治	C.ヒル／小野功生訳		586
332	方　法　2．生命の生命	E.モラン／大津真作訳		838
333	ヴォルテール	A.J.エイヤー／中川, 吉岡訳		268
334	哲学の自食症候群	J.ブーヴレス／大平具彦訳		266
335	人間学批判	レペニース, ノルテ／小竹澄栄訳		214
336	自伝のかたち	W.C.スペンジマン／船倉正憲訳		384
337	ポストモダニズムの政治学	L.ハッチオン／川口喬一訳		332
338	アインシュタインと科学革命	L.S.フォイヤー／村上, 成定, 大谷訳		474
339	ニーチェ	G.ピヒト／青木隆嘉訳		562
340	科学史・科学哲学研究	G.カンギレム／金森修監訳		674
341	貨幣の暴力	アグリエッタ, オルレアン／井上, 斉藤訳		506
342	象徴としての円	M.ルルカー／竹内章訳	品切	186
343	ベルリンからエルサレムへ	G.ショーレム／岡部仁訳		226
344	批評の批評	T.トドロフ／及川, 小林訳		298
345	ソシュール講義録注解	F.de　ソシュール／前田英樹・訳注		204
346	歴史とデカダンス	P.ショーニュー／大谷尚文訳		552
347	続・いま, ここで	G.ピヒト／斎藤, 大野, 福島, 浅野訳		580
348	バフチン以後	D.ロッジ／伊藤誓訳		410
349	再生の女神セドナ	H.P.デュル／原研二訳		622
350	宗教と魔術の衰退	K.トマス／荒木正純訳		1412
351	神の思想と人間の自由	W.パネンベルク／座小田, 諸岡訳		186

				(頁)
352	倫理・政治的ディスクール	O.ヘッフェ／青木隆嘉訳		312
353	モーツァルト	N.エリアス／青木隆嘉訳		198
354	参加と距離化	N.エリアス／波田,道籏訳		276
355	二十世紀からの脱出	E.モラン／秋枝茂夫訳		384
356	無限の二重化	W.メニングハウス／伊藤秀一訳	品切	350
357	フッサール現象学の直観理論	E.レヴィナス／佐藤,桑野訳		506
358	始まりの現象	E.W.サイード／山形,小林訳		684
359	サテュリコン	H.P.デュル／原研二訳		258
360	芸術と疎外	H.リード／増渕正史訳	品切	262
361	科学的理性批判	K.ヒュプナー／神野,中才,熊谷訳		476
362	科学と懐疑論	J.ワトキンス／中才敏郎訳		354
363	生きものの迷路	A.モール,E.ロメル／古田幸男訳		240
364	意味と力	G.バランディエ／小関藤一郎訳		406
365	十八世紀の文人科学者たち	W.レペニース／小川さくえ訳		182
366	結晶と煙のあいだ	H.アトラン／阪上脩訳		376
367	生への闘争〈闘争本能・性・意識〉	W.J.オング／高柳,橋爪訳		326
368	レンブラントとイタリア・ルネサンス	K.クラーク／尾崎,芳野訳		334
369	権力の批判	A.ホネット／河上倫逸監訳		476
370	失われた美学〈マルクスとアヴァンギャルド〉	M.A.ローズ／長田,池田,長野,長田訳		332
371	ディオニュソス	M.ドゥティエンヌ／及川,吉岡訳		164
372	メディアの理論	F.イングリス／伊藤,磯山訳		380
373	生き残ること	B.ベテルハイム／高尾利数訳		646
374	バイオエシックス	F.ダゴニェ／金森,松浦訳		316
375 376	エディプスの謎（上・下）	N.ビショッフ／藤代,井本,他訳		上・450 下・464
377	重大な疑問〈懐疑的省察録〉	E.シャルガフ／山形,小野,他訳		404
378	中世の食生活〈断食と宴〉	B.A.ヘニッシュ／藤原保明訳	品切	538
379	ポストモダン・シーン	A.クローカー,D.クック／大熊昭信訳		534
380	夢の時〈野生と文明の境界〉	H.P.デュル／岡部,原,須永,荻野訳		674
381	理性よ，さらば	P.ファイヤアーベント／植木哲也訳		454
382	極限に面して	T.トドロフ／宇京頼三訳		376
383	自然の社会化	K.エーダー／寿福真美監訳		474
384	ある反時代的考察	K.レーヴィット／中村啓,永沼更始郎訳		526
385	図書館炎上	W.シヴェルブシュ／福本義憲訳		274
386	騎士の時代	F.v.ラウマー／柳井尚子訳	品切	506
387	モンテスキュー〈その生涯と思想〉	J.スタロバンスキー／古賀英三郎,高橋誠訳		312
388	理解の鋳型〈東西の思想経験〉	J.ニーダム／井上英明訳		510
389	風景画家レンブラント	E.ラルセン／大谷,尾崎訳		208
390	精神分析の系譜	M.アンリ／山形頼洋,他訳		546
391	金《かね》と魔術	H.C.ビンスヴァンガー／清水健次訳		218
392	自然誌の終焉	W.レペニース／山村直資訳		346
393	批判的解釈学	J.B.トンプソン／山本,小川訳	品切	376
394	人間にはいくつの真理が必要か	R.ザフランスキー／山本,藤井訳		232
395	現代芸術の出発	Y.イシャグプール／川俣晃自訳		170
396	青春　ジュール・ヴェルヌ論	M.セール／豊田彰訳		398
397	偉大な世紀のモラル	P.ベニシュー／朝倉,羽賀訳		428
398	諸国民の時に	E.レヴィナス／合田正人訳		348
399 400	バベルの後に（上・下）	G.スタイナー／亀山健吉訳		上・482 下・
401	チュービンゲン哲学入門	E.ブロッホ／花田監修・菅谷,今井,三国訳		422

叢書・ウニベルシタス

				(頁)
402	歴史のモラル	T.トドロフ／大谷尚文訳		386
403	不可解な秘密	E.シャルガフ／山本, 内藤訳		260
404	ルソーの世界〈あるいは近代の誕生〉	J.-L.ルセルクル／小林浩訳	品切	378
405	死者の贈り物	D.サルナーヴ／菊地, 白井訳		186
406	神もなく韻律もなく	H.P.デュル／青木隆嘉訳		292
407	外部の消失	A.コドレスク／利沢行夫訳		276
408	狂気の社会史〈狂人たちの物語〉	R.ポーター／目羅公和訳	品切	428
409	続・蜂の寓話	B.マンデヴィル／泉谷治訳		436
410	悪口を習う〈近代初期の文化論集〉	S.グリーンブラット／磯山甚一訳		354
411	危険を冒して書く〈異色作家たちのパリ・インタヴュー〉	J.ワイス／浅野敏夫訳		300
412	理論を讃えて	H.-G.ガダマー／本間, 須田訳		194
413	歴史の島々	M.サーリンズ／山本真鳥訳		306
414	ディルタイ〈精神科学の哲学者〉	R.A.マックリール／大野, 田中, 他訳		578
415	われわれのあいだで	E.レヴィナス／合田, 谷口訳		368
416	ヨーロッパ人とアメリカ人	S.ミラー／池田栄一訳		358
417	シンボルとしての樹木	M.ルルカー／林 捷 訳		276
418	秘めごとの文化史	H.P.デュル／藤代, 津山訳		662
419	眼の中の死〈古代ギリシアにおける他者の像〉	J.-P.ヴェルナン／及川, 吉岡訳		144
420	旅の思想史	E.リード／伊藤誓訳		490
421	病のうちなる治療薬	J.スタロバンスキー／小池, 川那部訳		356
422	祖国地球	E.モラン／菊地昌実訳		234
423	寓意と表象・再現	S.J.グリーンブラット編／船倉正憲訳		384
424	イギリスの大学	V.H.H.グリーン／安原, 成定訳	品切	516
425	未来批判 あるいは世界史に対する嫌悪	E.シャルガフ／山本, 伊藤訳		276
426	見えるものと見えざるもの	メルロ=ポンティ／中島盛夫監訳		618
427	女性と戦争	J.B.エルシュテイン／小林, 廣川訳		486
428	カント入門講義	H.バウムガルトナー／有福孝岳監訳		204
429	ソクラテス裁判	I.F.ストーン／永田康昭訳		470
430	忘我の告白	M.ブーバー／田口義弘訳		348
431 432	時代おくれの人間（上・下）	G.アンダース／青木隆嘉訳		上・432 下・546
433	現象学と形而上学	J.-L.マリオン他編／三上, 重永, 檜垣訳		388
434	祝福から暴力へ	M.ブロック／田辺, 秋津訳		426
435	精神分析と横断性	F.ガタリ／杉村, 毬藻訳		462
436	競争社会をこえて	A.コーン／山本, 真水訳		530
437	ダイアローグの思想	M.ホルクウィスト／伊藤誓訳	品切	370
438	社会学とは何か	N.エリアス／徳安彰訳		250
439	E.T.A.ホフマン	R.ザフランスキー／識名章喜訳		636
440	所有の歴史	J.アタリ／山内昶訳		580
441	男性同盟と母権制神話	N.ゾンバルト／田村和彦訳		516
442	ヘーゲル以後の歴史哲学	H.シュネーデルバッハ／古東哲明訳		282
443	同時代人ベンヤミン	H.マイヤー／岡部仁訳		140
444	アステカ帝国滅亡記	G.ボド, T.トドロフ編／大谷, 菊地訳		662
445	迷宮の岐路	C.カストリアディス／宇京賴三訳		404
446	意識と自然	K.K.チョウ／志水, 山本監訳		422
447	政治的正義	O.ヘッフェ／北尾, 平石, 望月訳		598
448	象徴と社会	K.バーク著, ガスフィールド編／森常治訳		580
449	神・死・時間	E.レヴィナス／合田正人訳		360
450	ローマの祭	G.デュメジル／大橋寿美子訳		446

				(頁)
451	エコロジーの新秩序	L.フェリ／加藤宏幸訳		274
452	想念が社会を創る	C.カストリアディス／江口幹訳		392
453	ウィトゲンシュタイン評伝	B.マクギネス／藤本, 今井, 宇都宮, 髙橋訳		612
454	読みの快楽	R.オールター／山形, 中田, 田中訳		346
455	理性・真理・歴史〈内在的実在論の展開〉	H.パトナム／野本和幸, 他訳		360
456	自然の諸時期	ビュフォン／菅谷暁訳		440
457	クロポトキン伝	ピルーモヴァ／左近毅訳		384
458	征服の修辞学	P.ヒューム／岩尾, 正木, 本橋訳		492
459	初期ギリシア科学	G.E.R.ロイド／山野, 山口訳		246
460	政治と精神分析	G.ドゥルーズ, F.ガタリ／杉村昌昭訳		124
461	自然契約	M.セール／及川, 米山訳		230
462	細分化された世界〈迷宮の岐路III〉	C.カストリアディス／宇京頼三訳		332
463	ユートピア的なもの	L.マラン／梶野吉郎訳		420
464	恋愛礼讃	M.ヴァレンシー／沓掛, 川端訳		496
465	転換期〈ドイツ人とドイツ〉	H.マイヤー／宇京早苗訳		466
466	テクストのぶどう畑で	I.イリイチ／岡部佳世訳		258
467	フロイトを読む	P.ゲイ／坂口, 大島訳		304
468	神々を作る機械	S.モスコヴィッシ／古田幸男訳		750
469	ロマン主義と表現主義	A.K.ウィードマン／大森淳史訳		378
470	宗教論	N.ルーマン／土方昭, 土方透訳		138
471	人格の成層論	E.ロータッカー／北村監訳・大久保, 他訳		278
472	神　罰	C.v.リンネ／小川さくえ訳		432
473	エデンの園の言語	M.オランデール／浜﨑設夫訳		338
474	フランスの自伝〈自伝文学の主題と構造〉	P.ルジュンヌ／小倉孝誠訳		342
475	ハイデガーとヘブライの遺産	M.ザラデル／合田正人訳		390
476	真の存在	G.スタイナー／工藤政司訳		266
477	言語芸術・言語記号・言語の時間	R.ヤコブソン／浅川順子訳		388
478	エクリール	C.ルフォール／宇京頼三訳		420
479	シェイクスピアにおける交渉	S.J.グリーンブラット／酒井正志訳		334
480	世界・テキスト・批評家	E.W.サイード／山形和美訳		584
481	絵画を見るディドロ	J.スタロバンスキー／小西嘉幸訳		148
482	ギボン〈歴史を創る〉	R.ポーター／中野, 海保, 松原訳		272
483	欺瞞の書	E.M.シオラン／金井裕訳		252
484	マルティン・ハイデガー	H.エーベリング／青木隆嘉訳		252
485	カフカとカバラ	K.E.グレーツィンガー／清水健次訳		390
486	近代哲学の精神	H.ハイムゼート／座小田豊, 他訳		448
487	ベアトリーチェの身体	R.P.ハリスン／船倉正憲訳		304
488	技術〈クリティカル・セオリー〉	A.フィーンバーグ／藤本正文訳		510
489	認識論のメタクリティーク	Th.W.アドルノ／古賀, 細見訳		370
490	地獄の歴史	A.K.ターナー／野﨑嘉信訳		456
491	昔話と伝説〈物語文学の二つの基本形式〉	M.リューティ／高木昌史, 万里子訳	品切	362
492	スポーツと文明化〈興奮の探究〉	N.エリアス, E.ダニング／大平章訳		490
493 494	地獄のマキアヴェッリ（I・II）	S.de.グラツィア／田中治男訳		I・352 II・306
495	古代ローマの恋愛詩	P.ヴェーヌ／鎌田博夫訳		352
496	証人〈言葉と科学についての省察〉	E.シャルガフ／山本, 内藤訳		252
497	自由とはなにか	P.ショーニュ／西川, 小田桐訳		472
498	現代世界を読む	M.マフェゾリ／菊地昌実訳		186
499	時間を読む	M.ピカール／寺田光徳訳		266
500	大いなる体系	N.フライ／伊藤誓訳		478

叢書・ウニベルシタス

No.	書名	著者／訳者		(頁)
501	音楽のはじめ	C.シュトゥンプ／結城錦一訳		208
502	反ニーチェ	L.フェリー他／遠藤文彦訳		348
503	マルクスの哲学	E.バリバール／杉山吉弘訳		222
504	サルトル，最後の哲学者	A.ルノー／水野浩二訳	品切	296
505	新不平等起源論	A.テスタール／山内昶訳		298
506	敗者の祈禱書	シオラン／金井裕訳		184
507	エリアス・カネッティ	Y.イシャグプール／川俣晃自訳		318
508	第三帝国下の科学	J.オルフ＝ナータン／宇京賴三訳		424
509	正も否も縦横に	H.アトラン／寺田光徳訳		644
510	ユダヤ人とドイツ	E.トラヴェルソ／宇京賴三訳		322
511	政治的風景	M.ヴァルンケ／福本義憲訳		202
512	聖句の彼方	E.レヴィナス／合田正人訳		350
513	古代憧憬と機械信仰	H.ブレーデカンプ／藤代，津山訳		230
514	旅のはじめに	D.トリリング／野島秀勝訳		602
515	ドゥルーズの哲学	M.ハート／田代，井上，浅野，暮沢訳		294
516	民族主義・植民地主義と文学	T.イーグルトン他／増渕，安藤，大友訳		198
517	個人について	P.ヴェーヌ他／大谷尚文訳		194
518	大衆の装飾	S.クラカウアー／船戸，野村訳		350
519 520	シベリアと流刑制度（I・II）	G.ケナン／左近毅訳		I・632 II・642
521	中国とキリスト教	J.ジェルネ／鎌田博夫訳		396
522	実存の発見	E.レヴィナス／佐藤真理人，他訳		480
523	哲学的認識のために	G.-G.グランジェ／植木哲也訳		342
524	ゲーテ時代の生活と日常	P.ラーンシュタイン／上西川原章訳		832
525	ノッツ nOts	M.C.テイラー／浅野敏夫訳		480
526	法の現象学	A.コジェーヴ／今村，堅田訳		768
527	始まりの喪失	B.シュトラウス／青木隆嘉訳		196
528	重　合	ベーネ，ドゥルーズ／江口修訳		170
529	イングランド18世紀の社会	R.ポーター／目羅公和訳		630
530	他者のような自己自身	P.リクール／久米博訳		558
531	鷲と蛇〈シンボルとしての動物〉	M.ルルカー／林捷訳		270
532	マルクス主義と人類学	M.ブロック／山内昶，山内彰訳		256
533	両性具有	M.セール／及川馥訳		218
534	ハイデガー〈ドイツの生んだ巨匠とその時代〉	R.ザフランスキー／山本尤訳		696
535	啓蒙思想の背任	J.-C.ギユボー／菊地，白井訳		218
536	解明　M.セールの世界	M.セール／梶野，竹中訳		334
537	語りは罠	L.マラン／鎌田博夫訳		176
538	歴史のエクリチュール	M.セルトー／佐藤和生訳		542
539	大学とは何か	J.ペリカン／田口孝夫訳		374
540	ローマ　定礎の書	M.セール／高尾謙史訳		472
541	啓示とは何か〈あらゆる啓示批判の試み〉	J.G.フィヒテ／北岡武司訳		252
542	力の場〈思想史と文化批判のあいだ〉	M.ジェイ／今井道夫，他訳		382
543	イメージの哲学	F.ダゴニェ／水野浩二訳		410
544	精神と記号	F.ガタリ／杉村昌昭訳		180
545	時間について	N.エリアス／井本，青木訳		238
546	ルクレティウスのテキストにおける物理学の誕生	M.セール／豊田彰訳		320
547	異端カタリ派の哲学	R.ネッリ／柴田和雄訳		290
548	ドイツ人論	N.エリアス／青木隆嘉訳		576
549	俳　優	J.デュヴィニョー／渡辺淳訳		346

			(頁)
550	ハイデガーと実践哲学	O.ペゲラー他,編／竹市,下村監訳	584
551	彫　像	M.セール／米山親能訳	366
552	人間的なるものの庭	C.F.v.ヴァイツゼカー／山辺建訳	852
553	思考の図像学	A.フレッチャー／伊藤誓訳	472
554	反動のレトリック	A.O.ハーシュマン／岩崎稔訳	250
555	暴力と差異	A.J.マッケナ／夏目博明訳	354
556	ルイス・キャロル	J.ガッテニョ／鈴木晶訳	462
557	タオスのロレンゾー〈D.H.ロレンス回想〉	M.D.ルーハン／野島秀勝訳	490
558	エル・シッド〈中世スペインの英雄〉	R.フレッチャー／林邦夫訳	414
559	ロゴスとことば	S.プリケット／小野功生訳	486
560 561	盗まれた稲妻〈呪術の社会学〉(上・下)	D.L.オキーフ／谷林眞理子,他訳	上・490 下・656
562	リビドー経済	J.-F.リオタール／杉山,吉谷訳	458
563	ポスト・モダニティの社会学	S.ラッシュ／田中義久監訳	462
564	狂暴なる霊長類	J.A.リヴィングストン／大平章訳	310
565	世紀末社会主義	M.ジェイ／今村,大谷訳	334
566	両性平等論	F.P.de ラ・バール／佐藤和夫,他訳	330
567	暴虐と忘却	R.ボイヤーズ／田部井孝次・世志子訳	524
568	異端の思想	G.アンダース／青木隆嘉訳	518
569	秘密と公開	S.ボク／大沢正道訳	470
570 571	大航海時代の東南アジア(I・II)	A.リード／平野,田中訳	I・430 II・598
572	批判理論の系譜学	N.ボルツ／山本,大貫訳	332
573	メルヘンへの誘い	M.リューティ／高木昌史訳	200
574	性と暴力の文化史	H.P.デュル／藤代,津山訳	768
575	歴史の不測	E.レヴィナス／合田,谷口訳	316
576	理論の意味作用	T.イーグルトン／山形和美訳	196
577	小集団の時代〈大衆社会における個人主義の衰退〉	M.マフェゾリ／古田幸男訳	334
578 579	愛の文化史(上・下)	S.カーン／青木,斎藤訳	上・334 下・384
580	文化の擁護〈1935年パリ国際作家大会〉	ジッド他／相磯,五十嵐,石黒,高橋編訳	752
581	生きられる哲学〈生活世界の現象学と批判理論の思考形式〉	F.フェルマン／堀栄造訳	282
582	十七世紀イギリスの急進主義と文学	C.ヒル／小野,圓月訳	444
583	このようなことが起こり始めたら…	R.ジラール／小池,住谷訳	226
584	記号学の基礎理論	J.ディーリー／大熊昭信訳	286
585	真理と美	S.チャンドラセカール／豊田彰訳	328
586	シオラン対談集	E.M.シオラン／金井裕訳	336
587	時間と社会理論	B.アダム／伊藤,磯山訳	338
588	懐疑的省察ABC〈続・重大な疑問〉	E.シャルガフ／山本,伊藤訳	244
589	第三の知恵	M.セール／及川馥訳	250
590 591	絵画における真理(上・下)	J.デリダ／高橋,阿部訳	上・322 下・390
592	ウィトゲンシュタインと宗教	N.マルカム／黒崎宏訳	256
593	シオラン〈あるいは最後の人間〉	S.ジョドー／金井裕訳	212
594	フランスの悲劇	T.トドロフ／大谷尚文訳	304
595	人間の生の遺産	E.シャルガフ／清水健次,他訳	392
596	聖なる快楽〈性，神話，身体の政治〉	R.アイスラー／浅野敏夫訳	876
597	原子と爆弾とエスキモーキス	C.G.セグレー／野島秀勝訳	408
598	海からの花嫁〈ギリシア神話研究の手引き〉	J.シャーウッドスミス／吉田,佐藤訳	234
599	神に代わる人間	L.フェリー／菊地,白井訳	220
600	パンと競技場〈ギリシア・ローマ時代の政治と都市の社会学的歴史〉	P.ヴェーヌ／鎌田博夫訳	1032

			（頁）
601	ギリシア文学概説	J.ド・ロミイ／細井，秋山訳	486
602	パロールの奪取	M.セルトー／佐藤和生訳	200
603	68年の思想	L.フェリー他／小野潮訳	348
604	ロマン主義のレトリック	P.ド・マン／山形，岩坪訳	470
605	探偵小説あるいはモデルニテ	J.デュボア／鈴木智之訳	380
606 607 608	近代の正統性〔全三冊〕	H.ブルーメンベルク／斎藤，忽那 佐藤，村井訳	I・328 II・390 III・318
609	危険社会〈新しい近代への道〉	U.ベック／東，伊藤訳	502
610	エコロジーの道	E.ゴールドスミス／大熊昭信訳	654
611	人間の領域〈迷宮の岐路II〉	C.カストリアディス／米山親能訳	626
612	戸外で朝食を	H.P.デュル／藤代幸一訳	190
613	世界なき人間	G.アンダース／青木隆嘉訳	366
614	唯物論シェイクスピア	F.ジェイムソン／川口喬一訳	402
615	核時代のヘーゲル哲学	H.クロンバッハ／植木哲也訳	380
616	詩におけるルネ・シャール	P.ヴェーヌ／西永良成訳	832
617	近世の形而上学	H.ハイムゼート／北岡武司訳	506
618	フロベールのエジプト	G.フロベール／斎藤昌三訳	344
619	シンボル・技術・言語	E.カッシーラー／篠木，高野訳	352
620	十七世紀イギリスの民衆と思想	C.ヒル／小野，圓月，箭川訳	520
621	ドイツ政治哲学史	H.リュッベ／今井道夫訳	312
622	最終解決〈民族移動とヨーロッパのユダヤ人殺害〉	G.アリー／山本，三島訳	470
623	中世の人間	J.ル・ゴフ他／鎌田博夫訳	478
624	食べられる言葉	L.マラン／梶野吉郎訳	284
625	ヘーゲル伝〈哲学の英雄時代〉	H.アルトハウス／山本尤訳	690
626	E.モラン自伝	E.モラン／菊地，高砂訳	368
627	見えないものを見る	M.アンリ／青木研二訳	248
628	マーラー〈音楽観相学〉	Th.W.アドルノ／龍村あや子訳	286
629	共同生活	T.トドロフ／大谷尚文訳	236
630	エロイーズとアベラール	M.F.B.ブロッチェリ／白崎容子訳	304
631	意味を見失った時代〈迷宮の岐路IV〉	C.カストリアディス／江口幹訳	338
632	火と文明化	J.ハウツブロム／大平章訳	356
633	ダーウィン，マルクス，ヴァーグナー	J.バーザン／野島秀勝訳	526
634	地位と羞恥	S.ネッケル／岡原正幸訳	434
635	無垢の誘惑	P.ブリュックネール／小倉，下澤訳	350
636	ラカンの思想	M.ボルク=ヤコブセン／池田清訳	500
637	羨望の炎〈シェイクスピアと欲望の劇場〉	R.ジラール／小林，田口訳	698
638	暁のフクロウ〈続・精神の現象学〉	A.カトロッフェロ／寿福真美訳	354
639	アーレント＝マッカーシー往復書簡	C.ブライトマン編／佐藤佐智子訳	710
640	崇高とは何か	M.ドゥギー他／梅木達郎訳	416
641	世界という実験〈問い，取り出しの諸カテゴリー，実践〉	E.ブロッホ／小田智敏訳	400
642	悪　あるいは自由のドラマ	R.ザフランスキー／山本尤訳	322
643	世俗の聖典〈ロマンスの構造〉	N.フライ／中村，真野訳	252
644	歴史と記憶	J.ル・ゴフ／立川孝一訳	400
645	自我の記号論	N.ワイリー／船倉正憲訳	468
646	ニュー・ミメーシス〈シェイクスピアと現実描写〉	A.D.ナトール／山形，山下訳	430
647	歴史家の歩み〈アリエス　1943-1983〉	Ph.アリエス／成瀬，伊藤訳	428
648	啓蒙の民主制理論〈カントとのつながりで〉	I.マウス／浜田，牧野監訳	400
649	仮象小史〈古代からコンピューター時代まで〉	N.ボルツ／山本尤訳	200

			（頁）
650	知の全体史	C.V.ドーレン／石塚浩司訳	766
651	法の力	J.デリダ／堅田研一訳	220
652 653	男たちの妄想（I・II）	K.テーヴェライト／田村和彦訳	I・816 II
654	十七世紀イギリスの文書と革命	C.ヒル／小野，圓月，箭川訳	592
655	パウル・ツェラーンの場所	H.ベッティガー／鈴木美紀訳	176
656	絵画を破壊する	L.マラン／尾形，梶野訳	272
657	グーテンベルク銀河系の終焉	N.ボルツ／識名，足立訳	330
658	批評の地勢図	J.ヒリス・ミラー／森田孟訳	550
659	政治的なものの変貌	M.マフェゾリ／古田幸男訳	290
660	神話の真理	K.ヒュプナー／神野，中才，他訳	736
661	廃墟のなかの大学	B.リーディングズ／青木，斎藤訳	354
662	後期ギリシア科学	G.E.R.ロイド／山野，山口，金山訳	320
663	ベンヤミンの現在	N.ボルツ，W.レイイェン／岡部仁訳	180
664	異教入門〈中心なき周辺を求めて〉	J.-F.リオタール／山縣，小野，他訳	242
665	ル・ゴフ自伝〈歴史家の生活〉	J.ル・ゴフ／鎌田博夫訳	290
666	方　法　3. 認識の認識	E.モラン／大津真作訳	398
667	遊びとしての読書	M.ピカール／及川，内藤訳	478
668	身体の哲学と現象学	M.アンリ／中敬夫訳	404
669	ホモ・エステティクス	L.フェリー／小野康男，他訳	496
670	イスラームにおける女性とジェンダー	L.アハメド／林正雄，他訳	422
671	ロマン派の手紙	K.H.ボーラー／髙木葉子訳	382
672	精霊と芸術	M.マール／津山拓也訳	474
673	言葉への情熱	G.スタイナー／伊藤誓訳	612
674	贈与の謎	M.ゴドリエ／山内昶訳	362
675	諸個人の社会	N.エリアス／宇京早苗訳	308
676	労働社会の終焉	D.メーダ／若森章孝，他訳	394
677	概念・時間・言説	A.コジェーヴ／三宅，根田，安川訳	448
678	史的唯物論の再構成	U.ハーバーマス／清水多吉訳	438
679	カオスとシミュレーション	N.ボルツ／山本尤訳	218
680	実質的現象学	M.アンリ／中，野村，吉永訳	268
681	生殖と世代継承	R.フォックス／平野秀秋訳	408
682	反抗する文学	M.エドマンドソン／浅野敏夫訳	406
683	哲学を讃えて	M.セール／米山親能，他訳	312
684	人間・文化・社会	H.シャピロ編／塚本利明，他訳	
685	遍歴時代〈精神の自伝〉	J.アメリー／富重純子訳	206
686	ノーを言う難しさ〈宗教哲学的エッセイ〉	K.ハインリッヒ／小林敏明訳	200
687	シンボルのメッセージ	M.ルルカー／林捷，林田鶴子訳	590
688	神は狂信的か	J.ダニエル／菊地昌実訳	218
689	セルバンテス	J.カナヴァジオ／円子千代訳	502
690	マイスター・エックハルト	B.ヴェルテ／大津留直訳	320
691	マックス・プランクの生涯	J.L.ハイルブロン／村岡晋一訳	300
692	68年－86年　個人の道程	L.フェリー，A.ルノー／小野潮訳	168
693	イダルゴとサムライ	J.ヒル／平山篤子訳	704
694	〈教育〉の社会学理論	B.バーンスティン／久冨善之，他訳	420
695	ベルリンの文化戦争	W.シヴェルブシュ／福本義憲訳	380
696	知識と権力〈クーン，ハイデガー，フーコー〉	J.ラウズ／成定，網谷，阿曽沼訳	410
697	読むことの倫理	J.ヒリス・ミラー／伊藤，大島訳	230
698	ロンドン・スパイ	N.ウォード／渡辺孔二監訳	506
699	イタリア史〈1700－1860〉	S.ウールフ／鈴木邦夫訳	1000

			(頁)
700	マリア〈処女・母親・女主人〉	K.シュライナー／内藤道雄訳	678
701	マルセル・デュシャン〈絵画唯名論〉	T.ド・デューヴ／鎌田博夫訳	350
702	サハラ〈ジル・ドゥルーズの美学〉	M.ビュイダン／阿部宏慈訳	260
703	ギュスターヴ・フロベール	A.チボーデ／戸田吉信訳	470
704	報酬主義をこえて	A.コーン／田中英史訳	604
705	ファシズム時代のシオニズム	L.ブレンナー／芝健介訳	480
706	方　法　4．観念	E.モラン／大津真作訳	446
707	われわれと他者	T.トドロフ／小野，江口訳	658
708	モラルと超モラル	A.ゲーレン／秋澤雅男訳	
709	肉食タブーの世界史	F.J.シムーンズ／山内昶監訳	682
710	三つの文化〈仏・英・独の比較文化学〉	W.レペニース／松家，吉村，森訳	548
711	他性と超越	E.レヴィナス／合田，松丸訳	200
712	詩と対話	H.-G.ガダマー／巻田悦郎訳	302
713	共産主義から資本主義へ	M.アンリ／野村直正訳	242
714	ミハイル・バフチン　対話の原理	T.トドロフ／大谷尚文訳	408
715	肖像と回想	P.ガスカール／佐藤和生訳	232
716	恥〈社会関係の精神分析〉	S.ティスロン／大谷，津島訳	286
717	庭園の牧神	P.バルロスキー／尾崎彰宏訳	270
718	パンドラの匣	D.&E.パノフスキー／尾崎彰宏，他訳	294
719	言説の諸ジャンル	T.トドロフ／小林文生訳	466
720	文学との離別	R.バウムガルト／清水健次・威能子訳	406
721	フレーゲの哲学	A.ケニー／野本和幸，他訳	308
722	ビバ　リベルタ！〈オペラの中の政治〉	A.アーブラスター／田中，西崎訳	478
723	ユリシーズ　グラモフォン	J.デリダ／合田，中　訳	210
724	ニーチェ〈その思考の伝記〉	R.ザフランスキー／山本尤訳	440
725	古代悪魔学〈サタンと闘争神話〉	N.フォーサイス／野呂有子監訳	844
726	力に満ちた言葉	N.フライ／山形和美訳	466
727	産業資本主義の法と政治	I.マウス／河上倫逸監訳	496
728	ヴァーグナーとインドの精神世界	C.スネソン／吉水千鶴子訳	270
729	民間伝承と創作文学	M.リューティ／高木昌史訳	430
730	マキアヴェッリ〈転換期の危機分析〉	R.ケーニヒ／小川，片岡訳	382
731	近代とは何か〈その隠されたアジェンダ〉	S.トゥールミン／藤村，新井訳	398
732	深い謎〈ヘーゲル，ニーチェとユダヤ人〉	Y.ヨベル／青木隆嘉訳	360
733	挑発する肉体	H.P.デュル／藤代，津山訳	702
734	フーコーと狂気	F.グロ／菊地昌実訳	164
735	生命の認識	G.カンギレム／杉山吉弘訳	330
736	転倒させる快楽〈バフチン，文化批評，映画〉	R.スタム／浅野敏夫訳	494
737	カール・シュミットとユダヤ人	R.グロス／山本尤訳	486
738	個人の時代	A.ルノー／水野浩二訳	438
739	導入としての現象学	H.F.フルダ／久保，高山訳	470
740	認識の分析	E.マッハ／廣松渉編訳	182
741	脱構築とプラグマティズム	C.ムフ編／青木隆嘉訳	186
742	人類学の挑戦	R.フォックス／南塚隆夫訳	698
743	宗教の社会学	B.ウィルソン／中野，栗原訳	270
744	非人間的なもの	J.-F.リオタール／篠原，上村，平芳訳	286
745	異端者シオラン	P.ボロン／金井裕訳	334
746	歴史と日常〈ポール・ヴェーヌ自伝〉	P.ヴェーヌ／鎌田博夫訳	268
747	天使の伝説	M.セール／及川馥訳	262
748	近代政治哲学入門	A.バルッツィ／池上，岩倉訳	348

			(頁)
749	王の肖像	L.マラン／渡辺香根夫訳	454
750	ヘルマン・ブロッホの生涯	P.M.リュツェラー／入野田真右訳	572
751	ラブレーの宗教	L.フェーヴル／高橋薫訳	942
752	有限責任会社	J.デリダ／高橋, 増田, 宮崎訳	352
753	ハイデッガーとデリダ	H.ラパポート／港道隆, 他訳	388
754	未完の菜園	T.トドロフ／内藤雅文訳	414
755	小説の黄金時代	G.スカルペッタ／本多文彦訳	392
756	トリックスター	L.ハイド／伊藤誓訳	
757	ヨーロッパの形成	R.バルトレット／伊藤, 磯山訳	720
758	幾何学の起源	M.セール／豊田彰訳	444
759	犠牲と羨望	J.-P.デュピュイ／米山, 泉谷訳	518
760	歴史と精神分析	M.セルトー／内藤雅文訳	252
761 762 763	コペルニクス的宇宙の生成〔全三冊〕	H.ブルーメンベルク／後藤, 小熊, 座小田訳	I・412 II・ III・
764	自然・人間・科学	E.シャルガフ／山本, 伊藤訳	230
765	歴史の天使	S.モーゼス／合田正人訳	306
766	近代の観察	N.ルーマン／馬場靖雄訳	234
767 768	社会の法（1・2）	N.ルーマン／馬場, 上村, 江口訳	1・430 2・446
769	場所を消費する	J.アーリ／吉原直樹, 大澤善信監訳	450
770	承認をめぐる闘争	A.ホネット／山本, 直江訳	302
771 772	哲学の余白（上・下）	J.デリダ／高橋, 藤本訳	上・ 下・
773	空虚の時代	G.リポヴェツキー／大谷, 佐藤訳	288
774	人間はどこまでグローバル化に耐えられるか	R.ザフランスキー／山本尤訳	134
775	人間の美的教育について	F.v.シラー／小栗孝則訳	196
776	政治的検閲〈19世紀ヨーロッパにおける〉	R.J.ゴールドスティーン／城戸, 村山訳	356
777	シェイクスピアとカーニヴァル	R.ノウルズ／岩崎, 加藤, 小西訳	382
778	文化の場所	H.K.バーバ／本橋哲也, 他訳	
779	貨幣の哲学	E.レヴィナス／合田, 三浦訳	230
780	バンジャマン・コンスタン〈民主主義への情熱〉	T.トドロフ／小野潮訳	244
781	シェイクスピアとエデンの喪失	C.ベルシー／高桑陽子訳	310
782	十八世紀の恐怖	ベールシュトルド, ポレ編／飯野, 田所, 中島訳	456
783	ハイデガーと解釈学的哲学	O.ペゲラー／伊藤徹監訳	418
784	神話とメタファー	N.フライ／高柳俊一訳	578
785	合理性とシニシズム	J.ブーヴレス／岡部, 本郷訳	284
786	生の嘆き〈ショーペンハウアー倫理学入門〉	M.ハウスケラー／峠尚武訳	182
787	フィレンツェのサッカー	H.ブレーデカンプ／原研二訳	222
788	方法としての自己破壊	A.O.ハーシュマン／田中秀夫訳	358
789	ペルー旅行記〈1833-1834〉	F.トリスタン／小杉隆芳訳	482
790	ポール・ド・マン	C.ノリス／時実早苗訳	370
791	シラーの生涯〈その生活と日常と創作〉	P.ラーンシュタイン／上西川原章訳	730
792	古典期アテナイ民衆の宗教	J.D.マイケルソン／箕浦恵了訳	266
793	正義の他者〈実践哲学論集〉	A.ホネット／日暮雅夫, 加藤泰史, 他訳	
794	虚構と想像力	W.イーザー／日中, 木下, 越谷, 市川訳	
795	世界の尺度〈中世における空間の表象〉	P.ズムトール／鎌田博夫訳	
796	作用と反作用〈ある概念の生涯と冒険〉	J.スタロバンスキー／井田尚訳	460
797	巡礼の文化史	N.オーラー／井本, 藤代訳	332
798	政治・哲学・恐怖	D.R.ヴィラ／伊藤, 磯山訳	
799	アレントとハイデガー	D.R.ヴィラ／青木隆嘉訳	558
800	社会の芸術	N.ルーマン／馬場靖雄訳	